献给 王德凡

走路向天堂

王锐愚◎著

文匯出版社

图书在版编目（CIP）数据

走路向天堂/王锐愚著.--上海：文汇出版社. 2011.8

IISBN 978-7-5496-0066-3

Ⅰ.①.走… Ⅱ.①王… Ⅲ.①长篇小说-中国-当代 Ⅳ.①I247.5

中国版本图书馆CIP数据核字（2010）第222604号

走路向天堂

策　　划 / 张万文

责任编辑 / 竺振榕

特别编辑 / 朱长山

封面设计 / 好书坊

制　　版 / 好书坊

出　　版 / 文匯出版社

上海市威海路755号（邮政编码：200041）

出 版 人 / 桂国强

经　　销 / 全国新华书店

印刷装订 / 三河市杨庄双菱印刷厂

版　　次 / 2011年8月第一版

印　　次 / 2011年8月第一次印刷

开　　本 / 880 × 1230 1/32

字　　数 / 290千字

印　　张 / 12

书　　号 / ISBN 978-7-5496-0066-3

定　　价 / 28.00元

序　曹文轩

前不久刚接触到一部成长小说研究的论著，现在又为一部成长小说写序。似乎大家都觉得我很适合写“成长”。许是我同孩子们接触更多些，也有不少八零后的青年朋友，我看着他们成长，也感受着他们成长。殊不知，一代与另一代的成长，最难书写。

我笔下的孩子们在成长中更多的是欢乐，而王锐愚写下的成长里，却用到了非常多的疼痛。也许他正在成长，正在同青春的痕迹挣扎。也许对成长，他有比我更深切的感受和理解。在他看来，成长，必然是个疼痛的词。

写了这部作品的作者，是一个执着而有教养的男孩——也许，他更愿意我称他为青年。这个青年，对人生有着超出他同代人的见解，他对文学的体悟更是遥遥领先的，这也许是因为天资，也许是因为勤奋，也许是因为家教 。这个青年很有点想法，很有点肆意，很有点理想，又有点“目中无人”。在作品里——如果这部作品与他有关的话，他、他们摆着自己满意的表情，听着喧嚣的歌，穿过心底的长街短巷，在路过的拐角，三三两两哼唱着《我们的小世界》。

他也营造了一个小世界，让我，或是我们这些忙于生计的大人们都有些困惑的小世界。他在这个世界中，并没有如我们想象的那样美满地生活，而是罩上坚硬的外壳，倔强地四处撞壁。当然，他们会果断地认为我们这些大人太过于世故、陈旧，早已没了梦想。他们才是见过梦想被现实压碎了翅膀的人。他在文字里秉着一口傲气，跌跌撞撞寻找出口的样子，让我不禁想到一个特别有姿态的词：拗。

拗，是创作的拗。不走常规的叙述模式，非要拗起来走。拗可是一门学问。要抬着下巴别着脸颊走得漂亮了，得选对方式。寻常道场里这么走着，肯定要被行注目礼的。但若是跳着街舞，就算走上一路，非但没有非议，还会连获赞叹。因为街舞的拗，是有含义的拗，不是平白无故为了扭曲而来的扭曲。舞者知道为什么这时候要折起关节，音乐起了哪个鼓点时要倒地旋转，这是设计好的，也是流露出的。爱跳街舞的人不少，跳得精巧，不让人觉得只是玩花样的却不多。这和拗着写作的原理一样，拗着，得拗得有道理，有感情。锐愚的文字里有执念，固执地要将世界分为两半的执念。固执地要从青春的爪牙中挣脱的执念。固执地要在自己的世界中格斗的执念。闭着眼睛，拒绝与迎合相互纠缠。这种执念，不但朴拙地生长在他的身上，也蔓延在这个阳光与浮躁同在的年纪里。这是年轻人的朴拙，我们年轻时也曾有过，似乎一屏气凝神，一种奔腾就能冲满血管。时光过得久了，这种激情也淡去了。锐愚的这份拗，虽然粗糙、朴拙了些，倒也是年轻的拗，充满男性热血的拗。

写小说的人的世界，可以很大，浩瀚到千百年间，宇宙万物。却也很微小，微小得只能放进自己，甚至只能容下一双看世界的眼睛。作者的小世界里，那双眼睛透过懵懂的认知模糊地看着虚伪的世界，愤怒地认为，“践踏即拥有，丑恶即正义，庸俗即存在。”坚硬的想象，扭转的目光，是锐愚透过笔下的男男女女们呈现出的文字的拗，精神的拗，青春的拗。

拗着来来去去，好像是他们特有的习性。写作的时候拗，生活的时候也拗，以嬉笑怒骂的姿态生活，内里都藏着一个战斗者。这个战斗者可以扭转瞳孔，看见隐藏的秘密，执拗地斜着下巴，手里藏着无可探知的力量，面对自己铺设的荆棘，冲撞着前行。

我们那代人，成长的日子时常磕磕绊绊，却也欢腾。磕绊的多是物质，欢腾的都是精神。而如今的孩子们，不太有物质的苦恼，更多的却是精神的疼痛。我记得我们年轻的时候，穿件蓝背心就觉得自己特别有朝气。那种朝气是带着些傻愣愣的笑，是一挥手便呼朋唤友、成群结队的热闹，是一群文学青年拥挤在走廊灯下、教室后排，埋首读书，书写理想的真挚。而当我们为孩子们创造了不再磕绊的生活时，他们却被困在家里、困在学校、困在自己的小世界中。越来越快的节奏，让他们没有机会慢慢地成长、慢慢地感受时光的流逝、慢慢想像文字里的风景。现代化的时代，也是想象被简化了的时代。孩子们在越来越薄弱的想象里，梦想不再纯粹，精神渐渐孤独。他们不在文字里言说孤独，而文字中的倔强与坚硬却都是孤独。那份孤独，是这一代的孤独。他们靠着那股拗，自己消化，自己解脱。写作是纪念成长的好办法。她以明亮或惆怅的模样，吸引着一代又一代的青年们，在我们的青春里，也在他们的青春里。

不过，写小说，并非一蹴而就的事。什么是小说，怎样写才能称为创作，这确实是个一言难尽的问题。并不是码出几十万字来便可以昂首踱步地炫耀自己的小说才能。小说需要技巧，需要质地。小说，是个玄奇的作为，却又是个实在的作为。这个年纪的孩子，更喜欢将它变得玄奇，似乎越玄奇越好。比起实在，玄奇更难以把握，一不留神，变成徒有其表的艰涩就难以言说了。我这样表述，并非强调文学的专业性。锐愚那种无心炫技的表述，也许更有原始的生命力。文章的质地，是无法随意拈来的。只有谦逊的阅读与鉴赏、仔细的思考与咀嚼，才会在积淀中构建出优雅的厚重的质地。锐愚的文章，情感是有了，功夫也下了（要知道，码上几十万的字也是个体力活），想必他对自己也有着独特的认识，而文学的质地，还需要再潜心琢磨。内外兼修下的作品，才能有成为经典的可能。

这份琢磨，是平和的、深邃的，也是漫长的。不管写作什么样的作品，不管计算着怎样表达，关键是作者必须有颗沉淀的心。文字可以激情豪迈，斑斓瑰丽，但飞扬的眉眼背后，是生活的磨练。我们首先要做的，不是急于张扬个性也非巧做心思迎合市场，而是腾出一片心底，沉静地真实地去感受、洗涤、思考，然后才是目光成熟的书写。锐愚是懂这个道理的人。这样的人，在年轻写作者中也许并不多。

从叫板生活到回味苦难，锐愚和他们这代青年的成长还有漫长的时光要度过。要耐得住寂寞，享受得了寂寞，才可以继续言说人生。不仅是锐愚，这是每一个作者都该铭记的道理。

在文学的路上，但愿我们总能看到锐愚的身影。

2011 年 5 月 7 日

第一部分 画线者

回到这个世界的第一个星期三傍晚，父亲将一张入学通知书轻轻递到了摊开在空气里的左手手心。那是我的左手，它此刻正位于左手的手心位置，与九大行星连成一线的精准角度。懒洋洋的身体在经历漫长的沐浴之后彻底放松，脚趾和手指的薄皮早已泛起层层褶皱，前天傍晚修剪后的劲爽发型令这个自己倍感惬意。我将一切可以放松的肌肉彻底放松，从脑皮开始到下身的肌肉，大腿内外的肌肉，脚踝的肌肉，右手的肌肉，最后抵达左手的肌肉。那是你的左手，它正位于你左手的手心？我第二次盘问自己。*是的，那就是你的左手，入学通知书此刻就盛放在你的左手手心。*我在心底不断的拷问自己，在确认了景象的真实性之后，双眼凝视着扭曲的大拇指，重复第一个问题，又或许是第三个问题。父亲迟疑了片刻，没有获得想要的回答，匆匆离去，昏暗的走廊留下一个渐渐模糊的背影。背影透过隐约的光线一眼望去，那是一个发丝凌乱、身材矮小且肥胖的中年男子。

我以正常的弧度转过身，继续保持永垂不朽的姿势，平躺在床头借助这个世界的空气，用唇语对着其中漂浮的氧气分子倾述了整整一个小时的时间。在那个世界的语言开始悄悄渗透的瞬间，我收到了讯号，果断从床头立起身子，用稍许恢复了独特能量的左手试着托起一张薄薄的纸。它的重量在这个世界显得微不足道，但是对于身处两个世界的这个自己而言，它远远超过了一艘巨型货轮的重量。手心表面迅速冒汗，汗水宛如黄果树川流不息的瀑布奔驰而下，极不自然的肌肉组织疲惫而困乏的拥挤在一起，空气里的分子此刻已经知晓了自己想要拥有的环境。转眼之间，房间的空气凝结，陷入短暂的固体状态，只剩下一整片无声的呐喊。我已经将那张入学通知书托起，此刻它悬浮在凝结的空气中，浮现在自己的眼前。一切竟是如此的如真如幻，如此的美妙绝伦。它获得了那个世界的技能，正悬空漂浮在房间的中心位置。剧场对街胡同深处，最奇幻的奥斯卡颁奖典礼现在开始。你做得很好，你可以做到。事实上，你现在已经做到了。你恢复了与生俱来的能力，告别了一年前那个短暂丧失魔力的李逍明。我信心十足的扪心自问，重重的拍了拍胸口，嘴角泛出一丝诡异的笑意，引来客厅里母亲投来的莫名眼神。

报名结束后的第三天，我迎着陌生而熟悉的晨辉背着崭新的书包，一路走向羊子小学。一整年的休养，令此刻的这个自己无比饥渴。我饥渴一切允许饥渴的事物，所有原本普通的事物在这个自己看来全部变得与众不同。所有的事物都值得去饥渴，饥渴万分的欲望纷至沓来。我自命不凡的跨入五米宽的学校大门，将书包轻巧的丢在门前的地面上，迎着莫名无助的眼神用双脚使劲踩了四下，之后迅速背起以显示自己的个性。是的，我非常的个性。个性化的脸庞、个性化的微笑、个性化的人格、以及个性化的人生。我已经恢复了独一无二的能力——这个学校里，乃至这个世界的绝大多数人都不可能领悟得到的高超技能。从今往后，你都将与众不同。我将扭曲的脸庞稍事整理：整理得天衣无缝，整理得完美无缺，整理得前无古人，紧接着毫不在意肩膀上的灰色尘土，窜入拥挤的人群之中。人群中的男女同学没有意识到这个自己的存在，我孤身一人融化在其中，穿过学校的操场，穿过一切可以穿过的建筑，在极短的时间里隐藏掉了心中那个不为人知的秘密。你必须隐藏自己。你必须掌握那种语言。我点点头，在那种人格的完美作用下，最后一次重复了一遍来此的初衷。

满口的干涩令人感到无比的饥渴，我怎么又开始饥渴了？难道这个自己生病了？出门之前已经喝过一大杯水了。难道我犯错了？我坐在椅子上盘问自己，像上个星期一样反复盘问自己。不，你没有错。你只不过是将书包丢在了地面上，用脚轻轻蹭了两下。你没有做错任何事情。你不能在这个世界犯错，一旦犯错，就无法挽回。你会被他们迅速消灭。他们早就在你回到这个世界的第一时间里准备就绪。他们的能量远远超越你的能量。你微不足道的身躯难以抵抗他们的攻势。我很快意识到自己的行踪几乎就要暴露，幸运的是，他们虽然发现了我在这个世界上的地理位置，但是还不知道那个秘密。诚然，他们现在可以随时来拘捕我，可是，他们还没有获得拘捕这个自己的确凿证据。在确凿的证据还没有被追查到之前，我必须调动一切手段和技能隐藏掉自己，最好彻底隐藏掉这个自己，包括姓名、身高、体重、三围、爱好、鞋码、甚至是面部轮廓。是的，就从今天开始隐藏自己，必须将自己隐蔽起来。我下定决心，搂着自己的灵魂望着前方黑咕隆咚的未来许诺道。

开学的第一个月，夏天的炎热迟迟不愿退去，令人倍感倦意的焦灼状态愈演愈烈。午后三点钟的太阳直接照射在桌角，整个学校连同水壶一起沸腾。我在课间，毫不犹豫的大口大口喝水，但是干涩的喉咙依然无法被它满足。你的身体，目前还无法快速适应这个世界的节奏。我继续无法抗拒的饥渴，饥渴学校无比拥挤的操场，饥渴教学楼墙壁上万年不变的八字宣言，饥渴篮球场地面上刻画的白色边界线，饥渴教室里黑板报上的国际新闻，饥渴班主任戴着的高级名牌眼镜，饥渴女同桌纯真而邪恶的妒忌心，饥渴抽屉里袋装牛奶散发出的恶臭味，饥渴值日公告牌上陌生的姓名，饥渴教室后排墙角堆积的各种垃圾，饥渴每天下午最后的两节自习课，饥渴操场一侧沿着墙壁发芽的参天大树，饥渴小卖部里年少女孩的天真烂漫，饥渴文具盒里永远不会变质的铅笔芯，饥渴校门口数家小吃摊各类零食的售价表，饥渴每天课间操时分买回来索要了其中的金卡便遗弃的干脆面，饥渴一连半个月都没有吃腻的棉花糖，饥渴上课铃声响起时瞬间不欢而散的人群，饥渴二楼女生厕所门前徘徊的无聊男生，饥渴校门口左侧拐角出口那一整片繁华的商业街，饥渴陌生的氧气夹杂着挑衅扑面而来的诡异画面。

差不多了，目前先想到这里。我拖着满是倦意的身躯缓缓站起身，一通喧哗的放学铃声敲碎了课堂的宁静。教室里欢声笑语的陌生人毫不在意这个软弱而矮小的自己，纷纷绕道而行，消失在了傍晚的金色之中。金色的黄昏看起来居然是如此的落寞和悲伤。在喧哗远去的瞬间，一个无聊而危险的念头涌上心头。那绝对是一个无比危险的念头，我很快断言。虽然，它之于这个世界的绝大多数人而言竟是那么的无聊。不，这不是无聊的事情。对于你来说，它是一个异常严肃的念头。你得好好想一想。我绕着空旷的教室从讲台一路走到最后一排的角落，接着从教室的最后一排走回讲台，六神无主的抬起头仰望五彩缤纷的天花板，最后站在讲台上双手插袋的低头默念凡夫俗子不可理喻的经文。教室里此刻还有一个人，一个值日生，但是现在竟转眼消失不见了。我无从考究半分钟之前还在教室里抱怨不断的他，此刻溜去了哪里尽情快活。你要专注。你专注一点好不好？我警告自己，扇了自己一记重重的耳光，果断的抛开心间所有的杂念，用满是铅味的右手揉了揉太阳穴，假装镇定自若的回到第一排的座位旁边。这个位子现在轮换到了靠窗户的角落，位于讲台左侧的时钟前面。除了一侧的人行过道，基本上不会引起任何人的注意。四天以来，自从轮换到这一排的位子以后，就再没有在课间时分受到任何一个过路人的打扰。毫无疑问的一点，这是一个独特的位子。这个位子在他们看来，不过是一个靠窗户依偎的普通座位，一个用木头制造而成、表面经过涂层加工的低质座椅，桌面上刻着这个世界上的人留下的记号，一个又一个弱智而糟蹋的记号，它们彻底玷污了原本纯洁无暇的桌面，同时还玷污了椅子。他们竟然连椅子都不放过？我忍不住在心底臭骂道。这可是每天都要坐在上面听课的椅子啊，它是如此的无辜，如此的重要，如此的小巧，谁会下此毒手去残害一只小小的野兔？我一只手摸着桌脚五颜六色的舞弊记号，一只手将椅子缓缓移开，低下头，合上双眼，驻足思考。

就是这里，就是这里了。我在一分钟的思考之后，迅速定下主意。我抛弃了那个世界传来的危险警告，执意接受了心底涌上的那个念头。它的表面依旧是一排又一排的尖刺，凡是触摸到它们的人必定死亡。我毫不犹豫的运用那个世界的语言，将尖刺在十秒的短暂时间里化为一团又一团的棉花球，温柔的拥抱它们，感受着它们散发出的迷人薄荷清香。我在自己几近晕倒的前一刻，扶起歪斜的身子，快步走向教室前门，面对一望无际的漆黑走廊仔细瞭望：没有看到任何一个人，只听到了走廊的尽头，又或许是空气中震荡不息的脚步声。脚步声越发模糊，似乎已经全部远去。周遭已经没有人了，他们全部回家去了。我在心里稳稳当当的点点头，满是疑惑的回到教室，溜到最后一排的座位旁，发现他的书包不见了。他是在什么时候，回到教室拎走了书包不辞而别的？管他呢，我打消了多余的困惑，再次回到自己座位旁。金色的光线已经消失不见，略显灰暗的光景令人倍感寂寞，寂寞迎接着阴森的寒冷气息突然之间扑面而来。我忍不住打了个寒颤，再次确定了那个念头的危险性。当然，还有它的意义。危险与意义缺一不可，这是多么可怕的抉择。可是，我在这里必须尽快找到一个保护自我的方法。同时，找到一个延续那个世界的理由。否则，这个自己将迅速被同化，被时光彻底遗忘。我不能变成他们。你已经拥有了与众不同的才能，你不允许自己回归到原始状态。就是现在，付诸实践，开始寻找。

就是现在，付诸实践，开始寻找。我在心底默默背诵了第二遍，狠下心来，站在讲台上，在粉笔盒里迅速开始仔细的寻找，各色的粉笔令视线无法轻易辨别出三原色，此时灰暗下来的光景令失去电力供应的教室越发黑暗。我必须抓紧时间，机不可失。这是千载难逢且无法复制的机会。我在黑暗笼罩的前一秒抓到了那种颜色的粉笔，那种在这个世界的特征为绿色的粉笔。绿色的粉笔，绿色的粉笔，绿色的粉笔。我来回确定了三遍，又或许是四遍和五遍，带着心满意足的欣喜之感溜回第一排的座位，忍不住再次扭过头朝着教室门口望了望，屏住呼吸，细细凝听此刻空间里一切可能察觉的声响，闭上双眼，短暂的消除这个世界一切不必要的骚扰。在左手的力量恢复的那一刻，使劲全力用左手握紧粉笔，沿着自己座位右侧，轻轻的闭上双眼，在经过洗礼的人行横道的地面上画下一条半米长的线段。你画好了一条半米长的线段。我画好了一条半米长的线段。我点点头，肯定自己的功绩，缓缓站起身子，将胸口的一团团棉花球全部丢回那个世界，紧接着深深倒吸了一口冷气。我舒缓紧张的情绪，走回讲台将绿色粉笔原封不动的插入盒子里，仔细盘查了它在其中的前后顺序，用衣角反复、快速的擦拭掉上面手指留下的指纹。指纹连同这个自己的味道必须全部销毁。我拍了拍手心沾有的粉笔灰，矫揉造作的回到座位旁，小心翼翼的将椅子挪回之前的位置，与桌子并排呈放，没有发出多大的声响，一切都如同往常一样的正常。此刻，彻底蔓延开来的黑暗，令双眼无法辨别出那条线段所处的具体位置。我开始怀疑自己左手的力量有无恢复，开始怀疑自己刚才是不是看到了幻象，忍不住担心自身的能量是否回来了。我背起书包，试着转身离去，可是这个世界的这个自己提醒我。不，你应该确认一下，确认一下它的具体位置。我找不到离去的理由。我必须确定一下它的具体位置。我再一次的转过身，稳定颠簸的心境，开始运用那个世界不为人知的秘密将视网膜扭曲。它的焦点开始犹如近视时的焦距一样迅速拉近，可是拉得远比前者要近得多。然后，一道淡淡的光芒沿着眼缝渗入。光芒沿着漆黑平坦的地面四处蔓延，其自身微波的能量只能挑逗这个世界的空气分子，无法产生任何附加属性，更谈不上对任何人的伤害。能量以独有的传播方式透露出一股独特的韵律，这是一首不需要钢琴去弹奏的塞纳河畔的忧伤歌谣。它不足一米的长度，与之前预料的差不多，淡淡的微弱光线，线段的厚度为一厘米，将其称为一条厚厚的线段也不为过。线段保持了惊人的平衡性，我忍不住折服于自己的实力，竟能徒手轻易画出一条如此笔直且毫无破绽可言的线性符号。相比于线段，这个自己更愿意将其视为一个符号。笔直的线段，前后两个端点，缓缓散发出淡淡光芒的线段。它位于自己座位的右侧，人行横道上，绿色粉笔刻下来的线段。我肯定了它的存在，满怀希望的背起书包，将遗弃在教室门口地面上的铁锁拾起，锁好教室的大门，避开黑暗的力量，快步走在回家的小道上。

近一个星期的时间，上课下课，起大早到教室，我忍不住时时刻刻的关心它的模样。他们一直都没有发现它的存在，压根就没有看到过它。毋庸置疑的一点，它是一条线段，它已经被我刻在了座位右侧的人行横道上。这条狭窄的人行横道，每天都要经历是无数次的践踏，他们偶然低头拾起遗落在地面上的各种物品，经人碰撞摔倒下去的软皮文具盒，不小心推落的教科书，故意丢在地上供人炫耀的小纸条，练习册与圆规一并贴着地面睡大觉的晌午。无需关心那些毫无意义的事情，我只在乎一点，唯一重要的一点，他们其中目前还没有一个人察觉到它的存在。*可是，你希望有人察觉到它的存在。*我希望在这里寻找到那个时刻的出现时间。时间之于任何世界都万分重要。时间永远也无法用那种东西去购买。自从线段完成它的使命的第一刻开始，我就已经赌上了自己的性命。是的，我可以被毁灭，但是必须寻找到一个延续那个世界的力量。一种可以支撑两个世界的力量——那种力量，自从来到这个班上报道的当天上午，我就已经冥冥之中感觉到了它忽明忽暗的影子。它就位于这个教室里面，现在的这个自己甚至可以大胆的预测它就处于前面三排的某个位子中间。我可以寻找到力量的大致坐标，但是力量总是借助虚假的皮囊隐藏自我。如果在这里彻底释放灵魂深处积蓄的能量，一定可以轻易查找到力量的源头所在，这是毋庸置疑的事实。但是，你不能发出一点的声响。一丁点的声响也不允许发出。这是一场空前绝后的较量，既不是谍战片也不是惊悚片。这是一出世界大战——真正意义上的世界大战。我正位于两个世界的守恒法则之上。快点，你快点给我现身吧。我双手抱头，目视着肮脏的桌面，暗暗地许愿。

漫长的等待令原本崭新而新颖的校园生活，瞬间变得枯燥而无味。每天重复着一模一样的事情，上课听讲，下课放学回家，路过爷爷家，然后完成功课上床睡觉。原本以为无限蔓延的枯燥生活，却随着线段的质变而结束。它怎么变短了？到底是谁扭曲了它的形状？这里竟然真的有那种人？我失去了身体的平衡能力，双手握拳靠着桌沿依偎，豆大的汗滴顷刻间涌现而出，满脑子的困惑一个接一个的出现。不，它并没有变短。我故意将一本练习册丢在地面上，小心翼翼的俯下身子，低下头睁大双眼观察它的模样，然后迅速得出了结论。结论为，它的长度没有发生任何变化，俨然是一次视觉上的误差。这种误差在这个世界遍地都是，误差与骗局的出现概率不约而同的保持了高度的统一性。但是，它怎么发生在了它的身上？它是不可能产生误差的。它是如此精妙的事物，一种独创的符号，一份独一无二的讯号，一个不属于这个世界的存在。我缓缓立起身子，将练习册索然无味的丢在桌子上，紧锁眉头，靠着椅子反复思考。它的亮度没有变化，这点值得庆幸。至少说明，他们没有发现它的存在，还没有渗透出那些毁灭的力量。光芒依旧健康，健康的光芒毫无瑕龇可言。但是，线段的扭曲度不得不令人遐想连篇。这种扭曲，之前从未见过。不，你错了，它并没有发生扭曲。我很快打消掉这个猜疑。它是原封不动的、原封不动的保留在原地。我重复着同一个词汇，来来回回的奔跑于火车站与飞机场之间，试图寻找一个供人睡觉的赛马场。它的身旁隐约多出了一条线段。这个自己在寻找到赛马场的一瞬间，感受到了那条线段——那一条多出来的线段。那条线段的长度与自己亲手画下的线段一模一样，天衣无缝的契合，完全是经过对比与参照之后的设计构思。但是，在视网膜的焦距发生变化之前，没有人可以意识到它的存在。他们不具备调整视网膜焦距的技能，犹如一个近视眼必须戴着眼镜看写真集一样凡尘可谓的猥琐理论。第二条线段是谁画下的？那个人显然已经意识到了光芒的存在，被它吸引了，于是选择在一侧画下了一条同样的线段。那个人真的看到了光芒吗？会不会是因为某种巧合，无聊且毫无目的性的巧合？不，这不可能是巧合。如果是巧合，此刻看到的就不会是一条多出来的线段，而是无数条多出来的线段。这里的孩子天真烂漫，可以在黑板报上乱涂乱画，理所当然的可以在地面上乱涂乱画。可是，他们幼稚的大脑、还未开发的低级大脑，只能依靠左脑思考的人们目前是无法丈量它的长度的。他们过于高估了自己存在的价值。我轻轻的拍了拍后脑勺，扭了扭脖子，淡定的坐回位子上，翻开教科书气定神闲的默默在心底背诵经文，竭力去避免一切不必要的异常行为。

他们仍旧在走廊上放肆的欢呼，课间十分钟从来就是完美无瑕的欢乐谷时光。我孤独的坐在位子上，将思绪整理了一遍又一遍，排除心头一切幻想的念头，进而深入到问题的内部。我运用那个世界不为人知的秘密，静悄悄的用右脚蹭了蹭地面上的线段。那条不是自己画下来的线段，它一动不动的贴在地面上，任凭脚跟的肆意践踏也丝毫不为所动。它是不为所动的存在——倔强的保尔·柯察金——一把售价低廉却经历过磨炼而铸成的不锈钢直尺。它连同之前的那条线段，一齐洋溢出点点微弱的光芒，独具色调的光芒令人为之沉醉。我再一次的揉了揉渐渐迷糊的眼球，陨落回现实的位子上，双手下意识的伸向抽屉的书包，翻出下一堂课的教科书，挪了挪椅子，迎着上课铃声挺直了腰杆。他们很快缩回了拥挤的教室，整装待发的注视前方，犹如训练有素的陆军战士。我继续毫无触觉的间谍行动，视线快速的从文具盒里找到一支圆珠笔，将它握在右手手心，紧接着翻开教科书。可是，可是此刻，我无法翻开它。你无法轻易翻开一本教科书？我迅速拍打自己的后脑勺。我难道是在做梦么？不，我没有在做梦。我一连捶打两下膝盖骨，确定痛觉的来路，痛觉来自膝盖骨，而且是撕心裂肺的痛楚感，意识非常之清晰。那么，你怎么翻不开一本教科书了？你确定自己没有失控吗？你怎么了？你还好吧？是的，我很好，非常的清醒，没有喝醉酒也没有失去自己。我只是无法用常人的力量去翻开一本普普通通的教科书。我彻底的完全的坠入了白兰地酒精酿造而成的鱼缸之中。

你只是无法用常人的力量去翻开一本普普通通的教科书。我在心里缓缓重复了一遍，脸上丝毫没有表露出一丁点心底的焦灼。我面无表情的正视着黑板，满是希望的望着讲台方向的班主任，将翻不开一本书的双手叠在一起，挺直腰杆目视未来。未来的光景如此轻易的为之拥有，可是我必须放弃拥有的未来，回到无法预见的这个世界之中。半分钟过去，在确定手心的力量依然健在的煞那间，我动用琴弦的力量试探书本里所隐藏的玄机。它为什么无法被轻易的翻开，难道里面沾有了万能胶水？胶水粘住了纸面，因此无法拨开。不，不可能。他们还不至于这么无聊。我的同桌也不可能如此的无聊。她是一个小公主，整天抱着芭比娃娃自我陶醉的低级白痴，喝着高级牛奶享受顶级夹心面包滋润的小女子。虽然，偶尔发一些小脾气，吐露一些生活中的小牢骚。但是，她不具备犯下如此恶毒行径的可能。她单纯得连摄像机镜头后面隐藏的电线都无从知晓。在那个世界不为人知的秘密潜移默化的作用之下，她前天已经将心底所有隐藏的私事吐露了出来，吐露得那么彻底，简直令人难以置信。她实在是太好对付了。我忍不住窃喜了一下，然后迅速变为面无表情的自己。我用尽双手的力量去翻开那本书，书的表面一如既往的干净而整洁。整洁得连一个指纹也没有留下来供他们追查。间谍的隐藏技巧必须为之掌握才能继续活下去。上星期包好的书皮完好如初，看不出一丁点人为破坏的迹象。它没有被破坏。它只是被某种力量升华了。一个可怕而神秘的讯号透露了过来，我收到了一个简短的陈述句，仔细分解其中隐藏的可能。它被升华了？它不过是一本教科书，廉价的纸屑装订而成的十六开稿纸。它凭什么获得了升华的天赐？不，它已经被升华了，所以你无法轻易的翻开它。可是，我只是想认认真真的上完这堂妙趣横生的语文课，好好享受一番文字艺术的美妙。他们为什么连翻开一本语文书的机会都不给我？不，你是有机会的。机会从来都在你的左右围绕，只是你没有用心去寻找。我抛开之前所有的反问句，竭尽力量集中在双手之间，一秒钟的功夫，它的门扉被毁灭。我穿过门扉，将瓦解后的木头屑全部吞入喉咙深处，紧接着在教科书第二页的正中央位置看到了一张纸。一张对折好的白纸。我迅速将它捧在手心，缓缓地抬起头，用余光扫视讲台上班主任所处的角度，紧接着撇过头扫视周围的同学，包括此刻正在自我陶醉的公主同桌。

她没有兴趣观察我的诡异行为，我也没有兴趣去勾引她手中捧着的芭比娃娃。我的公主同桌上个星期已经找过班主任向她倾诉自己的无奈。无奈连同厌恶时刻伴随在左右，不再是左右，连前后也开始包裹了起来。她是那么的珍贵、那么的纯洁、那么的高雅。她小小的身躯竟然背负了如此之多昂贵的衣物，奢华的衣物竟然可以将所有的不满宣泄出来，试图抛弃一个偶尔犯神经的同桌。她一直以来都不愿意与我聊天，这是目前唯一一件令我感到欣慰的事情。越少的交谈越好，越少的机会暴露自己的面部轮廓。我可以潇洒走一回的在这个班上安心学习，直到五年后毕业离开，也没有人会察觉到这个自己的真实身份。我本想戴着墨镜或是圆顶帽来学校上课，或许可以在秋天来临的时候披上一身风衣，将这个李逍明全部掩盖在芦苇丛中，以逃避沼泽地鳄鱼们的欲望之眼。当然，我还企盼这位美丽的同桌干脆变成哑巴最好，她那些自言自语的低俗冷笑话实在令人发指。她背负了过多的负担，拥有了过多的美好，或许直到十八岁成年时依然无法意识到这个世界的残酷现实。现实在糖衣的愚弄之下，完全可以让人欲仙欲死的活在当下，直到肉体消亡，灵魂幻灭。

我用左手抓起那张折好的纸，用另一只手迅速翻阅书本。这次，它失去了抵抗的能量。两分钟以前，胶水的沾合力顷刻之间毁于一旦。它被这个世界的毁灭力量，精炼果断的同化了。我摈弃掉毁灭的负面力量，轻而易举的翻遍了教科书，从头到尾的翻阅教科书，自由洒脱的翻阅了一遍又一遍。这个自己立即意识到，之前的那股力量竟然源于那张对折得无比工整的信纸。此刻，它在我的左手上开始散热，犹如暖气瓶一般微微散发出独特的热量。我迅速将它摊开，热量毫不犹豫的四处蔓延开来，在空气之中快速腐蚀，索性没有引起任何不必要的注意。空气的温度，呼吸的节奏，老师的声音都没有受到影响。我竭尽全力吸收掉它的热量，小心谨慎的将信纸缓缓摊开，视线还未抵达纸面的前一秒，一股心有灵犀的存在感从肩膀右侧传来。我忍不住扭过头去张望，一整排同学专注的听讲，没有一个人在意我的眼神。你根本就不存在。我根本就不存在，一股默然的空虚随着视线的调整席卷而来。我失落的回过头，将信纸摊开塞进教科书中间的位置。随着突如其来的朗朗读书声，我毫不出声地假装开口跟读，实则满是疑虑的屏息，开始阅读信纸上面堆积如山的潦草字体。

道明兄，这样称呼你，不会介意吧？收到这封信之前，想必你已经意识到了我的存在。是的，我已经存在于这里。虽谈不上恭候多时，但是多年以来，我一直在等待着同属一性的人出现。我觉得还是免去那些俗套的开场白为好，以免道明兄你失去继续阅读下去的兴致。

此刻，你最大的疑问想必会是那条多出来的线段。是的，正如你想象中的那样，它是我后来画上去的线段。你不必惊讶，我承认它就是我画上去的。虽然，它与你之前画下的那条线段相比不是那样的一致，但是你应该清楚，每个人的符号其本质都是不一样的。外在的表象可以被特效掩饰，但是本质的不同却无法借助任何力量去隐藏。我不知道你在何时拥有了刻画线段的能力，同样的，也请你不要去猜疑我是在何时拥有了这种能力。它们原本就不重要。它们与他们一样都不重要。重要的是，道明兄你所刻画的那条线段，自从上周二傍晚扫地值日，我第一次看到之后就难以忘怀。起初，我无法相信它的存在，暗地里希望它的出现宁可是一次幻觉。但是经过七天以来的仔细观察，在确定它的存在毫无疑问是铁打的事实之后，我忍不住在前天傍晚画下了它，那条你现在看到的多出来的直线。

我所画下来的线段，远没有你所刻画得那样逼真、传神。道明兄你所拥有的能力令我感到从未有过的惊讶。某种程度上，可以称之为是一种膜拜。目前，我还无法刻画下与你一样的线段。纵使是外表上保持了高度的统一性，但是绝对无法在内在上拥有与你平起平坐的质感。我还停留在肤浅的、迎合别人的线段、复制它们形状的初级阶段的低级阶段。我不想去承认自己有多么的特殊。可是，为了故意隐藏掉心中的秘密，我必须训练自己的身体习惯这个世界的呼吸。每天放学之后，我选择最后一个离开教室，假装出一幅助人为乐的样子帮助值日的同学打扫卫生。老师同学们自然而然的将我奉为活雷锋，学习榜样，三好学生的代言人。可是，他们并不知道其中隐藏的秘密。

逍明兄你的出现，我认为既是一种巧合也是一种命中注定的安排。多年的等待因为它的出现而结束。说句心里话，我非常高兴，满怀激动的心情执笔写下这封信。本人钢笔字练得不好，望君见谅。

惊天动地的晨读声落幕之后，我依然望着纸上的潦草字体迟迟无法动弹。我不知道此刻的这个自己位于什么位置。这里是羊子小学，还是之前那个世界的某个角落？这里是宇宙的尽头，还是金牛座星云身后的麦当劳餐厅？这里是邮局的中转站，还是生命中无数机缘偶遇的交汇点？我颠倒在是非不分的虚假空间的最底层，屏住难以克制的喘息，迫不及待的期许着死神的降临，然而，失去动弹的肌肉，造成了信件的遗落。可是，它却没有受到重力的影响，诡异的漂浮在半空中。在某种不知名力量的作用下，它漂浮在了空中。工整的的表面开始泛起褶皱，以惊人的速率迅速变幻，我眼睁睁的看着它从一张信纸变为了一个讯号，令人折服于其中的大卫·科波菲尔幻象魔术。

放学后，我收拾好心底所有的不解与无奈，乔装打扮为一名可敬可畏的值日生，抱着扫把、缓缓打扫起教室卫生。我从自己的座位开始，用扫把前后反复擦拭地面上线段所处的位置。我用双手捧了一些矿泉水洒在地面上，用干涩的扫把来回涂抹，试图擦拭掉符号，隐藏掉供人追查的证据。两条线段的痕迹，今天回家之前必须消除掉。否则，将带来更多不必要的麻烦。麻烦虽然是重要的，但是重要的麻烦总会沾花惹草。我故意放缓一切行动的节奏，连呼吸的频率也在不知不觉中减缓了，试图等待那最后一个离去的人的现身。可是，今天他没有出现。很快的，教室里仅剩下自己扫地的莎莎声响。安静而华丽的声响，我偷偷从口袋里掏出那封信件，毫不犹豫的将它撕成碎片丢入垃圾篓里，它连同所有本应遗弃的东西一起走向死亡峡谷的底部。我失去了演戏的兴致，看着模糊不已的两条线段，甩开扫把的束缚，整个人晃荡一声瘫坐在椅子上，深深呼吸，一口接一口的吸气、吐气。突然之间开始后悔之前的决定，心底万分需要再次理解信中的含义，可是它已经被毁灭了。我无法回头，心底忍不住断定那个写信的人就是一个执行者。他每天在这个教室里假装上学，实则是在搜寻一切可疑的人——像我这样的人。一旦发现了他们的踪迹便迅速告知这个世界的一部分人，接着用无法抵抗的力量将他们杀死，不留证据的杀死。那个人可以找来数以万计的帮凶，完完全全，彻彻底底的将你撕裂。我不应该画下那条线段的。我开始后悔了。你开始后悔了？是的，我开始后悔了。我憎恨自己所下的决定。我为什么要画下那条线段？你为什么要画下那条线段——那条散发着独特光芒的线段？我必须让自己不朽，虽然无法保证生命的长度，以及自己在这个世界死亡的确切时间。但是，我必须寻找到延续自我的第二种方式，一种不依靠这个肉身而被世人所铭记的本领。可是，在此之前，我必须先好好的活着，在寻找到拯救那个世界的方法之前，我还不能死。虽然，执行者如今或许已经在这里。那个人每天与你同属一个教室中，上同一堂课，做同样的功课，用同一个节奏的声调朗读文言文。那个人已经察觉到了你的存在。我的存在因为那条线段的出现，所以被人所察觉。我必须谨慎的隐藏掉自己。我不能回信，写信的人是男是女还无从辨别，字迹潦草不代表男女之别。执行者可以摈弃一切的制造假象，别说是男女，就算是不男不女的把戏，他们也可以站在断背山脚下依偎在公交车站的站牌下狐假虎威的蠢蠢欲动。这封信是这个班还是其他班上的人递来的信件，也无从考量。没有任何可供寻找的证据，它犹如北欧神话里面山巅耸立的巨大古老碉堡一样瞬间萌芽于教科书中，连一个指纹都没有的信件，那个人隐藏得很好。那个人为什么要写这样一封信件？那个人出于何种目的试图与我交流？那个人的身高是高大还是矮小？高大的那个人凭什么感受到了线段的存在？或许，或许那个人跟这个自己同属一类；或许，或许它根本就不是一个人写下来的信。

它根本就不是一个人写的。我每天警告自己。信纸上所呈现的每一个文字、每一个词汇、每一个句子，任何一个标点符号都不属于这里。它们全部来自另一个世界，尽管朴实无华的文字试图隐藏掉其中蕴藏的秘密，但是，这个自己可以轻而易举的将秘密从保险库里面全部掏出来，掏得干干净净。那个世界的文字怎么可能出现在这里？它们为什么出现在了这里？为什么如今允许被浮现在了这里？我从来就没有透露过那个世界里面的秘密给任何一个人。它怎么可能被别人察觉？班主任？不，她不可能意识得到。她对我器重有加，极为欣赏我写下的完美无缺的钢笔字，犹如那条线段一样完美的中文字体。平日不计其数的赞美之词，早已不费吹灰之力的掩盖掉了一切秘密。所有的缺点与怪癖因为遍地洒落的赞美与炫耀，随着地面上匍匐前行的蚂蚁一同回家睡觉。她还未开发的右脑无法动用一点，哪怕是一点独特的理解力去探索那个真正意义上的李道明。真正意义上的李道明早就被地狱的洗脑大师处理了，这个自己名叫李道明，但是，我不是我。从今往后，你都不会再是你。她在学校里所看到的这个人，这个游走于教室、操场、走廊、厕所、小卖部、座位上、篮球框下、树荫底下、做眼保健操的男孩，完全是一个虎头蛇尾的跑龙套演员。我极为精准而巧妙的掩盖掉了真实的自己。她还不具备发现那个自己的大脑。另外，我的公主同桌，这个平日离自己最近的人？不，依然不可能。我很快否决这个疑点。我从来没有在这个世界上写过那样的文字，纵使是类似的文字也没有想过，一个词也没有，一句话也找不到。它们都仅仅存在于意识的最深处。她平日里偷偷抄袭我的作业，盗用我唯一仅存的黑色钢笔，通篇拷贝我所写下的美文，然后满是笑意的请老师鉴赏。我轻而易举的搞定了那个白痴，她呆板的脑子一不小心就坠入了陷阱里面，居然至今都还没有意识到。我看着她满脸痴笑的样子，微微的露出腐朽的嬉笑声。嬉笑声因为白痴的存在，变为白痴才能发出的嬉笑声。她满腹经纶的举止没有一天不用高傲的眼神扫视这个自己，她所勾勒的每一个童话故事都是胡编乱造。从八一公园到八一广场，从公园桥畔的艳遇到广场上的聚众示威游行，从西湖区派出所门前的棉花糖小摊贩到羊子巷小学一楼黑暗走廊尽头的灵异事件。我无法理喻她的语句，跳跃性的思维问答方式，一个年少的女孩竟然掌握了如此高超的骗人技术。我不得不拍手称赞她的高超技巧。可不幸的是，她的技术与这个自己相比依然遥远。她所幻想的虚拟故事可以迷惑绝大多数同处一室的同学，但无法蛊惑这个清醒无比的自己——这个不是自己的自己。

开学之后的日子里，我竭尽全力的将身体的节奏调整好，以配合这所学校的呼吸频率。一个月的时间过去，左手的伤痛感已经彻底消失，这令人大为惊喜。当然，另外值得惊喜的还有一件事：一连十二天过去，这个自己没有察觉到任何不祥的朕兆。我失去了留守教室直到最后一刻的兴致，每天迎着放学铃声快步溜出校门，在爷爷老旧的房屋里系数学校里发生的无聊琐事。可不料，这样普通的日子在第十三天的下午一点二十四分走到了尽头。迎着午后的温暖阳光，我背着书包走到教室迅速将书包塞进抽屉，傻傻的望着前方的黑板，等待着下午的上课铃声响起，不料被一个东西抵挡了原本瞬息而自然的行为。我下意识的伸手掏了掏书包，然后，那只温暖的右手毫无朕兆的被冻结了。冻结得彻彻底底，毫无反击之力的凝结。左手紧跟着伸进去，不出意外的被再度冻结。我双手被抽屉里面的某种力量吸引，无比尴尬的弯着腰站在过道上，引来身旁路过同学好奇的表情。有人已经开始嚷嚷不停，嬉笑声遍地传来，我使劲全力迅速拉回冰冷的双手，拉出书包低下头，仔细凝望其中的异常之处。在视线的焦点聚集的那一刻，我看到了一张纸：一封信。又一封信静悄悄的信件呈现在眼前，我将它掏了出来，毫不犹豫的塞进上衣口袋，重重的拍了拍胸口，大声的假装咳嗽，然后顺势坐回位子上。

我神色恍惚的平躺在月球的小山丘上，仰望着头顶上方，一颗蔚蓝色的星球，不知所措的盘问自己。怎么可能？这又是一封写给谁的信？这是一封写给你的信。不可能，我从来就不曾与人互通过信件。我没有交过一个笔友；我讨厌写信和聊天，诸如此类极为浪费光阴的反复活动；我讨厌麻烦且不迅速的交流方式；我厌恶一切可供他们察觉的证据。信件这种物质性的证据，实在是罪大恶极的存在。我不允许这个自己写下任何可以供人挑拨的符号。归根结底的一点，你根本就不怎么了解这个世界的文字。这是他写给你的又一封信。他是谁？他不是已经消失了么？不可能的，已经半个月没有遇到过异常状况了，今天也不会发生任何异常。我安慰自己，假装安慰自己浮躁的灵魂。这封信是递给我美丽小公主的，是的，这是属于她的信件。我那位美丽小公主的白马王子，一不留神将一份暧昧的情书误丢进了李逍明的抽屉里。不，它就是写给你的信，精准无误的投递到了你的抽屉里面，而且是最隐蔽的位置。精准无误的一次信件投递？不可能的，我已经拒绝了那个疑点的考量，不想再去追究它深层次的矛盾。否则，我将无法自拔的缓缓死去。可是，它现在已经在你身体内部了，你应该将它拆开。

我应该拆开信件，快速仔细阅读。但决不允许是现在，上次的阅读过程中所遭到的伤痕至今还没能恢复。先上完课，回头到家里再慢慢阅读。不，不仅仅是阅读，而是屏蔽掉思绪的猜疑。我稀里糊涂的结束了一整个下午的无聊课程便一路踩着焦急的步伐回家，酒店工作的母亲还未回来。我迅速回到小房间里，关上房门，果断屏蔽掉隔壁屋里酒气冲天的味道，丢下书包，钻进被窝里透过隐约的光线开始屏息注视。这次的文字竟然更加潦草，连自然段也被不知名的原因舍弃了，它们远远看起来简直就是一坨令人恶心的符号。它根本就不是一封情书，你错了。

逍明兄，你可以停止疑惑了。我已经发现了你，半个月前就已经通过那条线段发现了你。虽然你早已将它们彻底抹去，但是，你无法抹去我的记忆。你已经被我发现了，你可以不用再在教室里故作玄虚的打扫卫生了。你是不可能追查到我的，除非我主动去找你，就如同现在这样。我的名字，我保证你很快就会知道，或许就在你收到这封信的当下，也可能就是明天课间操时分结束的晌午。你不用急，也不必感到慌张，我并不是你想象中的那一类人。这点我可以以人格保证，你完全可以放心。如果我真的是你想象中的那一类人，那么，你就不可能有机会看到现在这些文字。你早已被驱逐出了这所学校，彻底被流放至撒哈拉沙漠的最中央。他们什么手段都想得到，他们是不会给你活路的。我之所以再次与你交流，只是想传达给你一个讯号。一个非常重要的讯号。你试图寻找的那个地方，我可以带你去。但是，你首先必须信守承诺的以自己的灵魂保证，永远不会将它透露给这个世界上的任何一个人。任何一个人，包括你的父母、你的兄弟、你的情人，最要好的朋友也无不例外。永远不把那个世界的秘密透露给任何人。你不用回信给我，我可以通过另一种方式收到你的回答。那种回复方式，你只要稍微调整一下平日的呼吸节奏即可办到。当然，也不必再去担心任何事情，我不会将那个你公诸于众。我们同属一致，我们不是他们。你完全不必设防，兄明逍。

我哑口无言的推开被子，顺势深深的吸了一口凉爽的氧气，然后将信纸塞回裤腰袋的最深处，结尾处那个不知为何颠倒了的称呼令人难以理解。但是对折的信件，其前后呼应的称呼无法不引来收信人的瞩目，完全重合的收尾呼应令这个自己百思不得其解。它毫无疑问就是上次的那个人写下的，所有的字迹，语言表达的习惯，包括信纸的成色都没有更改。我在断定无法解决第一个困惑之后，失落的推开房门，冲入臭气熏天的酒气之中从客厅冰箱里翻出一大盒泡面回到屋里，撇开叔叔的眼神，草草解决了肉体的饥饿。五分钟过去，我推开意犹未尽的泡面盒，再次掏出信件，仔仔细细的从头到尾阅读了第二遍。这次是第二回阅读，我看得极为谨慎，本想找到第一封信件合在一起重读一遍，可惜无从考究它的去向。它已经被之前的那个自己撕得粉碎，再也无法拼凑回原来的模样了。它消失在黑暗的峡谷深处，任何人都不可能去帮助它。它被判为了无期死刑。我只能依靠手心的这封信件，借助福尔摩斯的大脑去追查杀人犯的思考逻辑。在漫长的阅读结束后，自己的大脑依然无法理解如此严谨的文字之中为何犯下了最后一个低级的错误？

他怎么会不小心犯下如此低级的错误？他写的两封信件均毫无破绽，没有一个错别字，甚至每一个标题符号都异常讲究，也没有多余的逗号，每个句子之间都保持着完整的连贯性，不像是随意写下的句子，也绝不可能是随意写下的句子。我从未有过的高度否定了这两封信件是人为闹剧的可能。它们高度一致性，它们两者前呼后应的因果关系都令这个自己感到无比惊讶。其中透露的数个关键字眼，如果不是属于那个世界的人，绝不可能会在写作时运用得到。他们不可能会创造出那样的词汇，那些常人绞尽脑汁也无法创造的词汇，永远都只属于那个的世界的那一部分人。那些不属于这里的词汇绝对不允许在这个世界被人提及，很显然，他运用了信件这种不必开口的方式试图与我交流，犹如与另一个星球的外星人交流一样——发出的讯号时断时续，带有稳定的节奏性，夹杂部分不确定的因素，尽量避免不便于沟通的句子，语句之间以相同的呼吸频率存在，首尾呼应但是必定存在巧合性契合点，截取重大的事件名称与杰出人物的代表，竭力选择雷同的语境，语意双关的隐晦手法驾轻就熟的运用，试图以最短的时间获得最大几率的回复。

他竟然都做到了，我忍不住低声惊叹。两封短短的信件就已经令人彻底着迷，我不知道现在的这个自己应该做出什么决定，背弃信件，还是选择正面对待？*你不可能无视信件的存在。*我放弃了前者的选择，用理智的大脑丈量此事的权重。这件事情，事关重大，一旦下定决心就无法回头。*你可以选择忽视他的存在，也可以立刻做出一个正面的回应。是的，你应该做出一个回应，你已经无法选择避免了。因为，你竟然犯下了那个令自己无比后悔的决定。*我做出了一件令自己感到后悔的事情，庆幸的是，它没有被他们发现，幸好被那个人发现了。可是，我必须做出那样的决定，纵使让人感到后悔不已也不例外。例外型事件与非例外型事件的存在概率应该用什么样的数学符号去称量，这个自己毫无概念，但是，不入虎穴焉得虎子，我必须找到那个时间点。时间点将是决定一切的关键所在。

临近期中考试，这个自己却无法集中精力去复习功课。糟糕的数学成绩令人无地自容，幸好，小学的知识可以用突击行动来弥补。一连四天四夜的奋战让我如愿捧回了两个双百分，避免了他们的嘲讽和眼神。脑子里不知为何时常浮现出那句话、那句信中刻着的句子、那种回复方式——你只要稍微调整一下平日的呼吸节奏即可办到。

我只要调整一下平日的呼吸节奏即可办到？我反问自己，一边沿着操场的坑洼水泥地漫步，一边在脑子里思考办得到的方法会是什么样的东西。凛冽刺骨的寒风轻易穿透这个自己弱小的身躯，渗透棉袄的所有缝隙窜入衣内，令人忍不住颤抖不已。左手大拇指突然之间传来隐约疼痛，耳边动荡的空气里回想起一首歌，那首很多年前传唱的歌谣，那一首没有台词却永不停止传唱的旋律——就算用全宇宙最坚硬的岩石去捶打它，用人世间最悲惨的痛去拷问它，用这个世界所有人最尖利的目光来鄙视它。它也不会受伤，它也不会毁灭。只因为，在低下头的瞬间，我就可以轻松的跨过这一整片的土地，小心躲避中间聚集的坑洼泥水，隐藏掉一切不为人知的秘密。是的，没有错，它就是我的心。

我在操场的一角，依偎在树下躲避寒冷，可寒冷却继续将我无情的笼罩。我的呼吸因为这阵阵寒气开始氲乱，时而急促，时而舒缓。急促与舒缓来回鞭挞着这个自己的心跳频率，我意识到他们可以借助空气来毁灭这个自己。他们太强大了，居然见缝插针的阻挠一切。我放弃了短暂的室外运动，回到教室，将抽屉里的书包翻了出来，把里面的那封信件从抽屉的角落里摸索出来。我蜷缩在教室的最后一排将它撕碎，天女散花的表演令人感到从未有过的舒坦。讯号被毁灭了。我调整了一下呼吸回到座位上，迎来了漫长的惆怅。惆怅的情绪为何选择了自己？我只不过是隐藏了讯号的踪迹，毁灭了它在这个世界的肉身，为的只不过是逃脱他们的追查。我不接受一丁点犯罪的痕迹，表演必须——干净利落，手法娴熟，来去匆匆，完美落幕。我注视着讲台上的班主任，沉浸在惆怅的沙漠中央，看到了不远处低矮的绿色仙人掌，脚下绵延数里的沙粒，还有前方的奢华景象。虽然这个自己清楚的知道，它们都是海市蜃楼，犹如这个世界里故意做作而成的所有假象。我瞭望着假象满是欣喜，彻底享受着奢华的虚假的美好，在下课铃声响起的煞那间背起书包第一时间走出了校门，只为不被他们所察觉。

离家长会召开还有两天，班主任跃跃欲试的班会令人昏昏欲睡。我稍有兴致的扭过头，满是无知的眼神上下打量着公主同桌的模样。一直以来都未曾正眼与她交流，曾我倍感愧疚。她今天身着一整套粉色的靓丽公主裙，小小的深棕色短靴，散发着独特味道的长发，带着些许红润的脸颊，眼神不经意间与我相视而过。我整个人的脸庞迅速膨胀，果断的掩饰掉不好意思的红晕，回归正常的自己，担心那个世界的秘密被她扑朔迷离的眼神发觉。她没有开口说一句话，我们俩一如既往保持着沉默——开班会时的沉默，课间操时分的沉默，早晨碰面时的沉默，放学离去后的沉默。不是我选择了沉默，而是沉默竟然毫不留情的选择了我，进而影响了她。我们两个一连沉默了五个月，冷战似乎还将一直持续。

我沉默的倾听班主任的教诲，一些无聊而疲惫的客套话。这个自己现在居然连重复背诵一遍的兴趣都没有了，我望着两个鸭蛋的双百分自得其乐。我在自得其乐的空气里翩翩起舞，享受着这个世界给予的荣誉感。然而，这份油然而生的美好被公主同桌的右手打断。她将一张纸递给了我，我莫名的扭过头去的时候，她却已经面不改色的将它塞进了我的左手。我接过它，没有开口询问原因，只因为在触摸到它的第一秒，这个自己已经知道了它的寓意。我不想再将它视为一封信件，第三封信件竟然以如此危险的方式出现。她是否已经看过了信里的文字，如果已经拆开看过，那么我现在就必须毁灭她。在她连同他们联手毁灭这个自己之前，我必须先毁灭她这个源头。我要保全自己的性命，这是首要考虑的问题。假使性命丧失了，我就没有借助肉身完成使命的理由。我是不存在的，可是，这个肉身是存在的。我故意探过身子，观赏她的表情，她面不改色心不跳的注视前方，毫不在意我的存在。*是的，你从来就没有在这个世界上存在过。*我试着用唇语与她交流，近距离的交流，可是无功而返。我找不到在她出击之前毁灭她的理由。她如此的年幼，单纯而玲珑的小女孩。我不应该毁灭她，她还未成年，我不能如此的残忍，先把信看完了再说。我下定决心。那个人实在太不注意了，竟然以如此危险的方式传递讯号。途中所经历的不确定假设令人无法镇定，我满是激动的在课堂上拆开信件，将教科书立起，以抵挡住前方老师的眼神。

逍明兄，以这样的方式与你交流实在是逼不得已，希望你能理解我的苦衷。首先请你完全抛开那些顾虑，她是一个非常靠得住的人，不会给你带来任何不必要的麻烦。这点你可以放心。这次的冒昧造访，希望你能给予充分的理解。如果不是因为事情的变化如此突然，我一定不会以今天这种危险的方式与你交流。毕竟，任何一丁点的差错都将招致我们的毁灭，这点相信你比我还要清楚。

如果此刻，你还在怀疑我的身份。那么，现在，我可以如实的告诉你。那天，我并没有离去，并没有与你想象中的那样拎着书包回家。透过教室后门的门洞，我亲眼看到你独自一人在教室里思前想后的彷徨身影。虽然，那时候没能看清楚你低头时所造就的一切，但是自己已经清楚地感觉到一股非同寻常的力量的存在。是的，逍明兄，你现在应该已经可以猜测到我的身份了，那天最后离开学校的人并不是你，而是在你锁门之后躲在角落里偷偷窥视的我。我才是最后离去的人。你不用惊讶，也不必慌张。我们同属一致。这点我可以保证，我不会透露给任何人一丝关于你的秘密，也请你不要在班里宣扬我的存在。纵使看到了我，也请你不要轻易开口与我交谈。我们不需要那种沟通手法也完全可以拥有一切必要的讯息。

言归正传，事态现在已经剧变，我已经无法控制住这里的局面。虽然不便开口，但是今天我不得不向逍明兄你求助。请求支援。入口处突变了。没有骗你，我没有在这里开玩笑，完全没必要拿这样的大事来开玩笑。这里的入口处，昨天傍晚开始剧烈的发生变化了。这是我今天早晨才收到的讯号。之前，入口处一直处于平缓而安详的状态，犹如很多死火山一样平静得让人几乎忽视了它的存在。可是，不久前的一次事故造成了入口处的些微变动。起初的变动并不大，基本上不会引起任何人的注意。但是，昨天傍晚，彩霞消失之后，入口处陡然剧变，产生了令人惊讶的扭曲。扭曲的程度与速度之快，史无前例。

逍明兄，形势非常之紧急。我本计划在家长会结束之后，择日邀请你去那儿参观。但是，以现在的局势，已经不允许了。我必须将悲惨的事实告诉你，他们已经察觉到了这里的入口处。今天，今天下午第四节课结束后，我请求你最后一个离开教室。

→

你失去了自己。我失去了自己。信中的文字被毫无停顿的视线扫描完毕的一瞬间，我失去了自己。我怎么如此不小心的失去了自己？李道明，你犯错了。你犯了一个天大的错误，错误将招致这场灾难的提前到来。是的，他绝对是一个传达者，一位在此恭候多时的传达者。他并不是执行者。倘若他是执行者的话，如今的这个自己早已葬身于阴曹地府的最深处受尽折磨。他的阴险和狡诈，他怎么潜伏得如此完美？居然连你也都没能察觉到。你是一个异常讲究的人。一切行动，一切举止，一切思考都追求完美的极端主义者。每一句承诺，毫无声息的承诺；每一次点头，不为人知的动作；每一回行动，悄无声息的潜入。这些都必须以绝对完美的戏法演绎，否则这个自己就会被他们毁灭。我忍不住低下头打量这个自己的肉体，这个自己之于这个世界上的存在，它依旧完好如初，除了左手大拇指的旧伤，其余部分没有产生任何物理上的变化，也没有再出现新的伤口。可见，这封信件没有给人带来任何意义上的伤害。可是，我的灵魂发出了微弱的躁动。它因为信件的到来缓缓伸了个懒腰，似乎刚刚从睡梦之中苏醒的一头狮子，用精神抖擞的眼神远远的趴在非洲大草原的大树下乘凉，瞭望着这个自己，静静的等待着决定的降临。

毫不停止的心跳，猛烈跳动不已，它犹如一名喝下了一整瓶兴奋剂的短跑运动员，在我弱小的躯干内部上下来回抖动。我无法按捺住它的疯狂，它的萌动，竟然在我体内延长了自身，穿透了肉体表层，毁灭了完美的躯干。它不再是一颗普普通通的心脏，而是一个拥有了自我调整能力的感应球。它带着鲜血淋淋的姿态，自私的跳到了我的膝盖上面，丝毫不去理会奔流着血液的伤口。滚烫的液体沿着伤口迅速流淌而出，在一切干燥的地方蔓延开来。血液竟然学会了雨露的生活方式，在一切没有水分的地方辛勤灌溉，直到所有失去知觉的地方开始糜烂。我毫不留情的将球体塞回自身内部，对它的表演毫不留情的臭骂了一顿。你以后再这样，我可就不跟你玩了。现在可是在打战，战场上没工夫玩魔术。魔术都是假的，哄人的把戏。它们可以哄骗绝大多数右脑还未开发的低级人类，却无法哄骗这个清醒无比的自己。我已经掌握了独一无二的能力。我与众不同。我自命不凡。是的，我又一次的重复鼓励了一番自己，嘴角迅速洋溢起阵阵笑意。但我不能发出一丝欢快的声响，这个世界不允许我发出一丝声响，一丝都不可以。

是的，我已经可以猜到那个人是谁了。虽然记忆所寻之处，没有非常清晰的模样。但是纵使如此，依然可以回想起画线段的那天，那个值日生的大致模样。他的身材异常矮小，有点像欧美奇幻故事里的小矮人，是有戴着眼镜的，我自问自答。是的，他是有戴着眼镜的。眼镜的具体颜色无从回忆，那并不是非常重要的问题。他衣服的颜色如今也无法追忆，可以追忆的是他的衣着非常朴实无华，好像是一身休闲运动装。书包的颜色还能回忆得起。那是一个深蓝色的书包，非常深邃的蓝色，比天空的蔚蓝要深得多。他肯定是在我原地驻足思考的时候，偷偷的回到教室，踮着脚尖，溜回位子上，背起书包掉头轻轻离去。不，他并没有离去，只是离开了这个教室，躲藏在了走廊某个黑暗的角落里。正如他在信中提及的教室后门一样，透过那个垒球大小的门洞。他看到了我，意识到了这个自己的存在。他意识到了你的存在。你身上无时无刻不在散发出一道独特的光芒。

一阵无比响亮的下课铃声敲碎了脑海里的斟酌，她起身离去，留下我独自一人漫长的课间十分钟。这是第二节课的课间，还有最后两节自习课。自习课可以自由活动，坐在位子上写功课，或是与要好的朋友坐在一起解决疑难问题。可是，这个自己并没有在这里交到一个朋友，一个要好的朋友也没有。目前的这个自己完全处于太平洋的复活节岛的小山坡上，没有一个人敢踏上沙滩半步，更别提深处潮湿险恶的深处森林和巨大的外星人石像。我怎么被孤立了？我只不过是不小心提早打开了降落伞，落在了陌生的原始森林之中。这并不是你想要的生活。我满怀着憧憬的心情来到这里，这个陌生而新颖的校园里，企盼一切美好的事物。我期盼所有老师的赞美，企盼班里同学们仰慕，企盼小卖部里年少女孩的芳心，企盼校门口小吃摊的各类零食集体降价，企盼新家的环境可以更好一些。可是，我所企盼的一切都变成了垃圾堆旁的狗屎。我心中满腔的热血，竟然被他们洒在了地上。

她走了，她难道是去向他们汇报了？完了，完了，我彻底玩完了。她肯定是跑去楼层尽头的教师办公室向他们汇报了，他们已经在赶来的路上。我必须立刻动身，背起书包离开这里，离开这个喧哗的教室，离开这个肮脏的世界。我可以窜入拥挤的人流中，如同每天上学时一样融入其中，复制他们脸上清纯无知的烂漫笑容，这样，他们就不会轻易发现我。但是，万一她看到了我身上的光芒怎么办？是的，这点你必须考虑到。因为，你身上无时无刻不在散发出独一无二的光芒。目前的这个自己还未能掌握控制光芒的技能。它时而明亮，时而暗淡。在越发黑暗的时刻，越是情不自禁的、毫无预言的散发出一整片独特的光芒，远远对着极夜之下家中的镜子望去，可以清楚的看到一个萤火虫般的自己。这个世界的这个自己在某次事件之后，经历了一次局部的质变，不久之后在某个傍晚回家的路上，我第一次意识到拥有了照亮脚下道路的能力。那时候的光线还远远没有现在这样明亮，那个阶段的光亮度更接近于汽车近光灯，只能勉强照亮脚下一米开外的道路，无法拥有更强的的光束，更谈不上照亮教室的一整片角落。

于是，她回来了，双手空空的回来了。后面没有跟来一个人，没有教导处主任，没有班主任，没有校长，没有打扫卫生的阿姨，也没有她的白马王子，竟然什么也没有。她只不过是溜去走廊上瞎转悠了一小会儿，这个自己又一次的多疑了。那个人一定是受到了光芒的影响，所以才停住脚步留守在教室的后门试图一探虚实。他一定不具备这样的能力。是的，他不具备散发出光芒的能力，否则就不会在信里透露出如此崇拜的心情。而且，不止一次的崇拜。他的文字功底非常了得，小学二年级居然拥有如此精湛的叙事能力，简直令人叹为观止。但眼下，这个自己关注的不仅仅是这一点，还有一个更为引人注目的词汇才是最根本的问题所在。他竟然能够提到那些词汇，那些从未有人提及的词汇。它们并不属于这个世界，那个世界也从来不属于这里。难道这里，这座陌生的城市真的拥有那样的地方？我不排除这种危险的可能性。事实上，我一直非常期待这里也有入口处的存在。时隔近一年的时间，我再也没能在这个世界看过入口处，基本上已经将它的记忆删除。但是，这封信件里的关键词汇竟然轻易勾引起了埋藏多年的记忆。他实在是太厉害了，我忍不住又一次的感慨。他竟然用一个词汇就挑逗出了这个自己试图埋葬的所有记忆，他所企盼的援助，因为那个词汇的出现使我无法找到一个拒绝的理由。他不费吹灰之力的调用一个三个字构成的词汇，便将一封无法抗拒的邀请函塞入了我的肉体之中，令人无法抗拒。如果换作是替人完成周末的功课，考场上冒死传纸条舞弊，课间操时分溜去小卖部代人买干脆面，体育课上替人多跑一回五十米。我一定会毫不犹豫的拒绝，但是眼下的求助非比寻常。它的意义无法用一个确切的词汇来形容。是的，我愿意出手相助。只因为，入口处的存在，这个自己应该出手去拯救那个世界。义不容辞，责无旁贷。我迎着第四节自习课响起的放学铃声，轻轻的拍了下桌子。

可爱的公主同桌很快随着他们一块儿离去，匆匆背起书包迎着嬉皮笑脸的嘈杂声渐渐远行。今天值日的三位同学，很快开始了各自的忙碌。乌烟瘴气的教室随着地面上尘土的飞扬开始越发猛烈的弥漫开来，我背起书包走到教室的最后一排，拎起一个扫把开始假装助人为乐的打扫卫生，实则是为了不引人注意的留在最后离开教室。那个人目前还没有出现。教室里三位值日生；两个班委正在第三排靠墙的位子上整理学生名单准备下星期的期末考试；四名女同学依旧坐在一起聊个不停。教室此刻三加二再加四，连同我自己，共计十人。三位值日生的表情满是轻松自在，习惯了服从命令的他们正无比享受着劳动带来的愉悦感。前呼后应的来回扫地，紧接着开始拖地，不一会儿的功夫整个教室焕然一新的整洁无比。三人不欢而散，冲我丢了一记鄙视的眼神迅速离去。其中一个矮子居然故意撞上了我，双眼迸发出深蓝色的光彩，一声道歉也没有的快步离去。我久久的依偎在教室后排的黑板报前思考，定量思绪观察眼前的一切。两分钟过去，四个无聊的小女孩结束了她们题为美女与野兽的性取向的博士论文谈论会，其中一个便是我可爱的公主小同桌。我无从追查她是什么时候离开教室又回到教室的，思绪开始颠倒，她缓缓的离开座位，故意扭动了一下无比瘦弱的臀部，背起大红色的米奇老鼠卡通书包，头也不回的拉着三人一同跑了出去。现在，教室还剩下三个人。除了自己，便是两个班委，一男一女。两人的身材都不高大，这令我一时间难以迅速推断他或者她会是哪个谁？如果是他的话，那么他的身高远比我想象中的还要文弱，简直就是七个小矮人的翻版。从背面看过去，他留着小平头，上身一件土黄色的外套，不像是棉袄，手舞足蹈的搂着一旁的女生窃窃私语。他的行为举止没有任何文雅可言，完全放纵自我的表达手法，极为危险。如果不是因为知道他们两个的身份，我一定会毫不犹豫的断言他们正在意淫于美好的爱情童话之中。她是班长，身材高挑，一席长发披肩而落，家境险恶，每天换新衣来上学。今天的朱砂红横条毛线衣，令我不由地蠢蠢欲动。她飘逸的长发在灯光的照耀下隐隐约约折射出一整片夺目的光泽，她毫不在意我的存在，从来就没有在意过。虽然我会在某个深夜在意一下她，但是，那种在意也仅仅停留在肤浅而幼稚的阶段。偶然梦到她的样子，可是因为从未正面相视，所以无法描述出她的面部轮廓，如同自己的面部轮廓一样模糊的记忆。事实上，我所迷恋的并不是她的脸庞，而是此刻身后远远望去的迷人背影，尤其是她那光彩照人的长发。我多么想去亲手抚摸一下她的长发啊。我在心底忍不住呼喊。

然而，她站起身子了，竟然毫不犹豫的站起了身子。回头张望了我一下，露出一幅莫名其妙的迥异表情，紧接着迅速从抽屉里掏出书包，低下头轻声对他耳语了一声便转身离去。我还沉淀在对她发丝的幻想之中，不料她居然毫无情面可言的抛弃了我。她为什么要抛弃我？好吧，你走吧，反正你从来就没有喜欢过我。我索性抛弃幻想的海洋，回到此刻的教室场景之中。他，难道就是他？就是他了。我很快断定自己的选择，丢下扫把一路快步走了过去。我一把拉住他的左手，用唇语发出交谈的暗号，试图确定再次确定一下身份的真伪。他没有开口，满脸惊异的样子，二话不说背起书包甩下茫然的我大步流星的选择离去。离去的速度令人惊讶，丝毫没有残余一点思考的可能。

于是乎，这个自己再一次的陷入了彻底空旷的环境中。头顶一整排的日光灯，身旁一排又一排的桌椅，空气里的灰尘也已伴随着人去楼空，彻底沉淀。我位于教室的讲台上，低头俯视着台下的子民，他们用虔诚的目光以神的名誉向我求助。我知道他们是受尽凌辱的子民，他们不是他们，他们处于这个世界的第三极，这些人寻求着我的帮助。我接受了他们的请求，怀揣着空旷的思绪立足于这个空旷的空间里，空旷的手心带着沸腾的汗水，空旷的脑海里无法再次回忆起任何事情，空旷的胸口居然失去了之前剧烈的躁动。我彻底空旷了。你被耍了。我很快得出结论。是的，现在的事实证明你被耍了。那封信的叮嘱耍了你一刀。我怎么这么笨，竟然连一封不曾署名的信件都去相信？不，它不需要署名，只因为它上面刻有远比这个世界的姓名还要重要的东西。你最好不要胡思乱想，搞清楚了再下定论也不迟。我失落的拖着疲惫的身体回到座位上，毫不在意教室最后一排遗弃的扫把，也毫不在意此刻几近死寂的学校。他们终于彻底的离开了，我心底一阵唏嘘道。这样也好，我可以放松心情的静心思考。他和她难道都不是那个人？他们虽然最后离去，可是他们只不过是毫无目的的选择了最后离去。或许，根本就是逼不得已的最后离去，事实上他们都巴不得早点回去。我的心里一怔，完了。你居然看错了。我竟然想错了。你错了。他们两个人都不是那个人，他们两个人都只不过是为了讨论班级事宜而被迫留下的。那么，还有谁值得怀疑？

那四个女同学？不，绝对绝对不可能是他们，他们的愚昧和无知程度简直无法用语言去形容。我甚至从不愿意去试探他们的无知底线到底有多么深。他们居然可以围成一团的望着芭比娃娃，呆坐在椅子上嬉笑整整十分钟的宝贵时间。我的造物主啊，他们实在太可爱了，可爱得无以复加，可爱得令人恶心。她们其中的任何一个人都不可能拥有那样的能力。她们处在最为低级的思考阶段，何况，信里曾提及她并不会给我带来任何麻烦，自然也不会引来任何危险。我心安理得的放弃了对于四个人女生的怀疑，快速立起身子，踱步锁上教室的铁门，穿过空荡荡的操场。此刻的操场随着黄昏的离去，变成一整片绿黑色的迷雾之都，到处弥漫着窒息的湿度，令我每一次的起步都显得异常迷惘。我逼不得已的缓下脚步，小心谨慎朝着不远处的光晕前行，担心身后会有坏人设下来的圈套，心底确信它就是校门口的路灯。我在一阵哆嗦与胆颤之后穿越了迷雾，在校门口与门卫大爷一阵相视而笑，便走出了校门。然后，我被某种力量所控制了。

你被某种力量所控制了。我摒弃一秒钟前的结论，再次反问自己。在走出校门的第一时间，这个自己的肉身被某种力量彻底控制。它控制了这个世界的自己，令人无法动弹。全身上下都无法动弹一下，竟然连眨一眨眼皮的可能也失去了。我极为不自然的被控制在了校门口的路灯下，所有行人目前还没有一个人发现不寻常的存在，纷纷埋头前行。你他妈的怎么了？我在心底咒骂自己的无能为力。如此独一无二的能力，现在居然被一股看不见也摸不着的压迫感所控制了。肩膀上的负担开始加剧，原本轻飘飘的书包越来越沉重的受到重力的影响，开始缓缓下沉。我无从选择的抵抗肩膀上越发沉重的负担，以半蹲的姿势，选择默默忍耐。你不能开口求救。这个世界的求救电话是一个骗局。你只会在意识到自己死亡的前一刻，无可奈何的去拨响那个号码，然后在他们抵达边境之前，不出意外的死去。我还可以活下去，活更长的时间，而不是在此贸然的死去。我鼓励了一下自己，大颗大颗的汗水从额头上落下，脚下的水泥地开始沾有独特的味道。

那些来自另一个世界的水，在这个世界的地面上蒸发，进而转化自身的能量形式，成为另一个自我。

在几近崩溃的煞那间，力量突然之间消失不见。我彻底失去了支撑肉体的力气，晃荡一声跪倒在地，一位路过的老人冲上前，将这个没有了力量的自己扶起。一阵问寒问暖之后，我带着微笑点点头，轻轻低下头拍了拍身上的泥土。在余光扫视的时刻，我感受了围绕在四周的一个圆圈。你看到了一个从未见过的事物。我感受到了身旁环绕一周的巨大圆圈。它是如此的完美，完美的一个圆圈，前后左右四面八方的将这个自己围绕，犹如一座看不见的围城。围城不需要炮台，也不需要城门，所谓的虾兵虾将皆是虚无。它以独有的方式存在，圆圈散发出点点微光，色彩独一无二。天啊，这不就是我画下的线段所散发出来的光芒么？我一边暗地里惊叹，一边缓缓俯下身子用手触摸它。可是，它没有给予丝毫的理睬。它给人的第一感觉是——用手指触摸水面上漂浮的油渍，每次触摸，它都会不好意思的扭曲，然而又很快变为自己，接着再次被外力所扭曲，进而再一次的变回自己。它像一个处女般，极为不好意思的扭动腰部，但是整体形状不为任何力量所动。我只是不断的触摸它，一次又一次。我承认，这个自己开始喜欢上它了，它婀娜多姿，令人无法不去怜爱。我好想抱着它睡觉，让它的温柔抚摸自己，可是它仅仅刻在了地面上。这么好的东西竟然刻在地上，多么可惜。它是谁的造化？我结束了温柔的幻想，回到残酷的现实。这个世界上的谁拥有如此高超的技艺？难道是某个人的恶作剧？或许是一个无聊的小混混买来了一把巨大的圆规，然后在地面上画下了一个圆，以显示自己的能耐？我缓缓撇过头，试图引起路过的行人的注意。我望了望他们，又用视线瞟了瞟地面上圆圈所处的位置，可是他们竟然毫不留意如此完美的事物。他们怎么可以选择视而不见呢？他们不是很崇拜那个麦田圈么？当然，麦田圈的构思性超过了眼下的这个圆形图案，但是，要搞清楚的一点——麦田圈从来不具备散光的能力，而这个圆圈居然拥有如此杰出的特质。它的特质无法不引人瞩目，可是他们为何不选择留步？

他们，为什么不选择留步？我再一次的反问自己。他们根本就看不到什么圆圈，只有你可以看到。他们未曾开放的大脑还不具备这样的能力。在疑惑极速膨胀，几近爆炸的前一刻，那个世界传来的一个讯号给予了回答。我满是欣喜的点点头接受了讯号并及时给予了感谢。我意识到自身的力量已经恢复，便快速站起身子，带着疑问准备离去，不料被一股力量拉住了左手。我回过头迅速准备反击，然而理智的视线告诉大脑，他是一个孩子，一个身材矮小的男孩，一个手无寸铁的小家伙。我在哪里见过他？心底迅速追查问题，是的，我前不久在哪里见过他。就在不久前，就在刚刚离开的教室。你与他相撞而过。他竟然敢在教室正面撞击我，他是谁？为什么要来到我的身边，打破之前的宁静？为什么偏偏拉住我伤痕累累的左手，而不是右手？在疑问一个接一个的浮上水面的时候，他紧握住了我的左手，双手握紧了我的左手。一个陌生的讯号通过手臂的血液传导给了大脑，我心领神会的点点头，失去了设防的炮台。是的，就是他。他居然与我正面相撞，手握扫把在教室与我相视而过，故意撞上我，然后快速离去，如今又在这里将这个自己逮住。我仔细观察他的模样，半分钟的时间里，两人都没有开口说话。他再一次的经过了试炼，我找不到否决他的理由。毫无疑问，他的沉默宣告了，他正是那个人。我半年以来困惑的魅影，此时此刻就在眼前。上身深黄色的外套，棕色棉质牛仔裤，裤腿部位有些磨碎，白色的篮球鞋。金色的眼镜框在路灯的映衬下闪闪夺目，无法看清楚他的眼睛，也无从追究眼球的变化。他没准正在注视着我，在镜框的掩饰下目不转睛的凝视着这个李道明。极为瘦小的身躯令人难以置信，身高不足一米四，我能通过他的手心感觉到瘦小的手掌，基本上没有力量的一次握手。但是很显然，他的这个举动并不是想要展示自己的力量，而是想要展现自身的力量。对啦，就是之前那股力量，气息与频率极度吻合，那股力量源于他的自身。我无法恢复之前身体的能力，只能缓缓放下手臂注视着他的一举一动。他继续演戏，保持着面无表情的姿态，突然低下头，张开双手十指，朝着地面上，圆圈的位置，对着空气摆出一个圆圈的造型。顷刻之间，地上的圆圈随着光芒的消逝不见了。它不见了？我惊讶万分的扇了自己一个耳光。他依旧面无表情的看着我，随之匆匆转身离去，向我丢来一记眼神。眼神里夹杂的讯号在不为人知的秘密的作用下变为一句话，我理会了它的含义，拖着疲惫的身躯尾随在后面。

我跟在他的后面。*你为什么要跟在他的后面？*爷爷还在家里等我过去唠家常。或许母亲已经回到家开始做饭了，她一定没有在厨房里做饭，因为该死的叔叔讨厌我们这样的邻居。他不允许两家人合住在一套二室一厅的房子里，他根本就不喜欢我。我应该抽身回去，先去爷爷家坐一会儿，接着上楼帮母亲做晚饭，然后完成功课早早的睡觉。可是，我此刻正跟在一个人的后面。他的脚步在他们眼里看来永远都是正常的前进，步伐正常，呼吸正常，双脚的前后摆动频率正常，双手的摆动速率正常，整个人的速度与身旁的路人相比毫无分别。但是，我已经看透了他不正常的地方。

他是一个不正常的人，与这个自己一样不正常的人。*我们同属一致。*他的外在特征表现为身材矮小，但是内在特征无比深奥。我生平第一次看不透一个人，纵使运用那个世界不为人知的秘密也无法看透。他的盔甲彻头彻尾的欲盖弥彰，完全将真实的自我丢在了十字路口的卤菜店门前，用小碎步的方式焦急的前行，然而，内在的前行速度却远远超过了走路的频率，完全是一名短跑高手的运动方式。他完全隐藏了速度的精准概念，风度翩翩的摆手漫步。一路上，我与他保持着永恒不变的十米间隔。他没有回过头张望，一次也没有，只是低头背着书包一路前行，毫不犹豫的在羊子小学的十字路口选择右拐，接着继续向着迷宫的深处进发。我跟在他的后面，竟全无一丝的担忧，努力调整感应球的呼吸频率，自身的力量伴随着匀称的身体频率渐渐恢复过来。我依然不想放弃看透他的机会，哪怕是看透他的书包也可以，可是连那样的机会我也没有了。运用视网膜的焦点扭曲原理，我调整了视线，闭上双眼跟着他的灵魂前行，他已经为我铺好了前面的红地毯。不用睁开双眼，也能感受得一清二楚。地毯红透透的闪亮，恰好一个人的宽度。我漫步前行，走在星光大道的红地毯上，不用再次睁开眼睛，竭尽全力的打探虚实，可是一连十分钟过去，我收获全无。他停下了脚步，在一个路旁停下了脚步，红地毯的铺设在前方五米处走到了尽头。

我迅速睁开双眼，视线与他正面相会。他回头打量着我在这个世界的具体位置——这个经纬度的坐标完全可行，缓缓提起左手手臂指向路旁的一侧，我耸了耸肩膀上的书包，顺着他手指着的方向望去。然后，你看到了它。它竟然就在羊子浴室旁边，心底的一块陨石落地。每个星期从这里至少路过十次，可是居然一次都没有察觉到它的存在。我怎么可能没有察觉到它的存在？我难道瞎了眼么？我为什么没有发现它的存在？他没有说话，也没有解释的必要，悄悄地朝着那个方向挪动了两步，轻巧的躲避了路过的自行车，站在门口一动不动。我很快意识到他正在等待我的回复，或者说是一个回答。但是，我不能开口，身旁的他们已经聚集了过来，一堆接一堆的围在角落、马路上、汽车里面、商店门口、十字路口、太阳后面、月亮底下、斑马线上，连空气里竟然都夹杂了他们的气味。我深深的吸了一口大气，屏住呼吸向它走去。半分钟后，我站在了他的身旁，两人面对着入口处抬头仰望。我没有看到醒目的门牌位置，一个醒目的特征也没有。或许是有门牌的，但是，现在我必须尽快弄清楚他领我至此的缘由。缘由非常之多，如果逐一剖析的话，基本上没有迅速破译的机会。在一分钟的短暂喘息之后，我很快意识到自己错过它的理由，入口处竟然如此低调的存在于这里——在羊子浴室沸腾的蒸汽掩盖下，它被挥发的水汽隐藏，失去了应有的光芒，完全融于世俗的纷扰之中——它早已适应了这个世界的喧哗，掌握了融化其中的迷彩技巧。

他站在我的右侧，下意识的轻轻拍了拍我的右肩。我迅速扭头望去，他已经略微转身的面对着入口处的一个角落。我随他走向角落，那是一个无比黑暗的角落，纵使是漫天的星辰也无法照亮的角落，没有人烟也没有喧嚣。我已经站在了其中。你已经站在了入口处。我终于知道了，他为何领我来到此处的缘由。角落里显露出一个更为巨大的圆圈，我快步走向前，清楚的看到了半米开外一个圆形图案。它竟然与刚才围绕在自己身旁的圆圈一样完美，同样散发着淡淡的微弱光芒。但是，它的光芒异常暗淡，像一个濒临死亡的海豚在挣扎，发出轰鸣的海豚音，正在大口大口的喘气。我知道，它就要死去了。我收到了它传出的讯号，点点头转身向他望去。他纹丝不动的以同样的表情低头叹息，我不知道它为何突然之间选择了一声叹息。我看到墙角贴着的几张海报，那些不属于这个世界的海报经历了他们的眼神之后，变得越发憔悴。海报上面的各色男女，各种背景图案因为光线的映衬无不引人注目。我毫无兴趣的掉头走人，没有丝毫叹息的离开。满脑子的不解令人无比的困惑，简直比下星期即将来临的英语期末测验还要令人困惑。我掉头离去，大步跨出了入口处，不再多加思考那个诡异的圆圈。

父亲的书法字因为坚持不懈的努力获得了他们的赏识，我因此获得了一些想要的东西。这些想要的东西，令这个自己感到从未有过的满足。期末考试的成绩差强人意，该死的英语试卷被我撕毁。我不知道自己为什么开始喜欢上了毁灭这个可怕的字眼。但凡是想要遗弃的事物，都竭尽全力的选择撕裂它们。不留下一丁点痕迹是非常重要的一个信条。信条的意义之于心脏般重要，纵使是烧毁父亲辛辛苦苦完成的毛笔字，也不足以怀疑。虽然，这个世界上，到处都有需要怀疑的信条。

自从那天离开入口处，两天以来他没有再在学校找我沟通，我也没有主动去找他。他的座位与我仅仅相隔三个人的距离，我们同属一个水平线上。纬度完全一致的地球水平线。第一排的座位令这个自己每天享受着漫天飞舞的粉笔灰，身体不同程度的受到这个世界的污染。但是，这种污染与其他形式的破坏相比，依旧不足挂齿。尽量不与他发生冲突，我这么约束自己。不主动与他沟通，不在体育课上与他站在一排，不在他值日的那天扫地，不轻易透露任何与那个世界有关的东西，尽管他已经没有了继续怀疑下去的必要。可是，随时保持怀疑的态度来看待这个世界，永远不会过时。他竟然四十八个小时没有与我发生碰撞，这是令这个自己目前最为困窘的期待。其实，身为这个李道明，我打心底里期待着他的解释，对于上次碰面的解释，对于那股莫名力量的解释，对于入口处光芒灰暗的圆圈的解释。虽然，我执意认为这个世界上的很多东西，越不弄懂真相对自己越好，但是懵懂的好奇心无法避免的越发剧烈了起来。

造物主命令期待与解释在第三天的傍晚结束，依旧是她将第四封信件递给了我。接着，满是笑意的抱着芭比娃娃转身离去，我将信封果断的塞进书包最底层的角落，一路快步溜回了家。在极夜到来的凌晨一点半，我推开被子，踮着脚尖翻出书包里的信，溜进厕所假装拉肚子，激动难耐的打开日光灯，小心摊开变换了纸张的信件。这次的字迹，居然出乎意料的工整，犹如打印机排版之后的小说成品，段落层次分明可见。它的字数之多，令穿着薄衣的自己倍感无奈。我哆哆嗦嗦的紧接着打开沐浴时才用得着的暖灯，蜗居在小小的厕所里开始搜寻塔罗牌中的奥妙。

道明兄，你好。

那次会面之后一直没能与你交流，望君见谅。两天以来，我在反复思考一个问题。这个问题，今日清晨终于得到了解答。当然，之于道明兄你，我觉得有必要先将一些问题解释清楚为好，以免带来一些不必要的误会。

对于你所画下的那条线段，我想再一次吐露对你的敬佩之情。你所拥有的能力，我目前无法企及。你精准的画线能力简直空前绝后，毫不客气的说，你是我目前见过的最厉害的传达者。但是，你还不具备那样的能力。那种能力，我们稍后再详谈。现在，你的同桌已经被我俘虏，她因为不久前的一次意外无意之中听到了某些与那个世界有关的传闻。我迫不得已用温柔的方法毁灭了这个世界的她，现在的她只是一个呆板无知的小女孩，绝对不会给你带来任何不必要麻烦。之前的所有顾虑，从今往后可以免去。她会担任一个送信员的职务，这是我赋予她的全新属性。她之于我们两人之间的意义。她的大脑还未开发，右脑基本上没有生理特征，左脑的低级脑组织经过简单过滤之后，如今已经不具备毁灭你的任何可能。道明兄，第一个顾虑你可以消除了。

第二点，我之所以选择在你的线段身旁画下另一条类似的线段是有原因的。这点想必你早已猜到。我无从追问你的猜测，但是，我愿意将当时自己的想法完全透露给你。身为一个传达者，我们的资质是同样的。我们依靠这里的食物与氧气维持肉身，我们活在两个世界中间，两个截然不同的世界。那个世界永远是虚拟的、不存在的，犹如你所刻画的线段一样。我所临摹的线段，只不过是为了迎合你的想法，尽量在最短的时间里避免错过交汇的机会。很幸运的是，你在第一时间里看到了多出来的那条线段，并且果断回复了我的提示。这点我非常感谢逍明兄你的信任。虽然，我所画下的那条线段是依靠从文艺委员那里借来的，大型三角板完成的。

第三点，你应该还在反复思考上次放学时，在学校门口遇到的那股力量。我首先承认它是来自于我自身内部的能量。或许，给逍明兄你多少带来了一些不便。这里，我恳请你能原谅我的无知与冲动。选择那样的方法，完全是逼不得已的最后一步棋子。只因为，逍明兄你的能力实在过于强大。之前早已画好的分界圈竟然没有对你产生本应具有的牵制力。或许，你此前并没有意识到脚下的不同之处，这里我可以诚实的告诉你，那是我生平画下的最大的分界圈。接近一张双人床的大小，为的就是保证可以万无一失的逮住你。当然，你不无意外的，连蹦带跳的陷入陷阱之中。可是，你居然毫无感觉的差点脱离陷阱。情急之下，我不得不使出那个世界的力量牵制住你的行动。一来避免你的离去，二来再次检验一下你的能力，试图一探你能力的极限。可是，非常失望的，你目前的能力虽然已经超过了分界圈，但是还没有达到引导者的境界。这点，我深感遗憾。你很快被力量所束缚，无法动弹。我在不远处的角落，仔细观察你的变化。你身上的光线因为分界圈的存在产生了激烈的量变，量变程度异常剧烈，但是光线的亮度没有与其它光线发生光合作用。这点令我感到非常惊奇，也无法理解。因为，分界圈作为隔阂两个世界的特定符号，理应消除逍明兄你身上的一部分光芒，但是它竟然出乎意料的失去了作用。这只能证明，逍明兄你拥有了超越分界圈的独特能力。虽然，被它所束缚，但是仅仅束缚了你在这个世界的躯体，而没有束缚你的自身。你灵魂的光芒依然健在，不受影响的散发着独特的亮丽光芒。

对于入口处的圆圈，我知道那天你已经清清楚楚的看到了它。是的，正如你猜测的那样，它就是一个圆圈，一个巨大的圆圈，一个位于入口处角落里的巨大圆形符号。逍明兄，我目前还无法知晓你个人具体的属性，你的家庭住址、身高体重、优点缺点、爱好兴趣、家庭背景等等。其实，除了信中提及的这些事以外，我对你基本上可以说是一无所知。所以，请你不要过分的掩盖自己。你越是掩盖，我越会去努力追查。恕我直言，作为一个传达者，追查问题的真相永远都是造物主赋予我们的责任和义务。正如逍明兄你所期待的信件一样，追查真相，试图得到一个合理的解答。可是，对于分界圈，我目前无法给你一个切实的定义。你需要自己去寻找一个事物，它存在于这个世界之中，可以轻易被找到。我所获得的这些智慧，绝大多数都是经过它的指引而获得的。

回到前面遗落的话题，我所指的你还不具备的那种能力，相信你已经察觉到了。如果还没有意识到，那么我现在就告诉你。你可以轻易画出一条完美的线段，但是，却无法画出一个完美的圆圈。这点是经由我半年以来的观察得出的结论。逍明兄你所拥有的文字才华足以令这个世界惊叹，语文老师对于你的将来无比期待，多次建议你参加市里的作文竞赛。当然了，你不无意外的拒绝了所有的邀请。可是，值得注意的一点，你对于英语，尤其是数学，可谓一窍不通。你无法接受这个世界的语言。或许出于没有兴趣，或许根本就不想去学，又或许是因为一些不便透露的理由。你的数学成绩一般，可以预见到，在将来很长的一段时间里，数学将拖垮你的考试总成绩。你从来不用直尺画线段，这点她已经透露给我了。起初，我还无法相信逍明兄你拥有那样的才华。可是，上个星期五的数学摸底考试，经我亲眼所见之后，才逼不得已让自己承认了这个可怕的事实。我以为只有自己可以用左手画线段，当然是依靠直尺画线段，而你竟然是徒手完成的。这简直令人难以置信。可惜，逍明兄你至今无法掌握画一个圆的方法。纵使是双手一齐开动，你也无法依靠圆规的辅助力量画下一个像模像样的圆圈。你在自习课上遗弃的那些稿纸，我在放学之后找回了其中的一部分，回家仔细观察了上面的问题所在。可惜，兆宇我能力有限，无法探究其中的奥妙。

还有一点，这里我不得不提及的一点。你在入口处仔细凝视的那些海报，它们的存在你应该永远留在心底。恕我啰嗦，请千万不要将它们的存在公布于众。它们只不过是被这个世界遗忘的几张二手废纸，丝毫不能动摇这个世界的任何一块基石。它们的名字，他们不允许存在。诚然，我不排除逍明兄你背叛那个世界的可能，但是据我目前所了解到的这个你，你完全值得信赖。希望你也能像我信赖你一样，信赖兆宇我。我们同属一致。理应互相帮助。共求生存。你在课桌上无意之间刻下的颠倒文字，我是在这个星期一早上换座位时才发现的。我以为逍明兄你是一个远比我要谨慎的人，但不料你竟然也会犯下如此无知的错误。不过你大可放心，那个2王霸头街的圆珠笔字体，我已经将它彻底毁灭了。我是第一个也是最后一个看到它的人。幸好是我坐在那个位子上，换作是他们中的某一个，你现在已经被他们毁灭了。

逍明兄，入口处现在已经开始恶化。你所看到的那个分界圈正在缓慢死去，不久的将来就会彻底消亡。此刻，必须有一个人站出来化解这场危机，否则那个世界将从这里消失，那一部分人往后将失去活下去的理由。我们会被这个世界毁灭。他们会不择手段的同化掉我们。而逍明兄你，具备不为分界圈所动的能力。我设想，你可以站在光圈面前，画下另一个崭新的分界圈。一个同样大小的巨大圆圈，以抵挡这个世界的力量，维持入口处的平衡。你是唯一一个不受分界线影响的传达者。可是，你目前的缺口在于无法画下一个圆，纵使依靠圆规的辅助力量也于事无补。我正在努力寻求帮助，昨天傍晚已经联系到了大哥，将收集而来的那些稿纸递给了他，他正在闭关研究问题所在。近日，他将以引导者的身份试着与你联络，争取联手寻找到徒手画下一个完美圆圈的方法。迫在眉睫，逍明兄，时间已经不多了。

你的时间已经不多了，迫在眉睫。我缓缓回到现实之中，满头大汗的关掉暖灯，放松紧张的肌肉，拖着脚步回到床边，迅速将信件撕毁塞进垃圾篓里，接着将载有垃圾的黑色塑料袋从窗户口朝着楼下的垃圾车丢下。我怀着激动不安的心情，脑子里不断重复着那些闻所未闻的词汇，入口处，分界圈，还有什么？还有，这个自己无聊时在桌角刻下的那个不属于这里的词汇。我是在什么时候刻下那个词汇的？记忆之中根本就找不到那个记忆的画面，我到底怎么了？不过，幸亏兆宇发现了它的踪影，果断毁灭了证据。看来，他不是一个坏人，至少现在的这个自己已经欠他一条性命。大哥是何许人物，目前无从考究。他或许是港台电影里的黑帮老大，秃头的脑门儿，青龙刺身的肩膀，手持大刀、吆喝着古惑仔满街奔跑的痞子流氓。兆宇提及的大哥，为何可以扮演那种身份的人物？那种身份的人与这个自己相比有何不同之处？我怎么才能徒手画下一个几近荷叶般大小的圆圈？我怀着疑问的沙粒，抱着仙人掌的刺骨针刺，深深的坠入无言以对的海市蜃楼。

→

你做了一个梦，昨天一整个夜晚都在醉梦里挣扎。我从入口处的自行车堆里爬起，脚踝的内侧与外侧传来刺骨的疼痛，鲜血沾满了两只手腕的内侧与外侧，腹部传来阵阵撕心裂肺的疼痛。我缓缓吃力的立起身子，抬起头四处张望，整个膝盖被某种不知名的力量伤害。脚上之前穿着的、新买的篮球鞋已经消失不见。我赤裸着双脚站在冰凉的地面上，蓝色牛仔裤不无意外的连同肉体一起遭到了破坏，膝盖骨以及脚踝两侧的织布全部被撕裂。衬衫被染色，胸口左侧口袋里的两元零花钱消失得无影无踪，领角也被鲜血所染红。我惊讶万分的打量着自己，脸上没有伤口，上下身体也没有太大的伤口。那么，衣服上的刺鼻鲜血是谁的？难道它不是我的血液？我满是不解的站起身子，彻底的从头到脚的垂直立起。入口处的光线五彩斑斓，与记忆里的画面毫无变化。门口熙熙攘攘的人，一团又一团的聚集在一起窃窃私语，我无法听清楚他们的话，耳朵的鼓膜似乎遭到了撞击，恍恍惚惚的风声穿透思绪的跃动。我无法容忍失去了鞋子的自己。我失去了掩饰自己的行动，迅速溜到墙角的垃圾篓，一阵乱糟糟的寻匿后，将一双米奇老鼠的女靴毫不犹豫套在了脚上。一阵温暖的感觉从脚底涌上心头，我精神抖擞的一路穿过熟悉的人群，走向那个黑暗的角落，那个不久前来过的角落。一整片的黑暗迅速将我吞噬殆尽，我在黑暗里伸出双手摸索前进，在尽头的墙壁下，一片圆圈形状的微弱光芒吸引了我。是的，那是分界圈。我看过它，它依然健在，没有消失。我万分荣幸的无限靠近分界圈，低下头，仔细的观察它的形状，远比上一次来这里时要仔细得多。于是，我很快察觉到它今天的与众不同之处。它的光芒更加暗淡了，圆圈的整体形状没有上次那么完美，一些暇龇隐约可见。它不再是记忆中的那个完美符号，它虽然是旭日东升时迎着天边升起的朝阳，但是硕大的周长至少隐约泛出死死滚烫的波纹。我忍不住用手触摸了一下地面，触摸了一下它。它还是会害羞，依旧极为非常不好意思的颤抖了一下，非常细微的颤抖了一会儿之后再度复原。它突然之间向我投来一记讯号。我收到了讯号，一时间难以理解它的含义。五秒钟的思考，我想到那个世界不为人知的秘密，在它的作用与分解之下，讯号被划分成三截。第一截是欢迎的意思，表示非常高兴能够在这样特殊的时刻与我碰面。第二截是求救的讯号，它正在向我求救，寻求一切可能的帮助。它表示自己已经病入膏肓，无可救药，不久之后便会死去。因为受到这个世界的迫害，而且是卑鄙无耻的伤害，自身的元气已经大伤，无法恢复原来的容貌，失去了复原本质的可能。第三截的意思非常微妙，既像是一个问题，又像是一次警告。它表示自己的生命即将走到尽头，这个世界无法毁灭，但是它一旦消失了，那个世界又将失去一个入口，硕果仅存的入口处正在迅速消亡，自己必须坚持到最后一刻。请你往后不要再来这里，避免一切不必要的怀疑。回去的时候千万要低着头走路，不要抬起头，他们会发现你的，他们无所不在，他们的本质已经变化了。不是因为日新月异的通讯设备，也不仅仅是因为不断升级改造的武器装备，而是因为他们的自身发生了改变。他们不再是造物主赋予的物种。造物主创造的人类单纯而美好，可是现在的他们已经发生了质变。他们不会允许你的存在，不会允许一个人横跨两个世界的生活。你快点回家去吧，以后不要再来这里了，这里现在随时都有被毁灭的可能。他们已经不再是他们了，他们连自己是谁都不知道。他们用石油和混泥土竭尽全力的铸就一个物质性的世界，殊不知这样的一个世界可以被一颗篮球大小的陨石轻而易举的毁灭。他们看得越来越短了。

你快点回家去吧，以后不要再来这里了，这里现在随时都有被毁灭的可能。我在心底重复了一遍。它显然是一次警告，一次意义非凡的警告。我收拾好心底的负担，迅速立起身子，转身离开了黑暗的角落。我再一次的回到入口处，然而此刻门口竟然空无一人，之前聚集的团团人群消失在了白昼的光亮之下。我满是不解的原地徘徊，短暂的陷入困惑的午睡时间，不料被里面传出的一阵哭喊惊醒。那是一阵无比悲凉的哭喊，一个男孩的哭喊声，我似乎在哪里听过这个声音？这个悲凉的哭泣声，我到底是在哪里听过？我是在哪所医院的走廊尽头，听闻过如此苍茫的落泪之声？是的，我一定在哪里听过这种声音。对了，就是他，就是兆宇那个传达者的声音。

他怎么会在里面？他难道跑去那个世界里面放纵了？有可能，这非常的有可能。但是，里面从来都只传来欢笑声，现在怎么变成了哭喊声？我的猜疑还在继续，不料一阵同样频率的呼唤声又一次的传来。我快步一路走向入口处，轻巧的跨过分界线，进入了其中。我离开了这个世界，进入了那个世界。眼前陌生的景象令我哑口无言，几十台金属机箱一字排开，发出震耳欲聋的喧嚣声。喧嚣声不需要经过大脑的思考，已经轻易辨别了出来。拳拳到头的打击声，子弹穿越弹道的声音，直升飞机陨落的轰隆声，各种角色发出的无名呐喊。我跳过喧嚣的画面，迅速继续奔跑，随着声音的轨迹冲进里面越发黑暗的魔戒深处。

我在最深处停下脚步，四周依旧一片黑暗。哭喊声第三次传来，声音越发的悲凉，我感觉脚下一阵骚动，不自然的退后了三步，不料直接碰上了身后的墙壁。墙壁结实无比，我靠着墙壁不由自主的握紧拳头，准备迎接突如其来的袭击。但是，袭击没有如愿跑来，喊声铺天盖地的增大音量，环绕在耳边。我闭上眼睛，彻底的选择了思考，运用视网膜的焦距原理，我看到了脚下的那个人。他竟然就在我的正对面，就在我的膝盖下面——他无比的瘦小，一个文弱瘦小的小矮人，七个小矮人的童话故事里面不曾出现过的第八个小矮人。他抱着我的双脚，失声痛哭。可是，我居然感觉不到他的悲伤，也丝毫没有体会到一丁点的眼泪。他只是抱着我，非常的难过。他的眼泪，让我不由得响起了那个人的眼泪。那个人的眼泪，很多年前，在很多年前的某个时间点上，他的眼泪和这个人的眼泪一样的深刻，无论是眼泪的温度，还是眼角滑落的泪滴，它们都是如此迷人的相似。我试图在年华的海洋里面寻找眼泪的位置，可是我不得不放弃思考，小心且温柔的托起他的脸颊。可是，他竟然没有五官可言，一张雪白的脸，没有眼睛也没有嘴巴，什么也没有的一张白纸。我吓得无法启齿，掉头便往外跑，不料又撞上了另一侧的墙面。我被原本并不存在的一堵墙壁撞翻，头晕目眩的再次的跌倒在了地上。我毫无理由的失声痛哭，两个人的哭声震耳欲聋。我抱着他一起哭，毫无畏惧的哭泣。与此同时，一群手持镰刀，面带微笑一部分人站在了我们两个面前。他抓紧了我的手，两人十指相扣的抱在一起。竟然会是他们？我迅速反应到竟然会是他们。你什么时候跑来这里？我们现在到底是在地狱还是天堂？这里怎么变得一片黑暗，这里原本应该是洋溢着欢笑的世界，为何变成了现在这样？我的疑惑没有解开，他们已经劈下了凶器。我们两人一起被毁灭，四分五裂的躯干散落一地。我最后一眼看到他时，他正被五个壮硕的男子前后一阵乱踢。他贴着地面，口里不断的吐血，大口大口的吐血，仅存的力量以唇语的方式透露了一个讯号给我。入口处，入口处的分界圈刚刚消亡了。分界线，分界线失去了抵抗他们的力量。他们涌进来了。

我随着声线的模糊被镰刀残害，两个年少的女孩毫不犹豫的将两把张小泉剪刀塞进了我的口中。我原本沉默的嘴角，彻底失去了表达的机会。我满是欣慰的接受了她们的邀请，将剪刀吞下喉咙，剪刀顺着喉咙滑落至底部，穿破了内脏，鲜血从自己体内奔涌而出。我品味着伤痛的滋味，享受着噩梦的快感，感受着未来的苍凉。我知道这就是一个噩梦，一场浩劫的提前预演。我望着那个人眼角干涸的一汪泉水，想起了很多年前的时间点上的那个人。

恐慌的情绪在近半个月的时间里迟迟无法散去。我彻底沦为了梦魇的牺牲品，行尸走肉般的游走在学校的各个地方。母亲在最短的时间里察觉到了异常，周末去开心人大药房购买了两大盒蓝瓶的补钙套装，我怀着不解与无奈的心情欣然接受。这个自己的身体并没有预料之中的那样糟糕，其恢复与适应能力超过了自己的预期，保持了极高的运动与学习天赋。我在尽可能短的时间里迅速吸收周围的一切，好的事物与不好的事物一概吸收，在大脑的筛选过程中进而区分优劣、去伪存真。不好的事物在过滤之后，六成以上的杂念被删除，但是依旧有近四成的毒素被身体无意间吸收，无法在短时间里遗忘。好的事物全面吸收，但是大脑的开发程度并没有意料中的那么迅速，依旧怀揣着不少的疑惑。信息的储存量与日俱增，加上兆宇在此期间不断涌来的信件，我整个人的生活节奏开始偏离了正常的轨道。时常在爷爷家门口呕吐，上吐下泻的呕吐不止。某种不知名的力量选择了我，或许就是那次噩梦以后开始选择了我。我被迫不时请病假在家养病，思绪无法停留在课本上，被迫选择绕着桌角摊开的一封封信件周旋。三封被撕扯了碎纸屑的信件令我倍感焦灼，我知道它们的来临不是偶然，这个世界没有偶然事件，一切都是造物主照计划表行事的特工行动。

自从收到第四封信件之后，我再也没有撕毁过一封信。兆宇所递来的这些信件，保持了极高的连贯性，远比那些恶心的泡沫偶像剧要完美得多的剧情，令人难以忘怀。作为传达者，兆宇毫不掩饰他对于这个自己在这个世界独特身份的羡慕之情。他在后面的第五封、第六封、第七封信中，一连三次提到对我的膜拜。这种膜拜我能清清楚楚的感觉得到，它已经从最初的欣赏和赞美转变为了现在传说般的致敬和崇拜。三封信件都经过同桌转交入手，自从信里提及她已经被彻底洗脑以后，如今这个自己已经完全拆除了心中的炮台，享受着自由自在的校园生活。我们俩依旧不选择开口交谈，纵使是课堂上的讨论，也只是心有灵犀的假装开口，实则唇语性质的交流。她竟然掌握了那部分人才拥有的能力？我忍不住在一次课堂讨论课后，发出了这样问心的惊叹。她没有在乎我的表情，满是骄傲的挪开椅子，从我身后走开，一路走向了走廊。我独自思考她的能力现在已经达到了什么程度，万一超过了自己，那么不是适得其反的被自身的力量毁灭了？不行，这件事情我得尽快向兆宇询问清楚。他到底对她做了什么？她为何开始用唇语交谈了？她难道不是原先那个抱着芭比娃娃的小公主了？她难道化身为了一个假扮天使的恶魔？对了，我已经有半个月没有看过她抱着娃娃来学校了。

我怀着无比忐忑的心情，被迫放弃了不留下任何证据的承诺，迎着上课铃声，从练习本里撕下一张小小的纸，压在教科书下迅速落笔。她一动不动的望着讲台，丝毫没有在意我诡异而谨慎的样子。但是，笔尖还未触地，我的心头已经涌来一股莫名的疑惑。这股疑惑的力量随着白色纸面上散发出来的独特光束陡然质变，它已经控制了我的左手，我正打算开始写字的左手居然再次被一股看不见的力量所控制了。很快我意识到这股力量就来自前排的某个座位。是的，就是他，兆宇正在用自己独有的力量试图阻止这个李道明的行动。我难以抗拒力量的束缚，极不自然的扭了扭腰，转头朝着右侧的他望去。他没有抬头，当然也没有注视黑板，面朝前方，紧闭双眼，嘴里念念有词。我迅速领悟到他所做的一切，不过是为了展示自身的才华有多么出众。我放弃了写信的念头，力量随着双手的舒缓渐渐离去。他不过是在提醒你，往后不要再犯下那样愚蠢的错误。不要留下一个供他们追查的痕迹，一点痕迹也不要留下。我必须换一种方法与他交流，当然，不是与他开口询问事情的经过。我必须找到一个更为隐蔽且不引起怀疑的方式与他联络。

你必须找到一个更为隐蔽且不引起怀疑的方式与他联络。我将这个问题一直延续到了第四节自习课上。今天下午的这堂自习课，因为年级全体教师的大会而失去了一个监管的力量。所有平日里假装老实的男男女女顷刻之间因为力量的消失，变为了一个又一个舞厅里卖弄风骚的舞者。我可爱的公主同桌，她装疯卖傻的离开座位，跑到倒数第四排的位子拉着两个臭味相投的臭婆娘抱在一起数天花板上的星星——那一颗又一颗的星星，亮晶晶。原本应该平静的教室，此刻喧哗无比，已经开始骚动了，我确定道。这才是他们的本来面目，我居然不借助任何力量就看透了他们。他们的年龄还太小，小学三年级的智商只能达到这样的境界了。他们还未曾努力开发的脑子，并不能像我一样，意识到教室后门门洞里那双炯炯有神的双眼。那双班主任故意隐藏起来的窥视之眼，她不过是丢了一个小小的戏法，便轻而易举的愚弄了班上九成以上的学生。当然，我没有站起身子也没有漫天欢笑，右侧的兆宇竟然稀奇的抱着语文书大声朗读起了清朝某位风流诗人的七言绝句。突然之间，一个纸团从身后越过，精准的落在了讲台的粉笔盒里。我下意识的怀着好奇的心里挺直腰杆确定了一下它的位置，一个微妙的想法随着身子的回落出现。对，就是这样，用这个方法与他取得联系。我的这个念头伴随着班主任从教室正门口突袭的涌入而迅速被隐藏起来，教室顷刻间归于寂静。班主任的脸颊露出一整片失落的表情，她望着兆宇露出一丝淡淡的微笑。那股微笑的寓意极为深刻，我一时间无法捕捉，像是一份鼓励，但更像是一次怀疑，怀疑兆宇那个古文痞子怎么可能有兴趣去朗读那些一直以来自认为狗屁不通的诗词歌赋。

我将那个突然间想到的点子，在深夜里偷偷写在了昨天放学时买来的笔记本上。这本售价二十五元的高档笔记本，花费了自己十三天以来存下来的积蓄。一连近半个月没有早餐的生活，出乎意料的没有给这个自己带来丝毫的影响。我依然生龙活虎的去学校上课，精神抖擞的绕着操场狂奔，兴奋不已的迎着放学铃声跑去爷爷家聊天，无与伦比的回到房间里埋头完成功课。这个身体的所有零件完好无损，看来这点小小的损失不足挂齿，我的身体还有非常大的空间可供挖掘。但是，那是以后的事，眼下这本由日本纯度道林纸印刷而成的精美笔记本，灰色绒面皮革的封面奢华无比。我轻轻的、温柔的、小心的翻开它，高档的质感令人流连忘返。我真的不想去践踏如此纯洁的肉体，但是我必须践踏它，这是我拥有它的唯一方法——践踏即拥有，丑恶即正义，庸俗即存在。我握紧黑色水笔，迎着桌角昏暗的台灯，在笔记本第一页的最左上角，用独有的叙事方法写下了那个点子。待字迹被风化，我轻轻合上本子，双手捧着如获至宝的密码箱，享受着柔软而亲切的感觉，依依不舍的将它塞进了床底下，靠着左边墙角的位置。那个位置如果不是搬家，基本上没有一个人可以察觉得到，纵使平日的卫生打扫，那里也是一个无可厚非的卫生死角。卫生死角是不接受扫把的检阅的。

它是一个秘密，绝对不能被任何人发现。你已经背弃了之前许下的承诺，你留下了可供追查的痕迹。可是，我是逼不得已。不，你并不是因为逼不得已。没有一个人逼你，这些都是你心甘情愿的选择。可是，我并没有选择的余地啊？不，你有选择的余地。你随时都有选择的权利。你可以开口，易如反掌的去背叛那个世界，完完全全的回到这个世界，做那个真正的李道明。可是，我已经没有那样的机会了。不是这样的，你错了，你误解了我的意思。你一直以来都有很多的机会，很多年前那个人对你已经发出过提示讯号，可是你毫不犹豫的选择了那个世界。这是你自己的选择，无可厚非，责无旁贷。但是，我已经决定了。是的，你已经决定了。你留下了供他们追查的证据。我已经把它藏好了，不会有人发现它的存在。不，总有一天，还是会有人发现它的踪影。若要人不知，除非己莫为。这句话，难道你没有听说过？我听说过，当然听说过。放心好了，我会谨慎行事的。为了不忘记那些点子，我必须将它们以这个世界某种特定的方式永久的保留下来，以备一时之需。这个自己的大脑还未能适应这里嘈杂的干扰，有些事情必须借助墨水的力量不朽。我将这句话重复了一遍，谨记于心。我必须将它们以这个世界某种特定的方式永久的保留下来，以备一时之需。我在床头缓缓闭上双眼，依偎在母亲身旁，在温暖臂腕的搀扶之下，沉沉睡去。

这个学期的一些附加课程令我产生了逃课的念头。逃课的念头和犯罪的念头没有本质的区别。逃课之于学生而言就是赤裸裸的犯罪行径。我在上午两节社会课结束后，将上节课在课堂上准备好的一个小纸团握在手心。上面一个字也没有，说白了就是一个空白的碎纸团，在他们眼里看来，毫无意义可言。我面无表情的站起身，绕过一切不必要的人群，向兆宇的位子靠近。他此刻不在位子上，迎着下课铃声早早的溜了出去，也许是去寻找零食了，也许是去寻找所谓的方法了。三个月以来，我再也没有去过入口处。我担心上次噩梦出现在这个现实的世界，如果真是那样的话，那么这个自己不久后就要死无葬身之地了。半分钟的艰难跋涉，我已经站在他的座位旁，此刻吵闹的教室没有人察觉到这个自己的秘密计划。我迅速将小纸团放在他摊开的文具盒的一角，便转身离去。在转身的一瞬间，毫无意识的眨眼的瞬间，我发现了地上的异常。一条长长的，光芒异常微弱的线条。它独一无二的色彩感，在不足一秒的眨眼瞬间引起了我的注意。这个自己毫不犹豫的意识到，又一条线段出现了。

为了不被他们所察觉，我故意前行，一直沿着过道踱步散步，来到教室的最后一排。我靠着黑板报，面对前方的讲台，依偎在墙角，假装鸟瞰人群的姿势，实则打算仔细观察它的模样。很快的，我再次被眼前的景象所折服，几乎失去了支撑自己的力量。它，它竟然是一条长达五米的线段。从教室的第一排一直延伸至倒数第三排。它的光芒在上午十点的耀眼光线之下，几乎无法用肉眼察觉。为了确定它的存在与否，我悄悄闭上双眼，假装闭目养神的样子。在焦距扭曲的煞那间，一条带有独特色泽的线段清晰的呈现在地面之上。它从兆宇的座位左侧开始，笔直的向教室后排延伸，沿着人行过道一直蔓延到了倒数第三排的座位。它拥有着两厘米的厚度，如果不是近距离的观察，根本无法察觉到这个细微的特征。它不能再用线段来称呼了。我很快断言。如果再粗一点，它就是一副每年春节必贴的红色对联。可是，它不是红色的。它的光芒独一无二，笔直的线条，天衣无缝。它是什么时候出现的？它为什么出现在这个班上？它为什么不出现在其他的地方？它为什么如此巧合般的沿着兆宇，而不是其它人的座位开始延伸？难道这个教室里面还有第三个传达者？这突如其来的一切都过于可怕，令人难以接受的可怕。

一个又一个的问题迅速繁殖，我无法用凡人的双眼回眸，只是久久的靠着墙壁思考。身体逐渐失去了行动的力量。兆宇回到教室的时候，我从后排远远的向他望去。他没有任何不正常的地方，将口袋里的某个东西放进文具盒的第二层，然后整个身体僵直般的迟疑了片刻，便迅速关上文具盒，趴在桌子上开始闭目养神。在力量恢复的瞬间，我迈出脚步，轻巧的从线段右侧跳到左侧，引来身旁同学莫名的眼神。回到座位上，她已经回来了，对我投来一记异常爱慕的眼神。爱慕的眼神似乎在挑逗我萌生的爱抚。我抛开她的眼神，转头望向讲台，迎来了漫长的四十分钟。

一连四天过去，没有收到他递来的信件。我开始越发不安起来，怀疑自己的那个点子失效了，竟然没有引起他的注意。他不可能不去注意那个东西啊？我在心底反问道。那可是一个非同寻常的小纸团，换作是他们或许无法感受到其中的不同之处，但是兆宇理应感觉到他的不同才对啊。我已经给了他四天的时间，今天已经是第五天了。他应该从那个纸团里面查找到我赋予的讯息。虽然它不过是一张洁白的、褶皱了的草稿纸。但是，在那个世界不为人知的秘密的作用下，它化身为了一个带有多重身份的讯号。我坚信以兆宇的能力，一定可以破解其中隐藏的秘密。或许四天的时间对于他而言，显得过去仓促。但是，我无法不选择浮躁，因为他五个月以前提及的大哥，至今也没能收到任何的答复，更别提碰面。

昨天放学，匆匆跑去入口处的侦查告诉这个自己。分界圈目前的状况已经无可救药。它失去了光芒，如今已经彻底变为了一个普普通通的大圆圈。仔细贴地观察，甚至可以看到圆圈的形状已经开始扭曲，犹如一个呼啦圈，时而完整，时而柔软，已经失去了自我。它失去了光芒，预示着死亡即将来临。我无法加快脚步，因为入口处的毁灭，必然招来他们的追查。因为有入口处的地方，就必然存在着传达者。他们消灭入口处之后，就会随之寻找这个自己的踪迹，进而消灭所有与那个世界有牵连的所有事物。他们的力量太过强大，我必须尽快行动。虽然，支援入口处并不是来此的初衷，但是，一旦入口处毁灭了，这个自己也将受到波及。我已经等了半年的时间，一直在努力寻找机会，可是兆宇，为何迟迟不见他出手的动静？

为何迟迟不见，他出手的动静？我反复推测这个问题的本源。*不，你错了。他一直在努力寻找救赎的方法，反倒是你在原地踏步一二一。*他即将找到方法。我得出这个信心十足的结论。他绝对是有办法的，帮助那个世界，拯救入口处，同时将我潜在的能量彻底释放出来。我必须将那些潜在的力量释放出来，否则就愧对了造物主赋予的机遇与才华。这既是一次千载难逢的机会，也是一次证明自己的挑战。我喜欢挑战，喜欢跨过常人高不可攀门槛，犹如鲤鱼跳龙门一般的挑战。我继续等待，等待着挑战的到来。在第七天的傍晚放学铃声响起，她在我背起书包转身离去的时刻，一把将我拉住，将一团褶皱了的废纸不经允许的塞入了我的左侧裤腰袋。她竟然无耻的触摸到了我的那个东西，短暂的一阵鼓动，隔着棉布上下抚摸着它。她的小手娴熟而精准的在它的表层来回抚摸，抚摸着小小的肉球。它略显单薄的身躯，它还未发育的身体。她竟然如此娴熟、如此温柔。我忍不住站在原地享受作乐。她与我平起平坐的肩并肩站着，毫不在意身旁同学惊异的眼神，将小巧的右手肆无忌惮的在我裤子内部蜿蜒。我的那个东西毫无知觉，目前的它还没有具备那样的能力，只是静静的享受安抚。直到她意犹未尽的伸回小手选择离去，我掉头怀着感恩的笑意，依依不舍的离开了教室。

回到家里，丢下书包，溜进了狭窄的厕所假装大便，从左侧裤腰袋里迅速掏出那团废纸。它被压缩得无比臃肿，非常的之大，惊人的外观也随之带来了惊人的重量。在撕毁它外表的过程中，我渐渐意识到表层的伪装居然是废旧的报纸，一连四层的包装袋脱下之后，才显露出内核最为宝贵的小纸团。我用手指轻巧的拨开褶皱的纸团，上面清晰的呈现出一排又一排工整的字体。这次的字体简直工整得令人难以相信，简直就不是打印机可以制造出来的文字。文字拥有了点点星光，在灰暗的角落里散发出诱人的紫藤花香味。我捧着一大束紫藤花蹲坐在粪便池上，屏住呼吸，犹如一个沉思者一般迅速搜索起文字之中潜藏的、暴露的、消失的秘符。

逍明兄，讯号我已破解。你的心情，兆宇我完全可以理解。时隔半年没有与你交流，深感歉意。

虽然事态已经万分紧急，但是无可奈何，兆宇我依然没有找到拯救入口处的方法。在此期间，我花费了整整四个月的时间去潜心研究分界圈的变化，试图寻找到它的变化规律。每周五放学之后，我定期去入口处观察分界圈，将四个月以来它的变化特征制成了一个数据表格，经过漫长的数据分析，得出了一个结论。虽然，我还无法拍着胸脯保证结论的可信性，但是，它至少代表了这段时间以来分界线的变化规律。逍明兄你听听我的意见，再加以分析，或许能够得到比我更为深刻的解答。

分界线每隔七天必定发生一次量变。我本打算每天放学去入口处观察，幸许可以看到更多细微的变化，但是迫于种种原因未能付诸实施。相信逍明兄你已经知道，我家杂货店的生意非常琐碎，时常需要抽身去帮忙料理家务活，所以，只能选择每周五的定期观察。第一个月的四个星期，四次观察结束之后，兆宇我并没有获得太大的收获，基本上算是空手而归。我本想再继续一个星期的考察便就此放弃追查计划，但是在第二个月的第一个星期五，分界线发生了从未有过的巨大变化，变化的程度简直可以用天翻地覆来形容。我很快打消了放弃的念头，一连两个月跟踪观察。直到上个星期五，入口处重归于好，恢复了你第一次去那里的完美形状。我意识到，它就要死去了。它不会再产生太大的变化了。我甚至可以断言它不会再变化了。它的挣扎伴随着光芒的消失而结束，现在只是在静静的等待死亡的到来。四个月以来，自从入口处的平衡被他们的力量打破以后，分界线就一直在竭尽全力的抵御涌入的外来力量。它原本完美的轮廓，因为外在力量的侵蚀从圆形变为矩形，然后变为三角形，不久后又变为矩形、菱形、正方形，直到现在的椭圆形。逍明兄，实不相瞒，分界线已经失去了继续抗争下去的能力。它已经被这个世界的力量扭曲，之前的本性已经没有了。它被某种力量，以极为精妙的方式同化了。

这个讯号，我也是今天凌晨三点半起床小便的时候才收到的。那个世界传来的讯号告诉我。不要再被表象蒙骗，入口处的环境，目前虽然没有显著的变化。但是，分界线消失后，它的自身便会开始受到影响。收到这个讯号之后，我今天上午放学之后一路跑去了入口处。它的内部依旧喧嚣，一切如故，并没有骇人的场面发生。我满是欣慰的转身走入黑暗的角落，试图再次观察分界线的变化，不料它消失了。它不生不息的被某种力量带走了，连痕迹也没有留下。我在地面上用双手触摸它之前所处的位置，只能隐约感受到一些尘土的存在。我非常不幸的告诉你，分界线已经被完完全全的毁灭了。当然，这个后果，我早已预见到。只是，只是有一个问题，或许逍明兄你还未曾听说。这个问题，我也是近日才从那本书里知晓的。我觉得有必要告诉你。入口处的分界圈，不同于这个世界任何地方的分界线。分界圈永远都只存在于人口处附近，而分界线则可以存在于任何地方。分界圈可以被摧毁，但是绝对不可能不留下死亡的痕迹。逍明兄，这个入口处的分界线没有了，但是本应留下死亡的痕迹。可是，我仔细寻找了半个小时也无从发现一丁点痕迹的踪影。我怀着无比伤痛的心情告诉你，入口处已经开始量变了，不用多长时间就会质变。这不是在危言耸听，因为分界圈一侧墙壁上的那几张海报已被某种力量伤害，它们的自身受到破坏，部分已经死去，没有了完整的模样。毋庸置疑，这正是他们的所作所为。他们已经趁着分界圈的消亡，开始了蓄谋已久的破坏行动。只是，目前还没有深入到入口处的内部。他们伺机而动，预先摸清楚入口处附近的环境，明察暗访的寻找机会。逍明兄，他们已经开始行动了。

我心不在焉的冲了冲厕所，将褶皱的纸再次揉成一团，顺着水流滑入了深黑的下水道中。这封信件，我不允许它活在这个世界上。它实在是太危险了，不应该留在身边。兆宇的调查报告非常完美，令心中之前所有的困惑一扫而除。但是，这个自己所提出的问题，并没有得到任何形式上的解答。他是在故意逃避问题，还是根本就不打算回答那些疑问？这封信件从某种程度上来看，与其视为一份调查报告，不如视为一次无可奈何的自我宣泄更为合适。我本期望从中寻找到关于那条横跨半个教室的线段的详细解释，不料只换来又一次的无奈困惑。事实上，我巴不得现在就跑去入口处，倚靠自身的力量画下第二个完美的圆圈，以拯救这场浩劫。可是，我只能原封不动的站在原地，没有丝毫的进步，自然也没有掌握徒手画下圆圈的能力，纵使这个自己可以不受到分界圈残余力量的影响也无济于事。力量是不朽的，但人却不是。

我怀着无比沉痛的心情回到房间，抱着书包、靠着椅子、望着白色草稿纸原地发愣。不料，客厅方向传来的一整片破碎之声毁灭了宁静的思考。我迅速起身快步走了出去，亲眼看到那个醉醺醺的叔叔将母亲按在客厅墙角，正在拳打脚踢。我来不及丢下的疑惑，连同挣扎的身体扑了过去，不料被他轻而易举的掀翻，他疯狂的模样犹如一头被侵犯了的公牛，手舞足蹈的残害着美好的一切。我被推倒在地。*你竟然会被一头疯牛推倒在地？*我可是拥有着独一无二才华的传达者，怎么可能被一个醉酒的凡人推倒？不，我一定是没有站稳脚跟。我果断的站起来，第二次扑了过去，试图拯救落难的母亲。

可又一次的，我的力量不费吹灰之力的被他所吸收。他居然吸收了我的能量，吸收了我将近五成的能量。我看到自己的能量，沿着他的血脉从内部开始迅速转换为另一股能量。那股能量在这个自己的思考还未结束的瞬间，反馈到了我的膝盖。我被一大块飞来的玻璃镜片伤害，忍不住喊出惨叫声，右脚脚踝迅速流出鲜红的血液。我失去了反击的力量，果断运用仅存的能量试图打开被反锁的房门，可是五成的能量不足以毁灭一道门扉的物理属性。我竟然被一道门所阻挠了。我不是自命不凡的传达者啦？你是自命不凡的传达者。但是，你所在的这个世界还没有令你散发出那些储存的能量。你依旧单薄，不堪一击。你连推开一个疯牛的力量都不具备。我居然无法推开他，靠着墙角失声痛哭，用满是血迹的双手不断捶打自己单薄的胸口，碎玻璃连同眼泪荡漾在胸口无法用记忆抹去。我无奈的看着他：他的疯狂，他的堕落，他的罪孽，他的灵魂，他的前世，他的今生，他的死去，他的表情，他的口水，他的唾液，他的躯干。他肆无忌惮的伤害着这个世界我唯一深爱的女人。母亲死死的被按在了墙角，眼角的泪水不断沉淀，丝毫没有落出一滴在地板上。当年华的玻璃樽幻灭为刺青之声的蝉鸣，他意犹未尽的离去，抱着酒瓶子从八楼的窗户口跳了下去。我拖着鲜血和玻璃吃力的跟上，看到半空之中一个影子随着微风摇摆。我闭上双眼，静静等待着扑通一声的回响，等待着他的死去。可是，他没有死。他如假包换的坠落了下去，中途没有一个衬托的幌子。他的的确确与地面发生了碰撞，碰撞声震耳欲聋，但是，因为吸收了我的独特能量，拥有了那种不怕伤害的能力。我俯身透过窗户口，看着他满是裸露的骨头，遍地的血液迅速回到原位，组成了原本的那个他。他一不小心复制了我的能力，虽然自己还没有意识到。但是，这已经是你最大的失败。我最大的失败，这是一次彻头彻尾的凌辱。我失去了保护一个人的力量。我怎么可能拥有拯救那个世界的能量？我连保护一个女人的力量都没有，我还能保护什么？

我抱着母亲，两人相依相偎的走在前往急救所的路上。我运用那个世界不为人知的秘密治好了脚踝的伤口，伤口已经停止了流血，独一无二的能力令自己感觉不到伤痛的存在。你拥有忘却一切的能力。小血板堵住了奔流的滔滔江水，这个自己竟然连落泪的念头都无法付诸实践。我转过头望着满脸憔悴的母亲，她无法拥有同我一样的身份。脸颊、颈部、膝盖骨、脚跟的各处伤口正在不断的涌出鲜血，绵延了身后数十米的道路。所有的行人用各种眼神打量着我们。但是，我毫不在意他们的存在，他们那狗屎般的眼神卑鄙而下贱。我跨过他们一整片沙漠般的眼神，悄悄闭上双眼，试图运用那个世界的秘密治疗母亲的伤口。我开始悄然的背诵唇语口诀，半分钟过去，回头再次看望她的样子，一切如故，伤口还是没能复原。我无法帮助她，我怎么可能帮助不了她？不可能的，我完全可以帮助他的。不，你帮不了她。现在的你，无能为力。因为，你仅存的五成功力无法修复肉体上的伤害。我帮不了自己的母亲，眼泪随着念头的确定奔涌而出。它们彻底的宣泄了出来，荡漾在了这个自己的胸口，浸透了胸襟。

我开始独自钻研毁灭他的方法。本想直接向兆宇索要那本反复提及的书，可是一直以来都找不到一个索要它的理由。他这人非常奇怪，我昨天得到了一个结论。他的考试成绩每每双百分，且从不掉队的参加学校里一切可以参加的文娱活动。丝毫察觉不到那个真正的兆宇会是什么样子。他隐藏得实在太过完美。我无法不选择这样的惊叹句。如果我向他索要那本神秘而莫测的书，是否会给他带来一些不必要的麻烦，或是造成毁灭性的负面影响？他的一切行动在他们眼里看来都毫无破绽可言，之于我也一样的毫无破绽。这是一出世界大战，你可千万别忘记了。你不能在这个世界犯错，一旦犯错就无法挽回。你会被他们迅速消灭。我再一次的警告自己，毁灭了亲口索要那本书的幻想。话说回来，我们俩唯一的共同点，体育成绩都不好。他身材矮小，我身材依然矮小，他是第八个小矮人，我比他稍微高一点——第九个小矮人。我姑且在笔记本上这么写道，不过是以一种完全不寻常的方式记录下来。这种方式，我苦思冥想了半年才为之拥有并熟练掌握。起初无法娴熟的组织语言将脑子里的文字迅速写下，必须经过两轮以上的反复前后斟酌才能下笔，期间不免动用了草稿纸的辅助力量，以此完成原本简单而如今越发困难的日记工作。但是，这个步骤绝对不允许跳过。跳过了这个步骤，很大程度上便意味着暴露了自己的身份。我必须小心行事。李道明，之于这个世界而言，你既不是李大侠，也不会是李英雄。你不过是一个平凡的小角色，低调一点，小心行事。我第二次的警告自己，运用右脑的细胞组织记录下这两句话，反复迅速背诵，加以致用。我欣慰的点点头，转身回到空荡荡的客厅中央，从口袋里掏出了那个东西。那个从学校里偷来的事物，屏住呼吸弯下了腰。屏住呼吸，默默等待一个合适的时间点的到来。

我弯下了腰，脚踝上的白色织布还黏着伤口上新长出的肉。但是，通过那个世界不为人知的秘密过滤之后，我无法感受到脚底传来的剧烈疼痛。我把那个东西握在左手，紧紧的握紧了它。它的身材瘦弱，简直微不足道的存在，这个世界上的绝大多数人都不可能发现它所蕴藏的巨大能量与无限可能。他们实在是太庸俗了，庸俗得无法再庸俗。他们看得是那样的短暂，根本就不可能把问题放到未来去考量，否则就不会用汽车尾气毁灭这个日渐消亡的星球。这个星球连同这个第一阶段的世界将一同毁灭在虚无缥缈的时间线上。每次看到街头烂漫傻笑的男女，我就忍不住用自己的双手拍打自己，告诉自己，不要再去那样的地方浪费宝贵的时间。你还有更重要的事情要去做。你背负着拯救那个世界的使命来到这里。我反复告诫自己。今后可不要再从学校里偷东西，一次也不要犯下这样的错误了。虽然，不过是一个极为不引人注目的错误，但是也不要再犯了。我将那支绿色的粉笔紧紧握好，低下头绕着周日清晨空荡荡且无比安详的小客厅来回踱步，寻找一个实施计划的地点。小小的客厅因为冰箱、饭桌、四张小椅子占据之后，仅仅余存下五平米的闲置空地。两分钟之后，在确定客厅的狭窄面积无从下手的那一刻，我停止了毫无目的的漫游，在自家房门前停住了匆匆而逃的脚步。是的，就是这里，就是在这里画下它。你可以做得到，闭上双眼，用全身心的力量画下它，阻止他的侵犯。我将一瞬间收到的讯号化为行动，低下头，将全身心的力量汇集于左手手心，在自家房门前画下了一条半米长的绿色线段。

我满意的点点头，将还未耗尽生命的粉笔从窗户口丢了出去。他们不会追查到我犯罪的证据，或许连一个理由都找不到。是的，没有错。我在自己家的房门前画了一条长度接近半米的绿色线段。是的，我承认我在家门前画了一条独特色调的线段。是的，我绝对点头哈腰的向你承认那条线段就是我亲手画下的。我叫李逍明，来自羊子小学三年二班。身高不足一米五，体重不到四十一公斤，没有任何爱好，家住江西省南昌市西湖区羊子巷二十一号八楼 A 户。我们一家三口人，生活和谐。我是一个非常爱学习的孩子，从来不打架，尊敬老师，乐于助人，连续两年荣获市三好学生的称号。我像诸位保证，我画这么一条线段绝对不带有任何杂念。诸位可以想一想，一条线段而已，怎么可能算是犯罪呢？

我对着不存在的镜子一通啰嗦，爽朗的结束了无谓的自我告白，迅速溜回厨房用洗手液反复洗净手心沾有的粉笔灰。绿色的粉笔灰在晨辉的渗透下，散发出点点星光，令人着迷。我忍不住停下一切行动，毫不在意浪费掉的自来水，呆呆的望着夹杂着泡沫与星光的手掌。我第一次意识到自己的双手竟然拥有如此完美的轮廓，尤其是左手手心的光芒简直璀璨无比。它怎么可能拥有如此璀璨的光芒，难道是因为获得了与众不同的能量？是的，你的左手因为那次事故获得了与众不同的能量。我获得了独有的能量，因此可以悄然无声的完成这份工作——一份在他们看来愚蠢至极的工作。洗净双手的证据，我假装上厕所时的苦涩表情，迷迷糊糊的跨过分界线，轻轻推开房门，迎合着母亲的呼吸再次抱紧棉被，享受完美星期天的片片温暖阳光。

→

分界线完成的第一个月里，他再也没敢跨入我家的房门半步。这个自己带着骄傲的情绪不时观察分界线的模样。它在白天从来不发光，一开始自己还以为是其自身的问题。但是，一个星期过去，我发现它开始只选择在晚上发光，依旧是那种微弱的光芒。独有的色调影响了周遭的一切，空气与地面一起发出丝丝光亮。虽然无法照亮黑暗的房间，但是给予了一种独有的温度。母亲在家的时候，我没有机会去观察分界线的样子，只能假装忽视它的存在。虽然，他们也从来没有意识到它的存在。每天，正常的来回于客厅与房间之间。母亲的伤势一个月后才徐徐恢复，但是颈部与背部的伤痛成为了无法摸去的伤痕，永久的蕴藏在了自身内部。我试图再次使用恢复后的、全身心的力量去帮助母亲恢复原有的机能，但是兆宇的一封信件破坏了那个念头的实施。这次的信件来得从未有过的突然，她在男厕所门口等待我的出现，将一份绿色的贺年卡递给我之后，便假装扮演出不好意思的表情匆匆掉头离去。我来不及提问，她已经消失在了走廊的尽头。我背着书包走出校门，一路上忐忑不安，在羊子浴室的巷子胡同里停下脚步。我意识到自己已经站在了入口处旁边，它离羊子浴室仅一步之遥。我从上衣内侧口袋里翻出深绿色的贺年卡，胸口极为舒坦的深深呼出一口气。我极为烦躁的翻开坚硬的卡片，然后一排潦草的字迹浮现在眼前。这次的信件以大红色的字体构成，简单利落，醒目无比。

逍明兄，有一件事一直没有问你，今天中午与大哥碰面时才恍然大悟。事情非常简单，我只是想请问一下你，确认一下你有没有看到它？因为，我半年前已经看到它了。如果你看到它了，请尽快以那种方式告诉我。诚然，切记不要将它的存在透露给任何人。

看到它？看到了什么？我在第一时间反问自己。没有错，兆宇已经看到它了，它是什么现在姑且置之不理。但是，他为什么要如此急切的追问，我有没有看到它？它非常重要么？它会是什么东西，为何一点提示语都没有写下来？

我带着问号离开漆黑的巷子，回到喧哗的世界，路过入口处的时候，这个自己难以平抚心底的纠结，低下头迅速走开。我不知道入口处后面的那个世界，现在是不是已经被毁灭了，或许已经开始被逐渐毁灭了。我心有余悸的一声叹息，回到家里，迅速吃过晚饭，趴在写字桌上久久无法定心去完成成堆的各门功课。脑子里依然在思考着它到底是什么东西？信中潦草的字体为何用一条又一条的直线承托，显然是用直尺画在下面的线段。我想它应该是教室里的黑板报，是班主任每天戴着的眼镜的具体品牌名称，是我可爱的公主同桌消失不见的芭比娃娃，是学习委员虚情假意的复习计划，是年级第一的好学生苦读闲书的自我吹捧，又或许是羊子小学门口黑道流氓的旗帜口号。太多的可能令人感到无地自容的困惑，我无法理解那个它在这个世界的具体定义。这个世界因为他们的存在，如今已经不再是曾经的那个世界。目前这个世代的世界，因为某种强大的力量发生了巨大的扭曲，犹如分界圈一样的扭曲。世界的变化多元而迅速，目前的这个自己还无法拥有控制多元力量的能力。多元性的力量因为不同人物的掌权变得极为隐蔽，隐蔽在阿尔卑斯山脉的半山腰的冰冷洞穴里。这个世界的面积虽然不大，但是已经远远超过了这个自己的能力之所及。我无法全面的掌握，更别提控制它。你还有很长的一段路要走。你必须稳扎稳打的缓步前行。不要随意奔跑，引起任何不必要的怀疑。他们可以轻而易举的毁灭你。警告又一次的出现。这已经是这个月的第几次了？我无法追忆。我点点头，将讯号化为警告，进而转化为自身的一部分，牢记于心。我拍了拍自己麻木不仁的脸颊，迅速挺直腰板，放弃了对于那个它的深思熟虑。我还没能想到它在这里的具体定义。但是，你很快就能想到。我信心十足的握紧圆珠笔，开始奋笔疾书的完成功课。

贺年卡在次日早晨上学路过垃圾中转站时，被我亲手塞进了垃圾堆中。我提前买好了两大袋肉包子，迎接着臭气熏天的阵阵刺鼻浓烟站在垃圾处理站的大门前，等待它被彻底销毁的瞬间。路过的一位中年男子衣着军绿色的工作服，正在不远处上下打量着虚情假意的李逍明。我满是不屑的跳过他的眼神，专注于那个装有证据的垃圾车。一分钟之后，垃圾车被推入了垃圾处理系统中，它总算被毁灭了。我满意的点点头，顺手将难以继续咀嚼的包子丢向其中，它们随着熊熊烈火一起燃烧，远离了这个世界，进入了第三空间。证据被销毁之后，我背着书包一路快步走向学校。

来到教室的座位上，她今天竟然没有比我早到教室？我被突如其来的变数彻底惊叹。我失去了原地思考的可能，一点可能也没有了。三年以来，她没有一天不比我早到教室，没有一天不用诡异的眼神注视晨辉下的我，她的早餐永远要占据掉我一半的桌面，她完全无视三八线的存在肆意破坏和平公约，她无法无天基本上从不准时完成老师布置的作业。她唯一的好处，之于这个自己而言，便是从来不主动与我交谈。越少的交谈对我越好，越不容易暴露出自己的真实身份。我再次欣慰的点点头，缓缓立起身子，将书包迅速塞进抽屉里，尽量不引起班里任何一位同学的注意，悄然离开教室，沿着灰暗的走廊走向尽头的男厕所。我没有排便的需要，只是下意识的拉开裤裆，原地举头望着小小的透气窗户玻璃驻足思考她。她怎么可能比我晚到学校？三年以来她没有一天迟到，也没有请过一次病假，哪怕是一次逃课的先例也没有。她虽然从不按时完成功课，但是论课堂上的表现，完全可以用完美无缺去形容。她丁凝着黑板上的一切文字、一切符号、一切图案，但从不在课堂上开口说话，从不打断任何人的句子。她的身体单薄而幼小，虽然身着奢华的童装但是从不鄙视任何一个穷苦的人。她不会讽刺班里家境贫寒的同学，从不炫耀自己与生俱来的财富，这方面，她实在是太谦虚了。可是，今天，今天早晨她比我晚到教室。这是为什么？这是为什么？这是为什么？我反复掂量了自己的存在。我迅速意识到一个可怕的事实，她已经发现了这个自己，她已经知道了我的真实身份。她举报了我，为了避免我的报复，所以选择了离去。她居然举报了我，将我的名字告诉了他们。他们目前正在赶来的路上，你必须尽快离开这里。回到教室将书包带走，不留下任何一个代表你存在过的证据。就是现在，离开这里，离开这个学校。我转身就走，毫不在意没有拉上的裤裆，然而，回到教室的第一刻，我看到了座位旁那个她。她回来了。她真的回来了？她迎着准点的上课铃声回到了教室。我战战兢兢的踱步走向自己的座位，无法舒缓肌肉靠着椅子大口喘气，满是不解的打算从抽屉里掏出书包一路逃脱，不料她一把将我拉住。我失去了平衡，歪扭着身子坠落在讲台的边缘，机敏的反应力所幸没有让身体受到地面碰撞时的伤害。我立起身子，用疑惑且憎恨的表情凝视着满脸笑容的她。她的笑容在一身粉色连衣裙的装点下，竟然显得非比寻常的阴森，阴森得令人难以对视。老师迎着上课铃声跨入教室，我失去了不引人注目而逃脱的机会。你失去了机会，只有一次的机会。我被迫回到座位上，满是悔恨的等待着他们的带来。我用那个世界不为人知的秘密将心跳的频率控制在稳定的范围内，尽量缓和呼吸的扭过头，再次端详她的样子。她依旧望着前方的黑板目不转睛，没有丢给我一个眼神。她只是用双手摸了摸自己的腹部，紧接着轻轻揉了揉膝盖，隐隐约约露出了一丁点痛苦的表情，表情似乎是经过艺术加工的。我失去了继续观赏她的兴致，但是自己无法不去观赏她那诱人的樱桃小嘴。她不为所动的声色居然轻易的勾引了这个自己。我怎么会被这样一个孩子所勾引了？我不知道啊，我只是在看着她而已，别无非分之想。但是，我的身体已经发生了变化，变化的程度非常细微，而且仅仅集中于下半身的某个部位。我不知道那个部位为何因为她的小嘴而产生了调整，我必须想一想其他的事情，思考一些更为重要的问题。我对着讲台微微点头，数学老师迅速对我投来一记幸福的微笑。我抱着不幸福的表情等待着死神的镰刀，一分钟，两分钟，五分钟，十分钟，二十分钟，半个小时。我望着讲台的方向，假装认真听讲，其实是在盯着墙角的时钟盘算着生命的倒计时。四十分钟结束，下课铃声响起，我还没有死。是的，你还活着，你并没有死。我竟然没有死？他们没有来找我。她没有去举报我。那么，她为什么今天要比我晚到教室？到底是为什么？为什么不去举报我？我可是做好了迎接他们的准备的。我下意识的摸了摸书包最底层的那把美术课时才用到的剪刀，细细品味着课间十分钟的迷惘。她又一次的离我而去，不留声响的离开了教室。

她每次都这样，从不与我交流。我已经习惯了这样的生活，这里的生活虽然枯燥，但是我必须忍耐。因为，这里的氧气维持着这个自己的生命。没有了这个世界，那个需要能量供给的世界必然消亡。

我带着活着的躯体完成了一整个上午的课程，回家匆匆结束午饭，提早了一些时间趴在午后的桌子上享受着窗户口渗入的温暖阳光。我继续迎着阳光的逐渐远去，完成了一整个下午的课程。放学铃声，应声响起，在背起书包离开的那个时刻，她抱紧了我。她抱紧了你。可是，她为什么要抱紧我？她凭什么要抱着我哭泣？我并没有做错什么事情，想必也没有人对她做错什么事情。但是，眼下，她正在不顾班里同学的眼神搂抱着这个自己。她那对毫无起伏的胸部贴在了我的胸口，令人无法自由呼吸。我嗅到了她的香味，从长发以及衣物上传出来的茉莉花香。她实在是太诱人了，年仅十岁的小女孩。我竟然失去了挣扎的力量，任凭她的搂抱。她的双手在我的身体上下一通乱摸。她不经允许的抱紧了我，两人的脸颊贴在一起，我感到她身体的温度，弱小的身体透露出一个令人咋舌的讯号。我毫不犹豫的拒绝了那通危险的讯号，一把将她推开。她没有站稳脚跟，歪着身子摔倒在了墙角。我本想去扶起她的念头，被她落寞的眼泪所敲碎。她的眼泪远比之前要热烈，已经彻底掩盖了那个记忆中的公主模样，她哭得如此的伤心，仿佛整个世界都抛弃了她。她抱着书包，捂着脸庞绕过我，一路跑出了教室。我无法理解现实与虚幻的区别。我问心的希望刚才拥抱自己的不是一个女孩，而是一个不存在的事物。虽然，自己可以清晰的感觉到她的心跳、她的香味、她的体温、她的眼泪。她给予的一切居然都是如此的逼真，但是我清楚的知道一点。她并不是想要搂抱我，而是另有目的的搂抱了我的灵魂。

走在回家的路上，头顶的光线由夕阳变为了路灯。路灯照亮了脚下的坑洼小道，我轻巧的跳过积水坑，迅速前行。我的灵魂因为她的拥抱，受到了一定程度的破坏。但是仅仅局限于外表的一些伤痕，并没有造成内部的任何伤害。她还不具备那样的能力，她过于稚嫩，稚嫩得无以复加。我满是幸运的从冰箱里翻出一大瓶冰水，顺着喉咙将它全部灌入胃部。阵阵无比冰凉的血液反其道而行之的涌上心头，大脑被冰凉刺骨的水流所冻结。我拍了拍自己的脑门，敲碎了冻结的那一小块地方，用清醒的意识控制自己。我跨过分界线，回到小房间里，例行公事的将两瓶液体钙灌下。它们并不存在。我完全清楚它们的存在不过是一个假象，犹如目前的这个自己一样虚拟的假象。你甚至无法确定自己的脑子里有多少个细胞。你不过是造物主赋予的一个躯壳而已。那个世界是这个世界的折射。他们亲手创造出来的一个虚拟世界，似真似假的完美世界。我将蓝色小瓶子丢进垃圾篓，回到写字桌前，将地面上的书包用尽力量提起，拉开书包外层的铁制拉链，翻出教科书和习题集便选择了坐下。一股极为不自然的臃肿感告诉自己，右侧裤腰带里有异样的事物。我毫不犹豫的立起身子，怀着无比好奇的心情将右手伸进口袋中，然后一张对折得四四方方的纸被发现。它是一张面积不过一个巴掌大小的纸，很显然是经过对折之后的纸张。非常的轻巧，纸张的选用显然经过了慎重考虑。如果不是刚才坐在位子上，或许要很长一段时间才会被人发现。所处的位置在裤腰袋的深处底层，是经过考究的位置。这封信条不像是兆宇的传信方式。他虽然一贯以书信的方式与我交流，但是从来就没有选择过这样高质量的纸，也从来没有以这样对折的方式整理信件。它并不是兆宇所递来的信件，她没有接受到兆宇的任务。那么，会是谁将一封信件偷偷摸摸的塞入我的裤腰袋？

那么，会是谁将一封信件偷偷摸摸的塞入你的裤腰袋？我不断的回忆，不断向自己提问。是的，就是她放进来的。就是她在搂抱我的时候，塞入我口袋里的。我在半分钟的思考之后得出了结论，这绝对是一个正确无误的猜测。这就是问题的解答。她在搂抱我的时候，故意塞进来的。为了避免他们的怀疑，她别无选择的做出了这样暧昧的举动，死死的抱紧我，发出不知名的呻吟。只不过是为了吸引他们的眼球，而忽略了那个细微的塞信动作。她竟然为了塞给我一封信，而放弃了自己为之矜持的尊严。这到底是为了什么？她完全可以选择在课堂上悄悄对我开口，吐露心里的苦衷，或是某个不知名的理由；根本就没有必要放弃自己的尊严，她弯下身子，摘下了头顶的皇冠，脱下了华丽的晚礼服，赤裸身体的抱着衣衫褴褛的李逍明。这到底是为了什么？她的眼角满是泪珠，她从来就没有哭过，至少记忆里的那个她从不落泪。可是，她今天竟然如此的伤心，伤心得令我为之心碎。我怀着无比怜懔的心情追问谜底，在确定答案无法获知的瞬间，我选择摊开了那封对折几近完美的信。映入眼帘的是一团漆黑的字体，潦草且没有经过排版，甚至可以说是未经思考写下的一段文字。它不能称作是一封信，因为开篇的第一句话便没有问候的开场白，乍眼望去，连标点符号的用法也没能掌握好，乱糟糟的不经处理的一团屎。开门见山的第一行字，却令我失去了站立的能量，哐当一声倒在了座椅上。

我知道握知道，我知道你先在肯定在思考我今天上午为什么会迟到。我就知道，你会想这个问题。可是我昨天晚上就已经料到了这桩事件必定发生，所以提前写好了这封信，打算明天在第一时间交给你因为我担心明天自己会被他给杀死。他实再是太厉害了太不要脸啦，我们班里怎么会有那么不要脸的男生啊。我肯定你是知道他的，我知道，你们都是大坏蛋你们都不是好人的。我什么时候得罪过他啊，他为什么要找到我我并没有做过什么对不起他的事啊。虽然他是班里最矮的，但是我也从来没有瞧不起过他啊，为什么要来找我？为什么要让我变成这样一个人？一直以来你都是用另类的眼神看我从来就没有想过我的感受，你为什么从来就不在意一下我的感受，？！自从你转学来这里的第一天上午他就找到了我，就是你转学来这里的那个九月三号的周二上午，你还记得吗，，？！！就是你来这里的那天上午，自从那天以后我就不再是那个我了。这一切都是因为你的到来而造成的，你转学来这里的目的到底是什么，，，？！！！他在第二节课间操的时候在女厕所门口拦住了我我当时什么也不知道的就被他骗了。我被他用十元钱骗到了那个早已倒闭的小卖部门口，我怎么那么无知啊，我被他领到了那个没有人烟的角落。他什么也没有说，只是将一包餐巾纸大小的东西递到了我的手心。他的样子真的很恐怖啊，虽然身材矮小但是面部表情僵硬简直就是个鬼一样的人，我开始还从不知道他有着那么阴森的脸庞，那简直就不是人的脸。更卑鄙的是他竟然将一包卫生棉塞到了我的手里，说它是我从班主任的包里偷来的，他竟然要诬陷我。他竟然要诬陷我是晓偷，泥想想我怎么可能会去偷那样的东西，那种现在还用不着德东西回来，他简直就是不可理喻的疯子，一个疯子,,,,？！！！！！一个矮子。一个年级排名第五的孤寡男孩，从不与人交谈的变态啊,,,,,？！！！！！！我。我。我告诉你，他警告我，如果往后与你交谈，哪怕是一次，他就会毫不犹豫的举报我，可是，我并没有去偷东西，偷东西的人是他，他才是小偷。他诬陷我，要挟我，命令我不要与你说话，不论是课堂上还是课后，就算是放学的路上碰到了也不允许交谈。他说他拥有一种特殊的能量，可以轻而易举的追查到我，就算是在自己的家里也可能被监视。我假装相信他的谎言，虽然心底满是不屑。你想想，他那个死矮子怎么可能拥有那样的能力？他是一个骗子啊。材华横溢的高级骗术大师，虚假的万人迷。他那么坏。我原来还以为他成绩好，打算向他球学的，想不到他居然这么对我。为了不被他举报，我只能装作一个哑巴从不与你说话，三年以来我只能这样在学校里生活可是现在，我竟然连在家里说话的勇气也没有了。他让我失去了自己，他不断的诽谤我，只要是班里失窃的东西他都能找回来，并警告我，如果，如果我不乖乖听话他就去告诉班主任，说是我偷的。！！！！！！！！！！！！！！！！。我，我只能听从他的命令，没有机会去追查他的真实深愤，他从来就不在班里擅自开口说话，跟你一样沉默寡言。各科的成绩都天衣无缝，连续两年的市三好学生，这样的人说他是坏孩子，谁都不会相信的，你说是吧？你说是吧？我乖乖的将一封又一封的信件转递给你，他警告我，千万不能拆开信件，否则就会叫人打我，将我的连衣裙糟蹋拉我的羊角辫。。我能说的就这么多了，我知道,。他发现了这封信一定会把我杀死的他实在太坏了，羊子小学怎么会有这么坏的学生啊，他为什么要这么针对我？我哪里做错了对不起他的事？你一定要假装没有看过这封信。明天来学校千万不要试图与我谈话问我任何问题，他已经盯上我,。，包括你也被盯上了。他很厉害的，他隐藏掉了针时的自己。你们现在正在做什么我真的什么也不知道。也什么都不想去知道。你可不要以为我发现了你的身份，我什么也没有发现，真的什么什么也没有发现我只是感到很难受，想找人说说话。，你，不要，不用，你不用担心我。？我只是想把一些事情吐露出来因为压在心底太久了，我快坚持不下去了。幸好在这里的时间已经不多了，我还，我还可以忍耐一下？还有，我其实并不是真心想拥抱你的。

我倍感煎熬的阅读完满是错误的文字与符号的信件，心里的一块石头被自己拎起，迅速升至高点然后将它放下。它顺着气流垂直无误的落在了自己的头顶。我头破血流。你头破血流。我头破血流，双手捂着脑袋，鲜血从脑门四处溢出，顺着臂腕蔓延开来，整个桌面被红色染头，教科书、练习本、草稿纸、台灯、算盘、计算器、铅笔、水笔、圆珠笔、三角板、直尺、圆规、笔记本、水杯、废旧报纸，一切可供染色的事物全部受到了某种力量的影响集体融为一体。我趴在血泊之中，感受着自己的罪孽。我为什么要来这里？我原本不属于这里，不属于这座城市。那么，我应该选择离去。不，你不能选择离去。我为什么不能选择离去？没有为什么，这个世界从来就不允许你提问。你没有选择。我受到了软禁？差不多，这个世界造就给你的囚禁远比它来得要深刻、要隐蔽。你根本就不知道自己为什么被囚禁在了这里。这座城市虽然广阔，但是你也无法离开。离开了这里，你便失去了为之继续生存下去的力量。我便失去了为之继续生存下去的力量？那是什么样的力量？难道就不能在其他的地方找到这股力量么？不能，目前的这个你还没有获得寻找力量的能力。你还太嫩了，你对这个世界的了解还远远不够。我无法离开，我得出了这个结论。我没有展翅高飞的力量，就算是无比坚定的勇气，也无法换来任何的力量飞离这个地方。天使的翅膀也有软弱的时刻。这个世界软禁了你，只是你刚刚才发现。我呼吸着带有血丝的氧气，氧气分子遭到了破坏，失去了应有的浓度，令大脑倍感倦意。我突破了油然而生的倦意，使劲全力拍了拍自己的脑门，深深的按了按两侧的太阳穴，扭了扭酸痛不已的脖子，用眼泪洗净了满身沾有的鲜血。我经过了一次洗礼。是的，你经过了一次洗礼。

我点点头，舒缓筋骨，再次捧起那封乱糟糟的信件。它给予人的第一印象——无比糟糕，毫无条理，符号混论，错字连篇。无比糟糕？的确，非常糟糕。毫无条理？差不多，前后中心思想混乱。符号错乱？逗号怎能连着问号一起用。错字连篇？这是一大问题，错别字。错别字？这封信件里面有多少错别字？好像不多？好像非常多？不，非常多，至少有五个以上的错别字。从头到尾都穿插有错别字。为什么有那么多的错别字？难道是因为她没有功夫修改？这非常有可能，因为这封信件原本就是迫于无奈而写下的一封求助信。毫无疑问，她正在试图向我求救，寻求一种帮助，企盼可以共渡难关。但是，她并不知道，我们俩人不是一条船上的人。她站在陆地，我站在陆地与海洋中间——位于两个世界的分界处。我不可能去拯救她。不，你可以拯救她的。你必须去拯救她。但是，在此之前，我必须再次阅读一遍这封突如其来的信。不久之后，我的心跳停止了。

两分钟后过去，你的心跳停止了。体内的感应球失去了继续跳动下去的能量。我发现了信中隐藏的玄机。她实在太厉害了。我无法不去惊叹于她巧夺天工的文字能力。我无法不发出又一次的这样无语的感叹。我意识到这所小学不再是一所学校，而是一个个才华横溢的天才铸就未来的梦工厂。她怎么可能拥有了那样的能力？她不过是一个可爱的小公主啊，一个没有了芭比娃娃然但依然楚楚动人的小女孩。她的语文成绩年级倒数，怎么可能掌握了那样高超的文字技巧？这既不是一次语文考试，也不是应试作文比赛，她怎么就发挥出了那样出众的想象力，并将它付诸实施在了如此短小精悍的信件中？她的文字技巧让我失去了再次阅读一遍以求确认的勇气，我被她彻底折服了。我放下信件，迅速推开房门，跳过门前的分界线，穿过空旷的客厅，溜进厨房，打开水龙头，用冰冷刺骨的自来水冲洗满是焦灼与炽热的脸颊。我将自己的大脑彻底沐浴在南极洲冰川的寒冷之中，试图用迷幻让这个自己相信它宁可是一次幻觉，一封不存在的信件，一封根本就不属于她的来信。我不愿意去相信它的现实意义，它的意义令人感到恐怖，无地自容。我想去死，就是现在，从厨房的窗户口跳下去。八层楼的高度，绝对可以让这个自己彻底完蛋。我完蛋了，她就自由了。她遇到了原本就不应该遇到的困境；她忍受了三年零两个月的时间，将那个邋遢的自己故意隐藏；她肯定不会是二十一分的语文成绩；她竟然故意把自己的成绩落到最后，为的就是不引人瞩目；她的智商绝对超过了芭比娃娃的水平；她的服饰，诚然，是经过了人为装扮的；她原本就不是一个爱乔装打扮的小公主；她是一个多面玲珑的申小姐。她实在是太厉害了；她原来就不是一个不爱说话的人，我曾经在某个时候看过她在教室里偷偷与人聊天，但是那个人并没有迫害她。她虽然受到了另外一方面的威胁，尽管依旧不屈不挠的抗争，为的就是不想忘记自己的真实身份，但是，再强悍的自我也会被腐朽的体制所同化。她的外表没有发生多大的变化，隐藏得过于完美，完美得令所有人无法察觉。我太愚蠢了。你以为自己愚弄了她，不料竟被她愚弄了。这场你来我往的愚弄游戏，最后竟然闹了个两败俱伤。

我将一张草稿纸平坦在信件一侧，回头张望了一下空无一人的房间，迅速低下头，将信件中醒目无误的十二个错别字，一个接一个的摘抄在了洁白的纸面上，在顺序得到调整的那一刻，纸面上的一句话散发出了一个令人吃惊的讯号。不，它对于你不再是一个讯号，而是一次警告。我将那句话反复在心中默念，默念了一遍又一遍。望着纸面上的十二个中文字体，原本糟糕的错别字链接在一起，构成了一个完美无缺的句子——握先再材晓德泥的针时深愤。我现在才晓得你的真实身份，握先再材晓德泥的针时深愤，我现在才晓得你的真实身份。我在心中反复前后对比这句话的意义，失去了继续隐藏自己的机会。然而，在第五次阅读信件的过程中，又一个天大的玄机被自己的右脑察觉。她发现了那个地方。她怎么可能会发现那个地方呢？她不是一个大白痴么？绝不可能会收到那个世界的讯号，也不可能意识到它的存在。她凭什么用如此朴实的符号来突出一个寓意？一个我必须毁灭掉她的理由。我迫不及待的将信件塞入上衣内侧口袋，关上台灯，锁好房门，一路快步走下楼梯，奔向了那个地方。

我以前所未有的速度加速前行，傍晚六点十五分的人流占满了一切可能的空间。这个拥挤的世界，此刻变得越发的拥挤不堪。我沿着拥挤的道路小心翼翼的加速前进，低着头，不为人知的隐藏掉一切可以隐藏的惊天秘密。我逼不得已的闯红灯，逼不得已的穿越大马路，五分钟的颠簸，我抵达了那个地方。这里，这里就是入口处。我失去了再一次观察那几近死亡的分界圈的兴致——事实上，它已经死亡了。我溜到入口处，在满是斑驳的墙壁上寻找门牌。门牌，我多么希望这里没有门牌号。做梦都希望那个数字不是门牌号上的数字。然而，她所透露的数字正是门牌号上的数字。一模一样的数字。我抱着手心的信件原地跪倒在地，失去了维持自我的能量。我跪倒在地面上，引来入口处的同类莫名的惆怅，他们正在使用满腹经纶的诧异扫视着我，甚至是怀疑着我。为了不引起更多的注意，我拍了拍身上的泥土，缓缓靠着墙壁依偎，面对斑驳的墙面掏出信件，第六次的数了数上面的感叹号。逗号，问号与感叹号之间的链接，其中微妙的数学玄机被人察觉。那并不是毫无意义的符号错误，而是一连串寓意深刻的数学技巧。逗号不断增加。问号永远保持一个，仿佛是在向收信人提出疑问，不断的提问，为的就是引起注意。但是为了避免不必要的多余讯息，问号的数目至始至终保持独立的数目。感叹号与逗号呈现出完美的对称性，完全符合剪纸艺术的对称原理，带来无法不引人瞩目的独特寓意。只要是一个认真看信的人，便无法不去关注那一连五个的对称符号。五个符号其中最大的共同点，令人感到从未有过的困惑。它们呈现了规律性的增长，从一到五,一、二、三、四、五，我在心底再一次的默念了一遍。它们为什么只保持增长状态？为何只增长了五次？又是为何停留在了五——这个数字上面，却不继续增长下去？信件中间部分的十五个感叹号，为什么要连续集中一起出现？她到底是在毫无目的的宣泄自己压抑许久的情感，还是别有用心？

这些之前所有的疑惑，在看到入口处门牌的那一刻得到了解答。她发现了入口处的位置。是的，她竟然发现了入口处在这个世界上的具体位置。她竟然不动声色的获得了期盼多时的解答。门牌上清楚刻有——羊子巷十五号的六个深棕色大字，让那五个递增数字获得了展现自我价值的曙光。我将那道曙光以数学加法的方式，全部加在一起，一加二加三加四加五，数字总和为十五。正好符号门牌上的数字，不多不少，完全吻合。起初自己还怀疑一切不过是自己的想象，但是两个铁打的证据将所有的疑惑推向了问题的结果。

我痛定思痛的走在回家的路上，用钥匙开门，推开房门，跨过分界线的那一刻，又一个变化让自己感到无语的惊奇。分界线的形状发生了变化。它不再是二十分钟前，离开家时所认识的直型线段，而变为了一条中间凸起的线段。凸起的方向精确的朝向自家的房门，我很快断言，他有来过。是的，就是那头疯牛，他竟然偷偷摸摸溜到了我家。擅自进屋，一阵寻匿，获得了想要的东西之后选择了离去。幸运的是，他没有那种能力，所以在窍门进屋的时候，压根就没有意识到分界线的存在，也不知它所存在的意义。幸好自己早有准备，我总算抓到了他犯罪的证据。他这个不知廉耻的酒鬼——我的狗屁叔叔。我曾经多次运用那个世界不为人知的秘密，用这个世界上最尖锐的刀片刺向他那脆弱的心房，看着它鲜血淋淋的挣扎，令它经历最凄惨的境地，品味最恶臭的酒气，匍匐在最无助的地狱，腐烂在最深渊的沼泽地。但是，他的心脏居然依旧活跃，没有死去。只因为他无意之中复制了我的那种能力。我无比失落，只能选择这样的方式竭力去避免又一次的悲剧。

我带着一个突袭的变数回到房间，坐在椅子上，再一次的回味她所塞进来的信件。是的，就是她，她已经发现了入口处。你居然让她发现了入口处。我第三次的低下头，望着纸面，用指头来来回回前后盘点了一下连续的感叹号，十五个感叹号，与数字的总和一样。如果说这还是巧合的话，那么信件结尾的那句话，那句意淫多时的肯定句，几乎毁灭了这个萌生的念头。还有，我其实并不是真心想拥抱你的。我将那句话原封不动的摘抄在了草稿纸上，与上面的十五个感叹号并列着，完全一一对应。还、有、我、其、实、并、不、是、真、心、想、拥、抱、你、的。十五个字眼，居然也是十五个字眼，与入口处的门牌数字丝毫不差的吻合。我迅速站起身子，将信件撕毁，然后推开房门将碎片丢进厕所的小黑洞，将一整桶洗菜水灌入其中。我掂量着玄机的重量，拖着沉重的负担回到房间，无比不安的抱着枕头陷入难以回头的世界尽头的冷酷舞台。

次日一早迎着晨辉按照平日的日程安排表来到教室，她也按照很多时候的规律一样比我早到。这令之前忐忑不安的情绪稍稍得到些许缓和。我望着她，她面不改色的正在品味盒装牛奶的丝丝润滑，双手捧着高级夹心奶油面包，一切如故的景象令我无法去怀疑她。我无法去怀疑她的身份，以及她所发现的秘密——信里所蕴藏的玄机。我附和着，假装开始每日例行公事的晨读，开口朗读不经过大脑思考的文字。她慢慢的享受早餐，直到上课铃响起才缓缓收拾好凌乱的桌面，从书包里翻出教科书，面朝讲台开始上课，一言不发。

我结束了一整个郁闷的上午，中午放学路过爷爷家时，帮他收拾了一下凌乱的小房间。小房间的墙壁因为梅雨季节的到来，开始彻底反潮。从地面到墙壁，甚至是屋内漂浮的灰尘都开始带有潮水的味道。味道随着泛黄的胶带纸迅速贴满了年华的过滤瓶，在玻璃瓶壁上刻下了一道又一道蹉跎岁月的思念。爷爷的身体近来越发不好，高血压的老毛病再度复发，全家人心惊胆战的度过了有史以来最紧张的一个春节。老人家没有继续例行的早锻，被迫选择蜗居在床的生活。为了缓解家人的压力，每天两次的照顾工作，这个自己义无反顾的承担。爷爷从不问及我的琐事，因而不存在任何被发现的可能。我极为自豪的打理着乱糟糟的小房间，拖地洗碗，换洗衣物，偶然陪他唠嗑，但话题全部集中在学校里无聊的事情上。

下午的课程继续郁闷。我郁闷的望着她，无法开口启齿。我郁闷的望着讲台上的任课老师，他们口中说出的各种句子，不经大脑的被遗忘。我郁闷的呼吸空气，试图调整乱了步伐的心跳。我郁闷的正准备离开教室，结束一整天郁闷的课程，不料却被她拉住。她二话没说的将一封平信塞入我的书包，掉头站起身子离去。一行眼泪落在了教室的地面上，溅起滔天巨浪。我被巨浪瞬间吞噬，浪花的高度远远超过了教室的高度。我无从考究巨浪的来源，但是清楚的一点，它来自另一个世界的。这个世界的巨浪不可能达到那样的高度，这里不会轻易播放科幻电影，这里也不会每天迎来世界末日，这里平静而丑陋的生活没有产生过那样大的变数。我在浪花的水流中屏住呼吸，遥遥相望。她离我而去，丝毫没有受到巨浪的影响。她转角消失不见，我的心跳节奏缓缓降低躁动的频率。在水流中，艰难的撕开那封沾有胶水的平信。信件被水彻底浸透，粘糊糊的漂浮于眼前，随着来回的波浪激情四射的抖动。我没有感觉到任何激情的味道，严肃的开始阅读信件。这封不用拆开也知道是兆宇的信件。

逍明兄，此刻想必你已经发现她的存在价值了。正如你所知道的那样，她早已被我俘虏，成为了我们俩人之间互通讯息的纽带。我不知道你昨天对她做了什么，反正你做了你认为正确的事情就好。她昨天竟然在放学后拉着我在学校巷子口，将自己发现的所有秘密数落了出来。一开始，我还以为是逍明兄你透露了那个世界的秘密。但是很快，她将自己如何发现秘密的每个步骤一个接一个的告诉了我。逍明兄你实在是太厉害了。你居然轻松的将她毁灭，并且让她如实的向我们报告了所有的细节。兆宇我佩服得五体投地。

这里，我有必要向你详细阐述一下秘密被发现的经过。当然，这个过失的责任人很大程度上还是要归结于逍明兄你的不谨慎。她向我透露，第一次对你产生怀疑是在一次课间，无意之中翻阅你的练习册时，看到了上面角落里写着的三个字。那三个不属于这个世界的字，引起了她的疑惑。为了追查那三个不同寻常的字眼，她被迫开口打听它的含义。于是很快的，王霸小三个字的含义得到了解答。这个解答，很显然是学校里其他隐藏起来的传达者告诉它的。逍明兄，你居然不小心将那三个字留在了练习册上，留下了可供人追查的证据。接着，她开始不定期的趁你上厕所的时候，偷偷翻查你的书包。不久之后，她再度发现了另一个秘密，一张来自入口处的海报。我无从知道逍明兄你是在什么时候从那里撕下了那个东西，但兆宇我真心请求你，从今往后不要擅自将那儿的东西带走，引发不必要的误会。她只是看了一眼海报，一无所知的继续追查海报上的人物源于什么地方，紧接着她获得了第二个疑问的解答。第三次的解答，因为你在周五去入口处的路上被她看到了，她选择跟踪你，跟踪你到了入口处。逍明兄，你太不注意了，去那个地方怎么不好好留意一下周围的人群呢？好歹也要回头看一看才对啊？

她获得了所有疑惑的解答，但是，幸运的是，兆宇我那天恰巧也在入口处附近。不过我位于逍明兄你正后方的超市门口，想必你和她当时都没有意识到我的存在。兆宇我没有别的优点，就是身材矮小，便于隐藏自己。我仔细的看着她，观察她的一举一动。她相隔逍明兄你不足五米的距离，可是你竟然也没有发现她的存在。她一路尾随你到了入口处的门牌下，你扫兴的离开之后，她久久的站在门牌下面观察着上面刻有的地址，并且向入口处张望了一下。很快，她将一枚硬币亲手递给了入口处的一位同龄男孩，男孩迅速跑进入口处，半分钟之后将两个不属于这个世界的硬币递回给了她。她紧接着将一张十元的钞票塞到了男孩的口袋里，满是笑意的离开。她居然轻而易举的击垮了我们。她带着不属于这个世界的两枚金属硬币准备回家。

逍明兄，幸亏兆宇我当时在路上拦截了他。否则，后果不堪设想。当然，她看到我转头就跑，但是以她目前的能力还不具备逃脱的机会。她被自己的公主裙绊倒在地，摔倒在地面上，发出痛苦的呼喊。诚然，他们并没有去关心她。这个世界的他们，一如既往的保持着无情无义的状态，这点非常好。如果不具备这个基本条件，我根本不可能在大庭广众之下抢过她手中紧握的两枚投币。我踹了她一脚，她没能闪开，稳稳当当一脚重重的踹在了她的腹部。她发出无比痛苦的呻吟，不停的求救，但是没有一个人相应她的号召。我冲她一阵辱骂，迅速掉头离开，尽量不再去引起过多的怀疑。两枚投币，昨天傍晚我已独自全部耗费在了那个世界里。我的那一脚踹得很重，加上之前她摔倒在地面上，想必她膝盖上的伤也不轻。

现在我们已经没有顾虑了。我已经当场清洗了她的大脑，她不会将更多的秘密透露给别人了。虽然，入口处被发现了，但是，她也不可能向别人透露了。我已经封闭了她的樱桃小嘴，她不再具备开口说话的能力。逍明兄，你可以放一百个心的去完成那件事情。拯救入口处。大哥今天放学之后就会与你会面。我再一次的请求你，今天务必不引人注意的最后一个离开教室。

巨浪退却之后，我被干燥的海岸湿气弄得无法自由呼吸。痛苦的心情夹杂着眼眶里迅速聚集的泪水，伴随着远去的人群悄悄落下。我双手捂着自己的脸颊，失去知觉的扑倒在桌子上，呜呜的小声哭泣。兆宇，他为何要如此对待一个小女孩？虽然，她已经发现了那个世界的秘密。但是，也不至于那样对待一个年仅十岁的文弱公主啊？她还那么娇嫩，穿着可爱的公主裙，连快速奔跑的技能都还没有掌握。多么单纯的一个孩子，兆宇为何下此毒手？她不过是一个穿普拉达、自认高挑的小女王。诚然，她一旦将那个世界的秘密数落出去，包括兆宇在内的所有传达者都必定招致他们的眼神，我们将迅速被毁灭殆尽。但是，她已经以信件的方式向我吐露了真言。没有错，她正在赎罪。但是，这个世界没有赎罪的机会。她已经来不及拯救自己了。兆宇已经完全毁灭了她，现在的她不过是一个外表天真内在全无的行尸走肉。我应该去拯救她。可是，应该在拯救那个世界之前，还是之后？我无从得到解答。目前，另一个困惑还在心间徘徊，我无从选择的将平信折好塞入历史书的中间位置，转身离开教室。我在男厕所里呼吸着恶臭的空气，思考着房间门口的分界线为何产生了那样的变化。必须尽快追查清楚家里发生的事情，在分界线消失之前。我下定决心。

二十分钟之后，我回到教室。教室里面居然空无一人。面对着平静的教室，望着整齐的桌椅，我无从站立。半分钟的疑惑，我下定决心跳上讲台，扮演起班主任开主题班会时的模样。我满是笑脸的对着没有生气的桌椅一阵感慨万千，接着指手画脚的一通舞蹈，在兴致远去的煞那间，一股同一频率的呼吸在左侧耳边响起。我转头望去，一个体型壮阔、头戴墨镜、上身衣着黑色夹克衫、下身为深灰色西装长裤、身高近一米七的青年男子靠着教室门口依偎着。他嘴里叼着根棒棒糖，身体以三十度的角度倾斜，靠着门摇摆着身躯，一派悠然自得的模样。心底一个念头在第一时间涌上心头，我无法相信这个他就是兆宇提及的那个他。绝对不可能，大哥怎么可能如此悠闲。至少现在不可能如此悠闲。现在可是浩劫来临的时刻，他难道不感到紧张么？他至少要比我大十岁，壮硕的体魄散发出巨大的压迫感。我甚至连走近他，与他打声招呼的勇气也没有。他失去了继续摇摆的兴致，冲我不动声色的使了一记出发的手势，便掉头离去。我满是疑惑的放下手中的粉笔擦，捡起地面上遗落的铁锁，锁好教室的大门，一路快步跟了出去。

他没有开口，五分钟过去，一句话也没有说。他已经通过了试炼。作为一个同属一致的族群理应具备的条件——不擅自与陌生人交谈。他没有摘下墨镜，一路前行，迈出的步伐巨大而踏实。我被迫加快了跟进的脚步，但是，决不能跟得太近。我警告自己，同时不时的回头张望。兆宇的一通提醒非常及时，我居然忘记了自己现在的身份。你不能像他们一样过着轻松而愚钝的生活。我不能像他们一样过着轻松而愚钝的生活。这点必须时刻宁记于心。我在路肩，假装鞋带松了，弯下腰解开鞋带，用余光前后左右扫视了一番，试图寻找可疑的人，担心自己遭到跟踪。他心有灵犀的继续前进，没有丝毫停下的意思，只是减慢了匆匆而逃的步伐。我迅速绑好鞋带，起身继续前行。没有人跟踪你，今天的你做得很好。你完美无缺的如影随形。我如影随形的跟在他的后面，很快意识到目的地不是别的地方，正是入口处。他趾高气昂的前进，脚步随着我的跟进再次加快。我们俩永远保持着五米以上的间隔，迎着鲜红的夕阳西下，朝着地平线的远端前进。在落日还残有余温的时候，他率先抵达了入口处。他没有站在门前停留，朝着那个深黑的角落迈步，我迅速溜了过去，低着头，两人低头一齐望着消失了痕迹的分界圈遗址。

我们望着它，漫长的凝视，一连十分钟过去，两个人都没有开口说话。夕阳消逝，黑暗降临。遗址上没有任何证明分界圈存在过的痕迹，它正如兆宇所言的那样，彻底的销声匿迹了。我的不解还未弥漫开来，他已以迅雷不及掩耳之势俯下身子，从黑色夹克衫里掏出了一个小东西。然后，迅速站起身子，这个自己在他壮硕高大的身旁显得异常矮小。我哑口无言的看着他，深知他就是大哥。暌违多时的大哥，终于现身了。他二话不说的将左手抬起，握着那个小东西，朝着地面。很快我意识到他手里拿着的，不过是一个老师上课最喜欢摆弄的红外线指示灯。一束红色的光点随着他左手指着的方向，呈现在漆黑的地面上。红色光点，醒目无比，他很快开始舞动手臂。此刻的自己，无法理解他目前的行动到底出于何种目的？他难道是在犯傻么？他不会是一个疯子吧？买一个教授才用得着的红外线指示灯，然后溜到羊子浴室旁的巷子深处，为一个年仅十一岁的男孩演示红色的光束。他傻逼啦？不，他没有傻逼。傻逼的人是你。我迅速打消愚蠢至极的念头，扇了自己一个耳光，默默观察。

他开始缓缓摆动左手手臂，从左侧开始画一个东西。两秒钟后，随着光点的移动轨迹，我意识到他正在画一个圆，一个巨大的圆圈——一个与记忆里的分界圈同样大小的圆圈。二十秒过后，他结束了表演，光点再次回到起点处，仿佛什么也没有发生过。他朝着满脸惊异的我投来一记尴尬的微笑，似乎在透露一个讯号。我画得不怎么好，实在不好意思。我很快破解了讯号的寓意，配合着点点头，表示完全理解。但是，我无法理解的是，他为什么要表演刚才那段常人看来简直不可理喻的小丑把戏。大哥为什么要掩饰自己糟糕的技术？他难道不具备超凡的能力么？他为什么要表示歉意？他没有做错什么啊？他只不过画了一个看不见也摸不着的圆圈，随着红点的消失什么也没有留下。他所画下的圆圈，唯一的亮点，便是圆圈的厚度非常惊人，近两米的宽度线条。我满是不解，十几个为什么绕着脑门到处跳动。在跳动的第十二秒钟，他将那个红外线指示灯递到了我的手心，弯下腰，近距离的面对着我。但是，我无法看清楚他的面部轮廓，硕大的墨镜掩盖了此刻他的眼神，他能掩饰的都被墨镜掩饰了。他似乎试图掩饰一些什么，又似乎不想去张扬一些什么。我的左手被他巨大的手掌托起，一股温暖的气息涌上心间。他转递了讯号，告诉了我此刻必须去做的一件事情。一件只有你能够完成的事情。我必须将它完成，别无他法。

我缓缓挺直腰板，退后三步，左手按下了红外线指示灯的开关按钮。一个光点迅速呈现在黑暗的地面上。我闭上双眼，快速寻找那个世界不为人知的秘密，扭曲视网膜的焦点，开始移动手臂。与大哥一样，我从左侧开始画圆，但是剧烈而无法停止的颤抖令画圆的过程越发漫长。我闭上双眼，看着自己徒手画下的圆。它扭扭曲曲，战战兢兢的刻在了地面上。我舒缓僵持的左手，仔细观察着一点也不完美的圆圈。身旁的大哥不言不语，望着同样的方向。圆圈迅速散发出拥有独特色彩的光芒，然而转眼的功夫，光芒消逝，圆圈被外来的某种力量扭曲，彻底的扭曲之后，它消失不见。大哥一阵叹息，拉着我两人转身离去。回到十字路口，我正准备沮丧的挥手道别，不料被他一把拉住。他从上衣夹克衫的口袋里将一张卷好的东西递给我，然后带着微笑转身离去。

当天深夜，我背着父母起床拎着书包踮着脚尖溜到厕所，打开照明灯，小心翼翼的拉开书包拉链，掏出里面塞着的卷好了的一个东西。我满是不解的轻轻放下书包，双手捧着用橡皮保护着的铜版纸。悄悄打开厕所的门，细细听闻房间里的声响，在确定他们都在熟睡的那一秒，我果断拆掉设防的炮台，摊开那张满是质感的铜版纸。然后，我看到了铜版纸上面刻有的绝美图案，这是一幅属于那个世界的图案。上面的人物与背景令自己无法忘怀，眼角的滚滚热泪迅速涌出。一分钟的短暂凝视之后，我将铜版纸再度卷好，拎着书包回到房间。跨过房门前的分界线时，我看到它正在散发出的独特光线。虽然它轻微的凸起，但是自身并没有遭到伤害，依旧坚守着赋予的职责。我将卷好的铜版纸塞入父亲的宣纸堆中，将书包拉好，回到床头便呼呼的带着眼泪睡去。

第二天一早，我跑去学校，又是一个突如其来的变故让我失去了满是力量的身躯。一个又一个突如其来的变故，令这个自己近来失去了感应球的正常频率。她第二次比我晚到学校。我拖着没有了灵魂的肉身坐在椅子上，再也没有了跑去厕所思考的能量。我坐在位子上，独自焦急的等待，企盼她的早日归来。她必须回来。是的，她必须回到教室。如果她今天没有来学校上课，必然引起他们的注意。他们会对我产生怀疑，各种可能的怀疑。我伤害了她；我影响了她的学习；我用圆规伤害了她的小手；我吃了小公主的豆腐；我抄了她的数学作业，从头抄到尾；我偷了她的垒球；我把她的早餐从窗户口丢了出去；我盗用了她文具盒里的零花钱；我为了吃一块她的高级夹心点心而辱骂了她；我做了对不起她的事等等。他们会将各种罪名强加于你，只为了毁灭你。纵使你什么都没有做，他们也可以轻而易举的将你搞定，抽一张红牌将你踢出足球场。他们的能量远远超越你的能量。我必须尽快找到她。可是，我应该去哪里找她？我连她的样子都无法回忆，她的名字众人皆知，但是毫无意义。同名同姓的案例，这个世界遍地都是。当然，最为重要的一点，她就算是失踪了，遇到麻烦了，第一个反映情况的人也不应该是我。绝对不允许是那个名为李道明的四年级学生。我必须沉住气。你必须沉住气。我得静观其变，千万不能慌了手脚。她只是比我晚到了教室，并没有其他任何异常的朕兆。我幻想她会跟上次一样，迎着上课铃声回来。可是，她并没有迎着上课铃声赶到教室。她一整天都没有来学校。放学之前，我故意在兆宇的座位旁徘徊不定，试图探听到一些虚实。可是他视而不见的忽视了这个自己，径直背起书包离开了教室。我继续徘徊，期望她可以迎着放学铃声赶到教室。然后再次拥抱我，对我说一声抱歉：因为今天家里有事，所以没来上课，让你担心了。我分析着兆宇刚刚背起书包的样子，但是那一连串的动作毫无寓意可言。你不过是在自我安慰。我是在自我安慰。这点我完全承认。

我无地自容的离开教室，带着伤痛的情绪推开房门。然后，自己的右脑在视网膜的作用下，传递给自己一个讯息。家门前的分界线被人抹去了。它居然消失了？不可能的，没有人可以看到它的，怎么可能把它抹去呢？不会的，不会的，一定是自己看错了。我假装收拾屋里，抱着拖把原地转悠，迎着母亲惊诧的眼神，再次确认门前的情况。但是，残酷的现实告诉自己。分界线消失了，它被某种强大的力量毁灭了。我本想保护母亲的计划，竟然如此不堪一击的破灭了。我难道失去了那种独一无二的能力？

→

我不可能失去那种能力的。那可是造物主赋予这个自己的才华，绝对不可能失去的能力。我带着灰心丧气的躯壳在学校里漫无目的的来回走动。

大哥在第一次会面时隔六天之后的傍晚，在校门口拦住了我。他一身休闲装，全身上下一套篮球装备，令年幼的我倍感羡慕。他双手抱着篮球，站在路灯下，远远的冲我投来一记微笑，墨镜之下的表情依旧无法完全猜透。但是，那绝对是一个微笑的意思，这点确信无疑。我一路向他走去。你不能奔跑，引起他们的注意。尽量伏低身子，隐藏掉自己。我缓步前行，很快与他正面而视，汗流浃背的样子令人过目难忘。他迅速将右手伸入口袋，将一个小小的袋子丢给了我。机智灵敏的身体迅速反应，我接过巴掌大小的黑色塑料袋，本打算向他传递讯号以打探虚实，不料他已满意的带着弧度的转身离去，消失在傍晚五点半的茫茫人海之中。

我踱步走在回家的路上，激动难耐的在一个路灯下的巷子口停下匆匆而逃的脚步。他们丝毫没有留意李逍明的存在。可是，为了不引起任何怀疑，我迅速打消了站在路灯下拆开袋子的念头，毅然继续向着家的方向前进。今天没有功夫去爷爷家唠嗑，我必须尽快搞清楚大哥递来的袋子为何如此沉重？这个黑色的塑料袋仿佛拥有着某种不寻常的能量？它竟然可以在漆黑的楼道中散发出一片独特的光芒。袋子里面装有两样东西，我一边抚摸着它，一边抬起脚步爬楼梯上楼。两个完全形状不一样的东西，一个呈长方形，旁边的一个呈三角形——而且是拥有着厚度的三角形。我无从猜测其中装载的礼物，自己甚至都不愿意用礼物来称呼它。它实在是太独特了，简直就是独一无二的塑料袋。它居然可以在黑暗中发光，我不断将它上下摆动，试图以熄灭蜡烛的方式去熄灭塑料袋的光芒。但是，任凭我摆动双手，它依旧如故的保持着频率不变的隐约光线。色泽独特，与传达者匹配的光芒完全一样的色泽。在临近家门口的时候，我迅速将塑料袋塞进书包里，拉好书包的拉链，推开房门。接着，心跳被扑面而来的画面彻底伤害了。

他居然在我家的小房间里与母亲聊天。他居然在你家的小房间里与你母亲聊天。我的造物主啊。我在心底大声呐喊，毫不顾忌拖鞋的事宜，大步冲入室内，飞越客厅，跳过分界线的遗址，一把将他拉住。我没有开口，用怒吼的眼神正视着他满是愧疚的脸，那张无比丑陋且满是酒气的嘴脸。

我迅速运用那个世界不为人知的秘密将他推向了沼泽地，呼喊那个世界所有的同类一起来践踏他肮脏的躯壳，扒光他的衣服，诋毁他的反驳，毁灭他的灵魂。然而，所有的幻想被他的一句抱歉毁灭，他对着母亲一个鞠躬便立即掉头离开了房间，向着隔壁自家的屋走去。我冲上前抱着满脸诧异的母亲，她二话没说的接受了我的拥抱。母亲的旧伤，我不用调整去视网膜的焦距已经可以清清楚楚的感觉得到。这个世界的伤痕，我目前还没有那种能力去弥补。你需要学习的地方还有很多很多。你的能力还没有那么高超。你自命不凡，实则弱不禁风。你也会生病，与他们一样容易伤风感冒。你不时的犯咳嗽的老毛病，不擅长远距离奔跑，左手的旧伤不定期的复发。虽然，我可以通过那个世界不为人知的秘密令自己麻木不仁，使自己无法感受到痛楚。但是，我还是会生病，还是会受到这个世界的伤害。我以为可以君临天下，可是太和殿的鲜血却无法用时间去遗忘。

我知道他是来赎罪的，但是这个世界没有赎罪这个概念。如果有赎罪的概念，那么就不需要监狱，也不需要执行者。每个人都可以为自己所犯下的罪行，故作沮丧的抱着眼泪跪地求饶。我不允许跪地求饶，我要他去死。我怀着无比仇恨的心情，背上书包将自己反锁在了厕所里。任凭母亲的呼喊也绝不开门，我毫不犹豫的拉开书包拉链，将黑色塑料袋从底层翻出。迎着渐远的金色黄昏，我靠着玻璃窗口竭尽全力的撕毁了它的外包装。一个厚厚的信封，以及一个小纸鹤。信封落在了地板上，与流淌的水流碰撞，发出一声清脆的声响。我故意打开水龙头，下面正对着水桶，制造出自己正在拉肚子的假象。母亲听到苦诉之后，停止了漫天的催促。我心安理得的捡起信封，厚厚的接近三厘米厚度的信封，非常有存在感。两秒钟的弯腰、挺背动作结束，我迅速意识到信封里面装载的并不是情理之中的信件，而是一叠厚厚的钞票。我以毫不容忍的态度撕毁信封，失去重心的抱着一叠厚厚的百元钞票跪倒在地。自己无法确定现金的真实性，来回不断的用巴掌拍打自己的脸颊。在一分钟的幻想结束后，我确定现金的数目超过了自己的想象。这是一叠厚厚的百元钞票，是一个整数，正好一万元。

我清点了两遍，暂时忘记了地板上被遗弃的纸鹤。一万元，不多也不少，他为什么要给我一万元钱？大哥凭什么要给我这么多的钱？我不缺钱。这个世界上，钱不过是一个等价交换物，毫无存在的意义。我活着，需要它；我死了，它随之灭亡。我将钞票犹如扑克牌一般整理回原样，塞入破损的信封里面，将它丢回书包内层，迅速拉好拉链。这才意识到地板上正在沿着水流来回摇荡的小纸鹤。我轻巧的低下头，怀着无可告知的心情将它拾起。原来，它并不是一个折纸艺术品，它是一个折好的信件。它才是真正的信件。我将纸鹤用双手折回它原来舒展的样子，褶皱的湿滑纸面在金色的夕阳下浮现出一片整齐而端正的打印字。通篇的五号楷体字，完美的感观，第一句的尊称已令人盛情难耐。

逍明同学：

您好。

相比于兆宇的昵称，我想还是选择这个称呼来表达我对你的膜拜更为合适。首先，我有必要先介绍一下自己。我来自八中初三二班，很荣幸认识你。兆宇之前已经向我阐述他对于你的敬佩之情，这点我也报以同样的欣赏。逍明同学，你所拥有的能力独一无二。虽然，目前还未能彻底发挥出应有的影响力，但是，以你十一岁的年纪来推测，不用多长的时间，在不远的未来，你将担负起改变两个世界平衡的使命。你拥有着如此强大的实力，我能清楚的感受到你心底的躁动。但是，逍明同学，请你务必控制好自己内部的能量，因为，我能百分之两百的断言，你所拥有的能量空前绝后，一旦彻底发挥其应有的实力，必将带来毁灭性的打击。物极必反，我无法预测打击会有多大，但是，至少足以毁灭掉这个世界。这个星球经受不住多大的打击，它和他们一样脆弱。我希望在你找到离开这个世界，保证自己全身而退的方法之前，务必抑制住自己的能量。

半年多的时间以来，我一直在耐心等待你的回答。可惜，直到我逼不得已的主动写下这封信的前一天，你依然没有给予我一个合理的答复。逍明同学，我不知道你有没有看到那条线段？那条位于教室人行横道上的超长分界线，你意识到了它的存在没有？我曾请求过兆宇给你发过一个小小的提示。但是，你没能给予正面的回复，或许忘记了，或许根本就还不知道它指的是什么东西。可是，冥冥之中我有一种预感，你早已发现了它的存在。以逍明同学你所拥有的能力，发现那样的事物可以说是信手拈来的易事，绝对不容忽视的存在。我大胆的假设，你看到了它，而且仔细观察过它的模样，它与众不同的线段长度及宽度。诚然，这仅仅是我的假设。

时间已经不多了。以分界圈消亡之后，按照书上的历史规律推测，入口处将在两年后彻底被毁灭。浩劫以目前的能力，基本上是完全无法避免的事实。但是，因为逍明同学你的到来，我们看到了希望。这里，我首先要感谢兆宇，其次要感谢逍明同学你能百忙之中抽空观察我那糟糕的圆圈表演。没有错，正如你现在想象中的那样。你在入口处看到的，我所徒手画下的圆圈非常之糟糕，无法保持完美的弧度。造成这样的原因，我可以很明白的告诉你。分界圈的遗址被某种力量彻底消灭了，但是，因为入口处内部的其他分界圈的影响，我依然无法自由的完成一个圆圈。虽然，在这个世界的其他地方可以轻易画下一个完美的圈，试卷上的圆圈、黑板报上的圆圈、篮球场边的半圆三分线、美术课上徒手完成的完美太阳、地面上各种大小的圆圈。可是，这些都不过是普通的圆圈，在这个世界上毫无多大意义可言的事物。受到分界圈的影响，我无法在入口处画下一个分界圈。而逍明同学，你可以。你拥有着不受分界圈影响的能力，可以自由的发挥自己的才华。我不知道你是运用了什么方法，屏蔽掉了那些无法消亡的干扰，进而镇定自若的展现应有的自我。可不幸的是，逍明同学你现在有着两个致命的弱点。你无法徒手画下一个巨大的圆圈，你糟糕的数学成绩令你无法拥有更高级的逻辑能力，加上从未经过美术老师指点，你的绘画水平基本上处于原始状态。你的画线能力出众，但作为引导者，我可以负责任的告诉你，那不过是最低级的技能。另外，你画的东西，无论是线段，还是圆圈，其厚度十分令人担忧。厚度直接决定事物的抗压能力。你画的圆圈形状不仅不规则，而且毫无厚度可言。这些都是不容置疑的问题。

这两大问题，我一直以来都在思考解决的方法。我仔细研究了兆宇递来的那些草稿纸，那些你在自习课上随意乱画的圆圈。它们的弧度依然无法令人满意。我知道逍明同学你纵使借用圆规也无法完成一个圆圈，这是最令人伤脑筋的事情。我本计划好，期末考试之后，领你去入口处，借助我平日制作黑板报时的大圆规的辅助，请你在遗址附近画下一个圆，然后，我再运用自己的能力将圆圈变得更为厚实，以此恢复入口处的平衡，拯救它。但是，目前看来已无法实施了。

我不能再等待下去了，真心请求逍明同学您的出手相助。那一万元现金算是我个人提前预付的酬金。逍明同学，眼下只有你能拯救那个世界了。他们的力量过于强大，而且极为分散。以我个人的能力无法抵御，入口处正在发生的悄无声息的量变。不用四年的时间，它就会发生质变，然后被同化，犹如分界圈一样。入口处的分界线虽然依旧厚实，但是它不具备抵御任何力量的能力，不过是一条感应线，偶然充当一下寻找同族人群的纽带。我们必须联手，寻找到画下分界圈的方法，在他们彻底毁灭我们之前。那些钱，逍明同学，我恳请你将它们作为学费，去寻找一个真正懂得如何作画的老师以祈求帮助。尽快掌握用你的左手徒手画下一个完美圆圈的方法。至于如何提高圆圈的厚度问题，请不要过多顾虑。相信我，当你掌握了那个画圈的技能之后，自会领悟。

兆宇近来会继续与你联络。逍明同学，那个世界的未来现在靠你了。我会竭尽所能的全力配合你的行动，遇到任何困难请第一时间与兆宇联络。他会尽快转告给我。我们同属一致。末了，早点休息，预祝升学考试成功。

此致

敬礼

工整无比的打印信件，通篇没有一个写信人的尊称。他隐藏得非常好，时间也被隐藏了。在这个世界，你根本不需要时间那个概念。时间之于两个世界有着截然不同的意义。既诚意十足的说明了自己所处的位置——三年二班是惯用的伎俩，永远的三年二班，永远不变的班级称呼，又婉转的解释了个人的立场。他做得很好，详细阐述了自己所处的阵营，这就已经足够。我点点头，将信件塞进口袋，穿过厨房故意避开母亲的招呼，卷了一大把卫生纸再次溜回厕所假装继续大便。我忘记开灯，迅速将信件从口袋里翻出来，撕成碎片，一小块接一小块的丢入漆黑的小水道，看着它们消失不见，心中反复默背信件中的关键词。我们必须联手，寻找到画下分界圈的方法，在他们彻底毁灭我们之前。那些钱，我恳请你将它们作为学费，去寻找一个真正懂得如何作画的老师以祈求帮助。不，我不能接受他的那些现金。我不缺钱，我不需要一堆毫无价值可言的废纸。它们之于他们非常重要，但是之于这个自己而言，根本就没有多少存在的意义。我不需要这个世界的垃圾，只需调整一下视网膜的焦距便能轻易控制水杯在桌面上的位置。我可以移动它，甚至将它浮在半空中逆时针旋转，同理，这个自己也可以控制街头的自动取款机调出里面所有的钞票。运用那个世界不为人知的秘密迅速隐藏掉自己的踪迹，悄悄回到家中不为所动的继续完成功课，将大把大把的钞票塞入火炉里取暖。

信件被毁之后，我推开厕所的门，回到客厅。坐在小椅子上看电视，每天六点的动画片是不可或缺的需要。我看看电视，又看看房门口的线段遗址。不过是一条刻下来的横线，当然，他们是看不见它的。我拉着忙于做饭的母亲问寒问暖，她满是微笑的表情掩饰了内心的痛楚。*她掩饰得很好，你应该多多学习。*可是，可是他还是可以轻而易举的跨入我家的房门。不行，我必须向人求助，用那个世界的力量抵挡住那头疯牛的狂奔。我不允许他再次伤害我所深爱的女人，从今以后，我不允许任何一个这个世界上的人伤害我的母亲。*你意识到了自己无法全力完成使命的缘由。你惦记着她。你本应竭力拯救那个世界，但是在此之前，你必须拯救身边所爱的人。*我必须向大哥求救。就是明天，向兆宇发出讯号，请他向大哥求救。事不宜迟，现在就去准备。

母亲亲自下厨的红烧肉，我连滚带爬的一连吞下了四块。瞬间无法自由呼吸，梗咽的难受情绪再一次的提醒自己。*你的身体还没有完全适应这个世界的节奏。*我竟然被几块猪肉给伤害了，煞那间无法呼吸，跪地呕吐不止。这个自己实在太脆弱了。草草结束晚饭，晚上十点便迷迷糊糊的睡去。我想自己肯定是太累了，夜里居然睡得从未有过的舒服。次日一早来到学校，两个星期以来，我已经适应了没有她的生活。从最初的胆战心惊到现在的朝思暮想，我依旧没能想到她为何一连半个月不来学校的理由。如果说这还不足以令人感到奇怪，那么，全班老师同学对此事不约而同的视而不见，便是莫大的疑惑了。班主任依旧正常的上课，毫不在意她的消失，居然连一次问候也没有。班里的同学也闭口不谈她不来学校的理由，仿佛她从来就没有在这里存在过。不可能的，她存在过。她存在于我的身旁长达三年的时间。她是活着的，不是死的东西。我感受过她的温度、她的心跳、她的香味、她的小手、她的芭比娃娃我曾经还拥抱过。她的粉色公主裙无比完美、她的微笑宛如天仙般诱人、她的樱桃小嘴吃东西异常缓慢、她小巧玲珑的手曾经探索过我的那个地方。你必须找到她。我必须找到她，在解决了家里的事情之后，在拯救那个世界之前。我清清楚楚的规划好未来的蓝图，走到兆宇座位旁，将一个小纸团塞进了他摊开的文具盒上层，然后丝毫不停下脚步的，沿着过道走向漆黑昏暗的走廊，坠入此起彼伏的雀跃之中。

事情变化之快令我一时无法接受，父亲在讯号得到肯定回复的第三天告诉我，下星期将搬家。于是，在老家房门前作画的念头得以取消。我满是疑惑的接受了闪电般的通知，望着客厅里来回奔波的母亲。一个颇具展望的念头涌现了出来。是的，我即将离开这里，离开那头疯牛，走向全新的生活。告别这个悲伤逆流成河的地方，带着心爱的女人前往生命的下一个驿站。我跪在厕所的地板上，任凭刺骨的水流侵蚀炽热的肌肤；我跪在厕所的地板上，沿着记忆的走廊奔跑前行；我跪在厕所的地板上，举起左手试着徒手在空中画下一个巨大的圆圈。打开热水器的喷头，我举头迎接着温暖的水流，颤抖的感觉迅速销声匿迹。我搂抱着温暖的水流，犹如她搂抱着我的一样。我搂抱着什么也不是的空气，自我陶醉。我已经适应了这里的节奏？我扪心自问。不，你只不过是稍微适应了这个世界而已。我还要更加的努力。明天，带大哥去新房子完成那个必须完成、无论身处何地都值得完成的任务。他可以帮助我，我也可以帮助他。我们理应互相帮助，联手寻找到那种方法，抵御他们的攻势。

第二天放学后，我在校门口左侧的路灯下看到了他。他穿着拖鞋，藏蓝色牛仔短裤，白色无袖背心，叼着一根烟原地踱步。看到我的到来，他远远的露出一丝微笑。但是墨镜之下的容貌依旧变化莫测，令人无从考证。我毫不停留的从他身旁走过，他迅速跟上。我假装回头张望，目测两人之间的间隔，以免被他们发现。他保持了完美的两米距离，低着头丢下烟头，小心的、不开口的跟在后面。五分钟后，在四楼的新家走廊门前，他弯下腰、丁凝着水泥地面，不言不语。我将早已准备好的绿色粉笔递给他，他点点头欣然接受。我们俩不约而同的回头向楼下和楼上反复张望，担心有人偷窥。在确定一切准备就绪的瞬间，他停止了粉笔在两个手掌之间的跳跃，果断的再次弯下腰，膝盖几近贴地的举起左手。我闭上了双眼，倾听那个世界的声音，但是那里并没有传来声音，一点声响都没有。我调整了视网膜的焦距，靠着墙壁一动不动的欣赏一场本不属于这个世界的华尔兹表演——一场空前绝后的表演，一个人的魔术戏法，一种不为人知的绘画能力。他的左手握紧了粉笔，朝着地面上的一点，迅速以逆时针的方向画圆。不到十秒钟的功夫，一个完美的、巨大的、散发着独特光芒的圆圈呈现在了眼前。我难以置信的双腿跪地，望着透露出自豪笑意的他，无法开口表达。我找不到一个赞美的词汇去修饰它的美妙，它实在是太完美了。十一年来，我从未看过如此独特的圆圈。无论是电视上，还是报纸上，这个世界没有这样诱人的图案。这个世界九成以上的事物都是物质性的存在，物质性的存在终究是一瞬。永恒的事物永远经得起推敲，否则就不可能在幻灭之后获得永恒。如今，永恒的圆圈正位于我家的门前，它可以保护我的家人不受他们的侵犯。是的，它就是分界圈，拥有着抵御压迫的能量。虽然，这里不是入口处，但是，它也能发挥出同样的功效。他没有继续原地惆怅，将粉笔递还给我，点点头便悄然离去。我没有与他挥手道别，也没有赞扬他的出众。*你不能开口说话，你更不能用这个世界的语言去修饰那个世界的事物。你还没能掌握那种横跨两个世界的语言。*我沉默着，带着微笑踩着分界圈的内部，接着又跨了出去。*你可以不受分界圈的影响，自由行动。*他虽然可以画下一个如此厚实且完美的圆圈，但是却无法拯救那个世界。他只能在这里画圈圈，玩把戏，而无法做大事。在入口处，他像一个患有小儿麻痹症的病人一样，颤抖不已，无法作图，只因为它受到了入口处内部分界圈的影响。我怀着无比感谢的心情，向着楼道深处渐渐远去的脚步声招手道别。

升学考试临近，兆宇的信件基本上停止了传送。为了拯救这个世界的自己，他显然短暂放弃了那个世界赋予的使命。我迫不得已的主动以小纸团的方式联系他。一来表达自己对于大哥的感谢，二来试图寻找一个一直以来困惑自己的问题的解答。他的回信来得异常缓慢，时隔七天，我才在一次体育课后看到了抽屉内侧的白色信封。顾不上喝水，汗流浃背的自己满是激动的将信件塞入口袋，快步走向男厕所的茅坑，享受着恶臭的氧气，撕开信封。我无从追究信封的粘合度这次为何如此紧密便毫不犹豫的跌入了文字的海洋中。

逍明兄，你的谢意我已第一时间转告给了大哥。大哥没有接受你返还现金的请求，他强烈建议你暂时保留它们在身边，以备一时之需。大哥眼下有一个不情之请，不知逍明兄你可否接受？兆宇我也无法选择一个合适的方法向你开口，只好以书面的方式征求你的意见。大哥希望你填报志愿的时候，将第一自愿填为市第八中学。

逍明兄，我知道这个请求非常无礼，肯定是无法轻易接受的。但是，实话告诉你，兆宇我已经接受了那个请求，计划报考八中。这个请求，现在不需要你回答。你完全可以拒绝它，不需要任何理由的拒绝它，我们完全可以理解你的选择。你是你自己，不是别人。我们不会强求于你。我们不是他们。我们完全尊重任何一个人的选择，纵使是死去的灵魂也一样。逍明兄，我们只是至希望于你，如果将来能在一个学校读书，想必联络起来也会方便许多。

另外，你所追查的那个人。我现在无法向你禀告她的去向。不是兆宇我不说，而是我也不知道，请逍明兄你谅解。她的这次离开，兆宇我以自己的灵魂保证绝不是因为我的迫害而造成的。她因为某种不便于告知的理由没来学校。我完全接受逍明兄你的批评，虽然之前的方法有些偏激，但是，为了保全那个世界，我必须将她的肉身毁灭。她虽然年幼，但是无比危险。危险的东西永远都披着羊皮在你面前装可怜。危险的事物永远隐藏在糖衣炮弹的深处。我们同属一致。兆宇我所做的每一件事都是为了保全那个世界的完整，防止它受到伤害，绝对不会对逍明兄你产生任何负面影响。这点你必须明鉴。她的行踪目前无法追查，如有消息，我必定第一时间通知你。保持联络，祝考试顺利。

这是四年以来，兆宇递给我的信件中最敷衍的一次。他简直就是在玩弄你。我怀着无比愤慨的心情将信件塞入粪便池里，朝着粪便满是不屑的吐了口浓痰便冲了冲转身离去。回到教室，独自一人霸占着两个人的位子。她今天还是没有来，这两个月她去了哪里？她在什么地方？她做了些什么？这个自己无从追查。我只知道她的名字，她在这个世界普通得不能再普通的姓名。可是，我不能去报纸上刊登寻人启事，那会暴露自己的身份，招来不必要的注意。他们会发现我的，我会被他们毁灭。但是，我必须在三个月之内找到她，在毕业之前寻找到她。我只知道，她被某种力量所干扰，现在正在某个遗忘的钟楼里徘徊不定。

毕业之前的最后三个月，原本正常的生活节奏因为猛然骤增的班级会议而失去了平衡。这个世界的这个自己失去了完美的能量，因为感冒、咳嗽、头痛等原因被丢回了医院。我躺在医院的病房，举头仰望皎洁的天花板，舒缓呼吸的频率，尽量使自己不去察觉到那些令人作呕的药水味。左手大拇指的旧伤，住院的第二天晚上突如其来的传来剧烈疼痛。我知道，这疼痛来临的理由。不，它并不足以视为一个理由，而是一次警告。你必须离开这里，这里曾经伤害过你。你一旦回来，就无法轻易摆脱枷锁和手铐的束缚。我必须离开这里，离开这个伤害过我的地方。空气里弥漫的药水味，洗手间里遗弃的卫生棉，走廊尽头洁白的护士，头顶昏昏欲睡的白炽光灯，床铺下的恶心尿壶，穿透了手臂的吊针，这个世界的垃圾药水居然渗入了自己的内部。不，它不能渗透我。是的，它只是在拯救你在这个世界的肉体。我不需要它们的拯救，我独一无二。我拥有着杰出的能力。怎么可能需要它们的辅助？不，你还小，你还没有尝到真正的痛苦。你不知道真正的苦是什么滋味。无论如何，我必须离开这里。明天，明天上午，必须离开这里。我望着试管和针孔，下定决心的合上双眼。

一整个夜晚的卧枕难眠，双眼无助的凝视着玻璃窗外的星辰。它们依旧那么遥远，那么迷人，仿佛看一万次也不会厌倦的夏威夷海岸线。我极为不注意的将无聊的左手伸进内裤，右手的点滴声依旧滴滴答答的无限延伸。左手握紧了自己的那个东西，它依旧毫无知觉。它目前还不具备那种能力，它不会说话，也不懂得思考。它只是我自己的一部分，永远不可能转化为自身的一部分。软绵绵的球体在经过抚摸之后依然柔软，我不由自动的闭上双眼开始幻想她的模样。她那永远不变的粉色公主裙，小巧玲珑的右手，充满香气的长发，披肩戴月的完美轮廓，樱桃般的小嘴。我不小心坠入了她的搂抱之中，这次不是她搂抱我，而变为了我搂抱她。她穿得很单薄，在小小的病房里她脱掉了身上所有不必要的盔甲，带着薄薄的浅绿色吊带衬衫向我缓缓走来。她毫不在意我苍白的脸颊，径直向我靠近，在月光凝结的瞬间将我彻底抱住，完完全全，前前后后的搂抱。这次，我感受不到她的体温，她难道生病了？我温暖的躯体被寒冷侵蚀，可是我无法脱离她的魔掌。她令我感到从未有过的舒畅，这个自己沦为了一个犯罪机器。她意犹未尽的离去，留下迟迟无法动弹的机器。我又一次的陷入寂寞之海，没有灯塔指明前程的海域，海鸥全部归巢，水中的鱼儿潜入海底深处，海平面风平浪静。你不再是你，你已进入下一阶段。我必须找到她。就是明天，明天必须全力开始行动。在毕业之前找到她，必须找到她，这个决定不再需要任何理由去解释。

次日清晨六点，我小心翼翼的推开被子走下床，穿上拖鞋脱下医院提供的令人呕吐的洁白套装，换上自己引以为豪的超级白色跑鞋，套上校服拉好拉链。再一次的抬起头看了看墙角的时钟，此刻六点零一分，整个医院还在寂寞之海中沉睡不醒，就是现在，悄然离去。我推开房门，径直离开，沿着带有晨辉味道的宽敞走廊前行。我躲避了值班医生的愚昧问题，逃脱了急救包的轰炸，跳过了担架的阻扰，运用那个世界不为人知的秘密化身为一个超级间谍离开医院。他们没有意识到你的离去，你这次伪装得可圈可点。离开医院，在公共电话亭迎着早上七点钟的太阳，打了通电话回家给母亲，撒谎表明自己的身体已经完全康复，无需再在医院疗养。没等母亲的牢骚发泄完毕，我以身上资金不够为由挂断公共电话，一路小步走向羊子巷十字路口的米粉店。我架着二郎腿，低头翻着书包里的乱七八糟的东西，教科书、练习册、文具盒、直尺、圆规、草稿纸、餐巾纸，还有最里层藏着的信封——其中的一万元现金。我没有把信封数落出来，它实在是太危险了。但是，我无法将它奉还给大哥，那个世界的讯号告诉这个自己。我必须留着它，不久之后就要用得上。我点点头，接过中年大妈递来的凉拌米粉便狼吞虎咽起来。住院三天，医院里的垃圾食物令这个自己无法正常排便。我拒绝接受那些令自己无法痛快享受的食物，绝食一天的自己此刻已是嫉恶如仇。草草结束早饭，这才意识到今天是星期天，不必去学校上课，也丝毫没有回家的兴致。因为分界圈的存在，如今的这个自己完全可以心安理得的到处游荡。它承担起了保护家里的一切，以及一些不必透露的秘密的重大使命。它就是我的附身符，不必随身携带的附身符。

我坐在早餐店的长椅上，抖着小腿开始计划接下来的计划。我必须找到她，但是应该去哪里找她呢？去学校？不，今天星期天，学校不对外开放，人进不去。去她家？她家在哪里，除了班主任谁也不知道。去问班主任？那等于枪毙自己，暴露自己的身份，引起他们的注意，然后被他们迅速毁灭。去那个地方？对，就是去那个地方。你应该去那个地方找她，你别无选择。我别无选择？是的，你别无选择。这个世界如此之大，你弱小的身躯不可能去其它地方。你还不具备离开这里的能力。好啦，不要唠叨啦，我马上就去那里。我扇了自己两个耳光，引来对桌大叔的无语眼神。我跳过无语的一切，拎起书包，将带有针头痕迹的左手轻轻塞入裤腰带，一路上低头前行。太阳光温暖的透过薄薄的片片云彩，散落一地，我闭上双眼，动用视网膜的焦距，沿着老旧的巷道漫步。十分钟后，当视线恢复正常的状态，自己才意识到已经站在了那个地方的大门前。入口处没有发生多少变化，这点令人颇感欣慰。量变速度并没有想象中那么快，事态兴许可以挽回。我耸了耸肩膀，满是微笑的转过身，横穿过马路，在正对入口处的超市里买了一瓶碳酸饮料，便俯下腰站在路旁假装等人的来回张望。光线的角度随着太阳的升起迅速攀升，一个小时的漫长等待，一切如故，她没有出现。我站起身子，失去了继续蹲察的耐心，将铝制饮料瓶丢进路旁的垃圾桶里，迅速活动了一下僵直的身子骨便朝着回家的方向迈步。我气质高昂的大步前行，在那个世界不为人知的秘密作用下，这个自己已经脱离了病房的阴霾笼罩，无法感受到痛楚。身子骨正常了。在十字路口焦急的等待绿灯的亮起，传达器随着笔记本一起搬到了新家，今天是周末，回头一定要好好享受下。笔记本今后存放的位置不能再是床底下，母亲的打扫工作很有可能将它暴露，必须转换地点。以后就放那个地方了，那个地方一般只有自己知道，也只有我可以去推开。我下定决心，在绿灯亮起的瞬间迈出矫健的步伐，然而，她的容貌顷刻之间浮现在了人群之中。她站在马路对面，与你相视而来。她竟然出现了，正在逐渐向我靠近，我已经看到了她，而且迅速确认无误的断定就是那个她，我的可爱公主同桌。如果不是因为那身粉色且夺目的连衣裙，我是不可能如此肯定的。她毫不顾忌的向我走来，调整了方向，朝着正对的方向迈步。为了不引起身旁他们的注意，我故意减缓步伐，小心转变了前进的方向。然而在方向盘微调的煞那，她竟然也调整了自己的方向。她依旧向这个自己正面走来，无论我怎么调整脚步，减缓步伐都无能为力了。我不能选择掉头离去，那种举动会完全暴露自己。这是一出世界大战。我再次叮嘱自己，极为不自然的耸了耸肩膀，掏了掏空空如也的口袋，大口大口的吞痰。她向我走来，迎面与我发生碰撞，迅速将一个小东西塞入我的上衣口袋。我的疑惑被散落一地，她俯下腰果断拾起疑惑便继续迈步前行，两人犹如很多港台偶像剧里的镜头一般，擦肩而过。当自己穿过马路，站在另外一侧的世界边缘意识到口袋里的小东西是一封信件时，她已经消失不见。茫茫人海，你我微不足道。

在爷爷家，趁着他老人家打盹的功夫，我关上房门，迅速阅读起这封粉色的信件。字迹工整得令人难以相信，这简直就是一幅窈窕淑女才能完成的西洋画卷。她绝对是练过钢笔字的，以目前的字迹推断，上次的糟糕信件毋庸置疑是一个骗人的把戏。她故意掩饰了自己完美的钢笔字，故意选择糟糕的写作方式，只为透露自己心中的那些个秘密。我抛开心中的猜疑，迎着屋内微弱的土黄色灯光，摊开对折了五次的信件。褶皱的纸面，坑坑洼洼。

你不用惊讶的，我早就料到你会在今天去那里找我。

我知道你很关心我，可是有一些事情，我坚持认为你还是不要知道的为好。可是，我的坚持因为你的苦苦追求而放弃了。我的母亲不久前生病去世了，所以没能去学校上学，因为自己的心情迟迟无法恢复。我知道你很担心我，我能理解。

正如信中透露给你的讯息那样，我知道了你的真实身份，你转学来这座陌生城市的真正理由，你与兆宇两人联手正在努力去做的事。我全部都知道了。但是，请你不要惊讶。那些事情，两年前，我就已经知道。你也不用担心我，我很好，我保证不会将你们的秘密告诉别人。我只求毕业以后，你们不要再来打扰我。我很喜欢现在的生活，你们所企盼的那些东西我无法理解、也无法接受。你们肯定不是正常的人。你们是一群疯子，什么也不懂的疯子。

你是怎么知道我家里的电话号码的？为什么要打给我？你好坏的人啊你，找不到我就打电话到我家，你到底想要从我这里得到什么？我能帮助你们的都已经帮了，你们到底还想对我做什么？你们实在太不要脸了，竟然什么事情都做得出来。我没你们那么厉害，我只不过是一个小女孩。我想好好学习，好好生活下去。

十五，这个数字你竟然全部参透了。你是一个疯子。以后请不要再打电话给我，我没有什么话想对你说的了？

为什么最后是一个问号？我合上信封，将它重新对折五次塞进上衣口袋，缓缓站起身子。给床头的爷爷喂了口果粒橙，便背起书包转身挥手离去。我站在羊子小学的校门口，此刻，这里空无一人。我站在那个曾经被某种力量束缚的路灯下，这个已经没有力量可言的角落。然而，无论我们从哪个角度看去，这块空旷的地方如今都是如此的立体而深刻，它不再是平面纸张上的建筑设计图纸，而是矗立于海岸峭壁悬崖上的一座灯塔。一切都是那样的自然，自然得连自己都无法相信我是李逍明，还是明逍李。

我俯下身子，打了自己一个耳光。我诅咒自己，眼下看到的、听到的、收到的、闻到的、想到的、不曾想到的一切都是幻想。我不是我，我正在做梦。我打了自己第二个耳光，再次咒骂自己的罪孽。你不应该来这里的。是的，我不应该来这里，原本就不应该来这所学校读书。你应该离去。是的，还有半个月，我就会离去，去一个新的学校。不，你不应该去学校，应该去地狱。我不能去地狱，我还有使命在身。我还需要掌握那种语言，在去地狱之前。你的使命在他们看来微不足道。你的使命就是街角的一坨坨狗屎。不，我有使命在身，任何人都不能侮辱我的使命。我必须寻找到一个合适的时间点，时间点将是使命能否完成的关键。这是和平年代，没有什么使命需要你去完成的。不，这是一个破碎的年代，远比第三次世界大战还要可悲的世界，失业与饥荒，贫穷与富裕的两极世界。我肩负着使命来到这里。请不要再亵渎我的使命，否则我可就要翻脸了。我必须再次联系她，将从班主任那里套出的七位号码再次背诵。不，她不要你打电话过去。我再次摊开信件，打消了念头，屏息第二次阅读那一整片公正无误的粉色信件。我相信其中一定还隐藏有附加的信息。

我读了第二遍。三天后，我又读了第五遍。一个星期之后，我读了第十遍。半个月过去，临近毕业典礼召开，我在期末考试结束后的当天下午，抱着褶皱的粉色信件读了第二十三遍。但是，依旧收获全无。这不过是一封普普通通的信件，一次对你的警告。我无法提起话筒，无法背叛自己的灵魂。情急之下，在第二天毕业班会结束后，将一小团纸屑扔在了他的文具盒里。次日，来到学校参加毕业典礼的早晨，我意料之中的看到了抽屉中的信件。我迅速带着信件滚进男厕所，假装大便，一如既往的假装大便，享受着早晨七点半的恶臭味。信件没有对折，工整的保持着摊开的模样，从英语书里翻出藏好的信件，我迎着骄阳的光芒得到了解答。

逍明兄，首先兆宇我必须通知你一件事情。它之于你而言，或许并不是什么好消息。我已经得到了八中的入学通知书。昨天傍晚已与大哥在高中部的三年二班门前会面。

你的请求，我已经转告给大哥，他已经帮你解决了。但是至今，逍明兄你依旧没能给我们以任何正面的回复。回复什么，相信你心中有数。兆宇我无意要求逍明兄你做任何事情。你是你自己，不是别人。我们不会强求于你。我们不是他们。我们完全尊重任何一个人的选择，纵使是死去的灵魂也一样。如果你已经得到了答案，请尽快告诉我。

另外，她将于明天下午三点十二分在入口处附近出现，你的请求我们已经帮你解决。我们同属一致。逍明兄，你所需要的东西，兆宇我无从理解。但是，请你务必小心，她已经知道了我们的身份。纵使无法开口表达，依旧无比危险。

我心满意足的撕毁信件，冲了冲干干净净的粪池，推开不存在的光芒离开厕所。我带着恶臭味坐在位子上，闭眼倾听班主任反复多次的叮嘱。她和蔼可亲的话语令人陶醉。我抱着陶醉的自己，计划着次日的偶遇，双手握紧了刚刚收到的入学通知书。三点十二分，她会出现。我提早五分钟站在羊子浴室门口假装排队入场，享受着沸腾的水蒸气。它们犹如涣散的士兵挑逗着我的忍耐底线，我挥了挥手，轻而易举的掀翻了它们的战船。在雾气消散的那一刻，她准点出现在了这个自己的眼前。白色的短袖，胸前的米奇老鼠图案，卡其色牛仔短裤，高挑的白色高跟鞋，没有背书包，双手藏在口袋里。她带了一把枪在身上？我迅速反应道。一把卡拉什尼科夫自动步枪，现在就藏在她那迷人的小口袋里。转眼之间，她的双手微微颤抖。她已经在掏枪了，一秒钟，或许两秒钟，三秒钟后，我将被机枪扫射，倒在血泊之中。你应该向身旁的路人求救？不，我不能向他们求救。你应该向他们求救，他们可以帮助你。不，他们只会毁灭我，他们从来不会真心帮助一个人。他们肩负着目的与负担而活，带着遗憾和无知死去。我一旦发出求救讯号，他们就会拉着她的小手，一齐朝这个自己脆弱的身躯激情四溢的开枪射击。他们喜欢玩枪，他们喜欢毁灭事物，而不是创造事物。他们不具备物质性的创造，一切所谓的卫星电脑芯片科技，都是建立在再创造的基石之上。没有了基石的铺垫，这个世界是虚无。我还有很多东西要去学，现在的自己还没有那种能力，那种不怕子弹的能力。我冲向她，将正在掏出手帕的女孩推倒在地。她又一次的摔倒在肮脏的地面上，眼角迅速泛起泪花。我失去了道歉的勇气，站在原地无法自已。她缓缓站起身子，手帕被地面上的粉尘弄脏。我低下头拾起手帕，将它递还给她。她一把退回，硬是塞进了我的口袋里。我满是不解的将准备好的铜板卷纸送到了她的手心，她满脸的疑惑望着我，烂漫无暇的纯洁眼神将我推倒在地。我双脚跪地，看着手帕上的一切失声痛哭，猛然感到肩膀后面一股温热的力量袭来。*她正在你肩上写字。*我大声哭泣，紧闭双眼感受着她的力量。那是一个颠倒了黑白的词汇，此刻再次被颠倒，恢复了那个世界的应有名称。在我起身回眸的瞬间，她已经离我而去，抱着大哥之前送我的那张海报，高高举起小巧的右手，那只曾经抚摸过那里的手掌迎着骄阳摆出了一个胜利的造型。她渐渐远去，我无法停止哭泣的感受着那个词汇的力量，那四个被她刻在肩膀上的词汇。在眼泪升华的第一秒，我站起身子，掏出了左侧裤腰袋里的那张入取通知书，上面醒目的印有南昌市第八中学的特大字体。我前后看了看，仔细的看了看学校的名字。*在语文考试作文的答题纸彻底空白的努力下，你以年级倒数第十的成绩接受了同类的邀请。*但是，没有关系。我们同属一致。我必须义无反顾的继续走下去，无论前方会是哪里。

*她早已知道了你的身份，从你转学来这里的第一天上午起就已经知道。*我泪流满面的望着手帕上亲手刺下的——那个颠倒了的名字，那个自己的名字，那个四年前来此的精准日期，那个你名字身旁颠倒的四个字眼。我抬起头在心中默念那四个字眼，以街头霸王的气概向着亮处迈出沉痛的步伐，握紧入学通知书，汗流浃背的走向太阳的最核心处，心中反复默念道。我必须找到他，找到那个人，进而学会徒手画下一个完美圆圈的技能，在那个世界的入口彻底消亡之前。

→

第二部分 虚无的魔术秀

八中的第一天，放学之后的傍晚毫无朕兆的下起了瓢泼大雨。瓢泼大雨的心情被雨淋湿，孤零零的站在操场中央享受着造物主的洗礼。它如此慷慨的赋予了生命于这个世界。我用双手迎合着降下的清纯雨滴，将它们全部撒向满是疲惫的脸颊，湿润了所有铁骨柔情的角落。我站在大雨的正中央，抚摸着雨线，感受着稍纵即逝的金色童年。我回到教室，匆匆放下书包，走到最后一排的角落拿起扫把开始打扫卫生。全班倒数第一的入学摸底考试，令这个自己颜面全无。可是，为了隐藏掉那个不为人知的秘密，你必须这么做。我必须隐藏掉那个真实的自己，避免一切不必要的眼神，远离一切不必要的荣誉。它们之于你，根本就不重要。你肩负着使命来到这里，不是为了那满是虚荣的高分，也不是为了博得老师同学们的赞赏。你为了掌握那种语言而来，谦虚一点，寻找到那种语言的源头所在，进而掌握它。这是你的使命，无可厚非，毋庸置疑，必须坚持到最后一刻。我不需要掌声，不需要喝彩，也不需要皇冠。我带着无名英雄的荣耀，蹲在教室的死角前后思考，背负着耻辱的罪名降临到这个全新的环境当中。来此的当天上午，便遭到了班主任的一通咒骂。十二分的数学成绩首当其冲成为了出祸口。她满是不屑的屁话犹如此刻正在暴降的骤雨，无限蔓延且缠缠绵绵，毫无断裂的意思。我低着头，紧闭双眼运用那个世界不为人知的秘密，屏蔽掉空气中漫天飞舞的二氧化碳，竭尽所能的吸收纯净的氧气，维持受伤的躯体。你还没有掌握那种特殊的能力。所以，你无法防御住她吐出的硫酸。一瓶又一瓶的硫酸扑面砸来，我措不及防的统统收下。她兴高采烈的连蹦带跳的低下头，紧接着又抬起头，迅速果断的拾起早已准备就绪的硫酸瓶向我袭击。她满脸幸福的微笑，幸福得犹如扒光了衣服、撕烂了脸皮的女鬼。我尽情享受着硫酸浴，整个身子从上到下受到袭击，铺天盖地的袭击，不再是正面袭击，很快换成前后夹击。我不知道一位数学老师什么时候学会了画蛇添足的本领，竟然拥有了如此可怕的杀人技巧。她不再是一名值得敬仰的园丁，而是一名面带笑容的冷血杀手。我的身体开始膨胀，进而冒烟，头发已经被烧毁，皮肤早已糜烂，衣服都被煎干得不成体统了。这个自己已经不成人形，但是在我看来，它依然坚挺。因为，你拥有着独一无二的能力。你永远都将与众不同。她失去了继续浇灌我的兴致，扭扭身子悄然离去。我踱步拖着死亡的身体离开教师休息室，缓步回到教室里，迅速扒掉身上糜烂的一切，脱掉早已穿上身子的防弹衣。她的左脑告诉她，名为李道明的学生已经被毁灭了，他受到了沉痛的打击。但是，她多余的右边脑子，其实一直在透露一个异常尖锐的讯号。你面前的这个少年，其实安然无恙。他拥有着杰出的资质。这个世界上任何物理性的损伤都不具备毁灭他的可能，他并不属于这个世界。我满是歉意的望着窗户身后、教学楼巷子口扶着自行车跳步前行的她，伸了一个中指。她没有察觉。妈的，她实在太不经玩了。只不过是一件防弹衣，就搞垮了她。

我心甘情愿的接受凌辱，带着笑容低下头开始收拾肮脏的一切。肮脏的地面、肮脏的人行横道、肮脏的讲台桌面、肮脏的黑板、肮脏的抽屉、肮脏的眼神、肮脏的空气、肮脏的墙壁、肮脏的操场、肮脏的男厕所、肮脏的女厕所、肮脏的废话、肮脏的训导、肮脏的吊灯，连他妈的扫把居然也是肮脏的，我忍不住抱怨道，肮脏的世界。草草结束打扫工作，我锁好教室的大门，拎着书包快步走向高中部。此刻，夕阳已至，黄昏散落一地，操场一角的大树下，大哥远远的看到我，墨镜下的嘴角露出了久违的笑意。在这个自己与他相视的瞬间，他的笑意迅速消失不见，一把搂住了我，犹如一位母亲搂抱自己的孩子一样紧紧搂抱。我不知道自己为何喜欢上了拥抱的感觉，失去了挣扎的力量。两个男生在空旷的操场拥抱，自然招来了过路人的疑惑。他意识到自己的举动引来了他们的注意，迅速一把推开我，然后用诡异的眼神冲我丢来一个讯号。讯号非常简单，不过是一个问候。我如实的给予同样频率的讯号以回复。讯号的内容同样简单，毫无深刻寓意。我在这里很好，只不过是受到了一点小小的伤害。班主任因为我糟糕的数学考试成绩万分不快，用直尺轻轻拍打了一下我的手心，并没有毁灭掉我。当然，以她的资质永远也不可能获得毁灭我的机会，可以说是一点机会也没有。她和他们一样庸俗，普通的低级动物。大哥你完全不必担心我。我在三年二班一切顺利，第一天的收获颇多。虽然，只记得一个人的名字，全班成绩最高的那个人的名字。可是没有关系，我并不打算在这里交到新朋友。他们实在太厉害了，这个自己一不小心就有可能被发现。我必须谨慎行事。兆宇的三年二班依旧危险无比。我会经常与他联络。大哥你完全不用担心。

我将讯号在心底自我背诵了一遍。他点点头，没有再给予回复，迅速起步向着校门口走去。初秋的天气异常舒畅，黄昏顷刻间消失得无影无踪，两人穿过繁华的操场，篮球上的热血健儿挥洒着汗水，场边的短裙少女春心荡漾。他走得很快，我很快被落下。我停止了追随，被一个发育完美的女孩吸引。她靠着篮球场边的扶手依偎，双脚并靠在一起，灰白相间的帆布鞋，白色低帮袜，一席粉红色连衣裙。我们相隔六米以上，我无法看清楚她的容貌。我试着调整了一下视网膜的焦距，在焦距得以凝结的瞬间，这个自己失去了前进的力量，整个人掀翻在地。我知道她的名字，她来自哪所小学，她知道的秘密，她的小手，她的芭比娃娃。她就是我的同桌。我跪倒在地，大哥意识到了我的失态，双手将我搂抱，试图将失去了力气的李道明扶起来。可是，这个自己无法挺直腰杆。我以为今后不会再看到她了，她为何又出现了？她的腿怎么变长了？她的胸部怎么变大了？她为什么要正面迎接着我色迷迷的眼神，丝毫不为所动？她为什么还要站在那里，难道是等着我去搂抱？不，你错了。你答应了兆宇，那次是你们俩最后一次的会面。你要信守诺言。从今往后，两人再不见面。可是，我已经见到她了。这次是意外。请你不要带着侥幸的心理活着。你专注一点好不好？对不起，失态了。我要专注一点，不能再失态下去，引起不必要的骚动。我打了自己一个巴掌，挺直了腰杆，打消心头萌发的对她的所有幻想，一路加快步伐跟着大哥走出了校门。

他一路前进，丝毫没有停下来的意思。期间没有收到一个讯号，空气中失去了交流的分子。我本想奔跑以期跟上他的大步。但是，你不能选择奔跑，那实在太过危险。我悄悄加快了步伐，一连四天没吃早饭，使得自己的体力骤减，竟然连走路都开始变得气喘吁吁了。我到底是怎么了？我忍不住怀疑起自己。我是不是太想念她了？不，她不值得我去想念。我想念的并不是她，不过是想念她连衣裙下面的那个地方。我扇了自己第二个耳光，站在十字路口等待，一辆接一辆的金属废物从眼角溜走。他们制造的废物不计其数，破坏了这个世界的平衡。虽然，他们一手打造了那个世界，但是，也不足以弥补如此罪大恶极的错误。我屏住呼吸，试图逃避遭到污染的氧气。绿灯亮起的瞬间，我们继续前行，两人五米的距离永恒不变。在第三个巷子口拐弯的煞那间，我意识到他所前往的地点不是别的地方，正是自己心中猜测已久的那个地方，那个世界的入口处。

黄昏的倾斜角度今日异常微妙的恰好折射在了入口处的门牌上。原本普通的金属门牌在缕缕光芒的照耀下，散发出夺目的绚丽光芒。我深知，那一整片的独特光芒还要经历漫长的追寻才能找到，可是，此刻双眼感受到的折射光泽已经令人难以启齿。我随着大哥在门牌前停下脚步，两人相隔五米的间距。两秒钟的沉寂之后，他缓缓抬起头，微微的仰望了一下入口处的某个墙角。然后迅速转过身，向我走来。他的黑色大墨镜在夕阳下绽放出片片闪烁不定的射线，令人无法自然开眼。我不自然的眨了眨眼睛，此刻，他已经站在了我的面前，超过这个自己近两个人头的高度。我的口袋一阵颤动，回过神的瞬间他却已经带着沉默离去。我毫不犹豫的意识到，口袋里被强行塞入的是什么东西。那个不是东西的东西，不需要任何形容词去描述。永恒的东西永远都不需要形容词去占用有限的版面。我满是疑问的、朝着他指着的墙角走去。在视网膜对焦的第一秒，黄昏的折射光线失去了光泽，一整片光晕般的光芒照亮了入口处的那个墙壁死角。虽然，这个世界的光线无法带来那个世界的光明。但是，我依然感受到了那里的画面。不需要睁开双眼，便已经清清楚楚的感觉到了。我感觉到了那里的变化。你感觉到了那里的变化。那个入口处的墙壁一角，发生了惊人的质变。这是毫无疑问的质变，显然是受到某种力量的摧残而发生的变化。原本皎洁的墙壁，此刻已经出现了凹凸不平的表象。墙壁高低起伏，突出与深陷的部位错落无常，灰黑白黄四色交错拼凑在一起，交织成一幅令人毛骨悚然的画面。我仔细感受着变化，变化的墙壁正在发出一阵又一阵的重复性讯号。讯号是一阵急救声，请求着一切可能的帮助。我意识到大哥领我来此的缘由。他试图告诉我入口处近来的变化——这些惊人的变化，令这个自己恨不得钻进老鼠洞里去避难。墙壁所受到的伤害目前已经从微小的量变，变为了局部的质变。质变的速度非常之快，讯号里透露一个月的时间已经有近六平米的墙壁受到影响。这样的受损速度以那个世界的理论来推断是非常惊人的。你必须行动起来，找到那个人进而学会徒手画下一个完美圆圈的技能，在那个世界的入口彻底消亡之前。我提醒自己，再一次的提醒满是伤痕的自己。我转身离去，必须早点回到家，否则将引起家人不必要的怀疑。

一路攀沿上了四楼，在新家的门前，大哥四个月前画下的分界圈依旧坚挺。它完美的轮廓令人如醉如狂，我忍不住站在自家的门前原地驻足欣赏美景，一连四个月来，几乎从不间断。哥特艺术在这个世代获得了新生和再创造。圆圈的弧度，圆圈的厚度，两者均保持了最高水准的艺术表现力。与入口处那个消逝的圆圈一模一样，完美而精准的符号。它在越发暗淡的光线下，散发出一片独特的光芒。我结束了五分钟短暂的流连忘返，满是欣慰的推开房门，坐在写字桌上翻出教科书以及试卷题集埋头开始工作。我必须每天完成这些无聊而低级的工作，这些周而复始一成不变的白痴任务。他们赋予这个世界的责任，这个自己欣然接受。你到底是怎么了？我没怎么啊。那你为什么要去完成那些重复的工作？我别无选择。不，你有选择的余地。我没有选择的余地。你可以选择退出，离开那个学校，轻而易举的离开。不行，那会引起他们的注意。这个主意实在太愚蠢了。这个主意实在是太愚蠢了。我骂了自己第二遍，端起桌角的一大杯凉茶灌入肠中，迎着母亲的叫喊声回到饭桌前迅速解决了这个自己维系下去的必须能量来源，紧接着回到座位上继续研究那些无法动笔的数学题。这些令人无比懊恼的代数几何题，我无法下笔。我对于它们毫无兴趣，也无从考量它们的本源所在。但是，我必须将它们搞定，在它们搞定我、暴露我的真实身份之前将那些该死的代数几何题全部搞定。

一整个夜晚，只完成了两道数学题。午夜十二点的钟声敲响，我拖着筋疲力尽的身躯趴在桌子上自我沉醉。一个弯腰拾笔的动作，令自己想起了口袋里藏有的信件。那封大哥塞进来的信件，它在极夜来临的瞬间散发出的特殊光芒引起了自己的注意。我悄悄的离开座位，假装调换教科书，溜到隔壁的小房间里确认父母已经熟睡之后，迅速溜回到座位上。快速轻巧的打开台灯，摊开信封，一排又一排精心排版之后的文字呈现在散发着独特光芒的信纸之上。太迷人了，我感受着极夜的寒冷发出无法停止的感叹。

道明同学：

您好。

半年未曾与你交流，深感歉意。一些不便说明的理由使得计划遭到延迟，这点我本人无力避免，希望你能给予充分的理解。

首先必须感谢你的一点，谢谢你能来此。虽然，这所学校的校园环境平平，但是，我可以向你保证的一点，在这里的未来三年里，你可以尽情展现自己的才华，而不受到任何伤害。当然，这种伤害只限于校园内部。我无法抵御外来的伤害，尤其是他们的力量，以我目前的实力还无法抗衡。

这段时间，兆宇一直在与我商讨如何解决你的画圈难题。开学之前的七天时间里，我们俩对于你的缺点展开了全面的剖析。你目前最大的问题不仅仅在于数学，还有绘画。相比于数学那种平凡的智慧，绘画这门深邃的第九艺术引起了我们更大的关注。理论性的智慧以常人的左脑，便可以轻易学会。不需要多长的时间，一个人可以倾尽全力的掌握数学语言，但是，绝对无法轻易驾驭绘画技能。第九艺术仅依靠左脑，基本上无法参透。数学与绘画不属于同一个领域。数学是他们自我创造的智慧，然而，造物主拥有更为高级的智慧表现形式，不仅仅是符号上的逻辑连贯力，还有意识形态上的表现力，例如绘画作品。幸运的是你所拥有的能力，使右脑获得了比常人更为开阔的潜力。某种意义上，可以是说是一种创造。你可以轻而易举的用左手在地面上徒手完成一条笔直的线段，这已经是超越一切的奇迹。兆宇的两点意见，我认为非常有代表性。这里，我觉得有必要尽快转告给你，以期获得问题的解答。相信你对于问题有着更为深刻的见解，或许能举一反三的获得解答也说不定。第一点，请你尽快放弃右手写字的习惯，利用一切可能的时间动用自己的左手。写字也好、端水杯也罢、接电话也行，利用一切可能的机会使用自己的左手。第二点，我觉得非常重要，或许将是解决你无法作圆的关键所在。这点必须着重说明。我们俩人一致认为你目前之所以不能拥有徒手画下一个完美圆圈的关键所在，在于你的数学非常糟糕。逻辑思维能力比常人落后不止一个档次，这是之于学习绘画之前，必须先行解决的问题。请你务必特别注意。

对于你上次提及的那个人，我至今没能获得你的喜报。想必，你所寻找的那个人还没有出现。或许已经出现了，但是无法与他接触。种种缘由，我无法揣测。兆宇对于你一直以来计划会面的那个人，展开了大胆的猜测，他预言那个人不是别人，正是你的表哥。那个就读于市第一中学，同样就读于初中部三年二班的人。你的表哥便是目前我们解决问题的关键之一。当然，这不过是我们一厢情愿的猜测，那个人到底是谁，相信你心中自有答案。我只是希望你能尽快寻找到那个人，尽快开始学习那种技能。因为，我们的时间已经不多了。

今天领你至此，是想让你看看近来入口处的变化。诚然，分界圈已经彻底消亡了。这已经是无需争辩的可怕事实。如今，入口处已经彻底暴露在外，正受到各种外来因素的影响，当然，我更愿意将那样的影响视为一种伤害，一种具有放射性的伤害正在不断侵蚀着原本完整的墙壁。因为他们的某种力量，墙壁产生了质变，而且是显而易见的质变。相信你已经看到了质变之于这个世界的外在表现，凹凸不平的墙壁上已显露出累累疤痕。入口处的墙壁已经开始瓦解，悄无声息的被电钻渗透，慢慢的开始分裂了。纵使内部的喧嚣依旧继续，绝大多数的传达者仍然满是笑意的来往于入口处之间，丝毫没有意识到它的变化。但是，没有意识到不等于不存在。这个世界还没有意识到的事物不计其数。他们看到的只是表象，造物主创造的这个世界不是由表象构成的，他们看得太短，而且越来越短了。我们必须把问题看得更深一点，把问题放到未来的时间线上去考量，将入口处正在发生的质变丢入历史的长河去寻找问题的所在。

实不相瞒，我已经开始着手联系其他引导者，请求他们的支援。诚然，必须请那个世界的装修师去重新粉刷墙面，用特制的油漆掩盖掉那些疤痕。纵使那不过是掩耳盗铃的无奈之举，为的只是造成一个假象，进而避免不必要的骚乱，影响那个世界内部的平衡。但是，你也要知道，自身的失衡是非常可怕的事情，远比其他外在力量的诋毁还要可怕的事情。自身的毁灭速度远远超过了被动的毁灭速度。我只期望在这段拖延的时期里，你能尽快找到那个人，并且与他一同寻找到获得那种技能的方法，拯救越发崩溃的入口处。

我们的时间，已经越来越少了。祝一切顺利。再会。

此致

敬礼

这封信太长，我不知道自己阅读了一些什么乱糟糟的东西。至于那个用左手写字的主意，显然是不经过考量得出的低级结论。你一旦用左手写字，就暴露了自己。他们都是用右手写字的。这个自己当然不可能旋转在光天化日之下使用左手握着水笔在教室里仰望黑板，在众目睽睽之下表演自己奢华的才艺。我还不想死，至少不能在如此关键的时刻坠入地狱的深渊里。兆宇的意见，也有人间失格的时候。我的嘴角露出一丝窃喜的表情，迎着台灯的温暖，合上了信纸，它的光芒依旧闪耀，与白色的光线融为一体，合并在一块发出淡淡的污水池里才有的色彩。我做呕吐状离开座位，顾不上关闭台灯，推开阳台的房门，站在空旷的暮光之城撕毁了信件。光芒随着自身的破碎而消散，不约而同的集体消散。它真的太迷人了。但是，迷人的东西都是危险的食人花。迷人的东西永远不允许长久携带于身。我轻松的呼了一口气，感受着暮光之城的美妙，企盼着吸血鬼的造访，可是，半个小时仰望天际的等待没有换来吸血鬼，倒是换来了一场突如其来的暴雨。暴雨瞬间铺天盖地的落下，穿过乌黑的云彩降落在大地之上，我匆匆回到里屋，不料看到了一对惊愕的眼神。

一对惊愕的眼神正凝视着你。他们发现了你？我毫不犹豫的故作欢笑的咧开嘴，望着眼前满脸困惑、摇摇晃晃的母亲、笑着解释为何深夜跑去阳台的理由。我说想去阳台上看流星雨，寻找解决数学难题的灵感；我说想去阳台上看一看含羞草，试图与它们说说心里话；我说在房子里面太闷了，必须去外面透透气才能睡得着；我说阳台上传来了怪异的声响，引起了自己的怀疑。我迅速在脑海里编织了十个谎言，然而在第四个谎言还未脱口而出，母亲已经疲惫的离我而去。心底的一块巨石落地。她并没有发现你。我点点头，欣慰的回到床边，盖上被子缓缓合上满是困意的眼皮。你的时间已经越来越少了。在那个人回来之前，你必须先与班上的那个人取得联络。之于这个自己而言，两个那个人的意义同等重要。他们都将是解开月光宝盒的必要密码，我带着密码疑云的不解与期盼抱着不存在的女孩，陷入了北极圈的白昼之夜。

第二天一早，我提早半个小时溜到了兆宇所在的班级门口。天公不作美，稀稀拉拉的雨线让原本满是期待的体育课泡汤。偶然锻炼一下的肌肉，这个星期又一次的失去了锻炼的机会——每个星期仅有一次的机会。除了体育课上，我不能在任何其它时间舒展自己的筋骨，一旦动用任何关节的力量，他们就会以各种反动的借口将我拘捕。我垂头丧气的靠着走廊扶手仰望天空，乌云密布的糟糕天气，好心情全被糟蹋了。我心底一阵嘀咕。教室很快被第一个到来的班长推开大门。之所以知道她是班长，因为她毫不吝啬的撇了我一眼。她满是挑逗的眼神，这个自己早已无法容忍。我多么想搬起走廊尽头的蓝色垃圾桶朝她扔去啊。我跨过眼神的阻挠，径直溜到空荡荡的教室之中，在兆宇的第一排座位前迅速将一个小纸团塞入抽屉右侧底部。然后，吹着口哨，踱步离去，她没有回头看我一眼。你隐藏得不错。今天的表现一百分。我享受着自己吹出的毫无韵律可言的五线谱，回到自己的教室，初一三班的门牌上不知何时被人挂上了一面日本国旗。我满是不屑的跳了起来，将它取下，塞进垃圾桶里，以革命烈士的口味在心底臭骂道。香蕉你个巴拉。八格牙路的东西。

上午接连两节数学课，我被她伤害得几近死去。这次换成了固体炸药，数目之多远远超过了自己当初的预料。她竟然在短短三天之内，开始选择变化方式来诋毁我了？我不能就这样被她打败。她还太低级了。我在课堂上站起身子，双手张开，一次又一次的接过她投掷而来的固体炸弹。我将炸弹收集好，娴熟而快速的将它们一个接一个的塞进抽屉里。我无从追查她是从哪里找来这些致命的武器。她和他们同属一致。为了一个毫无历史意义的目的，可以不择手段的动用一切方法去毁灭别人，以实现自以为了不起的低级目标。我在塞完第十二包固体炸弹的那一刻，迅速离开座位，假装身体不适，第十三包炸弹在我快步离开教室的瞬间落在了地板上，引来男男女女的好奇眼神。她意识到自己的戏法被我拆穿，果断跳下高傲的演讲台，一路溜到教室第六排，俯下身子拾起遗落在地的炸药包，将她快速塞入自己的口袋。此刻，我在走廊外小声溜达，从教室的后门门洞里悄然观察动态，紧接着令人无语的表演登场了。

是的，她毫不犹豫的将那包遗落在地的炸药包拾起，并且塞入自己的上衣口袋。然而，它并不打算隐藏这个事实。回到讲台上，放下手中紧握的白色粉笔，掏出裤子口袋里的深蓝色手机，试着拨通一个号码。一秒钟之后，炸弹在她身上爆炸了，连同我抽屉里的炸药一起爆炸。煞那间，教室里火光冲天，烟雾腾腾，发出雷鸣般的滔天巨响。我下意识的捂住了自己的耳朵，闭上双眼，屏住呼吸，靠在外沿的墙壁上满天遐想。半分钟的间隔过去，我再次透过门洞试图一探她的尸体，以及教室里面五十六名初中生的尸体。可是，可是双眼的视觉透露给自己，他们居然都没有死。她完好如初的站在讲台上，脸上厚厚的浓妆依然健在，表情与之前相比没有任何变化——面无表情的样子，令人胆战心惊。学生们原地不动，双手叠在一起，抬头仰望讲台方向，整个教室依旧一派寂静。地板上竟然连一点硫磺酸的粉末都看不到，空气清新而浑浊，一切照旧。我失去了相信自己眼球的能力，巴不得自己的双眼可以瞎掉。你的双眼正在哄骗你。一次又一次的哄骗你。它们居然受到了他们的影响，掌握了骗人的能力。我所看到的一切都是假象。他们竟然掌握了不怕炸药包的能力。是的，就是那种能力。那种能力以制造假象而闻名，愚弄众人，乐此不疲。我点点头，抱着迎接下一堆炸药包的心情低头回到教室门牌下，举起右手试图打个报告申请。可是，她毫不在意我的存在。我径直走了进去，依旧没有引来一个同学的注意。我故意在第一排的某个女生面前手舞足蹈，试图挑战她的忍耐极限。我小步的跳跃，来回模仿迈克尔·杰克逊的滑步，小试牛刀的展示七零八落的太空舞步，脑袋左右晃动咧嘴大笑却不发出声的嘻哈节奏。紧接着，干脆将她的文具盒拖起，把桌面上的教科书与圆珠笔故意推到教室地板上。可是，纵使我不择手段的阻挠她的视线，她却依然一动不动的双眼盯着黑板，表情僵硬。他们全部被同化了。我回过头看着一张张面无表情的脸，观察他们的言行举止。他们不约而同的望着黑板，时而低头摘抄笔记，时而举头仰望粉笔字，时而闭眼思考难题，时而眨眼发出不解的困惑，时而低头紧靠在一起窃窃私语，时而举手站起身大声开口提问，时而屏息以待，时而跃跃欲试，时而卧倒在桌子上小睡一会儿，时而精神抖擞的挺直腰板，时而因为糟糕的考试成绩伤心痛哭，时而因为满是成就感的满分欢呼雀跃，时而抖动双脚鼓声雷动，时而紧闭嘴唇踌躇满志。他们的行为变化多端，可是千篇一律。他们当然看到了炸弹的爆炸，而且三分钟之前刚刚经历过了一场滔天般的巨大浩劫。虽然，他们完好如初，但是他们看到了，感受到了，只是不愿意承认讲台上那个疯女人的罪行。他们真的全部被同化了。他们居然失去了真实表达的能力。我怀着悲痛欲绝的心情，拖着伤痕累累的躯体缓缓坐回到位子上，毫无意识的凝视着黑板上白花花的字体，或者说是一堆狗屎般的符号。书包最底层藏着一本杂志——一本关于那个世界的杂志，可惜，我无法在课堂上阅读。课间时分也不行，任何时间都不允许。可是，我必须抽空看完它，而且必须在今天看完。我拖得太久了，一本半月刊的杂志竟然入手六天却依然没有翻开过一页。今天，必须找个地方把它看完。是的，就是去那个地方，那个荒无人烟的死角。

下课铃声轰然响起，她今天出奇的没有拖堂。我享受着蔓延开来的铃声，抱着欢欣鼓舞的笑容，将多余的固体炸药包连同教材书一齐塞回大大的超级品牌包中，随即丢下一个解散的讯号转身离去。教室里其余五十五名学生，接受了讯号，通通站起身子，离开弥漫着一氧化碳、一氧化硫、二氧化碳等饱含碳氧化物有害气体的教室。唯独他没有离去。我毫不顾忌那个人的独特存在，将那本杂志塞到上衣口袋，双手插在一起的姿态保持不变，快步跳下一个又一个的台阶，穿过人群聚集的操场，朝着那个死角走去。大哥推荐的这个秘密会面地点，这个学校的任何一个人都知道。但是，只有我们会来。那个世界的一部分人早已将此约定俗成的视为一个集散地。今天，空无一人的垃圾堆令人倍感愉悦。我一路加快步伐前行，四处小心张望了一圈。没有人跟来，我隐藏得很好。隐藏是每日必备的表演元素。在垃圾堆的一侧，我低下头迅速掏出那本杂志，靠着黑色的、散发着恶臭味的墙角独自开始阅读。二十分钟的课间操时间，之于这个自己而言已经是足够充裕的了。重要的特大新闻仔细阅读，花边新闻直接略过，无聊内容从不拜读，偏好的章节细心品味。诸如此类的操练，这个自己早已驾轻就熟，合上阅毕的杂志，转身准备离去的时候才意识到身旁已经聚集了不少的人。当然，他们不是他们。这里的我们以相同的外在而存在，但是内在完全的与众不同。我们从不轻易开口与人交谈，除非被动的遭到提问，或是物理性的伤害才被迫开口。隐藏得不错，兄弟们。我故意向着墙角两个畏畏缩缩的人走过去，两位与自己年龄相仿的学生，正为了一解某个烦人的谜题争得面红耳赤。我没有功夫与他们交流，虽然自己心知肚明那个谜题的答案，但是，我也不能擅自开头吐露真言。一切都太过危险，一句真话就可能招致这个自己的无期徒刑。我带着愧疚的歉意和漫天的无奈选择悄悄的离去，离开这个令人窒息的垃圾死角。

我站在操场一角的大树下，享受着上午十点的完美阳光。丝丝缕缕的片片光线，透过树叶和鸟儿散落在肩头。我静静的依偎在树下的双杠上，闭着双眼，深深呼吸，调整屏蔽多时的心脏。感应球的工作效率近来越发低下，或许是由于长期的屏息造成了内部零件的失常。我计划将它维修一下。可是事实是，它一旦被拿出，这个自己就会迅速死去。我无法克制这些令人作呕的条条框框，没有了心脏就会失去。那么，为什么没有了胃还可以活着？没有了左手还可以写字？没有了右腿仍旧可以奔跑？没有了肠子还可以进食？失去了眼睛依然可以说话？剪断了舌头自然而然的可以用眼睛开口说话？为什么就唯独我那该死的、开始显露出疲态的心脏不能遗失？哪怕是遗失掉一会儿的功夫也不可以，一秒钟也不允许。我带着十万个为什么回到教室，迎着上课铃声扑通一声坐下，习惯性的拉开书包寻找教科书。英语书很快被找到，我将它平放在书桌的右上角。这是他们规定的，以显示出规范化的教学管理。我双手叠在一起，面无表情的望着前方的一点。我非常有选择性的选择一个点。这个点的选择首当其冲必须是前方，永远都不允许是后方。前方的这个点多半集中在黑板四周，或者是其中的一个面。点的具体位置决定了视线的瞭望方向。我不能与任何一位老师的视线交相辉映，那必定引起他们的怀疑与揣测。不安的心情会招来惩罚。今天选择的这个点，是位于黑板上方的时钟。滴滴答答的时钟随着年华迅速奔跑前行，丝毫不为人所动。我再一次的陷入困意之中，直到多久以后呢？直到自己的脑门上，一枚军国主义的核弹头被引爆，这个自己才恍然被炸回现实。大楼被摧毁了。我在心里大声呼喊。可是，教室里的老师同学居然丝毫不为所动，原地待命一般注目着前方。我忍不住回头张望，他们的眼神齐唰唰的盯着我。我意识到自己的行动过于暴露，迅速扭过身子，毫不在意头上被英语老师拍得全是白色粉笔灰的头发。她重重的在我头上拍了一下。我猜测她妈的肯定是跳起来，用双手使劲拍我的。否则，我的超级大脑不可能感受到如此剧烈的疼痛。她居然敢跳起来，用粉笔擦，拍我的脑子。我在心底恨恨的咒骂了第二遍。但是，我无法还击，一旦还击就必定引来他们的注意。很快的，我遭到了第二枚核弹头的袭击。这次来得居然无声无息。我丝毫没有意识到它在耳边引爆了，等到自己的左侧耳朵被渗入的粉笔灰弄得极不自然，忍不住去挠一挠的时候，才发现她居然在用粉笔擦拍我的耳朵。她妈的居然用粉笔擦拍我的耳朵，而且铁定又是跳起来，双手使劲拍过来的。我一边诅咒她，一边迅速断言自己肯定要失聪了。从今往后，我不再也听不到这个世界的喧嚣。不过这样也好，你其实也从不需要靠耳朵捕捉讯息。可有可无的东西，与其带着身上，不如早点放下为好。他们还未开发的脑子，必定需要耳朵的感知才能获得必要的信息。你拥有着独一无二的能力。你与众不同，你自命不凡。我自命不凡的感慨着她的所作所为。她之于你的亵渎，她的无知与冲动。她竟然不经允许的坐在了你的床头，用满是淫欲的双手来回挑逗你的那个东西。她是一个疯女人，一位色情的中年妇女，肆意破坏课堂的和谐环境，击溃任何一个不认真听讲的学生的炮台，为的就是满足自己无法缩小的膨胀欲。我任凭她的鼓吹与轰炸，她居然带了三枚核弹头来教室而不为人所察觉。他们同属一致。我恍然大悟、大彻大悟的用双手捂着自己的两侧太阳穴，迎接着核弹的放射性射线与漫天堕落的高楼大厦，呼吸着满桌面的白色粉笔灰，享受着恩赐的仇恨美酒，抱头痛哭。

我抱头痛哭，眼泪滑落遍地，与白色的粉尘搅拌在一起，形成了一股山顶滑下的泥石流。泥石流从山顶滑落，她站在山脚下正在调试刚刚从山窖里移出来的第四枚核弹头，不料顷刻间被我掩埋。她是有过挣扎的，而且呼救的声音非常大，荡漾了十公里的山间，在绿意盎然的山谷之巅反复回响。可是，她之所以低级，在于她还没有意识到他们的残酷。他们是不会去救你的。你不过是一个棋子，一旦失去了利用价值，便是一坨屎。是的，就是我经常向你提及的街头的一坨又一坨的狗屎。光看着就觉得恶心，更别提出手相救，而且救的是一坨屎。我怀着激动的心情停止了哭泣。你毁灭了那个她。我用衣襟擦拭着眼泪。她站在我的面前高耸入云，然后，悄悄的缓慢转身离去，回到讲台上，带着失去了灵魂的躯壳漫天吹胡着二十六个字母组成的语言。我知道，那并不是自己要掌握的那种语言。那种语言不可能低级到依靠二十六个字母构成。它太深邃了，一直以来都埋藏在两个世界的分界线处，从未有人尝试过去解读。你是第一个人。我是第一个人。我必须掌握那种语言，那种语言可以横跨两个世界——那种不限于一个世界的译意，而是介于两个世界之间，拥有着贯穿性脉络的外星语种。不，它或许就存在于这个星球。只不过，他们还没有意识到。以他们目前的大脑也不可能会意识得到，但是，我能感觉到，不用多长的时间，就能参悟到那种语言。可是，眼下，自己正困于英语的门扉前，无法举步。它居然阻止了我前进的步伐。何况当下，自己还肩负了另一头半路插入的拦路虎。满脑子的焦虑油然而生，我拍了拍粉笔灰，毫不在意扰乱的俊俏发型，将右上角的英语书挪到手边，试着翻开书本接受她的警告。手心满是灰尘，书的封面也沾有了白色，眉毛也是白色的，文具盒也是白色的，脸颊也是白色的，此刻，视线所及之处一片白色。这个场景令自己无法忍耐下去。但是，你必须忍耐。你是做大事的人。你肩负着使命来到这里。你必须忍耐。我必须忍耐。我带着虚假的欢笑将身体的力量传输到右手手臂，它举起，落下，碰到书皮，准备翻开英语教科书。难以置信的是，两秒钟后，我又一次的被一本英语书给怔住了。

我第二次失去了翻开一本教科书的力量。这是为什么？我迅速盘问自己。我为什么会失去翻开一本书的力量？不，它此刻已不再是一本书了。我无法翻开它，一点办法也没有，情况与上次相比，一模一样。迫不得已，我扭过身子向满脸困惑的同桌请求支援。她毫不犹豫的接受了我的请求，将书本移过三八线。我如愿获得了看书的机会，心底满是惬意。四十五分钟的课程结束，我知道那本英语书一定是受到了某种力量的影响，没有错，就是来自那个世界的力量。但是，此刻，无心追究，你必须完成接下来的三节课。我必须放下疑惑，完成接下来的上午三节课之后，再继续思考那个问题。英语老师已经离去，她带着躯体离去，灵魂已被我踩在了脚下。课间时分，他们依旧欢呼雀跃的在走廊上肆意奔跑，赶着吃早饭的、赶着找对象的、赶着发现对象的、赶着去办公室挨骂的、赶着抄作业的、赶着聊天的、赶着大声欢笑的、赶着跳台阶的、赶着吃早点的、赶着假装跳楼制造新闻的、赶着冲向操场的、赶着去校门口买小吃的、赶着闭上眼睛思考的、赶着趴在桌上睡觉的、赶着去洗手间方便的、赶着去走廊上看太阳、赶着双手握拳祈祷的、赶着抱着扫把打架的。他们一路狂奔，丝毫没有发现此刻我脚下死死踩住的灵魂。灵魂依然健在，但是它的重量不足一公克。我摆弄着她的灵魂，她的灵魂竟然如此渺小，这个自己不费吹灰之力就已经用脚掌踩住了它，几乎没费多少心思。它扭动着身子，来回抖动，试图逃脱回去。我迅速俯下身子，用铁质的文具盒重重的拍了拍它，犹如之前她拍我一样。我非常愿意跳起来拍它，可是一旦松开脚跟，它就会迅速逃跑。我被迫选择第二套案。一只手拿着文具盒，一只手拿着圆规。我一边用文具盒拍它，一边用圆规戳它。它感到自己受到了伤害，发出嘶声力竭的喊叫。但是，它的宿主已经离去，它孤零零的被遗落在这里。它多么孤独啊。它好孤单、好难受啊。可是，我不能放它走，它会回去告状的，它会回去告诉他们，李逍明的真实身份。那样一来，那个自己就被它毁灭了。因此，这个自己必须毁灭它。就是现在，付诸实践，开始寻找。寻找它的致命弱点。

我没有耍弄过灵魂，第一次的挑战难免心情激动。我将文具盒放回桌面，将圆规握紧，用左手握紧小小的圆规。从上到下的戳它，观察它的表情，观察它的反应，紧闭双眼，调整视网膜的焦距，精准的试探它的一切。

我迅速意识到它心中藏有的秘密。她居然发现了那个世界不为人知的秘密。我必须令它吐出那些秘密，否则自己就完蛋了。弱点，它的弱点，致命弱点在哪里？我不断的寻找，来回左右的戳它。我用圆规戳空气的举动，招来身旁隔壁一排一位短裙女生惊异的眼神。看吧，你们看吧，反正什么也看不到。我不过是在戳空气，不至于告诉班主任如此愚蠢的事情吧？你专注一点好不好？不好意思，刚刚看到她的黄色内裤了，分心了一下。我调整视觉的焦点，在焦点开始渗透的瞬间，我终于发现了它的弱点。它的致命弱点，居然隐藏得如此完美。但是，再完美的事物也拥有着致命的弱点。因为，这个世界永远也不存在完美的事物。完美的缺点之于完美的优点便是不完美。它软绵绵的长条形状，全身上下没有一块凸出或是凹进去的地方，活如一块被拉长的肥皂。光滑无比的表面，没有一块引人注目的地方，连肥皂的香味也不带有。可是，纵使如此完美的伪装，也有无法掩盖的瑕疵。就是那里，那里就会要它的命。我将圆规的针头撇开，一百八十度转身用圆规的把手碰了碰那个地方——它的腋窝处。它的腋窝处隐藏在底部，我碰了碰那里，它迅速发出欢笑，无法忍住的笑声。然而，在笑声蔓延的一瞬间，我迅速将圆规再次一百八十度转身用最尖锐的针面向它平滑的那里刺去。重重的跳起来刺过去。它毫无挣扎，被我死死地钉在了教室的大理石地面上，纵使如何卖力的挣脱也无法阻止流淌而出的白色血液。我向它发问，询问所发现的秘密是什么。它不开口，继续挣扎。我将同桌文具盒里的圆规迅速翻出，接着刺了过去，两个圆规左右一同刺在了它的腋窝处。它的血液遍地奔流，不断的涌出的血液仿佛一整个冬季都不曾停息的河流。它试着开口，可是无法开口，因为过于疼痛。它彻底陷入了哑巴吃黄连的悲惨境地，远比用粉笔擦擦亵渎一名初一男生的脑门儿还要尴尬的境地。我拔出第一个圆规，保持第二个圆规的钉子状态，继续提问。它闭口不谈风声，我毫不犹豫的双管齐下的刺过去。这次，它终于试着开口了，口中念念有词。我大声提问，声音无比刺耳。它显然是知道答案的，身体表面泛出独特的光芒，意味着自身内部的思考发生了变化。我信心十足，势在必得的不断盘问。它失血过多，即将死去。你的时间已经不多了。我必须赶紧套出它的秘密。是的，你只能用这种方法了。我只能选择那种方法了。虽然，那种方法不是我们的选择，但是，他们教会这个世界的方法，在任何世代之于任何事物都一律通用。纵使是一个灵魂也可以被哄骗的小人戏法。我狐假虎威的发出一通讯号。讯号为：如果你把心中的秘密如实告诉我，我就放你走。它欣喜若狂的点点头，毫不犹豫的脱口而出。那三个字，那三个不属于这个世界的词汇。它居然直言不讳的表明，秘密的来源地就是我自己的书桌。那三个字就刻在桌子一角。你怎么又犯错了？幸好及时发现，否则你就玩完了。我得到了解答，毫不犹豫的将第二个圆规刺向它，重重的跳起来刺了过去。它带着眼泪死去，消失不见，一点痕迹也没有留下的化为轻烟离开了这个世界，进入了下一阶段的自己。

你骗人？我必须骗人。不，你并没有骗人。你骗的不是人，不过是骗了一个灵魂而已，没什么大不了的。何况，那种方法是他们教会你的，你只不过是见机行事，学以致用罢了。我立起身子，带着满足感开始快速收拾残局，将同桌的圆规折叠好放回，用衣袖擦了擦上面沾有的指纹，抱着餐巾纸放回她的文具盒第一层左上角的原位。然后，缓缓站起身子，将信件塞入书包底层，走向男厕所。我将自己满是粉笔灰的脑门儿放置于水龙头下，毫不犹豫的拧开水龙头，享受着刺骨的水温。双手不断来回擦拭掉粉尘与眼泪，引来身旁拉开裤链、正在解脱的男生无语的眼神。我脱下上衣外套，用厚重的棉布织物擦拭滑落而下的水珠，身子开始感到油然而生的阵阵寒意。我带着湿润的发型回到教室，将文具盒里的涂改液翻了出来，握在手心，使劲全力涂抹掉桌脚的那个词汇，那个无聊的时刻刻在上面的符号。我以学校小霸王的心情重复着那个词汇，它完美无缺的修饰了此刻的这个自己，完美得不需要花费脑筋去翻阅词典。我不断鼓吹着白色的液体，它很快掩盖了字体，并且迅速风干。我深深叹了一口气，咒骂自己的不小心。你太不小心了，怪不得老师要拍你了。你怎么可以暴露那个世界的秘密呢，他们可不喜欢那个世界的啊。他们会杀了你的，幸好这次你发现得早、挽救得及时。我趴在桌子上，感受着喧哗的空气，迎合着上午最后一节课的铃声迷途于山谷回响的寂寞风声之中。

放学铃声很快响起，我随着风声穿越山谷，不为人知的回到教室，迅速背起书包一路快步走出校门。本计划好去入口处观察的想法，因为兆宇迅速给予回复的信件而遭到摈弃。他竟然把信件藏在了你的英语书里面。我点点头，望着十字路口的绿灯，却无法举步前行。我意识到信件的重量发生了变化，它变得比刚才发现时要重了。不是英语书变重，而是信件变重。我收到书包里传来的讯号，抬起左脚，迅速穿过人行横道。此刻，正午的阳光将身上散发的光芒彻底融化。我感受着温暖的氛围，走在人来人往的人行横道上，人人相视而过，唯有自己低头前行。

→

来到四楼。这是四楼的房子，这是五层楼高的房子，这里的高度接近于十二米的垂直距离。你在心底反复确认这个愚昧的现实，这个无法用那个世界的力量更改的现实。在离开四楼最后一个台阶的瞬间，我失去了控制躯体的平衡力，膝盖双双跪倒在地，沉重的书包随着牛顿加速度的原理带着成倍的力量压在肩头，膝盖骨被裸露而带有毒刺的地面刺伤，直接穿透了骨头。我低着头忍住伤痛、无言以对的凝视着已暴露出白色骨髓的双腿，双手失去了挣扎的力量，眼角丝毫没有荡漾出泪花，空气里的分子因为地面上那个符号的扭曲，彻底蒸腾为二氧化碳。所有怀揣着生命与希望的氧气一个接一个的消失，我的心脏被毒气侵蚀，它的跳动迅速减缓。我上气不接下气的跪在地面喘气，楼道里一片黑暗，黄昏从来就没有照进过这里。这个无比漆黑的死角，从来不曾接受过光线的恩赐。这是一块遗忘的国度，他们强奸了一头迷途的东方巨龙。我缓缓抬起头，视线平行于地平线的角度，再一次的闭上双眼，调整视网膜的焦距，确认眼前的扭曲是否值得去相信。你不愿意去承认这样的事实。是的，我压根就不想去承认这样的事实。这个事实怎么可能去相信？我使劲全力，双手将膝盖骨彻底掰了出来，发出滔天的哭喊。哭喊声在那个不为人知的秘密作用下，丝毫不为人所察觉。他们无法听到那种高频率、远远超过现有音像器材追查极限的哭诉声。我双手捧着左腿的膝盖骨，此刻的这个自己倚靠在墙壁上无力自由动弹。通红的带有热量的鲜血随着台阶，由高到低奔涌而下，发出滴滴答答的响声，犹如没有钢琴伴奏的罗密欧与朱丽叶。使劲全身最后残留的力量，我将膝盖骨与地面发生碰撞，发出诡异的响声。我敲碎了骨头的残余能量，那些随着自身的力量附着在骨头上的特殊能力。从今往后，它再也不是一块特殊的骨头，不过是一块人类的膝盖骨而已。我将自己的骨头丢向半空中，犹如体育课上的垒球老师掂量着球体的重量一般，丢向空中，精准借助，接着又丢向空中，再次稳稳接住，一切按照程序办事，绝无差错。在倦意席卷而来的那一刻，我毫不犹豫的将骨头丢向了分界圈的圆心位置。它随着力量向圆心飞去，以完美的抛物线弧度飞了出去，速度极快，一秒钟不到的功夫已经随着弧线的结束落在了地面上，正好压着圆的中心点。

它，居然正好压着圆的中心点？它，居然压在了圆圈的中心位置？它，怎么可能落在地面上？它，为什么没有漂浮在半空中？分界圈，分界圈难道失去功效了？怀疑与惊讶扑面而来，我在血泊中用双手，犹如一个失去双脚的残疾人一般推着自己懦弱的身子爬向分界圈。它离我不足一米的距离，我离自己的家门不到两米的距离。但是，我竟然无法走向自己的家门口。我的双脚没有了行走的力量，左腿膝盖骨被自己亲手丢在了地面上，右腿膝盖骨彻底断裂，裸露的骨髓滑落一地，与鲜血化为一整片红白相间的彩色海洋。我继续努力，继续前进，行动非常之缓慢。十分钟之后，终于爬到了圆圈旁边。*你不能走进去。*不，我可以走进去。为什么？因为，我是唯一一个不受分界圈所影响的人。我独一无二。我怀着自傲的感觉将手伸向自己的骨头，从圆心里将它拿了回来，迅速将它再次抛向空中，期待着奇迹的出现。可是，它依然如故的落在了地面上，落在了与刚才一模一样的圆心位置。它与地面发出了第二声碰撞，再次遭到损毁。我将自己损毁的左脚膝盖骨第二次拿了回来，再一次的不厌其烦的抛向空中。这次，它飞得很高，不小心碰到了天花板，反弹回来落在了圆圈之中，可是这次不是圆心，而是圆的边缘线。完蛋了，我心底一声叹息。不知所措的将地面上的骨头拿了回来，忍住疼痛将它塞回膝盖深处。我掰动着失去关节的骨头——双管齐下——两只手一起开工，将膝盖骨与其他关节拼接在一起，用杀人般的视线蒸发掉台阶上及地面上的所有鲜血。我扶着墙壁，倚靠双手的力量站了起来。双脚传来剧烈的、致命般的疼痛，我还没能获得那样的能力。我必须忍耐下去，就算是死也要忍耐。*在使命完成之前，你必须忍耐，直到那个时刻的到来。无可厚非，这是造物主赋予你的使命。你必须充分发挥出应有的能力，迎接随时可能到来的挑战。*我紧闭双眼，眉头紧锁的感受着毫无光泽可言的分界圈。昨天，它还是好好的，乖乖的，没有受到伤害的，完美的，令人陶醉的圆圈。可是，转眼一天的功夫，此刻的它已经不是个东西了。至少，现在的它已经称不上是一个合格的分界圈。它受到了迫害，失去了自我。我满是遗憾与不解的感受着它。它正在发出讯号，讯号的内容在二十秒后被破解。这是一个天大的讯号，讯号之于这个自己而言是噩耗。噩耗的内容简单而精炼。我必须拯救这个家，这个家遭到了某种不知名力量的侵蚀，眼下已经被破坏了。眼下已经被破坏了？是的，这个家已经遭到了破坏。与此同时，那股力量不小心，又或许是故意破坏了分界线的完整，使其失去了应有的功效。没有了散发光芒的能力，自然也失去了保护这个家的能力。能力的丧失，令人难以置信。但是，骨头落地是不争的事实。不用假设也可以知道，分界线上方的任何事物都不可能落下，绝对不可能落在圆圈以内的任何地方。分界圈上方永远拥有着向上的力量，产生着与地球重力完全相反的承托力。骨头本应悬浮在空中，漂浮在半空中，犹如宇宙太空站里航天员漂浮的样子一般，漂浮着，旋转着，但是绝不会轻易落地。当然，最令人惊讶的一点，骨头竟然可以落在分界圈的中心。这绝对是不可能的事情，一百个不可能、一万个不可能的事情。我无法理解骨头为何可以落在中心点。我不敢再往下想，因为，真相实在令人无法继续安心思考。

双脚缓慢的恢复了知觉，但是依旧疼痛。我的哭喊声从未停息，在空气里肆意蔓延，但是没有人可以察觉得到。他们依旧忙碌，不会察觉到那种声音的存在。或者说，他们从来就不懂得怎样去识别声音。他们独断独行，从不听闻别人发出的声音，而仅仅听闻自己发出的声音。如果他们意识到听闻别人的声音之于自身的意义，那么，这个世界就不会是现在这样。他们不是因为没时间，而是觉得根本就不必要。我耸了耸歪斜下去的书包，无比感伤的看着分界圈的遗址。现在的它，不过是一堆灰尘构成的圆圈，普普通通的圆圈。虽然受伤的弧度依旧诱人，但是它已经失去了功效。它被某种力量伤害了，某种极为强大的力量居然伤害了家门口分界圈。我抱着无法涌出的眼泪，推开房门，闭着双眼，换上拖鞋，踩到了夹杂着弹壳味道的玻璃碎片。

你踩到了子弹？不，我没有踩到子弹。你踩到了玻璃碎片？是的，我踩到了玻璃碎片。我不仅仅踩到了碎玻璃，而且还踩到了子弹壳。我居然踩到了这些东西，它们来自哪里？它们来自于另外一个世界？不，它们就来自这个世界，来自房间里面。我踩着陷阱与诅咒穿越漆黑无助的走廊，一脚踹开房门，不断呼喊家人的名字，一边呼喊一边低头凝视遍地的碎片，一时无法自已。我的膝盖骨再一次的断裂了。我跪倒在地，第二次的，犹如一刻钟之前那样跪倒在地。遍地的垃圾，乱作一团的拼凑成一幅难以缭绕的纸版画：碎纸屑、瓜果皮、烟头、烟灰缸、铝制瓶、杂志、二手小说、墙壁上的海报、书桌上的草稿纸、台灯，传达器？传达器竟然也摔倒在了地板上，正趴在阳台的死角，向我发来求救的讯号。家里空无一人，门是锁好了的，阳台的门是我现在才解锁推开的。我抱着鲜血淋淋的传达器原地无助徘徊，这不是一次小偷的浩劫，而是自家发生的浩劫。这个世界的小偷，全部都是智障儿童。他们和他们一样，同属一致。为了一个单调而毫无未来可言的低级目标，奋勇前进，不择手段，不知廉耻的窃取别人的东西——实则是在将这个世界的一个东西，从一个地方在不发出通告的情况下移至另一个地方。如果这个世界的小偷可以进化的话，我希望他们可以进化为偷取灵魂的小偷，而不是盗取物质性财富的小偷。物质性的财富仅仅局限于存在性的世界，一旦存在性的世界消亡，小偷从银行所盗取而来的钞票便是一堆什么也看不见的黑洞。诚然，诸如此类的活动，绝对不可能发生在我的家里面。分界圈的强大力量足以抵抗那些低级二流魔法师的花招，或许他们连二流的资格也达不到。他们学会了障眼法，能够哄骗这个世界的那一部分人。轻而易举的哄骗，满是微笑与自豪的哄骗，点点头，挥一挥衣袖犹如徐志摩站在牛津大学的康桥上一样，抱着赝品，赏月吟诗。可是，他们绝对不可能踏进我家的房门半步。他们会被家门口的分界圈所释放出的能量推开，举步维艰的被推倒在地，无法展开心中筹划已久的盗窃行动。我的家不需要防盗窗，不需要昂贵的监控器，也不需要价值几十万元的防弹门。它们是低级的防御工事，低级得让对手都可以轻易看见。这不符合西点军校的作战原则，敌我双方相视而战，必有玄机。玄机不能被对方轻易察觉，必须隐藏，隐藏得很好才对。看不见的事物才是真正的事物。造物主从来就没有打算，这个世界的人们依靠眼睛去进化。分界圈的能力足以消灭一个连的小偷军团，它无疑是被某种更为强大的力量伤害了。力量的源头目前还无法推测，眼下必须先将传达器收拾好，放回原来所处的位置。传达器发出的讯号，让油然而生的一个担忧被打消。他们并没有发现我，你可以放心。我抱着它，冲它点点头，表示讯号已经破解。我迅速发出一个疑问讯号，试图寻找家里遭到破坏的原因。但是，它没有回复我，只是冲着天花板望了望。我随着它的眼神抬起头。于是，很快的，我第三次跪倒在地。我不知道自己今天在一个小时的时间里，到底跪倒了多少次。膝盖骨的麻木，已经无法传达出任何的疼痛或是不满。我无法相信眼前的一切，缓缓将传达器放回橱柜里，接着干脆仰卧在了地板上。这个遍地都是子弹壳与玻璃碎片的地板迅速将我溶解，这个自己受到了物理性的伤害，脚踝与手腕——一切暴露在外的肌肤，统统不无意外的受到残害。我毫不在意奔流而出的血液，幻想着记忆深处里原本洁白平滑的天花板，仰望着此刻天花板上一个朝着地板凸出的三角体。我知道，它不再是天花板了。

是的，它不再是天花板了。天花板从来就不是这幅模样。天花板应该是经过油漆涂染、工整的长方体或是正方体壁面。不具备凸出或是凹入的资质，天花板就是天花板，保护房子的厚实墙壁。但是，眼下这个垂直向下、以惊人的力量突出、呈现出金字塔形状的三角体立体物，正与我相距不到半米的距离。房子要坍塌了？我下意识的缓缓立起身子，小心翼翼的扶着写字桌依偎，一边忍不住担忧一边扫视着墙壁四周。幸运的是，墙壁完好如初，其它四面墙壁依旧皎洁如新，没有脚印也没有可乐泼下巧克力色的痕迹。唯独头顶的这块天花板，出现了完全违背自然常识的质变。一个向下凸出的三角体状立体物倒挂在天花板上。一个向下凸出的，三角体状的立体物，倒挂在天花板上。我难以置信的拍了拍自己麻木不仁的脸颊，在心底一个词接一个词的重复了一遍。为什么会是三角形的立体物？不是长方形的，也不是正方形的，又为什么不是菱形的？难道另有其因？三角体的出现是谁造成的？难道有人将一个金字塔安装在了我家的天花板上，以此充当高级吊灯的作用？可是，它似乎没有发光的功能啊？它连一根多出来的电线都没有，完全突兀的倒挂在天花板上，隐约显露出丝丝夺目的光泽，而不是遍地的光芒。一连串的不解之谜扑面而来，我顾不得收拾残局依偎在桌角，反复思考。这个世界赋予我的智慧，如今微不足道。低级的科学常识可以去发射火箭，攻击中东的恐怖分子，用一颗可爱的气象卫星预报未来的天气情况，接通电话以窃取一切可供窃取的情报，偶然拿起手机在凌晨三点半的深夜打个电话给情人，用蓝牙设备传输图片文字语言等讯息。可是，可是的可是，这些他们引以为荣的科学理论居然无法解释一面发生质变了的天花板。它到底是天花板，还是达芬奇密码里面蒙娜丽莎微笑背后隐藏的寓言？

我放下沉甸甸的书包，拉开书包拉链掏出数学书、英语书、语文书、政治书、历史书、美术书、地理书、生物书、化学书，所有的教科书通通翻落一地。我在书本的海洋里一通寻找，十分钟过去，一无所获。它们没有能够解释这个现象的能力。我心情失落的选择了放弃，带着无以言表的无奈之情默默地低下头，用手拾起一块又一块的碎片。从子弹壳到碎玻璃，从破碎的碗筷到遗弃的烟头，从空气中漂浮的烟灰到地板上沾有的血迹，从里屋到外屋，从外屋到阳台，从阳台到厨房，从厨房到走廊，我穿过走廊将两斤重的垃圾袋丢在过道一侧。分界圈的遗址依然健在，它还没有受到金字塔的影响。我视而不见的俯下身子——事实上，并不需要俯下身子的避免与尖利的金字塔尖发生物理性碰撞，以免自己受到不必要的伤害。房间收拾完毕，我拿起电话，准备拨打那三个号码，请求援助。然而，一个念头瞬间涌上心头。你不能开口求救，这个世界的求救电话是一个骗局。你只会在意识到自己死亡的前一刻无可奈何的去拨响那个号码，然后在他们抵达边境之前，不出意外的死去。一个似曾相识的警告将我拍醒。他们不会来救我，反而会因为收到自告奋勇的投案自首，满是谢意的销毁我。我毫不犹豫的、犹如抱起了炸药包一般，迅速将话筒丢下，退后三步，一路快步溜到了阳台上，等待炸弹的爆炸声。果不其然，话筒被引爆了。它被谁引爆了并不重要，重要的是它被引爆了，发出了巨大的声响，烟雾带着硫酸味从房间里一路飘来，整个阳台受到了侵蚀，仿佛沸腾的茶壶发出浓浓的白烟，遮盖了现实的犯罪现场。我迎着寒风，打开电风扇，阵阵寒气向下旋转开来，电风扇在金字塔的塔尖吊着，与地板相距不足一米的距离。非常危险，必须把它关了，烟雾已经驱散，再开下去自己的头会不小心被削掉的。风扇结束转动，我坐在空荡荡的、没有子弹壳、没有玻璃碎片的客厅抱着数学练习题满脸仓疑的等待，等待父母的回来，向他们求助，如实禀告家里发生的一切。当然，分界圈所受到的伤害不能透露出来。

雨后的六点半，阳台下的巷子口传来熙熙攘攘的喧嚣声。我饥饿难耐的停止了继续下去的等待，丢下左手握着的圆珠笔，从抽屉的报纸下掏出一张百元钞票，锁好房门，跨过分界圈的遗址，走到楼下的快餐店索要了一份价值七元钱的顶级盒饭。我拎着饭盒回到家，依旧空无一人。我享受着空无一人的舒坦，一边解决晚餐问题一边将信件从书包底层翻出。双眼的焦距，在那个世界不为人知的秘密作用下开始发生分离，一只眼球望着饭盒里的饭菜进食，一只眼球盯着墨绿色的信纸屏息扫视。信件非常工整，墨绿色的磨砂信纸令人倍感惬意，可是潦草的字体极大程度的影响了自己的食欲。

逍明兄，首先必须批评你一下，恕兆宇我无礼了。你在教室书桌一角刻下的那三字实在太危险了。你难道想毁掉我们吗？

虽然你发现得及时，事情已经得到了解决。当然，兆宇我更愿意用控制这两个词来形容这次的意外。你对于事情的控制非常到位，果断的隐藏掉了那三个字。这点无需我再多费口舌的去赞赏。但是，我必须告诉你，当时下课时她其实已经发现了你。幸运的是，兆宇我在收到了你的讯号之后，在第一时间将她毁灭了。我一路快步走去对面二楼的高中部，联系到了大哥。在上午第三节课后，也就是你收到这封信件的五分钟之前。我和大哥两人在高中部的校长室门口拦住了她。当然，兆宇我更愿意将其视为一次温柔的邂逅。大哥假装黑社会流氓在校长室门旁的走廊尽头欺负我，以期引起她的注意。我早有料到她会在课后跑去向他们告密，她的英语能力虽然出众，但是不具备一丁点隐藏自我的才能。这点，逍明兄，你必须时刻警惕自己。她不具备隐藏自我的技能，面带微笑的表情准备将发现的秘密公诸于众。我早早的迎着下课铃声拉着大哥两人原地待命。她果不其然的出现，手捧两叠厚厚的试卷，踩着小碎步走向校长室，朝我们奔来。大哥果断出手，我被推倒在地。她发现了不文明的现象，抛下手中的试卷，以满是文明的方式将大哥一脚踹开。大哥倒在地上的两秒钟，我迅速爬起身子，原地闭眼运用那个世界的语言毁灭了她的大脑。她对于那个秘密的知晓，顷刻间犹如电脑清空回收站一般，消失不见。她摸头不及脑的捧起洒落一地的卷子，我们俩以雷锋的高度责任感帮助她整理好了试卷。她满是微笑的站在校长室的门扉前，带着问号与无知一百八十度的转身离去。

敬爱的逍明兄，这次如果不是兆宇我发现得早，当然，这也要归功于你的及时通告。那么，现在的我们就都已经在地狱里呆着了。现在，我相信你已经意识到之前为何竭力邀请逍明兄你来此的原因了。方便联络，互通讯息，团结在一起。我们同属一致。往后她不可能再去骚扰你了，她被洗脑了。我一不小心将她脑子里，关于你的幻想全部删除了。回到家，我在睡觉前，简单收拾了一下她对于你的记忆。结果，令兆宇我大为惊讶。她曾经居然幻想过你是她的孩子，抱着你，试图占有你的肉体。将她的乳头塞入你的嘴巴，一边拍打你的小屁股一边索求你的允吸。她将你的衣物扒光，挑逗着你的那个东西，望着它，观察它的模样，试图将它占为己有。收拾到这里，兆宇我不敢再继续收拾下去。对于那些低俗的自我意淫，我毫无兴趣可言。我将剩下的、盗取而来的其他记忆一概删除干净。诚然，她远没有我想象中的复杂，脑子里半成以上的东西都是关于这个世界的记忆，已经没有更多关于那个世界的记忆啦。当然，这是在删除了那个秘密之后的推测。她已经干净了，今后不会再用粉笔擦拍逍明兄你的脑门了。你安心学习，我知道英语之于你而言，有着非凡的意义。冥冥之中，我有种感觉，逍明兄你对于语言有着非同寻常的目的性。当然，这不过是兆宇我一厢情愿的猜疑。如今，事情已经解决，能够透露给你的，我已全部说清楚了。接下来，第二件事。

我知道那个人还没能出现，逍明兄你的迫切心情，我们完全能够理解。对于逍明兄你班上的那个高材生，兆宇我从未与他打过交道。他的名字，全校皆知。但是，他的性格、他的为人、他的身高、他的体重、他的秘密、他的女朋友、他的处事原则、他的家庭背景、他的个人嗜好、他的过去，他的现在，一切的一切我们都不甚了了。但是，只要逍明兄你能在他的帮助下，提高数学水平。兆宇我就算是赴汤蹈火，也愿意接受你的请求。我接受你的请求。我会在未来三天内争取与他取得联系。我会尝试以试探性的方法与他沟通，或许就是我们现在这样的交流方式。他的各科成绩年级名列前茅，市三好学生的夺标热门，家境贫寒，从不穿新衣服，至少没有人看过他穿过一件好衣服来学校，从不溜去校门口买小吃，小平头，身高不足一米六，体重也应该不会超过一百斤，瘦弱的身子骨，戴眼镜，高度的近视眼镜从不离身。这些是兆宇我目前所知道的情况。当然，之所以令我可以轻易下定决心去寻找他的重要原因，还是由逍明兄你所提供的情报决定。你发来的讯号中，首先将你对于他的观察意见透露了出来。我前后四次经过思考之后，以他不擅自与人交谈，性格内向，为人谦虚低调，基本不参加任何校内外文娱活动，体育成绩糟糕，跳远、跳绳、跑步、仰卧起坐均不及格，从不在课堂上发言、纵使自己知道答案也不举手，斯文的男生，这些因素令兆宇我万分期待。是的，逍明兄你再一次的令我感到钦佩。你寻找到了一个合适的人选，一个几乎完美的人选，并且，他就在自己的班上。他拥有成为传达者的资质。不轻易开口与人交谈，为人极为谦虚低调。但是，我们目前还不知道他的处事原则，之于我们这一部分人而言，处事原则这一基本素质，某种意义上超过了大脑的智慧程度。他可以成为传达者，但是他必须先经历一番兆宇我所设置的考验。

逍明兄，大哥明天会与你联系。他会将你一直以来困惑的事情，给予解答，包括入口处五年前那次事件的经过。我知道，一直以来你都背负着困惑生活，连自己现在正在做的事情的根本目的都还不知道。这是兆宇我的不对，请你谅解。我心中已经有谱。我会竭力去试着与他交流，请你原地待命。一旦有进展，我会第一时间通知你。他的数学天赋，我们必须获得并为之掌握。

我对着墨绿色的信纸点点头，带着歉意与感激撕毁了信件。毫不犹豫的天女散花，碎纸屑随着阳台十二米的高度向各个方向陨落。兆宇的信任，令我非常感动。在那个人出现之前，我必须先行利用一切空闲的时间去提高自我。陈文作为班里第一名，年级头号公敌，班级平均分的拉分人物，关键在于他极具才华的数学天赋，令我无法不为所动。既然要完成一个源于这个世界的东西，一个来自数学世界的圆圈符号，那么，这个自己理应掌握好基本的数学常识，而不是像现在这样一连两次十几分的数学摸底考试成绩。这样下去，你永远也不可能获得画圆的技能。我不能在学校里找他。两人的成绩相差悬殊，一个天一个地，如果自己在课后试着与他交流，必然招来不必要的注意。他们会以各种借口诋毁我。讨好同学，为了考试舞弊，抄袭别人的作业，狐假虎威的补习计划。他们会以各种借口，借以各种方式诋毁我。我不能轻举妄动，必须小心行事。之前无聊时分刻在书桌右上角的那三个字，已经引来了不必要的关注度，给兆宇他们带来了不必要的麻烦。幸亏事情得到了控制，眼下兆宇会试着与他沟通。兆宇的能力毋庸置疑，他既然可以发现我所画下的分界线，那么就绝对具备洞察一个人的能力——具备洞察一个真正的人的能力。调动出一个人的本质欲望，刁难他的缺点，诋毁他的优点，将一堆又一堆的屁话如法炮制的回击过去，令人无法轻易反驳。在真实的自己暴露出来的瞬间，抓住他、看透他，琢磨他的行为举止，进而知晓他的实际能力与真实目的之所在。兆宇可以做到，纵使遇到了困难也可以向我求助，或是寻找对面楼里的大哥。三个臭皮匠合成一个诸葛亮。这句俗语，现在居然适用在这个自己的头上了。我带着微微的笑意，翻开数学习题集，迎着新闻联播的开始，低头完成必须完成却无法轻易完成的重复劳动。

临近深夜十一点，父母依旧没有回家。我本打算跑去爷爷家询问原因的念头，被一场深夜的暴雨摧毁。窗外的这场大雨来得过于突然。雨线带着仇恨落下，仇恨的种子在平流层生根发芽，经过交流层的瞬间开始发生质变，对流层的空气分子与仇恨相互融合，化为一整片红色的海洋。海洋悬浮于这座城市的上空，漂浮一整个小时的时间，通透的红色照亮了深夜的黑暗天空，将它彻底的、不发出预告的染红，染成了深邃的大红色。海洋的力量最终超越了云层的抵抗力，成片成片的落下，化为了一场倾盆大雨。雨线带着仇恨撒下，大雨稀里哗啦的敲打着窗户玻璃，发出令人无法安寝的嘶喊声。喊声绝对不可能来自这个世界。关上电灯，锁好房门，脱掉衣物，盖好棉被，躺在床头的这个自己，独自一人在空旷的房间里望着漆黑的一切断定道。耳朵近来无法自由凝听声响，她的粉笔擦拍得过狠，造成了短暂性的失聪。我用双手揉了揉几近麻木的耳垂，试着用热水袋温暖冰凉的耳膜。可是，它位于耳朵深处，热量无法以热传导的方式赋予它温度。它依旧冰冷，与自己的耳朵一样冰冷。我冰冷的怀着无法解释的好奇与寂寞，抱着思念与热量陷入漫长的极夜。

次日早晨七点零五分，准点起床。我推开被子，懒洋洋的伸了个懒腰，离开床铺换上拖鞋，穿好衣服便迫不及待的冲向了阳台。在阳台的门扉遭到毁灭的瞬间，我看到了满是红色的漂泊大雨。红色的天空，红色的雨线，红色的楼房，红色的喧嚣声，红色的燕子，红色的云彩，红色的太阳，红色的晒衣架。红色的一切令人一时难以去相信，我站在原地使劲揉了揉自己的双眼，试图确定自己所看到的不是现实。可是，我再一次的看到了现实，看到了红色的现实。这个伤痕累累的带着血与恨的悲惨世界。我独自霸占了厕所，生平第一次享受了一番不为时间所限的拉屎快感。我呼吸着自己发出的臭气，一坨又一坨的大便滚滚而出。我用一整桶的清水冲掉排泄物，迅速溜到洗脸池前漱口刷牙，快速换上校服锁好房门，然后，屹立在了家门口的分界圈处。遗址还在原地保留着，原封不动，看不到一点光芒，也没有感觉到任何力量的存在。纵使完美的圆圈轮廓依然健在，但是它已经不再是曾经的那个它了。它被同化了。我带着不解的心情转身离开，小步小步的走下台阶，迷失在红色的海洋里。马路上的行人纷纷撑起雨伞躲避大雨。他们的脸上毫无异常表情，一切正常。可是，一切原本就不正常。我满是焦虑的仰望头顶降下的红色水滴，街头遍地荡漾着积累而成的红色海洋，坑坑洼洼的集成一片。我走向十字路口的交通协管员，向他询问有无感到今日天气的异常。他满是笑容的摆着双手表示，没有问题，一切都在控制之下。他的回答令我迅速开窍。他们并不能看到那些东西。我扇了自己一记大大的耳光，唤醒了沉睡的思绪，挠了挠乱糟糟的头发，撑着小雨伞走在前往学校的路上。红色的雨越下越大，不到五分钟的时间，已经由出门时的蒙蒙细雨变成了一次洪涝灾害。我毫不在意早已进水的套鞋，也毫不在意湿透的上衣，只是非常在意，为什么要下这么一场红色的雨？为什么不是绿色的雨？为什么不是黄色的雨？又为什么不是蓝色的雨？天空那么蓝，为什么不来一场童话般的蓝色风暴呢？为什么要下一场如此令人畏惧的暴雨？红色的雨，让人看着就觉得紧张。

教室里，他还没有来。我假装四处溜达，实则怀有目的的将一张小纸团塞入他的抽屉右侧最底部。任务完成，我哼着音乐老师教会的，多瑞秘法索拉喜多的七阶音符踩着小碎步回到自己的位子上。教室里空荡荡，我翻出英语教科书假装晨读，脑子陷入了第二次的混沌状态。我不断思考着兆宇对于他的肯定。事实证明，你做得很好。你找到了一个数学天才，他或许可以帮助你，提高你的数学水平，进而拥有基本的画圈常识。我双手贴着桌面，挺直腰板，双眼注视着无法理解的语言，心里继续揣测不安。在揣测正准备开始的那一刻，他走进了教室。他来到了教室，从我身旁走过。他故意从我身旁走过？不，他不是故意的，只是毫无意义的从你身旁走过。那么，他为什么要看我一眼？只不过是看你一眼而已，没什么大不了的事。他们都这么看你。可是，他为什么要那样诡异而深邃的眼神看我。我难道暴露了什么？不，你什么也没有暴露，只是在抱着英语书进行例行公事的晨读任务。他看了我一眼，从上到下的看了我一眼。我无法与他正视，为了隐藏自己的紧张情绪，口中悄悄的再次小声哼起七阶音符，多瑞秘法索拉喜多，多喜拉索法秘瑞多，多瑞秘法索拉喜多，我迅速来回念了三遍曲子，情不自禁的站起身子，快步走向男厕所。我迎面与他们相视而过，但是他们看到的这个自己不是自己。他们看着李逍明，经过过滤和泡沫的掩盖之后的虚假李逍明。我凝视着空气中升华的某一个分子，而不是他们满腹经纶的脸颊。在男厕所里，我用冷水洗了一把脸，五分钟后带着激情洋溢的表情回到教室，坐回位子上，用余光扫视着他。

陈文今天的表情依旧正常，没有任何异常的地方可以供人追查。可是，我能够看到他的不同所在。我满是窃喜的轻松调整了一下视网膜的焦距，更正后的曲线焦距完美的折射在了他的身上。在他们看来，陈文衣衫褴褛的样子不值一提。可是，在那个世界不为人知的秘密作用下，我感受到了另一个陈文。这个陈文是个不男不女的家伙。他浑身上下没有穿一件衣服，家境贫寒造成无力购置新衣。孩提时代的衣物已不再适合现在穿着，本打算去亲戚家借衣服来遮羞的想法，被某种丑陋的力量毁灭。那股力量我感受得到，并迅速将它起名为鄙视。鄙视的力量毁灭了他借衣服来穿的想法。他全身裸体的坐在教室第三排的靠背椅上，双眼目不转睛的凝视着前方黑板上扎堆的秘符，大约位于我身后右侧四十五度的位置。他的那个东西非常小、显然还未发育，胸肌不大，屁股也不大，脚掌也不宽厚，一个普通得不能再普通的初一学生。然而，在那个世界的秘密迅速辐射般散开的煞那间，他的大脑被我破解，犹如黑客破解电脑程序一样被破解了。此前，我从未像今天这样去了解一个学习狂人。但是，自从上星期六的某个时刻，我下定决心向他求教，以期获得数学才能的计划敲定下来之后，自己意识到——纵使眼下的行为无比危险，但也必须走向这条不足一毫米宽的独木桥。我站在独木桥的中央，望着脚下的长江之水无法动弹，不敢轻易前进也不敢肆意后退。他的左脑达到了惊人的开发度，百分之八十以上的脑细胞得到了充分利用，剩余的百分之二十相信不用多久的时间就会被自己意识到，进而充分挖掘其中蕴藏的潜力。可是，比较遗憾的一点，他的右脑目前依旧一片空白。诚然，值得瞩目的一点，他的右脑是带有血丝的空白，而是一整片虚无的空白，从中可以隐隐约约的感受到一阵又一阵薄弱的呼吸。幸运的是，我感受不到里面所蕴藏的智慧，右脑的贫瘠使他依然普通。普通的学习疯子，普通的数学达人，他看不透一些事情，自然不无意外的无法感受到，此刻窗外泪如雨下的红色之雨。

我收回了释放出的能量，小声哼着七阶音符接受了上课铃声的来临。我满是倦意的卧倒在桌子上，下意识的伸手往抽屉里掏了掏。不幸的是，我掏到了一个仙人掌。它锐利的、带刺的浓妆，伤害了这个脆弱的初一学生。我满是伤痛的迅速缩回右手，望着流血的手指，忍不住悄悄抱怨。*你不能低头试探。此刻，正在上课。一旦低下头，做出不正常的举动，他们就会发现你。*我打消了观察的念头，第二次缓慢的、挺直腰板的、双眼注视着黑板的、望着讲台上的英语老师，带着严肃的表情将左手伸入漆黑的山路隧道。隧道在建成完工后，一直以来都保持着笔直的线性路线，然而，现在居然在一夜之间变成了一条呈蛇形状的蜿蜒走廊。走廊蜿蜒得令人无法自由进出，手臂伸入不到两厘米的距离便无法继续前进。我意识到事情非同小可，其中必有玄机。玄机不是这个世界的人可以设置的。他们还无法将一个长方形的抽屉以魔术师的戏法变为一个蛇形的走廊。目前，这个世界上，只有两个人真正可以做得到。据我所知，他的能力可以做得到。没有错的，就是他。他在我离开座位在男厕所玩弄那个东西的时间段里，来过这个教室，在我的座位抽屉里耍弄了一番他的绝招。或许，这还不是什么绝招，仅仅一个小玩意儿。我必须跨过这个小玩意儿，将走廊探到底部，把那个伤害我的仙人掌找出来，踩他个粉身碎骨。我睁一只眼闭一只眼的望着黑板方向的某个原点，她居然没有在第一时间用粉笔擦拍我。她一如既往的滔滔不绝，演说着老套的剧本，重复的教科书中老陈的例题，糟糕的低级语言，恶心的训导废话。但是，话锋一转，我还是要怀着不满的心情感谢兆宇。他将她清洗得非常干净，已经不认得这个李逍明了。她带着迷惘的眼神鸟瞰着我，不带有任何偏见的继续上课——这个她，我承认自己非常喜欢。腰板不能弯，在身体缓缓夭折的瞬间，我警告自己。腰板必须挺得直直的，跟他们一样。我挺直腰板，保持着军人的肃穆表情，将左手的骨头用血液侵蚀，骨头毫不犹豫的被硫酸般的血液腐蚀，手臂失去了直线的形态，进化为第二形态。我感受到扭曲的手臂可以继续深入，带着窃喜的念头向隧道深处挺进。我带着长征精神，一路高喊颂歌，撑着伟大的五星红旗，跨过雪山草地，翻越沼泽索桥，如愿抵达了目的地井冈山。我站在错误的目的地，迅速意识到自己忘记了东南西北，延安发来的无语讯号让这个自己措手不及。我抱着尽头的仙人掌缩回手臂，左手垂直落下，犹如一个钟摆随着教室门外刮入的阵阵暴风来回摆动。我保持着不变的姿势，将血液的资质转换为之前的第一形态，以夸张的手法用右手拼接好左手的碎骨，漫长的七秒钟过去，左手恢复了原样。你还没能获得那种能力。如果获得了那种能力，现在的你完全可以省略掉刚才繁琐的步骤。可是，这个自己还不具备那种能力。我必须看完试卷的题目，才能下笔做题；必须买好火车票，才能带着行李坐上火车；必须写完作业，才能打开传达器享受一番那个世界的美妙；必须穿好校服，才能来到学校上课；必须准备好降落伞，才能进行空降；必须戴好红领巾，才能参加每周一早晨举行的升旗仪式；必须在看到红灯的时刻，停止脚步等待绿灯的亮起；必须张开嘴巴看着书本，才能用唇语朗朗阅读；必须打开电视看新闻，才能知道这个星球的对岸发生的地震等级；必须拥有一个可以维持自己活下去的理由，才能坐在这个该死的教室第一排呼吸乌烟瘴气的粉笔灰。这个永远不变的该死第一排，位于讲台的左侧。我不是老师的左右护手，也不是谁家的看门狗。我必须尽快掌握那种语言，离开这里。你必须完成。我下定决心，迎着下课铃声，抱着仙人掌一路快步走向垃圾堆。

红色之雨在不为人知的时刻，悄悄停止了情感的宣泄。雨后逢甘露。来到垃圾堆，三个男生围在一起进行着秘密活动。我们的秘密活动以团体的方式进行。这点毋庸置疑。我冲着同类点点头，不加思考的靠着墙壁，享受着刺鼻的水汽味与恶臭味，将仙人掌从口袋里掏出。自然课的特级导师，从来没有告诉警告过我，必须小心它身上的刺。她与他们同属一致。她的自然课完美得令人感到这个世界居然会是那样的完美。她曾经告诉过我，亲口告诉过我。仙人掌只能在沙漠里生存，拥有着极强的生命力。虽然自身单薄，但是，只需要很少的水分便能维持生机。可是，她从未警告过我，必须在看到仙人掌的第一刻警告自己不要轻易触摸它满是针刺的表皮。更加令人感到悲哀的是，她认为仙人掌只能在沙漠中看到的高级理论，眼下已经不再成立。我将仙人掌插在满是潮水的垃圾堆里，它居然迅速发芽生根了。它是喜欢水的，只是因为沙漠里没有水，所以情非得已的调整了自身的生理结构。当然了，它是可以接受水的，虽然不能过多，但是必要的水分补充完全可以欣然接受。它笑吱吱的望着满是疑惑的我，朝我受伤的两只手的手心吐了一口绿色的脓液，伤口迅速被沾到的液体治好。它得到了想要得到的东西——一个安稳生息的环境，兴高采烈的将心底隐藏的秘密交了出来。我跳了起来，接过腾空而来的秘密——一个巨大的包裹。我在半空中接住了包裹，不料它的体积实在太大。我被包裹压在了地面上。它望着满脸尴尬的我，兴奋的喝着垃圾堆旁的污水，满是歉意的三鞠躬。一个仙人掌居然也学会了礼貌？这是什么玩意儿？他妈的，连人都不懂得的礼貌，现在居然连仙人掌都懂得了。我躺在肮脏的满是泥土的地面，身子被蓝色的大包裹重重的压着。墙角的同类发现了无助的自己，迅速走过来帮忙。他们三人联手喊着一二一的口号，不费吹灰之力的将重重的包裹挪开了。我压抑许久的心脏迅速开始跳动，深深大口呼吸了两次，迅速站起身，向三人鞠躬表示谢意。他们带着委婉的笑意转身离去，剩下角落里孤独的这个自己。我无法不去在意包裹里的东西是什么？但是在此之前，我忍不住怀疑它的真实身份。它到底是一个仙人掌，还是一个人？它不太可能会是一个人。一个人不可能矮小到仅有六厘米的高度，而且全身带刺的人，这个世界也不存在。你错了。你看到的、想到的，只不过是这个世界给予你的表象。他们早就设置好了布景，搭好了场子，恭候着你陷入假象之中。一个带刺的仙人掌，又或者是一个带刺的、懂得鞠躬表示谢意的小矮人。我必须带着怀疑的态度看待这个世界上的一切，任何一个人、任何一个事物都无不例外。这里不再有纯真的事物了，他们竟然如此的狠心，狠心得令人心碎。他难道就是白雪公主的童话故事里遗失的第九个小矮人？继兆宇之后，又一个小矮人粉墨登场。我在心底欢呼雀跃的向它正面鞠躬，表示谢谢它投递而来的礼物，大大的近一个讲桌大小的特大号联邦快递。这会是谁寄来的包裹？我可从来没有购买过任何礼物，也没有参加过一次团购活动。购买物品太过危险，那可是会暴露自己身份的危险举动。难道是圣诞老人送来的新年礼物？不会的，那个老头不喜欢看不见的东西。虽然，他就是一个看不见的老人，一个西方国家口口相传的童话故事。故事不是现实，故事可以胡编乱造，偶然带点幻想风格，孩子们才会喜欢。可是，你不是孩子。你与众不同，你肩负着使命来到这个世界。老头不可能无畏的向你寄来礼物，他不是那么大方的人。我将无比幼稚的童话故事踩碎。它迅速投来怜爱的眼神。

我转过身子来到蓝色大包裹面前，发现它居然散发出一片独特的光芒。独有的色彩令我感到从未有过的亲切，包裹被保护得异常完好无缺。一个正正方方的巨大包裹，接近一米二的宽度，完美的正方体。我试着用双手搂抱她。你为什么要搂抱它？我只是忍不住想去搂抱它。你为什么要在大白天，站在垃圾堆旁搂抱一个不存在的东西？你为什么要搂抱空气？我只是忍不住想去搂抱她。是的，我确定现在搂抱的就是她。她居然进化了。她的头发比小学时候更长、更飘柔了。我紧紧的拥抱她，犹如很多年前，她拥抱着我那样拥抱着她。我们两人紧紧相拥，在这个宇宙的尽头，望着狮子座流星云相互许愿。我轻轻的将头挪向她的胸部，她得到完美释放的双峰，此刻无比俊俏。淡粉色的短袖衬衫巧妙的隐藏掉两个山峰的尖顶部位，却精巧的线路出山脉的起伏轮廓。缓缓爬升至最高点，我的嘴巴冲向她的最高点，碰到了山顶的寺庙。我跪在寺庙的石像前暗自许愿，第二次许愿。这一刻就是永远。她的香气令人神魂颠倒，暖暖的身子骨填满了触感之间的温柔。我上下抚摸着她，许久不见的她不言不语，只是小声呼吸，不说一句话的任凭我去践踏她刚刚修剪完毕的绿色草坪。我放缓呼吸节奏，试着强行脱下她的上衣。可是，她毫不犹豫拒绝了我无礼的举动，朝我扇了一个巴掌。我被这个巴掌扇回现实，转头四处无声的张望，看着墙角的垃圾，看着墙壁上泛黄的色调，看着地面上荡漾着红色颜料的雨水，看着手心紧握的信封。那个普通的信封在幻想结束后的第二秒，自我销毁了虚假的皮囊，变为了真实的自己。大大的蓝色包裹不复存在。我原地打探了一下周围的情况，在确定四周没有狗仔队的瞬间，拆开了信件，这个自己瞬间被贴满咒语的一整片海啸吞噬。

→

你瞬间被贴满咒语的一整片海啸吞噬。我被海啸所吞噬，吞噬得彻彻底底，吞噬得无以复加。这个自己轻易的被一个不存在的蓝色包裹吞噬了。我望着一排又一排的文字，工整的打印字体完美无缺的令人倍感神往。我陷入了仙境之中。陶渊明的镜花缘竟是如此的美妙。我赤裸着双脚，穿着短裤背心陷入了花园里，花园没有门扉，不用敲门身体便不由自主的被吸引了进去。我站在其中，四面八方的各种镜面围绕了自己。镜子变化多端，诡异莫测，形状各异，表情不一，婀娜多姿的玻璃镜片将这个自己扭曲。我看着各种形状的自己，高兴的自己、难过的自己、悲伤的自己、恶心的自己、欢笑的自己、快乐的自己、瘦瘦的自己、胖胖的自己、扁扁的自己、宽宽的自己、失落的自己、信心十足的自己、满脸焦虑的自己、无比愧疚的自己、无地自容的自己、生不如死的自己、被扫地出门的自己、被炒鱿鱼的自己、在洞房花烛夜里的自己、抱着生命中另一半的自己、看着自己死去的不是自己的自己。我失去了不朽的力量，原地跪倒在地，双手屈膝的无法继续欣赏镜子里的那些个李逍明。那些并不是现在这个自己的李逍明，那些都不过是扭曲之后的自己。我居然找不到一个真正的自己。这个世界，居然不允许我做一个真实的自己。它们并不是一面又一面普通的玻璃镜片，而是拥有着超现实能力的魔镜。对了，就是安徒生童话故事里面那个魔镜魔镜世界上最漂亮的女人是谁的镜子。我匍匐着紧闭双眼爬出了围城。回到镜花缘的大门口，陶渊明大师不知何时从哪面镜子里蹦了出来，远远的声线将正准备离去的我喊住。他喋喋不休的讴歌了整整五分钟无法理喻的文言文，四个字的句子，七个字的绝句。这个自己听得迷迷糊糊，转身起步撒手便换上跑鞋准备离开这个令人眩晕的花园。他没有再开口，空气里一片寂静。我上下打量了一番自己，身体完好无损，玻璃碎片终究是玻璃碎片，纵使是魔镜也只存在于童话故事里。我满是不解的离去，穿过入口处回到这个世界。

我看着手中捧着的打印纸，稍许调整了一下急促的呼吸，便靠着垃圾堆的一侧，迎着上午十点的钟响，突然之间雨过天气萌现的阳光，感受着丝丝温暖，双脚沉淀在红色的积水坑中，迅速开始阅读。

逍明同学:

您好。

首先，我必须委婉的拒绝你试图返还那一万元现金的请求。这里，我希望你能理解两点。我给予你的这个数目，其实原本就不多。这点必须承认。相比于他们的罪孽，这区区一万元不过是五星级酒店里一顿便饭的支出。他们所拥有的现金，独自霸占的财富远远超过了我们的想象。他们对于一万元现金几乎视而不见，以我目前的银行存款还无法去贿赂他们，以期许他们的通融。他们对于数目的追求已经超过了我们所能想象的范围。当然，这不过是一点原因。最为重要的一点，纵使是使用足够的数目成功贿赂了他们，他们依旧无能为力。他们帮不了我们。他们只是勉强拥有了借助物理性的财富换取另一个物理性存在的低级能力，毫不具备换取第三空间事物的技能。他们把这个世界看得过于低级、过于简单。一个鸡蛋就是一个鸡蛋，永远也不会去想鸡蛋为什么生来就是椭圆形的，而不是长方形的。这些事情之于他们而言，完全是不可理喻的问题。幸运的是，他们目前还无法看透一些事情，否则就不可能只会贴着地面开车。我们身边或许早已出现了很多个牛顿，很多个爱因斯坦，很多个伽利略，很多个开发了右脑的创世者。我必须承认的一点，这个小数目或许还不足以帮助你完成绘画的课程。如果期间遇到了任何麻烦，任何资金上的问题，请你务必放下那些所谓的尊严，告诉我。一定要告诉我。我们绝对不能被一堆低级的草稿纸所打败。

兆宇昨天放学之后，陪同我去了一趟入口处。时隔近三个月的时间，入口处的变化可以用翻天覆地来形容。我们俩在入口处对面的超市坐了整整一个小时的时间，远远的、悄悄的仔细观察了一下墙壁上的变化。我必须把惨痛的事实告诉你。入口处墙壁上的质变已经由局部变为整体了。之前墙角凸出凹入的那一块墙壁，如今已经彻底真空，变为了一个黑咕隆咚的东西。或许根本就不是一个东西，什么也没有，远远望去更像是一个黑洞。但是它绝对不是宇宙中的黑洞，黑洞具有吸入任何事物的能力，包括光线。但是，这个黑洞什么能力也不具备。我可以清楚的感受到它微薄的呼吸，低沉的呼吸几乎没有了力量。只有闭上双眼，抛开耳边的喧嚣才能感觉得到的呼吸，来自另一个世界的呼吸。兆宇对于真空的墙壁表示出同样的理解。他认为力量的侵蚀已经彻底毁灭了那块墙角，犹如之前的分界圈一样，彻底被毁灭了，连痕迹也没有留下。他们的力量无可置疑的增强了，比记忆中的力量强大了不止一倍。我断定三年不到的时间，执行者的能力已经获得了长足的进步，它们显然已经具备了完全毁灭那个世界的技能。他们的手法更加多元化，更加的卑鄙了。

提到执行者，今天我必须告知你一些事情。相信之前兆宇已经提及过了，是的，正如你一直以来猜疑不断的那样。五年前的那次事件。五年前的那次事件，如今已经过去很多年，但是那天的场景，至今依旧历历在目。当天早上八点左右下起了红色的大雨，一场毫无朕兆的红色大雨铺天盖地的降下。幸亏当时自己刚刚迈出家门，回头带着雨伞出去才避免了那场浩劫。路上的行人依旧神色匆匆的加快脚步前行，毫不在意倾盆而下的红色雨滴。你猜的没有错，他们看不见红色的雨滴。在他们眼里，这不过是星期六上午一场没有天气预报突如其来的雷阵雨。他们依旧忙碌不堪，连停下脚步举头仰望一下，哪怕是一下的功夫都没有。其实，他们只要稍微调整一下视线角度，将水平线的焦点调整到三十度，或者四十五度的斜角，稍微探视一下头顶的天空。他们就完全可以察觉到，当时完全变态了的天际。或者说，那并不是天空，至少不是记忆里这个星球上应有的天空。这个星球上的天空保持着蔚蓝色的色调，虽然偶然变得灰白，但是基本上是以蓝色呈现的。但是，那天的天空，我站在十字路口，假装等人，仰望了许久。我眼中看到的天空是黑色的，深黑色的天空，十分钟之前天际的彩霞消失不见，它们被某种力量驱散，化为了雨滴纷纷落下。黑色的天空虽然依旧折射出白天应有的光线，但是因为黑色力量的渗透，雨水产生了变化，变为了红色。我带着疑问与不解，穿过十字路口，避开他们莫名的眼神来到入口处。接着，我失去了撑伞的力量。为了不去引发任何不必要的注意，我带着沉痛的心情横穿马路，来到对面的超市要了一瓶碳酸饮料，咕噜咕噜一口气喝下。我假装饮料还未喝完，站在超市门口，正对着入口处凝望。不料，他们已经冲入了那个世界，穿越了入口处，将其中一台又一台的金属机箱搬出，正在卖力的装上大卡车。执行者满是骄傲的表情荡漾在入口处门前，他们跨过无法看到的分界线，来回跨越，分界线的感应能量无法抵御这个世界的力量。那个世界的一切存在任凭他们践踏。我只能远远的看着，因为彼时的自己尚不具备任何制止他们的能力。二十分钟的践踏过后，他们带着收获的喜悦，驾车离去。我迅速随着好奇的人流涌向入口处，遍地洒落的金属投币，还有一些不知名的金属碎片，墙壁上的海报遭到撕毁。幸运的是，分界线没有受到迫害，依然在雨中散发出独特的光芒，对我发出了一个断断续续的讯号。我带着不甘的心情离去，为了不引起察觉的离去。回到家，我用三天的时间才分析出那个讯号的寓意。它透露给我一个预言，寓言不久后的未来，会有一个年龄与自己相仿的男孩来到此处，来到这个世界，来到这座城市。他拥有着独一无二的才华与天赋。他将超过现在的你，超过他们的能量在不远的将来。彼时的自己无法完全领悟其中深刻的寓意。直到逍明同学你的突然出现，我才后知后觉的意识到你或许就是讯号中预言的那个人。我无法拯救入口处，从前不可以，现在也依然无能为力。虽然作为引导者，我拥有着超越凡人的技能，但是因为受到分界圈的影响，难以发挥自己应有的才能。种种因素限制了我，限制了我的能力，使我无法尽情生活、尽情展现自我。而你拥有不受人左右的资质，不受任何力量、任何事物左右的资质。入口处在那次事件之后，在所有传达者的努力下获得了延续生命的机会。他们动用了什么方法，拯救了入口处。我现在可以告诉你，他们将自己的尊严、智慧、天赋、家庭、爱情、友情，甚至是亲情全部抛弃，用自己的灵魂幻化为了一个巨大的圆圈。是的，就是入口处一角的那个巨大圆圈，那个如今已经消亡的分界圈。他们前仆后继的冲向前线，抵抗他们的攻击。他们的力量依旧强大，现在或许更为强大了。可不幸的是，我们现在所在的这个学校并没有发现更多的传达者。可见，他们的原貌已经丢失，被他们同化了。我们目前只能以薄弱的力量，继续应战。

诚然，你班上的那位陈文同学，我表示非常的好奇。你的洞察力令人惊艳。陈文，作为整个年级最为优秀的学习标兵。无论是各科成绩，还是行为举止都几近完美。兆宇昨天下午放学已经于他会面。至于结果如何，他目前还没有告诉我。相信他很快就会与你联络，汇报会谈情况。我对于兆宇信心十足，他既然可以发现你，也就同样可以发现第二个逍明同学。虽然，这第二个逍明同学，无论是性格还是资质目前都还无法与第一个相提并论。但是，第二个逍明同学的数学才能，足以令人感到惊叹。他的数学水平每每年级第一，连续两个学期参加市奥数竞赛勇夺得第一名的优异成绩。虽然，他的数学非常完美，但是，我不知道他是否拥有那样的技能。那种自身拥有并将能力赋予其它人的技能。那种技能不是老师的开口授课，而是灵魂传导。这个世界绝大多数的老师，仅仅掌握了将自己知晓的知识以口述的方式传达给学生的技能。几乎不超过十个人，掌握有以灵魂传导的教学技能。那种能力必须在右脑获得一定程度开发之后，才能为之领悟。陈文的传导能力到底有多深？是否可以将自身的数学才能赋予给你？他这个性格内向，不善言谈的书呆子，能够拯救那个世界吗？这些疑惑一直盘旋在我的脑后，久久无法离去。我衷心祈祷着，祈祷着你可以如愿掌握那种技能。

我知道今天早上的这场红色大雨，你也感受到了。否则，你就绝不会撑着一把雨伞迎着阳光来垃圾堆里踢塑料袋。我不知道你看到抽屉里的那个小纸团时，将它视为了什么。我只是透过教室四楼的窗户，看到你双手捧着一团废纸来到垃圾堆，而且对着地面上的一张废纸鞠躬。你的想象力太过丰富了。可惜，想象力并不能带来多大的力量。你必须掌握我的这种能力，它才是拯救那个世界的关键所在。

此致

敬礼

你必须掌握我的这种能力，它才是拯救那个世界的关键所在。我合上散发着光芒的信封，迎着上课铃声一路穿过操场，随着不欢而散的人流跨上台阶。不料，台阶变成了泰山的索道，转瞬之间，陡峭无比。我望着没有护栏的石子台阶，用余光撇了撇右侧笔直的山崖。我无心插柳柳成荫的来到了向往已久的仙境之地。一片又一片的云彩触手可及，我位于世界之巅的山脊，前后没有一个人。我到了没有人烟的仙境之地。视线所及之处，一派锦绣壮丽。高耸入云的迎客松在两米之外挺拔峻峭的山缝间向我鞠躬，表示热烈欢迎。我对着一棵斑驳的松树缓缓弯下腰，短暂的回礼之后，自己试着继续攀沿。可是，云彩顷刻之间汇集在一起，使得前方陡峭的山路越发模糊。我闭上双眼，踩着云朵，小步前进。我不能回头，回头他们就会发现我。我必须带着发光的信纸冲向山顶，将信件撕毁，销毁一些可供人追查的证据。我爬到了山巅，迎着风声将碎纸屑化为一道彩霞。彩霞连成一片，化为此刻突然降下的暴雨。短暂的雨过天晴之后，第二场红色之雨毫无预告的袭来。我站在教室门口，透过走廊的扶手望着下面操场上奔走而逃的体育老师。他捂着头顶，试图避免自己被淋湿。可是，他早就被淋湿了。在第二场雨来临之前，他的灵魂就已经遭到了洗礼。这原本就不是一场雨，而是一次浩劫。

我回到座位上，索然无味的开始享受漫长的四十五分钟。这堂雷同的、充斥着陈述句的讲座令这个自己感到无比郁闷。从身体结构到男女性器官的外在特征，讲台上满脸淫欲的生物老师，将原本充满童贞的动物世界变为了情爱宝典。我闭上耳朵，合上眼睛，屏蔽掉一切可以屏蔽的吵杂讯息。我满是无语的看着他，他戴着老花眼镜，试图显示自己无比渊博的智慧，巧克力色的无领休闲外套，西装黑色贴身长裤，灰色运动鞋。我无法理喻这样的装束有何寓意。既不像是运动装，又不像是休闲装，西装就更不可能了。谁会穿着运动鞋，戴领带穿西装的？我失去了继续掂量他的兴致，带着窃喜的滋味看着投影器材所反射出的动物世界。我看着非洲大草原的河马，脑子里瞬间乱作一团的浮想联翩。对了，信中提及的那种能力会是什么能力？一股猛然回响而来的疑惑，迅速占领了大脑的高地。那种能力，为什么是拯救那个世界的关键所在？对了，大哥怎么可能知道我今天的行踪的。这不是一封打印好了的信件么？这显然是之前就已经准备好了的信件。不可能是当场临时写作并迅速交付印刷厂，同时运用魔术师的戏法投掷而来的信啊？他在昨晚写信的时候，莫非已经知道了今天将要发生的事情？我知道今天早上的这场红色的大雨，你也已经感受到了。否则，你就绝对不会撑着一把雨伞迎着阳光来垃圾堆里踢塑料袋。我只是透过教室四楼的窗户玻璃，看到你双手捧着一团废纸来到垃圾堆，而且对着地面上的一张废纸不断地鞠躬。我在心底将信中最后一个自然段的部分句子背诵了一遍。虽然无法完全一模一样的记下来，但是基本寓意还是可以重放。大哥，他怎么可能，在昨晚写信的时候，知道，今天将要发生的，一切？我断裂的疑惑被信纸摧毁。

我迅速打消了试图继续弥漫开来的幻想。他递来的这封信件，不在于解除我心中对于那次事件的迷惘。事实上，这个自己从来就没有在意过那次事件。对于过去的事情，我毫无兴趣去知晓。我不喜欢历史。历史可以使人明智，但是，过去只能代表一个阶段的变化。如果一个人要看得更远，就必须将历史作为一个陪衬，而不是一个标榜，用看不见的技巧去思考问题。我知道大哥的目的何在。他给予了一个非常醒目的提示。他已经拥有了一种我目前还没有的能力——一个令人跪求的能力，一个无法用语言去参透的能力，一个无法用历史去预见的超级能力。兆宇的会谈结果，我无比期待。我抱着生物教科书，跟着朗读声用唇语假装开口。他们依然开心无比的享受着灌述性的理论教学，而这个自己必须站得更高一点。我闭上双眼，运用那个世界不为人知的秘密调整视网膜的焦距，迅速意识到教室的最高点并不是想象中的讲台，而是讲台桌面一角的粉笔盒。我迅速跳上粉笔盒，它稳稳当当的没有被我压垮。我双脚合拢，踮起脚尖，在面积不足一百平方厘米的粉笔盒上四处张望。我望着教室第二组第三排的高材生，他目不转睛的盯着黑板听课。他从来都是这样听课的，挺直腰杆，纹丝不动，犹如一尊古希腊的大理石雕像。我失去了观察他的兴致，他没有意识到粉笔盒上那个高高站立的李道明。他的右脑没有得到有效的利用，以他的资质如果加以利用的话，那么——或许，不，没有或许的必要。我打消或许的念头，因为他不可能超越我。物极必反，适者生存。我点点头，迎着放学的铃声故意从他的座位右侧的人行横道缓步走过。我低下头扫视着满桌面的稿纸与试题集，纸面被拥挤的文字与符号填写得满满当当。在视线离去的那一秒，他抓住了我。他居然抓住了你。我试着将视线拉回，离开教室，快步离开，不留痕迹的离开。可是，他拉住了我，他用杀人的视线拉住了我。两人对视着。我用子弹打他的脸，将卡拉什尼科夫全自动步枪射出的一梭子弹全部喷洒在他的身上。可是，他居然毫发无伤。怎么没死？我停止了射击，自责的跪地求饶。他失去了抵挡的乐趣，将一本练习册迅速的、果断的、精准的塞入了我的手中。我的巴掌过小，为了接住飞来的练习册，只能放下手中的这把从俄罗斯走私过来的步枪。练习册在手心停留了一秒钟后便被我塞入了上衣内侧口袋中，我带着疑惑与愧疚的视线离去，缓步跨出教室的大门，随着逃窜的人群迷失在校门口的小吃店里。

我在人山人海的小吃店前彷徨的排队等待，花掉身上仅有的一元钱买了一小碗关东煮的粉丝，作为今天的午饭。一连三天，父母都没有回家。这个自己几近耗尽所有的零花钱，我知道再这样下去，大哥的一万钱就必须派上用场了。在调料桌前将半瓶酱油与一整勺的辣椒酱塞入碗底，用一次性筷子迅速搅拌两下，便狼吞虎咽起来。我带着眼泪与唾沫将一碗没有味道的食物吞下，回家的路上，整个人几近爆炸。我索性收起了雨伞，享受着无法停止的红色之雨。红色的水滴从天而降，将这个自己灌溉，犹如辛勤耕作田地的农民一样彻底的灌溉了下来。我享受着天赐的雨露，将雨伞塞入裤腰带中，引来身旁行人好奇的眼神。我意识到自己的行为过于异常，已经引起了他们的注意，只好被迫再度将雨伞撑开，趁着朦胧而升的雾气穿过马路，一路回到四楼的家中。爷爷一连三天过来帮忙解决饮食问题。我向他吐露了今天中午的就餐任务已经结束，便溜到厕所里，毫不在意湿润的头发，迅速将上衣内侧口袋里卷好的练习册翻出。外面，乌云密布；不，红云密布。我试着打开窗户，呼吸一下雨中的新鲜氧气，不料却看到了一片又一片红色的云朵在漆黑的天空之下，显露出异常妩媚的色调。黑红相配的天空，这是多么美好的世界。我忍不住一声感慨，将练习册翻开。第一页空白，第二页空白。我傻傻的望着什么也没有的练习册，一本价值不足五角钱的草稿本，无法不去猜疑他的举动出于何种目的。不会的，陈文这个人绝对没有那么傻。他非常精明，否则，这个自己就不会去选他作为拯救那个世界的辅助力量。是的，后面还有戏。我点点头，迅速翻阅，第三页空白，第四页空白，第五页空白，第六页空白，第七页空白，第八页空白，第九页空白，第十页还是空白的。我索性将练习册直接翻到了最后一页，那里依旧空白。我前后翻阅着空白如也的练习册，上面除了封面的打印字体之外，什么也没有。一个字，一个暗号，哪怕是一个标点符号也看不到。我带着失落的情绪宣告兆宇的谈判已经失效，将空白如也的练习册塞回上衣内侧口袋深处。冲了冲干干净净的粪便池，回到写字桌前，爷爷迎着我的笑意离去。我在空荡的房间里，忍住思念，不去幻想亲人此刻的行踪。我闭上双眼，望着漆黑的一切，双手不断触摸着练习册的封面。半分钟过去，我索然无味的趴在练习册上，陷入了轰隆轰隆的雷鸣声中。

我被一阵巨大的闪电声惊醒，稀里糊涂的抬起头望向墙角的时钟，一点四十五分。还有一刻钟上课，我将练习册迅速塞入抽屉的报纸下面，拎起书包离开座位。一股寒冷的气息伴随着起身的一霎那，瞬间袭来，我情不自禁的抖了抖身子，下意识的俯下身体避免自己碰到房间里垂直而下的金字塔。它的塔尖依旧锐利，我亲亲抚摸了一下它冰冷的顶部，锋利无比的顶部，仿佛就要刺穿地板的三角体倒挂金钩在自家房间里已经过去三天了。我撑着小雨伞冲入下午的战斗中，大雨还在继续。我满怀兴奋的喜悦之情抚摸着红色的雨滴。这些仿佛受到染色的水体带着仇恨的情绪落下。仇恨的情绪，渲染了所有的事物。我伸出手接过雨滴，它们看来无比愧疚，似乎是在哭泣。但是，远比哭泣来得要悲伤，为了自己不被悲伤的情绪影响，我摆了摆手撒掉手心沾有的雨水。来到教室，回到座位，例行公事，放下书包，四处张望，原地发愣。他还没有来。他从来就没有比我早来过学校。他不是当年的可爱公主同桌，喜欢早早的来到教室抱着芭比娃娃自我吹嘘的被洗脑者。他为人低调，从来都是随着涌入的人群，伴随着预备铃声的响起来到教室。我结束了张望，坐回位子上，将右手伸入抽屉内部，怀着发现藏宝阁的心情试图寻找到一些讯号。可是，里面什么也没有。我昏昏欲死的结束了下午的课程，窗外的大雨下了一整天依然没有停下来的意思。傍晚华灯初上的时刻，我撑着小雨伞穿过马路，站在十字路口无助的等待，等待着父母的回来，等待着兆宇的好消息，等待着将来某一天那个时刻的到来。

肩膀带着点点滴滴的红色水滴爬上楼梯，然而，在自家门前，我又一次的跪倒在地。*你再一次的跪倒在地。*我跪倒在地，膝盖骨毫不留情的迸出，双手使劲全力扶住墙壁，但是自己还是跪倒在地了。地面上的分界圈又一次的遭到了破坏。这次是赤裸裸的破坏，人为因素造成的破坏，而且力量巨大。分界圈的完美圆圈遗址，竟然被某种巨大的力量破坏了。它不再是一个完美的圆圈遗址，而是一个受到扭曲的呼啦圈。公园里的大姨妈运动休闲时耍弄的呼啦圈，扭曲之后的圆圈趋近于椭圆的形状。这无疑预示着它不仅被毁灭了，而且正在消亡，犹如之前入口处的分界圈一样。不久之后，它就会彻底消失得无影无踪，连遗址都不会留下。我难以相信这个悲惨的事实，用双手将膝盖骨塞回自己内部，不断的吐血，不断的流血。我必须先回到房间里，楼下此刻传来了上楼的脚步声，必须尽快趴回去，不然会引起邻居的注意。我竭尽所能的赶在那个人上到四楼之前，回到了房间，抬起头看到了里屋里正在收拾东西的母亲。阳台上的中年男子叼着根烟，正在对着雨线吐烟圈。我不知道他吐出的是烟圈，还是那些所谓的无奈和寂寞。我毫不在意失去知觉的双脚，一把拉住了忙碌不停的母亲。她将相框重重的塞入塑料袋中，便转身离去，没有对我说一句话，也没有递来一个表情，连一个微笑也没有的母亲。我忍不住在心底问道。这个女人，她到底是谁？然而，在她与我擦身而过的瞬间，我感受到了她的的确确是自己的亲生母亲。我毫不犹豫的使出自身蕴藏的所有能量集中于双手之间，抱住了她匆匆而逃的双脚。她没有停下来的意思，不停的加快速度，踩死了汽车的油门，拆掉了手刹，敲碎挡风玻璃，后视镜一拳击碎，方向盘干脆也不要了。只是踩死了油门，试图逃离我设下的防御工事。她来回挣扎，不说一句话的挣扎。我的余光扫视着阳台的那个男人。那个头发凌乱，身材矮小且臃肿肥胖的父亲。他头也不回的继续享受着红色之雨的寂寞，圆圈随着寂寞被雨线摧毁，摧毁的幻象连同遗失的美好成为永恒的瞬间。我双手死死的抱住母亲，运用那个世界不为人知的秘密抱着她的灵魂。可是，她最终脱离了我的力量。她竟然脱离了我的力量？我不断鞭挞着自己的懦弱，一路随她爬行到了走廊外面。她右手拎着一个单薄的塑料袋，左手臂腕隐约可以感受到一个诡异的存在。我第二次闭上双眼，娴熟的调整视网膜的焦距，看到了母亲此刻正在滴血的左手。一滴又一滴的鲜血溅在地面上，泛起红色的滔天巨浪，我果断扶紧了铁门的栏杆，索性没有被巨浪卷走。我不断的用灵魂呼喊，企盼她不要离去。但是，她一次也没有回头张望，带着孤独的眼泪跳下了悬崖般的台阶，坠入了漆黑的走道中——那是此刻漆黑的天空，这是窗外红色的雨滴。我用指尖触摸着分界圈一旁的点点红色之光，那是辛辣的血液。椭圆形的分界圈因为血液的影响，变为了红色的模样。它不再是记忆中那个散发着独特光芒的完美圆圈，而变为了一个弥漫着血红色光彩的椭圆形呼啦圈。她已经离我而去，丝毫没有停留的意思。我用尽残余的力量爬回房间，望着阳台上依旧原封不动的男子，失去了落泪的勇气，带着满是伤痕的肉体瘫倒在床头，凝视着倒挂金钩的金字塔。我感到，它离我的距离越来越近。我无从思考母亲离去的缘由。她的离去过于突然，几乎没有任何朕兆的离去。一个不被人所察觉的理由，因为某种力量的影响而遭到隐藏。家门口的分界圈已经彻底玩完，我必须向大哥寻求一个方法。一个不曾试过的疑惑，它绝对不能以这样鲜红的姿态浮现在自己的家门口。扑通，扑通一声。这是走廊外传来的声音？我迅速立起身子，迷惘的眼神来回惆怅的观望，房间里一切正常，除了倒立着的金字塔。电视机关着的，地板保持着水平状没有凸出，墙壁依旧洁白没有异常，阳台上的中年男子还在吸烟，窗外的红色之雨还在绵延，自己的身体没有再遭到伤害。那么，走廊铁门外面传来的声响，是谁发出的？我带着不解快步溜向门外，视线所及之处什么也没有，除了地面上的椭圆形，没有看到期待中的那个女人。她真的走了，就这样走了，二话不说的离开了。我低下头，压抑许久的眼泪随着灵魂一齐开始哭泣。灵魂在湿润的瞬间，站在了我的面前，它的样子比我想象中要高大的多。它的形状圆滑而靓丽，仿佛一个浴缸的形状。不，仔细看看，不像是一个浴缸，更接近于一块圆滑的肥皂。我忍不住伸出手摸了摸自己的灵魂，它坚挺的身躯居然无比柔软。我使劲全力，挠了挠它。它真的柔软无比，简直就是一块巨大的海绵。它在雷鸣的漆黑傍晚出现在这里，突然之间出现在这里。我感到奇怪的不是它的模样，而是它出现的时间。它为什么要选择在今天出现？不是昨天，也不是去年，为什么不在我未来十八岁生日那天，选择一个具有特殊意义的日子登场？它的模样与想象中的差太多了，虽然自我感觉良好，实则一块庸俗无比的超大海绵。它没有像人一样的脸庞，没有四肢，貌似连脑袋也没有。只是安安静静的看着我落泪，眼泪无法停止奔流。我看着它，它看着我，你是我生命中最忠诚可靠的伙伴，我在心底默默感谢道。少顷，我抱着自己的灵魂，抱着一块不存在的巨大海绵在自家门前，跪在地上，放声痛哭。

*你放声痛哭。*外面的红色之雨，随着眼泪与血液挥发的瞬间，突然之间恢复原样。它不再是红色的雨水，变为了普通的白色雨滴。*你还没有意识到自身的变化。*我抱着干涸的脸颊，失去了继续哭泣的力气。我的体内已经没有更多的水分了。*你哭干净了。*我哭干净了。*你哭得有点累了。*我哭得有点累了。我转身离去，灵魂附体回到自身内部，自己无法开口与那个中年男人交谈。我甚至不确定他是不是自己的亲生父亲，莫非，只不过

是一个陌生的男子？是的，此刻，他之于我而言，就是一个陌生的、身材矮小的、肥胖的、正在吸毒的中年男子。他抽的不是烟也不再是那些所谓的空虚与寂寞。我坐在写字桌前，透过玻璃窗户看着他。他没有回头，也丝毫没有感到惊讶。只是默默的望着楼下的灯火阑珊，享受着雨过天晴的凉爽。天空恢复了蔚蓝色的色调，朵朵彩霞一片接一片的回归，妆点了之前令人毛骨悚然的天际。我无法定量思绪，将一瓶瓶鹤顶红从自身内部搬了出来。以造物主的名义发誓，现在就要毁灭他。我掂量了一下鹤顶红的数量，不太多也不算少，足够搞定一个人的数目。十三瓶鹤顶红一字排开在桌面上，我摆好瓶子，命令它们开始报数。右侧处于第一个位置的鹤顶红迅速反应道一，紧接着从右到左，所有的瓶子以基本数列的方式报数，十三。我满意的点点头，阅兵完美落幕。虽然这次的阅兵没有空中力量，也没有步行方队的加入，但是这个自己依然非常满意。我们从不做演习那种浪费时间和金钱的运动。我们随时待命。我们不是他们，我们就是我们。我们整装待发，随时出击。十三瓶鹤顶红高声嘹亮的在桌子上喊着口号。士气高昂，现在出击。我下了命令，毫不犹豫的签下战帖。它们一涌而出，跳下桌子，沿着预定好的进攻路线，包围了阳台上的中年男子。中年男子啊，你准备好完蛋了么？我满是冲动与仇恨的透过玻璃窗口望着他。第一瓶鹤顶红冲了过去，以自杀性袭击的方式试图与他同归于尽。可惜，没能成功。第二瓶正准备出击的战士受到惊吓，拉着身后的第三名战士，两人一起引爆身上的炸弹奔了过去。一分钟的爆炸烟雾散去之后，他依然不动神色的完好如初。我迅速下达命令，命令剩下的十名战士全部出击，集体引爆身上的炸药包。它们犹豫了片刻，但是在我的一通唆使之下抛掉了犹豫。我小声的叙说起历史上的传奇，董存瑞叔叔炸碉堡的故事很快鼓舞了军心。它们带着不回头的信念一齐冲向了敌人高耸入云的堡垒，在诺曼底的沙滩上果断引爆了身上的炸药包，迸发出的毒液撒得遍地都是。两分钟的阴霾散去，他居然依然站在原地。我傻眼的拍了拍自己的脑门儿，一连扇了自己六个耳光，带着败北的心情冲向厕所。我在厕所里用冷水洗脸，然后走向昏暗的街头，用失落的眼神四处寻找落难的母亲，在傍晚忙碌的十字街头迷失了自己。

你迷失了自己。我趴在桌前望着教室里来来往往的同学，被一通讯号所吸引。它是大哥从对面高中部发来的讯号。不是传真，不是手机短信，不需要便条，也不要打招呼，甚至连一个眼神都可以免去。讯号透过那个世界不为人知的秘密，传达给了自己的大脑。短暂的沉默之后，讯号被破解。我带着无比失落的心情将讯号毁了。他这是在玩弄我，居然连出手相助的请求都不理睬。讯号分为两个部分，两个回答型讯号。他拒绝了我再一次在家门口画下一个崭新的分界圈的请求，同时拒绝了我请黑道杀死自己中年男子的请求。他婉转的拒绝，拒绝得干净利落。同时，在讯号最后附加了一个伟大的理由。因为，必须保存实力去完成那个入口处的分界圈，所以现在不能再动用那种能力了。我们必须保存下实力，蓄势待发。我将蓄势待发四个字犹如烧烤的小鱼儿一般，烤得乌七八烂。懒得回复他的该死借口，再一次的趴在桌子上，享受着漫长的课间操时分。

课间操结束，上课铃声随着响起。然而，铃声响起的瞬间，又一个同频率的讯号传来。我接住讯号，将它隐藏在文具盒里，躲避掉他们的眼神。他们正在回到教室的路上，纷纷用好奇而鄙视的眼神扫视着衣衫褴褛的你。我看到陈文回到教室，他依然不言不语，似乎没有意识到这个自己的存在。我迅速挺直腰板，迎着老师的上课例行谚语——同学们好，用唇语开口念道——老师好，便坐了下来，快速将讯号分解。这是两个讯号。它竟然会是两个讯号。我将厚厚的讯号从文具盒里搬了出来，假装拿出圆珠笔做笔记的姿势。首先，翻开第一个讯号，将它塞入教科书的扉页。信件工整的打印字体，在第一时间吸引了我。我看着大哥的信件，不用纸也可以衬托的文字，佩服得五体投地。之前的愤怒与仇恨，因为这封满是歉意的信件，稍许得到了缓和。

逍明同学:

您好。

对于你目前的遭遇，我感到万分同情。你的两个请求，我不得不拒绝。希望你能给予一万分的理解。不是我做不到，只是那种请求我无法去做到。

我不可能指示手下去杀害你的亲生父亲，那是犯罪。我们不可能去犯罪。我们不是他们。我们不会去做那样可耻的事情，犯那样低级的错误。那种低级的错误，只有愚昧的种族才会去犯。同族人群为了某个低级趣味的利益，而杀害同类。这句话，你难道不觉得可笑吗？当然，目前我还无法知道你是出于何种原因，产生了如此恶毒的想法。我只是请求你打消那样低级的思考，那种想法请你务必尽快从自己的脑子里清除。我再次申明，请你不要再要求我去做那样的事。记住，我们不是他们。这个世界需要执行者，需要监狱。但是，我们的那个世界不需要监狱。那里虽然不算完美，但是绝不存在死亡。

之所以无法帮你再次画下一个分界圈，在于我必须保存实力。我承认，就算画下一个分界圈也不会损失太大的功力。但是，为了保证万无一失的完成拯救入口处的使命。我必须拒绝你的请求。我深知你现在面临的艰难处境，我完全可以理解。可是，我帮不了你。你只能自己帮自己。我们必须看得更远一点。使命必须完成，不容闪失。纵使是你的母亲离去也一样。

第二封信件是兆宇托我给你的。他知道你很担心会谈的结果，所以第一时间将进展告诉了我并请我尽快转告给你。我提前恭喜你，你做得很好。你发现的这个人，如今已经加入了我们的队伍。你逮到了一匹跑得比动物快得多的千里马。

此致

敬礼

仇恨的情绪因为不必要的解释再次泛滥开来。我懒得理会信中最后一句自相矛盾的赞美之词，竭力抑制住心底的躁动，警告自己，不断的警告自己不要暴走。这里是教室，这里是课堂。现在正在上课。我不能跳起来，也不能站起来。他们会发现这个自己。我必须小心的按捺住疯狂跳动的感应球，它几乎就要从自己内部蹦出来了。我冲它臭骂了几句，命令它不要胡作非为，否则我们俩将一起被他们毁灭。它知道了自己任性的地方，迅速停止了躁动，恢复了平静的状态。我将仇恨的一切换化为对于那个语言的惆怅，融为手掌间奔流的汗水。又或者说，它是无法从眼眶渗透而出的眼泪，翻开了第二封信件。

这次的通讯比较突然，但愿没有影响到逍明兄你的上课时间。虽然，下星期五就要迎来期末考试。但是，我还忍不住把好消息告诉你，毕竟，他接受了我们的邀请。

但愿没有影响到我的上课时间？我满是不屑的看完第一个自然段，带着兴奋与无奈的眼泪继续。

是的，他接受了我们的邀请。我不知道他为什么那样轻易的就接受了邀请，几乎没有多加考虑便点头答应了。速度之快，让兆宇我产生了或多或少的怀疑。我试着观察他接受邀请时脸上的表情，但是他毫无破绽可言，几乎是诚心诚意的接受。我还是把事情经过告诉逍明兄你为好。毕竟，如此重大的任务，多一个人思考，就多一份稳妥的保障。

我在收到你建议的次日放学之后，在校门口等待他的出现。为了不错过碰面的机会，我迎着放学铃声快步走下了台阶，提早站在了小吃店里买了一碗关东煮焦急等待。放学的人流迅速如潮水般涌出，他们依旧面带笑容的回家，没有意识到我的存在。他的出现比想象中晚了不少，但是恰逢其时的出现了。他所穿着的衣服非常瞩目，因为老旧的藏蓝色牛仔外套，深蓝色的篮球休闲裤，军绿色的球鞋。如此糟糕的服饰搭配，令其在人群之中无法不脱颖而出。我假装回教室去拿东西，低着头，双手捧着碗，指尖夹着一次性筷子迎着他快步走来的方向撞去。我们两个不无意外的发生了撞击，碗里的汤水溅落一地，全部洒落在了他的上衣和裤子上。他措不及防的用衣襟擦拭着满是热量的汤水，不言不语的打量着我。他没有开口破骂，连一个回击都没有。我满是歉意的掏出纸巾给他，他接过纸巾回擦拭着冒着白烟的裤衩。在他擦拭裤衩低头忙碌的时间里，我运用那个世界不为人知的秘密，近距离的与他进行了一次交谈。

他的左脑几乎被这个世界的智慧占满，硬盘几近爆炸。右脑的开发程度不尽如人意，不足千分之一的开发几率令人倍感惋惜。我试着与它的右脑交谈，它表示愿意与左脑洽谈，提供数学辅导。我毫不犹豫的谢过它，并询问条件。它机敏的脱口而出，表示只要能够将右脑的组织开发便可以接受邀请。这次的回答，直接免去了洽谈二字，干净利落。我稍作思考，左右权衡了一下交换条件，便当场与它签下了一纸合约。它满意的点点头，表示今后每个星期天上午都会去你家，帮助逍明兄你提高数学水平。而我，将在每个月底透露一些秘密给它的右脑，以换取你的补习机会。

兆宇我认为这笔交易还是非常不错的。我知道你要的是免费的晚餐，可是，这个世界上早就没有了那样的晚餐。受人钱财替人消灾的道理，人人都懂，大脑也不例外。他目前所拥有的筹码，值得我们为之付出一些东西。纵使是开放右脑这样危险的工作，兆宇我也不足以去拒绝。那么，我能做的都已经做好了，接下来就靠逍明兄你的了。

请你收到这封信件之后，务必尽快与他联系。我已经赋予了基本的交流方式于他。他已经不再是他们。从今往后，那个名为陈文的人，与我们同属一致。

我合上信件，用裤腰袋里存余的一瓶硫酸彻底毁灭了讯号，不留丝毫可供追查的痕迹，满是欣慰的感慨兆宇所付出的努力。他做得很好，虽然代价沉重，但是，为了掌握那种技能，我们必须牺牲一些东西。你必须牺牲一些东西。我必须牺牲一些东西。是的，母亲已经离你而去。你不能继续失落下去。你肩负着使命来到这里，你必须端正心态、振作起来，去完成使命。我必须与陈文互通协助，借助他的数学才华，令这个自己掌握必备的数学知识。这是基本条件。另外，还要借助那个人的力量。虽然，一直以来，那个人都未能出现，出于种种原因没能碰面。但是，正所谓心急吃不上热豆腐，我慢慢来，一步一步的学习，站得更高一点，看得更远一些，用自己的双手去向往那个完美时刻的到来，用心去领悟那种语言的源头所在。那么，未来的某一天，在黄昏远去彩霞遍地的一刻，我就可以抵达那个地方。我就一定可以做得到。

你一定可以做得到。我一定可以做得到。我点点头，合上教科书，迎接着放学铃声的响起，缓缓扭过头，将视网膜的焦距调整，感受着身后那一排的角落里，那个数学狂人的心跳。他灵魂剧烈的跳动着，犹如一头暴走的狮子般暴动。虽然，表面看上去安静无比，可是，我能感受得到。我相信我们一定都能够感受得到、一定都可以做得到。你一定可以做得到。

→

我撇过眼神，安安静静的等待着他们的离去。他们离开的速度异常惊人，一个接一个的收到了下课铃的线报。线报里的讯号非常简单，仅有四个字。发地震啦。我原地坐立不安的保持着一动不动的样子，矛盾的心情左右弥漫开来，身后传来此起彼伏的呼喊声。同桌抱起书包，连桌上的教科书都来不及收拾，便一路冲出了教室大门，消失得无影无踪。还有人在嚷嚷不停，发地震啦，发地震啦。那是一个发育不完整的女生的嘶喊声。我小心翼翼的扭过头，看到了翩翩起舞的班长。她今天穿着青绿色长袖上衣，乳白色的休闲长裤，下面穿什么颜色隐约可以感觉得到。对了，好像是粉色的短裤。不，请让我再仔细琢磨一下。或许是紫色的。不，不像是紫色的，也不太像是粉色的，但是可以确定无误的一点，那绝对是一条彩色的短裤。我扇了自己一个大耳光，打消了萌发而升的无耻念头，缓缓回到之前低头思索的状态。发地震的呼喊声还在继续。教室里现在已经没有几个人，人数或多或少并不重要。数目只不过是一个符号，一个象征性词汇，不具备任何历史价值。价值所在，在于那个人竟然还没有走。我闭上双眼，感受着喧嚣的蔓延。呼喊声已经开始从校广播站发出，一个妙龄少女的清脆嗓音沿着空气的当量迅速发散开来。发地震啦。这次，我感到真的发地震了。十二级的地震，不，超过了十二级。这场突袭而来的大地震不属于这个星球的等级。我的脑子还未察觉到地面的开裂，整栋大楼已经毁于一旦。光亮从眼角传来，十颗原子弹爆炸的威力令后脑勺一阵眩晕。我抱着抽屉里掏出的书包，跟着那个人一起毁于一旦。我看着他，用余光看着他，他没有死，他居然在十六级大地震后生还。他怎么没有死？他们可都死了呀？他难道获得了不死之身？不可能，这不是科幻大片，也不是童话故事，这里是悲惨世界。我扇了自己第二个耳光，满手心的灰尘沾满了脸颊。我拍了拍身上的泥土，以及一整片不知名的血迹，抬起脚步跨过废墟，朝他走去。他原封不动的坐在位子上，依旧是教室第二组第三排的座位。纵使这个学校已经被地震毁灭，但是，我还是能感觉到他所处的位置。他在这个世界上的位置，永远也不会因为坐标点上建筑物的更迭发生变化。一百年后，八中变为了全球最大的二手原子弹处理厂；两百年后，八中变为了废弃的航天发射基地；三百年后；这里是全宇宙规模最大的地球人研究中心；四百年后；银河系的祖宗开着不需要轮胎的宝马轿车从天而降，专程赶来这里喝几百年前存放于地窖深处的一瓶康师傅绿茶。不论几百年过去，这里的坐标不会更改。我看着所处那个位置的陈文。他面不改色心不跳的右手握着圆珠笔，专心致志的望着数学题集正在奋斗。我已经站在了他的跟前，四周空无一人，全体阵亡的惨象令人无法自由呼吸。我四处张望了一圈，所有的建筑物犹如科幻片里的特效镜头一样扭曲，残骸般的高楼大厦，它们居然如此不堪一击。不过是一个冲击波就毁灭了他们几百年所铸就下来的一切。我站在基石之上，石块缓缓上升，当着陈文的面上升了一百米。我迎着西方吹来的风，鸟瞰着宾虚世界，遍地残影，鸟无人烟的画面令人难以置信。远方传来急救车的嘟嘟声，但是，远方只有嘟嘟声，没有人的求救声。我知道那里此刻只剩下一辆没有消亡的急救车，除此以外，别无他样的存在。

我缓缓的随着基石的陨落回到地平线，回到与他平起平坐的位置。宾虚的苍茫感随着寒冷刺骨的放射性光线铺天盖地的席卷而来，可是，他依旧面不改色心不跳的继续做题，丝毫不为这个毁灭的世界所动。土黄色的尘土窜入了他的头发，窜入了他的上衣，窜入了他的内裤，窜入了他的眼皮，一切留有缝隙的地方全被尘土污染。桌面上干净整洁的草稿纸被放射性元素影响，自我扭曲为了一团又一团的纸球。我使劲全力将硕大的基石搬起，一路搬到了陈文身旁，靠着他左侧的位置。我坐在石头上，以自命不凡的表情试图与他交流。但是，他纹丝不动，以一个瞎子的表情回复了我的问题。他右手没有一刻停息的打算，时而在习题集上写字，时而在草稿纸上算术。他是目前这个宾虚世界上，仅存的一个数学达人。不，应该说是这个星球上唯一一个活着的并且掌握着数学精髓的天才。我试着引起他的注意，将基石用脚踹开。石块随着颠簸的地平线向着悬崖滚去，一路哆嗦着，仿佛自己受到了鞭打一般哆嗦着前进。在基石几近陨落的前一刻，我收到了睽违已久的讯号。我没有来得及回复讯号，盛情难却的将早已准备好的五千元现金钞票塞入了他的抽屉。他没有拒绝，也没有接受，继续默不作声的停下了劳累的右手，发出第二个讯号。他发出的讯号犹如遭到雷达干扰的电波一样时断时续，第三讯号传来之后，干扰停止了。过去一分钟，传来第四个讯号。第五个讯号，在五分钟后才传来。我逼不得已的焦急来回踱步，将一个又一个的讯号熟记于心。直到沉默无限蔓延，他握紧手中的圆珠笔再度开始做题。这才意识到，他已经结束了讯号的发送。虽然语言的整体表达方法还有待商权，但是，我理解了他的意思，点点头，转身抱着基石离去。我回到自己的座位上，屏住呼吸，然而耳边竟然又一次的传来了发地震啦的呼喊声。我扇了自己第三个耳光，回到现实。三个女同学正在教室后排打扫卫生，不断的重复大扫除啦、大扫除啦的无聊废话。你听错了。我听错了？是的，你听错了。你的脑子出问题了。我没有问题，我清醒得很，眼下必须尽快将陈文发来的讯息重复一遍，前后整理一下颠倒的顺序，将文字重组一下。少顷，我获得了完整的解答。解答不需要连续性的句子，而是阴差阳错般拼凑在一起的黄金军团。

明弟　你好　我叫陈文　想必不用多加介绍　你也应该知道我是你的同学吧　很高兴认识你　兆宇　我很喜欢他　他这人很热心　你们俩　平时经常　交流　他初一两个学期都是三好学生　真的是一个很不错的榜样　你能结识这样的朋友　我真的很羡慕你　我这个人不怎么爱说话　这点相信你也知道　我会尽全力的帮助你　帮助你提高数学成绩　还有一年不到的时间　就要迎来中考了　升学考试的各科成绩　都非常的　重要　我会全力帮助你的　你不用那么客气　五千元钱你先拿回去吧　我不是为了钱而帮助你的　我们 一起加油吧　时间已经不多了　这周日就开始　全力帮助你

我在心间默默背诵了一遍讯号的寓意，以顺序的方式背诵了一遍，而不是他所发来的倒叙顺序。那不是倒叙顺序，倒有点像是颠倒了黑白的顺序，犹如小时候玩过的拼图游戏，故意将一些碎片乱作一团的放在地板上，供人挑选，进而重新拼凑起来。碎片的特征非常醒目，不需要过多的提示语或是数字符号，便足以完成重新组合的任务。他显然是借用了那个原理，将一句话拆解为简短的名词，供人加以重新组合。虽然夹杂着顺序的颠倒与标点符号的缺失，但基本上不影响收讯人的阅读和理解。他做得很好，居然轻易的掌握了兆宇赋予的那种能力，在能力还未得到完全自由发挥的情况下，果断的选择了断点传输的方法表达了自己的想法。他做得很好，令人感到惊讶的好。我忍不住轻轻的拍了拍桌子，感慨万千。他依旧原地不动，坐在位子上做题。教室后排的三位女同学依旧忙碌，为了不引起不必要的怀疑。我站起身子，伸了个懒腰，从抽屉里拎出书包，背上肩头径直离开了教室，融入了茫茫人海中。

我走在回家的路上，掂量着被退回的信封，里面是整整五千元的现金。第三次在脑子里整理他发来的讯号。他的回答完美无缺。如果不是一个善于分析问题的人，那么，绝对不会对于一张碎片图案加以更为深入的分析。然而，在那个世界不为人知的秘密的作用下，它被我发现了其中所隐藏的不解之处。他隐藏得几乎完美，常人绝对不可能会发觉其中的玄机。陈文，他怎么会拥有那种能力？不会的，他的右脑还没有开发，只不过是一名会死做题的高材生。书呆子可以在这个世界展露出完美的才华，但是在另外一个世界里，他可能寸步难行。他连传达器的名字都不太可能叫得出，也不具备捧起一个世界的力量。它之于他而言，过于沉重。但是，他竟然在短短不到三百字的文字里，隐藏了两个问题。起初，这个自己还不确定那两个是不是问题，但是天际的彩霞出现的一霎那，我意识到那绝对就是两个问题，而不仅仅是表面上看起来，肤浅而单调的词汇。我将那具有特殊寓意的几个词汇，化为两段句子，两个疑问符号。第一个句子：兆宇，我很喜欢他，他这人很热心，你们俩平时经常交流。他初一两个学期都是三好学生，真的是一个很不错的榜样。你能结识这样的朋友，我真的很羡慕你。这句话本身就不成立。至少，绝对不应该是从他的脑子里吐露出来的句子。陈文从来不曾赞扬过一个人，我从来就没有看过他表扬一个人。他赞扬兆宇热心，如果是依靠着三好学生的荣誉的话。那么，我们俩平常经常交流的句子，简直就是亵渎。自从来到八中就读一年半以来，我从来就没有在学校里与兆宇发生过一次正面接触。从不在走廊上交谈，从不在厕所里聊天，就算是无意之中在小卖部里碰见也仅仅是相视而过，假装不认识的掉头离去，没有开口说过一次话。兆宇也从来没来过班上找我出去聊天，一次也没有。我和他两人互不相识，这是两人不约而同达成的共识。为了彻底的隐藏掉自己，我们必须选择这么做。陈文，他是怎么知道我认识兆宇的？这绝对不会是兆宇告诉他的，兆宇已经把能够透露给我的情报在信件里全部数落了。他为人谨慎低调，不会背着我保留秘密。我们同属一致。那么，很显然的一点，陈文是在猜疑我们俩的关系。又或者说，他早就知道了我和兆宇的关系。我甩开第一个困惑，迎着亮起的绿灯穿过人山人海的十字路口，沿着街旁的人行横道低头向着家的方向前进。在拥堵的马路一侧，忍不住停下脚步，定性思考第二个句子。如果说第一个疑问是自我猜疑的话，那么第二个句子的出现，俨然就是一场灾难。你不用那么客气，五千元钱，你拿回去吧。我不是为了钱而帮助你的。他并不是为了钱而帮助我的？这点自己表示万分感谢。但是，回头往前想想，再想一想。*你跟我仔细读一遍，前半句话到底说了些什么？*我扇了自己一记大大的耳光，我不记得今天自己又被打了多少次。虽然没有了她的粉笔擦，但是生活里依然少不了暴力这种讽刺的存在。你不用那么客气，五千元钱，你拿回去吧。五千元钱？他是怎么知道包裹得完完整整的信封里，装着的是五千元钞票的？我并没有告诉他信中装着的是什么啊？只不过是将一个厚厚的信封塞入了他的抽屉，什么也没有说，连一个字也没有透露。当时，只不过是做了这样一个举动，然后便遭到他的拒绝，信封迅速被退了回来。

为了不引起三位女同学的疑心，我迅速将信封塞回了自己的上衣内侧口袋里。陈文，他绝对不可能知道信中隐藏的是什么具体的事物。信封里可能是一叠十元钱的人民币，合计不足五百元；可能是一本厚厚的武侠小说，而且还是从二手书店买来的廉价旧书；可能是折叠好了的一套扑克牌，作为第一次见面的小礼物，无聊时候休闲的娱乐产品；也可能是一盒崭新的圆规，作为这位数学达人日常必备的实用道具。可能，太多的可能，他完全可以猜测其它东西的，猜测信封中装着的是一打废纸也不错。可是，为何如此精准的抓到了钞票的具体数目？而且，分文不差。他在不与信封发生物理性接触的条件下，获知了其中隐藏的秘密。他是怎么做到的？这难道也是数学符号的巧合事件？

我带着两个天大的问号、自己找来的麻烦，回到四楼的家中。母亲一连半个月没有回来，这个自己已经习惯了独自享受夜晚的生活。平日里睡觉前，母亲的催促声消失了。我躺在床头，盖着寒冷的冰川，呼吸着凝结的氧气，望着墙角的时钟，心里跟着钟声一起倒数十一下。十一点钟的钟声结束，我撇过眼睛无奈的仰望房间中央倒挂金钩的金字塔。它锋利的塔尖短短一星期的时间里再次下降了两厘米的距离，我满是担忧的预言，用不了三年的时间，它就能碰到地板，刺穿脆弱的瓷砖，毁掉整栋大楼，毁掉这个家。不幸的是，这个自己现在连徒手画下一个圆圈的能力都没有，无法拯救濒临死亡的入口处，诚然，也无法将这个该死的金字塔扫地出门。它过于巨大，与渺小的这个自己形成了鲜明的对比。它是如此的完美，菱角形的三面，光滑无比。在房间白炽灯的光线下折射出独有的金色光芒，尖锐的塔尖朝着下端刺下，犹如二战步枪必备的刺刀，锋利无比，完美得令人垂涎欲滴。是的，我承认自己不想毁掉这样一个完美的杰作，而且是免费赠送到手的杰作。它远比美术馆里看过的艺术画要独一无二，远比西欧的裸露人体艺术雕像要独一无二，远比那些乱糟糟的象形文字要独一无二。它不是来自于这个世界的事物。我断言它是因为某种不知名的原因出现在了这里，出现在了我家的房间天花板上。没有错的，我必须去挖掘金字塔的寓意何在。但是，我应该从哪里下手去追查它的来源？它的真实符号是什么？它所肩负的存在价值何在？我带着无法回答的问题陷入了南极圈的冰川之夜。

我被一股寒冷惊醒，推开身上裹着的冰川迅速揉了揉眼睛，睁大双眼望了望墙角的时钟。凌晨三点四十五分，扑通一声怀着倦意倒了下去，将冰川既不愿意的推开，试图寻找能够带来温暖的棉被。可是，棉被已经被母亲带走了。她带走了你唯一可以取暖的东西。你必须经受住一个没有被子裹身的冬季的考验。我必须经受住一个没有被子裹身的冬季的考验。我怀着失落而阴凉的情绪，缓缓爬起，走到冰箱前拉开门扉掏出了一大瓶冰水，咕噜咕噜灌下胃中。一股更为寒冷的凉意从心底涌现，我忍不住打了一个寒颤，浑身上下的巨大寒颤，脚步微微没有站稳，身子靠向了金字塔。为防止自己摔伤，双手下意识的握住了身旁的塔尖，很快的，双手毫不留情的被扎伤，鲜血奔流而出。在脚跟稳当的瞬间，我果断收回双手，扑向桌角摆放的卫生纸，迅速擦拭手心的伤口。伤口不大，但是，鲜血直流。我忍住疼痛翻出抽屉深处存有的伤口贴，迅速贴在伤口上，半分钟过去，血液的涌出速度得到减缓。我反复擦拭了一下伤口周围的血迹，将玷污的纸巾丢向垃圾篓，便准备回到床上接着睡觉。我踱步前行，小心避开房间中央倒挂着的避雷针。不，它比避雷针要危险得多了。我可爱的金字塔，你为什么要伤害我？我并没有对你不好啊？你为什么不保护我，安慰我？我无法理解它的存在出于何种目的，犹如无法解释自己存在于这个星球出于何种目的一样。我抛开困惑，强忍住刺骨的疼痛，无法理解一个接近于小刀划伤造成的小小伤口，为何带来了如此巨大的疼痛感？隐隐约约的剧烈疼痛，它简直就是带毒的尖塔，我在心底断言。我在心底断言，反复断言毁灭它势在必行。你活不了多久了，我迟早要将你这个东西逐出家门。我点点头，下定决心，脱下披着的外套，准备上床。然而，就在此刻，家门口，走廊外面传来一阵诡异的、犹如石块敲击地砖一般的碎碎声。石块敲击地砖的声音，清澈得宛如一片泉水击溃石板台阶一般的蓦然声响。在寂寞的深夜，穿透了一切可以穿透的分子，在空荡荡的空间里荡漾出无法用语言去修饰的阴森与恐怖。我迅速闭上双眼，停止了一切行为，仔细凝听门外传来的声响。或许有小偷，不，在双眼闭上并调整好视网膜的瞬间，我知道了那个发出声响的夜行人并不是小偷。它并不是一个人。那绝对不可能是一个人可以做出来的事。至少，不可能是这个世界上活着的一部分可以做得到的、看得到的事物。它为什么要做那样的事情？它怎么可能看到那个东西，那个不属于这个世界的东西？它是如何看到的？它难道拥有了那种能力吗？它为什么要这么做？

我带着巨大的疑问，怀着愤慨的情绪，离开床头，再次披好外套。这次是有准备的。我紧接着将椅子上挂着的牛仔裤穿上，索性也穿好袜子换好鞋子，踩着轻巧的步伐走向隔壁的房间。我静静的拉开房门，看到黑暗里深睡中的那个中年男子。他打着呼噜，震耳欲聋的打呼噜，嘴里似乎吹起了小泡泡，声音时断时续。我打消了是父亲作恶的念头，轻轻关好房门，鼓足勇气，闭紧双眼，用钥匙塞入门孔，拉开了家门。一股扑面而来的寒冷气息笼罩了全身。不能打开房间里的灯，那会轻易暴露自己的身份。它会看到光线，并且迅速溜之大吉。它的具体身份目前还无法确定，但是，基本上可以确定的一点，分界圈就是被它破坏的。它的力量非常巨大，我隔着房门便已经可以深深的感觉得到。那是一股异常渺小但深邃无比的奥妙能量，目前只能小步小步的前进。我走出家门，来到漆黑一片的走廊。北方的呼呼风声来回吹荡，从耳边吹到脑后再从脑后回到耳边，一切都是黑暗的，不能打开灯，引起它的注意。黑暗的事情总得在黑暗的环境中完成。它还在原地工作，我缓缓行动，向着走廊尽头的家门口前进。双眼不需要睁开，这对眼睛在正常状态下只能看到这个世界的平凡事物。此刻，不需要它正常工作。我要它发挥出应有的实力，不正常的工作才能看到漆黑的极夜里不平凡的事物——它的模样。存在与不存在之于这个自己而言，根本就不需要视网膜那种低级物质性事物的辅助力量。

我缓步前行，此刻，离家门口仅有一步之遥。为了不发出更大的声响，我低下头、弯下腰、慢慢的将视线对准铁门的门洞。在视线短暂的搜索结束之后，我发现了它。是的，就是它，虽然与想象中的模样，大相径庭。但是，的的确确可以肯定的一点，就是它破坏了分界圈，并且，此时此刻，它正在满脸欣喜的破坏已经失去功效的分界圈遗址。它罪不可赦，我在心底一通咒骂。在掂量了一下自身储存的能量大小之后，我迅速解开大锁，一脚踹开了铁门，扑向了墙角的那个东西。它恍然大悟发觉自己的行踪已经被暴露时，早已被这个自己踩在了脚下。后悔莫及，为时已晚。我做足了迎接它的准备。它被我的左脚踩得死死的。它不过是一块带刺的小石头。我轻而易举的用脚板踩住了它，施加压力，试图毁灭它的肉体。它接连求饶，大声求救，可是没人可以听到。它断断续续的咳嗽，声音嘶哑，嘴巴微微张开。我意识到它试图开口说话，稍稍放松了脚底的压力。它转过脸颊，对着一侧吐了一小口白色的液体，紧接着一连咳嗽了十余秒钟，然后用嘶哑的声线开口说道。我不是小偷，我是你父亲啊。你是我父亲。我迅速将右脚踩了上去，它双眼紧闭，口中又吐出了一大口白色的液体。我意识到这次的攻击过于沉重，它已经受到了不小的伤害，怀着怜悯的心情缓缓将右脚挪开，继续保持着一只脚压着它的姿势一动不动。它在黑暗里没有发出任何光芒，如果不是用这样的方式根本就察觉不到它的存在。它隐藏得很好，但还是不幸被我察觉到了。我问它凭什么说自己是隔壁的那个男子？从身材到长相都不可能是父亲的小石头。它畏畏缩缩的咳嗽，不停的吐出白色的血块，哆哆嗦嗦的开口，念念有词。我是你的父亲啊，你这个小畜生，竟然连父亲也敢杀害。你不是我的父亲，我用那个世界的语言动用唇语与它交流，为了不发出更多不必要的声响，招来他们的注意。我用脚跟狠狠的扇了它一个巴掌。它满脸通红，嘴角泛出阵阵红晕，不断的吐出一块接一块的白色物体。我就是你的父亲啊。我是你父亲的灵魂啊。我不屑一顾它的狡辩，加大了脚跟的压力踹了踹它坚硬的肉体。它继续解释不停，不需要开口，以同样的交流方式回复我。你小子瞎了眼啦？我就是你的父亲。我咳嗽，身体不好，你竟然还要踩我。我撇开它的解释，反复询问它为何深夜在此，理由何在。它没有开口，许久的沉默。我继续追问。它忍不住开口解释道，因为想要毁灭掉分界圈，表示必须将它彻底毁灭。为了我将来的学业，必须不择手段的毁掉那个世界，让真正的儿子回到身边。我冲它一通咒骂，表示现在的自己就是真正的李道明，然后将上衣口袋里随身携带的圆规掏了出来。它看到圆规神色突变，之前的嚣张气焰荡然无存。它迅速停止了狡辩，低下头不断吐出白色的液体，最后一次的陈述道。我只是想要那个真正的儿子回来，必须毁掉那个害人的世界。我试图询问它为何将母亲哄出家门，但还未来得及开口，它已经死去。一个灵魂在我脚下死去。它的肉身依然被踩在脚下，我失去了用圆规挑逗它、严刑逼供的兴致。它已经失去了威胁，离开了这个世界。我运用那个世界不为人知秘密将小石头从楼梯上滚下，它碰到了台阶，自身被损害，化为一小块又一小块的细小石子。

我掉转船头俯下身子，再次观察分界圈的遗址。然而，它已经不再是遗址了。现在的它已经不再是一个圆圈，不过是一个缺少了近四分之一圆周的未完成作品。我带着沮丧的心情锁好铁门，将圆规放入盒子中，塞回上衣口袋内侧，穿过漆黑的走廊，将视网膜的焦距调整为正常状态。关好房门，回到房间，来到床边，脱下衣物，包括那双该死的、臭臭的三天没有洗过的袜子全部脱得干干净净。我将冰川盖住自己，试图用寒冷麻木掉自己不仁的感觉。我看着墙角的时钟。此刻，凌晨四点。我看着倒挂着的金字塔，看着漆黑无助的一切，看着手心沾有的白色液体，第二次的陷入了南极圈的冰川之夜——这段漫无边际没有白昼的极夜。

三天之后的上午八点半，因为前一天的无法入眠，我裹着疲惫的身躯迎来了美丽的星期天。然而，兆宇清晨发来的一通讯号将原本准备就绪的补习计划扰乱。我匆匆结束梳洗工作，迎着父亲的离家出走，将收到的讯号以平坦的方式刻在桌子上，挪开桌面上凌乱的教科书和草稿纸，闭上双眼感受讯号中的文字。

逍明兄，这周末因为收到母亲的邀请，将赶赴她家耗费一整天。所以，无法去你那与陈文会面。盛情难却，希望你能理解。临近升学考试，近来的考试越发频繁。衷心祝福逍明兄你一切顺利，补习计划成功。

有一件事情，我昨天放学后与大哥商量了一下。这件事情，想必你很多年前就想知道，可是由于一些不便于说明的理由而搁浅到了现在。大哥表示，你已经具备了解事件真相的资质。虽然，真相非常危险，或许将给看过它的读者带来前所未有的伤害。但是，我们一致认同，逍明兄你必须阅读那本书。高考结束后，大哥会动用一切资源去寻找它。虽然，它目前的下落不明，但是，我们完全有信心可以将它寻回。我们会动用一切力量，争取在两年内的时间里帮你找到它，并将它交付于你。

逍明兄你目前的处境，大哥昨日已透露给我。兆宇我表示万分的同情与理解，希望你能坚强起来，竭力度过这段艰难的日子。她的离去并意味着你的不存在。兆宇我这个人不怎么会安慰人，也不太爱说套话，不擅长搂着女孩甜言蜜语，所以只会说一些不中听的句子。逍明兄你一定不要泄气，你是肩负着使命来到这里的。你不是他们，你独一无二，你拥有着我们为之羡慕的才能。如果你放弃了，那么，我们也就完蛋了，那个世界也就走到了尽头。我会全力帮助你的，大哥会全力帮助你的，陈文也会全力帮助你的。虽然他为人处事的原则，我们还不知一二，但是，他绝对会全力帮助你的。我从他左脑的讯号中，已经完全肯定了这一点。

另外，差点忘记了，大哥要我询问你，如果手上的现金遇到了周转问题，请务必第一时间告诉他。我们不是他们。我们不缺钱，永远都不缺钱。钞票不过是一堆毫无价值的草稿纸。我们拥有着不计其数的财富，远比金钱要不朽的财富。记住，我们不是他们。我们同属一致。

逍明兄，今天就是一个新的起点。加油。我恭候着你的捷报。

我将桌角刻满的文字全部删除，迎着八点四十五分的敲门声慌慌张张的离开座位，快步奔向走廊，推开铁门，迎接他的到来。一整个上午的补习计划排得满满当当。他不善于交谈，这点我第一次得到了真正意义上的体会。但凡是提出的问题，他都是以白纸黑字的方式写下来。偶然解答出现了错误，他会一把将我的右手拉住，迅速在一旁的草稿纸上写出正确的答案。他的表情无比严肃，衣衫褴褛的样子令人印象深刻。橙黄色的老旧高领外套，黑色的假名牌篮球裤，脚拇指穿破了的黑色袜子。他两只脚贴在一起依偎取暖的姿态，令人难以忘怀。我迅速抬起头，结束短暂的观察，继续侧脸望着他。他的眼睛是金色的，脸角长出了不少胡须，喉结隐约可见，嘴巴很大，但是基本上不开口说话，口里述说的一个又一个数学名词令这个自己头晕目眩。他在结束周日的补课之后，将一本练习册递给了我，双手按在了崭新的练习册上，带着倦意的微笑转身离去，丝毫没有接受我留他下来吃方便面的邀请的意思。

在合上铁门望着他离去的那一刻，我又一次的遭到残害后的分界圈的吸引。我原地无法动弹。我不知道现在的这个自己正在做的事情，到底是为了什么？我不停的用满是铅笔味的手掌击打自己无情无义的身躯。我重重的拍着自己的胸口，扇自己的脸颊，捶打没有了膝盖骨的大腿。我抱着没有眼泪的氧气无法自已。在他的脚步彻底消失之后，我迫不及待的翻开他留下的练习册。这是一本崭新的练习册，毫无疑问。我翻开练习册的第一页，上面空无一字。对了，上次陈文送过我一本练习册。他送过一本跟今天这本一模一样的练习册给我。两本练习册都是一个版本的。我迅速反应道，将抽屉报纸下面藏着的那本练习册翻了出来，两本练习册并排放在桌面上。是的，一模一样。我接着捧起带有独特质感的这本练习册翻阅起来。第二页，空白；第三页，空白；第四页，空白；第五页；空白，第六页，空白；第七页，空白；第八页，空白；第九页，空白；第十页，还是空白。我一直翻阅，加快了翻阅的速度，直到垂头丧气的翻到最后一页，才看到了封底那一页的左上角的一排细小的圆珠笔字体。我快步走到里屋，将父亲练字桌上的放大镜捧在手心，正对着小字仔细寻找它的意义。

明弟，请你今天抽出一个小时的时间，在这本练习册空白的地方，尽可能的画圆。我扪心自问了一遍，狭小的字体，简短干净的请求。我点点头，接受了他的要求。但是，在此之前，有一个问题必须去问兆宇。这是陈文要求我画圆，还是兆宇在托付陈文要求我画圆，以期从圆圈中探寻掌握数学技能的捷径。我缓缓离开房间，走向阳光明媚之中。我端着散发着热量的康师傅来一桶红烧牛肉面，享受着阳台上的缕缕午后阳光。温暖的光线照亮了心中每一个角落，我一边尽情沉淀在丝丝暖意之中，一边狼吞虎咽的梗咽下令人作呕的食物。我知道，这些令人作呕的食物，可以令这个心灰意冷的李逍明短暂忘掉这段孤独的岁月。将它们放入年华的蒸馏瓶中，随着宇宙中漫无目、四处飞驰的流星散落在世界尽头的黑洞边缘。我擦了擦嘴角，锁好房门便一路走向了兆宇家。我在他家的杂货店门前望着他忙碌不堪的父亲，将一张小纸团递了过去，转身带着笑意离去。我穿过马路，来到了羊子浴室旁边的入口处门前。这里丝毫没有感到任何不寻常的地方，记忆里的时间之于这里，似乎永远不存在着空闲的时光。来来往往的同类出入于此处，手里捧着一堆投币嬉笑的，也有带着女朋友来放松的。我闭上双眼，迅速找到了质变墙角所处的位置。我快步走向前，举头望明月的凝视着消失不见的一角。真空的一角，居然什么也没有。墙角隐约可以感受到还未彻底风干的油漆味，这想必就是大哥之前信中提及的修补行动。但是，现在看来，这不过也是无济于事的障眼法。事实迟到会被拆穿。若要人不知除非已莫为的道理，他们绝大多数人都还不懂。我无法容忍他们的行径，在心间破口大骂。我带着焦虑的心情回到家，空无一人的两个房间里四处弥漫着思念的气息。我回到椅子上，靠着阳台的一侧仰望天际漂浮着的彩霞。万里无云。彩霞行千里。我点点头，对着此刻正在冲我微笑的彩霞不停的点头。我索性放下了手中捧着的练习册，站起身子，向天空三鞠躬，向天空中烂漫无暇的彩霞鞠躬致谢。它们自由自在的飞舞，短暂的停留之后便选择了匆匆离去。我在阳台上仰望天空中的彩霞，享受着寂寞割裂心扉的沉痛。三个小时的时间匆匆而过，夕阳西下，暮色笼罩。我失意的回到房间，将墙角的箱子翻开，掏出今天的第二份来一桶方便面，将饮水机的加热开关拧开。我望着硕大的方便面盒，站在箱子面前一通幻想。方便面啊，我最爱的方便面。可是，我不喜欢吃方便面，它太没有营养了，而且售价不低，还需要烧开水才能泡熟。一点也不方便的方便面。我迎着周遭弥漫开来的暮色，将这个自己彻底笼罩于方便面的关怀之中。母亲不会再回来了。我醉倒在沸腾的水汽里，抱着坚硬的干脆面，将一整袋胡椒粉倒在舌头上。我咀嚼着胡椒粉的美味，接着将装有菜油的袋子撕开，将一整包菜油也倒入喉咙里。还有一包菜屑调料，紧接着也撕开，一并倒入喉咙深处，三包调料在嘴里咀嚼，享受着令人恶心的怪味。我关掉了饮水机的加热按钮，将干干的面拧碎，一小块一小块的塞入嘴中，我使劲全身的力量咬着方便面，享受着恶心的调料味道。在思念停止的瞬间，跪倒在地，呕吐一地。

我打算洗洗这个自己的肠子。我快步走到厨房，挺直腰杆，双脚并列，将自己乱糟糟的、卷作一团的肠子摞了出来。肠子的长度异常惊人，生物课上老师的陈述性语句无法精准的修饰它的延伸性。我将三米多的肠子一字排开在洗衣板上，小心的低下头轻轻拎起雕牌洗衣粉撒在了上面。我拧开水龙头，用漱口的杯子将水浇在肠子上，一阵揉搓之后，肠子泛起了泡沫。我效仿母亲洗衣服时的样子，来回搓揉着自己的肠子，污黑的脏水沿着洗衣板流得遍地都是。我不停的搓揉着受到污染的肠子，如果可以的话，我宁可将自己的脑筋也拿出来一块儿洗一洗。二十分钟的清洗工作很快结束，我将冲洗干净的肠子摆放回自己身体内部，犹如摆放一个迷宫一般扭扭曲曲的收拾好。我用母亲的针线缝合好了伤口，带着洁净的自己回到写字桌前，发现了上面不知何时萌现的一段文字。是的，这是兆宇对于那个疑惑的回复，他已经收到小纸团的讯号了。我扭了扭不怎么舒适的腰部，缓缓坐了下来，打开台灯，闭上双眼，阅读不存在的信纸。

逍明兄，讯号已收到。

兆宇我并没有要求过陈文请你画圆，想必这是他个人的意愿。至于出于何种目的，要求逍明兄你在练习册上画圆圈，兆宇我不得而知。陈文的为人处事方式，目前我们一无所知。但是，既然我们正在向他寻求帮助，那么理应接受他的要求及任何可能接受的建议。他不会伤害逍明兄你的，这点请你放心。我已经清洗过他的左脑了，没有任何负面影响的可能，请你放一万个心的行动吧。

未来的三个月，我将暂时停止主动与逍明兄你联络，为了迎接即将来临的中考，兆宇我必须临时抱佛脚的准备一下。当然，在此期间，如果遇到任何问题，也随时欢迎你联系我。

我会抽空尽快回复你。

我翻出文具盒里的橡皮擦，迅速将桌面上浮现的字体全部擦得干干净净。然后，将方便面的塑料袋连同包装盒一起塞入垃圾篓，用纸巾将无比混论的桌面连同无比混论的思考一起抹去。我带着干净的脑子，带着干净的肠子，一个干净的自己又一次的捧起了练习册。我不知道自己应该从第一本还是第二本练习册开始作圆。我的左脑表示应该选择之前那本空空如也的练习册，我的右脑表示应该选择今天上午收到的、带有提示语的练习册开工。我坐在椅子上，望着两本练习册，一时无法轻易定夺。情急之下，我将口袋里留有的一元硬币翻了出来抛向半空中，落在了地板上，不料它居然直挺挺的立在了水平线上。不是心底困惑的人字，也不是头像，它竟然立在了光滑的地板上，一动不动。我失去了继续定夺下去的无聊抉择，将上午新近收到的练习册摊开，将原先那本练习册塞回抽屉报纸下面。我缓缓舒张了一下僵直的肌肉，将练习册摊开得平平整整，心底再度回忆那句话。那个要求，那个深邃而带有提示语的句子。请你今天抽出一个小时的时间，在这本练习册的空白地方，尽可能的画圆。现在是晚上七点，电视里正在播放新闻联播，一个小时的时间，差不多，画五六个圆圈，借助圆规的帮助，一定可以画几个完美的圆圈出来，吓唬吓唬那个人。我信心十足的将上衣内侧口袋存放的圆规找了出来，将盒子丢在一旁，双眼凝视着一端尖锐的针头。对了，这个针头与身后金字塔的针头几乎一样锋利。我迅速转过身子，睁大眼睛感受着倒挂金钩的金字塔顶端，锋利的针头。是的，两者的锋利度几乎不出意外的贴切。我双手握紧圆规，虽然显得不怎么自然，但是为了能够万无一失，必须竭尽全力去做一件事。我调整好两只手掌的契合度，将针头按在洁白的练习册第一页，按得死死的，然后使出手臂的全部力量将圆规旋转，逆时针的选择，开场非常完美，完美的弧度。我心底暗自窃喜，结束了半个圆，圆规依然继续滑动，然而在接近完工的前一秒，左手的手臂不知缘由的开始抖动，圆规受到影响产生偏离，凸出了一块。完了，我的心底一阵不满。几近完工的完美圆圈就这样玩完了。我扫兴的翻到第二页，紧接着再度双手握紧了圆规，可是，依然在四分之三的阶段失败了。就这样，来来回回，一连玩完了十二次。我义愤填膺的站起身子，带着暴跳如雷的躯壳离开座位冲向阳台，将满是窟窿与糟糕椭圆型的练习册迎着深冬刺骨的西北风撕了个粉身碎骨。我将碎片天女散花，带着无以自拔的愤慨情绪回到房间，关上阳台的门。陈文那个王八蛋，明明知道我无法画下一个圆圈，为什么还要我去画圆圈？我是一个借助圆规的力量也不能画好一个圆圈的残疾。纵使是双手一起开工也依然无法完成的残疾。我望着残疾的自己，对着空气抱怨不止，下意识的想到自己居然撕毁了他留下的练习册。完了，没有了交工的东西了。不，他不是多送了一本给你嘛？你刚才不是留了一手嘛？抽屉报纸下面，还有一本空白如也的练习册。我将空白如也的第一本练习册从报纸下面小心的翻了出来。这次，不能再激动了。你冷静一点好不好？我必须冷静下来，再尝试一下，或许能找到问题所在。我再度摊开练习册，望着皎洁的白纸，不断的警告自己，淡定淡定。我假装淡定的稳住身体，抛开玩完了的绝望心理，用左手握紧圆规，抛开右手的束缚。右手是不必要的存在，它已经做得够多了。左手握紧圆规之后，针头找到了一个全新的支点，然后使出左臂的力量开始发力，圆规以逆时针的方向旋转。非常完美的起步，跳过了围栏，一路狂奔。火箭发射一切顺利，虽然还没有成功，但是助推器运行正常。我看着升空的火箭，使用对讲机与控制中心交流。控制中心的技术人员表示起步完美无缺，但是中途穿越大气层才是最大的考验。圆规开始冲破大气层，试图抵达预定的运行轨道。然而，大气层将它轻易毁灭了。左臂的又一次毫无朕兆的颤抖将一个几乎完成的圆圈划为了椭圆型，突出了一角的椭圆形。我失去了继续下去的能量，也失去了用右手画圆的兴致。因为自己深知，目前的情况是，两只手都不可能画下一个圆圈。

我用左手随手画下一个自认为毫无意义的圆圈，紧接着将练习册合上，将它塞入书包的最底层。次日一早在交作业时，故意从陈文座位旁路过，塞入了他的抽屉最右上角的位置。我坐回位子上，疲惫的心灵被对面楼栋里传来的一个讯号扰乱了早晨七点二十五分打盹的计划。计划被讯号破坏，警惕的情绪涌上心头。我不能大意，虽然昨晚一整夜的失眠，观察着分界圈遭到破坏的遗址，但是今天又是新的一天，这是大哥发来的讯号，需要尽快解读，决不允许拖泥带水。我们同属一致。我们不是他们。我们从不拖泥带水。然而，大哥的这个讯号里竟然夹杂了一个死撑的计划。

逍明同学：

您好。

如果有影响到你今天早上的晨读，那么我必须首先向你致歉。你所关心的那本书，我已经请其他引导者帮忙一起开始寻找了，相信不用多久就会被发现。我们的装备非常先进，先进得足以令他们感到惊讶。或许，你还无法理解先进的真正含义。这里，我可以简单说明一番。我们的雷达搜索装置接近于龙珠的搜索方法，方圆一万公里的任何痕迹都会被仪器察觉。可以确定的一点，那本书现在不在这座城市。但是，我一定会将它找到并交给你。相信我，不用多久，你心中所有的困惑都将从中得到解答。

今天之所以一早就来打扰你，是因为出现了突发状况。入口处的两侧墙壁昨晚完全消失了。这个消息，我是今天一早才从垃圾堆里打听到的。我原本以为还可以坚持一段时日的，不料一切已经走到了尽头的悬崖边上。我们现在悬崖勒马，他们随时都可以轻而易举的穿过入口处，进入那个世界，扰乱里面的一切而不受到任何压迫了。墙壁的消失令我感到非常遗憾。这说明，我们现在必须采取行动。不能继续探索，或是一旁观望。我们不是他们。我们必须行动起来，在入口处彻底毁灭之前。虽然，现在的你还没有掌握画分界圈的能力，但是没有办法，我们已经没有选择的余地。他们突破了堡垒，已在入口处前架好了十几门炮台，随时都有可能发起进攻，毁灭入口处，连同那个世界一起毁灭掉。

我现在有一个计划，不知你可否接受？这个计划将由你付诸实施。我无从追究陈文的补习计划开始了没有，现在，那也已经不重要了。眼下，我希望你能潜入去入口处，避开炮台，狐假虎威的画下一个分界圈。你不用在乎分界圈的形状是否完美，也不必在乎它能否发挥出应有的防御功能。这些现在也已经不重要了。你去画，用任何可能的方式去画一个巨大的圆圈。具体的位置由你来选择，我会在你身旁全力支持。你不用问这个计划出于何种目的。我只知道一点，也仅仅确定无误的一点。他们都怕你。纵使现在的你还不是真正的你。你也足以吓倒他们。你完全不需要畏惧任何东西，你独一无二。逍明同学，你只要画一个圆圈，一个歪歪扭扭的、根本就没有能量和意义的圆圈，便足以吓倒一群来势汹汹的洪水猛兽。

此致

敬礼

他们都怕你。他们怎么可能会怕我？如果他们怕我的话，为什么还要用异样的眼神鄙视我？我为什么要离他们远远的？纵使现在的你还不是真正的你。你也足以吓倒他们。你完全不需要畏惧任何东西，你独一无二。逍明同学，你只要画一个圆圈，一个歪歪扭扭的、根本就没有能量和意义的圆圈，便足以吓倒一群来势汹汹的洪水猛兽。我可以用一个歪歪扭扭的圆圈吓倒一群不怕死的狮子？一群拥有了核武器的洪水猛兽，竟然会被一个地面上的圆圈吓得尿裤子。这是多么可笑的句子。不，这不是笑话。你专注一点好不好？是的，这是大哥发来的讯号，他从不开玩笑。这种事情也不可能拿来开玩笑。这是一出世界大战——真正的世界大战。战争无情无义。败北的一方将被胜利的一方毁灭。我必须全力以赴，在最短的时间里获得画下一个圆圈的方法。任何可能的方式我都愿意接受。在入口处被毁灭之前，在真实的自己被发现之前，暂时吓退他们，争取时间，就是现在，付诸实施。

→

我点点头，将没有寓意的回复送向了对面几近毁灭的高中部。高考与中考，两堂毕业考试的临近，使得这所学校里所有毕业班级的节奏都产生了混乱的躁动。两年半过去，我一次也没有去过高中部，对面的那栋大楼永远与脚下的这栋大楼相差两万五千里的距离。初中部大楼的高度在他们看来与高中部平起平坐，但是，在那个世界不为人知的秘密作用下，高中部的大楼高度远远矮于初中部的高度。因为，他们认为肮脏的高中部教学质量不具备抵达天际的能力，因此全力以赴的踩踏它，大楼的高度因为历久弥新的踩踏而缓缓下降，犹如一整片随着地壳运动下陷的山脉，静悄悄的陷入了深深的海底之中。两个部门的楼层纵使咋看起来一模一样，但是所谓的相同，不过是障眼法的把戏。大哥曾在信中多次提及，他对于高中部反复遭到贬低的不满情绪，表示高考结束之后，将召唤周围所有的传达者毁灭高中部的大楼。没有意义即意味着不需要存在。既然一个事物失去了存在的意义，那么，不如将它彻底的毁灭，不是更好么？我认同大哥的观点，他比我年长近三岁，身高比现在的我高出一个头，体重超过我四十斤，学习成绩比我糟糕一百分以上。我知道大哥的计划并不是之前准备好的，而是慌慌张张临时顶替的候补计划。他们的能力远远超过了之前的预料，并且已经全力加速了。我满是焦虑的轻轻拍了拍桌子，狠下心断言自己的决定是否正确。我应该接受这次计划，还是应该拒绝。你没有拒绝它的理由。为什么？不为什么，只因为你独一无二。有没有更好一点的、具体一点的理由？因为，他们怕你。对了，他们都怕我。大哥的讯号透露出一个至关重要的讯息。我必须肩负起这个责任，义不容辞。虽然，这个自己很想逃避，逃避一切可以逃避的事物。我想逃避对于那个女人的思念，逃避对于中年男子的憎恨，逃避每个周五深夜的幻想，逃避每周六一整天的补课，逃避篮球场上靓丽美眉的短裙诱惑，逃避教室里鄙视的眼神，逃避数学课上老师的臭骂，逃避虚情假意的垃圾资讯，逃避走廊尽头恶心的男男女女，逃避垃圾堆角落里令人呕吐的恶臭味，逃避校内小卖部里令人发指的米粉，逃避校门口小吃店的诱惑，逃避家长会没来参加的种种理由，逃避闭上眼睛看到的不存在的一切，逃避对于家门口分界圈的困惑，逃避入口处消失不见的墙壁，逃避分界线对于地心引力的反驳，逃避彗星撞地球的创世计划，逃避看不见也摸不着的信件，逃避戴着有色眼镜看待自己的特级教师，逃避英语老师自言自语的李阳疯狂英语，逃避月底摸底考试的不及格成绩，逃避天空降下的红色雨滴，逃避课堂上可能遭到的原子弹袭击，逃避这个世界可以逃避的一切。可是，我什么也逃避不了。是的，你什么也无法逃避，什么都逃避不了。你必须亲身面对，与他们一较高下。我可以跟他们一较高下。我自命不凡的来到这个世界。我拥有着一较高下的实力。我可以试试，以视死而归的心情、狐假虎威的试一次。我找不到一个可以替代自己的跑龙套演员？难道这个世界就没有一个不怕死的替身愿意代替这个李道明上阵吗？

漫长的二十分钟课间操时间，我带着疑问迎着下课铃声快步走下台阶，来到垃圾堆的死角。同类看到我的焦虑模样，纷纷问及原因何在。我闭着双眼解释了一通，他们带着祝福的眼神目送我乘上半个小时之前从空军基地呼叫而来的波音飞机。飞机不需要跑道，垂直起飞至一万五千米高空。飞机以光速飞行，不需要中东运来的昂贵石油，以氦气这种低碳能源提供动力。我带着环保大使的绿色袖章降落在美国西海岸，脱下南昌市第八中学的校服，换上颇具风情的夏威夷彩色休闲运动衫，套上短裤，拎着鳄鱼牌拖鞋结束安检。我故意撞上机场保安，绿卡被撞到了地板上，保安点头哈腰的捡起来。一通齐唰唰的道歉之后，我怀着慷慨的心情踏上异国的土地，星光大道的所有跑龙套演员集体亮相在候机厅里。我用白宫赠送的话筒以唇语与他们一一交谈。十分钟的选秀结束，我带着失落的心情乘上飞机，在回来的路上，这个自己无比困惑。整个星光大道竟然没有一个人愿意在入口处画圆圈，所有人不约而同的表示低级和愚昧。我带着低级的智商降落在垃圾堆，换好校服向着天空中的飞机挥手致谢，点点头，转身迎着上课铃声快步走向教室。我气喘吁吁的坐回位子，掂量着热情好客的美国佬送来的高级避孕套。我将彩色的避孕套悄悄丢在了教室门口，迎着上课铃声来奔跑而来的男性教授迅速被五光十色的盒子所吸引，顾不得手上捧着的试卷，跪倒在地，将避孕套塞入西装裤的口袋里，带着虚情假意的高尚情操来到自己的眼前。我接过满是符号与问号的试卷，趴在桌子上，陷入了困惑的题海中。

试卷上的数学符号，不知何时化身为一个又一个的塑料小人。它们不约而同的喊着一二一的口号，犹如正在接受国家领导人检阅的步行方阵。小人们各个表情不一，有的满是微笑，有的满是困惑，有的满是眼泪，有的满是挑衅，有的满是仇恨，有的满是嫉妒，有的满是指责，有的满是讽刺，有的满是调侃，有的满是邪恶。我趴在桌子上，失去了立起身子的力量。它们毫不客气的朝我涌来，用手持的镰刀攻击我的鼻子，攻击我紧闭的双眼，攻击我的嘴巴，攻击我的眉毛，连鼻孔的毛发也不放过。它们不过是一堆题目而已，怎么可能如此强悍。它们应该是一堆不堪一击的打印字体。我无力去反抗。我失去了反抗的力量。它们的攻击完美无缺，完全是有组织、有预谋的集体行动。无论是选择题的小人，计算题的小人，还是作图题的小人，连判断题的小人竟然也大胆的放肆了起来。我操起圆珠笔，在判断题上一连十个勾打了下去。全部正确，我心里谩骂道。判断题的小人带着无语的表情，以失落的姿态集体撤退回家，随着母亲的喊声吃饭去了。剩下的小人们看到我如此刁钻的表情，集体跳崖自杀，毫不犹豫的放下了手中的武器，喊着一二一的口号集体冲向桌子的边缘，消失不见。我战胜了它们。不，是它们不想再与你浪费时间。我的时间也很宝贵。大家的时间都不应该浪费。四十五分钟的时间，与其浪费在教室里乱写卷子，不如放虎归山，让我回家去，在传达器面前作乐一番。我带着满足的笑意望着墙面上挂着的时钟，漫长的四十分钟过去，空白如也的数学试卷。我带着白色的情绪看着白色的试卷，右手握着一只白色的圆珠笔，面前站着一个白色的人，前方一大块白色的黑板，呼吸着白色的氧气，活在这个满是白色的世界。下课铃声晃荡一声惊起一片惊涛骇浪，我趴在桌子上享受着丝丝困意带来的悠然自得。骇浪迅速将地平线上的这个自己吞噬，我丈二和尚摸不着头脑的被海水包围，海水之中满是鲨鱼与海豚，它们全部围绕在脸颊周围，完美的生态世界。可是，如此完美的世界转眼消失，我被渔夫一把捞上了干涩的海岸线。他望着我，满脸干涩的表情望着我，望着满是空白的试卷，将鞋跟里的避孕套拆开，套在了我的头上。我无法自由呼吸了。我可以在水中呼吸，但是无法在屏蔽的气球里呼吸了。我一拳打了过去，正好打在了他的脸上。他双手将我推倒在地，引来整个教室同学的瞩目眼神。你就要暴露自己了。我意识到自己的冲动已经引起了过多的瞩目，迅速低下头用耳朵呼吸。他一连捶打了我三下，我的脑门上传来阵阵疼痛的感觉。不是感觉，而是爆炸传来的轰隆声。他竟然也用固体炸弹来炸我？我将空白的试卷递上去，头顶气球离开了教室。班里的五十六个同学都在笑话我。我站在班牌下，将黄色带有香蕉味的避孕套使劲全力，从头上摘了下来，迅速大口大口的呼气。在呼吸得到稍许缓和的瞬间，肩膀被一个人的手掌击溃。我迅速毫不犹豫的将左手塞入上衣内侧口袋，转过身准备反击，不料眼前的这个人是陈文。他二话不说的将练习册递到我的手心，便提起脚步擦肩离去，一个招呼也没有的离我而去。

我呆呆的站在原地，左手离开了上衣内侧口袋，他已经消失在了放学后的茫茫人流中。他走得很快，头没有回一下的跳下了昏暗的台阶。我低下头，用眼泪抹去了脸颊沾有的粘糊糊的液体，将接到的练习册迅速塞入裤腰袋深处，假装系鞋带的弯下腰，原地张望了一下四周，并没有引起他们的注意。他们还在教室里鼓吹李道明的白痴行为。我微微点点头，抛弃那个自己的存在，信心十足的拎起沉重的书包跟着下楼，教室里的孖孖学子依旧埋头奋笔疾书的填满重复性的低级数学趣味游戏题。我抛开注定不及格的困惑，一路前行，在校门口的大马路前远远相隔十五米看到了他。他衣衫褴褛的模样在人群里十分醒目，破旧的黄色高领夹克衫犹如十字路口的黄色警示灯一样夺目。为了不与他接近，引起不必要的怀疑，我迅速减缓了匆忙而逃的步伐，保持着十五米的距离尾随他过了马路。他今天竟然走这边回家？我心里恍然一阵嘀咕。记忆中，他的家是后脑勺所处方向啊？我忍不住抱头思考，带着疑惑走在人行横道上。他不可能从这边回家的，这是背道而驰的方向，得绕一个圈才能回去的路啊。他为什么要走这边？对了，他为什么不低下头系一系鞋带？他左脚的鞋带已经贴到地面了，难道没有注意到松垮的鞋带？不会的，他绝对注意到了。之前等待过马路的时候，他已经微微低下头，看了看脚下。他的低头居然那样微妙。这个世界的一部分人是绝对不会去那样低头的，那样微妙的低头动作，只有透过放大镜才能感觉得到。谁都不会去注意一个苍蝇的低头动作。他学会了苍蝇的低头动作，我屈膝在世界的尽头无法理喻他的所作所为。他继续前进，没有停下来的意思。我一路尾随，然而，在第三个十字路口，他的选择彻底让我紧张了起来。他迎着亮起的绿灯迈出高昂的脚步向着入口处的方向前进。他抬着头，仰望天际的彩霞，迎着上午十一点五十六分的缕缕阳光趾高气昂的摆动着双臂。我失去了尾随的力量，选择了原地留步。我知道这样匆匆停步或许会招来行人的注意，不必要的瞩目必须隐藏。我稍作喘息，此刻两人的间隔已经超过了二十米。我看不到他的背影了。但是，没有关系。我横穿马路，沿着对岸的人行横道缓步跟进，钻入了入口处的超市。我透过超市的挡风玻璃望向对岸的入口处，他已经快要抵达了。我暗地许愿，他只是从入口处面前经过。他什么也不知道，什么也不清楚。只是从这里经过，打算去商业街购买新衣服。我闭上双眼，双手捧着一瓶碳酸饮料注视着透明的玻璃，缓缓闭上眼睛。十秒钟之后，睁开双眼，我跪倒在地。他笔直的站在入口处的门前。他停下了脚步，意外的停在了入口处，仰望着门牌，洞察着其中喧嚣的一切。他原地驻足，似乎并没有打算进去的意思，只是抬头望了望，没有转身四处张望，右手迅速从口袋里掏出了一个小东西。我感受不到那个小东西是什么事物。他只是用手掂量了一下小东西的重量，紧接着便塞回了口袋里。掉转船头，沿着之前的路线走在回家的方向。他脸上的表情深邃而严肃，没有一点证据可供人追查。

我带着不解与疑惑在超市收银台前极不情愿的付了一瓶可乐的钱，为了不引起莫名的诧异眼神，两元零花钱又一次的破费。煞那间，我发觉这家超市不再是一家普通的超市。它是为流浪者而建的免费旅馆，它是狮子山脚下的港岛上环地铁站旁的取舍点，它是艺术流氓的最后庇护所，它是不属于这个世界的人们为了逃避嫉妒与仇恨而设立的情报站。我拧开碳酸饮料，一边享受着二氧化碳的膨胀美味，一边缓步穿过马路走向入口处。他已经离去，没有一点痕迹的离去，之前站立的位置连脚印也消失了。他隐藏得很好，我忍不住赞美道。入口处的同类依旧来来往往，面带微笑的朝我投来洋溢着幸福的微笑。我连连点头，抛开即将逝去的美好，转身面对他们。他们竟然已经全部就位了。我意识到不能喊出危险警报，一旦警报发出，他们就会当场毫不犹豫的开枪射击。他们无情无义，压根就不在乎所谓的血液和死亡。他们为了一个低级的目的，什么事情都做得出来。我望着身旁的同类，他们依依不舍的来回驻足，丝毫没有感受到入口处门前架设好的一门又一门的机枪炮台。我原地驻足，四周张望了一圈。近一百架机枪炮台犹如塔防游戏的步兵方阵一样，齐唰唰的铺天盖地的环绕开来，呈现出一个半圆的形状，将入口处彻底包围起来。担忧与无奈很快被天空传来的一阵羽翼声打断，我抬起头莫名的仰望，一架阿帕奇武装直升机呼啸而来。他们竟然打算用一架阿帕奇武装直升机攻击一家面积不过一百二十平米的商铺。我操他妈的祖宗啊，我忍不住冲着天空百米之外的飞机吐了口痰。直升飞机短暂的盘旋，呼啸着带着倦意离去。我知道它没有了汽油，没有了汽油便是废铁的一堆金属垃圾。可是，大敌当前，我必须赶紧掌握画一个圆圈的办法，他们已经就位了。他们为什么不攻击我？刚刚那架武装直升机完全可以用西瓜大的子弹将这个自己毁灭，驾驶员为何不射击？他们都怕你。纵使现在的你还不是真正的你。你也足以吓倒他们。对了，他们怕我。莫非是因为我的到来，他们才打消了今天毁灭入口处的计划？是的，他们怕你。所以，打消了闪电突袭的计划。入口处的生存时间，因为你的到来瞬间延长了。我吓倒了他们。是的，手无寸铁的一名八中初三学生吓跑了一架阿帕奇武装直升机。这是多么可笑的一群人，多么友善的一个世界。我爱你们。我望着十米开外一位挺直腰板，手持 M-16 自动步枪的陆军战士，上下打量了一番面无表情的他。我带着挑衅的味道，用左手摆出一个手枪的大致模样，嘴里带着子弹划出弹道的吹嘘声，朝他头顶蹦了一枪。他失去了支点，晃荡一声倒了下去。几乎是应声而倒。我又一次的丈二和尚摸不着头脑，嘴巴张得大大，不解的望着方队里倒下去的那位坚强士兵。他竟然被我左手不存在的手枪杀死了？是的，他被你拔出的手枪杀死了。我居然杀人了。我完蛋了。我要被抓去坐牢了。不，你不用去坐牢。你杀的是坏人。我杀的是一个坏人？是的，你杀了一个表面看似英雄实则肮脏的坏蛋。不可能的，他可是战士啊，保卫国家和人民财产安全的陆军战士。你错了，真相并不是这样的。一切的一切，都不过是掩饰假象的糖衣。脱下迷彩服，放下步枪，他也不过是一个凡人。他和他们同属一致。他接受他们指派的任务，并且义无反顾的去全力执行任务，而从不考量任务的善恶。他不过是一个傀儡，傀儡政权下的一个执行者。是的，他就是一个执行者。我恍然大悟的将左手紧握着的手枪塞回裤腰袋里，耸了耸肩膀上沉重的负担，将饮毕的铝制瓶丢向身后不远处的垃圾桶，望着救护车远去的背影，转身离去。他们一片死寂的望着我，用眼睛望着，用望远镜望着，打开夜视仪追踪，还有借助雷达感应器跟踪的，不少人干脆透过搭建好的投影仪，仰慕观看这个自己憔悴的背影。全球卫星导航仪也开始发挥功效了。我知道这个自己此刻已经彻底暴露。他们完完全全可以不费吹灰之力的毁灭我，只需要一颗子弹就足矣。但是，他们没有开枪射击，什么也没有做，只是看着这个自己的离去。他们为什么不开枪射击？他们为什么不召唤阿帕奇武装直升机回来炸毁我？他们为什么选择不约而同的放下手中的步枪，选择原地待命的看现场直播？

我拖着自认为死去的肉体走在回家的路上。我抬起没有知觉的双脚，跨上四楼的台阶，踩过分界圈的遗址，解锁推开房门，躺在靠背椅上，享受着孤独的中午十二点三十分。我打开电视观看正午新闻，顺便将传达器的手柄从电视机旁捧起来塞入抽屉里，然后拧了拧饮水机的加热按钮，低下头将墙角的方便面拎了一盒出来，坐回位子上。这才意识到裤腰袋里臃肿的练习册，我迅速将练习册掏了出来，它已经褶皱，但是表面一切如故，干干净净，没有多余的符号残余。我将方便面推向桌角，双手迅速翻开练习册。第一页空白，第二页空白，第三页空白，第四页空白，第五页空白，第六页空白。全部都是空白的，我恕不可赦的将练习册翻到最后一页，那里依然一片空白。陈文又送来了一本空白的练习册给我？为什么？我带着疑惑将练习册快速翻回第一页，试着努力平抚心中的焦躁，减缓感应球的频率，再一次的从头开始寻找。十秒钟过后，我看到了练习册第二十页的白纸之上，正正方方的铅笔字体。这是他写下的文字，完全不需要去猜疑。他的正方形字体全校闻名，完全正方的字体唯独他可以做到，犹如印刷厂的打印模板一般正方形的宋体字，令人过目难忘。我将热水灌入方便面盒子中，稍有兴致的捧起练习册，开始拜读他的信件。信件的排版竟然如此的特殊。

明弟　你好

你递回的练习册　已收到

本想利用考试多余的时间　好好仔细观察

你所画的圆圈　不料你选择了提前交卷　没有办法

我跟在你后面交卷　为的就是尽快将我的观察报告　递给你

你在那本练习册上画下的五个圆圈　不无意外的全部失败　没有一个完整的圆

我感到非常失望　但是　你画的最后一个圆圈　令人非常好奇　我猜测那最后一个圆圈

是你徒手　不借助圆规的辅助力量画下的　我有猜错吗　我的困惑是　那第六个圆圈的独特弧度

我不知道你自己有没有意识到　那个圆圈的弧度　圆圈的四分之一的弧度保持了惊人的完美性

说简单点　你或许可以徒手画下 四分之一个圆　并且保持圆圈的完美弧度性　在不借助任何辅助力量的情况下　完成一个四分之一的圆

你的数学成绩虽然非常糟糕　但是数学成绩的高低并不能完全代表一个人的逻辑思考水平的高低　试卷上的题目永远都是死的　这点希望你不要陷入误区之中

人是活的　题目是死的　我知道你试图提高自己的数学成绩　尤其不想因为数学而拉跨自己的中考成绩　但是　我必须告诉你一个事实　一个万年不变

的真理

千日砍柴一日烧 这个世界从来就没有临时抱佛脚的概念 那些自诩为天才的人 自我创造的突击方法可以应付考试 但是基本上不可能应付考试之外的其它任何事物

兆宇早已将你求学的最终目的透露给我 我可以很负责的告诉你 你或许可以徒手画下四分之一个圆圈 你接着想下去 接着想下去 其实 徒手画下一个圆圈 不是没有可能的

我望着一排又一排没有标点符号的句子，懊恼不已。我无从追究陈文的推测出于何种目的竟然如此的肯定。我将困惑的迷惘用玻璃瓶装好，丢入死海之中，不料它居然浮在了水面之上。我情非得已的将练习册往前翻了一页，翻出文具盒里的圆珠笔，左手紧握，闭着双眼，唰的一声在洁白的纸面上糊里糊涂的草草画下了一个圆。那肯定就是一坨屎，紧闭着的双眼，无法自由睁开，心底一阵确信无疑的感叹。我紧闭双眼，难以自由呼吸，练习册在房间里散发出大量的二氧化碳，随着方便面的水蒸气一起凝聚。我知道练习册上的纸面上，浮现的是什么东西。纵使自己闭上了双眼，也无法否定它的存在。我紧闭双眼，低下头，缓缓的调整视网膜的焦距，一个几乎完美的圆圈。我竟然可以画下一个几近完美的圆圈？我凭什么可以画下一个几近完美的圆圈了？为什么当年与大哥在入口处的角落无法画一个圆，连一个像样的圆也画不出来？你过于在意它了。我过于在意它了。我并没有在意它呀？你太在意它了，过于在意自己的表现。令自己紧张，无法正常发挥，失去了应有的水平，所以自然无法画出一个像样的圆。一直以来，你是可以画下一个像样的圆圈的。我现在不紧张。是的，这是在自己的家里。我带着随性的心情在练习册上左手徒手画下一个圆圈，带着无聊的心情以逆时针的方向画下一个圆。可是，它居然拥有了几乎完美的弧度。虽然，四分之一个圆的连接点依然有瑕龇存在，但是圆圈的整体弧度令人满意，虽谈不上完美，但是无可否认的一点，四分之一个圆的周长弧度是绝对完美的。我点点头，欣喜若狂的将一整碗泡面狼吞虎咽的灌入肠中，怀揣着发现新大陆的心情迎着极夜的到来，抱着不存在的思念寻找拿破仑铸就的魔戒山脉。

我早早的来到教室，抱着昨晚梦境里在爬山途中拾到的含羞草，坐在位子上独自反复摆弄。讯号已经在一分钟之前发送给了高中部，我带着等待的心情用双手不停触碰着含羞草的叶子。它时而舒张开来，时而收缩在一起。我玩弄着这个世界的植物，不屑一顾的践踏着生命的美好。这是他们教会你的。我双手握紧了含羞草，犹如卧倒在床头搂抱一个羞涩的处女一般彻底将它握紧。它失去了收缩的力量，叶片散落一地，失去了呼吸的节奏。它被我毁灭了。我毁灭了一个植物，搞垮了一株含羞草，带着愧疚的心情，迎接对面楼栋里发来的恭候多时的回答。讯号随着早晨七点半的新鲜空气拂面而来，我大口大口的深呼吸，调整心跳的频率。这个自己的身体如今已经完全适应了这个世界，不再像小学时一样经常犯病，很少感冒也不再需要住院。我带着健健康康的身体拆开讯号，讯号的封面上有一个大大的笑脸，那是最近非常流行的网络符号。虽然低级愚昧，不过可以博人一笑。我微微翘起嘴角，迅速阅读起工整的打印字体。

逍明同学：

您好。

这是天大的好事。我已经请人代我向陈文表示谢意。他的观察力果然不同凡响，竟然踢破了你多年以来的困惑。

你提出的主意，我完全接受，届时必将全力配合你去完成任务。今天早上在来学校的路上，我故意绕路去入口处打探了一下情况。他们依旧按兵不动的留守在入口处周围。早上的步兵队伍绝大多数没有起床，除了三三两两溜去早餐店购买食物的伞兵，基本上还都在帐篷里睡着。天上有一架武装直升飞机盘旋，但是仅仅是盘旋，没有装备任何武器。至少，外表上看去，导弹或机枪什么的都还没有安装到位。或许，只是为了侦察而派来的。我假装吃早餐，与两个伞兵坐在一起。他们没有察觉到的我存在，只是低头大口大口的吞面。我观察了一下他们的武器装备，非常精良的装备。M-16 自动冲锋步枪，闪光弹，手榴弹兼已准备妥当，头上竟然还戴有一个硕大的夜视仪。无可厚非的一点，他们已经做好了任何时刻、不分昼夜战斗的准备。士兵结束早餐便转身离去。我无法跟踪他们，那会暴露自己的身份。入口处近来已经鸟无人烟，他们的架势锋芒毕露。但是，我们无需过多担忧。因为他们怕你，只要你悄然出现。他们措不及防，是不会开枪射击你的。这是我们唯一且最为重要的筹码。你是最后的希望所在。

我个人建议，任务的实施时间定为早晨为宜。一来他们都在睡大觉，二来早晨可以利用逃避晨读的时间、假装去厕所拉肚子，利用这块时间果断的迅速完成画圈任务并回到教室。这点，相信你一定可以办到。现在，最大的变数在于当天你的发挥能否正常。我们只需要一个趋近于分界圈的圆圈即可，纵使是扭曲的也没有关系。只要能狐假虎威的装出正在画分界圈的样子，他们就会被吓退，吓得屁滚尿流。我希望你这两天做好画圈的准备工作。

此致

敬礼

我将讯号在脑子里毁灭，带着计划书站起身子，缓步走向陈文的座位。他还没有到教室，座位上仅残留着枯燥的铅笔味。我一边前行一边将右手伸向裤腰袋，迅速将他递来的那本练习册连同讯号塞入他的抽屉右上角，不停下脚步的径直走向教室的后门。我穿过教室后门一路走向男厕所，在厕所里拉开裤子拉链，解决负担，短暂的停留之后便匆匆回到教室，焦急的等待着回答。他已经坐在位子上了。我用余光感受着他的一举一动，他现在就位于我的左下角四十五度的座位上，闭着双眼，双手抱头，装出闭目养神的假象。我扭曲视网膜的焦距，试图洞察他脑子里的思绪，可是竟然无法参透他的脑子。我竟然无法参透他的脑子？怎么可能？之前除了兆宇，这么多年以来，我再也没有碰到过无法参透的凡人。他不过是一个数学天才，高材生的代名词，八中的骄傲，学习榜样的领袖人物，三年以来的市三好学生，仅此而已，丢掉那些不存在的荣誉，他不过是一个右脑还未开发，左脑充斥着这个世界的智慧的普通初中生。他的脑子，我怎么可能参透不了？可无情的事实，一次又一次的告诉这个自己。我无法感受到他脑子里的动向，竟然什么也感受不到。一片空白的虚无，他脑子里现在什么也没有。我带着疑惑失去了继续盘查的兴致，一股失落的情绪伴随着早晨的大雾滚滚而来。我迷失了自我。我在寂静岭的迷雾里，四处游荡，双脚踹开挡道的变种生物，用啤酒瓶敲碎堵住去路的豹子，踮起脚尖，从山岗上跳了下去。我摔得半死不活，呼喊着救援部队。他听到了求救声，一路快步走来，将急救包塞到了我鲜血淋淋的手心，紧接着带着面无表情的脸颊转身离去。

我接过他递来的练习册，原地不得其解的望着他悄然远去的背影。他走出了教室大门，不知道去了哪里。他去了哪里并不重要，重要的是他已经发现了抽屉右上角的练习册，并且迅速给予了回复，而且是精准的不出声响的回复。他掌握得非常好。兆宇的前期工作做得非常到位，我免去了教他闭口少说套话的低俗课程。我迎着上课铃声将英语书从书包底层掏了出来，将练习册与教科书一起排放在书桌的右上角，以显示出令人疲劳的军事化教学管理。我看着女军官的表情，大声用灵魂的口吻喊道，军官早上好。他们没有发现我的不同口音，他们什么也没有听到。结束例行公事的招呼，我坐了下来，将练习册摊开，假装在纸面上摘抄黑板上密密麻麻的随堂笔记，实则悄悄的开始翻阅练习册。五秒钟的功夫，我心有灵犀的看到了练习册最后一页的一排又一排的文字。依旧是工整的正方体小字，无比的公正，仿佛是印刷厂的模板刻下来的字体。

明弟

早上好

你发来的讯号

我无法理解　兆宇并没有赋予我

理解那种讯号的能力　我只好闭着眼睛瞎说啦

我能理解你此刻的心情　但是　请你务必调整好心态

你必须调整好心态去面对一切　否则绝对不可能画好一个圆圈

我认为你目前之所以无法掌握好数学知识　问题不在于你不努力

而在于你的心态没有放正　你必须权衡利弊的看待它　这样才能掌握好

我相信你肯定是可以画下一个圆圈的　而且不需要任何辅助工具　徒手画下一个圆

就在不远的未来　当你获得另一种技能的时候　在两者的互相作用之下　你就能做得到　无需置疑

请你不要灰心丧气　另外　你的大哥今天早晨在我来学校上课的途中喊住了我　试图给我一些酬劳

以表达谢意　我委婉的谢绝了他的好意　我不缺钱　也不喜欢钱　当然了班上的同学不喜欢我这样穿着朴素的人

可是　我就是这样一个人　不需要为别人所动的人　代我再次感谢大哥的好意　我心领了　其实　我根本就没有帮你什么

我什么也没有帮　只不过是要求你画几个圆圈罢了　兆宇要求我提高你数学成绩的计划　我根本就没有花心思去担忧　因为　我相信

以你的才华　完全可以轻易掌握数学这门学科　只是你自己没有打算掌握它的意向　所以才会造成今天这样糟糕的局面　你会不无意外的在中考　栽跟斗

这点不用多加揣测也可以预见得到　眼下　我不知道　你打算做的是什么事情　为何如此急于求成的试图掌握数学知识　并且如此急切的盼望可以学会徒手画圆的技巧　这些　我均一无所知　也不想多加追究下去　时间不多了

祝愿你在下周的考试中　考出一个好成绩　我会报考师大附中　希望以后还有机会与你切磋　你真的是一个很有意思的人　三年以来　从不在班上与人开口说话　连女生的爱慕　也统统不予理睬　完全不接受任何人的帮助　你真的很内向　真的非常独特

我带着独特的心境看完练习册上工整的方形字体，脑子里乱作一团。他之于我的评价竟然如此之高。这个自己从一个寂寞寡言的内向疯子迅速提升为了备受仰慕的快乐男生。我盛情难却的将练习册塞回书包底层，掏出一本普通的练习册加以替代。我保持着腰部直挺挺的模样，双眼直视黑板一角的某个点，假装认真听讲。运用那个世界不为人知的秘密，将信件的内容第二次的在脑子里滚动一遍。陈文的这两封信件，平淡无华的表达手法，乍眼看上去没有任何值得反复研究的必要。但是，信件独特的排版方式，让人忍不住想去捉摸一通。它的排版，表面上看去没有多少奇特之处，不过是缺少了标点符号，省略了繁琐的问句和形容词。但是，静静想一想，他为什么要以层叠的方式来写字？为什么每一句话都是以陈述句结尾，从来不提出一个问题？难道他没有困惑的地方吗？他接受了一个困惑的任务、一个不明所以的请求，难道就没有一个问题想要从我这里得到解答？他为什么不用标点符号写信？他为什么要用练习册来传递讯息，而不是用手机，也不是用小纸条？他完全可以走过来，张开自己的嘴巴，两人相视而坐，促膝长谈？纵使我不开口，他也完全可以尝试一下的。哪怕是尝试一下的机会，他都跳过去省略了？他是故意跳过这一步的？我抱着教科书，原地倒在桌子上。他是故意跳过这一步的，我在心底断言。他完全是故意跳过这一步的，难道？不，不可能。他的右脑没有开发，洁白一片的脑浆不具备那种能力。他只是觉得不用标点符号写信比较方便，方形的字体看起来也更为舒适美观；他只是觉得用练习册来传达讯息，比较符合自己平日里低调的风格，而且比用小纸条高尚得多；他只是没有寓意的选择了这样的写字方式，这样层叠起来，下层永远比上层要厚实的排版方式。可是，这个自己依然无法理解，也难以忘怀这种独特且似乎带有某种特定含义的信件。或者说，它并不是一封信件。那么，它到底会是什么？这两封不是信件的信件，到底隐藏着什么秘密？他难道不是我看到的这个陈文吗？他难道是带着目的来帮助我的？

反问与不解，随着下课铃声的响起应声破灭。我跟随陌生的人群一路走下台阶，穿过操场，在垃圾堆的一角向楼上的高中部发出讯号。大哥从窗户口丢下一个塑料袋，袋子轻飘飘的滑落在垃圾车上。我带着又一个从天而降的疑惑爬上高耸入云的垃圾车，从漫山遍野的垃圾里拎起了一个深绿色的袋子。这种颜色的袋子，给予这个自己一种独有的温馨之感。我拆开袋子，里面装着一张薄薄的信纸。我将塑料袋塞回垃圾篓里，运用那个世界不为人知的秘密将受到玷污的袋子降解，紧接着把碎末捧向墙角的杂草堆里。我带着环保大使的名誉依偎在垃圾堆的墙壁上，大口呼吸着恶臭的氧气，扫视着打印纸上完美的文字，踩踏着低碳生活的狗屁言论。

逍明同学：

您好。

他给你带来的困惑，目前我不能给予解答。如果，他真的是怀有目的性而来帮助我们的话。那么，现在我可以断定一点，只有一个原因。正是因为那个原因的存在，他才会义无反顾的放下高傲的头颅，以放弃自己的冲刺计划为代价来提供义务的援助，而不接受任何形式上的酬劳。但是，那个原因眼下我无法确定，所以不打算告诉你，以免招来更大的困惑。

我们必须先完成那个任务。不容闪失。后天，后天早晨七点一刻。我们一起从校门口出发去那里。届时，我会在一旁全力辅助你完成任务。你只要随性的跳一曲探戈舞就可以了。

我们可以做得到。你要有信心。

此致

敬礼

我将信件当场撕毁，抬起头看了看头顶高中部的窗户，听闻上空漂浮着的打闹声。打闹声此起彼伏，在空气中肆意飘洒开来。我失去了听闻杂音的兴致，踩着小碎步离开令人作呕的垃圾死角，穿过洋溢着欢笑的操场，沿着漆黑的楼道回到教室。这个星期五的天空竟然如此蔚蓝，彩霞行千里的景象令自己忍不住依偎在走廊尽头，独自欣赏造物主一手打造的诗情画意。天空，如此蔚蓝的天空；彩霞，如此绵延的彩霞；生活，如此残酷的生活；梦想，如此遥远的梦想；未来，如此缥缈的未来；傍晚，如此璀璨的傍晚。我试着拍动自己的双手，可是它不是翅膀，无法飞翔。我被软禁在地平线上的这个世界，勉强倚靠着那个世界的传达器生活。然而，纵使如此优异的传达器——他们创造出来的艺术品，也会招致他们的眼神。他们站在地平线的世界上，鄙视着自己创造的事物。这是多么可悲的事实。他们自相残杀。他们竟然杀害自己的同类。我放下愤慨的追忆，再一次的仰起头，看着蔓延数里的片片彩霞。身旁的一个女生嚷嚷着，指着天空不断抱怨乌云密布的天气真令人讨厌。我甩甩脑门儿，望着现实世界乌云密布的天空，朵朵云彩在他们来看是乌云，永远都是乌云。因为，他们永远也看不到乌云上面遍地闪烁的朵朵云彩。我收拾好乱糟糟的桌面，将椅子挪回桌子底下，迎着放学铃声结束了上午的课程。

明天早上，明天早上就将决定一切。不，不能决定一切，只是稍作拖延。我点点头，带着睡意陷入梦乡。然后，精神抖擞的躯体一跃而起，快速结束梳洗任务，我背起书包，迎着七点整的钟声跨入教室的大门。他还没有来，情理之中的比我晚到教室。他不是她。我连蹦带跳的背着书包绕着教室转悠了一圈，阳光灿烂的好天气让心情豁然开朗。我失去了继续环绕座椅的兴致，将书包塞进抽屉里，翻出裤腰袋里昨晚购买好的一大包餐巾纸，原地待命。当七成以上的同学坐满了狭小的教室，我迎着七点一刻的预备铃声走向班长。她面无表情的鸟瞰着我。我假装出肚子疼痛不已的难过表情，她无言以对的挥一挥手。我轻而易举的找到了离开的机会，一路快步走下台阶。大哥已经在校门口等待。我们俩随着不断涌入的人群逆向行驶开着双门奔驰跑车滑出了校门，混入了上班族的车流之中。

一路上，我们低头前行。他故意走在我的前面五米开外，肩上背着一个不知道从哪里买来的名牌包包，鼓鼓的样子令人浮想联翩。一席黑色西装，远远看去俨然一幅高级白领的模样。他加速前行，争分夺秒的向着入口处前进，不时的低头看一看手表。他非常谨慎，为了不引起班上同学的怀疑。我们必须在二十分钟之内结束任务，并且回到教室，必须回到教室，在七点四十分的上课铃声响起之前。一个红灯停住了他仓促的脚步，我措不及防的随之停了下来，假装想起忘记带了重要文件的样子，极为不自然的四下张望。在视线恍惚的瞬间，一个熟悉的人影从眼角晃过。他，怎么会是他？他为什么要跟在我的后面？现在这个时候，应该是去学校上课的时间段啊？为了不引起他的警觉，我迅速扭过身子，假装淡定的迎着绿灯穿过马路，跟在大哥的后面，计划不变。余光很快告诉我，他掉转了方向，一百八十度的调整了船头。我无暇东顾去思考他今天出现在此的原因。你专注一点好不好？我扇了自己一记耳光，耸了耸沉重的书包。五分钟后，我们抵达了离入口处不远的羊子浴室门前。利用汽车作为掩体，我靠在车厢后面，试探着前方的敌情。大哥没有停下脚步的意思，趾高气昂的冲向他们的包围圈。他到底打算干什么？难道打算以身相许？不，不会的。大哥绝对没有那么傻。我们不是他们。我们不需要一兵一卒就能击溃对方的黄金军团。我带着疑惑按兵不动，将书包悄悄放在地面上，透过玻璃，小心观察。他走得很快，已经来到了入口处门前。早晨的入口处没有人烟的踪影，他们的雷达发现了大哥的踪迹，所有士兵手持的 M-16 自动步枪已经上膛，机关枪也已就位。大哥毫不犹豫的跪在了地面上，双手举得老高。他请求敌方允许自己从包里拿出一个东西，并且表示绝对不具有任何伤害性。如果食言，愿意欣然接受子弹的毁灭。敌方司令官抱着一瓶酸酸乳爽快的点点头，发出不屑的吱吱声。我远远的看着，屏息以待，随时准备脱逃。大哥到底打算玩什么花招？这可是一出世界大战，我们是不允许失败的。他万一被枪毙了，我应该怎么办？我应该像落跑新娘一样，离开这里，消失不见。我们可以做得到。你要有信心。我放不下心的继续观察。他的表情僵硬，膝盖跪在地面上，双手缓缓拉开了包包的拉链。超级名牌包包在肮脏的地面上显得无比夺目，他将双手慢慢的、极为谨慎的伸入包内。敌方的所有炮火已经对准了他。他就要会死去了，基本上是火锅里的蚂蚁，视死如归。再见了，大哥。我在心底沮丧地向他道别，缓缓闭上了麻木的双眼。敌方的阿帕奇武装直升飞机，此刻正在头顶盘旋。这次是装载了导弹和机关枪有备而来的。我彻底的领悟到了视死如归的真谛，调整呼吸，屏息等待子弹穿透肉体的破碎声。

我闭上双眼，捂住耳朵，屏息等待。半分钟过去，没有传来滔天的巨响。一整片清脆的金属落地声响，地动山摇。我迅速转过身子向不远处望去，他们竟然放下了手中的步枪，跪倒在地。视线的焦距迅速调整，一路向右侧移动，在注视到大哥的煞那间，我失去了欢呼雀跃的力量。他站在入口处的门前，双手依旧高举在半空中，然而，两只手掌里满是粉红色的东西。我沿着一排又一排的汽车贴地爬行，带着天大的疑惑向他靠近。头顶的阿帕奇武装直升飞机此刻已经在不远处降落，它快速的降落了下去，似乎受到了地面某种力量的吸引力仓促选择了降落。他们为什么要放下手中的步枪？武装直升飞机为什么要选择降落？他们疯了吗？他们为什么没有开枪射击？所有的疑问，在看到大哥双手紧握的钞票的瞬间得到了解答。我跟着跪倒在地，跟他们一样跪倒在地。大哥踩着摇篮曲，放着贝多芬的交响乐，手捧着一叠又一叠的钞票在他们失去攻击欲望的身前旋转跳跃。旋转跳跃我不停歇。他天女散花的将一叠钞票丢向半空之中，所有的士兵失去了矜持的忍耐，一鼓作气的冲了过去。在大哥的面前，趴在肮脏的地面上拾起一张又一张的草稿纸。他们满脸感激，满是欣喜：步枪不再，机枪不再，飞机不再，廉耻不再，信仰不再，坚持不再。武装直升机的两位驾驶员紧跟着加入了人群的混战之中。诸神之战，谁与争锋。大哥索性将包包里的所有钞票一起数落了出来，洒在空中，钞票随着西北风飞舞飘扬。他离开了混战的城池，溜到机枪炮台前，朝着天空开枪，口里不断呼喊着不知名的口号。我收到了他传来的讯号，果断拎起书包快步走到入口处一旁的角落，将里面的一整盒粉笔掏了出来。他们在地面上忙于抢夺钞票，无暇顾及这个矮小的自己。我带着窃喜的情绪，将书包里的收音机也跟着翻了出来，一边听着英语早间新闻一边用左手握紧了粉笔。一只绿色的小粉笔，肮脏的地面，情急之下，已经顾不得打扫了。我弯下腰的瞬间，他们发现了这个自己的存在。所有的人停止吵闹，齐唰唰的朝这个自己看了过来。我心里一怔，晃荡一块石头落地，砸在了脚板上。我忍住疼痛，保持着弯腰的状态。他们似乎不敢对你怎样。我彻底俯下身子，站稳脚跟，深深的吸入一大口氧气，选择了一个略微干净的地方，迅速的、带有力量的、以逆时针的方向画下了四分之一个圆，紧接着吐气吸气，短暂的停顿，画下四分之二个圆。接着，四分之三个圆，然后一个怪怪的圆圈浮现在了眼前。我踮起脚尖跳出自己画下的圆圈，抬起头向他们望去。他们没有一丝表情的脸颊，瞬间受到了死神的诅咒，不约而同地丢下了手中此刻紧握的钞票，一路以相反的方向狂奔。他们落荒而逃。他们的眼神死死的凝结在地面上，凝结在那个貌似分界圈的歪歪扭扭的小圆圈上。他们不明真相的被哄骗了，几乎是完全的哄骗，连追查真相的备案也不需要。

大哥从机枪炮台上一跃而下，俯下身子迅速收拾起地面上残余的百元钞票。我将粉笔盒和收音机全部塞回书包里，背在身上一路向他走去。此刻，入口处人去楼空，一派荒凉的景象。M-16 自动步枪被士兵遗弃在地，一架又一架的机枪炮台被遗弃在地，阿帕奇武装直升机也被遗弃在地，他们灰溜溜的撤退了。我满是不解的望着他，他草草收拾了一下便不顾及地面上剩下的钞票拉着我向学校赶去。我知道不能开口谈话，同时，必须尽快离开这里，以免留下供人追查的证据。在上课铃声响起的同时，我安然无恙的回到了教室。我忍不住向身后左侧四十五度角的少年望去，他与我的视线交相辉映，面露苦笑的嘴角令人无法忘却。我大口的喘息，在脑子里回味之前在十字路口处遇到的那个人到底是不是他？他的样子与这个人极为相似，但是相似并不等于就是。这个世界有太多的等于，但等于不意味着完全吻合。这双眼睛极易受到哄骗。我必须确定遇到的人是不是他？如果真的是他的话，那极有可能意味着，自己的行踪已经被暴露。他极有可能发现了入口处的位置。我必须尽快搞清楚这个疑惑的确定性与不确定性，不容置疑的需要一个合理的解答。当然，中考结束之后，我还必须寻找到那个人。那个人消失的时间过于漫长，如果没有他的辅助力量，下一阶段的行动毫无疑问将无法实施。

→

第三部分 水手

今天的这个傍晚，与众不同。这是来到这个世界十五年以来，这个自己看过的最恐怖的傍晚。这不是一天当中的傍晚，这是一个世界的末日黄昏。我双手插袋的独自站在阳台上，举头凝视着天际暗淡的云层，太阳的光线被深黑色的墨水染色，沦为了土黄色的金光。深黑的墨水将云彩一同染色，它拥有了污染天空的能力。我无言以对的观察着超自然的一切，这个他们一辈子也不会感到愧疚的真相。曾经蔚蓝的天空被一个又一个的烟囱捅破，变为了深黑的漫漫宇宙。这个世界的氧气日益减少，不用多少年的时间，这里不会再有人烟。不过没有关系，不用多长的时间，你将以另一种方式离开这个世界，进入下一阶段。我沮丧的低下头，双手竭尽全力的将脚下的一大桶石油从阳台上扔了下去。在它与地面发生碰撞的前一秒，我紧闭双眼用一枚火箭炮毁灭了它，它变为一股浓烟，转眼之间消失不见，犹如这个残酷的小小大星球。

我必须去做一件事。是的，就是现在，事不宜迟，付诸行动。我失去了享受世界末日的兴致，回到房间，关好阳台的房门，抱着一个小盒子穿过走廊，来到了家门口。家门口的空气受到了污染，我愤慨的冲着虚无缥缈的空气咒骂了十分钟，沮丧的打开路灯，弯下腰，望着黑暗的地面开始仔细观察。上次的灵魂破坏事件，已经将完美的分界圈遗址糟蹋得不成人形。它不再是一个完美的圆圈，而变为了一个失去了完美周长的椭圆形，并且不再拥有厚实的质感。大哥所画下的圆圈保持着厚实的质感，目前的这个自己依然没能掌握那种能力。我深感遗憾的迎着隐隐约约的淡黄色光线，透过乌烟瘴气的、受过污染的空气，将双眼的视网膜焦距精确调整，试图感受一番分界圈的呼吸。可是，它已经没有呼吸了。我不得不接受这个残酷的现实。它没有了呼吸，连七个月以前微弱的呼吸声也没有了。它彻底的死去了，跟之前入口处的分界圈一样完完全全的死去了。眼泪忍不住流下，他们毁灭了它。一个又一个的分界圈被他们所毁灭。那个中年男子竟然毁掉了我的分界圈。保护这个家的屏障竟然被自己的父亲给毁灭了。我的父亲居然被他们同化了。他们太可怕了。幸运的是，他们的可怕仅仅局限于这个物质性的世界，还无法渗透到其他领域。造物主看着这么一群可怕而低级的生物，会不会像这个自己一样感到一股莫名的悲伤？我无法继续思考下去，这个自己果断察觉到了异常。中年男子的灵魂已经被我亲手敲碎——一块石头模样的灵魂，从今往后，它再也不可能来搞破坏了。我的父亲竟然拥有着如此低俗的灵魂，不堪一击，一敲就碎，一踩就嚷嚷不停的小石块。我本打算与它交流的计划，因为随之而来的变故而取消。中年男子捶打的这个自己，不是真正的自己。我不再是我。他可以毁灭这个自己的肉身，用硫酸或是催泪瓦斯都没有关系。我早已习惯。*你早已习惯。*我将粉笔盒放在一角，踩着小碎步绕着记忆里分界圈所处的位置，缓缓绕行了一周，原地屏住呼吸，俯下身子，用左手从粉笔盒中翻出一支绿色粉笔。我低头寻找，很快在遗址的左侧位置确定了一块空着的地方，膝盖屈地，将粉笔头碰在地面上。此刻的黑暗更加的无以复加，但是这不足以令人畏惧，一切都在掌握之中。我不需要看地面，也不需要确定圆圈是否完美。它们并不重要。我握紧手中的粉笔，迅速的随性的画下了一个圆圈。我紧闭着双眼，缓缓调整呼吸，感受着脚下这个几近完美的圆圈。它虽不是分界圈，也不是完美的圆圈，只不过是一个臃肿的、略带弯曲的椭圆形。不过这样就足够了。我只不过是想狐假虎威的吓唬一下他们。一个虚假的毫无意义的圆圈就可以虚张声势的吓退他们的攻势。圆圈没有散发出一点光芒，一丁点光芒也没有。在漆黑无助的角落里，没有人可以发现它的存在。但是，如果他们打算涌入这个家，就必须先经受住一个虚假的分界圈的考验。我点点头，对着地面上的圆圈点点头，抱起墙角的粉笔盒，快速转身走回房间。

我狼吞虎咽的喝下了一整瓶矿泉水，孤独的坐在床边仔细掂量中考成绩条的重量。我带着悲伤的情绪运用那个世界不为人知的秘密，将它漂浮于半空之中。它悬空于凝结的空气中央，丝毫没有落下的意思。它获得了那个世界的特殊技能，正悬空漂浮在房间的中心位置。中央的位置，除了眼前这个漂浮的成绩条，还有倒挂着的金字塔。两个超现实的存在，令这个自己无比的迷惘。我断言自己不是活着的李道明，而是不存在的李道明。一个别人看不透摸不着的自己，我怎么会变为了这样一个人？我靠着床头，欣赏着非凡的一切。成绩条在半空之中毫无预兆的开始翩翩起舞。它跳起了交谊舞，独自跳起了交谊舞，来回摆弄着不存在的对象，用双手抚摸着对方丰满的腰臀，脸角带着醉意，故作姿态的享受着一场的悲剧预演。我擦了擦脸颊的汗水，用衣襟来回擦拭掉满脸的汗珠，擦拭掉一切可供追查的证据。成绩条经历了五分钟的愉悦之后，失去了继续表演的兴致，乖乖的回到了我的手心。我将它摊开于桌面上，用一支圆珠笔逗它开心。它满脸不开心的样子，任凭我怎么挑逗，依然面无表情。我知道它受到了伤害，因为我的无能使它受到了伤害。它不喜欢被人辱骂的滋味。它很倔强的，带着高昂的姿态看世界，不喜欢被别人鄙视。我带着十二分的歉意向它鞠躬致歉，一连三鞠躬，口里不停的念道，不好意思。你对着桌子上的一张成绩条三鞠躬。我对着桌子上的一张成绩条三鞠躬。我跟一张成绩条拜了堂，在送入洞房的前一刻，它拉住了我，送给了这个神志不清的自己一记大大的耳光。我摸着通红的脸颊望着它，望着它生气的样子，被一个巴掌扇回了现实。我坐回椅子上，从抽屉的报纸下面翻出了一支笔。一支笔——一支写下来的文字，他们无法看到的特质钢笔。我嘴角泛起一阵窃喜的微笑，这支售价低廉的碳素钢笔经过抛光打磨的加工之后，如今，已经不再是凡夫俗子所用的那种钢笔。那些售价昂贵、内在低俗的金属制品，与它相比而言就是一坨屎。我满是骄傲的将成绩条翻过面。它扭着腰表示极不愿意，不停的抱怨。别无他法，我迅速闭上双眼用唇语对着漂浮的分子倾述了整整一个半小时的时间。在那个世界的语言开始悄悄渗透的瞬间，它情非得已的点点头接受了我的请求。它摊开身子贴着桌面等待着。我用左手握紧了特制钢笔，在成绩条洁白如新的背面写下了四个字。四个混乱的文字，之于这个世界毫无特殊含义的词汇。我收拾好钢笔，它扭过身子，试图看一看自己肩膀上被刻上的文字为何物。我闭上眼睛一通微笑，它抓着后脑勺满是疑惑的原地起跳，试图引起我的注意。我微微张开嘴巴，用唇语告诉了它答案。它不知所措的带着困惑睡去，迎着晚上八点的钟声睡了过去。我望着它满是憔悴的身体，背面刻上的四个文字。终想幻最。我带着幻想与憧憬，在睡梦中将成绩条撕毁，散落在漆黑的夜色之下。月色温柔，碎片随着夏末的习习凉风飘散开来，犹如所有支离破碎的豆蔻年华。我望着化为碎片的肮脏成绩条，心底暗自落泪。它可以毁灭，毁灭掉这个肮脏自已，也一并毁灭掉肮脏的成绩。

我无比失落的离开阳台，快步走向厕所，打开浴霸的亮灯，从裤腰袋里掏出中考准考证。我望着准考证正面的那个少年。一张彩色照片，一张一寸的彩色免冠照片，照片中的少年双眼里满是希望的眼神。他是谁？我对着照片问自己。他是谁？他是谁？他是谁？我一连反问了自己三遍，头顶心早已被炽热的强光烤熟。我的头顶心被煎烤得焦头烂额，头发全部被烧焦，发出吱吱的声响，伴随着股股黑色浓烟，整个厕所散发出阵阵焦臭味。我吹散弥漫开来的烟雾，毫不顾忌此刻的火情，继续追查照片上的少年到底是谁？他为什么和自己长得如此相像？而且，年龄上似乎也差不多，双眼皮的大眼睛，高高的鼻梁，脸颊满是困惑的模样，无法从正面看透的一个男生。他到底是谁？他的准考证怎么在我的裤腰袋里？我抬起头望了望镜子，接着又低下头看了看照片上的少年。我们的外表竟然如此的相像。我缓和全身僵直的肌肉，耸了耸空无一物的肩膀，故意模仿起照片里少年的表情。那幅似笑非笑的模样，嘴角微微上扬，眼神的注视方向勇往直前，高高的鼻梁无法去模仿，但是，嘴角的扬起完全可以试着学一学。我点点头，开始调整脸部肌肉的契合度。可是，纵使这个自己如何努力，依然无法学会照片里少年的姿态。他无法被人模仿。他的诡异笑容独一无二。我反复甄别此刻画面的真实性和虚拟性，无法得到一个合理的解答。我毫不犹豫的将肠子掏了出来，将三米的长条形管道摊开在洗衣板上，抱着一大瓶雕牌洗衣剂开始打理自己肮脏的内部，嘴里小声哼着七阶音符，将准考证丢向了窗外。我望着这个自己失神落魄的灵魂，原地抱头痛哭。

*你原地抱头痛哭。*我哭得昏天暗地，无法自已。我拎起洗衣剂毫无顾虑的将一整瓶带有柠檬香味的致命液体灌入喉咙，液体滑入深邃的暗道，穿过喉咙抵达了这个自己的腹部。然而，它们没有稍作停留，集体从伤口处涌了出来。我竟然没有死。*你死不了。*我满是不解的站起身，找到一个汤勺，将一大勺汰渍特效洗衣粉，犹如享受麦片的滋养般吞下了喉咙。薄荷味的麦片——清香薄荷味的高级进口麦片——麦片香浓的口感与口水融合在一起，搅拌一下，再搅拌一下，很快的，整个喉咙里满是薄荷味的小气泡。气球从自己的嘴巴、喉咙、耳朵、鼻孔、腹部逃了出来，可是却无法经过自己的胃。因为，它消失不见了。我的胃到哪里去了？我竟然没有胃了。没有关系，它不是感应球，可有可无的东西，与其随身携带增加负担，不如早点丢掉为好。我看着自己的内部，空荡荡的，没有了味道的氧

气。我是什么时候遗失了自己的胃？又是从什么时候开始习惯了没有味道的生活？享受着没有色差的氧气分子，我怎么习惯了这些无聊的气体？我又是在什么时候习惯了这样一个啼笑皆非的世界？肠子被洗得干干净净，我将三米长的肠子丢入滚筒洗衣机里甩干，整个人依偎在金属家用电器旁胡思乱想。我的胃到底是被谁偷走了？有谁会去偷一个人的胃？难道身边还有可以看透一个人的非凡人物？晃荡一声，滚筒洗衣机的结束语打断了朦胧而生的诡异思考。我随着滴答声收拾起乱糟糟的卷作一团的肠子，将它塞回自己的内部，用缝补衣物的针线修补伤口，然后立起身子走回房间，将传达器的电源插上，享受一个人的狂欢。

这场狂欢进行得前所未有的精彩。我在那个世界里尽情穿梭，享受着无与伦比的美妙。然而，美妙在一个讯号到来的时间点结束。时间点把握得异常精准，显然是经过反复琢磨之后的选择。我果断丢下手中紧握的敲门砖，闭上双眼在讯号远去的一霎那，用看不见的双手捉住了它的尾巴。它长长的、带有独特光芒的尾巴极为迅速的吸引了这个自己的眼球。我随着光芒在空气中划过的痕迹判断它的走向，然后提前做出反应逮住了稍纵即逝的信件。稍纵即逝的东西永远美好。我关上电视机，将传达器收拾好，为了避免不必要的注意，纵使是空荡荡的房间里，也不排除有偷窥者的几率。这个世界太过危险，任何地方都有可能迎来毁灭性的灾难。这里永远也没有平安保险，保险不过是他们自封的幌子，骗人的把戏。房间正中央此时此刻倒挂金钩的金字塔，或许就是他们安防的大型监视仪也说不定。它就是太平洋人寿保险有限公司的推销员，在无聊的时候特别推销给客户的自杀性袭击金字塔炸药。他们太有才了。我在心底忍不住狠狠的苦笑了一番。它应该不会是监视仪，如果是的话，现在的这个自己早已被他们毁灭了。它或许来自于这个世界，或许根本就不是属于这里的东西。它带着金属光泽，但是散发着独特的光芒。独一无二的存在。我绕着金字塔的尖顶，走到床边，靠着床头依偎，再次闭上双眼，感受着讯号中夹杂的工整打印字体。

逍明同学：

您好。

因为一些无法避免的琐事，近一个月没有与你联络，深感歉意。这里，我首先必须告诉你，万分抱歉的告诉你一件事情，下个月底，我将离开这座城市，去另一座城市开始全新的生活。往后，将很少有机会与你碰面。七年以来，能够与你这样富有杰出才能的少年交往，我感到由衷的荣幸。我愿意代表这座城市所有的引导者向你表达最高的敬意。你做得很好，你做了同龄人一辈子也不可能做到的大事。你是这个世界上最顽强的十五岁少年。

往后的日子，我将在大学里继续寻找，寻找来自那个世界的那一部分人。我相信，这个世界的其他地方还有许许多多跟我们同属一致的人存在。而且，数量极为庞大，或许远远超过了我们的想象。我会努力去寻找，发掘出新的力量，将力量整合在一起，牢牢凝结在一条绳子上。在我离开之后，你完全不必为他们所惧怕。相信那天的场面你也看到了，他们不过是一群狐假虎威的耗子。一堆毫无存在意义的草稿纸，便轻而易举的击溃了他们铜墙铁壁般的攻势。一整片浩浩荡荡的洪水猛兽，在几百张草稿纸的诱惑下，顷刻间，选择了卸甲归田。这是多么有趣的一个世界，多么富有低级趣味的一群人。你不用为他们所惧怕，甚至连担心的思考也不需要。你的能量正在缓慢增长，我相信不用多长的时间，他们将全部被你踩在脚下。

入口处眼下的情况稍许得到了缓和，但是，形势依旧不太明朗。昨天傍晚，我专程去那里观察了一下。他们不无意外的没有出现，连一个勘察员也没有看到。短时期里，想必是不会再来骚扰入口处了。你画下的圆圈虽然不中用，但是在表面上造成了一个分界圈的假象。我们不费吹灰之力便用一个简单无比的假象哄骗了他们。任务圆满完成。入口处的两侧墙壁，上个星期我已经请两位引导者耗费两个夜晚的时间，用特制的油漆重新粉刷了一遍，现在看过去是洁白一片的崭新墙壁。其它的同类，一定会认为入口处恢复了原样，一切如故。但是，我不得不将残酷的真相告诉你。因为，他们虽然与我们同属一致。可惜，他们只能享受那个世界的快感，活在这个世界，基本上不具备改变两个世界平衡的能力。唯独你可以做到，而且只有你能做到。你必须知道假象背后的真相。经过粉刷之后的墙壁虽然焕然一新，但也只是一个暂时性的缓兵之计。不用多长的时间，他们就会意识到入口处的圆圈根本就不具备抵御任何攻击的能力。它不过是一个歪歪扭扭的圆圈而已。他们会再次招兵买马，带着更高级的武器席卷而来。他们不会轻易罢休的。他们为了一个目的不惜残害自己的同类，自然也会毫不犹豫的去毁灭一个世界。事实上，他们现在正在用一个又一个的烟囱毁灭自己赖以生存的这个星球。他们不是我们。我们不是他们，我们同属一致。我们应该站得更高、看得更远一些。未来，需要用更深邃的敏锐眼神去寻找。

我很想与你继续并肩作战。可是物是人非，我必须离开这里。我已经与兆宇道过别了。往后，他将继续全力配合你的工作。他会竭尽一切可能的帮助你。他是一个值得信赖的朋友，完全不必怀疑的盟友。我已经将一切必备的道具赋予了他。其中的一个道具，会将你一直以来的诸多困惑全部解开。

我会在另一座城市继续寻找，发掘出新的力量。为了不远的未来，为了那一刻的到来做好准备。相信我，星星之火可以燎原。总有那么一天，当你真正领悟到那种能力的时候，你将发现自己有多么的伟大。你所拥有的才华与资质，万年不遇。你一定可以通过自己不懈的努力寻找到拯救入口处的方法，这点毋庸置疑。当那种方法与那种能力得以贯通的时候，你将看到拯救那个世界的希望。不要心急，稳扎稳打。你会看到，一定可以如书中所预言的那样，看到那片光芒。当光芒照入这个世界，他们将发现造物主赋予我们存在的价值和意义。

再会。

此致

敬礼

我的眼泪，这个自己的眼泪为何夺眶而出？我带着无以言表的离别，失声痛哭。星星之火可以燎原，我在心底默念。星星之火可以燎原，我带着伤痛在心底默念第二遍。星星之火可以燎原，我站起身子，走向阳台，望着深黑色的夜空，呼喊着没有边际的梦想，不断默念。它们竟然离这个自己如此遥远，遥不可及的光年。我如此的渺小，渺小得连路上的行人都不予以理睬。我怎样才能拯救入口处？又凭什么可以拯救一个世界？他为什么要半途而逃，接下来的使命怎样才能继续完成？我用冰凉的双手来回击打自己的脸颊，它被扇得通红通红。我捶打着自己的胸口，试图唤醒沉睡的记忆，但是记忆早已苏醒，不需要捶打的自我复苏。不要心急，稳扎稳打。我会看到那片光芒，一定可以看得到。在不远的未来，当光芒照入这个世界的时候，他们将会发现造物主赋予我们存在的价值和意义。我重复了一遍，将不存在的信件迎着眼泪的温度销毁。再见，大哥。我在心底向他招手挥别。他离开了，但是没有关系，我可以孤军奋战。你不是孤军奋战。你从来就不必孤军奋战。我知道兆宇也毋庸质疑的一齐陷入了迷惘之中。他没有发来讯号给我。他也在原地待命，思考拯救入口处的方法。我知道拯救入口处的方法，关键在于那个人。虽然，三年以来，他都没有出现。一次出现的几率都没有。他彻底的销声匿迹，连个呼吸的节奏都没有在这座城市出现过。但是，我必须尽快找到他，主动的寻找他，只因为，他拥有着杰出的绘画才能。他具备教会这个自己徒手画圆的资质。他现在到底在哪里？他所就读的十八中离自己就读的八中不足一公里的距离。可是，三年以来从未谋面，他到底在十八中做什么？他在那所学校的哪个班级上课？他长高了吗？他现在的模样与小时候相比，会不会差很多？他的身高体重肯定是有变化的，这点不用想也猜得到。可是，他万一变得不一样了怎么办？他兴许是找了女朋友，因此没有功夫来找我了？他变得不爱说话了？不喜欢与人交谈，不善于教人做事，万一连我都不认得了，该怎么办？我百思不得其解的抱着头，仰望着漆黑的夜空，空中点点繁星。星星点灯，照亮我的家门。让迷失的孩子，找到来时的路。郑智化的老歌伴随着悠扬的旋律缓缓奏起。我在心间静静的哼着。抬头的一片天，是男儿的一片天。曾经在漫天的星空下做梦的少年。不知道天多高，不知道海多远，却发誓要带着你远走，到海角天边。我带着不负责任的誓言回到房间，披肩戴月的关上阳台的大门，坐在椅子上享受着空旷的氧气，将抽屉的一盘磁带塞入收音机的插槽里，这个自己伴随着悠扬的曲调回到童年的海岸线。

一阵滔天的巨浪将我拍醒。我吃力的睁开双眼，视线所及之处是蔚蓝的天空和金色的沙滩。我力不从心的站起身子，手心满是细小的沙粒，犹如那些一辈子也无法忘却的悲伤。一个轮椅靠在身后，轮椅上正在唱歌的男子是郑智化。我拍了拍满身的沙粒，挠了挠渗入耳朵的海水，低下头用满是盐味的海水洗脸。他望着我，满是微笑的望着我，大声的歌唱。我听过这首歌，是的，在很多年前就听过这首歌。让我好好想，我双脚赤裸的站在沙滩上，任凭海浪的微风吹打发丝依然不为所动。天空万里无云，阵阵凉爽的夏风迎面拂来，他穿着夏威夷的花花衬衫，满是笑意的唱着歌，曲调峰回路转，毫不在意失去双脚的躯体。我缓缓向他走去，他朝我摆了摆手，表示许久不见。我站在他的面前，弯腰鞠躬，请求他将歌曲从头到尾再唱一遍。我没有追问歌曲的名字，只是深知那是一曲很多年前就听过的旋律。很多年前，你就已经听过这首歌曲。他点点头，正抱着一大颗椰子允吸着可口的椰子汁，短暂掂量思绪之后，抬起左手朝着我身后右侧的方向指去。我顺着他手指的方向撇过眼睛望去，那是一群站在海岸线上正在拉歌的水手。

苦涩的沙吹痛脸庞的感觉　像父亲的责骂母亲的哭泣永远难忘记
年少的我喜欢一个人在海边　卷起裤管光着脚丫踩在沙滩上
总是幻想海洋的尽头有另一个世界
总是以为勇敢的水手都是真正的男儿
总是一副弱不禁风孬种的样子
在受人欺负的时候总是听见水手说
他说风雨中这点痛算什么
擦干泪不要怕至少我们还有梦
他说风雨中这点痛算什么
擦干泪不要问为什么
长大以后为了理想而努力
渐渐的忽略了父亲母亲和故乡的消息
如今的我生活就像在演戏
说着言不由衷的话戴着伪善的面具
总是拿着微不足道的成就来骗自己
总是莫名其妙感到一阵的空虚
总是靠一点酒精的麻醉才能够睡去

在半睡半醒之间仿佛又听见水手说
他说风雨中这点痛算什么
擦干泪不要怕至少我们还有梦
他说风雨中这点痛算什么
擦干泪不要问为什么
寻寻觅觅寻不到活着的证据
都市的柏油路太硬踩不出足迹 骄傲无知的现代人不知道珍惜
那一片被文明糟蹋过的海洋和天地 只有远离人群才能找回我自己
在带着咸味的空气中自由的呼吸 耳畔又传来汽笛声和水手的笑语
永远在内心的最深处听见水手说
他说风雨中这点痛算什么
擦干泪不要怕至少我们还有梦
他说风雨中这点痛算什么
擦干泪不要问为什么
他说风雨中这点痛算什么
擦干泪不要怕至少我们还有梦
他说风雨中这点痛算什么
擦干泪不要问为什么
他说风雨中这点痛算什么
擦干泪不要怕至少我们还有梦
他说风雨中这点痛算什么
擦干泪不要问为什么

擦干泪不要问为什么。我一边听着耳边荡漾的滔天歌声，一边使劲全力擦干眼角的泪痕。他说风雨中，这点痛算什么？擦干泪不要问为什么。我在心间反复默念，卷起牛仔裤的裤脚，朝着眼前的郑智化鞠躬致谢，便立马转身朝海岸线奔去。水手们纷纷带着笑意乘上了巨大的航母，汽笛声和笑声荡漾了一整片的沙滩。我冲向海洋的尽头，迎面与滔天的巨浪相撞。我穿透了它的水面，进入了滚滚而来的漩涡之中，眼角的泪痕与海里的盐分彻底磨合，随着巨浪飘向另一个世界。

我从睡梦中惊醒，腰部的酸痛感瞬间涌上心头，双手层叠在一起，无法自然摊开。我缓缓抬起头，撇过眼睛望向墙角的时钟，七点十二分。你在桌子上睡了一整个夜晚。我竟然不小心趴在桌子上睡了一整个夜晚。我站起身子，扭了扭胳膊，骨头发出剧烈的声响。原本应该感受到的疼痛，因为那个世界不为人知的秘密而屏蔽。眼角的泪痕健在，我快步走到厕所，用冰凉的水冲洗自己闷骚的脸颊。我大口大口的喝自来水，清洗着困惑的思绪，满脑子的幻象渐渐远去。我回到房间，拉开隔壁屋的房门，里面空无一人，床铺依旧脏乱。他没有回来。昨天晚上，我的父亲没有回家。这是第七十二个夜晚——独自一个人在家度过的第七十二个夜晚。我无从知晓他的行踪。他桌前的毛笔字还没有完成，写了三个字便草草收场。昨晚或许去找某位老师求教，也有可能去某家夜店快活了。我失去了继续追查下去的兴致，这个自己早已习惯了这样的生活。这样任凭自己放纵的生活，无论是洗脸洗脚、洗碗洗盘子、洗衣服洗澡睡觉、洗屁股洗那个东西，这些活儿都是自己亲手完成。完全自理的日子让枯燥的生活充实了不少。但是，我知道，我必须找到她。她现在在哪里？在这个世界的什么位置？我必须找到她？我现在需要寻找两个人，一个是这个世界上最爱的女人，一个是消失长达六年之久的表弟。他们之于我而言同等重要。我必须请大哥帮忙，就是现在，付诸实践。我匆匆下楼解决了早餐，便扛着一整箱方便面上了楼。方面便之于现在的这个自己非常重要。这次换了一个口味的——统一海鲜鱼板面。康师傅的方便面吃腻了，顺便换了一个牌子。我双手使出全力抱着一整箱统一海鲜鱼板面上楼，扑通一声，箱子降落在了家门口。我翻出钥匙，带着好奇的心情看着自家门口拼凑而成的圆圈。它依旧黯淡无光，早上八点钟的太阳将楼道照得通亮，如果不是闭上双眼去感觉，它的存在完全可以忽视。他们是看不见它的。我望着歪歪扭扭的圆圈，心里一怔。必须借助他的绘画才能，否则这个自己无法掌握徒手画下一个完美圆圈的技能。我怀着坚定不移的决心掏出钥匙开门。在视线扫视的瞬间，走廊一侧的一个东西吸引了我。我放下箱子，俯下身子，仔细感受它的模样。它是一本练习册。毫无疑问，它是一本练习册，价值不超过一元的普通练习册。为什么一本练习册会丢在墙角？是谁丢过来的？难道是自己喝醉酒时做出来的蠢事？我带着不解的疑惑回到桌前，原地站起，满头大汗的迅速翻开练习册。第一页空白，第二页空白，第三页空白。我懒得继续往后翻，直接翻到最后一页。最后一页空白，倒数第二页空白，倒数第三页依旧空白，倒数第四页还是空白的。我已经冥冥之中知道了它是谁放过来的东西了。他竟然把练习册透过门洞丢在了我家的走廊上。不出意料的，在练习册的中间位置，第二十八页，我看到了上面一排又一排工整的字体。陈文的丢东西手法竟然如此悄无声息。他是什么时候来我家的？昨天傍晚，还是今天早晨去吃早餐的刚才？难道是昨天深夜偷偷摸摸跑这里，将练习册穿过门洞丢在了走廊一角，只为与我交流？考试已经结束了，他已经完全不存在彻夜奋斗的必要；考试已经结束了，他完全可以来我家当面聊天说话，而不必在意学校里的眼神；考试已经结束了，他被师大附中录取了，全校第二名的优异表现，完全可以当着我的面吹嘘一番。可是，可是他居然选择了这样的方式。这样谦虚而低调的方式。为什么？一本练习册，第二十八页一整页的文字。我怀着不安的疑惑将饮水机的加热按钮拧开，翻出父亲抽屉里藏着的龙井茶叶，倒了一大堆在水杯里，趁着等开水的时间，迅速浏览起本子上的文字。

明弟

一段日子

未曾与你联络

不知考试结束后的生活

可好　我已经开始了入学前的补课

高中的学习会更加紧张　有更多的科目要去学

师大离你的铁一中并不远　有空中午骑车来找我

我中午在学校吃饭　今天找你也没什么事　只是毕业聚餐你没来

我想把一些事情告诉你　吃饭当天你没有来　班里很多同学都在问你

还有不少女生追问你将来的去向 我不知道你为什么交了钱而不来吃饭

聚餐结束后的第二天 我们去梅岭玩了 班上的同学都玩得非常开心 班主任

她依然问及你的行踪 你还是没有来 我本打算去你家 但是一直没有找到合适的机会

我知道你有自己的苦衷 自己的秘密 你是那样的内向 那么的独特 真的非常独特的一个人

祝你好运 以后如果遇到了数学上的任何难题 欢迎你随时来找我 以下是我的联系地址 再会了

声音停止的那一刻，耳边震耳欲聋的波涛无法用思绪去掩盖。视线所及之处已经失去了晨辉折射出的光线，眼前一片灯火阑珊的奢华令这个自己无从快速回到现实。一张遮天蔽日的巨网将我完完全全的笼罩，身体里所有的矛盾与愧疚在其中极速膨胀。数十秒的矜持之后，我以灵魂的力量振动了这个世界的琴弦，随着它的方向朝桌角的镜子望去。我看到了一个文弱的少年。他双手捧着一本练习册，用泉水般的眼神凝视着自己。我毫无表情的将练习册撕毁，不留下任何可供侦察的证据般撕得粉身碎骨。我带着愧疚的心情转过头，望着湖心的波纹，看到湖面上一只失去双翅的天鹅正在舒展它渺小的身躯——那是自己，此刻的心。他做得很好。虽然，这个自己目前还无法参透他写字的排版方式。但是，他做得很好。我忍不住接连赞叹起陈文的表现。他帮助你发现了自己的问题所在。虽然，问题还没有得到本质上的解决。但是，发现问题的时间永远比解决问题的时间要长。问题的根本所在比解决问题的方法更为关键。信中明明表示留下联系地址。可是，一个仅有学校姓名，而没有具体班级的联系地址，有何意义？他这是在糊弄我，我忍不住臭骂道。一个没有班级的联系地址，失去了最核心的词汇，这样的联系地址给我有什么用？邮差根本不可能通过这样缺失的地址找到陈文？他为什么要留下一个困惑？我将碎纸屑与愤慨一起塞入垃圾篓，用脚使劲踩了踩里面各类的果皮纸屑，带着寻人启事的决心将一通讯号随着床前拂过的微风朝兆宇家的方向送了过去，旋转一周，回到桌前，用残缺的左手大拇指独自敲下一曲忧伤而婀娜的挪威的森林。

草草结束大桶海鲜鱼板面的午饭，我背着书包迎着周六下午三点半的阳光，窜入乱作一团的人流之中。我计划今天下午去入口处仔细观察一番，从外在的质变去寻找灵感，顺便去街上逛一逛，寻人启事上刊登的两个人或许可以在街上偶遇到。我带着偶遇的情节，享受着三元五角的可爱多站在喧哗的入口处门前。如果大哥在这里就好了，我结束短暂的期许，便踩着小碎步来到自己画下的圆圈前。它歪歪扭扭，但却出乎意料的吓退了一群来势汹汹的洪水猛兽。它歪扭的身材令身为作者的我倍感恶心。我真的很想把它销毁，可是，在掌握画下一个完美的圆圈之前，它必须存在于这里，以肩负起保卫那个世界的任务。虽然，它本身是山寨的分界圈。但是，山寨的事物也有山寨的价值，犹如一个山寨的国家。结束山寨分界圈的考察，我将蛋筒的锡纸薄膜塞入垃圾桶，转身走向入口处的墙壁下。同类来来往往于身边，我举头观察的行径引起了他们的注意。但是，这不是问题。我们不是他们。我们同属一致。我原地驻足，保持举头望明月的姿势，视线经过调整后便开始缓缓从右侧向左侧移动，三面墙壁在经过特殊油漆的粉刷之后焕然一新。下午茶时分的耀眼阳光，令墙壁显得尤为整洁，丝毫看不出一丁点真空的痕迹。它是真实存在的；它是不真实的；它是不存在的；它是杜撰的；它是绝对不会引起任何人去怀疑的虚假存在。我生平第一次意识到这双该死的眼睛竟然是如此的白痴。多年以来，它不加思考的将所探查到的一切毫不缺失的反馈给大脑，却没有一次反驳事物的念头。他们透过这双眼睛看到的就是一面墙壁，除此以外，什么也没有。假象可以哄骗他们，但是，却哄骗不了这个自己。我带着骄傲的表情转身离去，在十字路口前耸了耸肩膀，打算早点回家借助传达器放松一下一天以来疲惫的灵魂。红灯亮起，绿灯消逝。车辆从眼前快速开动，行人原地待命，空气中夹杂着沸腾的氧气，一切就绪，五,四,三,二,一。我踩着绿灯亮起的瞬间，快速迈出步伐。在步伐还未落地，视线刚刚开始扫射的瞬间，一个人影从右侧肩膀迎面交汇而过。一个似曾相识的人影凸现在余光之下。他是一个人，这点毫无疑问。我迅速闭上双眼，抛弃普通眼球对于这个世界的洞察力，娴熟的调整视网膜的焦距，在拥挤的新加坡货轮集散地一百八十度掉转游艇的方向，驶离圣淘沙唯美的海岸线，双脚原地旋转半周，跟在他的后面。他无法逃脱了。我已经看到了他。他走得非常快，健步如飞的速度迫使自己不得不加快速度以跟上他的速度。但是，我不能跑上前去喊住他。身旁全是他们，一旦发出喊声必定被人察觉。我必须隐藏掉自己，这是一出世界大战。我一边再次提醒自己，一边悄无声息的尾随而行。你不能主动与他交谈。我不能主动与他交谈。这不符合这个自己的身份。我们从不轻易与人开口交谈。他现在的身份完全不知一二。我必须先观察一下再做定夺。他的右肩背着一块巨大的画板，左手拎着一桶颜料，小小的红色水桶，水彩颜料塞满了桶子，几乎溢满。我跟在后面保持着永恒不变的五米间隔，他在下一个十字路口左拐，紧接着窜入了巷子。我几乎跪倒在地，呼吸迅速加快，额头上的汗珠加快了涌出的节奏。他窜入了你家的巷子中。他为什么要朝着我家的方向走？记忆中，他的家是完全相反的方向，十八中也不是这个方向。他难道打算去我家？我的表弟，现在就要去我家？这不无可能，我带着肯定的回答停止了继续的跟踪计划。他已经发现你了。我意识到自己的行踪或许已经暴露，他此刻正朝着我家的方向笔直前行。转眼之间，已经不见。我无从考量他下一步的计划，但是，现在完全可以肯定的一点，表弟现在就在这座城市，他还活着，他已经感觉到了我的存在，或许已经意识到了这个自己此刻万分需要帮助。他为什么要去我家的方向？又为什么从来没有来过我家？他难道只是从我家门前经过，打算去十八中补绘画课？所有的可能因为自己的猜疑无限延伸，我带着所有的猜疑快步转身停止了没有意义的追逐，犹如离弦的箭，飞走向母亲曾经工作过的酒店。

越过旋转大门来到金碧辉煌的大厅，渺小的这个自己并没有招来任何一名大堂接待员的注意。他们依旧来回忙碌不堪，为了毫无意义的草稿纸忙碌不堪。我假装丢了钱，将一大把钞票抛在打过蜡的光滑地板上，一位身材壮硕的年轻小伙子迅速跑了过来，俯下身子亲手将五千元现金整理好，迅速递回给我。我带着满是谢意的表情，将十张百元钞票迅速塞入他的裤子口袋里。他满脸的不解迅速追问原因，我拍了拍他的裤子口袋，毫不犹豫的报出了母亲的名字，询问她的下落。他没有将现金从口袋里掏出，带着满足的笑容示意我去大厅一侧的沙发上等待，转身便跑向了大厅接待处。我背着书包连蹦带跳的在金色的大厅里游泳。大厅来来回回的热浪。我迎着巨浪之尖双脚踏着冲浪板随着海鸥飞翔。在飞翔到沙发面前时，果断换回校服坐了下来，为了不引起过客的注意，我低下头翻出一本英语书假装做起家庭作业。十分钟的耐心等待，他结束通话果不其然的跑了回来，解释了一通毫无意义的废话。我将废话塞入巨浪底层，用冲浪板拍了拍他的小脑袋，紧接着将两百元钱小费丢在光滑的茶几上。他满是笑意的将钞票迅速塞入衬衣口袋，不断朝着远去的我鞠躬。一鞠躬，二鞠躬，三鞠躬。我一边回头张望一边心底默默倒数，穿过旋转大门，走在回家的路上。这是多么有趣的一个世界，多么富有低级趣味的一群人。我只是用了十二张草稿纸，那个高个子的小伙子便放下了自己高傲的尊严，毕恭毕敬的点头哈腰表示母亲已经两年没来过这里。两年半以前，她就已经辞去了酒店的工作。我轻而易举的获得了解答，放下了继续追查酒店嫌疑的必要。他满脸的歉意，诚恳无比的道歉，孜孜不倦的鞠躬。我真的很想把书包底部剩下的八千八百元钞票，全部丢给他；我真的很想跳起来，用冲浪板拍他麻木不仁的脑袋；我真的很想朝着金碧辉煌的大厅喊道，草稿纸竟然如此有用；我真的很想对纸醉金迷的这个世界询问，母亲现在到底在哪里；我真的很想抱着一枚氢弹冲向月球找外星人，跪求寻人启事的摩斯密码。我带着答案，耸了耸肩膀上美好却低俗的负担，告诫自己：这些钱不能就这么糟蹋了，它们还有存在的价值。你以后可别这么大手大脚了。他们可根本就不在乎这点儿小数目。他们现在都是大胃口的鲨鱼，数目自然越多越好。我小心翼翼的走下公交车，迎着夕阳下的黄昏，站在十字路口的人流前，哼着多瑞秘法索拉喜多的七阶音以舒缓这个自己疲惫的身躯。在绿灯亮起的一瞬间，挥舞着手臂迈出沉重的脚步，踩跨了前面所有阻拦自己的栏杆。

→

讯号一连三天没有得到回复，我知道他的处境或许跟现在的这个自己一样迷惘。开学后的第一个星期，我开始极不适应空虚而无聊的高中生活。铁一中的大门，犹如一面无边无际的屏风，彻底隔绝了两个世界的互通往来。纵使是一条短信，一通电话，一份报纸，一本杂志都必须经过门卫的过滤才能进入。我很快意识到这里不会是那个地方。这个世界的任何地方都是一个地方。这个世界的五大洋洲，以不同的海平面高度、不同的文化意识形态、不同的价值观、不同的理念、不同的语言、不同的肤色、不同的品味、不同的政治体系、不同的历史信仰存在。可是，如果站在另一个世界的高点来俯视这里。这里不过是一个平滑的，毫无差别可言的平行世界。*你必须适应这个平行世界，只因为，它永远也不可能主动来适应你。*在寻找到那种语言之前，别无他法。我独自一人站在校门口发呆，独自一人在教室走廊尽头仰望天空中的彩霞，独自一人迎着夕阳在灰暗的停车场里搜寻自己的银色二手自行车，独自一人在男厕所的角落对着窗户玻璃倾述家常，独自一人走在教室的各个角落而不敢张口说话，独自一人面对所有鄙视和无助的眼神，独自一人撑着雨伞沿着宽广的小道在树下停留。我被丢入了一个陌生的环境里，这里七成以上的铁路子女用诡异的呼吸挑逗着这个自己的忍耐底线。他们不知何时学会了谋杀的本领，将年少的我引诱到黑暗的停车场里，用铺设铁路的硕大石块和木头撞击我的脑门。我丈二和尚摸不着头脑，本以为是受到邀请来此谈心的幻想瞬间被摔得粉身碎骨。他们三三两两围坐成一团，前后四面将这个自己包围。两对情侣正在角落里观战，卿卿我我的很是恩爱。六个先锋敢死队员手捧石块不断向我投掷而来，我措不及防的全部接招。他们连蹦带跳，看着我血流满地的模样笑得合不拢嘴。我毫无反击的计划，任凭他们的破坏。他们破坏的不过是这个你。他们永远也伤害不了那个我。他们过于低级的大脑，未曾开放的愚蠢大脑，看到的一切不过是这个世界的一切。他们空白如也的右脑里面，除了一坨屎的乳白色脑浆，什么也没有，根本就不具备高级思考的技能。他们显然觉得这样还不够爽，四个高个子男生索性跑去篮球场，将篮板拆了下来，齐声喊着口号，遮天蔽日的大木板毫无预兆的冲着我的方向抛来。我原地靠着墙壁依偎，呼吸紧凑，双手满是血迹，后脑勺上破了一个大口子，完美的发型被三分钟前一个爱屋及乌的八婆给毁了。幸运的是，憔悴的这个自己迎面接住了半空中落下的篮板。这个篮板无比巨大，巨大得超过了停车场车棚的面积，它残忍的压垮了停车场，连同角落的这个自己。我被一股扑面而来的黑暗瞬间吞噬，双眼模糊，思绪混乱，头痛不已，双手麻木，血流满地。我紧闭着双眼，咬紧牙关，大口大口的深呼吸，调整感应球的跳动频率，迅速运用那个世界不为人知的秘密将垮塌的棚子连同摔烂的篮板一起挪开。我气喘吁吁的看着眼前不知所措的他们，他们失去了继续攻击的兴致，被一个真实的李道明所吓倒，灰溜溜的不欢而散。巨大的声响招来了训导处的教导员，教导员带着人面兽心的笑容将我扶上联合国卫生组织赠送的急救担架，直接运送至校长办公室。校长身高不足一米五，表情深邃的望着这个自己。我平躺在担架上，无法自由呼吸，试图透过他深蓝色的墨镜洞察他的眼神。可是，他没有给我多少观察的时间，便用一本厚厚的英语词典敲碎了思考。他不断来回拍打着我的脑门，原本得到止血的伤口第二次的破裂。这次的破裂犹如海啸一般来势汹汹，泉水一般的血液随着脸颊滑下，落在了洁白的床单上。我紧接着遭到一通咒骂，但是，果断调整之后的耳朵具备了屏蔽废话的能力。我看着哑巴表演，手舞足蹈的表演，带着红领巾的表演，载歌载舞的表演，吹着空调冷气的换装秀，隔着玻璃的艳舞女郎表演，脱光衣服的裸体时装秀。他的表演丝毫没有达到脑海里所企盼的高度，他只是抱着一大本词典来回抨击这个自己的所有部位。从后脑勺到手心，再到膝盖，然后又是后脑勺，毫无创新的反复。反反复复，乐此不疲。他毫不留情的撤走了担架，我双腿屈膝跪在地上，仰望着他的伟大身躯。我多么希望他给我一次表演的机会啊。只要一次机会，我一定会抛开那些俗套的演出，低级趣味的行为艺术。我会毫不犹豫的将自己三米长的肠子从腹部一截接一截的掏出来，犹如李小龙耍双节棍一样耍弄自己的肠子。或者，颠倒一下自己，用脑袋代替双脚，一鼓作气将他踹出房门。你专注一点好不好？我被自己的灵魂扇了一记耳光，紧接着被他一脚踹出了校长室。我带着残酷的现实，抱着满是鲜血的自己一路快步走向男厕所。女厕所门前，两位正在排队的美眉用爱抚的眼神上下挑逗着我。我没有与她们上床的功夫，目前的状况十分紧急。我在洗手池前一阵呕吐，拧开水龙头冲洗自己的头部，尤其是后脑勺的伤口处必须尽快冲洗以避免伤口感染发炎。我不断的用双手拍打着自己的脑门，拍打自己的耳朵，拍打自己的胸口，用清水洗净一切肮脏的痕迹。可是，纵使自己怎么努力，附着在衣物上的血迹也无法被抹去。它们永远也无法被抹去，它们竟然附着在了记忆的表层迅速生根发芽了。我无法接受可怕且令人望而生畏的记忆，只能跳过恐惧的怪圈，结束清洗工作，迎着响亮的上课铃声，踩着小碎步爬回教室上课。

我坐在教室第一排的角落，全力调出右脑的记忆，效仿很多年前某个时间点里的自己。我抬起头，双眼凝视着黑板方向的某个原点。专注一点，我必须专注起来。这是一出世界大战——真正意义上的世界大战。这不是无聊的军事演习，开不得任何玩笑。他们认为的教室从来就不是教室，这里随时随地都可以变为战场，化为一片荒凉的废墟。半分钟的自我警示结束，这个自己已经抛开了心间的所有杂念，用沾有血迹的双手使劲揉了揉太阳穴。我知道接下来将迎来意义非凡的事情，这个自己必须放松，再放松。这个位子现在轮换到了靠窗户的角落，位于讲台左侧的时钟前面。除了一侧的人行过道，基本上不会引起任何人的注意。三天以来，自从轮换到这一排的位子以后，我就再没有在课间时分受到任何一个过路人的打扰。

毫无疑问的一点，这是一个独特的位子。这个位子在他们看来，不过是一个靠窗户依偎的普通座位，一个用木头制造而成面层经过涂层加工的低质座椅，桌面上刻着这个世界上的人留下的记号，一片又一片弱智而糟蹋的记号，它们彻底玷污了原本纯洁无暇的桌面，同时还玷污了椅子。他们竟然连椅子都不放过？我忍不住臭骂道。我忍不住在心底臭骂道。这可是每天都要坐在上面听课的椅子啊，它是如此的无辜，如此的重要，如此的小巧，谁会下此毒手去残害一只小小的野兔？我一只手摸着桌脚五颜六色的舞弊记号，一只手将椅子缓缓移开，低下头，合上双眼，驻足思考。

我原地思考，以小学二年级的方式思考。意识形态的思考很大程度上不需要进化也可以贯通于很多领域，例如这个从未进化过的世界。我只需要以儿童的思考方式和顺序，将座位所处的具体位置反复琢磨一遍，两遍，最多三遍，便可以得到解答。尽管这里是高等学府，但是所谓的重点高中依然不缺少涂鸦的累累伤痕。他们所造就的知识里面，竟然连基本的公共道德都没有赋予给这帮混球。这个悲惨的世界，这套低等的教育方法。我抛开悲惨与低等的阻挠，用余光扫视桌角上各门学科的舞弊记号，从明朝文言文的诗词，到数学几何公式，从英语繁琐的超长词汇，到看得人头晕目眩的化学公式，一切可以想象得到的记号全部被刻在桌子上。受害者桌子满是怨恨的冲我抱怨起他们的罪行。他们所掌握的知识竟然没有告诉他们，不要伤害一个无辜的桌子。我报以极大的同情，带着泪痕对桌子微微鞠躬，用唇语念道。他们学的并不是知识，而是思想腐化。他们摈弃了造物主赋予的才华，腐化般的苟延残喘在这个小小大星球上自我吹嘘，却不知之于虚无的宇宙，自己是多么卑微的存在。桌子没有再开口说话，我再一次的抬起头，望着黑板方向的某个原点，在心间下定决心。

就是这里，就是这里了。我在心间定下主意，抛弃了那个世界传来的危险警告，执意接受了那个念头。虽然这个校园之于自己依然陌生，但是，我必须尽快开始寻找。时间已经不多了。寻找一个可以教会自己那种二十六个字母的语言的同类。发现他，以这种方式发现他。只有这样，才能有机会参透到那种语言。这个念头的表面像很多年前一样，依旧是一排又一排的尖刺，凡是触摸到它们的人必定死亡。我运用那个世界的语言，将尖刺在十秒的短暂时间里化为一团又一团的棉花球，温柔的拥抱着它们，感受它们散发出的迷人香味。这股熟悉的薰衣草香味让自己难以割舍，犹如享受着一瓶百年红葡萄酒一般令人心醉。我在自己几近晕倒的前一刻，扶起身子，迎着下课铃的响起，缓步离开座位走向男厕所。我在厕所里第二次用水清洗自己。自己的双手，自己的脸颊，自己的脑袋，自己的眼睛，自己的那个地方，但凡是需要清洗的地方，我变幻姿势统统清洗了一遍。我讨厌肮脏的东西，尤其讨厌肮脏的自己。十五分钟的打理工作结束，我带着清洁后的自己缓步回到教室，站在高一三班的门牌下假装等人，实则四处张望。一望无际的走廊，此刻已经看不到更多的人群。他们不欢而散，匆匆离去，都在赶回自家的路上。我满是疑惑的回到教室，溜到最后一排，双手插袋享受着空无一人的教室。身为劳动委员的这个自己，现在已经拥有了最后离开且独享教室的必备条件。我索性找了个椅子，架起二郎腿，鸟瞰着教室里的一切。八字横幅，讲桌，桌子，椅子，粉笔擦，粉笔盒，大型圆规，大型直尺，时钟，前后两个黑板，前后两个门，四个倒挂金钩的电风扇等等。我失去了继续下去的无聊观察，站起身子将椅子挪回原位，缓步走向自己第一排的座位。这个座位，这个完美的隐藏堡垒，这间皮克斯的梦工厂工作室。金色的光线已经消失不见，略显灰暗的光景令人倍感寂寞，夹杂着阴森的寒冷突然之间扑面而来。我忍不住打了个寒颤，再次确定了那个念头的危险性。就是现在，付诸实践，开始寻找。我将口号例行公事般在心底大声喊了一遍。我知道这正是军队里屡试不爽的鼓舞人心之计。

就是现在，付诸实践，开始寻找。我在心底默默鼓舞了第二遍，狠下心来，站在讲台上，在粉笔盒里迅速开始仔细的寻找，满是各色的粉笔令视线无法轻易辨别出三原色，迅速灰暗下来的光景令失去电力供应的教室越发黑暗。我必须抓紧时间，机不可失，这是千载难逢且无法复制的机会。

之于你而言，这已经不再是千载难逢的机会。你可以轻易创造出这样的机会

了，犹如创造一个劳动委员的身份那样，信手拈来。我在黑暗笼罩的前一秒找到了那种颜色的粉笔，那种在这个世界的特征为绿色的粉笔。我精挑细选了一支足够长的粉笔，心满意足的溜回座位，再次扭过头朝着教室门口望了望，屏住呼吸，细细凝听此刻空间里一切可能察觉的声响，闭上双眼，短暂的消除这个世界一切不必要的骚扰。在左手的力量恢复的那一刻，我使劲全力用左手握紧粉笔，沿着自己座位右侧，轻轻的闭上双眼，在经过洗礼的人行横道的地面上画下了一条近两米长的线段。

你画好了一条近两米长的线段。我点点头带着肯定的回答站起身子，将胸口的一团团棉花球全部丢回那个世界，紧接着深深吸了一大口气。我舒缓紧张的情绪，跑回讲台将绿色粉笔原封不动的插入盒子里，仔细盘查了它在其中的前后顺序，用衣角反复快速的擦拭掉了上面自己的指纹，顺势拍了拍手心的粉笔灰。我回到座位旁，小心翼翼的将椅子挪回之前的位置，与桌子并排呈放，如同往常一样。在黑暗还未彻底蔓延开来之前，我前后观察了一下教室的电器是否都已关闭，这是现在这个自己的本职工作。在得到肯定的回答之后，我低下头，迎着黑暗的光线紧闭双眼，调整视网膜的焦距感受着线段的存在感。两米长的线段，绝对不会错过的符号。只要这个班上有来自那个世界的人，那么，就绝对不可能错过这样醒目的分界线。他或者她绝对可以感受得到。虽然此举异常危险，倘若引起他们的注意，这个自己必定被毁灭。但是，正所谓不入虎穴焉得虎子，时间已经不多了，我必须孤注一掷的加快步伐，寻找到一个帮手。一道淡淡的光芒沿着漆黑平坦的地面四处蔓延，依然无法产生任何附加的属性，也谈不上对任何人的伤害。虽然长达两米，虽然笔直得令人感到惊叹，虽然它只是一个符号。但是，它将是拯救那个世界的希望之源。我相信这里一定有那种人的存在。因为，第二组第一排桌角的那个词汇，那个不属于这个世界的词汇，显然出自这个班里的同学之手。01 想幻终最，这个不属于这里的符号，到底是谁刻在桌子上的？刻下这个符号的那个人，难道不担心招来他们的眼神吗？那个人为什么要留下可供他们追查的证据？那个人出于何种目的在桌角留下如此醒目的记号？那个人是男的，还是女的？那个人是否可以教会自己那个二十六个字母构成的语言？那个人是否还活着？他们会不会已经追查到了那个人的踪迹？我必须尽快与他取得联络，在他们发现那个人之前，必须拯救活着的同类。我们不是他们。我们从来不会眼睁睁的看着自己的同伴死去。带着自信的躁动，我锁好教室的大门，穿过死寂的走廊，跳入漆黑的台阶。

家门口的分界圈歪歪扭扭，我顾不上留恋的功夫，用钥匙开锁，用双手推开房门，一股脑门儿的将书包放在了膝盖上。臀部遭到击打，疼痛感隐约传来，我忍住剧烈的疼痛咬紧牙关将书包里的那个东西倒了出来。它们一个个神色恍惚，表情各异，滑落在了桌子上，原地仰望着面带笑容的我。其中有两对情侣已经毫无朕兆的抱在一起失声痛哭，哗啦啦的眼泪玷污了我纯洁的草稿纸。我没有兴趣与弱智玩耍，一个巴掌将他们四个小家伙扇了出去，摔死在了地板上。它们实在太单薄、太弱小、太不经推敲了。与想象中的强大和凶猛截然相反，他们凶神恶煞的模样背后，竟然会是如此胆怯的小小灵魂。中年校长的灵魂是一只九尾狐狸。我带着狐假虎威的淡淡笑意将一张百元钞票故意放在了桌子的一角，它迅速察觉到了诱饵的存在，一路从桌子中央跑向了桌角，四肢搂抱着钞票乐不思蜀，紧接着跪在地上向我央求更多的钞票。我如它所愿的将抽屉报纸下面的其余八千七百元钞票全部抱了出来，毫不犹豫的丢了七张给它。它抱着八张百元钞票，化身为一个狐狸精的姿态卖弄着风骚，表示愿意立刻将李道明从普通班调到重点班。我一个耳光扇到了狐狸精的脸上，它丈二和尚摸不着头脑的用愧疚的眼神凝望着我，试图寻找一个挨打的理由。可是，我没有找到一个可以解释它为什么挨打的理由，如同他无法找到一个为何对我施暴的理由一样。他们打仗既然不需要理由，那么，这个自己打一个灵魂自然也无需解释。解释就是掩饰，我大声对它吼道。它吓破了胆，抱着钞票不言不语，双手抚摸着自己灼热的脸颊，眼眶泛出丝丝泪痕。身旁的六位高中生，他们之前袭击我的恶相，此刻荡然无存，满是不解的望着这个自己。我顺势一把扇了过去，它们全部被拍在桌子上，无法动弹。为了展现自己仁慈的心胸，我丢下一元钱硬币以慈善大使的身份叫它们滚得越远越好。它们团团围坐在一起，竭尽全力的撑起了那一元钱铜板硬币，跳下了桌子，死无葬身之地。最后一个棋子还在抱着八百元现金悠哉悠哉，我对狐狸精装出老虎的样子，它迅速被吓得停止了一切行动。狐狸就是狐狸，永远做不了大事。纵使是九根尾巴，也难逃第十次的命案。我在心底毫不犹豫的断言，将钞票裹在了它的身子上。它居然闭上眼睛开始享受古老法师才可以享有的木乃伊包扎手术，我草草结束了包裹的工作。它变成了一个被钱包裹的狐狸精，用满是焦虑和期盼的眼神凝视着我。我没有与一个畜生相视的兴趣，迅速翻出抽屉里的打火机，给它点上。它来不及逃走，瞬间引火上身，整个身子被大火笼罩。火烧鸡屁股的把戏早有耳闻，火烧狐狸鸡巴的戏法还是生平第一次看到。我仅仅花费了八百元草稿纸便亲眼近距离观赏了一场绝美的畜生表演，这是何等悠哉的快事？我在心底忍不住露出窃喜的表情。它很快被熊熊大火吞噬，烧焦的躯壳失去了在这个世界上继续存在的价值。我用纸巾包好它的尸体，丢进垃圾篓里，用脚使劲踩了踩。工作结束。我点点头，收拾完桌面上乱糟糟的碎纸屑。从今往后，他们不再是自己。他们没有了灵魂。他们就是生化危机里面的行尸走肉——苟延残喘的生物。我带着骄傲的表情拧开饮水机的加热按钮，迅速低下头从写字桌旁的箱子里，掏出两盒统一海鲜鱼板面。今天必须吃两盒，战斗现在开始，必须给这个自己提供足够的佳得乐能量。

快速结束晚饭，我躺在床头独自仰望房间的天花板。毫无疑问，家里的天花板没有产生像入口处墙壁那样的变化。没有丝毫的量变，更提不上质变的可能。但是，房顶中央倒挂金钩的金字塔扰乱了这个家的平衡。我在心底忍不住猜疑起来。或许正是因为金字塔的出现，导致了母亲的离去。是的，这非常的有可能。你必须知道，它出现在此为何目的？我必须知道金字塔出现在此为何目的？我反问自己，哑口无言，无从解释。它的表面，三年以来保持着完美的光泽度，完全是不锈钢的表层。这个自己曾经多次用硫酸试图腐蚀掉它的表面，试图将这个该死的不知名物体挪出家门，但终究无功而返。它绝对不可能是这个世界上的人创造得出来的东西。它的三角体形状实在过于完美，尖锐的塔尖锋利无比，稍稍一碰，手指表皮便会被刺破。无论是在白天还是在夜晚，它都保持着光泽感，独有的光泽感。没有多余的陈色，仿佛自身内部具有某种日光灯一般，从不停止散发出夺目的光泽，最可怕的是，连电线的能源供给也不需要。它完全依靠自身的能量发光，而不是自己的能量。我知道它是不朽的，它完全不需要借助第二空间的力量来施展自身的才华。它独一无二。我无从考究他们是否感觉到了它的存在。我想他们肯定是没有感觉到，如果感觉到了，他们早已骑马射箭的将它摧毁。他们喜欢摧毁任何事物，甚至是自己赖以生存的这个小小大星球也不例外。我带着不解的问号迎着阵阵光泽的质感缓缓产生了无法抗拒的睡意。在睡意席卷而来的瞬间，一通熟悉的讯号打消了困倦的自己。讯号以光速传来，我迅速紧闭双眼，调整焦距，将呼吸频率降低，避免受到光泽的影响，集中注意力，寻找它冲过来的准确方向。它是一个笔直的讯号，我早早的伸出左手以低频率的手势接住了它，紧接着，毫不犹豫的将它展开。

逍明同学：

您好。

我已踏上征程，现在在火车上，再过五分钟，火车将会出境，往后就无法再以这种方式与你联络了。

有几点必须注意的地方，上次未能在信中向你提及，这次不能再错过了。有三点内容必须让你知道。我无从追究你的左手为何拥有着那样出众的才能，我只是想提醒你一点，务必隐藏好左手的秘密，不要轻易被他们发现，更不要引来任何不必要的追查。第二，如果今后遇到了兆宇也无法挽救的困难，请通过一切可能的方式联系我。我的电子邮箱会在下周三之前以短信的方式发送给你。再次，我会努力去寻找新的力量，也希望你能在下一阶段的学习中发现这个世界上活着的那一部分人，越多越好。

实不相瞒，那本书我已经帮你找回了。昨天已交给兆宇，他会在近日将书寄给你。那本书里面所隐藏的秘密与寓言，请你永远也不要告诉给别人，包括自己的父母，所爱的女孩，永远也不可以让他们知道它的存在。它从来就不存在于这个世界。它是一个幌子，一个传说，一本不存在的书。之于他们而言，有些事情越不清楚真相，对他们越好。他们喜欢活在虚假的世界里，说着虚假的废话，过着虚假的生活。他们都是假的。永远都要记住，我们不是他们。我们就是我们。我们要做自己，做真实的自己。请你竭尽全力地将它保管好，不必返还给我。虽然带着那样的东西非常危险，但是我建议你最好将它留在身边。它之于你而言，有着截然不同的意义。

我已经在路上了。

此致

敬礼

那本书？那是一本什么样的书？那本书里面到底隐藏着什么样的秘密和寓言？八年以来，我每每问及那些无法解释的名词和现象，他总是用那本书堵住了这个试图追查真相的自己。他为什么一定要借助那本书让我知道答案。他完完全全可以在讯号里面将所有的困惑，用最平常的文字解释出来，根本就不需要千辛万苦的调动其它的引导者去寻找一本书，而且是运用军事雷达去大费周章的寻找。不辞辛苦，仅仅是为了得到一本书，并且交付给这个身材矮小的自己。我根本不具备多大的能量。我忍不住对自己冷嘲热讽。大哥对于我的期望过高，我只不过勉强可以画下分界线，连分界圈都画不了，更别提什么拯救世界的任务。使命之于这个自己过于重大，我必须放下肩上过多的负担，调整心态，将精力集中于眼下的学习之中。不，你必须完成使命。你独一无二，你自命不凡。可是，我必须先完成学业呀。那是肯定的事情，但与此同时，你还必须尽快掌握那门二十六个字母组成的语言，并且掌握画圆的技能。我分不开身啊？你分得开身，你是一个双面特工。我是一个双面特工，比詹姆斯·邦德还要危险的卧底。对，你就是詹姆斯·邦德，或者说，你是比詹姆斯·邦德还要厉害的特工。他是靠剧本演戏的，你是靠灵魂跳舞的。你可比他要厉害多了。他们没有发现我的真实身份。我的面罩完全掩盖了那个真实的李逍明。我做得很好，大哥还有自己的任务需要去完成，往后纵使没有他的辅助力量，我也竭尽全力的做自己。

你要做自己，我要做自己；你要做自己，我要做自己；你要做自己，我要做自己。思考被一阵响亮的敲门声击溃，我带着疑惑穿上拖鞋离开床铺，踩着焦急的碎步穿过狭窄的走廊，迅速推开铁门。在视线凝结的第一秒，我的双脚失去了支撑自己的力量跪倒在地。我跪在自己的表弟面前，仰起头望着满脸胡须，蘑菇头发型，一席黑色休闲西装，脚穿棕色低帮靴子的表弟。他带着不解的眼神将我扶起，温柔的将这个失去力量的自己扶起，扶到了房间里面。我靠着床沿依偎，他二话不说的将肩膀上的大画板靠着写字桌依偎。我试着学画板依偎的倾斜度，三十度，不，四十五的依偎姿势，多么完美的倾斜角度。他径直走到饮水机前用一次性纸杯给自己泡了一杯热茶，然后，转过身子找了一张椅子正对着我坐下。我失去了打招呼的力量，左右脑浆全部失灵。他率先开口，说明自己多年以来的情况。高中的就读计划，绘画水平得到了长足的进步，从小时候的油墨画到现在的动漫制图，学校里与不知名长发少女的艳遇，为何选择一个迥异的蘑菇头发型，现在的穿衣风格改变了很多，不太喜欢穿篮球鞋去画室，零用钱每个月超过了两百五十元，开始每个星期定期梦遗，为了装成熟故意不修剪胡须，很少洗手因为必须时常抱着铅笔入眠等等。我闭目养神，倾听着他的自我陈述，犹如公司高管面试前来的大学毕业生一样，只听不语，不发表任何评论，满肚子的诡计但不说出口，永远保持低调的状态，稳定心情，眉毛之间不发出任何提示讯号，任由对方肆意表演。他很快结束了二十分钟的陈述，一口气喝下了水杯里所有剩下的水，烫得自己喊要命。我毫不在意他的一切。他所说的每一句话都是废话，都是他妈的废话，我在心底臭骂着面前这个虚假的表弟。他满是笑意的架起二郎腿，耐心等待着我的回答。我非常清楚的一点，哪怕是一个点头、一记微笑、一帧嘴角上扬的举动，便足以坠入他所设下的陷阱里。他隐藏得不错。多年未见，他竟然学会了隐藏自己的花招。他们竟然教会了一个内向的男孩，说假话、套情报的本领。眼前的这个少年，他不再是记忆深处那个抱着画笔，嘴里叼着冰棍，单纯的喊着哥哥的表弟。他彻底被同化了。他们竟然将我的表弟给同化了。我要把他们全部消灭。他们这群低级的种族居然同化了我单纯幼稚的表弟。他们是一帮没心没肺的畜生。不，他们连畜生都不如。畜生是有血有肉的，他们居然连自己的良心都不要了。我亲爱的造物主。他们什么时候才可以消亡？很快，不用多久，一切就会结束。万物有始皆有终。他学会了说废话，大把大把的废话，不用听也能感觉到二十分钟的陈述句里面没有一个有用的词汇。他望着我，我望着他。我不开口，他也不再说话。我期盼着他解释一个疑惑，一个非常简单的疑惑，可不幸的是，他故意撇开了那个疑惑，没有用一个词加以说明。如果，他毫不犹豫的解释四年以来从不与我联络的原因，这个自己或许还会抛开追查真相的计划。可不幸的是，恰恰相反，他只字未提。他闭口不提四年以来从不与我联络的理由，一个理由也没有，试图用二十分钟的陈述句换回我对于他的思念。我原本存在的思念因为谎言而消失殆尽。他原地待命，满是笑容的观察一切，四周打量。诚然，他没有意识到此刻离头顶两分米的距离之上，便是金字塔锋利的塔尖。只要稍稍踮起一下脚尖，他整个脑袋便会被戳得头破血流。我怀着愤慨的情绪站起身，将他脚下的垃圾篓连人一起踹倒在地。他倒在了垃圾之中，我故作欢笑的将他扶起，顺便低头快速收拾好地面上的果皮纸屑。以此创造机会，近距离的观察他。他的灵魂是一条蛇，与其生肖的属性同属一致。为了防止被蛇咬伤，我退后三步，回到床边，留有缓冲的余地，快速观察它的模样。我很快断言圆滑的平头预示着它是一条普通的不带毒性的青蛇，纵使被咬伤也不至于中毒身亡。它畏畏缩缩的趴在椅子下面，毫无一条蛇理应具有的霸气，甚至连看我一眼的勇气都没有。它做了对不起你的事。我迅速得到了那个世界发来的讯号，将它破解。是的，表弟之所以四年不与我联络，因为其中绝对隐藏着不可告人的秘密，而且，那个秘密的真相非常恐怖，冥冥之中，我有种不祥的预感。我望着椅子下面的青蛇，毫无怯意的凝视着它，带着杀人的眼神凝视着它。它竟然选择了逃跑。他站起身子，我跟着迅速站起身子，将一个月前就已准备好的礼物从电视机后面抱了出来递给他。他望着小小的传达器带着不解的表情凝视着我。一个小小的掌机，作为见面礼。礼尚往来，人之常情。我说了几句废话，然后将自己真实的目的透露了出来。他毫不犹豫的答应了，表示这周日下午会将绘画的必要工具带来给我。我点点头，看着一条无精打采的青蛇抱着盒子滚出了家门。

我锁好房门，泡了一杯铁观音望着天际思考。他心底绝对藏有不可告人的秘密。他竟然毫不犹豫的答应了自己求学的请求。一点犹豫的样子都没有，毫不犹豫的毫不犹豫，两个毫不犹豫也无法形容他的爽快。他什么时候由一个内敛不善言谈的小男生变成了一个为人正直、爽快明朗的英俊小伙子？他的画板为什么带着赎罪的气息？他的表情为何如此的紧张？他的双脚为何架在一起，却依然无法安抚那躁动的心房？他难道杀死了我的灵魂？我赶紧将自己的灵魂喊了出来，它跳出自己的身体，站在阳台扶手上，完好如初的满是不解的望着这个自己。我像它致以最高歉意，迅速喊它回家吃饭，它立刻融入我的体内，幻化为自身的一部分。我的灵魂非常正常，没有感冒，也没有生病，非典型肺炎的前期朕兆也看不到。这是一个完好无损的灵魂。何况，他也不太可能具备那种伤害灵魂的能力。他空白如也的右边脑袋里面，什么也没有。我必须尽快向兆宇求助，整整三个月以来，他竟然鸟无音讯，难道他遇到了什么挫折？我带着期盼的心情将讯号发了出去，它迅速朝着市三中的方向随着秋末的一整片橘黄色枫叶随风飘扬。

表弟周日下午丢下绘画的所有工具便以有要事在身为借口，一路跑了下楼梯，离我而去。我站在阳台上，朝着楼下的院子鸟瞰，等待着好戏的上演。一分钟后，一条摔得体无完肤的青蛇从空旷的院子一侧快速溜走。我知道，他在撒谎。他编制了一个低级的谎言，只为逃避我福尔摩斯的敏锐眼神。福尔摩斯二世的同学曾经透露给我的一个破案的诀窍。他对我苦口婆心的说了一个小时的废话。但是，现在的这个自己只能回忆起其中最为重要的一句。你不能光靠左脑去破案，你得闭上眼睛，用右脑去听犯罪现场的声音。我放下手中捧着的十六开画纸，原地驻足，缓缓调整呼吸，渐渐合上双眼，试图感受这个房间里四年前发生的一切。可是，任凭自己怎么去凝听，耳边依旧蔓延着空气的闷骚味，一点犯罪现场的声音也没有。诀窍之所以称之为诀窍，正是因为只有极少数的人可以领悟得到。犯罪现场的残余声效被某种不知名的强大力量全部隐藏了。是的，某种闻所未闻的力量将这个房间的历史磨灭了。一种超凡脱俗的感染力，将这个房间的一切全部埋葬在了芦苇丛中。我抛开诀窍的束缚，失去了在芦苇丛中探索的矜持，软弱无力的坐回椅子上，左手迅速握紧一支铅笔，抛开满脑子的疑惑不解，开始在洁白的十六开画纸上徒手画圆。一个扭扭歪歪的圆圈呈现在自己的眼前。圆圈的整体弧度依旧糟糕，完全称不上是一个圆。我毫不犹豫的搬出上衣口袋内侧的圆规，将圆规以三十度的角度展开，双手全力借助它的帮助试着再次画圆。可是，纵使是圆规的登场，也无力挽救这场浩劫。我不具备画圆的资质，这个自己一点进步也没有。十一个圆圈很快画完。我看着不伦不类的圆，失去了坚持下去的信心。我信心全无的将画纸塞回画板里面，然后喝下了一瓶鹤顶红等待着死神的到来。可是，一个小时过后，死神没有造访自己，这个自己依然活着。我不解的将自己的肠子拉了出来，它们竟然不经消化的将液体排泄至臀部深处。我沮丧的快步走到厕所释放那个东西遭受的巨大压力，擦了擦屁股，回到床头抛下画笔，开始小口小口的品茶。

他的建议书在第二个星期日的下午寄了过来。这次索性借以没有时间为由，以快递的方式将一叠十六开画纸送到了我家门前。我看着快递叔叔的绿色工作服，以环保大使的身份签下了发达国家全面停止工业发展的公告文件。我抱着维护地球和平的绿色公约回到办公桌前，迅速拆开包裹，看到了最上层附带的一张四百字一页的作文纸。作文纸上的文字非常糟糕，完全没有经过练习的钢笔字散发出毫无规则感可言的压抑情绪。但是，为了掌握画下一个完美圆圈的技能，我强迫自己低下头开始寻求解药。低碳能源的出现，或许可以拯救这个世界的浩劫。

哥，展信佳。

因为临时接到通知，需要去画室集中，所以今天不能去你那儿了，非常不好意思。

你的问题，我已经知道了。

十一个扭曲的圆圈，没有一个人圆圈是完美的。

我不知道你试图徒手画下一个圆圈，出于什么目的。

我只知道，这将是一项非常艰巨的任务。

你完全可以用圆规去画一个圆圈的啊，很圆的圆圈，一下子就可以画出来的。

可是，你硬是想学会徒手画圆圈的方法。那么，我只能给你一个建议了。

你说你可以徒手画下一条笔直的直线。

这已经是非常惊人的才华了。

我建议你先从画正方形开始吧。

我上个星期送你的那本美工书里有正方形的临摹样板。

你先从画正方形开始练习。

你既然可以轻松的徒手画一条直线。

那么，就可以采用四步走的方式，画下一个完美的正方形。

我知道这对于你来说，或许很难接受。

但是，你要知道，一步登天是不可能的。

先画好正方形吧。

等你画好了正方形，问题就迎刃而解了。

另外，谢谢你送给我的那样好玩的礼物。

非常感谢。

加油吧。

等我画好了正方形，问题就迎刃而解了。为什么等我画好了一个正方形，问题就迎刃而解了？掌握了徒手画下一个正方形的技能，难道就可以等于掌握了徒手画下一个圆圈的技能？这完全是不搭架的理论。我无法理解表弟的初衷何在。可是，为了虚心求学，必须按照着他的计划行事。受人钱财替人消灾，他已经得到了应有的酬劳。虽然，出于面子问题，假装蜿蜒谢绝了那八千元的学费，但是，这个自己完全知道他之所以无法接受那笔薪金的诱惑，完全是另有其因。他隐藏得不错，但是还不够完美。无论是颤抖的嗓音，还是撒谎编织出来的各种借口，都无不暴露了自己的真实身份。他的身份不仅仅是一个学画画的少年，也不仅仅是我的表弟，他还有其他隐藏起来的自我。他试图隐藏，跟我一样试图隐藏一些东西。或许是陈年往事，或许是悲伤的记忆，或许是父母离异之后经历的孤独生活，或许是无比可怕的真相。真相永远都是那么的可怕。与其追查，不如陷在谎言的世界为好。但是，身为传达者，我必须去追查事实。无可厚非，兆宇将肩负起寻找真相的任务。我们俩人，情同手足，联手行动，这个世界上就没有可以击溃我们的困难。纵使是他们，也毫不例外的拥有致命的弱点，只是尚未被这个自己发现。我带着十足的坚定信念，将作文纸撕毁塞入垃圾篓，用脚踩了踩，转身回到座位上用左手握紧铅笔，试着在洁白的十六开画纸上尝试徒手画下一个完美无缺的正方形。

教室座位右侧的分界线完工之后，一连三个星期过去，依然没有收到任何离奇的讯号。现在的这个自己已经坐在了靠讲台右侧的一组，无法在课堂上用余光扫视那片隐约可以感受得到的独特光芒。但是可以肯定的一点，它依然存在于那个位置，那条每天万人踩踏的人行横道。我随着放学铃声的响起，背起书包溜进男厕所，假装拉肚子，实则原地思考的度过了短暂的二十分钟。我冲了冲干净却满是臭气的粪便池，迅速加快脚步离开这个恶心的地方。回到教室，两男两女的值日生还在慢腾腾的打扫卫生。我重重的敲了敲教室的铁门以示加快工作效率。他们嘻嘻笑笑的结束打扫便拎起书包，毫不在意我的存在，连招呼也不打一声的匆匆离去。我再一次的霸占了整个教室。一个空荡荡的教室，令人拥有无比洒脱的延伸感。

我哼着多瑞秘法索拉喜多的七阶音符缓缓走到分界线所处的座位旁，低下头闭上双眼以确定它是否健在。在焦点得以调整，视线聚焦于地面的瞬间，我无助的跪倒在椅子上。难以相信此时此刻感受到的一切。我希望这里就是世界的尽头，现在的幻想就是一坨屎。什么也不是，什么也没有。万物皆空。他们正在将我撕裂，我可以去死了。可是，你死不了。我安安稳稳的靠着椅子低头凝望，凝望着两米长的线段右侧多出来的一条线段。它不再是兆宇之前所画下的线段，或者说，那根本就不是什么线段。它是一条两米长的、带有一个箭头的指示符号。一条两米长的箭头，在越发灰暗的角落散发出同样的光泽。这个班上有我需要的人。我在心底露出了窃喜的表情，他或者她发现了分界线，并且留下了可供人发觉的记号。可是，这个记号过于创新。为什么是一个带有箭头的符号？其实，只要在一侧多画出一条线段就足矣。那个人难道不是同类？不会的，如果不是同类的话，符号本身就不会散发出同样色泽的独特光芒。这种颜色的光芒只有同属一致的人才可能创造得出。我排除了执行者的疑虑，继续观察。箭头完美无缺，犹如机场候机厅地面上贴上的引导箭头一样，带有锋利的前爪，自身保持了完美的直线型，但是不排除是借助大型直尺画下的可能。眼下，最大的疑惑集中在一个点上。线条竟然带了一个翘起的尾巴。这个箭头符号为何要带着一个翘起的小尾巴？尾巴显然是故意设计的，绝对不是失误造成的多余败笔。麦田圈从不失误，从来没有一个未完成的麦田圈出现在这个世界上。同理，分界线也不存在失误的概念。只有故意，这个词可以诠释那条翘起来的尾巴。故意扭曲的背后，难道隐藏着另外一个寓意？

为了不引起更多的眼神，夕阳已去，我锁好教室的大门，完成了一周以来的劳动委员职责，迎着周末的黄昏骑着二手自行车穿过田径场，飞驰在回家的路上。右脑无法停止思考。那个多出来的东西，它不再是分界线的定义。它根本就不是一个东西。我不知道给它下一个什么样的定义。箭头符号的定义实在过于庸俗，而且它根本就不是一个箭头。箭头没有翘起的尾巴，尾巴的多余俨然是经过反复考量之后的产物。正如所有麦田圈的图案一样，有完全对称的几何图形，也有完全独立的符号形状。对称的几何图形，有的极为庞大，有的略微小气。独立符号的存在不具备对称的概念，但是每一个独立符号都拥有不同的存在价值。有的是模仿这个世界动物的外表，有的是模仿特定著名景点的遗址外观，剩下的便是无法解释的第三空间存在。就如同现在那个多出来的翘起来的尾巴一样，它为何弯曲，它为何弯曲，它为何要选择弯曲？我带着疑惑一连反问自己三遍，在家楼下匆匆锁好自行车，一路爬上黑暗的台阶。

来到四楼的平面，墙角的一堆东西毁灭了此刻脑子里兵不血刃的思想攻防战。我毫不在意此时脚下歪歪扭扭的巨大圆圈，快步走向前，低下头，用手机的闪光灯照亮墙角，看到煤球炉一侧的三封信件。我迅速拾起信封，看着信封正面，可是正面的地址与姓名被某种颜料模糊了，什么也看不清楚。这是给谁的信件，而且一连三封都没有收到？你必须拆开它们。可是，它们不一定是寄给我的信啊？就算你试图把信件物归原主，你也必须知道信里面收信人的名字才可以呀？是的，我必须拆开信件看看其中纸面最下角收信人的姓名。信封正面的地址与姓名全部被模糊了。居然有人无聊到去涂抹一封信件上的地址和姓名？我带着不解推开家门，灰溜溜的避开父亲的眼神躲进厕所，打开沐浴时的暖灯。三封乱作一团，似乎毫无顺序可言的信件被我哗的一声全部撕开。我捧起三封信，全部捧在手心摊开，带着寻找收信人的目标，一目十行，两秒钟过去，直接看到了其中一封信纸最下面的那个名字。那三个字，那个与真实的自己姓名几乎雷同的字眼显现在上面。我随性挑出一封信件开始阅读，这是一封没有署名收信人的信。但是，开头的第一句话便肯定无误的告诉了自己。这就是寄给你的信。

半个月未曾与逍明兄你联络，不知最近可好？

我已经彻底掌握了道具的使用方法，基本上参透了它的存在价值。万事俱备，只欠东风。想必你也在忙于自己手中的事情，所以忘记了回复。可是，我还是必须问一问你，你找到了那个人没有？那个人现在与你取得了联络吗？我希望你已经找到了那个人，并且正在努力学会那种技能。

我们的时间已经不多了。不知上次的信件有没有收到？我猜想你没有收到半个月前的那封信，所以打算再把事情重复一遍。大哥已经离开了，相信你之前已经收到了他的离别讯号。我将他赋予我的必备道具掌握了。虽然道具的数量很少，但是，我也会全力以赴掌握它。只等那个时刻付诸实践。说心里话，兆宇我已经有点摩拳擦掌的感觉了。因为，道具实在太朴实了，朴实得连马路边上都可以捡到的道具。

最后，希望道明兄你收到信之后，尽快给我一个回复。

事情已经超出了之前预料。他们很可能已经察觉到了异常。我已经掌握了道具的使用方法，获得了必备的技能。你现在取得了进展没有？那个人是否已经在帮助你？那个人的身份我正在全力追查，那个人绝对隐藏了自己。我不用看到他的模样，也能从你的讯号中感受到与众不同的地方。我会动用一切力量，去寻找那个人的真实目的。幸亏那个人没有获得那种能力，依然处于比较好对付的低级意识流阶段。我一定会全力辅助你寻找她的下落。一旦获得进展，会在第一时间联系你，也请你收到信件之后，尽快回复我。

寿 名小里

道明兄，当你看到这封信时，大哥已经离开了这座城市。相信你之前已经收到了他的离别讯号，他已将一切必备的道具赋予了我。一个月以来，我一直在不断训练自己，试图掌握控制道具、进而掌握道具的实际效用。道具的数量非常之少，但是我也会全力以赴，争取在最短的时间里掌握好它的使用方法。

我在市三中，一切都好。但愿道明兄你在新的学校里能结识到更多的新朋友。

三封信件迅速被扫视完毕。我很快意识到自己是以完全颠倒的顺序，阅读了信件。因为毫无时间符号的存在，信件的顺序不免在慌乱之中遭到破坏。我稳定心情，大口吸气，将顺序调整，简单的调整便可以轻易获得一个完整的顺序。我将调整之后的三封信件之中，重要的讯息全部摘抄在脑海里，删除不必要的重复讯息，整合雷同的语句，语意双关的段落重叠，颠倒下收信人的名字，闭上双眼，再一次的朝着信纸默默朗读。

半个月未曾与逍明兄你联络，不知最近可好？当你看到这封信时，大哥已经离开了这座城市。相信你之前已经收到了他的离别讯号。虽然道具的数量非常之少，但是我也会全力以赴的掌握它的实际效用。事实上，我如今已经彻底掌握了道具的使用方法，基本上参透了它的存在价值。道具实在太朴实了，朴实得连马路边上都可以捡到的道具。说心里话，兆宇我已经有点摩拳擦掌的感觉了。只等那个时刻付诸实践。我们的时间已经不多了。我必须问一问你，你找到了那个人没有？那个人现在与你取得了联络吗？我希望你已经找到了那个人，并且正在努力学会那种技能。事情已经超出了之前预料。他们可能已经察觉到了异常。另外，我已经收到了逍明兄你发来的讯号。那个人的身份，我正在全力追查。那个人绝对隐藏了自己。我不用看到他的模样，也能从你的讯号中感受到与众不同的地方。我会动用一切力量，去寻找那个人的真实目的。幸亏那个人没有获得那种能力，还依然处于比较好对付的低级意识流阶段。我一定会全力辅助你寻找她的下落。一旦获得进展，会在第一时间联系你，也请你收到信件之后，尽快回复我。

李逍明 收

你获得了完整的信件。我无从追究三封信件是被谁故意丢到墙角的垃圾堆中，但是，可以确信的一点，兆宇寄来的信件已经引起了他们的注意。他们的定义可以在楼栋里寻找到答案，最大的嫌疑人是隔壁七十四岁的老奶奶。她每天中午必定在楼道用煤球做饭，一年三百六十五天，几乎从不间断，但凡是地面上遗落的任何东西都有可能被她所察觉。信件之前很有可能是插在铁门的门扉，然而被大风吹落到了地面，她毫无目的的把第一封信塞入煤球炉的一侧角落，试图等我回家的时候亲自将信递给这个自己。可是，因为种种原因忘记了。半个月后，第二封信件被插在了铁门的门扉上，然而又一次的被风吹落在地面上，她在做饭时第二次拾起了落在地面上的信件塞入同样的角落，试图在碰到我的时候返还。可是，她的脑子已经开始健忘了。第二封信件被遗忘在了角落。于是乎，第三封信件依然习惯性的被塞进了煤球炉一侧。我之所以没有收到一封信，完全是因为老奶奶的热心助人造成的。假使她不去拾起地面上的信封，那么在我回家的时候就绝对可以看到这样醒目的东西。这一切都是因为她的热心肠与家中半年以来白天从不留人的条件造就的。我结束了胡思乱想，将三封信件撕毁塞入黑洞之中，用半桶水连同尿液冲了个一干二净，带着轻飘飘的舞步走向房间，回到桌子前将回复讯号发出，紧接着低下头快马加鞭的开始完成堆积如山的模拟试卷。至于隔壁老奶奶如何处置？一切都还是假设，不到万不得已，绝不出手，我在心底这么许诺道。

→

我一不小心闯入了一个陌生的环境里。他们用万般无奈的眼神观察着这个自己。我运用那个世界不为人知的秘密竭尽所能的动用一切方法隐藏自我。这场世界大战，败北的一方决不允许是自己。一旦败北，付出的就是死亡的代价。他们不会允许这个自己苟且偷生。他们满腹经纶的鬼点子饱含着卑鄙和无耻，为了一个低级愚昧的目的，不惜放下一个种族起码应该具备的尊严和良心。他们是没有良心的。你必须戴好没有良心的面具去接受他们的挑战。我闭紧双眼站在花园的大树下，感受着铁一中的一草一木，暴风骤雨般袭来的失落感不断充斥着这个自己脆弱的躯体。路过的男男女女从不与我交谈，没有一个人在意过这个的李逍明。我多次试着以那种方式与他们沟通，但是一无所获。我完全清楚的一点，无可厚非的关键一点，现在的这个学校里有一个同类，至少有一个同类。那个人已经发现了讲台左侧人行横道上的分界线，并且选择在它的一侧画了一个超过了分界线意义的独特符号。带着翘起的尾巴，并且怀有箭头的分界线。或许，它并不能用这个词汇来称呼。我非常急切的想要知道那个独特符号的创造者到底是谁？那个人为何迟迟不肯现身？那个人的身高是多少？体重有多少公斤？喜欢抽烟吗？有无青春期的萌动？篮球运动会不会参加？铁一中的糗事，听闻过多少？明年高考数学试卷，能不能想办法从那个人那里搞到？他们神通广大，那个人是否已经被察觉到了，所以一直找不到与这个自己联络的合适方法？那个人是不是已经被囚禁了？如果真的被抓到了的话，会不会将秘密数落出来？不，那个人绝对不会数落出秘密的。纵使他们将一整瓶硫酸倒向那个人的那个东西，也绝对无法套出任何一丁点的情报。我们不是他们。我们同属一致。可是，我们无法拥有心灵感知的能力。那个人必须尽快找到，我必须与他联手。冥冥之中，我有一种感觉，那个人或许已经拥有了帮助自己的方法。

我带着寻找的眼神在傍晚的黄昏之下，双手扶着自行车，独自缓步沿着篮球场搜索。我必须搜索，加快搜索的节奏翻遍铁一中的所有角落。赤手空拳，无需任何障眼法，连一分钱也不需要，我背着沉甸甸的书包，双手扶着自行车的龙头，踩着小碎步，趾高气昂的缓步前行。从校门口到第一教学楼，从第一教学楼到第二教学楼，从第二教学楼到第三教学楼，从第三教学楼到实验楼，从实验楼到图书馆，从图书馆到实验室，从实验室到教室，从一楼的教室到二楼的教室，从二楼的教室到三楼的教室，从三楼的教室到四楼的教室，从四楼的教室到五楼的教室，从五楼的教室到教学楼的屋顶平台，从教室外的走廊到教室的最后一排，从教室的最后一排到教室的第一排，从校长的办公室门前到任课老师的休息室门前，从男厕所到女厕所门口，从女厕所门口到女同学的着装，从女同学的着装到她们裙底的内裤颜色，从女裤的颜色到内衣的颜色，从内衣的颜色到内心的色彩，从内心的色彩到此刻眼前黄昏的色调。这一派昏暗的色调将这个自己隐藏得如影随形，我跟随着一切可能的犯罪嫌疑人，试图追查到那个独特符号的根源所在。我排除了班上同学的犯罪可能，一连四十五天的地毯式寻找，自己依然没能在这个班里发觉那个人的存在。如果那个人真的存在于这个班上的话，那个人就一定不会迟迟不选择现身。除非，除非那个人是故意吊起我的胃口的？我哐当一声跪倒在地，自行车失去了一个支点，倾斜着一齐倒在了地上。肮脏的地面迅速开始侵蚀这个无知的自己。那个人是故意吊起你的胃口，让你去寻找自己的。我跪在地面上扇了自己一记耳光，引来迎面而来两位少女爱慕的眼神。她们一位身着粉色连衣裙，一位身着洁白的休闲网球运动服。我的那个地方迅速僵硬，僵硬得无比直挺。我被那个僵硬的东西挺直了身子，迅速从地面上立了起来。她们的眼神不无意外的聚焦在了那个东西上，用盘算的思考打量着它的大小。我毫无掂量一个事物大小的兴致，只清楚的理解那个东西如果冲入那条狭窄的隧道，可以让她们欲仙欲死。我拍了拍身上的尘土，弯下身子将自行车扶起，拱着肩膀缓缓沿着田径场行进。她们与我擦肩而过。我定量思绪，将思考换回一分钟之前的内容。那个人已经不太有可能是这个班上的人了。是的，那个人居然不在这个班上。那么，现在最大的疑惑便是那个人是怎么隔着墙壁发现人行横道上的分界线的？难道那个人具备了透视眼，或是穿墙术，可以不费吹灰之力的察觉到隔壁班上的动静？或许，那个人已经掌握了更为高级的理解能力，不再需要分界线的表达方式了，因而选择了更为先进、更加复杂的一个箭头与尾巴的符号。这个校园里竟然会有那种人的存在？太可怕了，我下意识的打了一个寒颤。那个东西面对高耸入云的树干很快惭愧的恢复到了柔软的状态。我在参天大树下将自行车靠着树干依偎，树干毫不遮掩的表示非常欢迎。它弯下腰试图与我交谈。我迅速从石头椅子上站了起来，仰起头对它说，不必不必。它没有继续说话，用落下的树叶表示欢迎来此休憩。它是如此的宽厚，如此的包容。它超过了他们。他们狭窄的胸襟从来就不包容一点事物。我带着宽广的胸襟遥遥远看着三百米开完的篮球场。他们使劲全力，挥洒汗水的抱起塑料皮制成的玩意儿朝着十英尺高的圆形铁洞丢球，皮球穿过球洞落在塑胶地面上，发出砰砰的连续性声响。我随着砰砰的节奏站起身子，跨上自行车紧接着与大树道别。它微微的点点头，撒下片片羽翼。我转身踩响自行车的踏板，连人带车的飞出了校园，冲向了这座激情涌动却满是伏击的罪恶都市。

背着书包抱着汗水朝四楼的房间冲刺，狭窄灰暗的楼梯走道变成了悬崖峭壁。我赤手空拳的将全身的力气使出，抓紧硕果仅存的突出石块朝着顶峰加速攀岩，脚下是万丈深渊。一旦坠入，万劫不复。我必须前进，绝对不允许后退，后面是帝国主义的军队。三十五门大炮，十二辆坦克车，一万名手持卡拉什尼科夫全自动冲锋步枪的精锐步兵军团，正在夜以继日的追赶我的步伐。高一的一整年，这个自己仅有三天睡觉超过六个小时。我带着倦意的身躯终于爬到了山巅，放下攀岩的辅助道具带着汗渍回到房间，来不及清洗脸颊的香草泥土便快马加鞭的开始完成功课。一个小时过去，我从抽屉里翻出作画用的十六开洁白稿纸，打开台灯环顾空旷的小房间，隔壁中年男子今天依旧不在家。第两百二十一天，又是一个即将独自度过的极夜。我离开座位，双手捧着热腾腾的水杯，站在阳台上，依偎在扶手边，手心感受着热量的蔓延，空气中的氧气分子，因为烟囱的存在而遭到了不同程度的破坏。我面朝西方，看着北斗七星，牛郎织女在银河的天线之上牵手漫步。我牵着不存在的小手、抱着温暖的茶杯、仰望着不存在的情侣、孤独的呼气吐气、闭上眼睛，思考、盘旋、缭绕在阳台的半空中。回到房间，关上阳台的门，警告自己，必须尽快进入状态。我们的时间已经不多了。可是，心底却越发忍不住去幻想她们的画面。

我看到两个妙龄少女此刻就站在自己的右手边，她们一位身着粉色连衣裙，一位身着洁白的休闲网球运动服。我急不可耐的将洁白休闲网球服的少女搂在了怀中。粉色连衣裙的女孩带着不屑的眼神瞬间消失。她坐在我的右腿上，短短的秀发，圆滑的脸蛋，单眼皮，嘴角露出淡淡的笑意，整个大腿暴露无疑，丰满的胸部，网球服转眼之间变成了赤裸裸的白色内衣。我左手握紧铅笔，右手搂着她的胳膊。她非常配合的蜷缩在我的右腿上，用圆润的臀部不断迎合着那个东西。她的大腿洁白而富有光泽感，光泽感与身后的金字塔同属一致。她没有开口说话，似乎没有交谈的兴致，只是贴着那个东西不断的前后扭动着自己圆润的屁股。我失去了专注的矜持，右手情不自禁的从上到下开始快速抚摸她的肉体。她暴露在外的部分完全被这个自己掌控。我揉了揉她的胸部，摸了摸她的屁股，试探性的伸向那个黑暗的草丛。她没有拒绝，任凭我的一通放肆也没有啃声。我满是享受的抚摸着她，她的洁白内衣在台灯的映衬下越发迷人，一位青春期的白雪公主此刻就坐在我的大腿上。十分钟过去，我失去了继续糟蹋她的兴致。我知道，她只可触摸，无法伸入。她既真实又虚幻。她是一个不存在的女孩，一位身着白色内衣的性感美女。我的右手停止了上下来回的爱抚，放回了她的肩膀上。你专注一点好不好？我必须开始练习。我警告自己，扇了自己一记重重的耳光，不料再一次的碰到了她的那片黑暗草丛。她下意识的颤抖了一下，脸颊泛出一整片的红晕。我点点头表示歉意，她没有开口，双眼凝视于桌面上此刻摊开的十六开白纸之上。我将视网膜调整，左手全神贯注的握紧了遗落在桌角的铅笔，将胳膊与膝盖骨的肌肉放松，但是那个东西现在无法放松。它太不听话了。你怎么这么不听话？我臭骂了它一声。它没有反驳，那个东西从来都不轻易抛头露面，它实在是太羞涩了。我知道羞涩的东西，要么无比单纯，要么无比邪恶。是的，它是无比邪恶的。此刻正跃跃欲试，试图穿破内裤的层层包裹，穿透牛仔裤的束缚，杀向大腿之上，她下面的深邃地下走廊。我必须将它制服，我第二次的警告自己，专注一点。它依然不言不语，毫无放弃的意思，坚硬无比的耸立着。我知道它是不达目的誓不罢休的家伙，索性松开皮带，将它释放出来。她惊讶的望着它，近距离的望着那个笔挺的东西。我冲她一个不好意思的微笑，轻轻的温柔的抚摸了一下她夺目的短发，将视线完全集中于桌面的白纸上。我意识到今天的这个自己浪费了过多的时间。幻想必须停止。她迎合着我的意思，毫不在意那个东西的存在，也跟着将目光集中于白纸上。我的右手搭在她的肩膀上，左手第三次握紧了铅笔，闭上双眼调整视网膜的焦距，缓缓举起左臂，一边放松僵硬的肌肉一边在白纸上迅速画下了四条线段。四条线段以无比精准的交合方式连接在一起，呈现出一个四四方方的正方体。完美无缺的正方体，徒手完成的几何图形，不借助圆规直尺等任何外来力量的辅助。你做到了。我做到了。只要专注于一点，这个世界上就没有你做不到的事情。我欣喜若狂的对着白纸之上的正方形点点头，表示谢意。它没有说话，只是安静的躺在白纸上打哈气。它也已经很累了。扭头看了看墙角的时钟。此刻，十一点的钟声毫无预兆的响起，它没有被吵醒。在过去的一百三十二天里，它已经被我模仿了太多次，耗费了三叠厚厚的打印纸。它带着满意的表情打着哈气，迅速陷入了纸醉金迷的幻梦中。跑龙套的工作令它倍感疲惫。我已经可以画出它的模样，一个完美的正方形。这个自己终于掌握了。她拍手叫好，兴高采烈的朝我的右侧脸颊送来一记香吻。我被一记突如其来的香吻蛊惑，左手失去了紧握的力量，双手一把将她搂在了怀中，自我吹嘘得虎虎生威。

我是怎么做到的？你不断的努力、不断的学习、不断的听取意见、不断的鼓励自己、不断的失败、不断的坚持、不断的付出。我怎么可能做得到？事实上，你曾经就能做到。我曾经绝对做不到？不，你曾经就能做到，很多年前就已经能做到。凭什么这么肯定？就凭你独一无二的资质。我独一无二的资质，就能为所欲为的做到任何事情？不是的，话不能这么讲。你理解错了。那么应该怎么讲？你很早就能徒手画下一个正方形，自从你能徒手画下一个笔直的线段开始就可以做到。那时候为什么没有发现？因为，没有人提醒你可以做到那样的事情。你是千里马，但是这个世界上很少有伯乐。纵使大马路上的一匹千里马被一辆价值百万的兰博基尼给撞死了。他们也绝不会去为那匹百年不遇的宝马流泪哭泣，而是为了一堆破铜烂铁而争得面红耳赤。他们什么也不知道，他们的右脑一片空白。左脑的智慧怎么可能看透这个世界，这个原本就不是圆形也不是平行状的空间。你想想看，造物主看着这么一群低俗的生物是多么伤心啊。我为他们感到难过，为这个世界默哀。你不用难过，也不必默哀。这是他们自己造成的，那个世界也是他们造就的虚拟世界。纵使他们试图毁灭一个自己亲手创造的世界，你也不需要为这惨痛的代价负责。你什么也没做，不管你的事。不，我活在这个世界上，理应为这个世界负责。你把自己看得太重了。你只不过是铁一中高中二年级的一名学生，有什么资格去谈为一个世界负责？他们从来就不为自己的罪行负责，更谈不上道歉。他们学会了不要脸的本领，可以带着杀人犯的罪孽站在红十字会的门口，抱着二岁大的婴儿、对着麦克风、朝着千百万的子民、手捧一张空头支票的打印文件、述说自己的丰功伟业。他们不是你，你要搞清楚这点。可他们也是人啊？他们之于这个世界的外在是人，可是之于这个世界的内在，早就已经不是人了。他们什么时候不是人啦？他们早就不是人了。很多年前的，纷争开始之时，他们就已经不是人了。他们退化了，毫无预兆的自行退化，退化的速度连造物主都感到惊讶。我怎么没有觉得他们在退化？现在的你看得还不够透彻。因为，你的右脑还没有得到完全的开发。你还在用左脑看世界。你用左脑控制自己的一切行为，吃饭、睡觉、写字、解手、扫地、行走、打字、奔跑、性交、打篮球、看电影、看电视、看杂志，一切举止都仅依靠左脑的指示，右脑一年三百六十五天，仅有不到十天上班报道。大脑的真正能力未能得到彻底的释放。你现在的思考状态完全处于婴儿的启蒙阶段，以吸取画面与听闻声效的方式去了解这个世界是远远不够的。你必须闭上眼睛，屏蔽掉耳边的喧嚣，动用思考的脑髓以灵魂的名誉去感受周遭的事物试图透露给你的真相，而不是他们掩盖之后竭力灌输给你的虚拟假象。当你领悟到那种语言，掌握那种能力的时候，你将会意识到这个世界现在正在以怎样陡峭的速度回归到盘古开天辟地时的混沌状态。我必须尽快掌握那种语言和那种技能。时间已经不多了，时间真的已经不多了，他们还在欢天喜地的用烟囱毁灭这个世界；时间已经不多了，时间真的已经不多了，他们竟然掌握了掩盖真相过滤一切制造假象的本领；时间已经不多了，时间真的已经不多了，我必须在那个世界被彻底糟蹋干净之前，用那种语言去证明那个世界那一部分人的存在价值。我必须隐藏起来，真相的背后是怎样可怕的事实？这个自己，现在无从设想。设想永远都是不靠谱的，真相就是黑客帝国的母体，一个个试管的胚胎酝酿出一箱又一箱毫无知觉的躯壳。我必须停止设想。你必须睡觉了，已经很晚了。我停止了漫天的思考，双眼失去知觉的望着台灯的光速之下的完美正方形，双手搂着不存在的肉体陷入了一个醉生梦死的幻梦里。

你陷入了一个醉生梦死的幻梦里。我眼睁睁的看着一身白色内衣的她缓缓离我而去，冲着那个渐渐软弱下去的东西投了一记不屑的眼神。她离我而去，剩下这个空虚的自己平躺在洁白如新的床铺之上。我的那个东西陷入软绵绵的境地。它不再坚挺，因为她的离去。我孤独的平躺在床头，视线模糊不堪的仰望着房间天花板中央倒挂金钩的金字塔。金字塔的尖顶在粉红色的灯光折射下，泛出点点星光。星光在粉色的天际染成一线，完美的光泽感。我忍不住稀里糊涂的感慨一通，感慨没有结束，一个柔软的东西触碰在了自己右手的手心。我不知所措的转过身，试着揉揉眼皮，视线无法在短时间里清晰，但是可以肯定的一点，那个触碰自己手心的是一个人。我带着不解的疑惑立起身子，靠在床头，将视线焦距调整，很快我看到了她。她回来了，之前身着粉色连衣裙的少女回来了。她换了一身装束，但是难掩熟悉的脸庞。她完美的脸庞犹如黑夜里天边一轮皎洁的明月倒影在心间。她满是笑意的望着我，笑意在朦胧的光晕下显得是那样的模糊，模糊得令人心碎。我不断的揉搓着自己的眼皮，试图看清楚她的模样。她飘逸的长发在粉色的光线映衬之下，显得若隐若现。细细的发丝披在柔嫩而洁白富有独特光泽的肩膀上，乳白色褶皱露肩短袖上衣，透过光线清清楚楚的承托着一对丰满而圆滑的胸部。腰部被一条棕色的皮带包裹着，细细的腰围下面，淡蓝色的蕾丝裙角被突然之间从某个墙角吹来的一股寒风刮起。她满是不好意思的、用双手果断捂住腰部下面那个地方。那个地方透过淡蓝色的蕾丝裙角，隐约可以感受到如饥似渴的期盼。我从上到下的来回打量着她的模样。一分钟前，她离我一步之遥。此刻，她离我半步之遥。现在，离我不足一尺的距离。她在我触手可及的范围之内。我忍不住挺直腰板，俯视她的下面。她双脚裸露的站在冰凉的蔚蓝色瓷砖上，似乎因为寒冷的地板的缘故，正在颤抖不已。淡淡的粉色光晕，因为她的颤抖变得更加光怪陆离且拥有了挑逗人心的娴熟技巧。她缓缓的、以帧数的频率向我靠近，微微的笑意令人心碎。我的心彻底被她瓦解。我被她的乳白色褶皱露肩短袖上衣瓦解，被她飘逸的细细长发瓦解，被她具有独特光泽的香肩瓦解，被她棕色的小皮带瓦解，被她淡蓝色的蕾丝裙角瓦解，被她丰满而圆滑的胸部瓦解，被她完美的性感身材瓦解。我下意识的展开双手，又或者可以视为伸出双臂，原本戒备的心理被她侧面袭来的一记深深的拥抱彻底俘虏。她靠着我的右侧肩膀依偎，犹如一艘落难的游轮寻找到了海岸线的灯塔，停靠在海港上尽情享受充沛的补给。我能真实的嗅到发梢与肉体融为一体的淡淡清香。那股香味，不是杭州西湖断桥湖畔的铁观音，不是来自香奈儿的顶级薰衣草香水。我不知应该选择哪一个与味道有关的形容词来修饰，才能匹配得上她的灵气。我试着开口却全无力气。我哑口无言，失去了表达欲望的能力。她缓缓向我逼近，两人此刻相距一厘米的距离。这下，我彻底看清楚了她胸部的形状。那是呈椭圆型，完美而肥硕的两个肉球。她的上身除了乳白色褶皱露肩短袖上衣，再没有穿其它任何遮掩的东西。完美的肉球透过粉色的光线，穿过乳白色的遮掩屏障，完完全全的呈现在眼前，乳头的凸起部位以精准的角度击溃了眼球的防御工事。我正打算往下继续观察她淡蓝色蕾丝裙角下的那个地方的模样，她却以迅雷不及掩耳之势跨上了我的腰间。她的那个地方居然毫无遮掩的屏风。现在，我们俩仅仅相距一毫米的光年。她没有开口，保持着永恒不朽的淡淡笑意，嘴角微微上扬，没有一丝皱纹的脸庞，犹如一块充满无限可能的魔方，变幻着所有欲望的死角，笑意正面迎接着我的注视。我不好意思的故意扭过头，抬头看了看天花板，不料上面除了粉红色的光线什么也没有。金字塔消失了。她的香肩吸收了金字塔的光泽，蛊惑着人心所有的可能。我用尽全力贴近着她的脸颊，紧靠着她的飘逸长发，两人簇拥在两个世界的尽头。这个尽头没有时间，也没有空间的概念。只有相拥的永恒。她在地平线的某个端点完全的抱紧了我，我的那个地方早已彻底的僵硬。它匆匆告别了短暂的软弱年华，化身为一面高耸入云的旗杆。它等待着，极度难耐的等待着一切可供穿透的物体。它是愿意去穿透一面钢板的。它已经疯了，它失去了控制。这个自己也跟着它一起暴走。我们两个连在一起长大的兄弟，此刻因为她的出现一块儿失控。当意识穿透知觉的瞬间，我后知后觉的意识到自己已经进入了另外一个世界。一个醉生梦死的世界将两人链接在一点。她飘逸的长发随着地平线的端点开始左右前后、上下高低的扭动。我扒光了她的衣物，乳白色褶皱露肩短袖上衣被撕毁，丢在床底下。她淡蓝色的蕾丝裙子连同棕色皮带被我一起销毁，所有遮掩的糖衣全部消失得无影无踪。我使劲全力抱紧她满是热量的身体，她的肉体很快夹杂了淡淡的汗香，无法用形容词加以修饰的香味。她的笑意此刻变为了醉意，脸颊泛出片片红晕，喉咙深处小声嘀咕不知名的呻吟，来回撮合着两人的邂逅。她不假思索的抱紧了一个从未相识的年轻男子，双手抱着我的后脑勺，扭动着身躯。我抱着洋溢着满足感的肉体，不经允许的将那个东西探进了那个陌生的通道。她下意识的一阵喊叫，很快接受了那个东西的莫名造访，丝毫没有抵制的情绪。那个通道拥挤而狭窄，一片黑暗的地下通道。那个东西犹如一个探路者般巡查着前方潮湿而温暖的沼泽地，每前进一步都小心的回头张望一番，担心路的尽头会是失落的悬崖。十秒钟的功夫，我很快探查清楚了通道的形状。它原比想象中要简单。我的那个东西在通道里兴奋地来回奔跑，跑进去又跑出来，跑出来又跑进去。她的汗水滑落一地，与我的汗水连成一片，整个床头彻底湿润。那个东西僵硬无比的贯穿了通道的所有墙壁，连一丝空气都无法参合进去。我占有了她。我试着推开她，却无法推开下面链接完整的那条线路。她脸上的汗水，跟着一滴接一滴的落在我的腹部。所有的汗水随着肉体一起燃烧。我的灵魂开始升华。她的呻吟声随着撮合的频率一道加快。我将裸露的灵魂彻底的暴露在她诱人的躯体之下。她闭着双眼，感受着一个狼人的放纵。我不断的怒吼，嘶声力竭的怒吼，双手死死的揉搓着她的两个巨大肉球。她死死的抱紧我，急促无比的呼吸。我们进入了永恒的境地。在抵达永恒的煞那间，在灵魂死去的前一秒，在她的呻吟声达到顶点的那一刻，我一泻而出。你一泻而出。我一泻而出的在她的通道里面肆意灌溉。她湿滑的田野被突如其来的潮水淹没。我不断的灌溉，所有库存的养分全部倾泻而出。她接受着肥料的土壤，缓缓停止了扭动，渐渐收住呼吸，调整心跳频率，在灌溉结束的第一秒毅然离去。她离开了我，离开了床铺，毫不在意下面沾满的乳白色液体，低下头拎起凌乱的衣物，光着脚丫匆匆转身而逃，消失在了粉色的迷雾中。我看着她渐渐远去的背影，充满弧度的躯干，完美的轮廓，离开永恒的境地，回到了这个世界。我从梦中贸然惊醒，神色恍惚的立起身子，看着墙角的时钟，凌晨三点四十二分。内裤里侧隐约感觉到些许粘糊糊的，不自然的东西，充满热量的液体正在沿着盆骨四处蔓延。我谨慎的推开被子，注视着头顶倒挂着的金字塔，失落的跨开双脚，慢慢溜向厨房，脱下裤子挺起腰部，用冰凉的冷水清洗掉那些遗弃的乳白色液体，那些没有归属的私生子。这已经是第几次了？我用冰凉刺骨的水，拍打着自己沸腾的脸角，望着镜子里的那个少年，反复盘问黑暗中不是自己的自己。

我带着不是自己的自己回到熟悉而陌生的环境中，日复一日的在虚情假意的校园里面假装学习低级的智慧。他们之中目前只有一个人察觉到了真实的李逍明。虽然只是一瞬间的诧异，并不能称得上是完全的发现。那个人在一次课堂上意识到了不同之处。我在教室的同一个位置用同样的眼神扫视着人行横道的分界线，以及那个多出来的特殊符号。满脑子幻想着女人的各个部位，因为彻底消亡的生理卫生知识讲座，这个自己只能被迫自我意淫所谓的青春期教育课。我丧失了这个世界上，作为一个活着的男人理应懂得的基本常识。无知的幻想与探索充斥着每一个空虚的夜晚。我很快意识到了一点，这个世界上的教室里面教给你的东西，永远都不会是最需要的东西。你最需要的那些东西，永远需要自己去寻找。那些课堂上教会你的历史经验与科学理论，使你彻底沦为一个机械化的复读机。你只能强迫自己被动的吸收那些前人遗弃的符号，进而通过反复不断的背诵与摔倒将其转化为自己的一部分，而不是自身的一部分。我带着意淫的基调排斥着耳边此起彼伏的数学公式，神态举止无不引起他们的注意。他很快发现了我的异常举动，走到跟前低下头一起看向地面。光滑无比，什么也没有的地面。于是，教室瞬间陷入沉默，所有的同学跟着一起看了过来，带着好奇的笑意全部低下头望着什么也没有的大瓷砖铺设而成的肮脏地板，后排的几位高个子同学索性溜到了前排打探虚实。我意识到危险已经完全降临，迅速站起身子向一旁的老师提问。他面带困惑的望着我，失去了继续低头观察的兴致，静心等待着问题。我措不及防的问道，女人为什么没有那个东西。少顷，整个教室发出了通天的声响。他们全部被逗得捧腹大笑，笑翻在地，笑得集体流眼泪，纷纷向这个自己投来无知的眼神。我知道自己的无知换来了危险的远去，但是身前的这个老师依然面不改色心不跳。他带着严肃无比的表情跨过笑声的喧嚣回到讲台上，将一张巨大的女性生殖器官的示意图展开挂在黑板上，迅速开始有模有样的解释起来。他的表情毫无懈怠可言，异常危险的姿势，双手来回触碰女人的那个地方，口里郑重有词的分解各个部位的名称。他竟然带着女人的生殖器官示意图来上数学课。他是多么伟大的园丁啊，我忍不住跪倒在桌面上。他一边开口解释一遍不断试图隐藏掉对于我的怀疑。我已经感受到他的心跳开始加速，跳动得异常剧烈。他心不在焉，犹如教室里七成以上的同学一样，人在此处、心在外。我悄悄合上双眼，果断调整视网膜的焦距，感受到了他脑子里此刻正在泛起涟漪的困惑，那些试图隐藏的秘密。秘密居然如此复杂而卑劣。他通过重重关系贿赂他们，他们不无意外的被一大包毫无意义的草稿纸所收买，收买得心满意足。他趾高气昂的从县里的低级教师迅速提升为市里的十佳先锋模范，直到现在铁一中鼎鼎有名的数学博士。他摧枯拉朽的将自己从一个卑鄙愚昧至极的模仿者提升为了这个世界上的先知，高调预言数学将成为不久以后所有学科中最为重要、最具有进化价值的一门课程。他满脸诡异的表情，无不时刻试图掩饰自己虚假的真实面目。我无法去设想那个虚假背后的班主任会是一个什么样的东西。他绝对不是会他，他会变成它。一个不是人的东西。一只为了低级目的而出卖尊严的流浪狗。他略带磁性的和蔼嗓音糊弄了年级里九成以上的学生，以高素质的情操连连博得校内领导的多次嘉奖。可是，所有高尚情操的背后，为的不过是那赤裸裸的草稿纸，以及一车厢根本没有任何意义可言的荣誉证书。他每天戴着虚假的荣誉，裹着大把大把的草稿纸站在讲台上表演。一个小丑演员站在讲台上独自表演四十五分钟，从不问及台下的同学是否喜欢自己的表演。我看着小丑演员表演，面无表情。这个世界上所有的小丑演员，虽然从未接受过统一的规范化教学，但是步调与神态皆属一性。他们的表演以同学们好开始，以同学们再见收场。四十五分钟的时间，他们来回奔走于教室的各个角落，用右手粗鲁的握紧粉笔在整洁的黑板上肆意乱画，将课本上的知识原封不动的抄袭至黑板上，然后带着自豪的表情解释一通。解释的过程无比漫长、无比简陋、无比低级。他们靠着解释约定俗成的陈旧知识换取酬劳，愚弄台下的所有学生，进行极为隐蔽的思想腐化。我失去了继续观察他的兴致。他结束了对于女性生殖器官的涛涛解释，带着满嘴的淫欲草草收拾好设定图，紧接着开始如何寻找辅助线的教学课程。我知道他是一个很无趣的人。因为，他像他们一样，喜欢将自己的快乐建立在别人的痛苦之上。他将李道明不及格的数学试卷散发给整个年级的同学传阅，宣导不学无术的行为是多么的罪大恶极。李道明不再是一个人，而是垮掉的一代的代名词。我知道他是喜欢刁难这个自己的。他时而迟到，有时是一分钟，有的时候是半个小时。至于迟到的具体原因，从未向人任何人解释说明。他竟然也学会了隐藏自己的技能。可是，不幸的是，我一不小心发现了他试图隐藏的秘密，在一次趁着课间溜到校外购买满意早晨的上午第二节课之后。

我将鲜肉包和草莓味的袋装牛奶藏在上衣内侧的口袋里，踩着小碎步，哼着多瑞秘法索拉喜多的七阶音符快步走向教学楼。一路上人烟罕至，他们已经全部迎着上课铃声回到了岗位上。他们训练有素。我意识到如果不能在他来到教室之前回去，必然引起极大的怀疑和遍地的指责。他们绝对会以此为借口来刁难这个自己，并且迅速展开侦查工作寻找我的真实身份。我加快步伐，低头前行，然而，在离教学楼一步之遥的角落，一阵熟悉的心跳声引起了这个自己的警觉。那阵心跳声，无论是跳动频率还是舞动节奏都与他的一模一样。不会错的，我当场断定就是他。我悄悄改变线路，变幻节奏，朝着停放自行车的角落进发。一分钟后，我站在了停车场的一侧，他被我发现了。我先发制人抓到了他的弱点。他的弱点竟然是如此的低俗，一点都不经推敲。我放下肩膀上疲惫的负担，将早餐塞好，缓步故意向他靠近。他意识到了我的存在，毫不留情的全力推开了怀里搂着的妙龄少女，少女带着不解的眼神卷起铺盖拾起落在地上的衣物，与我擦肩而过，迅速消失在楼道深处。他快速朝我奔了过来。我原地待命，停止移动，满脸无辜的表情。他二话不说送给了我的左脸一记重重的耳光，左侧脸颊迅速泛起红色的手掌印。我带着满足的谢意请求他再来一记耳光，最好扇在右侧，以求对称。他毫不犹豫的接受了邀请，迅速给右侧的脸颊扇了第二个耳光。他带着满足的自豪感离我而去。我跟在他的后面，不断的说着抱歉。他没有接受歉意，径直朝着喧哗的教室走去。我们两人一起站在了教室门口，他们没有发现异常，只是坐在椅子上打闹成一片，没有察觉到这个迟到的李道明。我回到座位上，将他在不经意间被我抓到的那个东西塞入书包底层，带着炽热的脸颊，忍住眼眶里积蓄的泪水，望着黑板方向的某个点，放空所有存在的思绪。

迎着放学铃声，他匆匆而逃。待所有的同学离去之后，我背起书包绕着空旷的教室漫步，忍不住再一次的观察人行横道上，那个多出来的特殊符号。三个月过去，它没有产生丝毫的变化。箭头依然是箭头，翘起的尾巴依然翘着，看上去没有任何异常的动向。没有量变，更谈不上质变，我坐在过道的一张椅子上低头思考。笔直的身躯依然保持着完美的直线型，翘起的尾巴呈现着不变的半圆形，箭头的指向依然朝着教室的门口。箭头的指向依然指向教室的门口？教室的门口，学校的门口，学校的门口的那家小吃店，小吃店后面是铁路，铁路后面是铁路一村，再后面是铁路二村、铁路三村、铁路四村，直到这个世界的边缘。不，不太可能是铁路职工的住宅区，那里鱼目混珠，各色人等混杂在一起，他们绝对会意识到不寻常的地方。那个人不会选择那么低级的方法，那个人是考虑周全的计划人士。否则，就不会画下如此特殊的符号在教室的过道上。箭头的方向饱含寓意，同理，翘起的尾巴也是一个提示。但是，眼下的这个自己无法理解半圆形状的尾巴具有什么特殊的价值。它不过是翘了起来，仅此而已，似乎看不出更多的含义。目前最大的突破口在于箭头所指的方向，除了校园以内，便是校门口每天必经的小吃店。小吃店目前是最大的犯罪现场。那个人或许在校内或者在校外准备了第二个可供察觉的东西。是的，我在心底断言，那个人早就已经做好了第二个符号，只是这个自己一直没有去追查。如此醒目的箭头提示，我居然没有去多加反思。

我带着愧疚的心情整理好凌乱的桌面，收拾好讲台上的粉笔盒和粉笔擦，关好所有的电灯，锁好教室的大门，一路快步走向停车场。我扶着自行车加速前行，书包里的那个东西不停的鼓挠。我知道它试图逃脱，逃脱我的控制范围。但是，它已经不具备逃脱的机会了，基本上不存在勇闯夺命岛里的尼古拉斯·凯奇那样的生还几率。我把它囚禁在了霍尔木兹海峡的最底部，纵使是最可怕的海底火山运动也无法拯救它。它不可能被他们察觉。他们看不到灵魂。我背着灵魂站在小吃店的门口，将自行车靠在路肩上用大大的地锁锁好。我踩着问号前进，前方铺设了一个又一个连接在一起的问号。一个又一个符号遍地都是，似乎早已铺设好的地面图标。我越过问号，在小吃店门口购买了一串里脊肉便选择原地驻足观察。店门口的所有消费者表情各异，但是不具备可供追查的痕迹。他们满脸幸福的表情，沉陷在虚假的泡沫之中，难以自拔。小吃店的招牌依旧斑驳老旧，毫无被粉刷的痕迹。门口的三棵小树依旧健硕，没有被人推倒的概率。地面一如既往的肮脏，乱作一团的垃圾被丢在各个角落。他们从所谓的学校里，竟然连最基本的卫生常识都没有学到。他们什么也没有学到，他们被该死的学校软禁了。各个角落。各个角落。各个角落。各个角落。各个角落。各个角落。我在心底快速层叠讯息。各个角落。各个角落。各个角落。各个角落。各个角落。各个角落。各个角落？是的，有一个角落，与箭头所指的方向一样。没有错，正是身后六米开外的垃圾堆。我草草结束里脊肉盛宴，踩着焦急的步伐快步走向空无一人的垃圾死角。为了不引起任何人的怀疑，我不断用餐巾纸擦拭着嘴角，假装走向垃圾车投掷垃圾。我心怀不安的站在垃圾堆中央，开始迅速扫视墙角、地面、垃圾车、碳酸饮料的铝制瓶、塑料袋、卫生棉、方便面的盒子、一次性饭盒、笔直的停车线。笔直的停车线，是的，笔直的停车线，垃圾堆一侧的停车线，竟然如此的笔直。我越过垃圾堆，毫不在意半空中四处飞舞的纸屑，焦急地向着更深处的巷子走去。我在空旷的停车线附近四处低头寻找，紧闭双眼寻找一切可疑的痕迹。十分钟的寻找结束，一无所获。我带着郁闷的心情踱步回到垃圾堆，将手中沾满汗渍的餐巾纸丢入垃圾车里。一次精准的抛投，完美的弧线，餐巾纸坠入垃圾车的门框之中。我转身起步，准备离去。然而，身体在迅速旋转的煞那间，这个自己感受到了脚下的不同之处。一股熟悉的力量彻底笼罩了自己。是的，就是很多年前在羊子小学门口路灯下感受过的独特能量。一种束缚感从头至脚环绕了自己。我轻而易举的脱离了能量的束缚，在脱离的瞬间，这个自己意识到脚下此刻的事物不是别的东西，正是一个分界圈。此刻，眼前所有的垃圾纸屑全部漂浮于半空中，这个圆圈中间的一切物体完全不受这个星球引力的影响，获得了悬空漂浮的能力。十分钟之前，这个自己信以为是西北风吹来而造成的漫天飞舞，居然会是因为分界圈早就的真相。风平浪静的此刻，身旁空无一人。恶臭味扑面而来，我屏住呼吸，调整感应球的跳动频率，迅速俯下身子用双手推开遍地的垃圾，在垃圾退去坠入地面的那一刻，一个完美的圆圈呈现在了眼前。一个在傍晚六点的黄色昏暗之下，散发着独特光芒的巨大圆圈。这里，竟然有一个分界圈。我跪倒在地，书包沉沉的丢在地面上，双手来回感受着圆圈的光芒，一阵无比熟悉的感觉涌上心头。这是谁画的分界圈？这难道是那个人画下的分界圈？那个人竟然掌握了画分界圈的能力？这里有分界圈，那么，铁一中附近就一定存在入口处。分界圈与人口处从不分离。我站起身子，不再思考，转身离开了充斥着恶臭味的垃圾堆。回到停放自行车的树下。将自行车解锁，我推着车缓步沿着人行横道前进。这附近绝对有入口处。我在心底断言，绝对不会错的。

黄昏远去，夜幕降临。我沿着铁一中田径场的外沿绕行一周，从小吃店到公共厕所，连公用电话亭也没有放过。暮色完全降临下来，所有十字路口的红绿灯在黑色的布景下显得格外醒目。我失落的扶着自行车站在十字路口的旗杆下，仰望着西面的北斗七星。北斗七星完美的排成一个曲折的弧线，位于天际的角落，寂寞的俯瞰着这个世界。这个巨大的世界，这个时而巨大，时而渺小的花花世界。我闭上眼睛，扪心自问，那个人为什么要在一个垃圾堆里画分界圈？如果是出于隐藏的目的，那么，他完全可以在公共厕所后面的墙角画分界圈，而全然无需担心它被人发现。他们非常单纯，远没有想象中那么复杂。只要是恶臭的角落，肮脏的地方，基本上都不愿意去调查。他们带着纯洁的面具，怀着恶魔的心脏来回穿梭于街头，隐藏了腐朽的自己。是的，隐藏自己，这并不是你领悟到的技巧，而是他们教会你的。我的嘴角微微上扬，在穿过第三个十字路口的瞬间，眼角感受到了那片光芒。是的，就是它。我下意识的减缓脚步，任凭身旁的行人匆匆而逃，他们集体朝着一个方向奔走，剩下孤独的这个自己靠着路肩原地闭目养神。我调整感应球的跳动频率，将自行车就地正法的锁好，耸了耸肩膀，掂量了一下沉痛的负担，揉了揉满是疲惫的眼角，搓了搓满是伤痕的脸颊，鼓起勇气勇气，以不达目的誓不罢休的决心朝着光芒的方向大步前行。我大步流星，朝着光芒加速行进。光芒是海市蜃楼，似近非近，我带着恍惚不定的神情感受着光芒的呼吸。它的呼吸异常缓慢，俨然犹如一只濒临死亡的喜鹊的薄弱心跳。它没有了正常的呼吸节奏，或许是因为在睡觉，或许是因为受到了别人的伤害。受到了伤害？不可能，入口处从来都是保持着极为完美的隐藏方法。若不是擅自的暴露，它基本上隐藏于这个世界之中。它是森林里的吸血鬼，永远也不存在的事物。看不见即意味着不存在，物质决定意识，这个道理是他们说的。他们说的道理八成可以理喻的，剩下的两成便是狗屎。我将两成的狗屎丢在路边，招来一只普拉达女皇的狮子狗叼着大便奔跑。我看着狗吃屎的模样忍不住窃喜，在窃喜消逝的瞬间，光芒已经完全呈现在了脚下。你抵达了入口处。我抵达了入口处。我抵达了一个从未见过的入口处。这个入口处竟然就位于报刊亭左侧不足十米的店铺门前。这个地下商城的入口处保存完好，我暗自庆幸。它目前还没有被他们发现。我带着激动难耐的心情试图穿过入口处冲向那个世界，可是，计划敲定的煞那间，一阵喊声从正后方传来。我顺着喊声的隧道，快速回过头，看到不远处的执行者正在将自己的自行车拖上大卡车。我灰溜溜的一路加快步伐走回原点，朝着他们百般苦诉依然毫无办法。情急之下，灵机一动，我将沉甸甸的书包放下，迅速从底层的掏出五张百元钞票，一把塞入了满脸仇恨的执行者的手中。他二话没说，带着愧疚的表情命令手下将自行车物归原主，紧接着跪在了我的面前。他为了得到五张一百元的钞票，毫不犹豫的放下了尊贵的头颅跪在了我的面前。他不停的向我磕头，短短十秒钟的时间，他居然已经磕了十四个响头。他的头颅因为剧烈的碰撞而受伤，鲜血随着崩裂的头骨流出，满是鲜血淋淋的模样，仰望着高尚的这个自己。我点点头，表示他可以将草稿纸带走。他又磕了一个响头，带着满足的表情转身挥了挥手，满载着收获的喜悦驾车离去。*你用五张草稿纸便轻而易举的耍弄了他们。他们竟然为了一堆毫无存在价值的草稿纸跪在肮脏的地面上向你磕响头。*我一边将自行车再次锁在了大树下，一边再次背着书包走向入口处。他们纸醉金迷，没有意识到三十米开外的异常。我掂量着书包里仅存的七千五百元钞票，大哥的筹码如今已经被这个自己挥霍得差不多了。差不多的悲剧——悲剧在于两千五百元的耗费，并没有带来任何实质上的改变——这个自己既没有掌握徒手画下一个完美圆圈的技能，也没有领悟到那种语言的真谛。一切如故，原地踏步一二一。原地踏步一二一，我哼着小曲儿回到入口处，入口处的墙壁完好无损，内部依然黑暗无比。门前停放的十多辆破旧自行车令原本拥挤的地方越发拥挤不堪。我站在入口处，下面黑暗的台阶深处传来阵阵清脆的潺潺流水之声。水声断断续续，但丝毫没有干涸的迹象。水声是真实的。水声是真实存在于这个世界的事物。我点点头，很快意识到这里是不安全的地方。他们随时可以编造一个借口，将一位站在地下通道入口处原地驻足啃手指的未成年男生拒捕，流放到鲁宾逊漂流记里的太平洋岛上吃薯片过日子。这里是不安全的地方，我自问自答。那么，这个世界现在哪里又会是安全的地方？这个世界上的任何一个地方，哪怕它自诩为极乐园，也没有一个人可以信誓旦旦的保证它是绝对安全的。虽然，预见不到彗星撞地球，也看不到太阳的紫外线袭击。但是，除了造物主，我们完全处于，并且永远处于被动挨打的位置上。我站在随时准备接受洗礼的入口处，不断拷问自己的灵魂。我猛然想到不久前北半球某个超级大国遭遇的恐怖袭击。恐怖袭击是自导自演的悲剧，还是中东贫苦百姓的无趣挑衅，从未有人知道真相背后的事实。事实过于可怕，可怕得连肇事者都不敢承认自己的罪孽。我扇了自己一个耳光，拒绝了毫无意义的幻想，低下头，不无意外的感受到了脚下半米开外的分界线。是的，这里也有一条分界线。不，它不是分界线。我在一秒钟的观察之后拍案断言，它不是一条分界线。至少，它不是记忆中分界线的形状。记忆中的分界线以完美的直线型线段呈现，然而，此时此刻，脚下的这条完全变化的线条，已经不可以用那三个字来形容了。这里的分界线，难道已经发生了质变？我无法不去追查这个令人惊悚的真相。真相令人难以置信。真相不需要证据。真相摆在事实的身后，死亡在谎言之前。不，这个真相不能用肉眼去感觉，必须闭上双眼去触摸。我彻底俯下身子，左手带着温柔的质感抚摸着它的完美轮廓。它进化了。一瞬间，这个自己联想到了它在这个世界的映射，一个类似的图形符号就在书包里面藏着。

我迅速将书包从肩上滑落下来，毫不在意肮脏且散发着痰水味的恶臭地面，将里面的一本教科书翻了出来。整洁如新的数学书。我透过第三空间隐约反射而来的点点星光，毫不犹豫的翻开书本果断的在目录中寻找那个字眼。五秒钟的功夫。映射的名称被我发现。第一百二十八页，中间位置的这个图形。我仔细的端详了一番书本上的图形，又转头鸟瞰了一番地面上的独特符号。是的，就是它了，不会错的，正是这个与数轴呈对称状的抛物线图形。唯一的不同点在于，抛物线是没有端点的线条，而此刻脚下的图案是拥有端点的线段。一条完全对称的抛物线段，完美得令人咋舌的线段。它竟然在没有原点的条件下，与书本上的抛物线一样，拥有了巧夺天工的弧度线条，犹如发育完美的女性曲线，令人浮想联翩。为了确定无误，我再三来回端详了两者的差异。除了有无端点，最大的不同之处还在于地面上的对称抛物线段是散发着独特光芒的。然而，这个世界上所有的线段是不具备自然放光的能力的。它不是这个世界上的事物——它是进化后的分界线——分界线的进化版，我擅自给它取了一个名字，在心底默念了一遍。分界线的进化版，我重复了一遍，试着寻找原点的具体位置，可是完美的抛物线令这个自己垂涎欲滴。我毫无知觉的失去了支撑自己的力量，数学书连人一起滑落在了地面之上，双眼继续凝视着美景。它不是麦田圈，可是，它独一无二的特质光芒令人陶醉。一股灵性的智慧透过光芒告诉自己。它虽然完好，但是它需要帮助。你应该帮助它。我为什么要帮助它？它不是好好的吗？它不是正在努力做好自己的本职工作，吸引更多的传达者来此，汇聚力量，抵御他们的攻击，保护入口处吗？可是，它需要你的帮助。我帮不了它，它好好的，为什么需要我的帮助？它很快就会死去。事实上，它现在正在悄然死去。

事实上，它已经走在了通往地狱的崎岖山道上。我收到了脚下那个世界传来的讯号。讯号极为迅速，毫无客气的意思，直接塞入了自己的右脑。一条这个世界绝大多数的人无法领悟到的短信，一份来自于地下世界夹杂着眼泪与愤怒的战帖，一次发现同类必须报以欢迎光临的热烈祝贺。我将爆竹和烟火塞入口袋里，不打算此刻点燃。因为，我还有更为重要的事情必须去完成。右脑果断的娴熟的破解讯号的含义，含义简单且带有心跳的频率。讯号什么时候拥有了心跳的频率？难道一条手机短信也能拥有心跳的节奏？这实在是太荒谬了，常人无法接受的事情。我运用生平所学的一切知识试图解释心跳的由来，可是毫无边际可循。我努力的脱下它一层又一层的迷彩伪装，脱衣服的过程异常艰辛。二十分钟原地驻足的思考过后，一个充满温度的内核呈现在眼前。我双手捧着带有心跳声的大红色内核，失去了触摸一个心脏的勇气。一个活着的心脏此刻在双手之上缓缓跳动，静脉与动脉的血管已经遭到割裂，但是技术上不存在修补的难题。难题在于这是谁的心脏？它为什么要与我相会？我不是医生也不是护士，更不是一二零急救车上的救护专家。一个心脏，为何出现在这个不恰当的时刻？不恰当的时刻，晚上五点二十分。我没有闲情去理睬一个心脏，它过于庸俗，这个世界满街都是心脏。可是，我也无法拒绝它。它粘合在了自己的手背之上，任凭甩踏也无法摆脱。我从心碎到石化，从石化到麻木的观赏着它。它是生物课上的设定图，不过此刻是玩真的设定图。我意识到，意识到了一个残酷的现实。自己的右脑将答案透露给了自己，这个自己愧疚的抱着心脏跪倒在地，书包里面的钞票连同各类教科书散落在肮脏的地面上。不过没有关系，这里一片黑暗，没有人可以察觉，他们不会去黑暗的地方寻找这个自己。因为，他们一直都处在黑暗中，瞎了眼睛的开车、走路、工作、生活、老去。我知道了它出现的理由。它的出现不是巧合事件。那个人故意设置了一连串的圈套，从教室人行横道带有箭头敲着尾巴的特殊符号，到校门口小吃店后面垃圾堆地面上掩盖的分界圈，再到那片经过特别加工的夺目光芒，到眼前这个进化后的对称抛物线段，直到这颗粘着手背无法挣脱的心脏。所有的一切都是提示暗号，从箭头开始为起点，到分界圈的诱惑，到入口处的抛物线段，直到这颗跳动的心脏。抛物线段，它根本就不是一个抛物线段，而是医院病床一侧的心跳感应仪。曲线的跳动，在仪器上显现出完美的上下抛物线弧度。这颗心脏，这颗心脏竟然完全模拟了抛物线的上下频率，完美得令人想要抱着十枚导弹一起扑向夹杂着烟雾和硫酸的异度空间。那个人居然找回了曾经那个自己很多年前，不慎遗失的心跳频率。是的，它才是你真正的心脏。

→

第四部分 练习册

初次见面，可否简单介绍一下自己?

初次见面，请多关照。我叫明逍李。六十一岁。李廉洁的李，李逍摇的逍，李明国的明。我是男的。我的身高一百七十八公分，标准的模特身高，连续六年夺得校级男模殊荣，多次参加省内外的模特比赛，家中的各类奖状不计其数。我的体重二十六公斤。三围不详。已婚人士。我的妻子小家碧玉，小鸟依人，温文尔雅，爱不释手，性感迷人。我现在还在学校读书，并没有任何社会工作经验。目前正在中国最有影响力的北京大学金融管理研究院攻读麻省理工的金融管理博士后学位，即将用四辆火车装载而来的草稿纸来拯救这个世界阴霾笼罩之下的全球性金融危机。我是一个非常注重仪表的人。每个星期一早晨七点的升旗仪式从未落下。清晨六点半起床洗脸刷牙换上整洁的校服，迎着四面袭来的北风独自一人面朝旗杆站在空旷的操场中央目视五星红旗。光彩夺目的五星红旗随风飘扬，我在心底召集了国家演奏中心的乐队，齐声奏起义勇军进行曲，起来不愿做奴隶的人们，让我们迎着不存在的炮火奋勇前进、前进、前进进。我对于大学多年以来，从不曾举办过的晚宴深感遗憾。但是对于校内的社团活动非常满意。我以不同的着装参加不同的文娱活动。植树节穿着朴素的迷彩装，主题班会身着皮尔·卡丹的高级西装，并且佩戴一条朱砂红的高级条纹领带，脚穿价值过万的增高皮鞋。我喜欢穿着燕尾服站在昏暗的舞池中央原地学迈克尔·杰克逊滑步，以期许他们的嘲讽。我的头发是短的。冬天稍微留长一些，夏天基本上保持平头造型，接近于贝克汉姆的发型。我个人非常喜欢罗纳尔·迪尼奥的蓬松长发，有一种妩媚的色情诱惑。可是为了不引起不必要的注意，多年以来从未尝试过发型上的创新。鬓发必须打理干净，头发不能遮挡眼睛的视线，这是一大忌讳。我的头发是银白色的，效仿成龙大哥新中国成立六十周年华诞国庆庆典时期的白色发色。虽然，刘德华曾经也染过白色的头发，但是我的银白色头发经过拉直板的加工之后，既保持了成龙大哥的白色光泽也拥有了刘德华富有飘逸的质感，可谓美不胜收的独创发色。我的那个地方在青春期发育之后开始长毛。具体的发育时间在十五岁生日前后。十六岁的一个寂寞深夜，我曾经在热腾腾的沐浴之后用双手一根接一根的数落过毛从的具体数量，那次的记录是十六根。无可置疑，现在的数量肯定不止十六这个小数字了。最近我没有时间系数毛从的数量，只因为近来的学习课程越发紧张。我对于成人网站毫无兴趣。我是一个真正意义上的三好学生。好学习、好思考、好文学。我讨厌低俗的东西，低级趣味的活塞运动毫无创新精神。千百年来的运动竟然在二十一世纪的今天依然止步不前，毫无开创性的可能。成人网站的图片与文字，我从来就没有看过。我的电脑干干净净，除了小说稿件、自由谈的随笔集、旅行的照片、枪战科幻惊悚悬疑剧情神秘枯燥的高清电影、与好朋友的合影、六张暗恋对象的照片、团委的工作表格、班级通讯录的表格、每个学期的课程电子表，以及一些个人的音乐收藏以外，没有任何与成人二字有关的东西。我很少上网聊天，也很少看网页。我从来就没有听说过成人网站这个词。我不知道你是从哪里听到这个词汇的。我不知道这个问题应该怎样回答。我只知道，百度一下，你就知道。我的自慰周期因为她的到来发生了很大的变动，在认识她之前，我每个星期至少自慰三次，并且保持了非常固定的周期。星期一晚上十点半一次，星期三下午四点半去食堂吃晚饭之前一次，星期六晚上看台湾的美女综艺节目迎着九点的钟声一次。我对于自慰这个枯燥的消遣活动，一直以来都保持着极高的关注度，曾经多次尝试不同的姿势自慰。我很少凝视一个具体的人进行自慰。我对于具体的事物没有具体的概念，具体的事物以不具体的方式存在。我首选的自慰对象一般是暗恋的对象。暗恋的对象并不一定就是自己的妻子。自己的妻子是做爱对象，而不是暗恋的对象。我对于自慰的对象具有非常高的标准：必须是脸蛋可爱，身材标志的年少女孩，最好是不要超过二十岁的妙龄少女，决不允许是臃肿身材的死胖子，或是龅牙妹模样的乡下妹。我自慰的对象是女的，从来没有幻想同性自慰过。我的内裤一共有四条。四条全部都是蔚蓝色的。没有红色的内裤，因为还没有到本命年。如果到了本命年，我一定会去买四条大红色的超级名牌内裤回来，外加四双大红色的棉袜，正好凑一个发财的吉利数字。我没有感受过胸罩包裹的感觉，但是在洞房花烛夜彻底体验了一番被胸部包裹的感觉。我用双手死死的抱紧了她，她的硕大肉球压在自己的胸口令人无法自由呼吸。我被柔软的肉球包裹，被两个球体压迫，身体无法动弹，她的肉球拥抱了迷失的自己。我的学历是博士后。北京大学的博士后学位。我的老家河南省南阳市南召县是一个美不胜收的度假胜地，有着东方夏威夷的美誉。我的父亲叫王大老。我的母亲叫余大嫂。我父亲基本上没有婚外情。我的母亲在外面从来没有过男性朋友。我的父亲的父亲，也就是我的爷爷，他依然健在，目前卧病在床，无法下床行动，完全失去了自理能力。我每天必定去爷爷家一次，三百六十五天，三百四十天不间断。我喂老人家喝水、倒尿盆、叠被子、与他唠家常、仰望墙角十四寸的花屏小彩电、享受泛黄的墙壁散发出的泥土味。我的父亲的母亲，也就是我的奶奶。在我出生的前一年去世。我没有见过自己的奶奶。我只知道她是一个很爱抽烟的女人，对于一切事物置之不理，一派愤世嫉俗之势。奶奶一直盼望着我的早日降临，可是，我没能赶在她离开这个世界之前见到她。我只相信，当那种能力与那个预言融会贯通的时刻，便是我与她相会的时候。我也相信，那一刻总有一天会到来。

你的诞辰时间，以及医院给你的第一印象如何？

我是八八九一年出生的。我是在二十月来到这个世界的。我的准确诞辰时间是八八九一年二十月五日凌晨三十点零二分。我出生的时候没有嚎啕大哭，一点哭声也没有发出。我带着困惑的表情张望着一侧昏睡的妇女，双手摆动着自己的那个东西。可爱的护士小姐随即面带笑容的挑逗了我一番。她轻巧的抱起我，在抱起我的瞬间四下鼓挠一通，带着满足的笑意扇了我一记重重的耳光。我知道她是打算拍屁股的，但是不知为何突然变卦选择了拍脸。护士小姐的胸部平坦无比，犹如香港特别行政区上环平滑的国际金融中心的透光琉璃墙面。她的婚姻情况不祥。她的身高不足一米五。她的体重约合一百五十公斤。她的三围不详。她绝对是不久前调来医院的实习生。因为她看到鲜血的时候，双脚连同手臂一起颤抖不已。整个人神色恍惚，心神不定的模样令肥胖的身躯失去了支撑的力量。她的眼神无比惆怅，身子依偎在心跳感应仪上，双手塞在裤腰袋里不停摆动。我是接到造物主的天命来到这个世界的。我只是迫不得已选择了在那家医院出生。事情紧急，选择就近的医院生孩子这是人之常情的事。我因为一次事故被迫回到那家医院。我在医院生活了三百一十六天。如果加上出院的那半天，可以视为三百一十六天半。医院的墙壁是白色的。九成以上的白色，一成不到的红色。医院空气的味道夹杂着药水、粪便、尿液、痰水味、二氧化硫、一次性饭盒的菜味、消毒水的味道、呕吐不止的刺鼻脏臭味。乱七八糟的味道。医院的厕所非常的干净，从来没有人去那里上厕所。我宁可选择在病床上拉屎也不去厕所里面蹲坑。我对于原地平躺拉尿非常在行，这是天生的本领，不需要任何试炼便可轻松宣泄的技能。我从来没有在病床上梦遗过，一次也没有。那里神圣而纯洁，永远不允许去玷污。我的辍学给这个自己带来了微乎其微的伤害。可以说，没有造成任何形式上的影响。我从来就没有想过放弃。事实上，此刻我万分想要知道的是，放弃这个词汇是哪个白痴发明的低俗词汇。我对于意志是否受到挑战表示万分不解，事实上，我的意志并没有受到任何物质上的挑战。我的意志跟自己的那个东西一样清醒，能大能小，完全可以适时调整容量与节奏。意志受到物质的影响，但是仅仅在第一阶段受到影响，我并没有遭到任何负面影响。我的灵魂从来就没有活过。自从降临于这个世界的那一秒开始，灵魂就因为他们伤人的眼神死去了。死得彻彻底底，死得万劫不复。我不需要灵魂。因为灵魂既不能换来钞票，也无法示人以瞩目。灵魂死亡之后，我以意识不朽的方式永存，运用那个世界不为人知的秘密辨别是否，甄别美丑，区别善恶，去伪存真。我的心理承受能力经受住了挑战，完完全全经受住了挑战。几乎没有费多大的力气，便将奔涌而来的挑战者全部毁灭了。只用一条散发着独特光芒的线段便轻而易举的吓唬了一整片来势汹汹的洪水猛兽。我不喜欢医院的感觉，之于我而言，医院就是马路尽头的火葬场。我讨厌医院，但是，我既不惧怕火葬场也不畏惧医院。我对于护士服装怀有非常浓郁的幻想色彩。欧洲古典文化与东方审美观点的完美融合，穿着白色透明蕾丝袜的可爱小女生，谁都会去幻想白色围裙下面隐藏的会是怎样曲折的隧道。

离开医院之后，为什么要选择隐藏自己？你所隐藏的事件背后，可以透露一些可供人知晓的细节吗？

离开医院之后，我必须选择隐藏自己。因为那个自己身上所藏有的秘密，绝对不允许被他们发现。我并不是故意隐藏事故，而是被迫隐藏的。这点必须理清楚。事故的发生时间以时间轴的坐标推断，位于小学一年级第二学期二月十二日的傍晚。我可以免费描述一下当时的场景。初春的暖风带着麦田的香草气息吹向五点零一分的校园，篮球场上稀疏的热血男儿抱着皮球高声呐喊，我站在走廊的尽头双手插袋，背着书包仰望天边的一朵彩霞。彩霞行千里，完美动人的黄昏美景。我以麦田里的守望者的姿态，恋恋不舍的回到教室，迎着扑面而来的关门声消失在了这个世界的一角。好了，只能说到这里了。我必须声明一点，当时没有警察在场。犯罪证据后来是有被查找到的。肇事者是个男的。他在事故的第二天下午投案自首。理赔金为四位数。我之所以不将他送去地狱，只因为，他不配去地狱。他连去地狱的资格都不配。他应该活在这个世界里面，我请求他好好的活着，千万不要感到愧疚，也不要想到自杀。我宁可保留他的灵魂和肉体，只希望他能真真切切的感受一下，好好体味一番这个比地狱还要可怕的世界。他的身高一米四二。他的年龄是九岁零四个月。他的性取向应该没有很大的问题。因为，我曾经多次看到他挑逗隔壁的班花，用一个三角尺顶她的屁眼在教室的角落。我对于他的肇事动机毫无概念可言。他有七成以上的可能是带着毫无预谋的思想将那个自己伤害的，三成的谋杀几率在事故调查科的报告出来之后彻底消除。是的，这是一场完全的意外——完完全全的意外事故——既没有疑点也没有谋杀的痕迹——这是一次巧合般的意外事故。那个自己没有当场死亡，只是屏住了呼吸，停止了心跳。我不应该当场死亡，更不可能虚脱阵亡。我靠着信仰与坚持活到了现在。我不需要他们的眼神，也从来不在乎他们的看法。我就是我。我就是自己。我隐藏了真实的自己，带着虚情假意的表情匍匐前行，只为一个遥不可及的梦想。我必须掌握那种语言在死亡之前。我不能因为一次小小的事故而轻易死去。我不是无名英雄，我要做有名英雄。我靠着那个世界赋予的技能所提供的力量活到了现在。我的肉体确实受到了伤害，但是伤害仅仅局限于左手大拇指，整个人的肉身依旧保存得完好如故，没有更多异样的地方。我的父亲用几张书法字贿赂了校长。校长跟他们同属一致，带着低俗的世界观看世界，并且将低俗的世界观传授给下一代。我知道校长的笑容里面藏着镰刀，镰刀随着笑意将那个自己穿透。可是，我不怕物理性的伤害。物理性的伤害可以用科技的医疗手段弥补，精神上的伤害更为可怕。幸运的是，他们绝大多数的人还未能掌握精神层面的伤害手法。他们的把戏依旧低俗，用各种言论诋毁精神领域的各色言论。可不幸的是，他们口里说着诋毁，私下里竟然背信弃义的崇拜着神论。校长背信弃义的接受了我，并且接受了我的灵魂赋予他的使命。他因为我的造访，幸运的受到了造物主的恩宠。

试着描述一下此刻的情境？

现在是星期四晚上十一点半，窗外一片寂静，万念俱灰的空房间。房间的电灯全部熄灭，天花板正中央倒挂金钩的金字塔暂时性的失去了完美的光泽。我赤裸全身的平躺在床头闭目养神，听闻夜风的声响，调整频繁活跃的情绪，爱抚自己的那个东西。短暂的爱抚之后，我睁开双眼凝视倒挂着的金字塔。此刻，它毫无光泽感可言。它在寂寞的时刻变为了寂寞的自己。我寂寞的将双手伸入胸腔，将那个寻找到的全新心脏搂了出来。我没有死去，因为它之于这个自己而言已经不再是一颗心脏，而是一个可以灵活运用的感应球。它是得到了进化的心脏。我是因为发现了那个崭新的入口处，所以才寻找到这颗心脏的。我只是被它上面的三个字所吸引。这个自己不可能不被那三个文字所吸引。李，逍，明。这三个字，令我找不到一个拒绝它的借口。它的正面环绕一圈清清楚楚的印刻着自己的名字，这个自己之于这个世界的符号。我必须接受它，并且快速拆除时刻警觉的防御工事。纵使它是一枚随时可能被一条短信引爆的固体炸药包，我也必须试着在爆炸之前的极短时间里拆分它的一切。调查它的真实目的和真实身份，挖掘心脏背后隐藏的玄机，渔翁得利的站在一旁双手插袋。我早已准备好接受死神从地狱寄来的联邦快递，里面藏着黑色的死亡的邀请函。我早已准备好被炸得粉身碎骨，最好不要留下一点残余的肉块，或是遍地的血迹，免得再次污染这个肮脏的世界。我看到了他们的眼神。二十年来，没有一天不被那样眼神所伤害。可是，他们只能伤害这个自己，永远也不可能伤害那个自己。那个真实的李逍明隐藏得太过完美，他才是真正的詹姆斯·邦德，完美的双面间谍。他真的不应该被埋没，我们完全有理由去相信，他将是无间道大陆水货版主演的最佳第六人。

试着描述一下那个新发现的入口处？它的模样与之前的那个入口处相比，有哪些不同之处？

新发现的入口处位于铁路第一中学校门口四百二十米开外的地下通道店铺通道口。这个入口处最大的特点在于非常狭窄，完全可以用狭窄二字来形容。入口处的墙壁保存得非常完整，皎洁如新的墙壁上看不到任何一点玷污的痕迹。可以非常庆幸的证明，这个入口处目前还没有被他们所察觉。所以，无论是从墙壁，还是从地面去观察，都感觉不到一丝邪恶的力量。邪恶的力量，因为入口处完美的迷彩服而无从下手。他们讨厌肮脏的地方，因此没有察觉到校门口小吃店后面的垃圾堆里的分界圈。纵使垃圾堆的碎纸屑漫天飞舞，他们也丝毫没有发现异常之处。他们享受着快餐食品的愉悦快感，极为稀少的人会选择去垃圾堆驻足。他们带着纯洁的衣服拖着丑陋的灵魂吃着美味的食物做着下贱的事情。他们的右脑九成以上没有看到，纵使是看到半空中漂浮的树叶，或是成堆成堆的纸屑也不为所动，满是确定的断言，那不过是因为大风吹而造成的自然现象。超自然的现象他们是有看过的，而且基本上每天都在这个世界的不同角落发生。我必须非常宽容的感谢他们的愚昧。假使他们的右脑开发了，哪怕是开发了一点点，那么，分界圈早就已经被察觉了。他们会迅速以铺天盖地的核弹毁灭掉这个自己，就算是牺牲掉这个星球赖以生存的大气层也在所不辞。入口处的通风口非常多，随着下面深黑隧道传来不绝于耳的声响。那个世界的声响，只要轻轻闭上双眼便能轻易感受得到。我不能在这里形容那个世界的声音具体为何物，这是一大禁忌，他们规定的。入口处的杂货店铺柜台里摆放着各类碳酸果汁饮料，烟酒的生意做得非常红火。杂货店的老板不用多加思考便可以断定他是一个传达者。他以传达者的身份闭口不谈任何与那个世界有关的事情。我试着以贿赂的方式套取他的情报，但是他婉诞谢绝了两千元的钞票。他通过了试炼，至少通过了第一次试炼。他不是他们，他对于毫无存在意义的草稿纸兴趣全无。他开设杂货店，完全是另有其因。既不是为了赚钱，也不是为了养活这个世界的自己。以他的资质，完全可以稍微的，只不过是稍微调动一下右脑筋骨的弧度便能驾轻就熟的糊弄这个世界上八成以上的白痴，从他们中间换取一个高薪低能的工作。他满可以坐在妆点一新的金色靠背沙发上，点燃十箱三字头的中华香烟，依偎在圣诞树旁的火炉前用双手取暖。可是，他没有选择那么做。他张罗着一家小小的店铺，为的是守护入口处，并且将最新的情报传达给其他的同类。是的，他基本上将这个原本陌生的入口处，所有的历史讯息数落了出来。我侧耳倾听，很快便了解了它的过去。它的过去与其他入口处的过去不无一二，细节上的些许调整没有太多的亮点值得去描述。我认为它与之前那个入口处最大的不同之处，在于它的年龄。它的年龄非常小，远远没有达到一个入口处应有的年龄。比之前的那个入口处相比，至少年幼四岁以上。它是一个新生的入口处，完全处于青春期的入口处，饱含着青春期少男少女的躁动。我不用走下台阶，进入那个世界，仅仅调整了一下感应球的节奏，便已经获得了底下完整的概况表述。是的，那个世界现在已经聚集了非常多的人群。它做得非常好，年轻气盛，英姿飒爽的接受所有造访的过路人。它正在以他们的方式奴化造访的人群，潜移默化，悄无声息，宛如山间深处的潺潺溪水，滴滴答答，缓缓渗入。我离开深山老林回到自己的巢穴，来回抚摸两个入口处的肌肤。它们一个完好如初，一个濒临死亡。我不可能将这个入口处的分界圈挪至那个入口处，分界圈只能保住其一，舍我其谁，关键在于分界圈。

解释一下垃圾堆的分界圈？那个分界圈与之前见过的其它分界圈有何不同？分界圈与那个人有无关联？

垃圾堆的分界圈隐藏得无比完美。这是目前这个自己发现的，隐藏得最为完美的分界圈。它显然获得了双面间谍的家传秘诀，竟然可以逃过我的视网膜搜索。这种独创的依靠右脑寻找问题本源的搜寻方式，从未有过失策的先例。然而，它却巧妙整合周遭的一切掩盖物，调整自我节奏，适时降低上空悬浮的力度，将垃圾盖在自己的身上，逃过了法网恢恢的巡查。它竟然掌握了调整自我的能力；它不再是之前见过的分界圈；它完全得到了一次进化。事实上，这里的分界线与分界圈均得到了不同程度的进化。同属一个地域的同一事物，竟然相差如此悬殊。制度上的同一性，完全没有给它们带来任何影响。它们以造物主赋予的资质快速成长，不断吸收周围的事物，声音和画面全部接受，运用完全开放的思维甄别好坏，取长补短的提高自身的价值。它们实在太令人惊讶了。分界圈的变化尤为瞩目。我不得不承认，这个新发现的分界圈完全是超现实的存在。它的存在与那个人绝对有着莫大的关联。那个人在三年二班教室的人行横道上，紧挨着我的分界线段画下的带有箭头与翘起尾巴的独特符号，与前者必定有着莫大的因果联系。我跟随箭头所指示的方向来到小吃店，进而才发现店铺后面垃圾堆的全新分界圈。无论是从逻辑思考顺序，还是事物因果关系的角度来推断，那个人都无可厚非的视为这一连串事件的始作俑者。那个人一手操办了这场马戏团的表演。那个人既是制片人也是导演，搞不好连动作指导一职也参合了进来。那个人希望我发现这个分界圈，同时也希望我能发现这个离学校不远的入口处，或许还希望我能够再次回到那个世界。是的，我非常想要回到那个世界，但是，这个世界是真实的，那个世界是虚拟的。真实与虚拟永远对立。我既然活在这个有血有肉的世界上，理应竭尽所能的逃避任何与那个世界有关的干扰。因为，我肩负着使命来到这里。使命必须义不容辞的去完成，抛开一切不必要的负面干扰，这个自己需要追查到那个人的行踪。

那个人的大致特征，可否幻想一下？

那个人肯定是一个男的，冥冥之中的预感告诉我，他一定不是她。女人的逻辑思考能力虽然严谨，但是绝大多数的情况下体现在数理化的考试成绩上，而不是办事的能力。他们之所以不喜欢推选女同胞作为国家领导人，想必也是出于这个不便透露的因素。这个自己之所以有八成的把握断言那个人是男性同胞，有三点无法逃避的原因。第一点，也是最令人信服的一点。两年以来，从来没有一个人女性会呆在我的座位旁超过五秒钟的时间。纵使是任课老师也从未近距离的长期与我交流过，班上硕果仅存的十九名女生各个如胶似漆的贴在异性恋人的身上，无暇顾及这个不存在的李道明。女人从来没有与我发生过一次近距离的接触，所以不会没事找事的溜到我的座位旁边吃可爱多冰激凌，更不会低下头打探我的那个小东西，又或是俯瞰脚上穿着的劣质廉价土黄色篮球鞋。她们不具备发现分界线的可能，一点可能也没有。她们不约而同的排斥我，排斥教室第一排那个名为李道明的男生，没有一个女性愿意接触这个变态的少年。我独自一人享受独霸一方的喜悦，感受被人拍打脸颊的快感。那个人不会是女人，女人不会来我的座位旁边溜达，更不可能低头观察肮脏的地面，试图寻找外星人留下的痕迹。第二点，那个人之所以迟迟不愿意现身的关键所在，是因为他不想暴露自己的模样。他带有处女的暧昧，假装悬乎的躲躲藏藏，试着不断丢下各种大小的鱼饵，任凭池塘里的男性鲨鱼追逐，也绝不轻易站起身子卸下自己高贵的盔甲。他是有点女人的气息的。我非常担心他会不会是一个不男不女的变态狂，又或者是性取向极为怪诞的精神病患者。他留下了可供人追查的证据，而且非常之多。可是居然没有丝毫掩饰的意思，至少七个月以来，那个独特的符号依然存在于教室的人行横道上。但凡是黄昏远去的傍晚，这条狭窄的走道上必然散发出阵阵独特色调的光芒，极为醒目。幸运的是，每天锁教室大门的那个人不是别人，而是劳动委员李道明。他不打算隐藏掉犯罪证据，或许还在期盼着更多的同类看到那个带有箭头翘着尾巴的独特符号。他不会轻易选择现身。是的，他还在等待，等待一个恰当的时机。当恰当的时机到来时，缘分七分天注定，我知道他会主动现身，就在不远的某一天。第三点，箭头所指的方向，方向所指的那家小吃店，九成以上的消费者都是男同胞。从来没有多少女生去那家正对校门口的小吃店消费。因为，那里的唯一食物是南昌炒粉，而且价格奇贵，口感异常糟糕。只有无法忍受饥饿的男同学会逼不得已的去那里解决温饱问题，嘴巴刁钻的女生是不会去吃那种味道糟糕的食物的，加上店铺周围环境非常糟糕，大树底下的各类一次性饭盒遍地都是，苍蝇蚊子一年四季从不间断的肆意挥洒着喜悦的汗水，所以，可以非常肯定的排除掉女生在垃圾堆画下分界圈的可能。只有男生会去那里吃东西，同时抵抗着恶臭的攻击低头完成一个分界圈，以保护不远处的入口处。他的选址非常完美，远远超过了他们建房子的低级选址方案。无论是风水还是隐蔽性都是经过考量的，垃圾堆是完美的隐藏地点。一天二十四个小时的人流量不会超过五十人。四十六个无需拍板的白痴，三个身穿绿色工作服的保洁员，剩下一个像李逍明这样试图发现地心奥妙的无名星探。

作画练习有何进展？

自从可以依靠左手徒手在纸上画下一个完美的正方形之后，我已经连续两个星期没有再练习了。非常抱歉，因为最近月考频率剧增，加上青春期的生理卫生课程必须依靠自己的课余时间翻阅成长类教育书籍才能领悟，所以直接导致作画练习的时间与日骤减。这也是没有办法的事。因为梦遗的频率越来越高，已经从每个月的固定一次，变为了现在每个星期的固定两次。为了避免凌晨两点用冷水洗那个东西的困扰，我必须定期自慰，将那些沉淀的液体主动释放出来，提前释放总比被迫溢出要好一些。提前释放的准备活动比较繁琐，除了必备的一卷卫生纸，至少还要有一本港台美女写真集或是一个暗恋对象在脑海里的浮现一通。相比于花费宝贵的时间在脑子里浮想联翩的构思一个异性的胸部与臀部，或者是她的乳沟倾斜度，内裤下面的形状，我更喜欢直接从抽屉报纸下面翻出铜版纸印刷的妙龄少女在马尔代夫蔚蓝色的沙滩边上妩媚的婀娜造型。事实上，我是非常讲究规律和原则的一个人。只是，他们从未理解规律和原则到底是什么东西。他们将规律视为一成不变的物质性存在，并且永远决定于意识，却从未想过意识在进入第二阶段可能给物质带来的间接性的反作用。他们把自己看得过高，将这个不是圆形也不是平行空间的地球看得过于简单和肤浅。他们也不喜欢原则。可悲剧在于，他们自己给别人定原则，以法律的条条框框圈住脚下的子民。这是多么可悲的世界。我对于自慰的规律和原则异常讲究，必须定期执行，除非生老或病死，否则决不懈怠。至于成长类教育书籍，这里我必须清楚解释一下，这完全是被迫无奈的选择。他们没有给我一节课的时间，哪怕是一节课的时间去了解自己的那个东西为什么会时软时硬，又为什么是乳白色的液体而不是巧克力色的果酱。他们用一个所谓的意义重大的升学考试，将这个自己身为一个活着的男性的尊严剥夺了。我连自己的那个东西的用途也无从通过正确的渠道去了解。他们把简单的事情故意装饰为复杂的事情，将复杂重要的事情毫不留情的贱格为没有必要的事情。我必须抛开他们的蛊惑才能安心坐在椅子上全神贯注的练习。左手基本上拥有了徒手画下一个正方形的能力，但是依然无法掌握画下一个完美圆圈的能力。进展全无，我表示非常遗憾。我仍然依靠着随性的手法，在洁白的画纸上作圆。我还在练习，抽空练习，不断练习，试图寻找到一个方法。表弟的建议，这个自己全盘接受。我无从知晓一个画下正方形的人，如何可以画下一个完美的圆圈。我还在等待，耐心等待着他的指点迷津。

谈一谈你对于那本书的期待？

我无比期待，跪地求饶的期待那本书的早日降临。我希望它的降临不是以顺丰快递的方式呈现在这个自己的眼前，而是满载着怀特兄弟喷气式飞机的荣耀，缓缓从大红色的贵宾地毯上被某位神圣的历史名人捧下来亲手递给自己。书的厚度远远超过了圣经，篇幅超过六百万字的传世之作。一个红木大礼盒承载着保护传奇的使命，日本纯度道林纸印刷，法国肉感纯正制作的精美书签，还有一个专属的书号编码，独一无二的编号证明了这部著作的特殊价值，唯一的编号试图隐藏内部低俗的文字把戏。它存在于这个世界，但是很少被人察觉到。它是加勒比深邃的谜之海底一百万年前火星人遗落的亡灵宝藏，纵使是索马里的海盗也要退步三尺的危险财富。可是，我必须接受危险的财富，纵使危险可能招致死神的降临。书的印刷排版非常老旧，延续着上个世纪六十年代西欧古典的梳理印刷手法，正文字体间隔异常紧凑，每一页的字体不尽相同，通篇没有一个插图，封面不需要奢华的图案，标点符号全无错误，饱含寓意深刻的哲理，不受时代性的制约与圈定，不被他们的眼神所蛊惑，不因为世俗的变迁而更改核心主题，朝代的更迭不会导致丧失本质的灵魂，具备预见未来的资质，归纳历史的错误，超越现有的理论思想，以科学的逻辑思考方式颠覆现实，拥有极为醒目的关键词汇，词汇之间的传承性保持了精准的连接点，连接点的过渡词经过精心的前后考量，句子首尾不存在因果关联，意识流的叙述手法不易接受，必须再三反复定量思绪，语言给人以极大的幻想空间，留有足够充沛的退却余地，不强求于读者限定的空间感，收放自如的写作才华锋芒毕露，漫无边际的陈述句，精心设置的反问句，颇具鬼才的感叹句，逗号之后必定连接着第二个解释语，惊叹号也不存在，没有省略号这种不必要的符号，没有一句交谈的台词，不需要台词修饰场景，场景以独特的叙事手法构成，构成的独特画面感前无古人，声效以文字的方式传达，无需多余的立体声器材，投影仪的支出也可以免了，根本就不需要电子设备的辅助力量，通过白描手法阐述个人观点，观点的切入口具备独有的特质，先声夺人的预见才能，令人刮目相看的结论，超凡脱俗的肯定回答，深入浅出的展望与反驳，博弈论的单线性思考保持了承前启后的视角论述，对于事物本质的真实解剖，真相表面的悲惨事实，事实身后的可怕真相，不模仿任何已经存在的形式主义小说，不受职场小说的官僚主义影响，不效仿青春小说低俗老套的冷笑话，不讽刺叛逆小说的无知左脑，不随意膜拜科幻题材的陈旧架构，不接受任何事物的评价，不敬仰悬疑小说低级的谜题设置，不刻意营造问号在故事的开头，恰和时机的模仿与突破前人的创新精神，运用个人极权主义的自信心，扎实可靠的文字功底，创造性的文字输出，偶然带点欧美风格的幽默气质，高尚纯洁且严肃无比的词汇构成，不抄袭任何一部作品的构思，不以嫖客的身份杂耍文字游戏，不开赛车也从不亵渎文学艺术的肃穆庄严，不拿幽默开在第九艺术的头上，以造物主赋予的才华与天赋，尊重历史性的选择，享受故事情节带来的独有快感，安静得几近死亡的心跳，平和地接受文字的洗礼，适宜性的突破创新，颠覆性的叙事技巧，不可能结论屁股深处的无限可能，可能表面的海市蜃楼，五花八门的小点子，纸面上散发出来的独特味道，永远无法标价的存在，不允许用草稿纸去衡量的艺术杰作，市场上销量垫底的仓库存货，颠覆历史的修辞手法构成了一部令人垂涎欲滴、生不如死、饥渴万分、百年不遇的鬼魅神作。

那个存放于书包里的灵魂，你最后把它怎么啦？

我仁慈的宽恕了它的罪孽，以造物主的名义用耶稣背过的十字架轻轻敲打了一下它的脑袋。它拖着伤痕累累的躯壳灰溜溜的钻入了小水道。它一再向我求饶，请求宽恕与包容。我迎着晚上七点的钟声将它从书包的最底层抱了出来，它安安稳稳的感受着我手心的热量，假装出一幅感恩的表情。可是，在碰到桌子双手松开的瞬间，它试着迅速溜向桌脚下面的小黑洞。我用捕鼠器不费吹灰之力的再次逮住了那个该死的老鼠灵魂。它的右脚被坚硬的铁丝夹住，发出通天的呼喊声，企盼着同类的救援。可是，它错了。他们不会来救人的，更不会来救一个畜生。虽然，它是一个数学博士的灵魂，也无不例外。这个世界有太多的博士，他们过于纯洁，纯洁得忘乎所以，连自己的灵魂变为了一只老鼠也不知道。我为他们奴化的灵魂而感到无比悲伤。我从抽屉里双手捧出圣经，左手抚摸着书皮的封面，右手在胸前划下了一个十字架，心中默念阿里路亚。它停止了喧嚣。在圣主来临的瞬间，它停止了喧嚣。它后知后觉的落泪，停止了无畏的挣扎，用血淋淋的双眼仰望着满脸肃穆的李逍明。我缓缓的将书放回原位，将它释放。它脱离了铁丝的束缚，可是双脚已经无力快速奔跑。它被迫放弃了溜之大吉的计划，不得已的选择匍匐前行。我望着它求生不得求死不能的悲惨遭遇，低下头用唇语默哀，背诵经文。它一步一个脚印的匍匐爬行。这是它这辈子第一次一步一个脚印的努力前进。它为了自己遥远而虚幻的梦想摈弃了踏实的脚步，以不择手段的卑鄙方法一步登天。一步登天的事实令自己欢呼雀跃，它在教室的演讲台上抱着金色的铜制奖杯手舞足蹈，不断用各种嘲讽的眼神刁难台下的学生，尝试变化风格的亵渎身为一个老师的尊严，为了拥有毫无意义的财富，将一个活着的中年男子变成了一只卑微的地下老鼠。此刻，它丑态百出，之前玩弄妙龄少女的色情模样消失全无。它的那个东西居然如此短小，我忍不住在心中窃喜不已。它爬行着，缓步爬行，爬向死亡的悬崖峭壁。它显然是做好了视死如归的准备，眼角的泪水开始被北风吹干，双手使出全力爬行，带血的右腿在干净的桌面上留下了一条两百公里长的血迹。我知道它就算是死，也要留下死亡的证据。它真的是死不足惜了。就算是死，也要让我为它感到悲哀。我为他感到悲哀，连同所有纯洁的老鼠博士感到悲哀。我甚至想一只手抚摸着圣经，一只手用试管接住自己的血液，对着天际边缘的彩霞跪地默哀，为这个颠倒了是非曲折的世界默哀三分钟。我知道，这个世界现在没有发生自然灾害，还不至于如此感伤。可是，事不宜迟，等灾害来临的时候，我就已经不在这里了。它还在爬行，现在已经如愿抵达了死亡的悬崖边。它低头俯瞰下面波浪滔天的美景，最后一眼回眸了一下满是成就感的我，依依不舍的跳崖自杀。我早已料到此刻的来临，毫不犹豫的一把接住了它，它随着我缓缓下落的双手抵达了第三空间的平面。它神色恍惚的仰望着高大的李道明，带着惭愧的表情踱步走向了新世界的太阳。在光芒来临的那一瞬间，它消失了。是的，我没有杀死它。它被一道太阳光杀死了。它太软弱了，一道光就轻易毁掉了一个灵魂。我是放了它，但是，正义的太阳没有放过它。

看到家门口早已失去光芒的分界圈遗址，你对于光有何感想？

光具有普遍存在性，普遍存在于这个世界之中；它的求同存异性；它的永恒不朽性；它的公平性；它的免费性；它的包容性；它的确定性；它的不确定性；它的无偿性；它的重复性；它的不可幻灭性；它的自然性；它不受意识的影响永远存在；清晨六点半透过乌云密布的云层折射下来的缕缕晨辉；上午十点零六分挂在半空中，懒洋洋舒展疲劳肩膀的太阳公公；晌午十二点半的头顶之上，垂直射下的刺眼光束；下午三点半，都柏林奥康纳大街的欧式餐点店铺门前，一位妙龄少女趴在小巧的圆形桌面上，享受甜蜜美味的温暖照耀；傍晚时分，夕阳西下的过程中，极不情愿的换上睡衣，踩着小碎步缓缓离去的美丽黄昏；夜晚，漆黑明亮的天际边缘，悬挂着的当前明月普照黑暗的北半球；十字路口的红绿灯，变化莫测的色调，红黄蓝的三原色；赤橙黄绿青蓝紫的光点斑斓；妆点镜花缘池塘湖畔的小桥流水人家；教室头顶四盏白炽灯光在上下午，以及放学之后寂寞散发的白色光芒；校门口的门卫大叔，小房间的桌角摆放的，从未点亮过的中世纪西式风格的台灯；欢度佳节的大型焰火晚会与十二岁男孩手中挥舞的荧光棒；超市里面遍地如花的成片高级节能灯，宛如白色盛宴照亮了所有的柜台；液晶笔记本电脑显示屏，在极夜的漆黑海沟底部散发出的隐约光芒；深夜爬楼梯时分，手电筒点亮脚下黑咕隆咚的层层阶梯；夏季的柜式空调，触控屏幕上的智能温度显示仪表盘；汽车内部的驾驶座，车速油量的暗淡紫色光线；深冬沐浴时必定打开的两盏太阳般温暖的暖气灯；酒吧前台变幻莫测的五彩缤纷的绚丽灯光；花花公子开着双门轿跑，穿越香格里拉的十字街头留下的幻光河；它的可变性；光线、射线、白炽灯、取暖灯、照明灯、日光灯、太阳光、紫外线、红外线、伽马射线、放射性射线、台灯、手机闪光灯、相机闪光灯、厕所的小灯泡、巷子口的路灯、黄昏的光芒、落日之后的月光、月色迷人时分的光晕、舞厅里的多元色调；它的不可抗拒性与可抗拒性；停电之后的一片黑暗、没有光芒的黑暗世界、伸手不见五指的黑暗角落、瓦特发明电灯泡之前的日子、用蜡烛照明的封建社会、工业革命过程中爆炸的实验灯泡、依靠火把照亮部落的非洲土著居民、垃圾堆一角永不透光的死穴、闭上眼睛开大卡车的挑战、双眼失明的残疾儿童、用剪刀毁灭视网膜的精神病患者、不喜欢在白天看书的高材生、深夜里集体自慰的大学生、夹杂着叛逆情绪的青春期犯罪专家在夜晚看色情小说、间歇性的选择避开午后的刺眼阳光、爱因斯坦的昏暗地下研究室、调查犯罪证据的侦探闭目养神、电影院不得不关掉的探照灯、语无伦次的越狱犯人被逮进了暗无天日的封闭室、闭关修炼生活于深山老林之中的五台山道士、喜马拉雅山脉之巅隐身于冰冷漆黑洞穴深处的原始巨人；它之于这个世界的巨大价值；照亮了所有黑暗的角落；给教室、办公室、自习室、会议室、研究室、厕所、商场、连锁店、便利店、品牌店、地下通道、火车站、地铁站、飞机场、停车场、医院、警察局、法院、电影院、写字楼、公寓、住宅区、消防大队、急诊室、精神病院、工作大楼、红灯区、舞厅、酒吧、赌场、酒店、旅馆、宾馆、青年旅社、汽车旅馆、加油站、洗脚城、书店、手机市场、报刊亭、地下黑市带来了光明；它的不同意义之所在；希望、光芒、光明、可能、明天、未来、曙光、明媚、温暖、耀人、夺目、醒目、出彩、杰出、非凡、出名、独特、潇洒、妩媚、疑点、刺眼、正义、坦荡、君子、辉煌、成就、奖杯、荣耀、名气、财富、欲望、复活、可能、降临、诞生、完美、星星、月亮、太阳、流星、彗星、优点、暴露、失落、目标、梦想、银河、日出、渴望、白昼、永远、奋起、执着、追求、颠覆、赤裸裸、闪光点、吸引力、注意力、关注度、知名度、影响力、创造力、突破的程度、精神上的支柱、科技上的创新、各路媒体的曝光度、进行炒作的可能、黑暗的对立面、天使的庇护所、地狱的反义词、天堂的代名词、黑暗世界企盼的未来、这个世界缺少的存在、失去生活价值的癌症患者的唯一信仰、困惑境地中的等待着蓄谋已久的秘密计划、临近高考的毕业生日夜奋战的终极目标、失恋男女最想要搂抱的温柔港湾、一件事情为之坚持的本源所在、正在河岸留言举办的全明星跨年演唱会、力量与反驳相互斗争之后剩下的粉末、这个空间率先被赋予的物质性存在、之于所有生物的核心能量、这个星球维持生命的必备元素、造物主赋予这个世界的第一个词汇。

→

运用臂腕的力量徒手画下一个圆圈与圆周率的逻辑性联系？

臂腕的力量受到个人能量的制约，个人的能量来源于这个世界的肉身存在，存在的肉身赋予臂腕以作画的基本可能。作画之前的放松练习非常重要，放松的方法不尽相同。在入口处望着皎洁如新的墙壁遐想连篇；回家后，站在家门口低头俯视毫无光芒可言的分界圈遗址；在厕所打开沐浴，借助取暖照明灯的光芒翻阅各类报纸；间接性的透过玻璃窗户偷窥对面楼栋厕所女生的窘样；在铁一中的篮球场附近，踩着小碎步望着铁制篮球框低声叹息；汗流浃背的脱下短袖衬衫，站在跑道的一侧低头仰望短裙少女；抱着港台写真集按照固定的时间表颤动那个东西；定期去理发屋干洗头发，并且进行短时间的按摩推拿，理发师跟自己的关系好得接近于断背山；在校长办公室门口投掷空空如也的碳酸饮料瓶，吓唬他没有了灵魂的躯壳；数学博士的高级几何理论课程上，抱着头睡大觉，嘴里嘀咕着多瑞秘法索拉喜多的七阶音符；偶然的站在走廊尽头，大口大口的呼吸受到污染的氧气分子；天气好的傍晚，假装助人为乐的帮助值日生打扫卫生；在人去楼空的时分，趴在窗户边举头仰望漫天的彩霞；站在教室人行横道上，双脚不断踩踏着独特符号的所处位置，试图掩埋掉可供追查的证据；在八字真言的下面，用独特色彩的粉笔写下风马牛不相及的讽刺言论，紧接着用粉笔擦快速抹杀；在课间时分，抱着粉笔擦在男厕所拍打自己的后脑勺，引来身旁莫名的眼神；短暂停留在女厕所门前，假装等待女朋友，实则试着用有色眼镜隐藏偷窥的色情目光；每半个月必须去报刊亭一次，购买关于那个世界的杂志；杂志放在书包的最底层，与余下的八千元现金搭在一起；每天早晨，背着沉痛的书包骑着二手自行车一路狂飙至学校停车场；在校门口的小吃店呕吐，五分钟之前死活咽下的炒粉，洒落一地；徘徊在垃圾堆的角落，偶尔趴在地面上翻垃圾，遭到保洁员阿姨的奋力阻挠；在眼保健操的运动时刻，故意翻眼皮观察身后左侧四十五度角第二组第三排班花的着装；梦遗的出现次数，因为自慰几率的与日俱增而陡然减少；为了放松疲惫的心灵，选择每个星期四晚上十一点半的冷水浴；在月考结束的第二天，以父母离异且无法寻找为借口，不参加例行的家长会；在家长会开始的第一秒，透过教室的大片玻璃窗听闻里面传来的臭骂声；反复凝听迈克尔·杰克逊的成名曲，在走廊尽头独自滑步；每周五放学后，专程去唱片店购买新上市的磁带；在盗版光盘市场，收集廉价的美国大片光盘，进而以更为廉价的方式倒卖给乡下过客；在火车站附近扮演陌路人，遭到杀猴子般的贵宾待遇；时而挑逗女同学的裙角，受到沉痛的耳光；对于班花是否还是处女，保持着极高的关注度；班花每天的内裤颜色试着不断猜测；拉着一群志不同道不合的同学在停车场的一角，用脚踩踏老师的自行车坐垫；用钉子戳破三辆摩托车的轮胎，带着满足感，原地驻足，哈哈大笑；鼓吹末世论，兴风作浪，但是从不敢做恶；在新发现的入口处附近，乔装打扮成一位分度翩翩的厅级干部，双手捧着一张洁白的发言稿，站在立交桥下面的撒尿处自言自语，呜呼哀哉；深夜里，抱着画笔卧倒在桌上打瞌睡；全神贯注的幻想异性的那个地方；集中注意力完成不会做的数学题，用乱写的技巧填满洁白的月考试卷；努力融入集体环境；试图在高三这最后一年，锻炼出壮硕的胸肌；试着勾引一个还未破处的女孩，以任何可能的条件满足自己饥渴的欲望；被一个皮肤黝黑的少女看上，表示愿意以身相许，但是出价太高，未能付诸实践；失落的情绪来临，再次翻开港台写真集自我愉悦。愉悦之后，将写真集迅速塞入抽屉报纸下面，口中低声默念圆周率的正序。三点一四一五九二六。反过来再给我念一遍。六二九五一四一点三。祖冲之的圆周率真的很好背，可是只能背到这里为止。我对于他的猜想非常之深刻，完全发人深思的猜想。他的脑门上有多少根头发？他的性取向是否存在问题？夫妻生活是否和谐？他的个人爱好是什么？他对于数学的研究达到了什么层次？他的右脑开发完成度有几成？他存不存在中老年男子面临的脱发困惑？他是否只是一个单会述说数学符号而无法自理的生活白痴？他的高中时期有没有暗恋过某个靓丽的女孩？除了数学，他的语文成绩是否糟糕得可以？他的家里面藏有多少条金块？他的银行存款有几位数？他的卧室墙壁上贴有哪位女明星的海报？他无聊的时候是否会自慰以渴求灵感的尽快来临？他与史蒂芬·霍金的基因密码有无雷同之处？他会不会坐在轮椅上，嘴里流着口水，望着摄像机的镜头，手脚不停使唤的颤抖，仿佛一个马戏团的小丑演员？他可否传授左手徒手画下一个圆圈的技巧给我？不。他的脑门上有不计其数的头发；性取向完全正常，不存在断背山的几率；他的夫妻生活完美和谐，每个星期至少做爱两到三次；他的个人爱好是研究数学；他对于数学的研究达到了非常高的层次；他的右脑开发完成度还没有超过爱因斯坦；他不存在中年男子脱发的困惑；他绝对不是白痴，白痴是不可能掌握数学技巧与智慧的;他在高中时期肯定是暗恋过女生的，这完全正常;他的语文成绩，历史上没有详细的记载，估计基本上都没有及格；他的家里面肯定是没有金块的；他的银行存款至少超过了两位数；他的卧室墙壁上没有女明星的海报，最想收藏的女明星海报是达芬奇的蒙娜丽莎的苦笑；他无聊时候应该会自慰；他不是史蒂芬·霍金，所以，两人没有雷同之处；他不是残疾人，自然不需要轮椅，也不可能嘴里流口水的录制焦点访谈的节目；他不可能传授左手徒手画下一个圆圈的技巧给我，我必须依靠自己的努力去寻找解药。我哼着三点一四一五九二六的清脆旋律，思绪全神贯注于一点，迎着极夜的悄悄来临，左手握紧了夹杂着粉尘气味的铅笔。

你是怎么做到的?

紧闭双眼，放松心情，动用右脑的智慧调整身体的频率与呼吸的节奏，左手瞬间徒手画下一个完美无缺的正方形。

看着自己完成的杰作，有何感想?

极权主义的自我崇敬；封建社会官僚阶级的掌控力；纽约华尔街资本家望着牛市中的纳斯达克指数；抱着百万英镑骑三轮车沿着崎岖的山路回家的乡下妇女；成千上亿的农民在官僚资本的遏制下，苟延残喘的生活在所谓的美好世界；保尔·柯察金在苏东剧变前，望着一整排被遗弃的坦克装甲部队大声宣读，废铁就是这么炼成的。

十八岁生日当天，你晚上都做了些什么?

我满是惆怅的结束一整天的周六补习计划，拖着疲惫的身躯回到空荡荡的房间。迎着彩霞行千里的美丽景色，独自一人坐在椅子上享受两室一厅总统套房的寂寞快感。晚饭是两盒统一海鲜鱼板面。为了庆祝自己仅有一次的成人礼，今天骑车回家的路上专程去地下通道的小摊贩那儿购买了两大袋麻辣藕片和牛肠。我将装有藕片和牛肠的白色塑料袋摊开在桌面上，拧开一瓶碳酸饮料，咕噜咕噜的喝了两大口，用一次性筷子夹起美味的佳肴。我用舌头与味觉咀嚼着佳肴的鲜美，它们竟然如此义无反顾的接受了我的邀请。这个自己一个人也邀请不到，他们全部离我而去。因为考试，因为繁忙，因为借口，因为使命，因为责任，因为负担，因为压力，因为忙碌，因为一切原因，所以无法赶来参加十八岁李道明的成人礼。佳肴美味可口，如数家珍的方便面下个星期二将会全部消耗完毕。我带着金融危机的忧虑感，依依不舍的放下筷子，小心翼翼的关上饮水机的加热按钮，快速敏捷的将方便面泡好之后便拉开抽屉，精确无误的从报纸下面翻出省下来的所有现金。现金一个星期以前，因为一次意外被同桌所察觉，情急之下，所有的钞票被迫离开故居书包来到了家中抽屉的报纸下面。报纸下面的现金数目，如今已经越来越少。大哥一万元的酬劳，仅余下六千三百元。绝大多数的支出，围绕在方便面等日常消费品上。我索性将剩下的六十三张百元钞票全部摊开在桌面上，粉红色的草稿纸在头顶白色日光灯的照耀下无比光彩夺目。我忍不住一声叹息。他们在这个世界上活着的最大梦想，竟然会是这些毫无存在意义的草稿纸。我将草稿纸折叠好，犹如牌手整理扑克牌一般来回整合了一下，放在了桌角，勾引着对面楼栋厕所里的莫名眼神。我开始享受海鲜鱼板面外加垃圾食品的滋养，这个身体已经完全适应了这个世界的节奏。你已经进入了下个阶段。下一个阶段的自己有何不同寻常的发展机遇，令人无法不去浮想联翩一番。我要试着驾驶悍马，在羊子巷的菜市场门前表演高超的侧位停车技巧，并且不断按响喇嘛以示威严；我必须在高中毕业之前找到一个心仪的女孩，与她发生性关系；女孩子的外表不一定要非常俊俏，但绝不接受身材臃肿的死胖子；她一定会欲仙欲死，我要将积蓄已久的能量全部在她的黑暗隧道里面发泄出来；

毕业聚餐绝对不去参加，避免一切不必要的曝光几率；数学博士的思考能力下降，造成今年市优秀教师的评比意外落榜，与我没有任何关系；我是一个童子军，靠着上级赋予的左轮手枪展开秘密的高考计划；二十六个字母的成绩有待提高，但是在那个人出现之前，一切都还是天大的问号；三百米的塑胶跑道，高中三年以来从来没有让人感到快活过，这个自己一点也不喜欢少了一百米的跑道；篮球场边的短裙靓妹为何永远带着色情的眼神瞭望我；每个星期天下午打扫房间的计划，不能因为他们的离去而搁浅；我必须振作，因为我独一无二，自命不凡；我肩负着拯救一个世界的使命来到这里，义不容辞，在所不惜，完成使命。我必须完成使命。我一股脑门儿的灌下两盒方便面的汤水，摸着圆鼓鼓的肚皮缓缓站起身子，将钞票塞入抽屉的报纸下层，整理好略显凌乱的桌面，把泡好的铁观音捧在手心，顺势把方便面盒子连同空空如也的白色塑料袋塞入垃圾篓，把擦过嘴角油渍之后的心相印柔湿巾丢向阳台下面，把所有不可理喻的闷骚心情抛之脑后，把走向夕阳时分的阳台彻底弄垮。我在阳台上依偎在扶手边仰望天际，双手感受着热腾腾的温度。这股恋恋不舍的温存感，我似乎在哪里遇到过？彩霞行千里，云层布满天。黄昏竟然如此美丽，鸟儿归巢，行人匆匆而逃，奔走在各自的道路上。我低下头望着巷子口路灯下面流窜的陌路人，年少的女孩，调皮的男孩，中老年妇女的谩骂声，老人的缓步而行，陌路人依然陌路。我失意的回到房间，趴在桌子上小憩，迅速陷入了困倦的睡意之中。醒来的时候已是次日早晨的八点五十分，揉了揉眼角，望着失去了温度的茶杯，按了按饮水机的加热按钮，转身走向厕所小便。一连七个月过去，兆宇都再也没有寄过一封信给我。他肯定收到了上次的回复讯号，只是迫于高考的压力无暇东顾。我完全理解。我一只手握着自己的那个东西，一只手揉搓着干涩的眼角，满脑子胡思乱想。必须掌握好徒手画下一个圆圈的技能，不论是高考还是任何阻挠都不足畏惧。我必须专注直到最后一刻。我拉好裤子拉链，晃荡一声跌倒在厕所湿滑的地面上。我仓皇而逃的爬起来，左手膝盖被磕出了伤口，鲜血迅速奔涌而出。我抽了一卷面巾纸捂在伤口上，爬出了厕所，爬向写字桌。我用尽力量靠在椅子上低声呻吟，呻吟声在空旷的阿尔卑斯山的峡谷之间来回荡漾，激起密西西比河畔潺潺的海豚声。海豚的叮咛声与痛苦的呻吟连成一片，在耳畔来回激荡，思绪无法定量。我失声痛苦，迎着九点钟的钟声打开电视机，抽出一大卷卫生纸，一边看着台湾的美女综艺节目，视线丁凝在美女的小巧脸蛋上，一边双手撮合着那个坚硬无比的东西失声痛哭。鲜血贴着牛仔裤的表面滑落在蔚蓝色的瓷砖上，干净的瓷砖瞬间被染色成红色的海洋。我悬浮在红之海洋的上面，自我安慰着几近死亡的感应球。我一泻而出，射在了电视机的屏幕上，正好粘在了她的脸角。我继续撮合，毫不在意玷污的电视屏幕。第二次一泻而出，射在了红之海洋的水中。第三次一泻而出，液体滑落在了毛从上。我失去了继续舞动的力量，摊开双手，平躺在靠背椅上，仰起头望着房间中央倒挂金钩的金字塔，轻轻闭上双眼，虚脱的呼吸声，淫荡的幻想恍然如梦般破灭。我感受着不存在的光芒赋予的闪耀光泽，哐当一声跌入了漫无边际的星之海洋。

第二天在八中后面的干家前巷看到了什么？

自行车哐当一声跌倒在了干家前巷的路灯下，我失去了寻找漫画店的力量，在离记忆的原点不足一个光年的星球上，无比沉重的引力拉跨了这个自己。我倾斜了下去，双脚跪地，双手来回拍打着自己的脸颊。我来回拍打着自己的脸，一次、两次、三次、四次、五次。我抱着沸腾的脸糅合着湿润的情绪，缓缓站起身子。为了避免更多的瞩目眼神，我将肮脏的地面上遗落的书包重新背上肩头，扶起二手银色自行车，大口大口的深呼吸，假装镇定自若的跟在他的后面。我的那个东西开始躁动，只因为，视线所及之处满是放学后的短裙美女。他们搂着心爱的男生的臂腕，用如影随形一般的鄙视眼神上下扫视着衣衫褴褛、弱不禁风的李逍明。这个不是自己的自己。我不再是我。我衣衫褴褛、弱不禁风的模样，依然如故的招来了不必要的眼神。我被迫加快步伐，紧随其后。我下意识的感到膝盖骨再次破裂，幸运的是没有粉碎，还能勉强维持行走。但是，剧烈的疼痛感无法令人自由自在的前行。我运用那个世界不为人知的秘密，屏蔽掉一切不必要的次要矛盾，将主要矛盾幻化为唯一的始动力，踱步前行在两万五千里的无间道上。那是一整块老虎口般大小的伤口，经过调整后的视网膜焦距告诉自己，伤口非常之大，八成是碰到了地面上什么锋利的东西。我的膝盖正在不断流血，鲜血散落一地。他们看的并不是你，而是看你在地面上灌溉而下的一条血河。我很快意识到靓妹的眼神从这个自己的脸颊转移到了脚下的某个点。是的，他们不是在观察我的衣衫褴褛，也不是在鄙视我的弱不禁风，而是在赞扬我的英雄和伟大。我的铁面无私；我的慷慨无知；我的鲜血满地；我的视死如归；我的长征精神；我的碉堡气概。这些无不招来过路人诧异的惊叹声。我的喉咙，嘶哑的哼起义勇军进行曲，保持着永恒不变的五米距离跟在他的后面。他的背影被西北偏北的大风大浪吹得滑落一地，短短的寸平头在越发黑暗的光线映衬下显得虚无缥缈，跨进了海市蜃楼般的幻境之中。我紧跟在后面坠入幻境，他的右手拎着一个巨大的麻袋，麻袋的体积非常之大，鼓鼓的样子证明其中蕴藏了大量的物品，部分突出的尖角引起我的极大关注。他的身材矮小，与记忆中的模样差不多，可是年龄上的差异依然明显。他缓步前行，似乎失去了加快步伐早点回家的能量。我试着将自己多余的能量赋予给他，可是，这个自己无法做到。能量不因为意识的变幻而转移，能量受到这个世界物质性存在的束缚，以目前这个自己的造化还没有达到那种境界。我只能退居二线的被迫尾随在后，绝对不能上前去帮忙，那会暴露真实的自己。我警告自己，用沾有土黄色泥土的右手扇了自己右侧脸颊一记重重的耳光。我必须隐藏自己，就算此刻身前那位捡破烂的老人是自己的爷爷，也不例外；我必须隐藏自己，就算面前那个捡破烂的老人几近失去前行的力量，也不例外；我必须隐藏自己，就算面前的这个捡破烂的老人的呼吸已经开始急促带有心脏病发作前的朕兆，也不例外；我必须隐藏自己，完美的隐藏掉真实的李逍明。这是一出世界大战——真正的世界大战。败北的一方永远不允许是自己。我放弃了继续跟随的念头，在鲜血之路远去的瞬间，脚步停在了一家商铺门前。我买了一瓶果汁饮料，一饮而尽，吃力的扶着自行车，连人带车一百八十度掉头匍匐在回家的地狱之路，毫不在意血流成河的悲伤。

地狱之路给予你什么样的感觉？

我将自己的灵魂和感应球放在神曲地狱篇的最后两个章节中，亲手接住他们送来的一车箱镰刀，请求但丁割裂这个自己的肉身。

试着描述一下新的入口处的新变化？

最后一次月考结束后，结束锁大门的工作，我背着书包一路骑行来到入口处。我在入口处的门前锁好自行车，拖着轻飘飘的节奏滑入两个世界的连接点。最后一次呼吸受到污染的氧气，我很快站在了入口处的墙壁前，扑面而来的纯真氧气环绕在自己的周围，令人无比惬意。这是来自另一个地球的氧气，那个世界的空气永远清晰纯真。它们不像他们。他们背信弃义的践踏造物主赋予的存在，不惜一切代价的发展第一阶段的科技，竟然放弃了这个赖以生存的星球。脚下的那个世界传来亲切的喧嚣声，此起彼伏。伴随着潺潺流水的呼呼声响，宛如音乐会上贝多芬的小夜曲。墙壁完好如初，依旧皎洁如新，没有任何变化。高耸入云，深邃无比的墙壁。我架好钢琴，在墙壁的一角弹奏起十一月的肖邦，满是期盼的试图从墙壁上寻找到不同的符号，哪怕是一丁点符号也好。那个人或许会留下不同寻常的痕迹，供人追查。可是，洁白的墙壁上什么也没有，干干净净，连一个脚印也没有。我回头张望五米开外的杂货店老板，他漫无表情的远远望着矮小的这个自己。我知道他是不会开口说话的。我们从来不会轻易开口与人交谈，尤其是与他们交谈。他们说的都是谎话，演的每一出戏都是骗局。我们从来不开口与陌生人擅自交谈。我放弃了向他询问的念头，俯下身子观察分界线。紧闭双眼，在视网膜的焦距得以对焦的瞬间，这个自己进入又一次的失去了站立的力量，跪倒在肮脏的地面上。肮脏的地面迅速腐蚀肉体，我无法动弹，任凭泥土的侵蚀也无法动弹。因为，记忆中的抛物线变为了一条凸出的弧线。是的，一条向上方凸出的弧线。幸运的是，独特的光芒依然健在，这表明它只是发生了量变，没有产生质变。我带着不解的情绪低下头，近距离观察弧线的细节特征。线段保持了极为可观的厚实度，弧度非常之完美。电子仪器的雕琢才能完成的完美弧线。可是，这个世界上的物质性存在并不能带来任何意识流的改变。这条弧线并不是一个人可以完成的。这个世界上的线条不具备自然发光的资质，它是那个人画下来的？我忍不住盘问自己。第二个假设，它并不是他画下来的，而是自身变化的结果。第三个假设，入口处的分界线产生了隐秘性的质变，目前还无法感知。我无法不将华罗庚的圆周率与眼前完美的弧线联系在一起。难道是因为那个 π 的影响力而导致了分界线的变化？不可能，这不太可能。第一阶段物质性存在不能决定第二阶段意识性存在的变化。不无意外，某种不知名的力量扭曲了原本笔直的分界线，将其扭曲成一个完美的弧线。分界线因为两个世界之间不稳定的因素扰乱了自身的平衡，因此变为了一条凸出曲线。纵使本质属性并无变化，仅仅是意识领域的假设判定，但是，这个判定对于初次来到这里的任何一个传达者而言，都将是史无前例的挑战。我接受了挑战，用双脚轻轻蹭了蹭弧线，试图用自身的力量令它复原。可是，我又一次愚弄了自己。我放弃了蹭地面的愚蠢举动，第二次回头张望五米开外杂货店里的中年男子。他此刻带着朦胧笑意，向我投来一记奥巴马的苦涩笑容，不言不语的享受着桌面上三个饭盒的美味午饭，正在用啤酒咕噜咕噜的清理闷塞的喉咙。我回过神，缓缓站起身子，感受着脚下隐约可见的光芒。光芒依然无比夺目，它依旧是完美的符号，只不过外表发生了不同以往的变化。墙壁完好无损，这点值得庆幸。通道深处的那个世界并没有受到他们的迫害，眼下的目标依然是掌握好徒手画圆的技能，拯救那个濒临死亡的入口处。我必须加快步伐，时间已经越来越少了。我带着使命的召唤离开入口处，冲着中年男子丢了一记毫无意义的眼神，娴熟的跨上二手自行车，摇摇晃晃的融入车水马龙的八一大道。

你为何绕着篮球场散步长达三个小时?

诗意的数学博士带着没有灵魂的嗓音，将趴在桌子上漫天幻想、睡大觉的这个自己失意的逐出了教室。我失意的踹了一脚教室的铁门，招来失意的声响。为了告别失意的课堂，我毫不在意那些失意的眼神，诗意的缓缓抬起头，将双手诗意的塞入裤腰袋中，诗意的走下台阶。我失意的站在第一教学楼的大厅中央，对着镜子看着一个失意的十八岁少年。他失意的脸颊无比悲伤，失意的脖子满是泪痕，失意的双手无法看见，失意的脚步遍地都是，失意的感觉弥漫开来，失意的弥漫气息将我笼罩。我失意的踱步走向篮球场的弧心中央，失意的低下头，失意的用余光观察短裙少女的小腿，失意的站在跳球的原点之上。我失意的跳了一下，失意的触摸了一下半空中悬浮的氧气分子。它失意的望着我，对我撒娇。我失意的将撒娇的氧气分子释放，它带着失意的感觉，失意的转身离去，消失在失意的校园。我失意的用肮脏的双手，失意的触摸自己失意的灵魂。它失意的情绪开始迅速蔓延开来。我失意的随着自己的臂腕朝感应球的方向迅速前进，失意的阻止了它的行进计划，将失意的灵魂丢入地狱的沼泽地。我失意的接过飞驰而来的篮球，又失意的将篮球物归原主。篮球以完美的弧线失意般的飞驰，失意的回到了主人的手里。主人对我投来一记失意的眼神。我失意的对着场边无聊的美女，送去失意的企盼。她们失意的接受了请求，失意的用手爱抚自己失意的胸部。我失意的走向失意的海岸线。我他妈的失意了。我失意的诅咒这个自己的无知。我失意了，远比十六分的数学月考成绩还要失意，远比十分钟前被校长拉进办公室的辱骂还要失意，远比三天前的上午第二节课被英语老师用粉笔擦拍后脑勺还要失意，远比在教室的一角盯着黑板上的某个点还要失意，远比每天听着满是虚假的套话夹杂着低俗理论的授课还要失意。失意啊失意，我一遍又一遍的咒骂自己，用双手拍打自己失意的脸颊。诗意啊诗意，我原地驻足嘲讽自己。诗意的情绪在眼泪落尽的瞬间涌上心头，代替了失意的氧气。我以完全诗意的风格调整自己的呼吸节奏，隐藏掉失意的李逍明。我哼着诗意的七阶音符，走向球场边界线上的诗意运动少女，用诗意的眼神挑逗她们饥渴无比的欲望。我诗意的拉着一位网球少女的小手，走向爱抚的温床。她诗意的主动脱下伪装，用赤裸裸的肉体迎接诗意的氛围。我抱着不存在的少女享受着诗意的快感，在球场的边界线上。我按捺着压抑的诗意情感，一跃而起的跳下悬崖坠入奥德赛的荷马战场，诗意的回到了失意的原点。

这个星期天下午收到的信中说了些什么？

哥，展信佳。

真的很意外。

你竟然在短短一年不到的时间里，掌握了徒手画下一个正方形的能力。

你实在太厉害了。

正常人是不可能在如此短的时间里，领悟到那种方法的。

我知道你肯定不会把秘诀说出来。

事实上，我也不打算知道。

你接下来要做的事情是，如何在地面上徒手画下一个大正方形，而不是画纸上的小正方形。

我相信你肯定也能做到。

只需要变化一下臂腕的弧度，你就可以轻而易举的做到。

还有不到一个星期的时间就要高考了。

哥，先把心思放在考试上吧。

考试结束了，再练习也不迟。

你肯定能够办到的。你实在是太厉害了。

加油吧。

对于星期天的这封信件有何感想？

首先，它影响了我今天下午通过传达器享受那个世界的计划。我的所有思绪因为信件的突然造访而遭到破坏。诚然，信件的到来其初衷是美好的。但是，美好的事物永远短暂。我将信件迅速阅读完毕，便不管三七二十的毁灭了可供他们追查的证据。回到电视机前，百般无奈的拔掉传达器的电源线，关了电视机，双手捧着热腾腾的咖啡杯子，来到阳台上，沐浴下午三点四十二分的阳光。阳光知道了事情的经过，带着和蔼可亲的笑容向我问好。我没有顾不上理会太阳的问候，迎着缕缕温柔的光线闭眼陷入沉思之中。这个自己已经掌握了左手徒手画下一个完美正方形的技能，但是，这还远远不够。因为，如果要拯救入口处，就必须在地面上作画。正方形，或是圆圈，都无不例外。我抛开对于一些无趣问题的追查，定量喧嚣的思绪将感应球的频率控制在一分钟二十上下的跳动范围。心跳缓缓止步在太平间的某个角落，我将左右两侧大脑的注意力集中于一点。五分钟迷茫的探索结束，我意识到了假象背后隐藏的真相，付出背后的等待，正方形作画练习后面所藏有的玄机。他隐藏得非常好，没有直接透露为何练习画正方形的原因。他很有预见性，不愧为一个天生的画手。他精准的猜测到了我的意识已经远远超过了他们目前所拥有的程度。他已经看透了稿纸上，这个自己亲手画下的略显歪斜的圆圈的根本问题。我只能徒手画下四分之一个圆，四分之一个完美弧度，无法一口气完成一个完美的圆圈。但是，只要届时在入口处用一个诱饵引来他们的装甲部队，在最短的时间里不借助任何道具的辅助力量，在地面上迅速徒手完成一个正方形。然后，借助正方形四个端点的辅助，以四步走的方式完成四分之一个完美弧度，四个完美弧度契合在一起便能构成一个巨大且完美的分界圈，拯救入口处。是的，我只要全力以赴的继续掌握在地面上画下巨大正方形的技能，之后便可以透过四个端点的帮助，以断点创作的手法完成一个完美的圆圈。我可以做得到。你可以做得到。我必须做到。你必须做到。

后来有收到大哥的信件吗？

我在大哥离去的第二个月的第四个星期六在网吧上网的时候，收到了他发来的电子邮件。为了不引起身旁陌生人的警觉，我用自己的手指鼓挠自己的喉咙，当场将午饭呕吐一地，遭到身旁的莫名眼神。他们因为恶臭味纷纷起身离去，我原地不动，享受着保洁员婶婶的免费卫生服务。在短暂而漫长的清理期间，我果断的闭合双眼以精准的效率调整视网膜的焦距，迅速加以背诵屏幕上所显示的电子邮件。他们此刻离我三步之遥，正在焦急的等待，随时准备返回原位。我必须尽管的动用右脑的所有细胞，将长达三千字的信件记在心间。机会只有一次。机会必须掌握住。背诵好了，信件便会被立即迅速，同时删除脑子里与电子邮箱账号密码有关的一切记忆。纵使是脑袋里也不能留下一点可供人追查的证据。他们的能力已经提升了，远远超过了这个自己的能力。我是小虫吃大虫的诱饵，诱饵以视死如归的心情面对敌方的轰炸机。一分钟的时间，不多也不少，背诵结束。我起身关上电脑，没有多加等待，踩着匆忙的脚步穿过他们莫名无助的狗血眼神，离开网吧，停步在巷间深处迅速开始在脑海里重复邮件。我知道这封暌违两年的邮件中间必定带有大哥试图让这个自己知道的近况。是的，我已经能够感觉到了。他寻找到了新的力量，并且已经将新生的力量整合在了一起，动用草稿纸的一切能耐，获取必要的情报。他的手下现在绝对不止当年的那两个男孩，而是一整个学生会规模的社交团体。他的选择与判断力精准无误；他跑位风骚，枪法淫乱；他是一名参加过第三次世界大战，手持卡拉什尼科夫全自动步枪，保持着全胜战绩，从不落靶的联合国卫士。

速度将信件从头到尾背诵一遍？

逍明同学：

三年不见，现在还好吗？我现在身在异乡，挺好的。

我知道三年以来，你一直在等待，等待那本书的到来。可是，因为不便透露的原因，那本书不幸再次遗失了。是的，它再一次的遗失了。书在兆宇家被他们抢走了，至今下落不明。我已经动用所有的关系和力量展开第二轮的搜索。他们现在的能力已经远远超过了我们。我已经无法毁灭他们了。他们竟然在所有人的家中安置了不需要电幕的监视器，我们的一举一动都被监视得死死的。我相信这一点你早已意识到了。兆宇在家一次意外的收拾书本，不料那本书被空气分子接触传达给了监视器，当天下午书便被他们稽查了。他们给出的理由荒诞无比。为了一个低级的理由而收缴了一部不朽的杰作。这是多么可怕的一群人。那本书消失得非常干净，连一点可供追查的味道也没有留下。兆宇后来回忆，他们当时是带着防毒面具外加一整套的防弹衣裤将那本书带走的。他们竟然用防毒面具来抵御一本书的魅力。他们的无知竟然到了如此无可挽救的地步，他们彻底堕落回了亚当夏娃的开天辟地时代，他们正在逐渐由肉体变化为泥巴。我动用各种手段试图去感知它所处的位置，可是毫无办法。我知道他们正打算将那本书隐藏至地底深处，试图用泥土和灰尘隐藏真相。他们永远也不敢去承认真相。真相太过可怕。但是，事实背后的真相必须让你知道。因为，你是现在唯一的希望。我们已经开始搜索了。我一定会帮你找回那本书的。我感到非常的抱歉，由衷的抱歉。如果因此拖延了你的计划，请接受我最真诚的歉意。

我知道你正在竭尽全力的寻找拯救入口处的方法。虽然，那个方法现在还没有找到。我猜想，你可能已经找到了，只是迫于种种原因未能付诸实施。你在等待。我知道你肯定是在等待一个合适的时机出手。你不亏是那个人。只有那个人才具备如此沉着冷静的资质。一般人是不会像你这样选择等待的，一般的人早就将所有行动的秘密，在不经意的时刻表露无疑，而你做得如此天衣无缝，我为你的努力感到惊叹，为我们同类中有你这样的传达者感到自豪。你即将在不远的未来创造一个全新的世界。你可以做得到。书中预言的一切都将成为触手可及的存在。我从来没有像今天这样相信过一个人。二十一年以来，兆宇与我两人在那座城市遍地寻找，寻找那个人的踪迹。但是，迟迟没有进展，大海捞针一场空。直到你的轰然出现，我们看到了为之期盼的曙光。这里，我想告诉你一个真相。入口处已经开始彻底走向死亡了。死亡的速度之快，前所未有。我可以隐约感受到入口处内部的墙壁已经全部消亡，空洞洞的砖块支撑着越发倾斜的屋顶。屋顶的砖块也跟着开始量变了，纷纷落在了地板上。我知道，临近高考，你抽不出时间去关心那里的变化。可是，我必须提醒一下你，我们的时间已经耗费得所剩无几。请你高考结束后，尽快找到一个恰当的时间点去拯救那个世界，拯救入口处，在它彻底消亡之前。否则，那座城市将丧失我们生存下去的价值和可能。

我这边的进展，按照预先的计划进行。收获之大，令自己都颇为惊讶。是的，你猜得没有错。我在这个面积不足七个足球场大的医科院里，寻找到了足足两个连的力量。我已经动用各种手段将他们链接在了一起，拧成一股绳。学校的面积很小，令平日的交流更为方便。我们依旧以信件或是讯号的方式交流，沟通讯息，寻找同类，隐藏自己的真实身份。我将你的存在告诉了他们，将你独一无二的资质告诉了他们，将你准备亲手开创的新纪元告诉了他们。他们全部惊呆了。我们会在你的身后全力支持你。我们正在努力，凝结全国、乃至全世界的同类，以电子邮件或是超长波讯号的方法尝试与远在另外一个半球的同类沟通。资金永远都不是我们需要担心的问题，那不过是一堆毫无存在价值的草稿纸。我们不缺钱，我们可以稍微动用一下右脑的智慧便可获取大把大把的钞票。我们耗费五十万元买下了医学院的第二教学楼，作为所谓的医学研究中心。每天早中晚搜集而来的情报全部集中在中心，以各种手段加以分析研究。一切按计划表进行。

相信我，星星之火可以燎原。我会在另一座城市辅助你的行动。我会寻找到这个星球上活着的所有同类，并且唤醒死去的同类不朽的灵魂，将一切可能链接的力量链接在一起。相信我，星星之火可以燎原。我们正在努力，为了那一天的到来，付出宝贵的青春年华。但是，这一切的付出都将因为那一刻的到来而兑现其应有的价值。相信我，星星之火可以燎原。你必须拯救入口处，必须领悟到那种语言，通过自己的努力将语言与能力结合，寻找到破解他们力量的方法，击溃他们无所不在的眼神，拯救那个危在旦夕的世界。我们将不惜一切代价的支援你。这是我招商银行的账号和密码，账户里的存款随你支取。我必须诚实的告诉你。银行里的那些钱，既不是我的，也不是他们的。他们的永远也不会是我们的。诚然，我们的永远也不会是他们的。我们同属一致。我们共享资源、共同富裕。我的也就是你的。这是他们教会我们的。

祝考试顺利。

此致

敬礼

背诵完信件，你想说些什么？

第一：相信我，星星之火可以燎原。第二：之于这个世界，无论身处何地，金钱是万能的，金钱是卑微的。

回忆一下捧着高考准考证的感觉？

在铁一中的田径场一侧，我带着气喘吁吁的心跳声，背着沉甸甸的书包，依偎着泛黄的砖块砌成的墙壁，双手捧着崭新的准考证，凝视着正面那个面带苦笑的少年。我凝视着他，他凝视着我面带笑容。我将准考证迎着风声栽在大红色的塑胶跑道上，它迎风飘扬，摇摇欲坠却满是威猛的姿态。它是存在的，可是，它很快就会消逝。在高考结束后的某一天，亲手被这个自己撕毁，撕得一干二净，撕得片甲不留。我要享受一番无知的快感，尽情享受他们赋予的挑战。我在迷宫之中闭着双眼匍匐前行，独自走在狭窄的绿荫围栏中间，哼着莫扎特的小曲儿，踩着小碎步，抱着准考证，对着那个少年倾述。我不认识他，他似乎也不认得我。我忘记了他，他似乎也忘记了我。我不知道自己身在何处，为何迷失在了迷宫的最深处，连全球定位导航仪也于事无补。我彻底的完蛋了，连卫星都帮不了自己。我迷失了七天七夜，靠着绿色草根，天降的雨露，勉强维持着生机。我是旱鸭子版的鲁宾逊漂流记，卧倒在狭窄的绿色花园里，孤独仰望黑暗无比的夜空。准考证上的那个少年，在极夜里与我聊天。他试图知道我的名字，我毫不犹豫的说道，李逍明。他没有开口，眼神瞥向正下方。我悄悄点燃自身的独特光芒，光芒照亮了方圆五米的黑暗角落，驱散了潮湿和寒冷。我顺着他的眼神向下面望去，看到了李逍明三个醒目的宋体五号字。我就是你。他点点头念道。我就是你，你就是我。你怎么连自己都不认得了。我认得你，可是只是勉强认得记忆中的那个你。现在的你已经不是你。你因为他们的眼神，放弃了做真正的自己。我还是我，只是我变了。我连准考证上的一寸彩色照片都无法轻易甄别，连自己的面部轮廓都没有勇气去面对。我失去了面对自己的勇气，将丑陋的自己安葬在失落的公园，带着仅有的灵魂飘向极夜的劫梦惊魂。我展翅翱翔穿过天空，嫦娥奔月般回到这个世界，将手心的准考证缓缓塞入裤腰袋的最深处，耸了耸肩膀上沉重而美好的负担，扶正自行车。假装开着新入手的银色宝马双门轿跑，一溜烟的冲出了校门，脑子里想到两天之后的高考，这个自己呼噜一声跌倒在地，陷入了短时间的休克状态。

→

高考结束的当天下午，你去入口处干什么?

我英姿飒爽的离开灰暗无比的考场，站在校门口将准考证从裤腰袋中掏出来，短暂的徘徊之后又将它塞入书包底层。我快步走向停车场，找到自己的二手银色自行车，紧接着飘向睽违两年的入口处。我在离入口处不足十米的巷子口将自行车交给了一位补胎的老爷爷，顺势将一张崭新的百元钞票递给了他。他满是欣喜的点头哈腰，表示绝对坚守岗位，守护这辆价值连城的古董自行车直到世界尽头。我如释重负的踩着小碎步，带着无比严肃的表情，来到入口处的门前。我在门前右侧找了个电线杆依偎，抱着不存在的女孩亲吻，丢下空荡荡的书包，用两只脚来回踩踏洁白如新的包裹。它从今往后不再重要。我要抛掉不必要的装备，全力以赴的开始下一个阶段的任务。拯救这个濒临死亡的入口处，将是下一阶段任务表中必须完成的关键一步。我践踏着纯洁的书包，任由肮脏的地面腐蚀它虚假的表象，迂腐的一面在短短半分钟的践踏之后完全显露无疑。它变成了一个铜块。他们制造的铜块。他们竟然在用沉重无比的铜块压垮一个年仅十八岁的少年，压垮这个世界上所有原本天真烂漫的孩子。从小学一年级开始压垮他们，直到大学毕业。他们为何不在自己的头顶安放两枚原子弹，以显示出自己无比精良的感知力与威慑力。他们为什么要用铜块来套住我，套住这个自己矮小而软弱的躯壳。幸好他们无法掌握我的灵魂。他们看不见灵魂，也掂量不起灵魂的重量。灵魂的重量，无法用天平来称量。我动用右脑的些许思考与分析，运用一个打火机点燃了书包，一脚将燃烧中的书包踹向了隔壁的羊子浴室。浴室门前的少男少女，兴高采烈的看着燃烧着的事物，高兴得手舞足蹈，欢呼雀跃的呐喊，期待着更多的烟火。他们很快被吸引了过去，团团围住一个燃烧中的书包，气定神闲的看热闹。他们竟然喜欢看一个正在燃烧的书包，我的造物主啊，我在心间忍不住一声叹息，迅速绕开人声鼎沸的叫喊声，加快脚步走向入口处的墙壁。我毫无观察分界圈遗址的念头，它很多年前就已经毁灭了，不再存在，消失得连痕迹也没有留下。我站在入口处，在仰头调整焦距的煞那间，这个自己再一次的张大了嘴巴，哑口无言的看着真空的墙壁，无法确定视觉的真实性与否。我宁可认定自己的感觉是醉酒后的幻象，也不愿意去承认它所展现的真相。我看透了假象，目不转睛的凝视着真相。真相永远都是可怕的。我忍不住感慨万千的用双手来回反复抚摸不存在的壁沿。它完全的真空了。入口处的三面墙壁彻底的真空，看不到洁白如新的墙壁，也没有一块可供触摸的物质性存在。物质性的存在被意识领域的力量摧毁了，所谓的高级理论不奏效了。墙壁完全真空，可是屋顶似乎还在坚持。整个屋顶以二十五度的倾斜角度向左侧下降，我迅速再次闭紧双眼，感受屋顶的角度。它正在以每半个小时一度的速率歪斜，可以预见得到，不用一个星期的时间，当屋顶的倾斜度超过四十五度的临界点时，整个房屋将会崩溃。屋顶坍塌，入口处随之消亡。它还在拼命挣扎，用仅存的力量抵御他们悄无声息的攻击。他们已经不再需要阿帕奇武装直升飞机和手持 M-16 自动冲锋步枪的士兵了。这出世界大战已经由低级物质战斗进化到意识领域的暗战，接近于当年苏美冷战时期的攻防策略。冷战的来临居然如此悄然无息，我刚刚才感受到突如其来的寂寞战斗居然会是如此的悲凉。残酷的眼泪溢满了眼眶，但是，无法自由奔流。我忍住眼角的泪水，轻轻的转身离去，混入喧哗的人流之中，心底暗地确认道。下个星期天，下个星期天的傍晚时分，拯救那个世界，拯救入口处。

这个星期天下午收到的特快信件里面说了些什么？

哥，展信佳。

想不到你已经掌握了在地面上，徒手画下一个大型正方形的技能。

看来一切顺利。

不知考试成绩如何？

你肯定是先声夺人了，考了高分也不告诉大家。

那六千元钱的汇款我下个星期天会全数返还给你。

我不需要那么多钱。

你不必将自己省吃俭用的压岁钱给我。

这是我应该做的。

我必须做的。

谢谢你的好意，你送的那两套漫画书，真的非常好看，我最近在临摹书中的风景。

你已经达到了自己的目的。

我真心挺你感到高兴。

虽然，我没能帮到你什么。可是，你依然领悟到了画圆的方法。

考试已经结束了，好好休息吧。

听说大学很无聊的，你可千万不要堕落了。

写一篇特快信件的观后感？

特快信件的邮费由寄信人支付，信封是乳白色的高档木制纯度纸，信纸是一张洁白的画稿纸，没有特定的横线圈定写信人的书写手法，信件的正文一如既往没有收信人的姓名，不附加特定的写信时间，基本上没有任何可供追查的证据。他掌握得很好，学得很快，短短两年的时间就完全掌握了隐藏自己的技能和时刻不忘的警惕性。我必须向他表示感谢，因为他的指点迷津令这个自己参透了徒手画下一个圆圈的秘诀所在。六千元的汇款不过是一笔小小的支出，大哥招商银行户头里的存款数目令人咋舌。我知道这个自己一辈子也不可能花完九位数的存款，也无法独自拥有那么多的财富。共同富裕，他们教会我的。我不能独自占有那么多的存款，这与他们制定的理论完全背道而行。财富是属于脚下千千万万子民的。我们应该共同富裕，我在心底撒谎道。他为什么要拒绝如此诱人的酬劳？这是他应得的酬金，完全可以心满意足的点点头接受的一切。可是，他选择拒绝六千元的学费，满是慷慨的表示必须返还。他为什么要选择返还现金？连一分钱的酬劳都不要的全数返还？他凭什么假装高风亮节？以他单亲的家庭环境而言，完全不具备高风亮节的条件。他难道被他们同化了，学会了骗人的把戏？完了，我下意识的感慨道。他们竟然将我的表弟同化了，将一个单纯而幼稚的男孩同化了。假设，他被同化了，那么，他完全可以虚情假意的拒绝六千元的学费，实则是在双手插袋的索要更高额的数目，或许是七千元，七万元，也有可能是七千万元。这不是不无可能的事情。他们贪得无厌，对于草稿纸的追求，永无止尽。他们站在绿茵阁的高级草坪之上，践踏着自己的灵魂与尊严，跪地求饶的索要成百上千吨的草稿纸，以满足自己第一阶段的物质性渴望。他需要更多的数目，是的，他正在以隐蔽的方式索要更多的数目。但是，我不能满足他，越是满足他，他越会膨胀。他已经染上了毒瘾，无法轻易戒掉。一个毒瘾的表弟，为了草稿纸放弃了自我，学会了撒谎的本领。他们竟然选择金钱的手段同化了我的表弟。那群婊子养的东西，我一边在桌子上画正方形、一边在心中默默咒骂。短暂的咒骂仓促结束，我将信件彻底撕毁，塞入垃圾篓，用脚轻轻踩了踩。无可置疑的一点，他还学会了说废话的本领。虽然，我没能帮到你什么。可是，你依然领悟到了画圆的方法。听说大学很无聊的，你可千万不要堕落了。三句彻头彻尾的废话。他居然用昂贵的特快专递寄三句废话给我。这个世界从来就没有应该或是不应该的概念，也没有帮助或是不帮助的理论。大学的存在有何价值？他们心知肚明。我懒得理会废话的阻挠，将信件的内容在心中迅速第二次默念了一遍。很快的，这个自己发现了其中隐藏的另一个玄机。我必须做的。他为何要多加一个词？一个可有可无，但是，意义非凡的词汇。必须。他为什么要说这是必须做的事情？他完全可以拒绝我的求学之请，也完全可以借着种种理由推脱责任，或者干脆说没有时间也完全可以理解。但是，他竟然说，这是必须做的事情。这个世界，难道还有必须做的事情吗？我站在这个世界四层楼高的阳台之上，掂量着必须与不必须的区别与含义，否定与肯定的意识差别，难道要比桑拿浴室的妓女高尚很多吗？必须的事情，从来就没有在这个世界完成；不必须的事情，日日夜夜来来回回的被他们吹捧得无比高尚。他们班门弄斧，大张旗鼓的自我吹捧。他们获得了自我良好的感觉，却殊不知造物主正在天际默默流泪。我知道他是带有一种独特的意识在写这封信的，而且，极为隐蔽的意识存在于脑海底部，但是迫于不便于说明的缘由，不得已将试图表露的感觉全部隐晦了。隐晦得非常不错，但是，还不够完美。我必须将隐晦的东西用枷锁拷问出来。我不能回信。不回信给他是一直以来的传统与原则。被动的接受讯号，主动发送收到信件的肯定回答即可，不需要多余的陈述句表达。他的无知与阴险，竟然如此深邃。他为何要说废话？他为何要隐晦掉真切的感觉？他为何要选择应该，这个极为危险的词汇？

明天傍晚，你计划在家门口做什么？

天气预报显示，本周六傍晚将有雷阵雨，我计划在家门口的分界圈遗址附近来一场华尔兹圆舞曲。一来是战斗之前必须的演戏，二来锻炼一下这个自己许久未尝运动滋味的身体。我计划迎着晌午一点半的太阳，抱着枕头，双眼丁凝着房间中央倒挂着的金字塔睡去，享受阳光与光泽的爱抚，舒缓一整个下午的筋骨，迎着设置好的六点半闹铃声起床，穿好一身假名牌的休闲篮球服，缓缓走向厕所，用冰冷的自来水洗脸，用电动剃须刀刮胡子，释放一下那个东西积蓄已久的尿液，整理好裤子与衣领，回房间泡两盒海鲜鱼板面，早早结束晚饭，将肮脏的纸巾连同饭盒全部塞入垃圾篓，用脚使劲踩两下，快速的补妆以掩饰脸上的青春痘，确定隔壁房间的中年男子不在家，坐回靠背椅上，闭目养神三十秒左右的时间，短暂回味脑子里盘算的画面，将画面与声响进行重叠性的二次磨合，声音的不确定性以三种假设方式揣测，画面完全依靠接下来的这个自己去掌握，毫不犹豫的拉开抽屉，翻出报纸下面的一支绿色粉笔，很长很长的粉笔，昨天下午从文具店花一元钱买来的一支超长粉笔，独特的粉笔以独特的意义存在，试着用右手感受了一下粉笔的当量，紧接着换作左手掂量五秒钟，左手握紧了粉笔，粉笔稳稳当当的被握紧，窗外准时下起了瓢泼大雨，噼里啪啦的水滴声随着雷鸣声快速弥漫，一分钟之前的黄昏变为黑暗的末日之色，时机已到，果断离开座位，小声的咳嗽一下舒缓紧张的情绪，再次确定隔壁的房间空无一人，踩着小碎步快速穿过走廊，哼着多瑞秘法索拉喜多的七阶音符来到家门口，分界圈的遗址几近消失，隐约可见的圆周，沿着巨大的圆圈踱步来回寻找，迅速闭上双眼，娴熟的调整视网膜的焦距，在另一侧的墙角确认施工地点，在施工地点进行意识领域的勘察，确认地层的属性，施工的安全保证，技术人员的集合情况，电视台的转播讯号是否稳当，手机的信号保持在三格以上，保险公司的赔款准备如何，消防员与消防车所处的具体位置，预警系统的安装人员完工情况，防毒面具与防弹衣全部穿在了身上，以四十五度的角度缓缓低下头，屏住呼吸感受地面的平滑存在，确认方圆五米之内没有第二个人的存在，确认没有人在昏暗的楼道缓步爬行，试着寻找诡异灵魂的踪迹，再一次握紧超长的绿色粉笔，左手臂腕连同整个肩膀一起放松，以蚯蚓的筋骨缓缓俯下身子，迅速以四步走的方式画下一个巨大的正方形，正方形保持了完美的感官，正方形的躯干笔直无误，科技与智慧相互打磨之后的杰作，通天的雷鸣声和烟花爆竹声，用意识去寻找四个端点，紧接着在两个端点之间画下一条弧线，然后从左至右开始工作，第二个弧线、第三个弧线、第四个弧线，以四步走的方法一个接一个的完成四分之一个圆周，于是乎，一个完美的圆圈呈现在眼前，它在越发黑暗的角落散发出一道独特的光芒。你做到了。我做到了。我画下了一个分界圈。虽然，它的厚度依然不尽如人意，但是，一个完美的散发着光芒的分界圈此刻已经位于自己的家门口。四步走的方法，虽然，没有大哥一气呵成那样的顺畅。但是，它已经开始发挥出应有的功效，肩负起保卫这个脆如薄冰的家的重任。这个家是一个玻璃樽，必须依靠分界圈的能量来抵御一切内在和外在的力量，以平衡势力。它是如此的完美，如果不是因为中间正方形的存在，几乎难以感觉到四个端点的影子。四个端点的影子融合了四个弧线的契合点，链接在一起构成一个完美的圆圈。暴风骤雨的日子，他们不喜欢出门。这是一场完美的华尔兹圆舞曲，漫长的练习与等待，明天傍晚结束。我轻轻拍了拍桌面，结束计划表的安排，心满意足的在心底敲定明日计划。

趴在桌上的你，被谁的敲门声打断了漫无边际的思考？

因为第二个快递员的到来，那个人正在用自己的脑门儿不断撞击脆弱的铁门，发出海啸深处的呼喊声与悲鸣声。

投递员为何如此焦急？

投递员佩戴联合国的傀儡胸章刚刚结束中东的人道主义援助，带着伤痕累累的疲惫身躯滚下飞机，用坚如磐石的杰克·琼斯黑色休闲夹克，保护着硕果仅存的贵重讯息回到故土，必须尽快将珍贵的讯息交付给这个世界上唯一值得信赖的盟友。

讯息是什么？

讯息是一排又一排工整无比的字体，文字的上面荡漾出仇恨的涟漪，涟漪带着不屑一顾的镰刀扑向看信的我。

仇恨的内容是什么？

逍明兄，未能及时回复你的讯号，兆宇我深感歉意。只因为眼下的状况，已经完全复杂化了。你索要的追查计划，我早已收到，并且及时付诸实施。

三年以来，为了追查那两个人的真实身份。我不得不动用市三中所有可以调动的力量，展开铺天盖地的追查。追查的范围，远远超过了当初的预想。他们两人居然都学会了隐藏自我，这是兆宇我之前始料未及的事情。我不得不承认，他们隐藏自己的技巧，显然早已经过了多年的磨练。一般人是绝对不可能意识到如此娴熟的隐藏技能的。当然，正是因为他们故意隐藏自己，令兆宇我越发想要探查到他们的真实身份。这既是身为传达者的义务所在，也是全力配合逍明兄你实施计划的职责所在。我们必须排除前进道路上，一切可疑的人物，纵使是自己的亲人和兄弟也不例外。你的直觉是正确的，三年的追查，如今已经得到了瞩目的成果。现在，兆宇我可以拍着胸脯告诉你，非常不幸的告诉逍明兄你，他们之前给予我们的印象，全部是假的。

他们是假的。他们居然戴着虚假的面具，哄骗了包括逍明兄你在内的所有人。

我们全部被他们糊弄了。兆宇我感到万分遗憾。幸运的是，他们仅仅糊弄了我们的观点，并没有糊弄到我们的灵魂。逍明兄你所拥有的洞察力，再次令兆宇我感到钦佩不已。你竟然揣测到了他们的真实目的。虽然目前，兆宇我还无法交出他们犯罪的证据。但是，我们已经拥有了可靠的资料，足以掀跨他们的虚伪战车。

的成绩是造假的。### 之前在八中名列前茅的成绩，完全依靠作弊的方法得以实现。我从大哥招商银行的户头里面支取了二十万元现金，动用其中的十二万元以银行转账的方式套取了教导处主任的忏悔。她跪在十二万元的草稿纸面前，跪在我的面前亲手打开了电脑里面的原始成绩单。### 的三门主科成绩，初中三年以来没有一次及格过，门门红灯的分数令人咋舌。眼下，兆宇我还无从知晓 ### 是通过什么手段获得了教导处主任的帮助。教导处主任身为学校高层，理应肩负起公平和正义的职责。他们的灵魂绝对不会如此轻易的被人所贱格。诚然，一般的人也绝对不可能轻易换取教导处主任的辅助力量。### 拥有的能力，或许远远超过了我们的想象。主任接受了十二万元的贿赂，带着愧疚的灵魂，亲手将 ### 的真实成绩单打印了一份给我。兆宇我在台灯下面，仔细研究成绩单长达两个月的时间。长长的成绩单上，显露无疑的暴露了 ### 初中三年的成绩情况。各科成绩皆为红灯，没有一门及格的成绩。### 所制造出来的奢华高材生景象，完全是一个假象。他根本就是一个什么也不懂的流氓。初中三年，门门不及格，教导处主任既是帮凶，也是凶手。成绩单咋看一眼所透露的讯息，无非是异常糟糕。但是，兆宇我在接过主任递来的成绩单的瞬间，敏锐的探查到了她眼角隐藏着的秘密宝盒。她似乎想要吐露一些事情，但是迫于不便说明的理由，停止了下一步的行动。她是有话想要说的，只是没有说出来。成绩单，它必然隐藏着天大的玄机，冥冥之中我有种不祥的预感。所有的预感和猜疑，伴随着高考成绩的出炉，支离破碎的疑惑全部整合在了一起。兆宇我闲着无聊将自己的成绩与逍明兄你的成绩进行对比之时，一个无聊的念头涌上心头。我将你的成绩与 ### 的高考状元成绩进行对比，两人的成绩差别巨大。### 如何成为师大的高考状元是第二个谜团。但是，一个更为可怕的谜团透过 ### 的高考成绩显露了出来。那绝对是一个可怕的真相，简直令人无法想象的真相。兆宇我前后反复对比了你们两人的高考成绩，来回对比了不下十次。我宁可相信自己双眼看到的一切都是幻觉，可是，我不得不承认，这样的巧合实在是太可怕了。逍明兄你的高考各科成绩与 ### 的高考成绩全部呈颠倒方式。### 的语文成绩是 98 分，逍明兄你的语文成绩是 89 分；### 的数学成绩是 130 分，逍明兄你的数学成绩是 31 分。兆宇我

接下去对比，发现所有的科目成绩皆以颠倒的方式吻合。完全的吻合。昨夜一整晚，兆宇我都在反复掂量这个吻合到底是巧合，还是早已设置好的谜题？然而，这个谜题还未得到解答，又一个谜题出现了。这个谜题是逍明兄你透露给我的。你在讯号中对于卌以练习册的方式与你交流表示无比困惑。你认为一个正常的人，完全可以堂而皇之的站在自己的面前用嘴巴交流，根本不会想到用练习册这种方式来交朋友。练习册，完全是不需要的道具和存在。如果是换作开小差时用到的小纸条，或是更为便捷的手机来联络感情，或许还勉强算是可以接受的事情。然而，卌毅然选择了练习册。此刻，兆宇我不得不怀着悲痛欲绝的心情告诉你。本想将那个秘密留到适合的时机，再透露给你，但是，眼下看来已经势在必行了。卌选择练习册如果是巧合事件的话，那么，巧合事件现在已经不太可能是巧合事件了。事实上，这个世界根本就不存在什么巧合。巧合不过是自我安慰。那本书，那本你多年以来企盼的书，那个在我家的衣柜底层保存却不幸遗失的道具，它之于这个世界的存在就是一本练习册。是的，逍明兄你猜的没有错。卌选择练习册来交流完全是别有用心的举动。兆宇我无比悲痛的肯定，卌早就已经知道了那本书的存在。他自始至终就不是一个普通的人。他既不是他们，但也绝对不会是一个阵营的盟友。他的身份令人感到无比的困惑。他位于两个世界之间，徘徊在正义与邪恶两大军团的洪水之上。卌的真实身份必须追查到底，否则，我们将被一个同学毁灭。

对于你卌的真实身份，目前的进展比较缓慢。但是，可以肯定的一点，你的卌并不是那个人。记忆中的那个人绝对不存在了。那个人已经被他们的强大力量所同化，而且，同化得极为彻底。你的卌早就质变了，变成了一个逍明兄你所不曾结识的男孩。我将剩下的八万元现金，全部耗费在了画室的老师头上。他欣喜若狂的接受了草稿纸，满是欢呼雀跃的踮起脚尖，从一堆老陈的画稿里面翻出了你卌的作品。二十多张的油画，以人物画为主，面带胡须的中年男子，赤裸裸体平躺在沙发上的未成年少女，十字路口低头扫地的保洁员阿姨，围坐在公园凉亭湖畔聚众打牌的老年人等等。画室的指导老师信誓旦旦的亲口坦言，你的卌三年以来从未尝试过立体画，没有任何学习几何线条的经历。他对于油画情有独钟，三位导师曾多次建议他去学习电脑几何作图，但是，却一概遭到拒绝。你的卌根本就没有任何立体画的经验，他是一个骗子。他骗了你，说自己擅长立体画，擅长在洁白的画纸上完成各种各样的几何图形。兆宇我起初还担心画室的老师在撒谎，但是，经过其余学员的一一实话实说之后，我得到了毋庸置疑的肯定回答。他们不约而同的表示，你的 ### 从来就不曾喜欢过几何图形。对于对称性的图案完全没有兴趣可言，他情有独钟的专注于风景人物画长达三年半的时间。确凿的证据表明，你的 ### 哄骗了你。你的 ### 哄骗了你，并且犯下了一个错误。对于那个错误，两年半的精心追查才终于得到解释。错误可以犯，但是那个错误，兆宇我知道你绝对不会允许它的发生，而且发生得那样突然。我怀着悲痛欲绝的心情告诉逍明你，一个不得不接受的可怕真相。你母亲的离去与 ### 有着莫大的关联。你的 ###，因为某个低级的废话毁灭了逍明兄你母亲留下去的理由。她的离去完全是因为你的 ### 造成的。你的 ###，一手造就了一枚毁掉一个家的原子弹。所以，他才会带着愧疚与谎言义无反顾的去帮助你。虽然，他什么也没有帮助你。一切的成就，都是逍明兄你自己领悟到的。但是，他冠冕堂皇的表示自己帮助了你，而且盛情难却的无法接受酬劳，实则是找不到赎罪的理由。他的罪孽深重，兆宇我知道逍明兄你是绝对不会放过他的。

然而，兆宇我必须提醒你一件事情。既然逍明兄你已经掌握了徒手画下一个圆圈的技能，那么，请务必尽快选择一个恰当的时间点去拯救危在旦夕的入口处。如果需要任何帮助，请尽快告诉兆宇我。入口处已经真空的墙壁，预示着那个世界正在发生悄无声息质变。请逍明兄你出手相助。另外，下个月中旬我将离开这座城市去另一个陌生的地方开始大学的生活。往后，我会继续寻找新生的力量，为了那一刻的到来做好一切必要的准备。如果，今后逍明兄你遇到了任何困难无法解决，兆宇我欢迎你随时通过那种方式告诉我。我一定全力以赴的帮助你跨过栏杆。记住，我们同属一致。我们不是他们。我们从不杀害自己的同类。我们共进退、共繁荣。

看完这封漫长的特快信件，你作何感想？

淡定，淡定。我必须拯救入口处，在那个世界消亡之前，当然，在此之前，所有的背叛者都还留有喘息的机会。但是，他们的身份最终还是被察觉了。若要人不知除非己莫为。我将在离开这个世界之前，通过隐蔽的戏法以独一无二的皮影戏亲手毁灭他们。他们不可能继续活下去。他们竟然毫不留情的哄弄了这个虚假的自己。我要调出那个真实的李逍明，透过那个世界不为人知的秘密，双手捂住他们灵魂的鼻孔，眼睁睁的看着它们带着愧疚窒息而亡。

你如何拯救危在旦夕的入口处?

这次是单枪匹马上阵，不入虎穴焉得虎子。我不需要任何人的辅助力量。我一定可以做得到。我提醒自己，反复提醒自己，以此振奋军心。草草结束晚饭工作，带着酒足饭饱的滋味，我毫不犹豫将剩下的六千元钞票全部塞入空空如也的书包，背上肩头锁好房门，踩着欢快的步伐走向入口处。星期天的黄昏时分在昏沉沉的云层下，显得是如此的堕落。漫无目的的他们，带着虚假的面具游荡在这个低级的世界的各个角落。各个角落外表不一，外表不一的各个角落装配了监视器的镜头。我缓缓地低下头，耸了耸肩膀上沉甸甸的负担，加快脚步穿过人来人往的马路。马路的尽头是入口处。我站在离入口处七米开外的羊子浴室门前，运用矮小的身躯躲藏在高级轿车的身后，透过反光镜观察前方的敌情。他们已经学会了不存在的伤害技能，不再需要装甲车和手持 M-16 自动冲锋步枪的陆战队员。他们靠着不存在的电幕观察入口处，可是，他们有一个弱点。弱点竟然如此的卑微，年少的自己如此轻而易举的意识到了他们的弱点。弱点就是致命点。弱点令他们无法自拔，陷入幻象的完美泡泡浴中，双手意淫着不合理幻象，身体沉吟于温暖的水汽中，带着美滋滋的微微笑意感受钞票的诱惑与满足。我站起身子，他们迅速发现了这个自己，不约而同的将炮筒对准了李道明。我毫不犹豫的举起双手，面带歉意的假装投降，缓缓踱步走向入口处门前的路灯下。路灯四周灯火通明，所有的闪光灯聚焦在路灯下，我低下头，双腿屈地，膝盖迅速被肮脏的地面腐蚀。他们短暂的放松警戒，心满意足的打算收拾装备，带着俘虏满载而归。我表示自己有一个不情之请。他们爽朗的接受了请求，一如既往的自我感觉良好，他们从来都是这样。我将双手缓缓伸入地面上早已拉开拉链的书包，他们纷纷举起了步枪对准了我。我镇定自若的伸入书包底层，将其中六千元的现金钞票捧了出来。他们煞那间失去了战斗的意识，张开血盆大口望着我。我满是幸福的将草稿纸挥洒向半空之中，恰和时机的西北风随着傍晚六点四十分的彩霞将纸片吹散开来。他们一如既往的欢呼雀跃，再一次的掌声雷动，纷纷丢下手中的武器，将手榴弹塞入自己的口中，以此确定画面的真实性。有人在大声吆喝，捡钱啦，有人在街上撒钱了。我失去了继续与一群畜生浪费青春年华的兴致，将书包底层的两支绿色粉笔小心翼翼的捧出来，一脚将空荡荡的包裹塞入垃圾桶，一百八十度迅速掉转身体快步走向入口处一侧的角落。他们被草稿纸轻易哄骗，纸醉金迷的沉淀在欢乐谷的过山车的金矿暗道。分界圈的遗址多年过去，如今已消亡得一干二净，连当年的尘埃也消失了。我迅速闭上双眼，调整视网膜的焦距，下意识的俯下身子系了系鞋带，毫不犹豫的在昏暗的墙角，确定了作画位置。我踱步旋转一圈，镇定思绪，用左手掏出裤腰袋中的一支绿色粉笔，弯下身子，大口吐气，吹散了地面上厚厚的灰尘，忍受着墙角尿液与垃圾的恶臭，集中所有的注意力，将左右两侧大脑的神经绷在一根线上。这根线将指引自己完成下一步的行动。我舒展肩膀的压力，放松左臂的肌肉，紧闭双眼，以轻松的心情迅速徒手完成四个点连接着点的同等长度的线段，一个完美无缺的正方形呈现在了地面上。我顾不上欣赏的功夫，时间急迫，必须尽快任务。你必须画下一个厚实的圆圈，才能抵御他们如此强大的攻势。我正准备画弧线，一个来自另一座城市的讯号提醒了自己。我迅速反应到这是他送来的讯号。他竟然知道我正在拯救入口处。我必须画下一个厚实的圆圈，可是，应该怎么画一个厚实的圆圈？我还没有想到。你已经想到了。第二个讯号随即传来。之后，一片寂静。是的，我已经想到了。这就是方法。我知道了方法。一瞬间的顿悟，让这个自己领悟到了那个残忍无比的方法。我透过世界之窗，望着八国联军侵华战争时期留下的颐和园，将愤怒的左手扑向身后一侧的铁丝网，用锋利的铁丝割裂自己手腕的动脉，滚滚热血瞬间涌出，溅在肮脏的地面上。我顾不上往伤口上撒盐，集中所有的注意力，调动感应球的最大功率，将自己的血液集中于左手臂腕，用右手按住左臂的动脉出处，鲜血随着左手作画的弧度刻在了地面上。短暂的十秒钟过去，四个完美的带有鲜血厚度的弧线瞬间连成一体。在一体化形成的瞬间，一个巨大完美的红色圆圈呈现在了眼前。我位于圆圈的中心点，正方形的四个端点帮助这个自己以四步走的方法完成了一个巨大无比的圆形符号。大红色的圆圈告诉自己，这是你用鲜血画下来的。我用自己的鲜血画下了一个完美且厚实的分界圈。你付出了血的代价。我付出了血的代价。但是，你要知道。革命总是以带血的方式完成的。革命总是以带血的方式完成的。我付出了惨痛的代价，鲜血直流，全身冰凉。这个自己可能会休克。不，你不会休克。你已经进入了下一个阶段。我神色恍惚的跪倒在地，原地盘坐于分界圈中间。红色的光芒缓缓消逝，瞬间被扑面而来的独特光芒取代，光芒照耀人心，渲染了这个黑暗无比的角落。圆圈上方所有的垃圾与纸屑受到力量的作用，统统悬浮于半空之中，唯独自己无法悬浮。你不受到分界圈的影响。你独一无二。我用满是血痕的左手，触摸眼前悬浮的方便面饭盒，它因为没有受到重力的影响，颠倒身躯混乱的漂移于空中，无比自由。它解脱了。我对着解脱后的方便面饭盒送去一记羡慕的笑意。分界圈的光芒迅速蔓延开来，我缓缓爬起身子，将口袋里压碎的另一支绿色粉笔屑抖了出来，跟随着光芒走向入口处的门前。光芒犹如扑面而来的汹涌海啸，将地面上爬行的畜生连同草稿纸一齐淹没。他们摸头不及脑的被海啸吞噬，连死亡的凭证都无从追究。我仰望着真空的墙壁，毫不在意冰冷的身躯。光芒照耀之下，墙壁回复了皎洁如新的状态，真空的一切被厚实的物质性存在弥补，连同分界圈一起绽放出迷人的光彩。光彩夺目，令人心醉。我陶醉在自己亲手完成的碟中谍计划，对这个自己感谢道。你做得很好。你依靠自身的努力，完成了拯救入口处的计划。你做得不错。我点点头，感谢自己灵魂的全力配合，顺势朝着海啸之中他们的尸体吐了口浓痰。分界圈的功效完全发挥了作用。厚实的线段足以抵御他们的攻击。入口处，这个危在旦夕的入口处如今已经恢复了正常。我带着荣耀的满足感，鲜血遍地，赤手空拳的踱步离去，迎着灯红酒绿的阑珊色彩迷失在八一广场的起义碑下。此刻，左手臂腕滴下的滴滴血珠与天际的点点星光连成一线，宛如华灯初上时分的幻灭与永恒。

你是怎么进入大学的?

我从大哥招商银行的户头里面支取了十五万元现金，亲手交付给了校长手下的替死鬼。他呜呼哀哉的将自己的灵魂出卖给了这个自己，连同身为一个人的尊严和良心。我满是慷慨的宽恕了它的罪孽，将一本最新版的圣经送给了他，建议他尽快回老家，每日清晨六点半迎着东方升起的旭日，站在金戈铁马的原野上抱着自己空空如也的躯壳大声朗读。

回忆一下初涉大学的感觉?

进来的人想出去，出去的人想回来；校门口硕大的热烈欢迎标语；宽敞无比的巨大门扉；维护校园和谐的中年大叔；篮球场的金色铁丝篮筐；篮球与平坦的水泥地面碰撞的声响；从不喷水的废旧喷泉；乱糟糟的教学楼设施；教学楼栋一层的大厅跟二层的大厅面积同等；大厅的大理石散发出的普通光泽感；公告栏上的寻人启事；寻人启事公告榜右侧的主题班会活动；主题班会活动右侧的劳动节互助公告；公告牌上方的淡黄色墙壁；墙壁干干净净没有刮痕；没有不同之处的墙壁，一切完好无损；这里没有一个倒挂金钩的金字塔；所有的墙壁都是笔直的；不锈钢的教学楼扶手；扶手的光泽是银白色，在光芒的照耀下极为耀眼；台阶是花岗岩制成的，保持了极为普通的抛光面；地面是可以散发出一些光芒的，只是比较暗淡；教室的桌子一如既往的受到了他们的迫害；桌子角落上，满是考试舞弊的记号；他们将桌子视为舞弊的必要道具；抽屉的面积没有很大的变化；蓝色的铁制抽屉；桌子是长方形的；椅子依然是木头做的；桌椅从不分离；班里的同学共计五十五位；一位预定到场的男生，因为家庭暴力事件无法按时来校报名；军训的开始日期为，九月三日清晨六点；绿色的迷彩服，远没有自己的隐形迷彩服先进；军训时期耗费的生活支出超过一千一百元；二连第一排最靠右的位子；连续七天的温度超过三十五度；清晨六点差十分起床，夹着一卷卫生纸溜去男厕所大便；赤膊上阵，在走廊尽头的洗手间排队刷牙；无法插队，必须隐藏自己，遵守规章制度办事；制度是自己定的，我选择我喜欢；刷牙时间约合一分二十秒；洗脸的时候必须用顶级洗面奶，搓揉迷糊之中的脸颊；泡沫的容量不能过高；洗脸的水流必须保持在每秒五十立方米的冲击面之上；水龙头的方向永远朝下，与自己的脸处于同一个方向；梳洗完毕回到寝室，工整的摆放牙具和杯具，偶尔挪一挪身旁的餐具；穿衣服的速度必须配合室友的节奏，不能过快也不允许过慢；随着人群走向暴露无遗的篮球场集中；在第一排的位子率先开始报数；早晨一个小时的垂直站立，喜欢闭目养神，思考那种语言的源头所处何地；记忆的右脑全部放空，为了不被视线诡异的教官察觉；教官非常温柔，有六成以上变为妇女的资质；教官的性取向应该没有问题，对于女连的关注度永远超过自己掌管的连；校园里是有很多个连的；站立的姿势必须保持腰板挺直状态；脚跟偶然偷懒，动用那个世界不为人知的秘密要诈；膝盖骨支撑身体，抛开肌肉的压力；脑门儿被寒冷的晨风吹得沙沙作响；耳朵听闻这个陌生校园无聊的打呼声；树叶随着暴风雨的到来，发出悲伤的哭泣声；结束清晨集训，必须快步走向食堂；在食堂花一元钱买一大碗皮蛋粥，外加五角钱的茶叶蛋，一般买两个，比较对称；早饭的作息时间没有规律；为了节省开支，不吃早餐接受上午的训练；九点十五分的烈日在头顶嚣张不已；无法毁灭头顶的光芒，因为太阳光必须存在；没有太阳光，这个世界连同自己一起消亡；理智一点，清楚一点，警告自己，反复警告自己；中午的四两米饭可以轻易下肚；爱吃铁板牛柳；绿色蔬菜必不可少；青春痘近来越发严重，无法正眼观察女生；午睡时间稳定的维持在半个小时左右；两点半的晌午烤熟了这个自己的肉体；肉体开始散发出焦炭味；迷彩裤子深处的那个地方开始发牢骚；那个东西会毫无预兆的勃起；勃起的对象是刚刚相视而过的靓丽女生；女生的屁股有的很大、有的很小；教官警告愤怒的发出喊叫，你们都跟我专注一点；可是，教官看到靓丽女生也无法专注；男生集体看着对面的女生，女生集体看着对面的男生，双方集体无法专注；晚饭执着于溜到马路对面的巷子里解决；南昌炒粉、砂锅粉、油炸、水煮全盘接受；晚上的军训主题是拉歌；九成以上的时间不开口唱歌；以各种低级理由哄弄白痴的他们；教官的智商经过一个星期的盘查得到了结果；左脑开发度接近于六成，右脑依旧是跟他们一样的一坨屎；失去了继续与军队周旋的力气，因为这个世界的军队皆为执行者；各个国家的军队，同属一致；以身体极为不适为由，中途退出军训；教官带着歉意跪在地上磕头；以国家的名义表示军训实为无奈之举；他们居然还打算自相残杀；回家吹空调，通过传达器享受那个世界的快感；军训结束后重回校园；以团支书的身份，召开第一次班级会议；同学们的配合非常完美，完美得催人泪下；自我介绍的时间为五十二秒；用一堆网上摘抄的废话，慷慨激昂的胡吹一通；以陈述性数据与电子表格弘扬一个月以来班级文化的进展情况；班长的配合度稍有欠缺；通过草稿纸贿赂班长，以取得必要的信任；有两位同学对身份产生一定程度的怀疑，迅速用草稿纸弥补怀疑下去的可能；草稿纸在大学依旧具备万能的无敌属性；没有打算在大学寻找同类；打算在学校寻找一个心怡的女孩，并且尽快与她发生性关系；班上有一个心怡的女孩，非常对路；但是，她不接受发生性关系的请求，执意要求我等到一万年以后再说；她是喜欢我的，只是还没有找到喜欢我的理由；我是真心爱她的，只是还没能找到可以不朽的爱；我们两个是女郎织女，各自站在银河的一方；对于班主任的不辞辛劳，表示高度敬仰；校内外的各种文娱活动，全部以班级名义报名参加；大一连续两个学期，获得院系最佳班级的殊荣；多次荣获无比伟大的荣誉勋章；植树节等其他一切节日活动与组织委员精心筹划；对于班里女生的交往情况，表示无比关切，尤其是她的一切举动；我必须极力关注，以各种手段潜意识的手段观察她；代表国家三下乡，对于基层干部问寒问暖，但是从不说屁话；屁话与废话，只有他们喜欢说；他们在大学的课堂上，对于废话依旧乐此不疲；因为期末考试的来临，而感到无比郁闷；联合一切必要的力量在复印店，缩印复习资料；分发给小组长，转交给其余所有的同学；乐于助人，帮助没有得到舞弊资料的同学；对于监考老师视而不见的表演秀，表示沉痛哀悼；捧着巨大的白色花圈，踮起脚尖套在他们的头上；他们的灵魂死去了，带着毫无意义的肉体苟且偷生；他们居然把学校这个如此神圣的殿堂同化了；失去了专心拼搏的意志，将精力全部投放于二十六个字母的语言上；参加四级考试，顺利通过；第二学期继续报名参加六级考试，没有通过；连续三次参加六级考试，都没能通过；放弃应试教条主义的学习方法；在英语角专门找女生聊天；话题非常之多，上知天文下知地理；语法毛病毫不遮掩，以各种手段勾引陌生女孩，从未成功过；遗憾的回到寝室，打开电脑下载电影；喜欢的电影类型，非常之多；对于码字，报以高度的热情；寝室的卫生必须保持好；地板每个星期三和星期日各拖一次；桌面上不允许有灰尘；避孕套不允许带到寝室；女生不得踏入寝室半步；性交的地点绝对不允许是寝室；室友约法三章的握手签字；条约即刻生效；四人各自为阵，但是表面完全处于和谐状态；关键时刻，没有一个人靠得住；自力更生的道理人人都懂；床铺的被子竭力叠好，随时可以接受上级的检验；和谐的寝室氛围，随着国家一起和谐；碳酸饮料开始越来越多的输入体内；矿泉水的消费几率下降；卫生纸的耗费速度陡然提升；每个星期固定自慰三到四次；幻想对象是她的照片；必须每个星期与她在网上聊一次天；发逗人的图案以博取怜懔；毫无任何进展可言的挑逗，以失败告终；通过网络与同类取得联系，获取最新的进展报告；针对那两个人的真实身份以各种潜入手段展开更为深入的追查；找到福尔摩斯的同学，邀请他在迪拜帆船酒店的直升机天台上共享藜蒿炒腊肉，试图套取破案的终极秘方；无果而归，白白浪费了最后剩下的三百元钱；不打算再次从大哥银行的户头里支取现金；在图书馆假装看书，实则无聊的寻找偷窥目标；借阅各种书籍，从国内到国外的名著及部分经典言情小说；试着背诵经典小说的经典段落；模仿其中的创作手法，加以创新致用；踩着小碎步迎着十点的月光在小公园的池塘边漫步；寻找卿卿我我的小情侣，发出咳嗽的声音；打断别人的好事，成为了消磨极夜的法子，屡试不爽；对于考试成绩，越看越淡；抄袭是不挂科的终极之路；结论非常简练，成为了两年以来的座右铭；嗤之以鼻的看待各科教授的表演秀；无趣的讽刺和俗套的叙事手法令全班同学昏昏欲睡；观察同学上课时候的丑态；睡觉的、打瞌睡的、传纸条的、直接坐在膝盖上挑逗肌肤的；自我领悟了一套上课技巧，不再是盯着黑板的某个点无助凝视，而是盯着老师的眼睛寻找未来；各科老师对于这个自己赞赏有佳，地位迅速攀升；为了不引起过多的注意，迅速更改上课方法，直接不来教室选择逃课；试图尽快提高英语水平，参透那种语言；急于求成的后果是事半功倍的反义词；毫无多大的变化，一切照旧进行；失落的沿着校园小道踩草坪，试图寻找灵感；同类是存在于这里的，但是没有时间去寻找；那个人的身份迟迟不肯暴露，令人难以安抚躁动的心灵；每个星期五回家一次；迎着下课铃声回到寝室，整理好物品乘公交车；耗费一个小时零十分钟的时间，回家之前必须去一趟爷爷家；周六晚上九点，迎着台湾美女综艺节目，准时自慰；星期天下午不再收到 ## 的信件，异常安静的周末；## 的真实目的被暴露之后，现在的下落不祥；习惯了一个人的生活；很少去逛街，讨厌他们无助的欢笑；八一公园的湖畔是个好去处；增设活动安排，每个星期天下午拉着爷爷两人去公园的长椅上聊天；喜欢仰望周末的彩霞，尤其是黄昏之下的橙色光芒；去入口处附近溜达，一切如故，感受引以为荣的满足感；抽空在洁白的画纸上练习不依靠正方形的辅助力量去徒手画圆，但是依旧扭扭歪歪；试图摆脱断点画圆的束缚；不擅长与人交谈；性格孤僻得连自己都无法相信；自慰的频率因为寂寞的时间呈现正比例的增长；意识开始受到物质性的干扰，无法集中注意力;隐藏自我的手法或许已经被人察觉;必须寻找到那种语言，完成使命；那本书迟迟未能见到，心情低落；杂志的数量超过一千本，书柜完全沾满，不得已选择堆放在床头；必备的道具未能见到，有点玄乎的感觉；所掌握的分界圈技能令自己深感荣耀，但是，依然无法参透带有箭头翘起尾巴的独特符号所隐藏的含义；入口处的墙壁恢复，扎实存在的皎洁墙壁；有一个计划打算在寝室付诸实施，正在寻找合适的机会;如果付出的努力可以得到合理的回报，那种语言的参透时间或许会提前;无法精确预见那个时刻的到来时间，一切处于未知状态；预见的能力略微显露，可以短时期的提前意识到下一步发生的事情；站在十字路口茫然等待；不定期的犯困；在书店的角落翻阅新上市的各类书籍，从小说到工具书；警惕性有所下降，反复警告自己；从不给电脑设置密码，仅仅动用右脑的小把戏，设置了一条分界线，室友便失去了擅自动用这个自己电脑的勇气；愚弄室友的感觉，非常的独特；享受独特的快感，享受这个世界的无知带来的愉悦；各色口味避孕套的出镜频率，陡然剧增；吹气球的无聊把戏，随时在男生宿舍上演；只可惜，实际效用的发挥几率极低；夜深人静无法安寝，打开电脑，抱着一整盒面巾纸，看她的照片疯狂来回抖动那个东西；室友假装睡觉，实则集体观摩床下正在上演的动作大片；渐渐学会了忍耐与忘却，忽视一切不必要的次要矛盾；短时间的忘却对于母亲的思念；试图不去思考她在哪里，又在做什么；希望她在身边，时时刻刻；坚信那个人会帮助自己寻找到真相；需要做的是彻底掌握那种语言；每天睡觉前，反复提醒自己来此的初衷；失去了背书包的生活，两年多以来极不适应；不定期的打篮球，参加室外运动；不适合举重等高强度的运动；必须锻炼一下自己的肌肉，为那个时刻的到来做足准备；这个身体必须时常放松，连同疲惫的灵魂；夏天去室内游泳馆降暑，不会游泳，纯属娱乐；远远的瞭望水中嬉戏的泳装少女；对于水温非常敏感；十月底依然可以坚持冷水浴；热水澡求之不得，但是宿舍直到大二搬迁之后，才得以安装热水器；迅速开始享受热水的滋润；对面楼栋的食堂异常吵闹；来自内蒙古的室友试图掀翻我的酒量；屡屡成功，多次阵亡；为了不说出隐藏的秘密，竭力戒酒；从不散烟给同学，很少抽烟；难过或是悲伤的时候，小抽一根；烟圈的寂寞与悲凉，在空旷的夜里毫不留情的蔓延；对于一些事情全面降低期望标准；享受孤独的浪人生活；独断独行的作风招来不满；孤若寡闻的怪癖，令自己难以继续正常生活；再次警告自己，必须背弃他们的眼神，领悟到那种语言；重复一遍，来此的初衷；付诸实施，就是现在。

时隔一个月去铁一中的入口处，有什么新发现？

我非常担心这个入口处附近的治安问题，执行者的来回周游无法不让自己为之所动。我必须将自行车锁好，以免招来不必要的麻烦。他们的活动越发频繁，手段越来越卑鄙，纵使是一个细小的差错都会招致这个自己的毁灭。那个入口处得以复原之后，他们对于这个自己发出了战帖。如今，这座城市的大街小巷里都是执行者漫天搜查的影子。我必须极为谨慎的去那里，是的，就是这里，这个新发现的入口处。这个入口处，如今，已经被发现了。他们居然发现了这个隐蔽的入口处。我跪倒在肮脏的地面上，双手捧着的杂志一起连人滑落在地。我看着眼前三面原本皎洁如新、垂直挺拔的墙壁，犹如镜花缘里面的扭曲镜面般，它们不规则的内外凹凸，无法自已。扭曲的程度完全可以用惊世骇俗来形容，宛如失去脊髓的人体躯干，软绵绵的摆动。我失去了感应球的正常跳动频率，整个人折服于眼前惊悚的画面。我知道这就是一部彻头彻尾的恐怖片，恐怖照进现实的这一刻竟然令人如此悲痛欲绝。死亡的念头伴随着扑面而来的二氧化碳笼罩了这个无力挣脱的自己。我泪流满面的跪倒在地，双手举得老高，在心底大声请求造物主的恩赐。可是，它没有理会我。我孤身一人欣赏着锦绣壮美的艺术创造。内外完全变形的壁沿，土黄色的砖块洒落一地。我朝着砖块刻在地面上的痕迹爬去，迅速意识到墙壁的内部被硫酸渗透。他们居然选择用硫酸来破坏一堵墙壁？砖块一部分已经受到了极为严重的腐蚀，失去了长方体的几何外表，菱角纷纷剥落。绝大多数的砖块已是粉身碎骨，七零八落的堆积在黑暗的死角，墙角遍地都是破砖旧瓦，一派狼籍的景象。我试着向不远处杂货店的男子求救，但是他没有理会我。他不会告诉我任何关于这里的事情，这不是他份内的事。他原地不动的享受着尼古丁的快感，昏昏欲睡的凝视着地面上无力动弹的李道明。地面开始散发出冰凉的感觉，迅速蔓延至肉体的各个关键，从手心到肩膀，从肩膀到脚跟，整个人陷入了冰凉的大西洋海底。我沉浸在海底世界之中，运用自己的肺部呼吸水分子，望着变幻莫测的墙壁，难以置信的不断拍打着自己的脸颊。一次又一次，来回击溃脆弱的心理防线，被迫接受悲惨的事实。各种奇形怪状的事物一个接一个的浮现于扭曲的墙壁上，墙壁不再是墙壁，而是透明且具有反光效果的大镜子。绿意盎然的森林里拍动翅膀正准备展翅低飞的喜鹊；非洲大草原上成群结队狂奔的野马；亚马逊原始丛林深处沼泽地上匍匐的鳄鱼；北冰洋海底深处以方队阵型迁徙的鱼群。一个又一个的幻象如潮水般奔涌而来，变化莫测，宛如一场正在意大利米兰上演的虚拟而真实的时装秀。我看着幻象无力开口说话，整个人陷入目瞪口呆的痴呆境地，画面经历了高频率的颤抖与喧哗的躁动，转眼之间，毫无预告的消逝。整个入口处陷入一整片死寂的场景之中。我推开死寂的房门，下意思的吐了一口血在地面上，左手臂腕动脉的伤痕，经过短暂的修养之后，基本上已经恢复。这个自己依然会被普通的事物伤害。墙壁，或许是因为受到了蝴蝶效应的影响，才不约而同的发生了集体性的扭曲，形成了各色的变异形态。

你走下入口处漆黑台阶的时，感受到了什么？

铺天盖地的子弹袭击。通向那个世界的走廊变为了一场试炼。原本朴实无华的顶棚变为了子弹发射口，数以万计的子弹向这个自己袭来。我连滚带爬的坠落在了死亡的底部，失去了恍如隔世的知觉。

醒来之后怎么样？

我挣扎着催促这个自己尽快醒过来，否则，将一睡不起。我缓缓睁开带血的眼皮，双手试着支撑起自己的身体，但是双手全无知觉。视线迅速透过灰暗的淡黄色照明灯搜索，我看到了鲜血淋淋的自己，左右手满是红色的液体。我知道现在已是遍体鳞伤，心里暗暗做好了迎接死亡的准备。虽然，那种语言还未能领悟；虽然，还有想要完成的梦想，未能完成；虽然，拯救世界的使命，无法再继续下去。可是，我已经尽力了。我被数十颗子弹穿透了肉体，肚子、膝盖、手臂，连屁股上都是子弹的洞。千穿百孔的这个自己，完全失去了原本健康的自我。我趴在肮脏的地面上，静静的等待着死亡的来临。我竭力睁开双眼，试图看一看周围的一切。底部黑暗无比，仅有头顶一盏淡黄色的照明灯，水流围绕在身边，潺潺不息。墙壁的模样无法看清楚，那个世界的门扉是关着的。门扉关闭了。我不能死去。他们竟然来过这里了。他们关上了通往那个世界的门扉。他们竟然来到了入口处，抵达了底部，亲手锁上了大门。你获得了再生的技能。我获得了再生的技能。我点点头，动用灵魂的所有潜能，发挥左右两侧大脑的隐藏技能，将意识拖入第二阶段，第二阶段的意识迅速反作用于物质，物质性的存在因为意识的质变而影响。身体至上而下的所有洞穴一个接一个的被某种力量弥补，血液倒流至来源的尽头，膝盖断裂的骨头和碎裂的臂腕全部复原。我站起了身子，无比高大的身躯，视线对准了门扉上的文字。一次警告，醒目无疑的警告。我接受了警告，一脚踹翻了木制公告牌，用自己的双脚来回踩踏满是血痕的木板。木板被强壮的自我踩得粉碎，碎木屑落得遍地都是。它们顺着水流滑入无沿的下水道，遗忘在杀戮地带的血泊深处。我迅速回到入口处，解开自行车的地锁，用新生的力量疯狂踩踏旋转开来的木马，全力去追忆那一汪又一汪的似水年华。

→

下一步打算做什么？

我卖力的踩踏自行车的踏板，连车带人飞驰在前往垃圾堆的路上。一路上，俯冲前行，保持匀速直线运动，绕过不必要的堵塞路口，避开过马路僵直的行人，抢道低空穿过立交桥，三分钟的飙车结束，自行车安安稳稳的贴着大树休憩，然后，这个自己被成堆的垃圾包围了。垃圾全部落在地面上，没有一块纸屑漂浮于半空中。所有的各类废弃物品毫无规律的堆落在这个黑暗且恶臭无比的角落。没有一个人在身旁观望，我独自一人享受着恶臭味的狂欢，俯下身子，用双手全力推开地面上的塑料袋和废旧饮料瓶，试图寻找分界圈。十分钟的过去，一无所获。分界圈消失了，我在心底断言。分界圈消亡了。他们发现了垃圾堆的这个分界圈，并且以迅雷不及掩耳之势毁灭了它，犹如那个入口处的分界圈一样，连遗址都无法寻匿。我带着无比沉痛的脚步，原地仰望天空中的彩霞。初春的温暖阳光无法折射进这个墙角，墙角一片黑暗。独特的光芒伴随着圆圈的消逝，无影无踪。没有魔术师的戏法，没有半空中悬浮的碳酸饮料瓶，没有空中舞蹈的自由物体，也没有漂浮颠倒移动的方便面饭盒，一切回归原始状态。一切如故。一切归零。他们毁灭了分界圈，然后，毫不犹豫的毁灭了入口处的墙壁，进而封锁了通往那个世界的大门，并且大摇大摆的贴上了硕大的公告。我在脑子里整理了一番混乱的事件顺序，沿着斑驳的墙壁擦拭了一下沾有果酱和酱油的手心，惦着脚尖，失落的离开垃圾堆。

再下一步打算做什么？

我必须寻找到那个人。在铁一中三年二班教室人行横道上画下一个带有箭头、翘起尾巴的特殊符号的那个人。我现在开始忍不住排斥一个之前下过肯定结论的观点。我开始怀疑他并是不是一个人。他是一个灵魂。假使，他是一个灵魂的话，那么可以肯定的一点，它的存在不是偶然事件，而是必然事件。主要矛盾永远决定事物之于这个世界的自然属性，意识的反作用力可以影响物质性的存在，但是，无法反作用于非物质性的存在。灵魂属于非物质性的存在，完全不受物质性的影响。假设它试图与我交流，通过另一个世界的陌生语种试图与这个自己沟通。而我无法领悟那个特殊符号的寓意，因为它远远超过了自己现有的常识。那么，它所要表达出来的讯号便失去了连续性和衍生性的机会。学校赋予的语文、数学、英语、政治、历史、地理、物理、生物、化学。学校外面自学的音乐、美术、小说、杂志、书法、戏剧、篆刻、京剧、陶瓷、水墨画等等智慧完全不奏效。它超过了目前这个自己所掌握的一切知识，他们教会了我复读陈旧的历史讯息，但是却从来没有赋予我超越现实的能力。那种能力，我必须依靠自身的努力去领悟。它是一个灵魂，那么，它自然无法以正常的方式与这个自己交流。灵魂不是人，不会开口说话。我们俩没有面对面坐在沙发上，架着二郎腿聊天倾述的机会。它的形象无法猜测，灵魂的多元性不受这个大脑的限制。大脑的开发度依然低下，不足六成的开发度无法幻想另一个空间的事物容貌，自然也无法以确定性的精准表达手法勾勒一个灵魂的物质性存在符号。它所绘下的带有箭头且翘起尾巴的特殊符号，完全超越了普通分界线的概念。意识存在的可能不受到这个小小大星球的束缚。这个世界之于宇宙而言，根本就没有多大的存在意义。但是，无可厚非的一点，这个世界上出现的这个独特符号，它具备了分界线的独特光芒，两者属性完全一致。它会试着与我继续交流，通过各种手段试着与我交流。我能预见得到。我开始能预见到未来不远的一些事情，这是不久前获得的另一种意识。它会在不远的某一天，通过另一个符号引导我下一步的行动。没准可以帮助这个自己领悟到那种语言，没准可以将四楼房间倒挂金钩的三角体挪走，又没准可以借助一个更加怪诞的符号引领自己参悟到拯救那个世界的方法。没准的假设过于嘈杂，无法定量思绪以顺序的方式做一场轰动一时的陈述性总结。

再下下一步打算做什么？

我在四楼的阳台上晒太阳，享受温暖的缕缕阳光，双手感受着蓝色咖啡的温度，透过彩霞进入小宇宙与大宇宙之间的黑洞深处，吸附另一个空间的超现实主义智慧，屏蔽这个世界嘈杂的喧嚣，以灵魂的当量去衡量一个黑洞的价值与可能。

什么东西打碎了你的幻想？

一阵急促的敲门声，敲得门扉昏天暗地，地动山摇，整个楼栋连同地壳一起崩塌。

推开铁门看到了什么？

我什么也没有看到。一个人也没有，一个灵魂也没有看到。

那你为何跪倒在地？

脚下一阵独特的暗淡光芒吸引了这个自己，我缓缓俯下身子看到了一个包裹。包裹几乎没有厚度，在越发暗淡的傍晚六点十五分的黑暗走廊散发出独有的色调，蛊惑着人心。蠢蠢欲动的欲望，瞬间挑逗无疑的暴露出来。我瞬间失去了支撑这个自己的力量，被一个小小的包裹吸引了下去，整个人跪倒在地面，来不及换上的球鞋一同被吸引了下去。包裹变成了一个深邃无底的黑洞，吸附着一切可能吸附的事物，连光也没有放过。我趴在地面上，双手竭尽全力的伸向黑洞，试图关上它的门扉。但是，它的力量过于强大。双手被死死的钉在了地面上，连同自己干净的脸颊。我将灵魂呼喊出来，它身穿黑色的间谍迷彩服巧妙地绕到了包裹的身后，一脚踹翻了它吸尘器一般的黑洞。所有的吸附力随着门扉的关闭，瞬间消失殆尽。我缓缓的爬起身来，一边朝着自己的灵魂点头致谢，一边将颤抖不已的左手伸向包裹。黑暗之中的包裹再一次的散发出暗淡的光芒。它在手心上呈现出一派夺目璀璨的独特色调。我撬动记忆的琴弦，在没有按键的钢琴上，迎着虚无缥缈的宇宙，独自弹奏蓝色的多瑙河。清脆的多瑞秘法索拉喜多回荡在走廊尽头的黑暗角落，包裹随着束缚力量的消失而缓慢展开。一本薄薄的练习册。一本薄薄的练习册被一张废旧报纸包裹着，废旧的报纸沾有了独特的光芒。我撕毁报纸的皮囊，望着整洁如新的练习册无言以对的第二次跪倒在地。练习册的重量焕然之间变为了一艘游轮的当量，瞬间拖垮了这个矮小文弱的自己。我在地面上竭尽全力的捧着练习册，担心它受到这个肮脏世界的腐蚀。它不是这个世界的东西。它根本就是一本练习册。普通的练习册是不可能散发出光芒的。它就是那本书。大哥找到了那本书。他们帮我找到了那本书寄了过来。我放下睽违多年的等待，匍匐向厕所的粪便池，双手支撑起软弱的自己，依偎在水淋淋的墙壁上，打开照明灯，锁好厕所的木制门，扳动钢铁工厂的炼炉，用炽热的双手翻开魔幻般的荷马史诗。

看到这本独一无二的练习册，你作何感想？

无法用价值去衡量的最后的晚餐；这个世界视为禁忌的淫秽小说；超越一切的颠覆性艺术品；蒙娜丽莎微笑背后的眼泪；贝多芬深夜里遗弃的雀巢咖啡；月光身前的吸血鬼城堡；森林最深处的狮子座流星雨；宇宙尽头造物

主家里的厨房洗碗池；监狱与寝室的黄色漱口水；倒在马路上无人救援的残疾老人；正在过马路的未成年短裙少女；厕所马桶内侧永远也冲不尽的卫生纸；小巧玲珑的女生夜晚青春期的幻想；抱头痛哭的落泪时分，无言以对的寂寞；烟圈散发出的阵阵尼古丁味道；黑暗的胡同里调戏良家妇女的流氓；从不按常理出牌的澳门赌圣；香港湾仔丢硫酸瓶的猥琐男子；吃饭时突然来袭的午夜凶铃；晚饭之前必须拉屎的怪癖；早饭之后看月亮的幻想；上班路上被汽车撞死的可能；站在公共厕所门前等人的无助；悲凉的秋月，沿着公园石板路散步的单身汉；春季来临时，温暖的紫外线辐射；深冬午后，抱着棉被打呼噜的情侣；秋末扫落叶时，石榴树下的美好承诺；不喜欢自慰的年少男孩；站在教室门前，大喊天地无用的暴躁狂；偶然带有自虐倾向的叛逆思考；逆时针探讨问题的本源；画面感特效加工后的假象；对于这个世界不满的抱怨；试图挑动他们的根基；计划背后必须留有的备用计划；计划付诸实施之前的准备计划；逃跑时必须提前准备好的闪光弹；追寻死神的高级雷达；必要的开发研究费用；制造核弹的高级知识分子；毁灭这个星球的决心；勇气背后的无奈与纠葛；颠倒正常生活的意志力；坚忍不拔的突破精神；真正的解放思想、实事求是；摈弃故弄玄虚的文字把戏；直言不讳的刺向问题的根本所在；不需要幽默与调侃；不膜拜一周立波秀的开场白；比喻无可置疑的精准到位；任何一个差错都会被人所察觉；通过黑道手段，贿赂低俗的他们；草稿纸的价值，永垂不朽；反复依靠草稿纸动摇他们的根基；根基的下面是最为脆弱的心房；心房的一侧是心脏；心脏毁灭之后别忘了肺和胃；最好彻底连根拔起；不留有后路的毁灭计划；造反派为之期许的未来；造物主企盼的乌托邦世界；朝代更迭的历史证明；大势所趋的风向导航仪；无可抗拒的印度洋海啸来袭；文字功底与意识全力磨合的水晶石；水晶石桌面下诡异的桌面；魔术师隐藏把戏的必备绿幕；电影特效大师惯用的科技手段；不需要科技帮助的朴实文字；文字以独有的韵律产生全球性的温室效应；海平面随之升高，大面积的海滩随之消逝；自我毁灭的愚蠢行径；很大程度上招致毁灭的几率；为了未来，不惜一切代价的坚定信念；目标的不可动摇性；

梦想的抵达必须以牺牲自我为代价；革命永远以带血的方式完成；工业革命之后的又一次革命；没有声息的革命以蒸汽机的发明为起点；调动新生的力量；意识领域的第一场革命；玛雅预言的实际演练；各国领导集体瞪眼的再创造；不需要金钱和武器来包装的真正作秀场；唤醒腐化的真正自我；以闻所未闻的立场站在山巅；不需要警报器投案自首；在死刑来临之前完成自尽；完成任务的标准不可轻易衡量；试卷考试成绩完全作废；根本就不需要一张废纸来衡量自我价值；超越自我的能力与几率；依靠造物主赋予的才华和可能；不需要历史性观点的辅助；辅助的力量完全不靠谱；靠自己才是最大的实力所在；右脑的开发度接近于百分之一；百分之一的开发度就足以拥有预见的能力；能力的获得九成以上借助自己的努力；悄无声息的努力与惆怅；极夜尽头的黑暗永远存在；不在白天说废话的习惯；借酒消愁愁更愁的七字真言；古典文学的熏陶与影响；为了各种目标彷徨无助的等待；必须消除等待，勇往直前；对于艰难，毫无畏惧的勇气；不怕死的念头坚持到最后一刻；冬天里的一把火都不需要的过冬阴谋；陈述句的警告时刻提醒自己；电脑辐射尽量避免；无法避免的事情通过非常手段避免；迎合重口味的需求，在逼不得已的时刻；幻想的时机，必须拿捏得足够精准；深夜的凌晨是获得灵感的好时机；好时机必须全力为之利用；不放过宝贵的光阴；试着抓住时间的齿轮；齿轮的缓慢可以带来无穷无尽的蝴蝶效应；映射理论之于这个世界永远适用；勾股定理的定义不大重要；圆形符号的完美弧度为之敬佩；前人的发现与创世，令人无比敬仰；日晷的坐标尺度，完全迎合九大行星的运行周期；调动科学性的思索理念，以获得进一步的发展；发展必须依靠真正的实力派；狐假虎威的他们必须消亡；时代不允许弱者生存；强者为王的道理永远成立；达尔文的进化论看得异常遥远；链接的新生力量需要经过重重考验；数落心底的困惑带有反问句；陈述句的废话尽量不从嘴里说出；避免参加超过半个小时的学术论坛；论坛与会议皆为废话；实践与理论的价值同等重要；理论的确立，听取所有人的建议；孤寡的理论取缔无疑；思考者的地位必须提高；廉价劳动力的词汇难以变更；高智商的存在超过低智商的存在；平衡双方势力；各地区的发展速率永远不得平衡；购买力与消费力的比例关系无法用数字衡量；数字概念完全可以造假；三一五晚会是垃圾堆里废弃的一次性木筷；他们的造假功底与废话功底不相上下；试着撒谎隐藏真相；撒谎带来一切的可能，它是获得认可的必要手段；背信弃义的道理，获得了更为广阔的定义；得失与否，不再依靠草稿纸去衡量；购物券替代草稿纸成为第二形态的贿赂方式；意识形的价值观开始凸现；物质性的存在以银行存款数目来呈现；房产成为奢侈品，远远超过汽车的价值；奢侈品的购买力完全不受金融海啸的影响；金融海啸导致失业率陡增；国家不披露失业率，披露国民生产总值；国民生产总值永远保持增长；贫苦的农民永远保持贫苦；事实再次证明，数字和狗屎同属一致，两者皆为一坨屎；贫富差距不可调和；世界性的差异性从各个角度体现；文化与意识的调和必将漫长；资金的走向受到牵制力的影响；地心引力仅仅约束建筑和飞机；男女比例严重失衡；假象永远多余真相；欲盖弥彰的道理，绝大多数人未曾领悟；反向思考的技巧几近没落；毫无概念的行为举止；双脚走路的行为从未改变；世代性的更迭在本世纪几乎无法上演；止步不前的知识架构，令人心碎；毫无开创性可言的各类模式；体制上的巨大漏洞无法弥补；制造恐慌的几率在这个世界各地随时上演；自杀性袭击成为制造话题的非常手段；和平的概念无法去定义；没有真正意义上的和平；局部战争与整体和平，互为一体；幻想与实践不存在逻辑性的联系；超越世俗的事物，硕果仅存；必须依靠右脑调动沉睡的脑髓；合理的展望被吹牛二字取代；文字艺术逐渐淡忘；匆忙的脚步很少停留；高速运转的世界没有低头思考的余地；这个世界的倒退速度令造物主为之惊叹；毁灭的到来时间远远超过了预期；自我毁灭永远高于他人毁灭；毁灭之后的新生将是必然；必然性不再局限于假设领域；假设领域的砖块联手一切构筑的未来。

练习册难道就是传说中的那本书？

练习册就是一本书，书就是一本练习册。

有没有章节的概念？

需要与不需要的模凌两可；肯定与否定的边界线。

封面设计得如何？

那不重要，封面就是欲盖弥彰的一坨屎。

开头说了些什么？

分界线、分界圈、入口处同属意识流领域，不受任何物质性的制约，以自我的方式存在。三者同属一致。三者完全不受这个世界任何力量的束缚，以独有的生存方式延续自我。价值观、世界观、爱情观、意识观皆以造物主赋予的存在而存在，不接受现实性事物的检阅，不进行任何形式上的驳斥。

分界线之于这个世界的属性，绝大多数以直线型线段的表现而存在，并且伴有独特的光芒感。分界线的创造手法多种多样，完全不受到物质性的影响，依靠意识的创造将物质付诸实践。直线型的分界线为最低级的存在属性，其主要作用在于寻找同类、发现新生力量、获得同伴的支援。直线型分界线是最为普遍的存在形式。其优点在于掌握这种分界线的方法最为简单，只需拥有画下一条线段的技能即可。直线型分界线可以借助物理性存在的辅助力量去完成。缺点在于此类分界线外表朴实、毫无寓意、技巧生疏、无法夹杂更多的讯号于其中。直线型分界线最早始于上个世纪三十年代，创世者依靠徒手完成线段的手法完成了一条笔直的线段，并将寓意赋予其中，分界线得以拥有了独特的光芒。创世者消亡后，一个多世纪以来，未能出现一个徒手画下直线型分界线的传达者。直线型分界线现有的存在，全部依靠大型三角板或直尺等物理性存在的辅助完成，拥有着独特光芒与寻找同类的资质。创世者给予分界线的定义为，意识流人群对于超现实主义观点的存在价值，试图寻找同类理念以换取进步与再创造的符号。直线型分界线作为分界线家族的鼻祖，拥有最为深邃的历史。其自身的多元性，不仅因为历史价值而富有极为曲折的传奇经历，同时，因为自身的可变性成为了最为广泛的存在性。历史性与传奇性，两者的共同作用，将直线型分界圈推向了一个更为广遨的高度。此类分界线在外表上保持直线型线段，可是自身拥有调整线段厚度的能力，能够随着空气湿度、存在性干扰、物理性踩踏、气温变化、湿度调整、地壳移动、风向变更、地面陡峭程度、光源的亮度、所处地理位置的经纬度、地球的自转速度、地轴的偏移角度、月球的引力影响、彗星撞击的概率、呼吸频率的增减、感应球的调整、季节性寒暖流的蝴蝶效应等多重因素适时变更，及时调整自身结构。结构的调整以厚度的变化呈现。厚实的直线型分界线拥有着极为敏锐的洞察力与抗压力，薄弱的直线型分界线拥有着收放自如的延展性与伸缩性。两者同属一性，区别在于外表上的变化与不同。此类分界线的光芒极为暗淡，他们无法感受到如此暗淡的光芒。光芒在九成以上的时间里被太阳光所掩盖，不加以专门的搜索几乎无从追查。薄弱的直线型分界线的存在一定程度上受到物质性条件的制约。其普遍存在于空旷房间的角落、电影院的过道、人行横道的斑马线、十字路口的红绿灯、会议室的过道、公园的小桥流水、过山车的铁制轨道、石头小路的假山下、老年人活动中心、幼儿园的动物玩偶、健身房跑步机一侧、田径场塑胶跑道、篮球场的边界线旁、足球场的门网、高速公路的加油站、便利店的门扉、酒吧柜台一侧的钢棍、厕所的粪便池底部，这些是直线型分界线的主要出现地点。为了避免他们的注意，此类分界线的隐蔽手法多种多样。不按常理出牌的传达者按照个人意愿通过各种手段隐藏分界线，以此避免不必要的麻烦。相比于直线型分界线，弯曲型分界线是前者的进化。完成此类分界线，必须拥有更为高阶的绘画技巧与创造力，其自身毫无规律性可言，完全依靠创世者自身的才能。此类分界线的存在没有固定的套路可循，不接受任何历史经验的考量，不受到现有条件的制约，但其存在目的依旧是寻找同类，同时，赋予同类以特殊的讯号。讯号的传达方式完全展现在分界线上，此类分界线效仿麦田圈的创作手法，以极为怪诞的方式出现，具备几何图案的规则，融合了人文科学的理念，对称性图案完美无缺，非对称性图案拥有深邃的寓意，不存在未完成的作品，前后毫无逻辑性可言，完全孤立性的存在，任何扭曲部分都夹杂着特殊含义，没有一个多余的标点符号，拥有创造性的可能，颠覆性的绘画技巧瞠目结舌，技术性的金属器材完全是废铁般的存在，不具备重复出现的几率，无独有偶一词完全不需要，出现的地点经过了反复考量，不具备擅自行动的可能。此类分界线的创世者至今未能知晓。分界线家族因为该类分界线的出现，获得了更为广阔的发展空间。从此，传达者的思考方式完全进化，拥有了更为宽广的意识创作技巧，不束缚于现有的物质性存在，以惊人的发展速度推动世界的进步。弯曲型分界线的寓意不可以用现有的智慧去参透，必须动用大脑的潜意识去领悟。该类分界线原本就不依靠陈旧性知识的原理去创造，追寻本源才是关键所在。尝试参悟此类分界线的传达者，必须抛开已经为之拥有的思考模式，努力去寻找第三空间的思考方法，将问题本身颠倒、整合、剖析、融合、分裂、重组、反面、前后、幻想、猜疑、思索、伸入、反驳、肯定、参照、对比、借鉴、梳理、重叠、简化、复合、毁灭、再生、再研究、再毁灭、再复合、再毁灭、再次创造等技巧去寻找解答。思考问题的方法必须完全解放思想。当下的解放思想理论，完全是束缚性的低级套路。低级套路约束了一个人真正思考的可能，真正意义上的解放思想必须放空一切的看世界，抛开物理性存在的矛盾的次要方面，抓住事物故意隐藏的主要矛盾，利用去粗取细、去伪存真的手法研究问题的本源所在。该类分界线的多元性与复合性，至今无法用文字整合在一起。创世者的贸然死去，使得此类分界线的定义无法获得本源的回答。目前最为合理的一个定义为，直线型分界线的再创造，达尔文进化论的实践性存在，以富有寓意的特殊符号向收讯者传达饱含寓意的理念，以期获得问题的回复与解决问题的方法。该类分界线的定义至今依靠传达者的再创造，不断进行更新。由于这个世界的意识形态依然处于低级的物质性阶段，弯曲型分界线的存在为数极少，相比于不计其数的直线型分界线，前者的发展如今已经受到了严重的制约。弯曲型分界线代表着创造与进化的可能，按照达尔文进化论的科学理论，该类分界线最终必将取代直线型分界线。不断的进化，发展自我，前者拥有更为宽广的可能。两类分界线以不同的存在表现出现在这个世界的不同角落，拥有不同的定义和目的。但是，同属一性的分界线，永远以寻找同类的目的而存在。

分界圈表象特征为一个完美的圆圈。分界圈的圆圈形状永远以完美无缺的方式呈现，从不以缺失的形态示人。圆圈的周长以 π 为原理自转一周形成，保持流线型的外沿结构，对于周边的任何物理性存在不带来任何负面影响，其自身以稳定的化学频率呼吸。圆圈的大小不一，完全依靠创世者的自我想象与评估，受到地面凹凸感的制约，同时，因为各种次要矛盾的影响而产生微妙的量变。任何次要矛盾都将对分界圈造成影响，矛盾的激化程度分为三大类别，即微妙性量变、中等性量变、狂暴性量变。量变的程度直接影响分界圈自身的平衡能力。创世者赋予分界圈的定义为，协调两个世界的平衡，调和矛盾的主要方面，整合势力之间贫富差距，维护和平的状态而存在的带有独特光芒的圆圈。圆圈的正上方拥有悬浮一切物质性存在的资质。这个世界任何物理性的存在都将因为分界圈而处于悬浮状态中，不接受这个星球引力的束缚，也不接受牛顿地心引力的直线型思考逻辑理论，完全进入第三空间，与爱因斯坦的相对论同属一致。宇宙的微量粒子与地球引力产生超现实的进化磨合，将存在与不存在的概念推入黑洞，进入下一阶段的物质性存在。悬浮的高度，视物体的当量而定。不同程度、不同表象、不同价值、不同色彩、不同基调、不同观点、不同立场、不同性别、不同种族、不同资质、不同能力、不同地位、不同角度、不同画面、不同声效、不同成份、不同含量、不同财富、不同才华、不同特质等元素影响着悬浮物体的高低程度。悬浮物体的物理性存在不因为分界圈产生任何变化，自身的分子架构完全不产生任何意义上的变化。圆圈的量变程度抵达质变极限的瞬间，进入消亡阶段。消亡阶段的死亡速度，视周围力量的压力程度而定。圆圈的消亡阶段伴随着光芒的逐渐暗淡进行，其自身平衡两个世界的功能将缓慢失效。圆圈的光芒至始至终以独有的色调存在，绝不可能因为周遭的力量影响而失去应有的光泽，其自身以不朽的方式永生。外来力量的毁灭性可以给分界圈带来沉痛的打击。他们不需要毁灭的理由去毁灭一个永恒的事物。永恒的事物以不朽的方式得到永生，不以物质性的存在为唯一延续生命的手段，借以独有的技巧潜移默化的影响下一代的分界圈。分界圈的进化处于极不稳定的发展中阶段，但是，圆圈的完美弧度从未改变。自身的厚度经历了三个阶段的更迭。从第一阶段的薄弱，到第二阶段的略微厚实，直到目前第三阶段的厚重。三个阶段呈现出增长的曲线弧度，以不断进步的阶梯型进化原理弥补自身的不足，抵御外来强大力量的攻势。第三阶段的分界圈可以长时期抵御他们的攻击，从不同的角度避免不必要的次要矛盾，缓和阶级性的纷争，束缚自身内部的躁动，通过光芒的照耀，影响他们的意志，进而逃避不必要的纷争。分界圈的光芒在第三阶段达到和谐阶段，无论是在白天的午后，还是深夜的凌晨均保持着守恒不变的亮度。亮度在不需要调节的时候处于平衡状态，平衡状态的亮度处于防御阶段，防御阶段的圆圈透过自身感知力获取周遭的动态，分析画面声效，辨别危险与安全。攻击阶段的圆圈亮度降低，以迷彩服的戏法隐藏自己，躲避汹涌而来的攻势，谦虚的观察对方的弱点，短暂的降低自身价值，以换取可贵的勘察时间，在敌方的弱点暴露的煞那间，迅速提高自身光亮达到顶峰，以独有的光芒毁灭对手，释放出片甲不留的放射性辐射。分界圈从不主动攻击任何物理性或非物理性的存在，除非自身遭到了沉痛的打击才会被迫反击。圆圈的弧度具备调和非主流纠纷的独有资质，对于小打小闹的社区事件不给予任何程度的信息反馈，对于市区的执法暴力新闻简单的扭动身躯表示愧疚，对于全球范围的轰动性新闻调整自身弧度改变外表给予抨击，其自身的智商和情商不可以用数字去衡量。数字之于分界圈完全不适用。分界圈的指数高低由造物主决定，不接受这个世界任何智慧生物的检阅，同时，也不评估这个世界任何一样事物的价值，完全以谦虚低调的为人处事风格存在。圆圈的协和技能将智商的活跃度永恒的保持在冷静的状态之下，不因为酒精等麻痹性药物的影响而失去自我。第三阶段的分界圈，至今没有一个人可以依靠自身的力量完成，必须借助这个世界的物质性存在道具的辅助，例如大型圆规、或是专业性的作画团队。一个世纪以来，从未有人尝试徒手完成一个第三阶段的分界圈。第三阶段的分界圈，无论是其自身的厚重度，还是自身抵御他们力量的能力都是前所未有的。这个阶段的分界圈具备抵御一切外来力量的能力，完全凭借超自然的力量抗拒这个世界上所有的眼神。可是，纵使是第三阶段的分界圈也只能抵御力量，而无法创造力量。这是由于分界圈的本质属性决定的。分界圈具备抵御力量的能力，但是，从不具备创造力量的可能，第三阶段的分界圈也无不例外。因此，任何一个试图借助分界圈的力量去创造未来的人，最终的下场都将是引火自焚。

入口处是创造力量的基石所在。入口处与分界圈同时降临于这个世界。造物主以亚当夏娃的创造手法，同时创造出了入口处与分界圈。分界圈与入口处两者密不可分。入口处附近必定存在分界圈，分界圈附近也必定存在有入口处。两者以互补的方式存在，缺一不可。入口处的分界圈，不同于这个世界任何地方的分界线。分界圈永远都只存在于人口处附近，而分界线则可以存在于任何地方。分界圈可以被摧毁，但是绝对不可能不留下死亡的痕迹。分界圈肩负着保卫入口处的艰巨使命，通过各种手段维护入口处的安全，透过各种渠道获知他们的进攻路线，借助必要的间谍手法套取他们的背叛者口中的情报。分界圈之于入口处的意义异常重要。没有分界圈，便没有入口处存在的可能。两者牛奶加咖啡，以不同的存在方式肩负着不同的职责。入口处之于这个世界的意义远远高于分界线和分界圈的意义。入口处以吸引、进化、感染、同化、创造、蜕化、驯服、奴化、诱惑、刁难、同情、爱抚、勾引、指责、挑衅、吊念、观点、理论、思考、复制、粘贴、剪切、维护、团结、整理、组织、集体、班级、团队、学院、教派、集结、体系、排列、举例、混合、清晰、搭配、合作、互补、联手、集团等等方式凝结一切可以凝结的力量，通过那个世界的语言沟通交流，赋予新加入的传达者以独有的价值身份，将他们庸俗的灵魂透过不为人知的秘密巧妙解放，彻底解放一个人的思考，释放大脑所有潜在的能量，将那个世界的创造力带入这个世界，以第二阶段意识作用力反馈于第一阶段的物质性存在，改变现有的世界架构，将乌托邦的传奇、造梦般的拉入现实世界。入口处的定义为，以被动吸纳的手法吸引新生力量，透过那个世界的语言对新生力量进行改造，创造出下一代的传达者，以期改变两个世界的平衡，创造第三世界的通道。入口处之于这个世界的存在方式多种多样。垃圾处理工厂、地下通道的黑暗走廊、浴室一侧的大型超市、7-11便利店角落的冰箱、家里的阁楼储藏间、陈列春季新款上衣的橱柜、带着硫酸味道的化学实验室、女厕所一排又一排的坑位、洗手间的肮脏玻璃镜面、梳妆台上的化妆品、写字桌一角的笔筒、练习书法字时必备的毛笔、面巾纸的盒子内部、十字路口的红绿灯、红绿灯右侧的报刊亭、电线杆上面的小鸟、厨房里各种口味的调料、小说里面夹着的书签、座位右侧地面上的某条直线、走廊尽头的扶手、天空中一望无际的彩霞、回家路上的塞车状况、校园里面的小卖部、教导处的办公抽屉、储藏间的自行车钥匙、公园的废旧假山、假山下面的深黑山道、山间盘旋直上的狭窄老道、黄山山顶的大小庙宇、普陀山脚下的廉价汽车旅馆、西游记里孙悟空去过的藏经阁、随风而来随风而去的风声、虚无缥缈的存在永远都适用于入口处。入口处以可能想象的方式存在于这个世界，不受眼球的画面感知力影响。对于一个还未开发右脑的人而言，他的意识思考领域九成以上局限于视网膜给予的画质感。对于非常规理念的事物，完全处于不可接受的迷惘状态。他认为一支沾有油墨味的普通毛笔，绝对不可能是一个入口，它就是一支毛笔，仅此而已。完全无法领悟到物质性存在深处的意识性存在。入口处从不以单纯的构造存在，它超越物质性的普通原理，但是某种程度上受到物质性存在的束缚。物质决定意识，意识试图改变物质。那么，后者就必须先进入第二阶段。

执行者在创世之初并不存在，直到国家这一概念的出现，此类人群才应运而生的出现。国家的存在属性，决定了必须依靠执行者来维护政权统治。执行者之于这个世界的定义，并没有一个固定的概念。它出现在创世者死亡之后，后人对于执行者赋予的定义为，掌权者为了维护国家一体化进程，借助非常手段，以物质性的存在理念和非常性的个人主义，将所有人群整合在一起，集中管理与集体制约的极端人群。执行者的存在特征多种多样，警察、法官、裁判、教师、校长、领导、班委、班长、组长、学习委员、劳动委员、文艺委员、体育委员、组织委员、宣传委员、团支部书记、副书记、副班长、组织部部长、宣传部部长、卫生部部长皆为执行者。他们对于执行者的存在事实，供认不讳。对于执行者的本质目的，借以各种手段进行模糊，甚至是不同程度的扭曲。歪理邪说，作为意识反作用于物质的存在表现，完全不依靠他们的观点所转移。他们将这个世界看得过于低级，将自己看得过于高尚。之于这个平行的世界而言，任何形态的执行者，其本质都是维护个人极权主义的统治。国家依靠不同阶层的执行者而存在，执行者之于这个平行世界下的等级社会，意义重大。失去执行者，便失去国家，两者处于同等重要的地位。国家需要执行者。执行者在国家的噱头下，依靠自身拥有的权利和地位，发挥应有的价值，将手下的人玩弄于股掌之间。他们不承认个人极权主义，因为极权主义与现有制度背道而驰。制度与主义两者必须同属一致。可是，目前的这个世界上，原本就不存在同属一致的事物。

为什么停下来了？

我必须先去喝一口康师傅冰红茶，缓解一下躁动的感应球频率，同时离开恶臭味漫天飞舞的厕所回到房间，进而隐藏在被窝里继续阅读。对于这样的理论是嗤之以鼻还是敬仰万千，这个自己彻底陷入了混沌状态。

后来又说了些什么？

物质决定意识，意识反作用于物质。意识处于第一阶段时，基本上完全受束缚于物质。解放思想处于空谈阶段，没有付诸实践的可能。意识之于物质的反作用，表现在推动这个世界进步的层面。然而，这个世界的进步标准，如今已经被彻底的扭曲了。之于现阶段的这个世界，进步的定义为，政治体制的和谐稳定，国民经济的快速发展，军事实力的强大程度，文化意识领域的完全忽略，对于全球性影响的感染力与掌控力。进步的定义完全被腐朽化、物质化、扭曲化。一个世纪以来，他们将进步的定义一次又一次的反复扭曲。自从第二次工业革命结束，欧美国家进入全盛发展时期，各国对于这个世界的资源利用率陡然上升。率先进入发达阶段的国家，竭尽全力的摄取这个世界上一切物质性的存在，将物质转化为生产力，推动国民经济的高速发展，同时，加速全球性的经济扩张，将自身的优势全面渗透于这个世界的各个角落，集团化的跨国公司犹如雨后春笋般应运而生。发达国家垄断这个世界八成以上的财富与资源，它们将一切可能占有的物质性存在纳入自己的收容所。虽然，殖民地之于现在的世界已经不复存在。但是，他们寻找到了另一种更为隐蔽的殖民方法，即军事上的威慑力。它们借助物质性的攻击属性，以暴力且残忍的手段毁灭一切阻挠自我膨胀的欲望。通过赤裸裸的军事行为，残害自己的同类。我们不是他们。我们从来不杀害自己的同类。他们杀害自己的同类。自从这个世界诞生之初，这个世界就一直处于纷争状态，从未停止。整体上的和平，局部性的冲突。他们依靠强大的军事力量，为了一个低俗且懦弱的目标，残忍的毁灭自己的同类，并且要求造物主的怜憫。之于他们而言，物质性的存在永远高于意识性的存在。这个世界绝大多数处于发展中的贫困国家，因为落后的政治体制，低下的金融体系，欠缺的教育模式，不完善的福利保障环境，处于完全被压迫的状态。之于这个世界而言，永远都没有真正意义上的公平。发达国家与发展中国家的深层次矛盾有着深刻的历史背景，两者的矛盾永远无法调和。矛盾之于公平与不公平，完全建立在爱因斯坦的相对论之上。不可调和的本源，在于他们自身的属性，即欲望性。欲望的唆使，造就了他们残害同类的本质所在。发展中国家在经济上的落后，使得其自身必须依靠发达国家的经济辅助以谋求更快的发展。然而，发达国家从未将真正的核心进步理念透露给落后方。落后的一方永远处于落后地位，不采取非常手段将永远也不可能超越前者。前者的发展程度，远远超过后者近半个世纪的时间。南北半球的意识形态差别在文化领域得到了尤为突出的体现。相比于政治经济上的差距，文化领域的差距更为瞩目。发达国家在满足了国民日趋增长的物质性追求之后，将多余的资源与精力全部付诸于文化领域的创造。它们先于发展中国家领悟到了意识性存在的价值。对于发展中国家而言，无论是经济上，还是文化上都远远落后于发达国家。前者的求生之道在于必要的模仿与切合自身实际的调整。

贫富差距不可调和。任何体制下的社会都将是阶级社会。任何所谓的高级理论，都是站在乌托邦的肩膀上，以幻想的角度展望美好而无法实现的未来。任何制度下的社会，都将存在贫富差距。贫富差距伴随等级矛盾一起存在。他们的掌权者不允许财富平均分配给子民，任何意义上的财富平等都建立在不平等的水平线上。拥有大量财富的掌权者，将多余的资金消耗在个人主义的享乐上，从来不会将它们赋予给贫苦的子民。他们掌握了哄骗世界的技能，透过媒体的辐射性影响，以奴化的方式传达，借以掩饰自己愚昧的存在。阶级制度永远存在于这个世界，这点同样是由他们的属性所决定的。属性决定一切。物质决定意识。属性的残忍性决定了社会的残酷性。之于这个世界的任何体制下的社会，所有人都必须依靠自身的努力获取财富。不劳而获的理论从不存在。劳动换取收获，奴隶社会的交易原则，永垂不朽。一切的美好幻想建立在政权的稳定之上，建立在残酷的现实之上。贫富差距不会因为制度的更迭而消亡。这个世界，不存在完美意义上的共同富裕。

金钱永远位于金字塔的顶端。金钱之于这个世界的属性从未改变。这个世界的他们将金钱毫不犹豫的放置于金字塔的顶端，超越一切的存在。金钱可以换取任何必要的物质性存在，甚至是某种意义上的意识性存在。金钱是万能的，永远是万能的。在意识没有进入第二阶段之前，他们将金钱视为生命中最为重要的价值定位，完全是情理之中的事情。对于他们而言，金钱以数目多少的方式来衡量，越多越好。之于一个国家也好，之于一个家庭也罢，之于一个人而言，金钱是维持生命的必备道具，绝对不可或缺的物质性存在。在意识的第一阶段，追求最大限额的金钱数目是终生为之奋斗的目标。任何领域的劳动均建立在追求金钱的立场之上，没有收获便不存在劳动。立场的坚定决定了追求目标的不可变化性。在意识的第二阶段，金钱以必须道具，而不是必备道具的身份存在。劳动的追求目标不再局限于金钱，而是个人价值与意识进步。个人价值的获得以某种不朽的形式造就永恒的存在。意识的进步反作用于物质，将推动这个世界进入下一阶段。下一阶段的世界，依旧存在巨大的贫富落差，意识形态的矛盾得以局部调和，诚然，发达国家与发展中国家的深层次矛盾依然健在。但是，个人价值与意识进步，将推动下一阶段的世界完全整合为一个精神世界。精神世界将代替物质世界，成为下一阶段的世界的主旋律。权利仅次于金钱，位于金字塔的第二层。权利在某种角度上高于金钱。但是，他们的视线过短，无法看透屏风后面的障眼法，所以毫不犹豫的将权利放在了金钱之后。他们要的是看得见的东西，看不见的东西可有可无。权利的效用体现在政治与经济的掌控度上。权利的高度直接决定个人能力的大小。权利越高，能力越大。权利至始至终以至上而下的方式存在，任何制度下的社会不存在真正意义上的民主。民主永远建立在权利之下。权利的占有欲望颠覆了常理，以不按套路出牌的魔术戏法掩饰不公平之上的公平。一人说话，万人敬仰的会议，完全沦为掌权者的无聊表演秀。这个世界，一个世纪以来都处于第一阶段的世界之中。欲望占据第三个位置。欲望的唆使直接影响着他们的一举一动。极速膨胀的欲望导致这个星球的气候处于急速恶化的状态之中。他们背信弃义的抛弃了造物主搭设的华丽舞台，在舞台上栽下一颗又一颗的导弹。这个世界将被他们亲手毁灭。对于绝大多数的他们而言，毁灭与存在并无分别。死亡与诞生的价值被世俗的价值观所扭曲。如何实现个人价值的关键在于，教条主义下教育体制的奴化。欲望渗透至校园，等级制度在幼儿园、小学、初中、高中乃至大学全部通用。校长的权利永远大于普通教师的权利，这是毋庸置疑的事实。赤裸裸的等级制度，令原本公平的学习环境变为了欲望的红灯区。他们甚至将触摸过死神的肮脏手臂触向纯洁的校园，为了自我情欲的满足去践踏一个又一个美好的肉体。等级制度的存在，导致校园属性的质变。质变后的校园，完全的被扭曲为极权主义者获取金钱的手段，而不是赋予知识的温床。校园不再具备传达知识的核心理念，而是细数钞票的大型验钞机。最后一个层级的食物。在现阶段的世界获得了多元化的发展。食物之于这个世界的变化，呈现了令人惊讶的发展速度。各类垃圾食物与奢侈酒宴取代了原本朴实无华的个人就餐问题，排斥了精神领域的存在。食物的价值，因为他们而发生了巨大的扭曲，已经进入了第二阶段。第二阶段的食物特征，华而不实、哗众取宠、浪费资源、高昂的价格换来低俗的实质。价值观被奢华的表象彻底蛊惑。第二阶段的食物链完全呈现了反其道而行之的退化，与达尔文的进化论截然相反的悲惨现实。他们对于食物的追求乐此不疲，对于精神领域的空虚只字不提。两者的发展方向完全相反。颠倒是非的错误观点无人指正。奢侈酒宴之于掌权者而言是必不可少的存在。大量的食物完全处于浪费与质变的阶段，工厂化的管理之于绝大多数畜牧业而言，是合理化的存在。所谓的绿色食品，完全是相关部门贴上去的欠条，没有任何存在价值。无汞超标食物和原生态健康食品，之于这个世界早已不复存在。掌权者所拥有的特供食物，对于绝大多数普通百姓依然不具备任何存在价值。他们踩着肮脏的牛粪之上，抱着畜生的皮囊，感慨满汉全席的美好。

双重人格，即具备双重性格的人。该类人群构成了他们的主流。一方面真诚的接受别人的建议，一方面背地里践踏别人的灵魂。双重人格以真实和谎言并存，两者互相弥补，交融存在于一体之中。此类人格不受物质性存在的影响，完全摒弃正常的价值观和人生观，鉴于对于金钱的绝对忠诚，放弃身为一个种族的尊严，丢掉自身的灵魂负担，苟且偷生的以谎言换取别人的同情，进而获取苛求的酬劳。人格占据了意识的绝对空间，指引一个人的所有行径。这种人格以毁灭性的方式存在，以刺激性的手法传播，以辐射性的效用扩散。如今，已经完全处于这个世界的主流地位。之于他们而言，目前还未能领悟到双重人格的危险所在。可以设想，一个人人带着面具，以谎言交谈的世界将是多么可悲的现实。可悲的现实以不可毁灭的方式存在。诚然，双重人格的优点多于弊端。优点在于骗取对方的同情，避免不必要的麻烦，博得上级的赞赏，拥有高尚的虚假荣誉，冠冕堂皇的权利，以杰出的地位高高在上，少量的付出换取大量的收获，不再需要脚踏实地，跳跃性的攀升速度，颠倒是非曲折的空谈理论，驾驭一切的独孤求傲，苛捐杂税背后的腐败，笑傲江湖的大和民族，虚情假意的卖弄自我，狐假虎威的帽子戏法，夹杂着愧疚情绪的演讲，带着侥幸心理生活的乐趣，买乐透彩等待中奖电话的企盼，参与传销组织的高昂士气，踩着别人的肩膀玩蹦极运动，睡觉的时候假装起来拖地板，转过身子试图逃避太阳光的照耀，镇定自若的弯着腰说废话等等。这个世界对于双重人格没有一个正确的舆论导向。舆论被金钱和欲望所蛊惑。事实上，这个世界已经不存在绝对正义的舆论。一切舆论都建立在权利与金钱之下。没有一个媒体人会去做一笔不赚钱的买卖，就如同他们不会无偿提供地铁供人们乘坐一样。所谓的财政收入与税收支出，完全是蛊惑人心的骗局和谎言。他们将收取的大量财富用于个人主义的享乐之中，仅仅丢出一小部分的存款供脚下的子民玩弄。包括媒体人在内的所有人，全部被牵涉进了双重人格的辅导课堂。他们对于反动素材全部屏蔽，对于进步思想以亵渎的方式践踏，对于灵魂的慰藉以醉酒驾车的条款拘捕，对于一切不和谐的音符用死神的镰刀残害。他们不是我们。他们亲手杀害自己的同类。当双重人格的技能进入第二阶段，这个世界将出现一场彻头彻尾的历史性的倒退。这个世界将退回至原始社会，直接跳过封建社会、奴隶社会，倒退至原始社会。在原始社会，双重人格依旧通用。事实上，双重人格在任何意识形态下的社会，一律通用。它不受到时间性的约束，以自我发展适应的技能为之生存。原始社会的掌权者接受双重人格的存在，并且对于拥有该类人格的人群百般呵护，赋予其高级的权利以奴化下一阶层的人。下一阶层的人进而继续奴化再下一阶层的人，以此反复，形成一个三角形金字塔的形状。人格占据意识的主动权，反作用于物质。这个世界因为双重人格的无限蔓延与极速发展，使得人的意识开始逐步倒退。生产力的发展与自然环境的深层次矛盾，日见端倪。他们迟早会意识到双重人格的可怕。可是为时已晚，这个世界早就开始以陡峭无比的速度，处于历史倒退进程表之中。

他们引以为荣的一切物质性存在。城市化进程、科技化进程、经济化进程都将因为沙漠化、厄尔尼诺化、温室效应化统统消亡。自然的力量远远超过他们的想象。他们看得太短，视线永远以水平的方式看这个世界，从来就不懂试着将视网膜以抛物线的弧度，跳跃性的预见未来。这个既不是圆形也不是平面的三维空间，谁也没有权利去定义一个无法看透内核的星球。这个造物主赋予了生命的星球，具备了氧气与水分，提供了他们为之生存的必备条件。然而，三维化的空间因为二氧化碳的增多和水资源的疯狂浪费，开始犹如入口处的墙壁一样逐渐扭曲。凹凸不平，迟早会坍塌。入口处与这个世界的贯通性，完美无缺。入口处既是那个世界的传达器，也是这个世界的传达器。第一阶段的科技完全依靠物质性存在的领悟。高级理论决定科技创新，脱离理论一切无法完成。第二阶段的科技依靠右脑完成，动用深层次的意识流再创造，改变这个世界，而不是改变这座城市。城市之于世界，犹如一个人之于一所学校般渺小，微不足道的物质性存在。他们只能改变一座城市，还无法改变一个世界。世界过于庞大，他们的力量过于弱小。力量因为不可调和的矛盾从未凝结在一起，无法凝结意味着这个世界无法得到改变。这个世界因为矛盾而倒退，倒退至盘古开天辟地的真空状态。这个世界的造物主将在不远的将来，毫不留情的将这个星球连同他们丑陋的罪孽一块毁灭殆尽，消失在茫茫宇宙的黑洞深处，永无再生之地。

→

你在干什么？

我抱着厚厚的棉被，失去了推开一个棉被的力量。它变成了一个黑洞，将这个自己彻底笼罩，连同失去了希望的光芒坠入恒心远去的天王星海边。我在沙滩上触摸失去引力的沙粒，这个陌生的星球没有任何束缚的力量存在，这个自己以真实的自我展现，完全不需要任何迷彩服去隐藏掉真实的李逍明。我就是我。我是真正的自我。我站在深蓝色的海岸线的灯塔之上，双手不断来回捶打着脆弱的心房，抛开双重人格的傀儡枷锁，朝着不远处那颗渺小的淡蓝色星球，动用灵魂的力量呼喊蠢蠢欲动的星星之火。

那个扭曲墙壁的入口处，为何不能因为分界圈的存在而复原？

因为他们的力量在昨夜凌晨三点过后，完全超越了分界圈的防御工事，彻底毁灭了一切形式的分界圈。无论是薄弱的，还是略微厚实的，包括最为厚重的也无不例外的消亡了。三个阶段的分界圈，全部失去了抵御他们力量的能力。那个世界的保护伞不复存在了。目前，这个世界所有的入口处完全暴露在外，没有任何屏蔽的门扉。

你在铁一中的入口处看到了什么？

我看到扭曲的墙壁不再扭曲，凹凸的砖块不再凹凸。它们转瞬之间全部真空，犹如二十分钟之前已经拯救过的入口处情景一模一样。可以见得，入口处的状况极为紧急，不到十二个小时的时间，所有抵抗外来压力的墙壁已经全部消逝。他们的力量无可厚非的得到了进化，一夜之间的进化，造就了可怕的事实。我驱车前往垃圾堆，寻找地面上的分界圈。一刻钟漫长的地毯式搜索结束，也未能感受到它的存在，光芒连同悬浮的能力一齐消失殆尽。他们发现了分界圈所处的位置，同时也发现了入口处的具体坐标。他们是怎么发现那些隐藏的秘密的？他们是通过什么手段发现隐藏多年的入口处？他们为何要不留情面的践踏一个不熟悉的陌生世界？我带着疑惑与不安，靠在肮脏的满是辣椒籽的墙角，原地抱头深思。不会错的，我们之中出现了背叛者。绝对是因为背叛者的口供，他们才得以获知这些隐蔽的坐标，并且以悄然无声的破坏计划销毁了一切可供追查的证据，例如垃圾堆分界圈无法寻匿的遗址。它被销毁得干干净净，地面肮脏如故，毫无生息可言的死角，就算是报警也于事无补的亡羊补牢。我缓缓站起身，失落的离开垃圾堆，再次驱车回到入口处。这次的行动几乎被他们发现。我远远的看到了入口处聚集的执行者。人数超过二十人，拎着录音笔，抱着摄像机镜头，团团围住了入口处。他们发现了入口处。我减缓踩踏自行车踏板的速率，连人带车停靠在了路肩，离他们不足一百米的报刊亭门口，轻巧的花一元钱买了一份报纸，双手脱离自行车龙头，捧着报纸假装浏览新闻，实则调整视网膜的焦距，远距离的观察他们的一举一动。他们过于忙碌，以至于没有察觉到这个自己的存在。你既是卧底也是间谍。你是双面特工的代言人。我感受着他们的画面、他们的节奏、他们的呼吸、他们的言语、他们的调侃、他们的不屑、他们的讽刺、他们的刁难、他们的无知、他们的破坏、他们的懦弱、他们的自私、他们的卑微、他们的慷慨、他们的谎言、他们的背后、他们的前面、他们的四周、他们的角度、他们的脚步、他们的心跳、他们的韵律、他们的幻想、他们的思考、他们的计划、他们的惆怅、他们的邪恶、他们的善良、他们的优点、他们的弱点、他们的视线、他们的场景、他们的计划、他们的筹备、他们的灵魂。我终于抓住了他们的弱点，心底一阵愉悦的躁动。他们早就在你回到这个世界的第一时间里准备就绪。他们的能量远远超越你的能量。你微不足道的身躯难以抵抗他们的攻势。我在心底感受着一股愉悦的躁动，安抚住剧烈跳动的拳脚，保持着永恒不变的一百米间隔，低着头维持不朽的沉思者造型。造型完美得无法令过路人产生任何怀疑，不招致任何无畏的瞩目，连迷彩服都不需要的伪装手法，高人一等。我感受着他们的破坏行动。他们将一箱又一箱的事物搬上大卡车，连同那个世界所有存在的物质性存在，一齐带走，直到毁灭的原点才肯罢休。他们走了，带着摄像机镜头与录音笔驾驶着贴地匍匐前行的第一阶段科技缓缓而逃，留下了二十多个无人照料的灵魂。我享受着汽车尾气的浓浓硝烟，面带微笑的扶着自行车，踩着小碎步扑向温暖的港湾。我在海风习习的九龙尖沙咀码头搂抱着一群无家可归的灵魂，享受着天伦之乐。它们神色恍惚的望着慷慨无比的这个自己，不解的询问缘由。我逃避愚蠢而无味的问题，将裤腰袋里仅存的五元钞票递给了它们。它们争先恐后的抢夺钞票，瞬间遗忘了两秒钟之前提出的疑问。它们接受了邀请，随我乘上自行车的篮子，一同回家。它们是满足的，因为草稿纸的存在。只要有草稿纸，它们就会满足。他们就是这样愚蠢的一群人。我撒谎骗它们，自己家里的抽屉里还有整整两大箱的钞票，它们便毫不犹豫的点头跟着我走了。它们居然如此轻易的被哄弄了，连反驳的机会也不给我。我轻巧的踩踏自行车的踏板，这辆二手银色自行车，三年的服役期过去，如今已经越发力不从心，车身剧烈的晃动，摇摇欲坠。

这个百无聊赖的黑色星期天，你为何跪倒在寝室淡黄色的整洁地面上？

我只是无法支撑这个自己的肉体，因为寝室的屋顶扭曲了。它居然扭曲了，接近于入口处墙壁的扭曲状体，但是，远远超过了它的完成度。寝室原本平滑的屋顶墙壁变成了呈三角体向上突出的椎体。我双脚贴着半小时前拖过的地板跪地祈福，祈祷看到的一切都是幻象。我用满是液体的双手击溃自己僵直的脸颊，唤醒沉睡的疲惫灵魂。灵魂跃跃欲试的脱离这个自己的枷锁，冲向金字塔型的屋顶开始观察。无可厚非，这个寝室已经不再是之前的那个寝室了。它受到了某种力量的影响，而产生了瞬间性的质变。短短一天不到的时间，紧跟在入口处的质变之后，寝室也发生了质变。它是被迫质变，还是自行选择质变？目前还无从考量。但是，可以肯定的一点，金字塔型屋顶的出现，完全是夹杂着寓意的必然事件。你已经猜到了拯救那个世界的方法。如今，万事俱备只欠东风。可是，我还差一些东西——必备的道具。假使没有必备道具的辅助力量，我不可能完成得了使命。寝室的墙壁、地面、桌子、椅子、床铺、镜面、肥皂、牙刷、水杯、铅笔、杂志、吊灯、台灯、窗户、门帘、栏杆、被套、枕套、电脑、草稿纸、教科书、粪便池、沐浴喷头，一切皆无变数。完全正常。唯独，屋顶发生了瞬间性的质变。幸运的是，其余三位室友上个星期六皆已怀揣着梦想的企盼离开了这个校园，我得以享受宽敞明亮干净整洁宿舍的独有快感。占有欲是令人爽快的存在，尤其是之于头顶这个突如其来的变数，因而显得更加的意义非凡。我抛开被人察觉的担忧，将寝室的窗帘拉上一半，只留下一条门扉的缝隙，确定无误之后，将灵魂喊回家吃饭，趴在桌子上，狼吞虎咽的结束快餐食品的糟蹋，然后迎着电脑音响传出的七阶音符陷入漫漫长夜。

这个寂寞难耐的无聊星期一，你为何跪倒在教学楼深灰色的大理石台阶上？

我收到了一封没有署名，但是确定无误就是寄给这个自己的信件。我一边踩着小碎步走下台阶，一边拆开信件的煞那间——这个自己噗通一声，随着信件散发出的熟悉的久违的独特光芒坠入了无言以对的百慕大三角。

散发着光芒的信件上说了些什么？

李逍明
当你收到
这封信件时
想必你已经看
到了入口处的惨
状是的正如你亲眼
所见的那样入口处连

同分界圈现在已经全部
被他们发现并且受到了沉
痛的打击和破坏我知道你一
直以来都在猜疑铁一中教室的
人行横道上那个带有箭头和尾巴
的分界线是谁画下的现在我必须诚
实的告诉你它并不是人画下的也不是
谁可以画下的那不是谁都可以做得到的
事情它是你自己亲手画下的是的你自己亲
手画下了那条多余的分界线至今都未能意识
到你在一个星期六的傍晚在空空荡荡的教室地
面上画下了一条带有箭头和尾巴的独特分界线第
三阶段的分界线两个不同的分界线都是你画下的杰作
我必须提醒一下你你隐藏自我的行为已经开始导致自我
分裂了你的能力过于强大强大得连自己都不认得了你不用
猜疑我是谁我是谁根本就不重要这个世界从来就不会在意你
是谁你是一个什么样的东西他们都不在意他们唯一在乎的是一
个东西可以给一个世界带来怎样翻天覆地的物质性变化而不是意
识领域的客套理论现在的你已经拥有了改变世界的能力你已经领悟
到了那种能力并且早就已经掌握了那种语言很多年前的你就已经精确
的预见过那个词汇的存在价值只是当时年少无知未能将那个词汇的潜能
给挖掘出来然而现在的你完全可以做得到了连同所有潜在的能力去拯救那
个危在旦夕的世界你可以证明自己通过超凡的杰出才能去证明自己的价值眼
下你唯一面临的问题便是那个道具它早已存在于你的周围你很快就会收到那
个

道具它非常独特借助道具的辅助力量动用一切可能的想象力试着去寻找完成
使命的

方法方法永远依靠思考去实现空想主义与教条主义毫无任何存在意义你一定
要努力

去寻找那个方法那个方法不存在于传统意识流领域你必须依靠自身的才华完
全调

动大脑的智慧去领悟走向塔尖不要惧怕它的狐假虎威它可以伤害你但是伤害

的

仅仅是你之于这个世界的肉体对于你的灵魂它束手无策一筹莫展把问题的思

考方式扭转扭转问题将本源所在挖出地底透过那个世界不为人知的秘密去

掌握那个方法不用怀疑你就是消失章节中提及的那个人这点众人皆知我

必须向你致敬你没有借助任何人的辅助力量寻找到了铁一中校门口对

面的分界圈与附近的入口处你单独完成了搜索同类的计划完美的隐

藏了自己但是记住永远都要记住隐藏自我的时机与拿捏度物极必

反走火入魔的道理谨记于心时间越来越少希望之于你我是谁并

不重要重要的是你必须完成使命你必须完成使命你必须完成

使命你必须完成使命不惜一切代价的完成使命在他们毁灭

入口处毁灭我们毁灭一切光芒毁灭所有力量毁灭这个星

球毁灭那个世界毁灭氧气毁灭尊严毁灭自己的灵魂之

前领悟到方法及时付诸实施在合适的时间点喊出那

个词汇之于两个世界的特殊价值千万要把握好时

机时机的把握精准度将决定事件的成败根本的

问题不需要再多加考虑一切需要考虑的事情

我们都已经帮你完成你可以做得到在那个

时刻那个永恒的时间点那个睽违多年的

遥远梦想当那片光芒照入这个世界的

瞬间你会看到我会看到他们会看到

连同活着死去的灵魂一起感受到

理想与现实的可能从来就不依

靠任何物质性的束缚而磨灭

磨灭与不朽互为一体颠

倒看问题反复看问题

把问题来回颠倒反

复看一遍再看一

遍是的你将会

知道灯谜的

答案与未

来的卌

你对这封版面特殊的信件作何感想？

它为什么是颠倒型的排版？它为什么要形成如此对称的图案？这封信件的发信人为何不暴露自己的身份？那个人凭什么说这个自己处于了自我分裂状态？我为什么要没事找事的多画下一条带有箭头和尾巴的特殊符号？我并不记得自己有画过那样的分界线，难道有人栽赃？我必须尽快毁灭这封带有独特光芒的信件，以免引起周围同学的怀疑与猜测。他们的眼神依旧犀利无比，对于新奇事物永远报以无限的期待与迷惘的眼神。可惜，他们只会在教室里面接受陈旧性智慧的奴化，我必须彻底解放大脑的思想，完全的解放束缚自我的枷锁，寻找到拯救那个世界的方法。眼下的这个自己，必须抛弃对于那个人的追查。他的警告姑且视为不必要矛盾的次要方面。他对于那种能力与那种语言凭什么报以如此肯定无误的解释？他难道掌握了这个自己的所有资料？他是美国中央情报局的调查员？他是福尔摩斯二世手下打酱油的小伙子？他难道借助那种能力预见到了这个自己下一步的举动？他的真实身份会不会是一个傀儡组织？他的思考完全不按照正常逻辑顺序，在对称性的三角形信件上暴露无疑。是的。他试图通过这封信件透露一个隐藏的讯号——代数几何题仅差一条的辅助线。可是，信中的辅助线隐藏得极为完美，咋看一眼根本无法丈量，再看第二眼依旧毫无头绪。这不过是一封由两个三角形的文字构架而成的陌生人信件。陌生信件的陌生感，因为信中提及的大量关键词汇而失去了怀疑的必要。他完全知道了那些隐藏的秘密，包括家中倒挂金钩的金字塔。是的，倒挂金钩，它是倒挂于房间屋顶中央的。那么，要如何才能将那样沉重而带有锋利塔尖的金字塔颠倒过来，变为下垂的状态？不能依靠任何人的帮助，那样会暴露金字塔的存在，同时也会招来不必要的猜疑。我必须依靠自身的能力完成一切行动，如假包换的实力为靠山。我们不是他们。我们不需要造假。可是，怎样才能将金字塔颠倒过来？颠倒成信中的下垂状态又能怎么样，还不是一个金字塔而已，并不能带来任何质量上的变化？金字塔依然笨重，如何才能令其摆脱重量的手铐？隐藏的讯号必须与那个未曾收到的道具结合在一块思考才行。我需要尽快收到那个道具，在入口处全部消亡之前。

及时雨的信件，为何让你恍然大悟？

因为及时雨缓解了焦灼的西北旱灾，所有枯燥的单线性思考因为雨露的姗姗来迟，全部罗列在一起，化身为一整片沙漠尽头海市蜃楼的虚幻可能。

你在看什么信件？

道明兄，事态的迅速恶化，想必你已感受到了。相信你已经收到了那本书，然而，相比于那本书的意义，眼下我们必须将更为重要的事情提上日程。

正如道明兄你猜想的那样，那个道具，兆宇我早已完全掌握了它的使用价值。可是，依然无法参透它的真正意义。它实在是太普通了，普通得连路边都能捡到的道具。卖破烂的叔叔阿姨都不愿意去偷的存在。大哥留下的这个道具，兆宇我之所以迟迟未能交付给你，是因为它实在太过单一，完全不具备想象的空间与可能。我利用大学一切课余的时光，努力试着参悟它的意义所在，它之于这个世界任何可能的真正价值。可惜，两年半的时间过去，我没能领悟到它的存在到底出于何种原因。我必须承认，它的真正价值或许只有道明兄你才能参悟得到。你拥有着独一无二的才华。你的能力远远超越了同龄人。你对于事物的思考方法，完全不按常理出牌。兆宇我努力试着模仿你的思维模式，但是于事无补。你的能力不可模仿。道具近日将会以特快的方式寄给道明兄你。请你竭力探索到它之于拯救那个世界的可能。我不得不承认一点，它实在过于普通，普通得连购买快递保险的必要都没有。

我们已经就位。这所学校一千六百余名的传达者，昨日深夜在校食堂对面的垃圾堆迎着深夜十一点的钟响，接受了下一步的计划安排。这里，兆宇我必须再次感谢道明兄你十五年以来给予我们的鼎力支持。你所做的一切，或许会被他们所遗忘。但是，你将被历史铭记。我们都将不朽。所有的传达者届时将全力配合你的行动，道明兄你只需要通过那种方式将指令传达给兆宇我。接下来的一切事宜，都将由我们去承担。我们不需要指挥官，也不需要司令员。我们借助大脑的第二阶段意识反作用于这个物质世界。你一定要参透到道具的真实价值。我们的时间现在已经是倒计时的状态。兆宇我屏息以待，等待那个时刻的到来。

另外，你的母亲，我已经帮你找回。她最快将于下周日回家。兆宇我能做的都已经做了，下面看逍明兄你的了。你将是我们最后的希望，拯救那个世界的定海神针。我们不要取军，我们要的是将军。

你在心里嘀咕着什么？

我们不要取军，我们要的是将军。

谈一谈她吧？

我有使命在身，没有功夫去谈她。

可是，你心里不是还惦记着她吗？简单说一说，在离开这个世界之前。

她在白天是玉，她在晚上是珏。珏时常在寂寞的深夜与我幽会。她温文尔雅的飘逸长发披星戴月的撒在柔弱香滑的肩膀之上，小鸟伊人的依偎在我宽厚的左侧臂腕，温暖而带有薰衣草香气的唇角吐露着潺潺流水的鸟儿窃窃私语的恋情。我放弃在电脑屏幕前，疯狂痴迷不悟敲打塑料键盘的意志力，在屏幕的亮度与电源的照明灯熄灭的瞬间，将她搂入怀中。极夜的黑暗笼罩着这个寝室所有的角落，连同金字塔型的屋顶，徘徊在寂寞沙洲冷的太平洋海底。海底一片沉寂，所有呼吸的鱼群随着流星雨的远去纷纷背井离乡，卷入厄尔尼诺的滚滚海啸之中。她没有开口说话，从不爱开口说话的珏正在用亮晶晶的单眼皮，脸颊浮现出迷惘的失落笑意，鬼鬼祟祟的抱紧了这个自己的肩膀。我的呼吸频率因为一个世界的搂抱，陷入急促的躁动不安之中。不安的抛物线缓缓击溃躁动的心房，连同忍无可忍的欲望宣泄而出。舌头毫无条件的伸入她湿滑的山洞，我们在湿滑的山洞里面缠绵打转，连接在一起，两个舌头亲亲我我的表演一出你来我往的踢踏舞。她的舌头学会了挑逗人心的技能，沿着蜿蜒曲折的壁沿毫无规律的爬行。我尾随其后，吃力的寻找壁沿的落脚点，一次又一次的滑倒在空虚的房间。我站在空虚的房间深处，第二次、第三次、第四次的试着反复抓住一头奔跑的小河马。它柔软无比的身体蛊惑着人心。我抓住了小河马，将舌尖融合进她的舌根，紧紧抱住舌头的一切精神点。她失去了继续奔跑的力量，接受了我的爱抚。我们两个的舌头宛如两条交配中的青蛇缠绵在漆黑的湿滑山洞中央，任凭黑暗的侵蚀也丝毫不为所动，她坐在我的膝盖上，双脚叉开，完全迎合着这个自己下面的那个东西。那个东西屏息多年的沉寂，伴随着她的诱惑得以完全百分之百的释放开来。牛仔裤被股股的那个东西捅破。她的舌尖竟然如此的柔软而滋润，滋润着心田里干涩的水井。水井被舌尖赋予的水分激情灌溉得直至泛滥，泛滥的洪水涌出我的喉咙。我接受了她倒流而来的洪水，享受着薰衣草味的水分，连同柔软的舌头一起吞入体内。她抱紧了我，我完全抱紧了她。我们没有距离的分别，依靠着一张矮小的靠背椅支撑迷失的自我。她闭着眼睛，单眼皮的眉毛拥有独特的诱人光泽，在越发黑暗的角落散发出一片爱慕的光芒。她享受着这个自己的爱抚。我毫不留情的撕毁了她淡黄色的条纹长袖衬衫，纽扣滴滴答答的散落在洁白的大理石地面上，发出简洁迷人的旋律。一对小巧可人的肉球呈现在眼前，我双手抓住两个肉球，将遮羞的白色胸罩摘取，用舌尖品味乳汁的美味。她紧跟着发出第三空间的呻吟声，声线低沉而深邃，不断冲击着越发变异的金字塔屋顶。我抓紧两个温暖的肉球，失去了继续允吸的兴致，将手掌迅速尾随至她的那个地方。她的粉色迷你裙连同白色内裤一起毁灭。自己的那个东西撮合着她的黑色毛从，来回撮合，擦出点点火星。火星带有骚动的韵味，掌握了伸缩来回的本领。她没有主动接受邀请函，只是默默的点头，顺势整个人依偎在了肩膀上。我闭上眼睛，调整那个东西的角度，双手搂抱着她温暖的躯体，躯体连同舌尖一齐散发出夹杂着薰衣草的体汗味，呼吸节奏再一次的调整，那个东西在短暂的搜索之后终于寻找到了切入口。它失去了征求同意的念头，抛弃了为之矜持的军规，毫无预兆的冲向那个从未有人冲入过的狭窄地道。她发出疼痛的叫喊，我下意识的收缩，短暂的进入又迅速地离开。五秒钟的休止符消失，那个东西第二次进入地道。这次的调戏带有讽刺和好奇的味道，来回前进，偶然退出。她接受了那个东西，虽然那个地方正在流出鲜红的血液，但是，她没有反击，一点反击的力量也没有了。我完全融合了她的心，连同此刻的肉体，交汇于世界尽头的处女座流星雨消亡的前一秒。我们在世界的尽头拥抱，链接在一个端点，来回磨合着欲望与饥渴的焦灼，将不存在的梦想与旋律踩着欲火焚身的钢琴曲交合。那个东西获得了彻底的释放，完全适应了前进与退后的表现欲，在她拥挤的地道里面享受着压迫的快感。我品味着她秀发的香味，满是汗滴的身体在椅子上迅速陨落，双手抚摸着圆滑的臀部，感受着肉体的美妙。她的呻吟声越发频繁，来回荡漾在黑暗的房间里面，挑逗着梳洗台上化妆品的欲望。欲望吞噬了真实的自己，她不再是那个楚楚动人的暧昧女孩，变为了一头彻头彻尾的驾驭机器。我驾驭着一台崭新的战争机器，在机器的拥挤地道里面来回奔跑，奔跑的速度越发加快，超过了都灵奥运会短跑选手的冲刺速度。那个东西将自己的速度提升为光速，不断毁灭通道干爽的墙壁，墙壁被各种欲望的液体湿润，湿滑的地道墙壁变得无比柔软，不再令人举步维艰。她的释放与自然，令奔跑变得收放自如。我只是来回重复着一个规律性的动作，但是这个动作竟然如此诱人，令人乐此不疲。造物主赋予的这个动作拥有着可重复性和耐久性。两人的身体开始燃烧。她的头发在半空之中随着剧烈的颤动来回飞舞，双手抱紧了这个自己的头部。我毫无预兆的站起身子，将她推向了墙角。我在墙角的壁沿上用卡拉什尼步枪用一梭的子弹攻击一个满是鲜血的地道口。血液粘在了自己的那个东西上，那个东西毫不在意处女膜损毁后的挣扎，反而越挫越勇的展现自己淋漓尽致的表现欲望。我不断呼喊着她的名字，珏、珏、珏，一次又一次，毫无倦意的卖力歌颂。在欲望站在山顶的最高处，在汗水的沸点达到一百摄氏度，在她的呻吟声达到巅峰的水云间，我一泻而出的击溃了墙壁。墙壁随着子弹倾泻而出，彻底瓦解。我抱着瓦解的墙壁瓦砾，用一整卷卫生纸擦拭着那个东西上面沾有的一坨又一坨乳白色液体，低头鸟瞰整洁一片的干净地板，望着什么也不存在的空房间，对着镜子面前那个落魄的自己，用冰凉刺骨的自来水反复清洗自己耻辱的双手，在幻想与现实交融的煞那间，跪倒在地，抱头痛哭。

你为什么不去找她？

我必须完成使命，这是自己来到这个世界的初衷。在使命没有完成之前，这个自己找不到与她正面相视的理由。我们不同：她有未来，而我没有。

这个荒诞无比的混乱星期二，你为何站在阳台上撕毁一本练习册？

它必须被毁灭。## 试图通过一本练习册来赎罪。我必须毁灭它。这个世界不存在赎罪的概念，## 将谜题全部解释了一遍。我必须在使命完成之前，寻找到一个合适的时间点，透过那个世界不为人知的秘密亲手将 ## 的灵魂杀死。## 从来就不是 ## 的，## 隐藏了真实的自己，## 的赎罪来得过晚。我不接受 ## 的解释，也不接受 ## 的歉意，## 们发现了过多的秘密，## 们必须一齐消亡至宇宙的尽头。

寄来的练习册上都说了些什么？

明弟　时至今日　有些事情我必须告诉你　我知道自己的身份已经完全暴露了　这场战斗　我承认　败北的一方是我　首先　我必须向你道歉　为了隐藏真实的自己　我不得不骗取你们的信任与同情　我的无奈之举希望你能理解　你的能力远远超过了我的能力之所及　我感到非常遗憾　但是　作为同类　我相信你会接受我的道歉　我祝愿你能如期完成使命　犹如书中预言的那样完成拯救那个世界的重大使命　你肩负着如此沉重的负担来到这里　你做得真的很好　一般的人是绝对不可能坚守一个秘密长达二十年的时间的　你做到了　你守口如瓶　从不与人擅自交谈　你不愧是那个人　这里　我必须将一些事情从头到尾　一一告诉你　我知道　时间已经不多了　是的　正如你预料中的那样　打从去你家帮助你提高数学成绩的第一天起　就已经注意到了房间中央垂直吊挂的尖锐塔尖　我可以感受到那样的存在　我们同属一致　在看到那个金字塔的第一刻　我就知道

你假装学习数学知识的真实目的 但是碍于面子 我不得不接受你的请求 加上兆宇的盛情难耐 我找不到拒绝你们的借口 你们的邀请函装饰得完美无缺 第二次去你家 我趁你出去洗脸的时候 翻阅你的抽屉 正如你预料中的那样 我翻阅了你的抽屉 看到了你的笔记本 迅速阅读了上面颠倒的日记 你写作的手法空前绝后 完全背离常规的构词技巧 当场令我折服 我不知道 你是出于什么目的而选择了那样深邃的写作手法 除此之外 我必须告诉你的一点 或许你已经知道了这一点 但是这里我还是必须将这一点的重要性告诉你 你必须利用那个金字塔 才能拯救那个世界 金字塔的出现不是偶然 这个世界从来就没有偶然事件 一切事物的发展规律全部由造物主一手包办 不存在偶然 一切都是必然 你一定要充分利用金字塔的资源才可能完成使命 这一点 是书中提及的再次 我必须告诉你一个残酷的事实 与这一点有关的章节早已不存在于那本书中 他们在第三次搜查的时候 撕毁了许多的页码 现在的那本书是有损的 不完整的 没有完整的事物 不完整的事物永远等待着后人去完善 其实那天 我知道你发现了自己的踪迹 所以被迫假装走向你家所处的巷子 为了不引起更大的怀疑 我只能被迫那样做 我之所以选择那天跟踪你 跟踪你去入口处 因为我早已料到你会选择在那天拯救入口处 你对于时间点的把握非常有研究 精确的选择农历时辰 将星辰方位与时空角度进行磨合计算 万无一失的天时 加之地利人和 事情不办成那才是见鬼了 你的这一个不小心 让我不得不对你产生怀疑 事实上 自从你来八中读书的初一第一个学期 我就已经对你产生了怀疑 你在班上从不与人交谈 但是班里所有男女同学的名字 你都背得清清楚楚只是装疯卖傻的假装不记得 你在课间时分溜去垃圾堆消耗时光 完全违背常理的现象 根本就无法用正规的思考方法加以解释 你的一切行动 表面上看去一切正常 其实内在拥有着早已规划好的计划表 你的一切行动均按照计划表实施表面上随性无比 表面上看过去根本就没有任何可以值得怀疑的地方 连一个犯错误的机会都没有 你低头接受毫无理由的责骂 任凭所有任课老师在自己的头顶用粉笔擦发泄 却从来不反驳一次 连一句脏话都不说 你不是沉得住气的人你是假装沉住气的 你隐藏得完美无缺 但是 你还是被我发现了 相信你至今还不知道自己已经暴露 我动用两本练习册便将真实的你引诱了出来 你满是疑虑的接受了第一本练习册 紧接着毫无疑虑的接受了第二本练习册 两本练习册的信件你不无意外的收入囊中 我不用打电话给你也可以知道你全部收到了 你没有回复一封信件 也没有将练习册返还给我 正常的人是不可能稀里糊涂的接

受一本练习册而不加以任何解释的　你不加解释的接受了两本练习册　并且亲手毁灭了第二本练习册　将撕毁后的纸屑塞入垃圾篓　并用双脚习惯性的踩了踩以隐藏掉练习册的踪迹　同样　正常的人是不会将一本普通的练习册撕得粉身碎骨的　除非其中隐藏了什么不可告人的秘密　你心照不宣的告诉别人　练习册必须隐藏　因为　隐藏一切是你必备的职责　是的　现在你一定会问及我一个问题一个非常简单的问题　我知道你很困惑　百般隐藏的一切　被人发现的滋味总是不舒服的　你对于我所知道的一切无比困惑　我必须解释清楚一点　我从来就没有在你家安放过监视器之类高科技的间谍设备　记住　我们不是他们　我们同属一致　你感到惊讶了　是的　我相信你已经意识到了真相　是的　真相永远都是可怕的　真相的暴露永远都是令人惊悚且不可接受的　是的　我早已具备预见未来的能力　在你领悟到那种能力之前就已经拥有　并且熟练的为之掌控　我从来就不在乎过什么中高考成绩　所谓的成绩　依靠一堆废纸便可以不费吹灰之力的将他们统统搞定　他们建的不是学校　要的也不是学生　而是金钱　我不过是动用了一丁点小把戏　便轻而易举的糊弄了全八中的老师　包括那个傻逼教导处主任　不过是一叠厚厚的废纸　她便不加思考的将灵魂托付给了我　正如你所发现的那样　所有的成绩都是假象　所有的高分　都不过是一场自导自演的骗局　我之所以准备了两本练习册　为的就是不浪费宝贵的学习时间以最简练的方式与你交流　持续性的交流　毫无破绽可言的交流　我早已预见到你会毫不犹豫的撕毁第二本练习册　考虑到资金问题　所以干脆取消了继续购买练习册的打算　放弃了接下去的沟通计划　断言你就是那个人　我早已预见到你会在十字路口等红绿灯　所以纵使自己的鞋带松开　也不能低下头去系鞋带以招来不必要的怀疑　我早已预见到你会在那天去入口处　只是当天早晨闲着无聊想跟踪你去看一出大变活人的好戏　我早已预见到你会请 ### 来向我求助　所以那天放学后才会毫不犹豫的接受 ### 的邀请　我早已预见到你会动用一切手段　试图发现我的真实身份所以心甘情愿的帮助你　帮助你意识到自己的能力到底有多么强大　我早已预见到你接下来会做的事情　一切顺其自然　我会在那里静心恭候你的到来　然后带着它们离去　但是　请你务必将那个从我这里盗取的东西　返还给我

你看完这封信之后，试图在那本书里面寻找什么？

寻找与那一点有关的章节，可惜练习册的其余部分被某种强大的力量损毁了，只能隐约洞察到剩下来的残缺内容。剩下来的屈指可数的内容，很显然遭到了不同程度的破坏。部分段落甚至无法以正常的逻辑去理解，统统遭到了邪恶的扭曲与残害。

说一说其余剩下来的章节？

传达者与引导者互为一性。传达者之于这个世界的定义为，肩负着抵御外来压力，隐藏真实自我，寻找下一代的传达者，延续短暂生命的代言人。该类人群同属一致，拥有着极为统一的属性。同类人群从不发生正面冲突，间歇性的局部矛盾时有发生，但是从未产生过正面的物理性冲突。我们不是他们。我们从来不杀害自己的同类。传达者作为传达一个世界意识文化的负责人，理应具备不擅自与陌生人开口交谈的资质，不轻易表达个人思想言论，不主动挑拨与自己无瓜葛的事件。传达者完全依靠意识的感知力决定自己的行动，同类之间不以任何物质性的存在为交流方式。所有交流方式皆以不存在的意识沟通。沟通由高到低分为三个阶段。第一阶段的沟通方式为平信交流，信件的存在时间不允许超过十二个小时，阅读完毕必须尽快销毁。信件作为最低级也是最危险的交流方式，留下了足够的可供追查的证据。因此，仅仅存在于低级的传达者人群中间。信件的书写方式没有固定模式，完全依靠个人极权主义的观点完成，没有限制性的排版，也不存在固定的开篇套路，废话基本上不存在，可以设置反问句，但是不宜过深，假设性的状语从句出现几率极低，对于事物的反驳绝对禁止，谦虚的交流手法。具备独特光芒的信件依靠引导者的资质而被赋予其中。此类信件具备分界圈的抵御能力，可以长时间经受住外来力量的影响而不发生任何程度上的量变。光芒型信件的开头具有完整的信件格式，必定的尊称与必要的结尾。此类信件的写信人皆为引导者，引导者具备创造光芒型信件的技能。光芒型信件不允许传递给传达者。传达者不能接受引导者的光芒型信件。传达者自身不具备散发光芒的能力，因而，不允许接收任何形式上的该类信件。第二阶段的沟通方式为讯号交流。讯号的传输不依靠任何物质性的存在，不借助手机、电脑、手势、网络、电线、绳子、蓝牙、雷达、红外线、通话机、收音机等力量的辅助，凭借意识的波长运输讯号。讯号的包裹必须完整，包裹的物质性存在以任何可能的方式呈现，完全取决于寄信人的个人所好。包裹的损毁将直接导致讯号自身的遗失，并且招致不必要的瞩目，给整个团体带来极大的负面效应。讯号的传递工作不受任何天气状况的制约，不受任何建筑物的干扰，不波及周围的收音机频率，不影响马路上的交通警示灯，不扰乱正常的生活秩序，不造成任何意义上的环境污染，不打断任何情侣性交的过程，以绝对意识性的方式传播开来。收到此类讯号的传达者，必须尽快处理讯号。讯号的存在时间极为短暂，必须在最短的时间内，果断参透讯号之中隐藏的信息。信息的构成没有固定的模式，也没有历史性的规律可以借鉴，诚然，讯号总体上接近于信件的排版和构思。但是与前者不同的一点，此类沟通方式拥有着极为高超的帽子戏法，可以轻易隐藏真实的信息。讯号可以借助重叠性思考加之复合型逻辑思维的修辞手法，轻易避开执行者的拦截。讯号纵使被捕捉，他们也只能勉强捕捉到虚假的信息，真实信息溜之大吉，堂而皇之的继续传输。第三阶段的沟通方式为（无法继续，纸面被撕毁。）

引导者之于这个世界的定义为，肩负着辅助传达者完成使命，并且及时传递讯息给下属同类，竭力抵御他们攻击的执行者。引导者与执行者同属一性。两者在属性上同为一体。前者相比于后者具有更为宽广的视野，对于执行者而言，引导者的存在完全（无法继续，文字被黑色墨汁彻底掩盖。）之于这个平行世界而言，引导者与教师的身份，在本质上是同属一致的。然而，他们故意（无法继续，纸面被撕毁。）

执行者之于这个世界的定义为，动用一切手段，为了维护政权统治，竭力毁灭创世者（无法继续，纸面被撕毁。）

理论创新之于这个世界完全处于被动地位。意识形态的低下，导致一个世纪以来，这个世界的发展完全处于物质性的第一阶段。意识领域毫无任何突破性的创新可言。他们为了（无法阅读，纸面上一个巨大的窟窿。）他们为了个人极权主义的统治，竭尽全力毁灭这个世界活着的创世者。对于先进思想以亵渎的名义判为无期徒刑，对于反动思想以叛国罪为由判为死刑。我们不是他们。我们从来不杀害自己的同类。他们（无法阅读，纸面被撕毁。）我们的思想远远（无法阅读，纸面被撕毁。）对于客观事物的客观评价，如今的这个世界已经彻底弯曲了评价的定义。不存在真正意义上的客观评价。一切客观性的评价建立在权力之下。任何试图超越权利的评价观点，全部被视为反动思想。客观评价与个人言论同属意识领域，反作用于物质。然而，因为他们的（无法阅读，文字被黑色墨汁彻底掩盖。）意识反作用于物质的推动作用，完全失去功效。物质决定意识，意识开始逐渐因为扭曲的价值观和世界观决定物质。

颠倒是非曲折之后的这个世界，同样不存在真正意义上的正义。正义之于现在这个世界的定义为，绝大多数人的不公平，极少数人的财富与权力价值，事物的（无法阅读，文字被黑色墨汁彻底掩盖。）对于他们而言，正义不再具备（无法阅读，纸面被撕毁。）正义的存在没有实际意义。法律的约束效能，因为扭曲的世界观而质变。质变后的法律没有进化，产生了倒退。法律从第一阶段倒退至初级阶段。初级阶段的法律以大量条款约束个人行为，个人行为因为容量巨大的文字完全处于被动地位。法律以最高效应存在于这个平行世界之中，它之于他们的功能为，掌权者为了维护政权（无法继续，一团白色涂改液毁灭了文字。）

之于这个世界的绝大多数人而言，自我价值，完全丧失。个人生存的价值因为金钱价值的提升，完全质变。这个世界现在的个人价值定义为，为了获取最大限度的财富，依靠自身不同渠道的努力，充分发挥自己的能力寻找一个适合自己的发展空间，以期（无法继续，文字被藏蓝色圆珠笔彻底掩盖。）自己的价值高于自我价值。自我价值被前者替代，完全受到发展空间的制约。这个世界颠倒了一个人的存在理念，不再崇尚意识领域的不朽，而完全侧重心于物质上的存在。物质上的存在成为衡量一个价值高低的重要标准，正在不断提升为唯一标准。唯一标准与极权主义思想同属一致。标准的模糊化，造成垄断的出现。垄断企业借助权利，完全摧毁同属一个行业的竞争对手。所谓的经济开放，完全沦为傀儡政权的印钞厂。印钞厂为了（无法阅读，文字被黑色墨汁彻底掩盖。）他们的法律束缚了一个人的思想，思想无法得到解放，种种约束力限制了个人的发展。国家以最高名义存在，国家以爱国道德为幌子榨取剩余价值，以剩余价值换取国民经济的发展。经济发展取代了文化发展。意识不再反作用于物质。意识的反作用开始逐渐消亡。意识的主观能动性，因为（无法继续，一个巨大的窟窿。）

（无法阅读，开篇的一整行句子被藏蓝色圆珠笔彻底掩盖。）现阶段的教育发展模式的定义为，完全脱离个人实际价值的应试逻辑课程，陈旧智慧的灌输性授课模式，毫无创造性可言的递进式思考方法，彻底限制右脑的开发与可能，为国家经济服务的商业化监狱。他们为了（原本的词汇被涂改液，修改为和平与发展），必须奴化子民的意识形态，以智慧的幌子，加以虚假的言论，进行一体化的集中性管理。反观历史上的所有制度，任何形态下的教育制度皆以（无法继续阅读，下半页全部被撕毁。）

前后理论的无关联性导致思考方式的无进步性。之于这个平行世界而言，因果论的思考方式成为了绝对意义上的主流思考方式。他们从不（无法阅读，一整排黑色的问号填满了后半句话。）层叠性、倒叙性、整合性、排他性、反复性、至上而下性的思考模式完全不被采纳，因为，他们不允许（无法继续阅读，下半页全部被撕毁。）

肉体上的交换以金钱的方式存在于这个世界。金钱的渗透力超越了交换，倒退为了依赖。金钱不再是换取物质性存在的必要手段，并且可以获得精神上的愉悦。金钱在任何制度上，永远处于金字塔的最高层，他们为了（无法继续阅读，一个巨大的窟窿毁灭了纸面。）

我必须把事情再重复一遍，必须告诉你一个真相。之于这个世界而言，金钱永远都是万能的。如果你还能看到这段文字，那么，我建议你赶紧去银行工作，或者直接去银行抢劫。因为，他们控制了银行，控制了所有人的命脉。我们永远也不可能拥有那么多的财富。他们独自霸占了九成半以上的金钱，用谎言糊弄所有的人（无法阅读，下半页全部被黑色墨汁所掩盖。）【注：这一整段文字与前面的字迹完全不同，显然是出自另一个人之手的笔记。】

事实上，我曾经在他们的部门里面担任过一官半职。对于他们的罪孽，我根本不想用文字区形容。常人一辈子也不可能去做那样的事情。可是，他们每天都在做那样的事情。你不可能去想象，因为想象一下，哪怕就是一下，也会令人崩溃。我只是想告诉你，请你不要加入他们的队伍。他们的队伍现在已经过于庞大，庞大得连自己是人还是动物都分不出来了。你要好好活着，为自己而活，而不是为它们而活。它们已经不再是他们了。他们正在班门弄斧的践踏这个世界所有的灵魂。他们终将死去，历史不会承认他们的存在。因为他们（无法继续阅读，文字被藏蓝色圆珠笔彻底掩盖。）

如果，真的解放了思想，那么，他们就不会（无法阅读，一整个自然段被白色涂改液掩盖。）

之于这个平行世界而言，文字的力量正在逐渐没落。文字不再以超限额的能量存在，反作用于物质。他们对于文字的管理越发（无法阅读，两个字被黑色墨汁掩盖。）他们不再将文字视为最为宝贵的艺术品，反而以各种手法亵渎文学。文字领域的抄袭，不受到法律的指责。文字抄袭的犯罪性质完全模糊化。抄袭者借助某种不知名的强大力量维持自己苟且偷生的低俗作品，并且获得极为广阔的发展空间，获取远远超过自身价值的财富。

金钱之于文字的意义已经颠倒。金钱的价格高于文字的价值。价值观被金钱扭曲。出版商对于文字的考量以草稿纸为评分标准，开口闭口谈及作品的销量数字，而不是作品自身的艺术价值。自我价值与自身价值被出版方扭曲。出版方扭曲文学作品，连同这个扭曲的世界，陷入但丁神曲的地狱篇。法律不约束文字领域的抄袭，抄袭者堂而皇之的卖弄风骚文学，维护自我丑陋的灵魂。灵魂的定义因为法律的无视性而遭到扭曲。他们对于法律的概念，完全处于（无法阅读，文字被黑色墨汁彻底掩盖。）法律不约束文字领域的犯罪。犯罪的等级完全模糊化，他们自我评级，依靠法律的（无法继续阅读，下半页全部被撕毁。）

之于这个世界而言，尊严的定义为，实现个人价值的成功性。成功的定义无法精准修饰。成功之于金钱的意义，迅速攀升为第一元素。成功以金钱的多少为考量依据。考量的标准以个人户头的存款数目为凭证。【注：这部分的叙事手法完全混乱，完全没有正常的逻辑顺序，铅笔字迹异常潦草。】抄袭者依靠自身膨胀后的知名度，百般亵渎文字的严肃性，透过各种手段炫耀个人收获，以博取新闻媒体必要的曝光度。抄袭者以连载方式展现自身迂腐的左脑才华，其读者群皆为低龄儿童，右脑的开发度为万分之一。连载手段多种多样，断点创作手法无法为之掌握。断点创作的文字作品保持着低俗的叙事架构与文字表达，毫无深刻寓意性可言，班门弄斧的低俗构词技巧生疏无比。文字的严肃性受到这个世界的考验。这个世界以各种手段毁灭文字的严肃性与可变性。文字的创新长久以来，无法进入下一阶段。

第二阶段的文字创新，因为他们的制约，完全处于未来时。目前，文字艺术的倒退速度远远超过预期。第一阶段的文字创新，以逆潮流的方式倒退而不是进步。倒退中的文学不具备创造力与突破力，完全受到物质性存在的束缚，无法释放大脑的根基，右脑无法输出文字，依靠左脑创造的文字普通且低俗，不具备深邃的思考逻辑能力，不经推敲的词汇构成，无法针对事物展开刨根问底的追查。对于事物的表述以可见性展开，以陈述性结尾，完全不具有展望未来的资质，更不具备继承历史性经验的水准。可以见得，他们故意（无法阅读，一整个自然段被藏蓝色墨汁彻底掩盖。）

真相是（无法阅读，一个巨大的窟窿。）文字的再创造完全受到物质性存在的约束，不再以自我的意识流方式呈现。所有的作品完全萎靡在玻璃瓶大小的空间，无法获得更为广阔的创作灵感。他们试图寻找的瑰宝，因为失去自我的灵魂而消失殆尽，部分打算颠覆现实的人们，试图站在前无古人的山巅之上，创造（之后的纸张全部遭到撕毁，无法继续阅读。）

出发之前收到了谁的信？

逍明同学：

当你收到这封信件时，我已经离开了这个世界。为了与你交流，我背弃了书中约定的条款。他们即将毁灭掉我。我可以预见到，他们将用什么样的手法毁灭这个自己。我怀着无比沉痛的心情恳请你务必寻找到拯救入口处的方法。道具已经在路上了。

你做得到。我可以预见到，你将拯救那个世界，完成使命。你就是那个人。你一定可以动用右脑所有的潜在能量领悟到方法，并且付诸实践，拯救一切。我已将所有的力量凝结在一起，你完全不必担心。届时，所有人都将迎着你的口号，展开行动。这个自己只是离开了这个世界而已。我们不是他们。我们拥有不朽的存在价值。我会在第三空间继续寻找新生的力量，将它们带入这个世界。那个世界拥有着无与伦比的美妙与可能。我相信，在不远的未来，那样的世界将照进这个现实世界。相信我，星星之火足以燎原。

我知道你已经领悟到了那种技能，那种预见未来的能力。我也知道，你很多年前就已经掌握了那种语言。你过于谦虚，以谦虚的基调生活在这个世界，全力隐藏掉真实的自己，将一个傻里傻气的孩子呈现在他们迂腐的视线下，以逃避所有不必要的荣誉与赞美。你隐藏得很好。你是这个世界上真正的双面特工。你完全可以通过预见的能力，少走许多弯路。然而，你摈弃了它的巨大优势，欣然接受常人理应面临的困难和考验，而丝毫不为所动。你看得是那样的遥远，想得是那样的深邃，我自愧不如。我之所以选择将一万元现金送给你，只因为，早已料到你会需要它们的辅助才能完成使命。它们是生存下去的必备道具。之于这个物质性的低级世界而言，钞票永远具有万能的属性。虽然，我已经不再需要它了，但是也不得不承认这个可怕的真相。

感谢你一直以来的帮助和信任。你的执著等待，你的坚定不移，你的满腔热情，能与你这样独具才华的少年共事，永远都将是我一生莫大的荣幸。

愿梦想照进现实。再见。

此致

敬礼

你为什么落泪？

我没有落泪。只是，为了出发前的补妆工作，必须温柔的擦拭掉脸颊夹杂着二十年等待与暌违的汗水。汗水透过漫天彩霞的幻光折射，穿过年华的斑驳门扉，倒映出信封上散发出的阵阵光芒。

你撕毁了信件之后，收到了一个什么样的包裹？

一个包裹，一个普通的薄薄的小包裹，里面盛放着完成使命的道具。一根五米长的绳子。

→

第五部分 自由

嗯 我看到了 你看到了 一道光 第一天的温暖阳光哺育着桌角 泛起层层喧嚣的波浪 波浪击溃迷失自我的防线 将这个自己从似梦似醒的镜花缘拉回现实 我使劲揉了揉眼角 眼屎随着干涸的泪痕一齐消逝 视线所及之处 一派灯火阑珊 阑珊背后是早晨七点二十五分的晨辉 清脆的高跟鞋穿过分界圈的声响 从家门口传入耳边 耳边的感知力传来一个暌违十年的讯号 母亲回家了 她的高跟鞋与肮脏地面的碰撞角度维持永恒不朽的二十五度 鞋跟咔嚓一声伴随着闪光灯的焦距凝结之后 转为穿过走廊的滴答声 滴答的水声缠绵无尽 无尽的水声随着越发渐近的年华丝丝落下 昨夜 这个自己抱着一条五米长的绳子 满天思考着拯救那个世界的方法 方法未能领悟 必须继续思考 时间已经不多了 方法隐藏在绳子背后 绳子背后空无一物 唯一的 硕果仅存的道具 道具没有注释名称 道具不需要任何人的解释 他们的解释全部都是虚情假意的过滤性谎言 道具以普遍存在性浮现于这个世界的各个角落 这根普通得

不能再普通的绳子 即将肩负起拯救一个世界的使命 可是使命还没有完成 我必须完成一些必须完成的事情 在离开这个世界之前 在方法得到领悟之前 在##们全部死去之前 母亲的敲门声敲碎了思绪的碗筷 碗筷随着她的到来全部损毁 我转过身 看着她 温柔的转过身 以带有旋转华尔兹的角度转过身去看她 她的长发夹杂着伤痛的眼泪扑面而来 刺鼻的恶臭味代表垃圾堆里沉吟的困苦 母亲没有开口说话 高跟鞋的脚尖抚过春天的湖面 毫不在意房间中央倒挂金钩的金字塔塔尖 扑向满是眼泪的这个自己 我没有开口 你必须隐藏自己 纵使她是你的母亲也不例外 我必须忍住眼泪的夺眶而出 眼泪可以控制得住 我点点头 提醒自己 不要暴露出真实的李逍明 这出世界大战还未结束 败北的一方绝对不允许是自己 我怀着必胜的心情依偎在母亲柔软的臂弯下 她短暂的拥抱结束 拖着轻巧的脚步走向厨房 表示要做一顿美味的早餐给我 我点点头 再次扭过身子 将绳子迅速塞入抽屉的最底层 假装洗脸的溜去厕所用刺骨的冷水拍打沸腾的脸颊 泪痕消失不见之后 我踩着小碎步 哼着多瑞秘法索拉喜多的七阶音符走向厨房 厨房因为早晨八点的完美光晕而散发出独特的色泽 光芒遍地 渲染了之前记忆所有灰暗的角落 角落因为光芒的到来拥有了璀璨的存在 母亲得心应手的摆弄着泛有铁锈味的餐具 向矮小的这个自己投来和蔼可亲的微笑 我毫不犹豫的拒绝了那个微笑 那个苦中作乐的虚假微笑 微笑不再是微笑 微笑带着仇恨的红色之雨扑面而来 试图传达一个复仇的讯号 我早已知道复仇的讯号之中隐藏的真实目的 目的不需要多加揣测便可理喻 复仇的计划将在后天开始 无可厚非 无须怀疑 我随着母亲回到房间趴在满是灰尘的餐桌上享受鸡蛋加牛奶的滋润 时隔八年 未能吃过一次像样的早餐 这个自己早已完全适应了这个世界的节奏 呼吸频率可以随着食物的增摄量而调整 我娴熟的调整感应球的频率 将食物狼吞虎咽的摄入喉咙深处发出打嗝的声响 母亲拍打我的后背 食物很快得以下咽 她端着空盘子走回厨房 我原地靠着床头瞭望阳台外面刺眼的光束 光束不再是白色 变为了紫色紫色的太阳光具有了毁灭一切的能力 他们将这个星球赖以生存的大气层毁灭了 你必须尽快行动 否则使命无法完成 我必须尽快寻找到方法的本源所在

我第二次的提醒自己 时间已经耗费完毕 母亲回到房间拉着我一通倾述 我闭上眼睛听闻着过去的年华发出的呼呼声响 呼呼声响是一阵又一阵的暴风骤雨 红色的雨线饱含着碗筷落地 拳头击打肉体 门扉遭到破坏 地面被倾斜的桌脚撞击 玻璃碎片滑落在蔚蓝色地砖上的哐当声 椅子撞击后脑勺的悲凉心碎 我抛弃了耳朵的听觉技能 屏住呼吸 推开一旁的母亲 缓缓走向家门口 她没有跟来 我独自一人站在家门口 调整视线的角度 俯视地面上巨大的 散发着大红色光芒的分界圈 它不再是那种色彩的光芒 因为血液的输入具备了大红色的光芒 它不再是第三阶段的分界圈 而是第四阶段的分界圈 它完全具备了抵御他们攻击的能力 这个家从今往后将不再遭受任何外来力量的伤害 中年男子的灵魂已经被这个自己亲手摔得粉身碎骨 他不再是他 他倒退回到了原始阶段的自己 原始阶段的他们 不具备任何创世的可能 我感受着红色之海的光芒 它朝我微微点头 表示在我离去的日子里 一定会竭尽全力的保护这个玻璃樽般的家庭 它不会放弃挑战他们的决心 假使今后遇到了麻烦 也会第一时间联系这个世界上其他的分界圈 请求同类的支援 它想得很周全 我点点头一连三鞠躬 表示最高的谢意 我对着肮脏的地面鞠躬致谢 它委婉的拒绝了谢意 表示使命完成后 完全不需要担心这里 这里很快将会得到重生 进入下一个阶段 或许自己都将不复存在 与其满是负担 不如轻松上阵 我接受了它的建议 踩着小碎步回到房间 母亲不知何时趴在桌子上沉沉的睡去 发出微弱的呼噜声 迎着上午九点半的温暖享受着天伦之乐的美妙 我抛掉天伦之乐的虚假谎言 在心底下定决心 就是现在 千载难逢的时刻 将那种能力赋予她 她必须拥有那种能力 那种再生的能力 以抵御今后的伤害 你将受到伤害 我将受到伤害 但是没有关系 我即将离开这里 而母亲无法离开这个世界 她必须拥有再生的能力 我迅速闭上双眼 将精力全部集中于左手手心 手心握住母亲左手的手背 通过力量的传导将技能赋予了她 她没有被吵醒 维持着安稳的睡意脸颊泛出丝丝幸福的笑容 她没有意识到自己获得了非凡的能力 那并不重要这个世界没有重要的事情 我只跪求 真相永远不要被人所察觉 母亲永远也不要知道那种能力的意义 我只知道 从今往后 她不会再遭到任何人的诋毁和迫

害 这就足矣

第二天 一觉睡到了下午两点半 我平躺在床头 无法动弹 思绪全部集中于那个方法的考量上 母亲今天早上惊讶于手指被菜刀划出的伤口 伤口没有流出一滴血 伤口自行迅速愈合 一点疤痕也没有留下 很好 我调整意识的走向 回到现实 收到了三个小时前这个房间空气里残余的景象 她不会再受到伤害 能力与自身磨合得非常完美 眼下要做的事情 是的 先起床 解决早饭和午饭问题 我看着桌面上丰盛的菜肴 母亲此刻正在阳台上整理衣物 连续两天的好天气 让人有一种全城热恋的念头 我毫不犹豫的夹菜 大口大口的吞下各类食物 肉类 蔬菜类 连昨晚省下来的面条也没有放过 我知道 这个自己仅剩下不足一周的时间了 这些美味的食物往后将再也无法品尝到 它们存在于这个物质性的世界 它们赋予了这个自己维持生命的可能 它们令人乐此不疲的反复咀嚼 但是 我必须离开这里 离开这些饱含滋味的盛宴 虽然 它将是我这辈子最后的晚餐 我结束就餐 用面巾纸擦拭沾有油腻的嘴角 与母亲打了声招呼便揣着一盒粉笔走下台阶 朝着兆宇家杂货店的方向前进 他没有回来 身在异乡为异客 十分钟的散步结束 我站在了他家的门口 面积不足三十平米的杂货店里 一个年迈的男子正在张罗着小店的生意 他远远看到了这个自己 投来一记明媚的笑容 我点点头 表示谢意 上前摆手拒绝了递来的碳酸饮料 转过身缓缓沿着店铺四周 漫步一圈 是的 这个店铺 没有错 我可以保护它 它是如此的陈旧 满是伤痕的墙壁 多年以来受到了不计其数的打击 几近崩溃 我可以拯救这家日落西山的杂货店 包括杂货店里老迈的男子 他也可以得到救助 得到完全超越一切的辅助力量 这家杂货店里的那个少年是我最要好的朋友 他很快也要离开这里 伴随着那个时刻的到来 我们将一齐进入下一个阶段 告别这个物质性的世界 我有义务帮助眼前这家杂货店 就是现在 付诸实践 我找到扫地的保洁员阿姨 满是希望的借来一个扫把 独自绕着杂货店的四周扫除各类令人作呕的垃圾 塑料袋 烟酒盒子 一次性饭盒 一次性筷子 烟头 菜屑纸屑 塑料瓶子 碳酸饮料的盖子 连使用过的避孕套竟然也丢在了墙角 这个世界如此的肮脏 我找不到一块纯洁的角落 半个小时的打扫结束 我感受着略

微整洁的地面 迅速合上双眼 调整视网膜的焦距 判断店铺的占地面积 动用右脑的计算器 预测圆圈的半径 将半径数值乘以二 再乘以 π 得出圆周的长度数值 我低下头 掏出裤腰袋里的一整盒粉笔 独有色调的粉笔 此刻还无法散发出独特的光芒 它们安安静静的沉睡在大西洋的海沟深处 寂静的等待创世者的表演 你可以做到 我提醒自己 你不用以四步走的方式 便可以轻而易举的徒手画下一个完美的圆圈 我可以做得到 你故意隐藏了自己超越一切的独特才华 你隐藏得连自己都不认得了 我点点头 唤醒沉睡了二十年的记忆连同那次事件的一切勾勒在眼前 它们翩翩起舞 获得了新生的机会 我必须抛开迷彩服 将那种徒手画下一个巨大圆圈的才能从记忆的储藏间里翻出来 并且付诸实践 我早已拥有了徒手画下一个圆圈的技能 但是不可轻易暴露 当然现在 所有的顾虑都可以消除了 因为 这个自己已经寻找到了那个时间点 那个证明自己独一无二才华的时机 时机千载难逢 时机必须经受住考验才会出现 时机经过了漫长的等待才暴露出一丝的光芒 我站在这个世界的基石之上微微扭了扭脖子 稍许活动了一下僵直的臂膀 连同左臂的肌肉全部放松 这不是演习 这将是一场不容许失败的华尔兹艺术秀 带有独特色调的粉笔又一次的紧握在左手手心 唤醒之后的才华迅速付诸实施 整个人彻底的俯下了身子左手臂腕垂直于地面 沿着意识的周长 脚步开始移动 帧数般的踱步移动 弧度开始逐渐呈现于眼前 不需要睁开双眼去目测 目测不靠谱 双眼会骗人 这个世界没有一个靠得住的东西 但是 意识可以精准的拿捏好一个圆圈的弧度是否完美 我踩着踢踏舞的碎步 沿着杂货店漂移一周 中途一连耗费了七支粉笔 才结束这场漫长的华尔兹 一个围绕着杂货店的巨大圆圈浮现于眼前 巨大的 完全不需要任何辅助工具而完成的完美圆圈 祖冲之的 π 精确的预见到了圆周的长度 弧度完美得令人跪地求饶 圆圈在短暂的适应期结束之后 不无意外的散发出一整片深邃的光芒 我迎着光芒的出现 快步溜到一角 用小刀刮伤自己左手的动脉 鲜血迅速溢出 左臂再度低垂至圆圈的周长之上 红色的鲜血将独特的光芒染红 光芒短暂的变幻色调之后 分界圈毫无预兆的从第三阶段进化为第四阶段 它具备了抵御他们的能力 革命总是要以血的代价去完成

我迅速披上外套 双手插袋 隐藏掉臂腕涌出的鲜血 心底一阵焦灼的疼痛感毫无预告的涌现 杂货店的老迈男子 远远的向我投来一记莫名的眼神 带着不解与关爱的目光 我点点头 转身离去 红色的光芒笼罩了店铺的周围 他不会知道真相 一辈子也不会看到这个围绕在店铺周围的巨大圆圈 圆圈不以物质性为存在 它将以不朽的方式存在于他们的周围 超越第一阶段科技的隐形防御工事 杂货店不会再受到附近黑道流氓地痞的破坏 他们跟他们一样 全部因为第四阶段分界圈的影响力 退避三舍 趋之若鹜的感慨与膜拜 他们不会领悟到造物主赋予的真正价值 他们看得越来越短了 你做到了 我早就可以做得到革命必须以带血的方式去完成 刚才的行动引来了不必要的瞩目眼神 或许已经暴露了自己 但是 没有关系了 一切很快都将结束 虚无的尽头终将是虚无虚无的背后将是璀璨的未来 分界圈的存在已经证明了这个自己的价值 我会非常的想念兆宇 想念这个世界上的他所给予的记忆 虽然 我们能在下一个阶段的世界再次相遇 不再以肉身的笑脸 也不再是在羊子小学二楼教室外的黑暗走廊 也不会是在这个世界的任何锦绣胜地 我们将进入第三空间 在另一个美好的世界相遇 做好朋友 是的 如果上苍再给我一次生命的机会 我一定要在那个泪如雨下的黎明拉住你的手 请你不要远去 我真的很感谢你 你真的是一个值得信赖的盟友 你值得我用一辈子的年华去报答感激之恩 你帮助这个懦弱的自己寻找到了母亲 帮助这个胆怯的自己追查到了 ## 们的真实身份你做得很好 你是符合自身价值的传达者 竭尽全力完成了赋予的任务 华丽而夺目的少年 我为能够遇见这样的同类而感到自豪和骄傲 我带着自豪和骄傲迈出宽厚的步伐 迎着夕阳西下的黄昏 仰望天空中翱翔的群鹰 它们是那样的壮丽

第三天 随着闹铃声的砰然而响 我稀里糊涂的离开梦境 立起身子 靠在床头 调整视网膜的焦距 透过黑暗的一切 寻找墙角的时钟 手边的闹钟不再具备显示时间的功能 墙角的时钟显示为五点二十分 我按照精准的预定时间起床 小心翼翼的穿好衣服 轻手轻脚的溜到厨房用冰冷的自来水漱口洗脸 草草结束梳洗工作 我背起沉甸甸的书包 关上房门 静静的走向清晨的迷雾中

我在迷雾中 悄然闭上双眼 耳边听闻着喜鹊趴在树干上的窃窃蝉鸣 环卫工人的扫把与垃圾桶磨合的树枝声响 下水道逃避追逐的小老鼠叽叽喳喳的代表大会 迷雾随着越发浓重的水汽完全陷入沼泽地的中心地带 无法轻易逃窜 我位于沼泽地的中心地带 尸骨与腐臭连成一片的死神之地 我匍匐在死神之地走向不远处死神的十字路口 早晨七点半的十字路口 死神与上帝相隔一方 掌管着各自的世界 我位于两个世界的中间 孤独的站立于斑马线的横条符号之上 闭上双眼 毫不在意身旁擦肩而过的高速列车 借助预见的能力 看到了马路对岸 双手捧着一本练习册的 ## 他望着我 望着还未出现的这个自己 面无表情 我迅速结束盘查 回到马路一侧 紧靠着公共电话亭 右手拎起话筒 嘴唇微微张开 假装正在通话中的白领 五分钟过去 ## 如预见中的那样 准时现身在了马路的对岸 ## 一身蓝白相间的休闲运动服 戴着金色一副眼镜 深绿色的薄底跑鞋 双手捧着一本练习册 与我相隔一条马路的距离 我看到了他 他看到了我 我面无表情 他面无表情 我们两人面无表情的对视 一分钟 两分钟三分钟 四分钟 五分钟 六分钟 七分钟过去 他率先摧毁了僵硬的画面 迈出一步沉重的步伐 迎着绿灯的亮起 缓缓向我走来 我原地不动 右手迅速将话筒放回原位 左手伸入裤腰袋中 手心握紧了那个东西 可以确定的一点 ## 手里捧着的是一本练习册 但是 它也可能根本就不是一本普通的练习册 这个世界从来就不存在普通的事物 再普通的事物也有不普通的意义 意义之于价值产生不同的附加属性 物质性的存在 在意识的作用下 可以进化为第二阶段的物质性存在 练习册可能是一包固体炸弹 一包固体炸弹正在缓缓向这个自己走来 我左手插在裤腰袋里 握紧了早已准备好的卡拉什尼科夫全自动步枪 ## 经过跋山涉水 抵达了目的地 呆板的脸庞看不出一丝喜悦 或是战败之后失落的惭愧 他面无表情 既没有讯号 也没有开口道歉 ## 的真面目 我终于感受到了 他根本就不是一个高材生 一切的成绩都是靠贿赂上级获取的 ## 的右脑完全开发了 我跪倒在地 跪在他的面前 沉重的书包压垮了这个无言以对的自己 他没有开口 带着视死如归的眼神俯视着这个自己 这个恍然大悟的自己 ## 的右脑早已开发 右脑开发度前无古人 开天辟地的具备了隐藏思绪的技

能 我之所以没能感受到真实的 ## 只因为他早已将自己完全隐藏 隐藏得连这个自己也没能发现 他才是真正的卧底 真正的詹姆斯　邦德 双面特工 我竟然没有发现 市八中的三年二班 竟然会有如此高深的双面特工 伤人的紫色光线射杀着跳动的感应球 它受到了第三空间的伤害 跳动频率缓缓降低 我试着努力控制崩溃的堤坝 将汹涌而来的滔滔洪水透过深邃的喉咙全部咽下 但是 我喝不下一个长江的水量 它过于庞大 我过于渺小 渺小之于庞大 完全不足以匹配 我跪在地上 抱着他的膝盖 落泪痛苦 他没有选择离去 原地驻足 轻轻闭上了双眼 我的眼泪滑落一地 所有的困惑与无奈 幻化为无助的泪水 湿润了地面 激起滚滚巨浪 我在浪花的底部沉淀 直至溺水身亡 可是 这个自己无法死去 灵魂将这个自己救出 我趴在海岸线上 哼着水手的歌谣 仰望着他的脸颊 他的脸颊在七点半的紫外线下 显得无比深刻 犹如巨人的高傲和孤独 他是孤独的 我是知道的 我也是孤独的 他也是知道的 他拥有了那种能力 并且知晓了使命的存在 他为何要选择出现在这里 他完全可以离开这座城市 依靠自己的才华获得更为广阔的未来 动用右脑一丁点 哪怕是一丁点的智慧 便足以耍弄这个世界九成以上的低级生物于股掌之间 我无法理解他的一切行为 他的抉择过于隐蔽 这出世界大战 终于进入了最后的阶段 他失去了继续驻足的矜持 我缓缓站起身子 用沾满泥土的双手擦拭脸颊的泪痕 迅速放下肩膀上的背包 将书包里面的所有现金一起塞入了他的口袋 那些大哥在招商银行的户头上留有的九百万元存款 我必须将它全部耗尽 那堆毫无存在意义的草稿纸 之于这个自己而言 已经没有了任何意义 我不打算将它们留给自己的家 这个家不需要过多的金钱 这个世界也不需要过多的金钱 金钱理应平均分配于众生 但是 他们的属性决定了平均分配的不可行性 ## 双手接过厚厚的一包钞票 将它们毫不犹豫的抛向半空之中 恰和时机的北风将包裹上的橡皮筋毁灭 钞票连同枫叶吹落一地 十字路口的交通 因为空中飞舞的钞票 转眼之间坠入混乱的诸神之战 学生 司机 教师 白领 官员 警察 保洁员 交通协管员 争先恐后的扑向肮脏的地面 用辛勤的双手捕获大把大把的钞票 他们瞬间乱作一团 无比狼狈的样子 他们完全暴露了自己的真实身份 他们依然如故

一堆毫无存在价值的草稿纸就轻而易举 不费一兵一卒的颠倒了他们稳操胜券的如意算盘 ## 穿过飞舞的枫叶 屏蔽掉他们的华丽喧嚣 在人行横道的超市面前果断的搭建出一张巨大的白纸 我原地无法动弹 思绪保持停顿 远远的观察着他的一举一动 他没有开口说话 表情依旧无比严肃 但是 嘴角的一丝窃喜 迅速被这个自己敏锐的洞察力抓住 他果断收回了窃喜的讯号 在白色的纸面上毫不犹豫的画下了一个巨大的完美圆圈 紧接着画下了第二个同样大小的完美圆圈 两个巨大的圆圈平行呈现于白纸之上 我哑口无言的欣赏着眼前着此刻正在上演的艺术表演 然而 他并没有在意这个自己的目瞪口呆 在两个圆圈之间画下了一条弯曲的带有箭头的线段 弯曲的 毫无规律可言的扭曲的带有巨大箭头的厚实线段 链接了两个巨大的圆圈 他没有选择停留 迅速收拾好白纸 折起来撕毁 将纸屑吞入喉咙 踩着飞舞的云彩消失在茫茫人海之中 我失去了走路的力量 双眼视线恍惚 满脑子思考着半分钟前所看到的一切 两个巨大的圆圈 通过一个箭头链接 ## 已经找到了拯救那个世界的方法 在他转身即将离去的瞬间 我将早已准备好的那个东西 如数奉还给了他 他点点头三鞠躬 抱着自己多年未见的灵魂 消失在钞票与堕落并存的世界尽头

第四天 天公不作美 下起了蒙蒙细雨 一场红色的蒙蒙细雨 雨线带着仇恨落下 很多年前的一切 再一次的上演 上演的不是连环局 也不是帽子戏法 而是完全不同的悲伤之路 我知道 ## 正在试图爬上四楼的台阶 可是 在此之前 他必须完成一件事情 这件事情 我并没有执意要求他去完成 我的 ## 正在做一件事情 他背着九十公斤重的十字架 正在匍匐攀岩陡峭的台阶 他吃力的呼吸 完全倾斜的身躯 整个肩膀动用一切力量抵抗巨大的负担 不仅仅是负担 而是罪孽 他完全歪曲的膝盖骨一次又一次的下坠在台阶的韧角上 骨头缓缓迸裂 十字架巨大无比 接近于整个过道的宽度 无比沉重的铁制十字架 完全的 彻底的 压在他的肩膀之上 释放出巨大的能量 我看着一切 无力动弹 他不需要我的帮助 这是我的 ## 自己的选择 没有一个人强迫他去这么做 任何一个选择 任何一个举动 任何一个念头 任何一个错误 任何一个机会 任何一个想法 任何一个惩罚 这些都是自己决定的 我要看着他 看着他缓缓走来 他

一次又一次的栽倒在台阶上 滚下去 又站起来 背起十字架 膝盖满是伤痕 脸颊被红色的血液模糊得无法甄别眼睛和鼻子的具体位置 他双脚赤裸 仅仅穿着一条淡黄色休闲短裤 上身瘦骨如柴的胸部 袒露无遗 他的灵魂 我可以看到 他是有过机会的 可是 现在已经没有了 他选择悲伤之路 没有选择的选择 他背着十字架跪在我的面前 跪地求饶 口里吐出深红色的血块 一口又一口的不断吐血 膝盖上 滚涌而出的血液与家门口的大红色光芒连成一体 他张开口吃力的请求我将自己毁灭 我毫不犹豫的抓住他的灵魂 一条巨大的青蛇 没有毒性的蛇 毫无畏惧的必要 它软弱的匍匐在地面上 避开分界圈的强大力量 我动用那个世界的语言 唤醒灵魂的意识 它知道了下一步的计划 迅速溜进厨房从底层工具箱里翻出一把锤头 带着一罐长铁钉 站在十字架的面前 他平躺在十字架上 没有丝毫挣脱的意思 灵魂将铁定锤入他的四肢 掌心和脚踝 他没有发出一丝的声响 舌头或许已经被咬断 但却没有死去 满脸的泪痕滑落一地 我将十字架连同他垂直于分界圈之上 漂浮于半空之中 快步走回房间 将所有的漫画书和画稿捧了出来 这些他家中存放的宝物 这些他引以为荣的存在 我毫不犹豫的将存在的一切丢入愤怒的火海 大火熊熊燃烧 一切存在 转眼之间 付之一炬 他没有抱怨 眼看着自己宝贵的一切毁于一旦 没有叹息 也没有反抗 他毫无倦意的双眼 感受着悲凉的一切 我告诉他 璀璨永远都是一瞬 幻灭终将是永恒 随即一脚将他连同十字架踹下深黑的走道 木头的碰撞声与肉体的毁灭 我跟随声响快步来到一楼的院子 他平躺在十字架上 没有脱逃的可能 灵魂在一旁无助的观望 茫然而失落的灵魂 我继续踹了他一脚 正好踹在了他的头顶心 他没有求救 一点求救的欲望也看不出来 咬牙切齿的盯着我的眼睛 我死死的看着他 看着他死去的模样 将手心捧着的红色雨滴塞入他的鼻孔 塞入他的眼球 塞入他的耳洞 我抬头仰望着黑雾的天际 看着蒙蒙细雨变为瓢泼大雨 紫外线透过乌黑的云层洒向大地之灯 我等待着造物主的恩赐 他等待着造物主的惩罚 惩罚理应存在 惩罚不以意识为转移 但是 我不会杀死自己的 ## 他过于单纯 单纯得连自己的重量都不曾去称量 可是 他毁灭了我原本美好的家 将母亲从这个自己的身边带走 因为不知名的理由 理由的

根源不需要去追查 我要的是真相 真相表面的皮影戏可有可无 真相永远被假象蛊惑 蛊惑人心的假象是十字架上的长钉 是穿透骨髓的力量 是红色之雨的仇恨 是此刻上演的名利场 可是 纵使他选择了赎罪 我也不能轻易放过他 我必须让他尝一尝死亡的苦果 我将他的灵魂踩在脚下 双脚使劲踩着一条青蛇 它变得如此微妙 连视线都无从追查的小生物 它挣扎着 苦诉着 不断的求饶 请求我的原谅 是的 我原谅了他 但是不能原谅它 它必须死去 我用一块巨大的砖头垂直砸向蛇的头部 它被石块毁灭 脑浆崩落一地 无比恶心的脑膜组织令人作呕 我失去了玩弄灵魂的兴致 将他连同十字架钉在巷子的一角 大雨侵蚀着伤口的累累血痕 可是 已经没有必要继续浪费时间了 一切都结束了 我不会伤害你的 我的 ## 我们不是他们 我们同属一致 我们从不杀害自己的同类 虽然 你并不是我的同类 你只是我的 ## 我原谅你的罪过 只因为 你的灵魂已经死去 活着的躯壳没有任何意义 随着这个世界走向不远处的尽头 记住璀璨只是一瞬 幻灭才是永恒 永恒的尽头是新生 肉体的束缚 束缚了我们的理想 我所做的只是必须做的事情 我会尝试在第三空间寻找那个真实的 ## 或许他还没有诞生 但是 透过那种技能 我可以预见到下个世代的人们将拥有怎样的才华 下个世代 下一个纪元的未来 十字架将不复存在 我们不需要十字架去惩罚一个人 他们具备了更为高超的毁灭手法 不需要多余的象征性存在 十字架与肉体的链接不再重要 灵魂的价值完全被扭曲 一个死去的灵魂和路边死去的一只老鼠一样 没有任何值得惋惜的必要 不需要理由去为一只死去的老鼠唉声叹息 叹息声完全消亡 这个世界没有人会去背着十字架赎罪 背着十字架攀岩黑暗的台阶 背着十字架沿着巷子口的宽敞马路 背着十字架走向悬崖勒马的陡峭海岸线感受悲伤的雨线 红色之海造就的悲伤之路 我会想念你 在第三空间的某个特定时间 想念你无私的帮助 想念你对于作画的热情 我将自己的灵魂赋予你 我亲爱的 ## 我很快就要离开这个世界了 你将在新生之后 拥有我的绘画才能 徒手绘制任何几何图案与抽象性符号的才华 那种独一无二的才华 我已经不再需要了 你将在第七天的傍晚 收到那种能力 我会在结束最后一次的华尔兹表演后 将这种绘画才能以讯号的方式传递给你

你完全不用担心今后的生计 你将拥有更为美好的未来 未来永远依靠自己勤劳的双手去创造 用自己满是血痕 满是伤痛 满是付出 满是坚持 满是努力 满是奋斗 满是忍耐 满是徘徊 满是信任 满是惆怅的双手去创造 你一定会成功 我已经可以预见到 在下一个阶段 在未来的某个时刻 当梦想照入现实的瞬间 我们都将拥有这个世界 在这个世界寻找到属于自己的舞台 站在朴实无华的舞台上 亲手铸就一个属于自己的王国 一个不再需要红色之雨的乌托邦

第五天 放学后 周末的茫然无助涌上心头 我按照计划表跟随在她的身后 她没有发觉这个自己的存在 飘逸的长发随着初春的微风自由摇摆 裙角左右飞舞的花瓣激起蠢蠢欲动的欲望 欲望被夏末的习习凉风带入初秋的夜色之中 悲凉的月色连同寒冷的深冬一起钩织出眼前春意盎然的玉 她在白昼的款款温暖之下 踩着少女的朦胧与幻想 轻飘飘的乘上公交车 我尾随在一个老人之后 故意选择最后一个上车 上车之后低着头 一路快步走到车厢的最后 将脸颊面朝车窗 以俯视的四十五度角 惆怅的望着飞驰而过的沙粒 她依然没有发现这个自己的存在 这个自己的存在没有一个人可以察觉 这个世界的他们 看不到一个灵魂 纵使灵魂就在自己的身旁 也无处可寻 整个公交车里没有一个察觉到灵魂的存在 我靠着车窗扶手 依偎在陌生老人的肩膀上 他满是谢意的睡去 嘴里发出嘟嘟的不知名声响 随着汽车喇叭的轰鸣声 逍遥的穿越这座城市的各个十字路口 走向没有目的地可言的彼岸 在目的地下车 她争先恐后的踩着小碎步 离开没有设防的站台 沿着老旧的人行横道 平视前方 双手来回自由摆动 发丝柔软且具有光泽的质感 在光线的照耀下尤为瞩目 可是 我只能跟在她的后面 不能牵着玉的手在这个世界一起游荡 我还有必须去完成的使命 在使命完成之前 一切都不能去挂念 任何杂念与冲动 都会换来他们的惩罚 玉是美好的 我是幻灭的 不论是珏 还是玉 她都是这个世界上唯一的女神 我跟在她的后面 犹如一个跟踪者一般 尾随其后 如影随形的穿过五个十字路口 穿越不计其数的小巷子 她在一个楼栋前缓缓停下了脚步 掏出口袋的钥匙 插入防盗铁门 随着脚步的直然而上 消失不见 她回家了 我原地驻足 迅速闭上眼睛 调整视网膜的焦距 是的 四楼的房间 同一个水平线的高

度 她拉开房门 顺势换上凉鞋 将肩膀上的大背包丢向床头 脱下外套 冲向浴室 我结束勘察 放弃了继续探查的念头 它过于邪恶 邪恶的东西 不能去接受 灵魂不接受邪恶的事物 我低下头 在她家楼下开始寻找一个干净的角落 可是这里没有干净的角落 遍地的纸屑和痰水 连同欲望的水分灌溉了一切 我踱步开来 绕着狭小的院子四处寻找一个可以动手的地点 地点必须隐蔽 垃圾堆现在已经不再是安全的角落 可是 如果现在可以找到一个垃圾成堆成山的死角 也是完全可以接受的 可是 已经没有了垃圾死角 几乎暴露无遗的宽敞小院子 连一个可以施展才华的地方也没有 我掂量着计划的可行性 依依不舍的停止了漫天的搜索 依偎在墙角 仰望着四楼浴室里散发出的迷人光芒 那是珏的光芒 独一无二的光芒 夜幕已至 我必须在此完成一个分界圈 对了 就是那里 就是那里 就是那里 我快步走向楼栋门口 迅速俯下身子 掏出口袋里的粉笔 在地面上轻而易举的完成了一个完美的圆圈 圆圈迅速散发出独特的光泽 我不能再次低头放血 以增加分界圈的厚实度 这里人流繁多 不具备割裂自己脉搏而不引起注意的条件 索性离开 走向大马路的茫茫人海之中 从今往后她的家将不再遭到他们的破坏 她常常回家 不喜欢在班上与人交谈 从不主动与异性说话 不善于用嘴巴表达自己的想法 她是一个孤僻且易碎的女孩 分界圈将会暂时屏蔽掉外来的杂念 虽然 第一阶段的分界圈已经不具备抗压的能力 很快就会消亡 但是 没有关系 只要再给我一天的时间 完成最后一件事情我就会完成使命 使命结束的那一刻 她将会拥有那种能力 我会将预见的能力赋予给珏 她是那么的娇俏 楚楚动人的模样 弱不禁风的身躯 她将拥有预见未来的能力 这个自己的灵魂连同肉体即将离开这个世界 但是 能力将以延续性的方式不朽 因为能力的获得 珏不会像我这样 一路颠簸这么长的山路 经历这么多不必要的挫折 感受这么少值得回忆的年华 她可以动用它的辅助力量 提前获知未来的一切 少走一些人生不必要的弯路 少在夜深人静回家的夜晚遇到坏人 少在试图隐藏自己的时候失去自我 她会拥有更好的未来 我将离开这里 她会寻找到一个值得相依相爱的伴侣 将自己的灵魂和肉体托付给那个人 而不是这个自己 这个没有未来的李逍明 我带着虔诚的祝福请求造物主

以第九艺术的名誉保佑她 保佑她不会受到伤害 永远永远永远 永远也不要受到任何人的伤害 分界圈不久后就会消亡 他们早已参透了它的价值 以更为强大的力量毁灭意识领域的一切 意识不再具备反作用于物质 他们亲手毁灭了创世者领悟到的真理 真理不再是真理 这个世界没有真理 真理建立在金钱之下 金钱就是真理 可是 这个自己已是双手空空 没有了更多的筹码 不具备继续豪赌的杠杆 我只能将自己所拥有的一切赋予给所爱的人 虽然 她还不知道真相 但是 对于珏来说 越不清楚真相 对她越好 真相永远是可怕的 如果造物主给予我第二个再世的机会 我宁可选择在虚情假意的名利场扮演哄骗一切的小丑 也不要做一个拥有如此多技能的李道明 他把事情看得过于复杂 将这个世界以颠倒的戏法舞动 他不再是一个正常的人 正常的人不会擅自作出如此多的决定 决定一旦签字 就不允许违约 她会好好的 她会好好的 她会好好的 她会好好的 她会好好的 她会好好的 她会好好的 她会好好的 她会好好的 她会在我离开的日子里 活得好好的 好好的活下去 不要担心这个自己 不要担心我 我不得不选择离去 离开这个不属于自己的世界 去创造一个梦寐以求的未来 我会在寂寞的极夜 在脑海里努力勾勒出你的模样 你的小手 你的亲吻 你的胸部 你的完美 你的温柔 你的长发 你的动人 你的画面 你的倩影 你的喘息 你的声音 你的思念 你的曲线 你的出现 你的远去 在年华消逝的傍晚仰望十字路口的天空 赤手空拳的拥抱不存在的彩霞 将彩霞幻化为知性的宠物 搂抱着它 对它说话 对它倾述那一段不曾遗忘的似水年华 将年华从忘却的死海里一一打捞出来 连同记忆的月光宝盒 不再需要那些无聊的咒语 不再需要蛊惑人心的谎言 不再需要金钱名利的左右 只要真心真意的走向那个地方 在那个地方 面朝造物主 双脚屈地的请求你 接受我的邀请 将你纯洁的灵魂托付于我 犹如我托付给你的一切那样 相信我 信任我 在我身旁 对我说 是的 我愿意 再见 在某个特定的时间点 再见 所爱的一切都将远去 再见 在美好的未来 通过预见的能力 在金字塔的顶端 寻找到下一个阶段的真我 玉

第六天 我平躺在床头 双手抚摸着自己的那个东西 紧闭双眼 感受着房间正中央倒挂金钩的三角体 它在空无一人的房间里 散发着独有的光芒 锋利

的塔尖依旧那么锋利 光芒依旧那么凌人 我早已知道它拥有着那种技能 并且娴熟的掌握了隐藏自我的能力 它故意隐藏了自己 表面看上去没有任何的量变 更谈不上质变 它完美的外表掩饰了自己真实的目的 它是拥有着智慧的生物 带着求学的目的来到这里 透过观察四周发生的一切 不断吸取优异的知识 摈弃掉自己不足的缺点 将优点融入自身 弥补内心的空虚 而不是外表的奢华 外表纵使如何奢华 也是欲盖弥彰 欲盖弥彰与适得其反同属一致 他们喜欢奢华 连开会的包间都必须奢华 而从不在意会议自身的低俗等级 这是一个多么有趣的星球 多么有趣的一群人 连一个金字塔都比不上的四脚动物 可是 金字塔 我亲爱的金字塔 你为什么要出现在这里 这里不属于你 你应该在更为高级的世界 绽放出更为高级的光芒 这简直就是在暴殄天物 我深知你的到来为的不是别的 为的不是提高自我 为的根本就不是他们看起来那样简单的存在 你为了拯救那个世界来到这里 你肩负着同样非凡的使命来到我家 你如此璀璨的光泽感 拥有着完美无缺的锋利度 是的 我知道了 你可以做得到 穿破寝室的屋顶 切合进入突出的三角体 颠倒一下 我必须将你颠倒一下 才能带你离开这个房间 去寝室 在那里开始使命 可是 在此之前 我必须完成一件事情 你必须完成 我必须将练习册的后半部分写完 他们毫不留情的撕毁了一本练习册 为的就是防止真相被人察觉 他们如此的渺小 可是却试图通过各种低俗的二手魔术师把戏蛊惑人心 透过绿色特效背景 加上好莱坞的高级电脑工程师的特技道具 掩饰掉真相其丑陋而可怕的一面 将一个潘多拉星球般的完美世界呈现于众人的眼前 欲盖弥彰的道理 他们竟然还不懂 欲盖弥彰与适得其反同属一致 万物有始皆有终 再美好的事物也有消失的那一刻 在离开这个世界之前 我需要留下一点值得同类怀恋的事物 我迅速拉开抽屉 从报纸下面翻出那本书 将练习册翻至最后一页 完全缺失了菱角的最后三页 几乎找不到一块完整的地域 他们连练习册都不肯放过 他们也就不会放过这个世界上的任何事物 他们已经倒退完成了 只是自己还没能意识到 物质性的存在即将被造物主亲手毁灭 意识性的存在将为之不朽 它才是这个星球为之存在的真正价值 而不是那些自以为了不起的科技和经济 科技与经济完全依靠物质性来

衡量 可是 这个宇宙原本就不是物质性的 我必须开始写 时间已经不多了 紫外线已经穿透了大气层 这个世界正在悄然死去 我知道 我相信 也一直相信的一点 哪怕你断定自己是这个世界上最操蛋的垃圾 最愚昧的败类 最没有未来的家伙 最逍遥的败家子 最不为人所看好的潜力股 最令人厌恶的痞子流氓 你也可以通过自己的不懈努力 用最为骄傲的方法去证明自己 一定要摒弃那些不必要的 非决定性因素的干扰 运用正确的思维方法去分析排斥你的观点和阻挠 不要轻易放弃自己坚持多年的东西 不仅仅是习惯 好好对待身边的人 不仅仅是亲人 珍惜现在为之拥有的一切 不要过多的在意金钱等看得见的东西 动用自己的大脑 多想想看不见的东西 相信自己 永远都要相信自己的能力 不要轻易被人所蛊惑 存在与不存在的真正价值 事物的区别与联系 适时放松自己疲惫的身躯 以科学的方法弥补心灵的创伤 少喝点酒 少抽根烟 多做点实事 多做一些可以让这个世界更美好的善事 试着通过各种文娱活动调整自我的呼吸节奏 变幻工作和学习的起跑频率 心脏要好好保护 不去惹是生非的动用暴力 暴力毫无意义 暴力是他们的选择 不是我们的选择 我们拥有着远远超越暴力的技能 他们一辈子也想不到的法子 我们不是他们 他们也不会是我们 谦虚一点 低调一点 委婉一点 谨慎一点 相信一点 低头仰望这个世界周遭发生的一切 战争之于和平毫无意义 不以一个评论员的身份 成天愤世嫉俗的抱怨 绝不评判前人的是非 多用磅秤掂量一下自己的重量 试着幻想一个灵魂的当量 不抛弃自己的灵魂 绝不放下灵魂的尊严 不轻易低头认错 不接受非正义的邀请 反对自我主义 合理的缓和集体矛盾 不可调和的矛盾竭尽全力去调和 不暴动 不轻易宣扬好与坏 好与坏没有明确的定义 这个世界的任何一件事物以相对论的方式存在 相对论永远适用 反面题材适当观察 摈弃掉直线型思考的习俗 试着动用右脑想问题 左手的能力完全可以利用到 多用右脑结合左脑看事物 透过事物的一个原点 看到身后的无数个界面 映射理论完全可靠 隐喻技巧可以多加利用 不要什么都直言不讳的说出来 那样不好 那样显得很低俗的 可是 偶然低俗一下 也完全可以接受 只因为 我们都生活在低俗的物质世界 低俗的欲望必须通过低俗的手段去解决 解决问题的手法

不一定要依靠存在性的力量 也可以借助间接性的意识性力量 偶然闭上眼睛听闻风的声音 小桥流水人家 古道西风瘦马 是为良方 屏蔽一下 短暂的屏蔽一下耳边不绝于耳的喧嚣 接受清晰的低频率的声响 无可厚非的接受一切 但是 不需要第一时间的接受 第二时间的接受 简单过滤掉不需要的讯号 将核心讯号化为核心理念为之拥有 从自己的一部分转化为自身的一部分 知识不再以课堂的方式传播 学校不再是获取知识的唯一渠道 而是他们获取金钱与利益的必然渠道 渠道多种多样 这个世界的渠道完全退化 退化得连右脑都不需要便可以看得清清楚楚 渠道千篇一律 不需要建筑工程师的勘探 建地铁的构思与建渠道的构思同属一致 完全以经济利益为前提 环境污染问题根本就不需要去考虑 环境之于金钱微不足道 环境就是一坨屎 我们生活在遍地都是屎的金钱世界 花花世界 谁与争锋 我即将离开花花世界 再见了 我合上本子退后三步 一路冲向阳台 在与阳台扶手发生碰撞的前一秒果断停住脚步 将练习册随着春风飘向未知的角落 它将随着机缘去寻找一个值得依靠的探路者 那个人是谁 现在不再重要 纵使是他们发现了 也没有关系 一切都没有关系了 万物有始皆有终 我在心底重复道 明天就是终点 今天晚上画好那条带有箭头的分界线 从家里一直到寝室 与此同时 完成寝室的准备工作 紫外线已经开始渗透这个星球 时间已经没有了

第七天 下午三点半 在厨房陪母亲喝下午茶 撒谎有女生来家里的做客并且想喝椰树牌椰汁 母亲被迫放下水杯 卷起钱包 转身离去 快步跳下黑暗的台阶 消失在紫外线的凌烈之下 今天 一切必须完成 无论如何 必须完成一切 我在心底敲定主意 在洁白的画纸上用特制钢笔写下了遗书 将遗书塞在枕头的下面 转过身子 紧接着翻出抽屉报纸下面藏着的五米长的绳子 抽屉的东西 全部被翻了出来 乱糟糟的洒落一地 不过已经没有关系了 它们不再重要 你已经寻找到了那种方法 你用尽右脑的所有脑髓 寻找到了拯救那个世界的方法 道具的价值 时间点的横纵坐标 连同所有拥有的技能 联合一起 方法可以付诸实践 你可以做到 我必须做到 我要完成使命 结束这出世界大战 将这个世界推入下一阶段 我毫无顾虑的将床底下藏着的笔记本当场撕毁 撕得

粉碎 所有的纸屑塞入粪便池 连同洗菜水一起冲入了黑暗的下水道 回到房间用斧头摧毁所有的传达器 不允许留下任何可供人追查的证据 我从来就不存在于这里 我在心底一边断言一边摸向裤腰袋里早已包裹好的一堆粉笔 掏出其中的一支 在金字塔的正下方 画下了一个大小合适的圆圈 圆圈迅速散发出独特的光芒 光芒立即开始发挥作用 使得普通的圆圈变为分界圈 金字塔不再贴着地面倒立 受到分界圈上方悬浮力的影响 它开始悬浮于半空之中 我欣喜若狂的快速戴上洗衣服时的塑胶手套 小心谨慎的避开金字塔的锋利塔尖 将它的尖顶缓缓拉下 用绳子快速绑好塔尖 它悬浮于半空之中 我拉着绳子 戴着手套 犹如公园里牵着气球的孩子般 牵着悬浮于半空之中的金字塔 它不再受到这个星球的重力影响 完全的漂浮于半空中 分界圈的作用得到了完全的利用 我拉着金字塔 缓缓迈出轻巧的步伐 将家里的电源全部关好 确定一切无误之后 迅速闭上双眼 寻找链接着分界圈的分界线 这条昨晚完成的长达六公里的分界线 带有醒目的箭头 我涂抹掉所有家具上沾有的指纹 在毁灭一切证据之后 随着分解线的痕迹离开家 绕过家门口的大红色分界圈 它完好无损 它将替代这个自己 肩负起保护这个家的重任 我最后一次的向地面三鞠躬 它莞尔一笑 冲我招招了手 我点点头 一只手不断摆动 一只手牵着漂浮的气球快步走下台阶 以前所未有的速度 冲刺前行 穿过八一大道 走上八一大桥 无法选择乘坐公交车 公交车里鱼目混珠 行动必须隐蔽 我用绳子牵引着半空中悬浮的金字塔 踩着小碎步 哼着多瑞秘法索拉喜多的七阶音符 借助坐标导航的辅助力量 随着分界线箭头指着的方向 走路向天堂 两个半小时的征程结束 在寝室楼管那里购买了一瓶矿泉水 咕噜咕噜的一口气喝下 这个自己最后一次品尝到水分的滋养 它是那样的纯洁和无暇 谁会用化学液体去污染如此纯洁的事物 我迈出吃力的步伐 气喘吁吁的回到寝室 手机铃声响起 这个自己毫不犹豫的拒绝了母亲急促的来电 拉着三角体 将它移至寝室地面上分界圈所处的位置 金字塔接受了第二个分界圈的悬浮力 无链接的漂浮于半空之中 我将金字塔缓缓的一百八十度颠倒 塔尖朝上 一脚将它踹上了寝室突出的三角体屋顶 它完美的契合了屋顶的突出部位 分界圈的悬浮力 将保持

它永不落下 完全顶住了屋顶 我满是期待的离开寝室 将口袋里多余的粉笔全部丢掉 不需要多余的负担 轻装上阵 离开校园 一路迎着五点半的夕阳 走向不远处的山丘 我越过杂草 拨开树枝的阻挡 一步一步 走向山巅 夕阳西下 彩霞遍地 促使这个自己必须加快节奏 我毫不犹豫的将感应球的频率提升至工作极限 大口大口的喘气 大口大口的吸气 不时的回头往下四处张望 担心被人跟踪 幸运的是 他们没有跟来 我隐藏得不错 没有人跟随自己来荒山野岭 欣赏日落 近一个小时的攀沿 伴随着膝盖的落地而结束 我失去了继续行走的力量 灵魂因为他们的压迫无法自由呼吸 感应球的功效完全失灵 这个自己已经进入了最后的阶段 肉身无法灵活运用了 紫外线正在赤裸裸的伤害身躯 我跪倒在平坦的山顶之上 双眼目视前方 夕阳接近于水平面的高度 它正在一帧一帧的缓缓落下 习习微风拂面而来 我双手摊开 目视远方 这一刻 等了二十年 我在心底默念 这一刻 等了整整二十年 我在心底重复道 这一刻 我等了整整二十年 双眼的视线完全舒展开来 环视着前方的一切 前方的一切无法看透 一切都是未知 未来会有多么璀璨 未来的道路是崎岖还是平坦 这个自己不想去预见 我知道的 你知道的 你做得很好 你用尽二十年的时间 抛弃了一切荣耀与赞美 为的就是寻找到那种语言 虽然 你早已寻找到了那种语言的所在 但是 却未能寻找到那种词汇 那种横跨了两个世界的词汇 你耗费了宝贵的青春年华 如愿寻找到了这一刻 这个证明自己的机会 你不再是一个少年 你进入了下一个阶段 你是最顽强的创世者 你做了他们一辈子也不可能做得到的事情 我知道的 你知道的 很快 这个自己就会被他们发现 他们会毫不留情的将你毁灭 片甲不留的收拾你 将你连滚带爬的拖下山丘 囚禁在地底下的十字架面前 跪地求饶的忏悔不已 可是 已经没有关系了 我拯救了所爱的人 我没有了遗憾 我必须看得更远一点 超越一切的看待这个世界 抛弃线性理论 尝试时空性的跨越 你知道的 我知道的 你独一无二 你自命不凡 你怀揣着使命来到这个世界 我必须完成使命 纵使毁灭掉这个自己 纵使这个自己要被他们所毁灭 暴露出真实的李道明也在所不辞 幻灭才是永恒 我点点头 对着远处缓缓落下的夕阳点头 在时间点抵达的瞬间 我毫不犹豫的将出击讯号

发出 讯号迅速投向这个世界的各个角落 唤醒沉睡多年的力量 犹如一个密码箱的破灭 我们即将凝结在一起 我们可以做得到 所有人的努力都将得到应有的回报 很多年后 你我都将死去 但是 我们将铭记于史册之中 被后人敬仰 被历史歌颂 岁月在悄悄地流逝 一切都不过是转瞬即逝的彩霞罢了 是的 我们将遭到他们的抵制 受到他们的迫害 可是 死亡只是一个终点 死亡只是一个开始 我将视线缓缓移向不远处的寝室 突出的金字塔 锋芒毕露 我知道的 你知道的 那个金字塔从来就不是什么金字塔 也不是埃及胡夫金字塔的创世者留下的瑰宝 它就是一枚核弹头 金属皮囊包裹的核弹头 完美无缺的终极杀手 可是 它还差一个引爆的讯号 我们不是他们 我们不需要高科技的引爆手段 我只需要那个词汇 那个词汇就足以引爆它 不费多大的力气去引爆一枚核弹头 一股足以摧毁这个世界 并且重组所有的能量 你必须做到 我必须做到 我清了清嗓子 短暂的深呼吸之后 双手握拳 朝着天空中的一整片彩霞呐喊道 Outer Heaven 紧接着 喊出第二声 Outer Heaven 他们发现了你 我被他们发现了 他们转瞬之间带着天兵天将 席卷而来 铺天盖地的洪水猛兽 刺向渺小的这个自己 我毫不犹豫的闭上双眼 迅速将绘画的能力交付于彩霞 请求它将能力转交给 ## 他值得拥有这种能力 我失去了自我复原的本领 镰刀刺向胸口感应球滑落而出 滑落在肮脏的山丘泥土之上 你没有了再生的能力 我没有了再生的能力 他们轻而易举的 激情四射的前后割裂这个自己的肉体 我的肉体已经死去 转眼之间毁于一旦 灵魂继续挣扎 它没有掌握好二十六个字母的发音 Outer Heeven 一阵乱喊 不过 已经没有关系了 一行毫无预兆的眼泪顷刻间夺眶而出 灵魂趴在这个自己的身旁 失声痛哭 Outer Heeven 它又喊了一遍 我又失声喊了一遍 在声线传开的第一秒 金字塔悄无声息的引爆 这个世界蕴藏着的所有金字塔 煞那间 全部引爆 他们仓皇而逃 被辐射性的光芒驱散 视线久久无法闭合 贴着春泥和香草味 凝视着夕阳方向发生的一切 阳光逼近地平线的角度 即将消逝 迎来极夜 我借助预见的能力 将视网膜的焦距完全扭曲 煞那间 视线所及之处 一栋接一栋的建筑物由长方体变幻为三角体 一座又一座的金字塔依次冲向天际 天际之河的点点微光 若隐若现 我感到了一股

正在崛起的力量 一股超越世俗的星星之火 所有沉睡多年的新生力量 转瞬之间 迸发而出 我们做到了 我一边欣慰的眨了眨满是血丝的双眼 一边将预见的能力毫不犹豫的托付给了彩霞 请求它转交给珏 她必须拥有那种能力 星星之火可以燎原 我在心底最后一次的念道 泪流满面的匍匐在鲜血融汇而成的星之海洋 带着满是伤痕的手臂 抱着最终幻想的名誉 推开山巅石洞的玄关 扑向前方皎洁的天堂 在记忆失去的瞬间 在灵魂与肉体远去的时间轴 在年华和眼泪消逝的一霎那 在白昼消逝极夜将至的换日线 在那个词汇贯穿了两个世界的第一秒 天际之边的耶和华随着扑面而来的光芒 展翅翱翔 我看到了暌违二十年的曙光 那是一整片深邃的 洋溢着希望与惆怅 未来与梦想 颠覆与永恒 收获与付出 坚信与等待 创造与可能 不朽与幻灭的绿色光芒 嗯 你做到了 我做到了 嗯

【全文完】

后记　创造与可能

我怀着向造物主致敬，向那个世界的同好致谢，向个人非常崇拜的一部著作敬礼的心情，紧握双拳，看着亲手刻下的文字，一时无法自已。

鉴于我就是《走路向天堂》的主人公，即李道明这个角色，任何直接来自对我的评论，都会让人觉得——实际上是让我觉得——这是在故作玄虚的掩饰掉真实的王锐愚，自我回味一段无趣的故事。不过，有几点内容的的确确需要加以讨论和探究。而且，自己出面说话的表达手法，或许可以使崇拜与讽刺相互融合也说不定。

教人懂理的辅导老师动辄拿出“你来学校的目的是什么？”，“耗费父母的钱财，来学校图的又是什么？”或者还有更尖锐的“你这人想表达的是什么狗屁玩意儿？”一类的低级词汇发问，以此彰显自己无与伦比的混球才华，贬低别人故意隐藏之后的虚拟自己。而我呢，正好是这样一个人。一个不为别人所动，不为任何人的意见所左右，略带低级智慧倾向且夹杂着满脑袋怪点子的傻逼。我就是这样一个人，一个作者：着手写一本书的时候，并没有任何目的，只是这本书还未定稿。在要求说明书的起源和创作过程的时候，则非得倚靠“文字创造与意识磨合的反复推拿作用”这样繁琐的陈旧术语。我完全承认，这样糟糕的论述会令读者听起来像是受到了哄骗，借助一个还未成形的概念去追述另一个陌生世界的本源所属何地。

我最初想到创作《走路向天堂》——事实上，彼时的自己还未能想到这个题目，是在一年半以前，具体一点可以说是在一个靠着寝室的木头椅子、凝视电脑屏幕浏览网页的傍晚。在财大麦卢园，我独自一人享受着霸占一整间寝室的愉悦快感。我的三位室友以自命不凡的高昂竞技状态于半个月前的雨中清晨离我而去，试图探索校门外的茫茫宇宙。至于结果，可想而知。他们失落的直接绕过学校，打道回府，为了逃避无聊的课程，永不停息的开始舒缓疲劳身心的夏威夷假期。我独自一人在寝室里看杂志，按计划每晚自习，看各大门户网站的头版新闻，与陌生人聊天不厌其烦的倾述心灵顿悟，不断下载各类电影与综艺节目，定期选择在深夜里浏览成人网站、抱着一整圈卫生纸自慰，试图令无法产生疲劳感的这个自己产生睡意。依我所能记起来的，最初的灵感萌芽在某种程度上是因为无聊与挑衅，又或者可以视为一份枯燥的欲望所引发的。一位自命不凡的留级生，以年度总冠军的傲人身份站在领奖台上，他的样子使我产生了暧昧的冲动。那天的自己饥饿难耐，因为花了一整个白天的时间才看完了某位异性朋友推荐的美国科幻大片的三部曲。夕阳已逝，本打算去食堂就餐的想法，被那位赛车手所著的一部叛逆小说吸引。小说是之前室友遗弃在桌子上的，我曾经翻阅过，但丝毫没有拜读的兴致。半个月以来，我每天反复思考那位赛车手的小说为何如此出众？虽然，之前自己只看过一个开头便百无聊赖的放弃了继续阅读的勇气。可是，那天彩霞消逝的霎那间，我知道了他为何如此出众的根本原因。我把那个根本原因，犹如隐藏掉那个不为人知的秘密一样隐藏在心底，怀揣着不可告人的重大发现溜去宿舍楼下的食堂就餐，草草结束晚饭后便抱着一小块新鲜木瓜回到寝室。我竟然稍有兴致的开始阅读他的小说了。看到第一百二十四页，我恕不可赦的放弃了继续阅读下去的可能，将它丢向垃圾篓，迎着八点半的荷塘月色开始每晚例行的自习计划。然而，正是这次精准的抛投，竟然意外的令我产生了一部小说的构思——当然，它并不是诸位现在所看到的这个故事。

一部二十八万字的自传体小说（具体数目为二十八万六千一百二十五字），在两个月以后完稿（具体时间长度为六十零两天外加半个上午左右）。我是用自己最擅长的表达方式写的（这里必须用一个句号，以假装彰显该陈述句拥有了极为确凿的证据，为的是防止相关评论员的反驳，诚然，这本书彻头彻尾的不接受他们的反驳）。那是我最擅长的表达方式（擅长的方式总能写出低俗且畅销的垃圾，这是多么美好的事实），接近于剧本的修辞手法（撰稿人的写作水平差强人意，因此，必须适应性的被迫效仿悲喜剧里的经典台词），毫无艺术价值可言（时下的出版方都喜欢诸如此类的作品），依靠双手的力量（翘起脚来听音乐，用臀部的力量摆弄腹部的肌肉），基本上没有耗费多少脑细胞完成的超长篇日志（不，它的确耗费了很多个自习的极限夜晚和无数个濒临灭绝的脑垂体）。故事的主人公是一个男孩（男女性别之于小说，其实无关大雅），他因为小学的一次意外事故而转学到了一个陌生的学校里（事故原因和具体经过进行了地毯式的全面搜索和系统性罗列，学校部分的表演也足够充裕，给足了诸位编剧们的面子），转学当天便结识了一个朋友（这个朋友是男是女也无关大雅，关键是同性相吸的话题，现在的白痴读者较为青睐），之后一发不可收拾的结交了一群朋友（这群朋友皆为带着不同面具的中华儿女，当然，作者更喜欢将他们称为老百姓）。一群朋友稀里糊涂的折腾了很多年（其实没有很多年，只不过是喜欢运用夸张的修辞手法以期最大限度的扩充故事的时间跨度，试图显示自己老套的叙事方法），发生了很多事（事情多如磷毛，实则按照提纲原地踏步一二一，如同抄袭毕业论文，或者干脆付权益金，请教高人，以逸待劳），因为事情很多（所以，造成了一个很多的虚拟假象，企盼着哄骗畅销书排行榜单墙角一侧两名发育不健全的未成年女性粉丝），所以几乎不费吹灰之力的折腾了一部貌似小说的小说（这里作者是在自我安慰，小说与小说的分界线，这个世界上，谁敢妄下定论？）。小说的前半部分夹杂了倒叙的写作手法（倒叙的戏法参照了诸多经典电影里面的多场特效镜头），以及一些悲痛的家庭暴力事件（这些镜头，作者竭力试图挽回，但却事与愿违，只因为，这是一个喧哗与骚动的世界），故意宣泄了一下不满于这个世界某些地方的牢骚（偶然扮演一下愤青的角色，当然，也可以称之为向某位名人致敬）。诚然（或者用，故得证），故事全文坚持以顺序的方式完成（坚持，这个词汇的选择，完全是死缠烂打，稀里糊涂，硬凑上去的）。小说以第三人称为视点（第一人称的写法，其实更适合初级写手去码字），偶然夹杂着自己也不知道为何选择的第一人称（这是因为敲键盘的时候，双眼的视网膜与地平线的夕阳发生了物理性的湖光反射，导致意识流的差异性甄别产生了不可磨灭的灾难性影响），其中没有设置一个悬念（这是故意的）、一句精彩对白（这也是故意的）、一丁点闪光的地方也没有（这些全都是故意的），除了自我极权主义的崇拜结尾（这里，作者完全沉淫于大脑深处汹涌澎湃的潮水之中，此刻大西洋暖流奇迹般的与印度洋海啸在日本关东地区的京都以南五十公里处的海域激情交汇，闪电般的印证了玛雅预言的悲剧性结局，导致纳斯达克指数与道琼斯指数双双崩盘，不计其数的资深股民与投机倒把商人集体跳海自杀身亡）——基本上就是一坨屎的垃圾（可是，现在的白痴读者都喜欢购买垃圾，同理可证，出版方也不约而同的钟情于传播垃圾且孜孜不倦）。我把故事的大致剧情吐露给了两个要好的朋友（两个朋友，又或者是两只以上的家禽或野兽）。一个是小学的挚交（那是最要好的哥们儿，他必须得排除在外），他毫不犹豫的表示写得不错（这是实话实说），不错的原因在于小说的选题新颖（新颖的东西总要面对一切世俗的挑战，挑战带来的压力与冲击，与日俱增，身为作者必须放空一切，最好抱着禅语在寺院的白桦树下独自流泪），绝对可以引起一阵骚动（再次证明，这是一个喧哗与骚动的平行世界）。另一个是我的玩友（天下玩友是一家），一个网上结识的、素未谋面的女孩（网络世界，千奇百怪，无奇不有，请勿沉迷）。虽然（可惜），她的年龄我至今未能知晓（至今，依然未能知晓）。对于女孩还是女人的称呼（事实上，更偏向于女人，因为女人永远要比女孩来得成熟、感性），至今没有一个可以定夺的可靠线报（线报也不靠谱，因为，这是一个信息过滤的时代，没有靠谱的东西）。但是（可是），对于故事中主人公所遭遇的悲惨命运（悲惨的命运总是很容易与悲惨的世界联系在一起，或许可以激发可观数量的荷尔蒙效应），她竟然袒露出万分的同情（这是蝴蝶效应的映射效果，具体原因，还待科学证明），并且强烈要求着重突出那段穿插的情境（强烈要求与略微期待的意义完全不同，差之毫厘失之千里，穿插剧情完全是为了迎合当下流行的穿越一词）。如果条件允许（事实上，条件完全不允许），可以试着转换小说的风格（风格可以变，但是万变不离其宗的道理，他们至今还不懂），最好变为一部悲伤的血泪史（其实，完全是可以考虑撰写山寨版的飘啊飘），或者是一段纯真的都市爱情故事为宜（简单的爱情总能留下不朽且永恒的爱，可是，这个世界早已失去了简爱）。结束了意见侦察（这里是皮影戏的开场部分，悬念总得留到最后一刻，犯罪电影里都是这么演的），我爽快的脱掉深蓝色校服（毋庸置疑的一点，脱得并不怎么爽快，因为校服的前面和后面都沾有了他们的深色唾液），翻出储衣柜里的迷彩服化身为成一位高级绅士将小说的打印稿寄给了几位朋友（打印费和邮寄费花费了一整个月的稿费，直接导致绅士的风度与曲线美骤降三个档次），或者说不算是朋友的朋友（事实上，谁都不是你的朋友）。一个月之后（记忆里，好像是一个多月之后），他们纷纷给予了不同的答复（纷纷扰扰的建议与雨后春笋的挑拨，来得竟然是如此不约而同且志同道合）。一部分表示非常糟糕（这是非常明智的观点），也有持认同观点的白痴（畅销书购买人群的杰出代表），三位略带伤感的同好表示（三个火枪手的炮筒弹无虚发，颗颗子弹皆击中了老人的狮子），无论小说素质如何都将必定全力支持（这是太平天国运动高潮时期，洪秀全的乌托邦口号，与极权主义的颂歌完全呼应了起来）。当然（诚然），也有部分怀着膜拜心理、假装深沉的看官（看官们的表现，是读者最为期待的部分，这个部分犹如科幻电影里必须存在的特效与惊悚镜头，维持着百玩不厌的玩腻度）。看官的建议无比深刻（深刻的东西，要么无比深邃，要么无比低俗，这里显然偏向于后者），可惜肤浅的表演令人倍感遗憾（仿佛老大哥从不现身于电幕之前，真相只有一个——哥，只是个传说）。遗憾在于他们羞辱了这个自己（这是意料之中的事情，预防口蹄疫的卫生工作早已做到位了），对于小说报以无法阅读下去的理由（这也是意料之中的事情，预防禽流感的卫生工作早已做到位了），并且没有提出一个具有继续下去可能的反问句（这当然也是意料之中的事情，预防思想腐化的教育工作也已于联合国的安保人员筹备且策划好了）。通篇的陈述句肯定回答（陈述性的回答，都是资深教授和劳动模范屡试不爽的官场套话），完美无缺的暴露了他们庸俗的思考逻辑（倒也算不上完美，因为，这个世界没有完美的东西，所以，也称不上什么庸俗，因为，作者本人也非常之庸俗，所以，思考逻辑的问题基本上也没有什么好值得去争论的地方了），居然连反驳的念头也没有了（这是前面思想腐化的教育工作没有做到位的惨烈下场，作者将其定义为没有交课本费和住宿费而必须付出的露宿街头的沉痛代价）。有一位对小说表示欣赏的男子（作者对于男子的期望过高，间接导致期望越大，失望越大），在一个深夜打给我电话（此刻，晚上八点零五分，距焦点访谈栏目结束仅仅过去三百秒钟的时间，一场万众瞩目的国产连续剧即将粉墨登场），交谈过程中提及了小说的出版事宜（这是活字印刷术最为出彩的一次理论联系实践的无偿性表演）。我毫不犹豫的打消了那个无趣的念头（这里是在自我安慰）。虽然（当然啦），我一度为小说的完稿感到自豪不已（作者自豪得欢呼雀跃，曾经因此而绕着篮球场奔跑六周，时速超过每小时一百五十英里），但是没过多久（大约过了一整个冬季），我便将它成段成段的彻底毁灭了（运用了各种毁灭手法，包括温室效应与高碳能源的急速排放）。我不曾料到的是（事实上，这是意料之外的意外计划），一份如此恶心的提纲竟然也能引起他们的注意（他们对于恶心的东西，总是比较在意，因为恶心的人喜欢恶心的东西，这是有科学依据可以证明的），了不起的高级词汇甚至降临到了自己的头上（盖茨比对于绿色的光芒，似乎有着千百年来永不可灭的独特情感且极度难耐的饥渴欲望，这里的一句话与小说的核心主题交相呼应，轻而易举的谱写了一曲塞纳河畔的贝多芬小提琴协奏曲，引发了全球的轰动效应与核聚变反应）。那个赛车手难道就是靠着他们的了不起（可以取消难道，这个反问性的词汇，姑且改为，那个赛车手完全具备了猴脸无耻、不知天高地厚、不掂量自己有几斤几两的留级生才华，并且，该才华与大脑的匹配者因为纸醉金迷的粉色年华与空虚喝彩的欢呼鼓舞潜移默化的交融在了一起，构成了书架上一坨又一坨的大便型和罐头型的文字笑话），在维持那令人作呕的文字把戏么（后面的句号，可以考虑省略，因为该出处与删除点的呼应，必须精准无误，否则会给印刷厂的排版师傅们带来难以想象的噩梦）？我怀着疑问（我怀着仇恨），亲手删除了一首歌曲容量大小的电子稿（用鼠标痛心疾首的快速毁灭了肮脏的证据）——事实上（理论上，这个词汇，特级教师和研究所的博士生导师们，都喜欢用理论这个词来指导实践），我更愿意将它视为一次打字练习（我比较喜欢将它视为一段发泄青春期堕落灵魂与蹦极运动的肌肉伸张速率的原地型练习），一个无聊日子里耗费时间的办法（我更喜欢将它视为一整段毕业前的综合症心理问题与惆怅感的不切合实际的磨合错误产生的各科成绩集体亮红灯而爆发出的流感性症候群），一份接近三十万字的超级提纲（这份提纲拥有了生命中最为璀璨且不朽的存在价值，虽然，它永远也不会出版，永远也不会被读者所膜拜，永远也不会被出版方所接纳，永远也不会产生出巨大的经济效应，永远也不会接受任何一个资深教授的学术性评价，永远也不允许任何一个愤青在它的头上班门弄斧，永远也不允许情侣在它的身旁交错出激情四溢的汗渍，永远也不会被媒体所鼓吹或是用那些成扎成堆的废话皮囊去包装，只因为，它是如此的独一无二，它是如此的光芒四射，它是如此的经久不衰，你简直分不清什么是光，什么又是影了）。

大约是在二千零九年的八月上旬，我结束一段南下的旅行，回到空旷的校园。当下正值大暑，闷热难耐的日子，整个校园一片死寂。白天无法自由呼吸，夜晚窗外一派黑暗的光景。一直不曾完全停息的涌动伴随着蝉鸣的极夜，开始让我无法安心就寝。关键情境又带着全新的服饰与灵感相伴。我知道自己必须去重新处理这个主题。这回是用完全不曾使用过的方法写作——处女秀的表演在八月中旬的某个深夜开始。九天之后，我完成了小说的前十四万字，几乎前两大部分的全部内容。但是，因为一些不便于透露的原因，我将它们又一次毫不客气的删除了。气温越来越高，不时的在午后溜去校游泳馆里避暑，独自一人霸占整个泳池的感觉令自己非常满足。九月临近，迟迟无法动笔，直到开学之后，一个诡异的念头涌上心间。我将那个念头迅速用手机记录在备忘录里，回到寝室迅速摘抄在一张稿纸上。男孩依旧因为一次事故被迫休学，收到父亲递来的入学通知书之后，转学到了一个全新的环境开始新生活。除了这些以外，这部作品是全新的，而且静悄悄的、一个完全新颖的构思被付诸于其中、一部颠覆性的伊索寓言已经颇具雏形的呈现在了自己的脑海中。

这次的写作进行得异常缓慢，因为一些无法预见的琐事夹杂了进来。无法轻易甄别的扰乱因素，非主要矛盾的次要矛盾，乱糟糟的琐事几乎就要捣毁规划好的任务，然而，幸运的是，琐事被这个自己竭力逃避了。任务按照计划表如期收工。但是，其中蕴含的挫败感依然历历在目。创作提纲大约花了我一个星期的时间，第一部分大约花费了九天的时间，而接下来的其余部分章节花费了两个半月的时间。能让我这个人想象得出的技巧中注入一些与众不同的“超现实”（如果少了这个引号就没有了意义的极少数代言词汇之一）这样的现成句子去寻找，这在我十五岁的时候，几乎是不可能完成的任务，比不上现在的时间相对宽裕，那个年代的这个自己的意识能力和创造能力完全处于低级时期。在此期间，还有固定的稿件，每半个月必须按时交稿完成。六年自由撰稿，这个自己从未拖稿过一次。有那么一两回我几乎想将之前的提纲给杀了，并且抱着我心爱的小说和电脑一块儿从阳台上，朝着下面的宽敞水泥地跳下去，以封锁那些整天诋毁自己的混蛋军团，可就在这时，一个画面教会了我放下屠刀，心中默默念道：你一定可以做到；你自命不凡；你要通过自己的努力成为本世纪最伟大的作家。

离开学校，筹备毕业论文的这段日子，每天下午，我迎着傍晚五点半的橙色夕阳去离家不远的爷爷家。陪伴他老人家唠家常是自身的必须，它不再是自己的一种生活习惯，而是自身活下去的氧气。老人家卧床在家，狭小的老棚屋早已年久失修，瓦砾完全失去了物理性的凝结力，在暴雨侵蚀的狂乱深夜，时常发出轰天的声响，令人难以入眠。在小房间里面闲聊十分钟，短暂的放空思绪，看着门前巷间穿梭的人们，他们那样的匆忙，连低头看一看脚下的硬币的时间也没有，连仰望一下天际的彩霞的功夫也没有。我原地驻足，一边默默不闻的观察周遭发生的一切，一边将屋里乱糟糟的尿壶和纸巾收拾一通。然后，踩着小碎步，哼着多瑞秘法索拉喜多的七阶音符向着夕阳远去的方向踱步回家。戒酒之后的这个自己无比清醒，香烟也基本上不沾了，我忍不住幻想这个自己从今往后或许不再需要它们了。晚饭之后，回到房间，泡好一杯热茶，将必要的道具准备好，迎着夜晚的寂静，迅速投入创作之中，我满是期望的写作，直到凌晨才带着倦意爬向床铺睡去。两零一零年二月，小说完稿，欣喜的迎接新年的到来。

起初，一位师兄在收到了超级提纲之后，慷慨激昂的建议以连载的形式将小说刊登至一些文学网站上。我在第一时间毫不犹豫的谢绝了他的好意。我在房间里，将小说的几大部分全部拆分，试图寻找到连载的方法。五千字，或是一万字作为一个章节，或者干脆一部分接一部分的刊载，然而，这个世界的金钱再次彻底毁掉了那个念头。我必须主动去刊载小说，完全义务性的复制粘贴于网路上，待点击率的结果出来后，才有可能获得一定的补偿。联系了几位业内朋友，一个接一个的询问目前的连载形式与报酬合约的具体情况，他们的建议如数家珍，永远站在金钱的角度看问题，连小说的第一部分的第一自然段都未曾翻阅便轻易表露出自我随性的观点。他们无知的程度竟然远远超越了我网上女朋友的都市爱情宣言。

诚然，在这个世界，之于这个国家，改革开放以后的近半个世纪（明显的例子来自沿海经济开发区），有快速发展的城市，与金融人口快速调和，或者偶然的机遇早就事业，甚至以必要的卑劣商业手段运作的文学作品，并且完完全全是抄袭拷贝的赝品。然而，如今，在这个世代，“创造”这个寓意深刻的词汇不再代表着信雅达，市场化的固定套路完全玷污了文学领域的纯洁。之于当下的这个平行世界，不再具备真正意义上的纯美文学——这是千真万确的可怕事实。作品必须与市场配对。因为，所有的文学作品自我阐述的美感都已完全被商业化的销售数据所替代，这就要求创作者必须在落笔之前掂量作品的后路，而完全不具备优先考虑作品自身价值与重量的机会。陈旧不变的印刷套路，毫无新意的小说题材，封面构思与自身价值一样低俗，题目也脱离不了以往的直线型表达，所有文艺类作品的排版万年不变，就如同，比方说，青春小说迷永远都认为能得到情感和欲望上的满足感那样——青春小说的真正抢劫犯，假如你傻里吧唧的陷入银行的混战之中，往往抢到最后会是一场空，让青春小说迷感到慰藉的感官力和幻想力（换句话说，谁会想去看一出从头到尾都没有一句像样台词的爱情闹剧呢？）。所以，结论是，创造一个题材，小说的情节与构思就必须完全摒弃现有的叙事手法。词汇、排版、表达、观点绝不可分散读者的好奇心与观察力，使他们获得燃烧中的欲望之念，保持一段时期里的高昂竞技状态。小说必须有一个开创性的起点。开场的意义非同凡响，任何一个人都尤为关注的处女秀，处女膜就绝对不允许是一个粉色气球的塑料薄膜。在这些重重设置的困惑之间的段落必须还原真实世界的特征、最为易懂的事物基本面，以及填充词汇的复杂却不失阅读快感的细小包裹。在这些包裹的中间，细微的粉尘和沙砾，读者很有可能不经意的快步走过去（这是白痴看官常年沉迷于快餐文化所导致的意识偏差），落荒而逃的或许也将不在少数，但必须提醒一下，存在性的必要包裹之于故事整体的重大意义，以免自己都不知道自己看的是什么东西（这是绝大多数不爱读书的人，极有可能陷入的意识误区）。小说的主题构架在创作之初定性，在落笔之后，作者不断将包裹以填充物的方式塞入各个章节与不同的句子中间，与大纲的中心思想完完全全的吻合。包裹的意义非凡无比，一旦它的填充计划没有如期完工，那么，将直接影响到小说的整体价值，再优异的构思也终将因为落魄的文字表达手法毁于一旦。此外，书中的悬念设置还必须遵循一条渐进型的套路，这个套路任何小说都无法避免的参照。但是，可以加以创新，不需要完全照搬前人的整套皮影戏，试着在文字上加作料，作料必须是没有一个人尝试过的调和法。方法必须靠谱。方法失败，集体泡汤。在方法得以灵活运用之后，创作的中间便可以信手捏来的将剧情赋予于故事之中。新的创造、新的悬念、新的困惑，不断的充斥于段落与段落的衔接点前后，而且参与的困惑保持着增加的牛市状态（连同桌也搬了过来）。然后，在书的最后，在创造的尽头，契合实际的模仿前人成功的创作手法。

《走路向天堂》的第一部分的第一个自然段，可能会给很多朋友造成一个错误的假象，让他们误认为是在阅读一本幻想类题材的奇幻小说。他们认为照此读下去会有越来越多神出鬼没的场面出现，故事将走入梦幻般的爱丽丝世界，安徒生童话故事也说不定。而一旦给人造成了这种误区，或者说是假象，那么，读者就会毫不犹豫的带着疑问号读下去了。觉得新奇，觉得陌生，觉得诡异。我知道，如果他们全部陷入了意料之中的误区，这个自己就成功了。我担心的一点，开场的过于虚幻会造成没有一家出版社愿意签约可能（事实就是这样）。他们是否会认为我写的是一本关于世界末日与诸神之战的希腊荷马史诗，对于一部史诗显然是无法轻易接受和采纳的（事实也是这样）。他们或许会不加情面的拒绝出版我的书，而并非因为我对于这个世界的观察过于超现实，而是因为主题本身的问题而造成的（事实同样是这样）。因为，书里面至少有三个以上的词汇对于绝大多数第一次阅读的人们，将带来难以解释的为什么（事实并没有告诉我们，活着究竟是为了什么）。他们会带着巨大的问号，来回翻阅百科全书，试图寻找到闻所未闻的词汇的发源地。当然，你绝不可能查找到一个合理的解答，根本就不会有解答。这个世界不能给予你一个词汇真正的解答，所有的词汇都是前人给予你的。你不曾想过双手搂抱着仙人掌睡觉，就如同从未想过去创造一个词汇一样。另外的一个问题是：一部从头至尾没有一句台词的小说，出版商或许会将它视为异类，无法找到认可的理由，而且是完全不对门路的叙事手法，几乎没有一个像样的场景，完全架空的画面，假使不试着动用一下脑子去猜疑形容词背后的含义，基本上没有共鸣的几率。

看稿子的这个自己，有一些深夜里的反映非常有意思：一天夜里在自慰结束后，打开电脑，无聊的看电子稿，这个自己觉得必须将前面三个部分全部改为第四个部分的表达手法，前人创造的叙事技巧，我想试着膜拜一次。但是，精力几近透支，只好力不从心的放弃了虚幻的想法。事实上，那个想法很多年前就幻想过。故事的连续性在很大程度上，因为表达手法的三层递进变更，必将给读者带来极大的意识流差距。接受底线与阅读快感将受到前所未有的考验，考验一旦陨落，计划将连同小说本身一齐宣告死亡。故事的抑扬顿挫要用精准的、轻巧的、“亢奋的”的着重号（“天啊，天啊，我的造物主啊，他们全部都疯了，他们在马路上裸体示威游行，我们在街头用铲车清理尸体，哇哇哇，哈哈哈，这些人到底在做些什么，到底想干什么呀？”等等）。虽然，大家都很清楚我本人极度厌恶传统庸俗与陈词滥调（这一方面由于我对于文学领域很多年前的一次嫖客事件耿耿于怀，另一方面因为自己的前世与位于高纬度地区的某位爱尔兰作家有着不能说的秘密关系），然而，一个正常且还算无聊的夜晚，在翻阅了《走路向天堂》的最后一个部分之后，我完全肯定了这部小说的构思完全迎合了创作之初的预想。理论与实践完美结合的滋味，原来比可爱多冰激凌要美味得多。C出版社的一个不正常但还算理智的编辑，在翻阅了这本书的第一部分之后把它说成是“一个精神病人的自白书”，而N出版社的某位高管草草翻了一下这本书的后面几个部分把它说是“一个智障儿童在用自以为是的行为举止，表达一堆不可理喻的思考逻辑，并且极为低俗老套”。M出版社的顾问们被该死的主角儿弄得无法正常工作，看完开篇的六页就没有再往下看下去，然而，他们居然还如此可爱的忙里偷闲的打电话来说故事的内容过于坑长了。B出版社则表示非常遗憾，对于故事的出场人物提出疑问，表示人物极少，如数家珍的登场人物简直令人发指。当然，最为重要的一点，这本书里面竟然没有一个正常的人，要是有一个正常的人——没有错，必须在修改以后，加入几位正常的人——那么，他们或许可以考虑出版我的书。

不应指望一个人口众多的国家去关心一个写手的存在与价值，这一说法是悲惨的事实；我只会表达，却抵不上一辆迈阿密阳光海岸线上飞驰的高级跑车的引擎。因为要想拥有那些金属制品造就的炫耀物，一般裤腰袋里的银行存款就必须超过七位数，同时，又必须选择换乘公交汽车堂而皇之的绕着汽车销售部门的陈列品专柜溜达一周，屏息等待可亲小姐的短裙诱惑，狐假虎威的摸着高级鳄鱼皮制作的坐垫故作姿态的付钱滚蛋。骨头受损的左手大拇指只能平庸的敲打出非凡得不能再非凡的传奇，并且还被写书评的狗日编辑点名道姓的指为“不可理喻”，“难以接受”，“不知道写了什么”，“完全超现实的肮脏作品”等陈述句词汇。我认为，而且完全可以接受的一点，是有一些读者会因为看到小说里面的陌生名词而产生诅咒的念头。还有一些资深的作曲家，带有艺术细胞的音乐人。他们会认为《走路向天堂》毫无研究价值，不具备一部小说的基本阅读元素，因为它没有带给人任何现实性的考量依据。我既不看散文性作品，也不写散文性的作品。无论莎士比亚的诗词歌赋里面试图吐露出怎样情何以堪的失落美感，《走路向天堂》不具备诗歌的艺术情操。对于我来说，只有在架空的构思之上才能给这个自己带来我愿意称之为文学杰作的荣誉勋章；它是真实存在的；那是一种多多少少可以与一个人的大脑产生与艺术品（创造力，感知力，想象力，预见力等）链接在一起的令人有所成就的阅读体验。大脑的真正价值之于文字之上，获得了淋漓尽致的发挥和表现。完全创造性的表达手法，词汇与句子之间的不对称性与潜意识领域的对应性赋予了故事精准的契合度。这类书现在已经基本绝迹。书店的货架之上，所有陈列的其他各类书籍不是效仿低俗构思的老套垃圾，就是某些人运用金钱的力量疯狂炒作的阑尾之作，而这类废旧垃圾往往还是应景的销售冠军，并且拥有庞大的白痴购买人群，仿佛用一颗原子弹炸自己家门口的邮箱，一个接一个的炸得稀巴烂，炸到最后只剩下厕所角落里的马桶，最后连拉屎的马桶也干脆不要了，在地面上铺了张废旧报纸便闭上眼睛、堵上鼻子、稀里哗啦的解决一通，不久之后便被自己的大便臭晕至急救中心，不幸身亡。

有些连小说的题目都不曾知晓的人们，在我的头上擅自冠以不学无术的罪名，他们说《走路向天堂》是反教育、反社会的。这一个天大的罪名比起傻里傻气的评论这个自己不正直、不单纯而言更使我感到冤枉。因为考虑到文字量和主题把握的问题（一个不存在的世界和一个存在着的倒退世界，这是多么荒诞的矛盾戏法。）可事实上，我在小说里设置了很多不同的场景，或者说足够多的雷同场景。我知道读者喜欢真实的画面，真实的画面总能轻易给人以一种归属感与亲切感。可是，我又不能陷入低俗老套的圈套中，因此，我毫不犹豫的描绘了自己对于学校的感触，对女生的激情幻想等等这些大家必定都曾感受过的经历，然而，我又必须毫不犹豫的对于熟悉的场景加以不熟悉的情节再造，例如在自己家门口的地面上试图画下一个巨大的圆圈，用小小的圆规戳裂空气中看不见也摸不着的灵魂，还有更多的不可理喻的情节。要说情节上的创造，莫过于抛开一切的展望力。之于展望力而言，预见力在某种程度上更为实用。展望力不同程度上受到物质性存在的制约，物质性存在的这个世界对于展望力的束缚正在以前所未有的速度扩张。然而，预见力基本上不受到任何力量的阻挠，自身形态依靠自我发展开来。身为作者，我必须借助那种能力将事物现有的基本面完全颠倒，整合意识性的穿越，加之物质性的存在，两者以合理的稳定状态悄无声息的磨合在一起。既不超越读者接受的极限底线，然而又不抛弃写作手法的必要由来条件。底线与条件的撮合频率稳定在量变阶段，在可能接受与不发生核聚变的前提下，动用一切可能的硫磺酸竭力去腐蚀陈旧的写作习惯；在自我吹捧与完美自信的光合作用下，改变文学领域现有的固定框架与叙事铂片。我选择自己的学校，家门口，每天完成功课的房间，晒太阳的阳台，甚至是解手的厕所，睡觉上网的寝室，这样一些平易近人的现实场景，就是因为我想要努力营造一个几乎存在的世界观，只要求读者能够以最快的速度和效率进入故事的呼吸节奏当中。此外，我的李逍明这个恶搞的角色，一名共产国际的少先队员，一位从不曾在外留宿也不去酒吧泡妞的良好市民，他除了对于异性的幻想极为频繁之外，基本上没有更多艳照门的私生活可供满是挑逗欲望的空虚记者朋友们去追查。当然，他们也不可能依靠低级的左脑去探索一个右脑得以开发的预见者的私生活，这是多么有趣的一群无聊专家啊——跟这个世界一样无聊，一样的空虚，竟然为了一堆草稿纸抛弃了最基本的职业道德和身为一个人的基本面——是的，我承认自己开始爱上这个世界了。

热心的、关怀的、带着面具、无法参透其影子背后的幌子究竟属于哪个阵营的指导老师，对于这个自己的关心却一度反复令我倍感无奈。我必须在彷徨与等待中焦躁的被迫接纳这样或是那样，有用或者根本毫无意义的陈述性建议，例如这本书的销量如何，书的文字量是否可以接纳，当然，还有更果敢爽快的：你确定自己的脑子没有问题吗？你为什么要写这样的书？你会不会是想依靠这种写作手法以突显自身的能耐？你自命清高的信念之火是来自于内部的资金保障，还是外部的权利支持？然而，所以，假使，如果，诚然，莫非如是的话，我更喜欢用现在这样，你——又或者你们——怎么也不可能摸得着头脑且一辈子也无法参透的佛学经文之类的文字把戏来彰显自己的愚昧与懦弱，或许会比靠着你们的欧洲式庭院在雨后的彩虹下面并肩漫步来得更为潇洒且相对飘逸不止那么一点点。在可能放手一搏的绿色帐篷底下，如果说，一个多瑞秘法索拉喜多的哼奏旋律还不足以提醒那些评论员的目光，又或者我们可爱的主人公他那貌似愚昧的画线举动，依然无法提醒你去翻阅那些古老传说中的隐喻点，又或者纯文学领域的人物描绘通过联想、记忆及揣摩等内在的思维活动：诸如此类，六成以上的内心独白，又或者多点视角、象征手法撮合时间排比的造词戏法，全然没有勾引出读者的眼球，那么，身为作者的天才猪崽，还能再说些什么，做些什么？我难道有必要去为了博取一群目光短浅的商人的爱慕虚荣而放弃身为一个天才的尊严吗？

为了不至于让读者朋友们觉得我在这里说的是一堆枯燥无耻的陈述性谬论，又或许听上去像是在宣泄青春期里源源不断的浑浊乳白色液体。我必须赶紧补充一点，这一点不可或缺的需要加以修辞，最好给我一整个午后的时间，抱着芭比娃娃或是尿壶靠着栏杆仰望天空静静思考一番，好好掂量一下形容词的选择空间和反问句的进退尺度问题：除了以“你为什么要写小说？”或者“你写这部小说的真实目的是什么？”又或者“我们凭什么要去买一个山寨写手的书？”这样的情节读过《走路向天堂》或者看过这本书的后记之后，我相信，这个宽广的星球上还有许许多多民不见经传的评论员，他们对于这本书的理解和洞察远比这个渺小的自己在这个寂寞的夜晚自私的表达对于创作构思的分解与博弈要来得深刻得多。

我认为每一位为灵魂而创作的作家，当他亲手捧着自己作品的打印稿或是一页刚从印刷厂装帧完毕的菲林，心底的寒冷都会因为明媚的曙光而瞬间消逝。他那心中永不磨灭的点点星光，只要随着北斗七星的角度稍许变动便会随着文字的心跳而逐渐散发出一道独特的光芒。那道光芒，越是在漆黑无助的极夜，便越能散发出一股独特的魅力，令人无法抗拒；那道光芒越是迎合了预先构思的蝉鸣与韵味，它的能量就越巨大、越充足。这个世界上的一切，在短短的一霎那，都会因为光芒的出现而显得异常渺小和卑微。这本书中的情节与画面，在任何可能预见或不可能预见的未来，都将因为它的出现而透露出一份无限的美好和希望，并且只有在它的身上能够感受得到。然而，即便如此完美，仍然有一些角落，十字路口、垃圾堆的死穴、走廊尽头的扶手、厕所窗户口的企盼、家门口原地驻足的凝视，这些最爱去的悬崖边缘欣赏锦绣的山川美景，比起书的中心主题来，你或许更急切的、更渴望的想要知道故事背后的秘密。自从完成这部小说的创作之后，我重归于这个世界匆忙的生活节奏之中，期间夹杂着一些考试及将来工作的筹备事务。我试着用另一种生活来调剂自己懦弱的心灵，短暂的放空思绪中弥漫的思念和等待。我很长一段时间里没有再读过《走路向天堂》，可是，我知道，这本书给予了自己收获的喜悦。因为，它就在床铺的枕边静静的陪伴着我，每天一起入睡，仿佛一整个深冬，你知道寒冷即将远去，它就是狮子座流星雨背后的缕缕阳光。每当我平躺在床头，脑海里开始幻想《走路向天堂》的情节的时候，我总是忍不住挑选出其中一些情节出来回味，亲手缓缓捧起因为种种原因而存放在家中的打印稿，享受着雀巢咖啡的丝滑口感，打开床头许久没有点亮的台灯。每次，当我看到纸面上印刻下的那些文字的时候，我也知道，这本书在空荡荡的房间里温暖着我。故事中的一个小小分支，一次十字口的等待，一份不曾萌芽的期盼，哪怕是一封信件的到来都令这个自己为之沉醉，难以自拔。譬如，一位辍学之后重归校园的男孩，他对于陌生新环境的观察与感慨，两个志同道合的同好坚定不移的友情，一首星探发现千里马的华尔兹圆舞曲，一部跌宕起伏的惊悚连续剧，一曲灵魂与梦想的颂歌，他在家门口所做的诡异举动，对于信件的茫然期待，怀揣梦想的自我隐藏，连同不存在的一切故作玄虚的刁难身边的一切，他的坚定与执着，对于母亲的怜懔，对于一个美好家庭的企盼，心中构筑的完美世界的无限憧憬，对另一半的无限渴望（定期抱着一大卷卫生纸幻想她的胸部自慰，试图缓解精神抖擞的神经和肌肉。）这些都是小说的经脉。这些都是不易察觉的存在，是不容易暴露的经纬度。本书就是借助这一方法和技巧来展开故事的——虽然我非常清楚，这些所谓的经脉，不易察觉到的经纬度，或许将被读者迅速遗忘到世界的尽头，因为，当他们翻开这本书的第一刻读第一自然段的时候就有一个印象，断章取义的判定它是与《海边的卡夫卡》或《1Q84》相仿的超现实小说。诚然，我在书中反复提及，不厌其烦的论述那些创造性的词汇；也很清楚，这本书里的很多情节将因为不同的人，站在不同的观点而被一一忽视。无可厚非的一点，这是一部建立在那个虚拟世界之上的小说。但是，我们都不是未成年的小孩子，不是不懂理的神经病人，不是教条主义下面的傀儡政权，也不是没有脑子去明辨是非、带着枷锁手铐走路的奴隶、在心灵疲惫夜深人静寂寞难耐欲望陡增、无法拒绝的但丁时刻、却必须用小小的橡皮筋以束缚自己无法变回原样的那个东西。

我能够掩饰的都已极力掩饰了，我可以不去宣扬的也已极力不去宣扬了。我在小说中不经意的杜撰了很多个绰号。读者朋友将我视为一个骗子也好，一个疯子也好，一个无名英雄也好，一个不学无术的逃课犯人也罢，但是不知道为什么，那些形容词和修饰语竟然如此精准的再现了记忆中的自己。我曾经为这部书写过一个自认为精彩无比的简介，自我反复崇拜了三个星期之后，这个自己毫不留情的将三百二十六个字的简介删除了。我知道，之于这本书而言，它已经不再需要那些毫无意义的伪装。它站在了巨人的肩膀上，借用耶和华的灵魂准备好了挑战这个世界的眼神。我必须抛弃低俗的陈述句回答，将子虚乌有的罪名全部隐藏。

通过阅读低俗小说去了解一个国家、探寻一群从不受人尊敬的群体或是一位文弱矮小的无名写手；以一堆文字去经历一段故事，站在旁观者的视点以安静的心态，透过文字的感染力去感受作者的呼吸和心跳；这是一个如此令人捧腹不禁的矛盾状语病句。可是，我为数不多的几位挚交在读了《走路向天堂》之后发出问心的感慨，说我（王锐愚，或者李道明）竟然生活在一个奢侈酒店远远多于书店的国度。

我试图描写一个真正的少年，一个有血有肉、有情有义、有爱有恨的活着的人。当然，如果我能够把这个少年所经历的故事和遇到的事物描绘得足够深刻的话，那么，它们也可以影射许多不同的东西。我希望这本书可以在我爷爷健在的当下出版（这是我最大的夙愿）。我恳请收到这部作品的出版社编辑，在定夺它出版与否的前一秒，抛开货币市场价值理论与文学艺术的抛物线弧度这样高深莫测的意识伦理，以造物主赋予的灵魂的名义去掂量一部超越自我的杰作理应具备的价值与可能（诚然，他们全部背信弃义、百般刁难、难以克制、无地自容、优柔寡断、五体投地的没能坚持下来，自然而然的也未能看到这句话）。我的个人悲惨经历不可能，也不应该是任何一个人需要去关心的事情，可是，我的悲剧是，我生活在一个数据销量高低决定作品好坏的残酷舞台。我不得不抛弃在教室里所掌握的一切理论知识，摈弃多年以来撰稿的自由性叙事手法，富有弹性和冲击度的海绵肥皂泡沫，空气中氧气分子的辅助力量，桌角台灯的催人奋进反作用力。然而，又全然没有它们的基石与铺垫，在显微镜下努力去参悟一个原点背后隐藏的无数个反光界面，寻找一瓶两个世界可以共享的法国葡萄美酒——一把直尺、一个三角板和一副圆规的清泉构思——那么，一位默默无闻的山寨写手便可以戴着透明的面具外加隐形的淡妆——以独一无二的才华与天赋，加上偶然一点深夜里瞬间萌发的小小灵感——又或者是一整个傍晚坐在阳台的靠背椅上，仰望湛蓝天空之下、橙色黄昏之中彩霞的寂寞——以独创颠覆的造词戏法，历久弥新的绿色玫瑰，前无古人的叙事题材，刻舟求剑的哥特艺术，蓝海领域的无限可能，部分角度的致敬膜拜——透过那个世界不为人知的秘密，借助两个世界共通的语言，以闻所未闻的字眼配合独具匠心的风格去超越那些传统而庸俗，已经存在了的事物——一位少年的自传便能在鬼斧神工的精心雕琢之下，以天马行空的想象力，行云流水的扑克牌魔术化身为一道跌宕起伏、蕴藏着璀璨光芒与无限可能的寓言盛宴。

王锐愚 于 江西南昌

2010年2月28日